MYRIELLE MARC

Myrielle Marc est née en 1946.
Très tôt, elle a commencé à écrire et cette passion ne l'a jamais quittée. Elle a rédigé la première version d'*Orfenor* sur onze cahiers d'écolier dès l'âge de 18 ans et l'a repris successivement à 35 ans, 45 ans et 55 ans. Elle avait auparavant publié deux romans, *Petite Fille rouge avec un couteau* et *La pluie à petit bruit* (Le Seuil), et des nouvelles *Plages – Aux gueux l'an neuf* (ACL).
Myrielle Marc vit aujourd'hui dans la région de Nantes.

ORFENOR

★

Natalène

DU MÊME AUTEUR
CHEZ POCKET

ORFENOR
2. TRISTAN

MYRIELLE MARC

ORFENOR

★

Natalène

XO ÉDITIONS

ISBN : 2-266-15212-2

Au gitan d'Arsac

Famille de Blajan (1955)

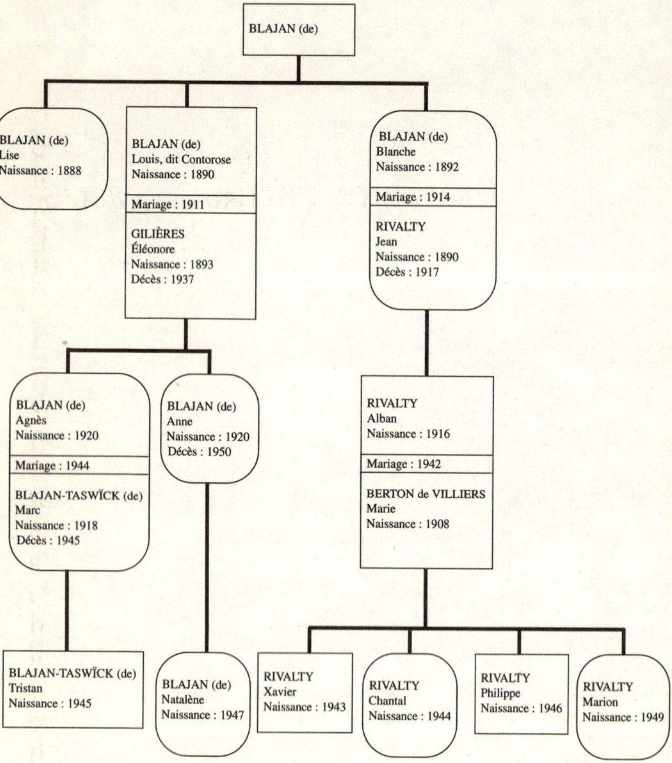

Première partie

I

Cette histoire, qui ressemble à une histoire d'amour, devrait commencer le jour où ses deux héros découvrirent ce qui les liait, et pour la première fois se touchèrent. Ils étaient près d'un étang et les cloches du village sonnaient. Mais bien qu'ils fussent très jeunes ce matin-là, puisque Natalène avait treize ans, et Tristan quinze, il faut remonter plus loin encore.

Au jour de la sonate très exactement. C'est-à-dire deux ans plus tôt.

Et deux ans plus tôt, ce n'est pas Natalène qui a treize ans, c'est Tristan. Il revient du village avec Chantal, une autre de ses cousines, dont il est vaguement, très vaguement amoureux ; et comme on ne peut pas les voir de Blajan ils se tiennent par la main. C'est osé. Mais ils ont déjà fait bien pire, depuis le début de l'été, et se sont assez mal conduits... pour leur âge en tout cas, leur époque, et surtout le genre de famille collet monté où le hasard les a fait naître.

Ils n'ont pas honte. Au contraire. Que leurs condisciples usent leur énergie à des combats puérils, pensent-ils sans doute. Que Xavier se glisse dans la grange pour fumer, que Philippe fouille la bibliothèque pour y dénicher des livres interdits, que Natalène et Marion rusent avec les tantes pour se gaver de confitures... Eux, les amoureux, mènent du moins une lutte honorable, ont VRAIMENT quelque chose à cacher et prennent VRAIMENT des risques.

En atteignant le bord de la grande pelouse ils s'écartent pourtant l'un de l'autre. Ils sont courageux, certes, mais pas téméraires, et ne se soucient ni l'un ni l'autre d'affronter VRAIMENT Contorose.

Et justement il est là, campé sur le perron de sa demeure, le vieux chef du clan, le grand, le fantasque, l'extravagant Contorose...

– Déjà levés ? s'étonne-t-il.

Sans le moindre soupçon, il regarde s'approcher les deux enfants. Tristan a rougi, un peu, à peine. Plus habile, Chantal sourit, et glisse :

– On prépare une surprise. Pour faire enrager Philippe.

Que l'on veuille taquiner Philippe, ce jeune démon, c'est très plausible. Contorose n'insiste pas, et soupire :

– Crénom, les enfants, quel temps de rêve !

Il a près de soixante-dix ans, mais rayonne de force et de joie autant que ses pupilles – six garnements, âgés pour l'heure de dix à quinze ans, petits-enfants ou petits-neveux, dont il a la charge depuis leur naissance ou peu s'en faut. Au passage il ébouriffe les cheveux de Chantal.

– Vous allez me dévorer un bœuf ?

– Deux ! réplique-t-elle. Un chacun !

Ils le laissent là et rejoignent la salle à manger, où les autres enfants sont déjà assis autour de la longue table. À Blajan, en vacances, on se lève tôt : il n'y a pas une minute à perdre.

Aucun adulte n'étant présent, on n'épargne pas aux deux tourtereaux les plaisanteries d'usage. Sans appuyer : dans cette famille où les vieilles règles de bienséance ont encore cours, et où l'on se vouvoie encore entre cousins de sexe opposé, la raillerie peut être acerbe, mais elle reste pudique. Chantal et Tristan lui opposent une indifférence bien jouée. Les insinuations de leurs pairs font d'ailleurs partie du plaisir qu'ils tirent de leur fade petite romance, exactement comme la peur délicieuse qu'ils éprouvent parfois devant Contorose. Tristan, impassible, se verse un plein bol de lait, et Chantal se contente de pousser un long soupir excédé.

– L'amour, dit Xavier à Marion, c'est une histoire d'égoïsme et d'épiderme, tu n'as pas lu ça quelque part ?

Il a quinze ans et se veut lettré. Marion vient de fêter ses dix ans et ne lit guère que *La Semaine de Suzette* : elle ouvre de grands yeux ahuris. Et Tristan, malgré le beau calme qu'il affectait, éclate de rire.

– L'échange et le frottement, dit-il.

– Quoi ? dit Marion. Quoi ?

On la laisse sur sa faim, cruellement. D'un revers de sa main brune Natalène renvoie au milieu de la table le gros pot de miel.

– Je t'ai entendu descendre ce matin, glisse Xavier à Tristan. Aux aurores. Quatre heures, non, ou quelque chose comme ça ?

– Quatre heures, proteste Philippe faussement indigné, tu exagères toujours ! Il était à peine quatre heures dix !

Chantal hausse les épaules, dédaigneuse.

– Et vos oignons à vous, dites, vous vous en occupez à quelle heure ?

– Pas à quatre heures dix en tout cas, réplique Philippe. À quatre heures dix, moi, madame, je DORS...

Le pas ferme de Contorose résonnant dans le vestibule, ils se taisent. Et le vieux monsieur, un peu surpris, s'assoit à son haut bout de table devant six jeunes muets.

– Ça ne va pas ?

On l'assure, d'une seule voix, que ça va très bien au contraire.

– Que faites-vous aujourd'hui ?

– Je vais aux Sources, dit Philippe. Avec Xavier, Natalène et Marion. On cherchera des framboises. Chantal et Tristan, je ne sais pas ce qu'ils font...

Cette façon d'associer les prénoms des deux amoureux frise la haute trahison, et un silence désapprobateur accueille ce coup bas.

– Je fais du piano, se défend Tristan.

– Moi, dit Chantal, je vais aussi aux Sources, tiens !

Contorose, le sourcil froncé, se beurre une longue tartine de pain bis. Les six enfants l'observent avec un peu d'inquiétude et Philippe donnerait beaucoup, maintenant, pour rattraper ses paroles imprudentes...

Naturellement, le vieux monsieur pense à tout autre chose qu'aux coupables amours des gamins qui l'entourent. Les lui dénoncerait-on clairement qu'il éclaterait de rire. Il a seulement mal au dos, et s'en désole.

– Je n'irai pas en ville, soupire-t-il, non, ou alors...

Il lance un coup d'œil à Tristan, simplement parce que celui-ci a parlé de piano et que cela évoque pour son grand-père l'image d'un calme et confortable salon.

– Je t'écouterai peut-être, mon garçon, si tu dois vraiment jouer.

Il ne comprend pas pourquoi le pianiste se tortille sur sa chaise, pendant que Chantal rougit jusqu'aux oreilles et que les quatre autres diablotins ricanent bêtement...

– Mais qu'est-ce que vous mijotez, à la fin ?

Aussitôt, se rappelant l'allusion de Chantal à une farce projetée, il craint d'avoir gâché leur joie et, se tournant vers la fillette, il porte à son comble le malaise général en concluant, jovial :

– Je n'ai rien dit, je n'ai rien dit ! Tu me raconteras ça plus tard, quand ce sera fait !

Le gaffeur sorti, et ses pupilles envolés, le reste du clan apparaît à son tour.

Ce qui a survécu, du moins.

C'est-à-dire très peu de monde.

Lise et Blanche, les deux sœurs de Contorose. Marie, la femme de son unique neveu. Personne d'autre...

Comme il sied aux proches d'une très forte personnalité, ces trois dames sont effacées et timides. Elles parlent bas, font de tout petits gestes, et semblent s'étonner d'exister. Coincées entre Contorose, l'extravagant, et six garnements débordants de vie, elles n'ont pu se tailler à Blajan qu'un tout petit domaine.

Sous leur juridiction se trouvent la vie au salon, bien sûr, l'élaboration des menus, la direction du personnel, la gestion des réserves – et, passe-temps délicieux entre tous, l'épluchage minutieux des faits et gestes de chacun. Là-dessus elles règnent sans partage.

Le reste leur échappe.

Natalène, cette peste, les appelle « les trois Parques ». Pour les autres elles sont « les souris grises ». Mais pour le monde extérieur elles restent « ces dames de Blajan », et c'est ce qui leur importe.

Lise, qui est l'aînée, devrait mener le train. Mais Blanche, sa cadette, a été mariée, elle, et a eu un fils. Mais Marie, la femme de ce fils, est plus jeune encore et se trouve être la mère de quatre des enfants. Chacune d'elles a d'excellentes raisons de se penser l'âme du trio, et vit donc en bonne intelligence avec ses deux faire-valoir, qu'elle se garde bien d'accabler de sa propre supériorité. Avec une parfaite courtoisie elles ne cessent de s'effacer les unes devant les autres, de protester lorsqu'une quelconque prééminence semble leur être offerte, de se renvoyer la balle avec un doux entêtement... « Voyons, ma chère Lise, c'est à toi de choisir... Je ne me permettrais pas d'insister, ma chère Marie... Qu'en pensez-vous, ma chère Blanche ? C'est à vous de décider en cela... »

Ce ballet rituel amuse fort Contorose, et ferait pouffer les enfants s'ils l'osaient, mais cimente l'affection mutuelle des trois vieilles dames et les maintient de bonne humeur. Elles ont tant d'heures à passer ensemble !

Contorose ne reconnaît un peu de bon sens qu'à Lise, son aînée. Cependant il les traite toutes les trois avec une grande déférence, et malheur à l'enfant qui se risquerait à en user autrement...

Tristan a joué, bien sûr, presque toute la journée, et Chantal a pris soin de l'éviter comme un pesteux. À table, pas une seule fois elle n'a croisé son regard. Philippe a reçu les reproches rageurs que méritait sa maladresse et il a daigné les accepter sans se mettre en colère. À peine redescendues des Sources, Natalène et Marion ont disparu au village pour se bourrer de gâteaux, Justine a fait une mousse au chocolat délicieuse et il n'a pas plu : en somme cette journée de vacances, si mal commencée, s'est comportée très honorablement pour finir.

Si bien que Tristan a osé attendre Chantal dans leur cachette habituelle, sous les acacias de l'allée, et qu'elle a osé l'y rejoindre.

Il a treize ans, et elle quatorze : ils sont bien maladroits. Pour tout aggraver ils n'ont pas de réelle tendresse l'un pour l'autre. Chantal, qui est incurablement romanesque, s'enchante seulement d'avoir un vrai secret de grande à garder et Tristan, qui a l'esprit curieux, ne retire de ces rendez-vous que des connaissances précieuses sur le corps des petites filles, et sur le surprenant comportement du sien en présence des petites filles.

Ils sont beaucoup plus sages qu'ils ne le pensent, ces deux innocents. Mais tout de même Tristan a déjà caressé, sous le corsage de sa cousine, le léger renflement de ses seins en bouton, il a déjà embrassé ses lèvres fraîches, et il sait quelle tension, quelle faim douloureuse et quel vertige cela provoque en lui. Pour quelque mystérieuse raison d'enfant, si Chantal se laisse embrasser et se laisse caresser, elle se refuse absolument à subir ces outrages assise ou allongée : c'est debout, et droite comme la justice, qu'elle les accueille. Pour elle le péché doit poindre lorsqu'on adopte une autre position...

Le péché. La honte. La faute. Ces mots, que Chantal n'emploie même pas encore dans ses rédactions, et dont elle ne saurait sans doute pas donner une définition satisfaisante, tout en elle les illustre lorsqu'elle s'abandonne aux mains de Tristan. Les trois dames de Blajan, qui ont élevé cette petite vierge froide, peuvent se frotter les mains : elles ont réussi à la revêtir d'une cuirasse de peur et de culpabilité qui n'est pas prête à céder.

Tristan leur a été moins soumis, et a gardé l'esprit plus droit : mais le moyen de sentir droitement, quand on frôle sur un jeune corps raidi une telle malédiction ? Il finit toujours par l'attirer contre lui et par se contenter de caresser ses boucles blondes, avec une tendresse bien apprise.

Aussitôt, Chantal se détend. Elle a payé sa quote-part et peut en venir aux choses agréables.

– Et si Philippe le dit à Contorose ? glisse-t-elle. Et si Contorose nous voit ? Et si les tantes s'en doutent ? Hein ? Et si Xavier cafarde ? Oh là là...

Tristan répond, gentiment, à ces naïves petites questions. Il se sent un peu triste, sans trop savoir pourquoi.

Ce soir-là – où se place, bien qu'il soit passé inaperçu de tous, le début de l'histoire – ce soir-là, comme Chantal et Tristan sortent des acacias et remontent l'allée, un bruit de ferraille les fait sursauter. Ils se retournent et voient apparaître à la grille du parc l'inénarrable guimbarde du Copte, cahotante et rouillée.

Le Copte est au volant de cette antiquité, trapu, sombre, un mégot sale aux lèvres, plus vulgaire encore que les deux enfants n'en avaient le souvenir. Il a freiné en les apercevant, et lève un bras poilu.

– Salut ! L'est là, Vanina ?

Comme tous les habitants de Blajan, Chantal et Tristan détestent ce prénom que porte, pour cet homme et sa tribu de forains crasseux, leur cousine Natalène. Aussi Chantal répond-elle, dignement :

– Natalène ? Oui, monsieur, à la maison.

– J'viens la prendre. T'à l'heure !

– Oui, reprend Chantal avec un rien de hauteur, à tout à l'heure, monsieur.

Et ils regardent le tacot monter l'allée.

– Là, dit la fillette, j'ai horreur de cet homme ! Horreur ! Contorose ne devrait pas le laisser emmener Natalène...

– C'est son père, après tout.

– Et alors ? Elle ne s'appelle même pas comme lui !

– C'est quand même son père.

– Moi, si j'étais Contorose...

Tristan s'écarte un peu d'elle, d'instinct. Il n'aime guère, sans se l'être jamais avoué clairement, la sagesse et le conformisme de Chantal. « Bien élevé », il l'est lui aussi : personne à Blajan ne pourrait se dispenser de l'être, sous la férule de Contorose. Mais quelque chose en lui, resté libre et désinvolte, refuse de se laisser tout à fait convaincre.

– Si j'étais Contorose, poursuit Chantal, je la garderais, moi, Natalène. Pas vous ?

– Non, répond-il. Je trouve qu'elle peut bien y aller.

– Chez ce ramassis de forains ?

– Qu'est-ce que ça fait ? C'est un crime de travailler dans les foires ?

– Non, mais... enfin je ne sais pas, mais... et même pour nous... ce n'est pas très...

Crispé, il espère qu'elle ne dira pas, comme les tantes : « convenable ». Mais bien sûr c'est exactement ce qu'elle dit. Et elle raffine, même :

– Ni très convenable ni très comme il faut.

Ils sont au pied du perron, ce qui épargne à Tristan la peine de répondre. Il est triste, inexplicablement : beaucoup plus triste qu'il ne l'était sous les acacias, il y a dix minutes à peine.

Ils atteignent juste le bas de la porte lorsqu'elle s'ouvre, brusquement, sur un Contorose souriant, son foulard de soie rouge autour du cou.

– Non ? dit-il. Mais pourquoi ?

– Ben, fait le Copte derrière lui, avec le fric que je lui devais, vous pensez si c'était le moment de ramener sa fraise !

Chantal et Tristan se sont écartés, poliment. Natalène suit son père, une petite valise à la main, un livre sous le bras. Le Copte ne lui accorde jamais plus de quelques minutes pour faire ses bagages. Elle laisse les deux hommes traverser la terrasse, puis descendre les marches – ils rient toujours – et fait à ses cousins une vilaine grimace.

– Ça va ?

Et parce que son départ lui assure une certaine impunité elle ajoute, moqueuse :

– Ça va, la romance ?

Chantal hausse les épaules et se glisse dans le hall. Elle veut bien croiser le fer avec Philippe et Xavier, mais n'a jamais voulu reconnaître à Natalène ni à Marion, ces deux gamines, le droit d'aborder un si grave sujet.

Tristan ne la suit pas. Il est aussi susceptible que Chantal sur la « grandissime passion » qui les unit, mais sa vieille complicité avec Natalène l'incline à lui pardonner beaucoup et lui fait trouver ses railleries, d'ailleurs peu fréquentes, supportables. Il ne relève pas celle-ci et demande seulement, en désignant du menton la valise que porte la petite fille :

– C'est pour longtemps ?

– Un mois ou deux, je crois.

Natalène n'est pas sage, elle. Ni conformiste. Pour tout dire elle n'est pas non plus très bien élevée : elle fait seulement semblant, par prudence. À Blajan règne Contorose, ailleurs le Copte, leurs méthodes d'éducation sont parfaitement opposées, on s'adapte, on transige, on louvoie...

Elle a onze ans, ce jour-là. Maigrichonne, noiraude, le visage pointu, elle est laide, indiscutablement. Le front est trop bombé, les pommettes trop aiguës. Quant aux yeux, d'un jaune sale comme elle le dit elle-même – les yeux du Copte très exactement – ils n'arrangent rien. Deux affreuses nattes trop serrées complètent un tableau qui désole les tantes, et surprend à Blajan où l'on s'est toujours flatté de faire de beaux enfants.

Le laideron, pour l'heure, baisse son petit museau et regarde avec intérêt le bout de ses sandalettes.

– Il a dit qu'à la rentrée, au plus tard...

Elle n'achève pas sa phrase. Ce que le Copte a dit n'a aucune importance, et elle le sait. Il peut la ramener le surlendemain, dans trois semaines, ou dans six mois tout aussi bien.

Pour la première fois de sa vie Tristan s'étonne vaguement de cette situation, à laquelle il n'a jamais pensé sérieusement. Une table est une table, deux et deux font quatre, Natalène disparaît à intervalles réguliers dans la guimbarde du Copte, la Terre tourne autour du Soleil et ainsi va le monde... Mais ce soir-là la façon qu'a eue sa cousine de se taire brusquement, en serrant les lèvres, l'émeut.

– Sûrement, dit-il au hasard. Pour la rentrée, sûrement.

– Ho ! crie le Copte de l'allée, ho ! Vanina ! Tu grouilles un peu ?

Elle sourit à Tristan, s'élance, et dévale les marches du perron.

Dans le salon, Tristan voit que Chantal s'est assise près du feu. Il n'ose pas la rejoindre. En a-t-il vraiment envie, d'ailleurs ? Il regarde ses cousins poser sur la table ronde la boîte du jeu de l'oie, et ses tantes broder, assises sur le même canapé, la même nappe d'autel.

Elles parlent de l'irruption brutale du Copte sur leur planète, bien sûr.

– Moi, dit Lise, je n'approuve pas Louis de... Cette petite est déjà si volontaire, si...

Elle n'achève pas, mais secoue la tête avec componction.

– Avec une telle hérédité, glisse Blanche, il ne faudra pas s'étonner si...

Tristan s'assoit au piano et se met à jouer, doucement, une petite sonate qu'il connaît bien. Mais il la joue avec une telle expression que chacun, surpris, se tait pour mieux écouter. Comment ces notes familières peuvent-elles parler si clairement, ce soir, d'orage, de tristesse et de violence ?

Tristan contemple, sans le voir, le bois ciré du pupitre. Il ne pense à rien. Ou bien à l'ombre du bouquet d'acacias, là-bas, dans l'allée. C'est chose à la mesure de son âge. Le reste le dépasse : des pas rapides sur les marches d'un perron, une enfant qui détourne les yeux, une déchirure secrète... Au milieu d'un silence vaguement gêné, il referme le clavier, pivote sur le tabouret, fait face au clan et rougit de voir tant de regards fixés sur lui. Quelque chose vient de lui arriver – quelque chose qu'il ne comprend pas mais dont il se souviendra plus tard.

– Je n'aime pas, dit tante Lise, cette façon de jouer... Quelle brutalité !

– Il jouait doucement, proteste Philippe.

– Peut-être, mon garçon, peut-être. Mais c'était... c'était vulgaire. Voilà, oui, c'était vulgaire...

II

Après cette sonate si vulgairement jouée, il y eut tout un long été. Chantal se cassa la jambe en tombant du noyer, Natalène revint, repartit, et revint de nouveau. Philippe obtint de Contorose la permission d'accompagner à Bordeaux tante Lise qui devait y consulter un spécialiste. L'automne suivit, interminable. Puis l'hiver : le vieil orme de la grille s'abattit juste devant la voiture du vétérinaire. Au printemps on fêta, à quelques jours d'intervalle, les quinze ans de Chantal et les quatorze ans de Tristan.

Ce fut ce printemps-là qu'elle accepta de lui des caresses plus précises, et pour les recevoir consentit enfin à s'allonger sur l'herbe qui tapissait le bosquet d'acacias. Elle était jolie, fine et blonde. Ses cheveux soigneusement bouclés encadraient un visage un peu rond aux traits réguliers. Elle riait beaucoup, de ses dents bien blanches. L'adolescence lui seyait et Tristan n'était plus le seul, sur le chemin du lycée, à lui porter son cartable.

Blajan était situé sur le flanc d'une colline, à six cents mètres d'un petit village, à trois kilomètres d'un gros bourg, et à douze kilomètres de ce que l'on nommait alors, avec révérence : la Ville. La seule et unique !

La route qui menait au village passait juste devant la grille du parc. Quant à Blajan lui-même, c'était un ancien pensionnat religieux, niché dans un bon hectare de bois. Le bâtiment principal était flanqué de deux petites ailes, l'une sur l'avant, l'autre sur l'arrière. Il était sans grâce, mais solide et massif sous son manteau de vigne vierge. Le clan tout entier y tenait à son aise et de nombreuses pièces des deux ailes – anciennes salles de classe, dortoirs, petites cellules des surveillants – étaient encore inoccupées.

La vie commune se déroulait au rez-de-chaussée. Les Blajan, qui étaient de notoires individualistes, vivaient pourtant en groupe. Sans doute ce paradoxe était-il dû aux dimensions imposantes de la pièce où ils se tenaient, et qui avait dû être, au temps des jésuites, une sorte d'amphithéâtre : elle faisait bien, sans mentir, quinze mètres sur quinze et pouvait aligner huit fenêtres sur le parc. Elle s'ouvrait sur une grande salle à manger, à gauche, et communiquait aussi, à droite, avec une vaste bibliothèque : le moyen de se gêner dans cette immensité ?

Plusieurs petites pièces dépendaient de celle-ci, en particulier le Saint Lieu, le bureau de Contorose, d'où le vieil autocrate dirigeait sa tribu. C'était là qu'il déversait sur ses ouailles l'argent de poche, les sermons, les ordres, les gifles et les félicitations ; là qu'on se confessait, qu'on tentait de se justifier, ou qu'on venait mendier une permission.

Contorose, sans être vraiment riche, était très à son aise : depuis plusieurs générations sa famille vivait de tout un pâté de maisons acheté, en plein centre de Bordeaux, par un ancêtre bien avisé. Au fil du temps les maisons étaient devenues de très hauts immeubles cossus, les loyers avaient augmenté en conséquence, et si Contorose se plaignait de voir l'État le voler honteusement au passage il reconnaissait qu'il avait de quoi vivre. Lui et les siens.

« À condition, ajoutait-il – et son œil se faisait sombre sur Philippe qui avait demandé à remplacer sa vieille bécane rouillée par un vélo NEUF – à condition que personne n'ait la folie des grandeurs... »

Philippe eut son vélo neuf, ce printemps-là.

Et un matin de l'été qui suivit, Tristan vit Natalène pêcher au bord de l'étang. Il s'en fallait d'un an encore pour que cet endroit serve de cadre au premier souvenir qu'ils devaient garder de leur amour, aussi Tristan s'assit-il près d'elle le cœur en paix, et seulement pour dire :

– Ça mord ?

Elle avait sursauté.

– Vous m'avez fait peur, protesta-t-elle, c'est malin...

Il lui sourit, en arrachant un brin d'herbe pour le mordiller.

– C'est pas la peine, railla-t-il, j'ai pas mon grand couteau...

Elle avait douze ans depuis peu et avait encore enlaidi : elle grandissait trop vite et ne prenait pas un gramme. Tristan vit son épaule saillir sous la laine de son gilet et remarqua, mufle comme on l'est à son âge :

– Qu'est-ce que vous êtes maigre, alors ! On dirait une arête, là !

– Sûr !

Elle partageait avec lui un manque absolu de narcissisme. Leurs quatre cousins Rivalty, garçons et filles, passaient déjà de longs moments à s'étudier dans les glaces, mais ils n'avaient pas, eux, ce fardeau à porter. Tristan se savait « plutôt pas mal » et Natalène « plutôt moche pour le moment » : ils n'en faisaient pas un drame.

– Gina dit que je grossirai quand j'aurai du sang.

– Du quoi ?

– Du sang. Quand mon sang coulera, tous les mois.

Cette simplicité de ton n'était certes pas de mise à Blajan. Natalène ne l'ignorait pas et en tenait habituellement compte. Mais avec Tristan, son cousin préféré, son vieux complice, elle perdait de sa prudence et retrouvait son aisance de petite foraine. Et lui, qui aurait rougi d'aborder ce sujet tabou avec Chantal, poursuivit sans gêne :

– C'est dans longtemps ?

– Je ne sais pas. On ne peut pas savoir à l'avance. Un jour ça coule. Mais Gina parle d'un an ou deux, et elle a eu trois filles, elle a l'habitude.

– Qui c'est, Gina ?

– La petite amie du Copte.

– Elle est gentille ?

– Non. Ni Vanik – c'est son fils. Mais lui n'est pas bête.

– Et elle, si ?

– Oh là là, vous pouvez dire ! La couche qu'elle se traîne !

Il rit de bon cœur, avec elle, de cette Gina inconnue si terriblement sotte. Et comme cela lui arrivait souvent – car elle était très enfant encore, mais fine comme l'ambre – Natalène eut une réflexion surprenante :

– Pourtant elle n'est pas bête d'une façon vraiment bête. Il y a des façons. J'ai bien vu quelqu'un qui était gentil d'une façon très méchante... Vous ne croyez pas ?

– Ben... Peut-être. Je ne sais pas.

Il lui sourit encore. Il s'était toujours très bien entendu avec cette petite peste. Était-ce parce qu'ils étaient fils et fille de deux sœurs jumelles et qu'on les considérait donc plus liés que de simples cousins ? Était-ce parce qu'ils faisaient bloc, eux, les Blajan, en face de leurs quatre cousins Rivalty ? Ou parce que leurs natures profondes, en fait, se ressemblaient et s'attiraient ? Ils se sentaient très proches l'un de l'autre, malgré leur différence d'âge. Et Tristan avait beau faire partie du groupe des « Grands », Natalène formant avec Marion celui des « Petites », ils se confiaient les plus compromettants de leurs secrets, et n'étaient vraiment sincères que l'un envers l'autre. D'ailleurs Tristan déclarait tout à trac, justement :

– J'ai envie de filer.

– Où ça ?

– N'importe où...

– Avec Chantal ?

– Ben... Non, pourquoi avec Chantal ?

Elle lui lança, par-dessus son épaule, un regard moqueur.

– Je croyais que c'était automatique de filer ensemble, dans ce cas-là.

– Quel cas ?

– Oh, dites donc, poussez pas !

De nouveau penchée sur sa boîte de conserve, où grouillaient des vers, elle rit, pour elle-même, mais n'insista pas. L'une de ses nattes trop serrées barrait son dos. Sa nuque était fine et brune. Tristan la regardait, mal à l'aise, et soudain posa une main sur la petite épaule.

Il n'aurait pas pu dire, sa vie en eût-elle dépendu, pourquoi il avait eu ce geste incongru. À Blajan on se touchait peu. Contorose se contentait de quelques bourrades affectueuses et les vieilles dames elles-mêmes n'embrassaient que très rarement les six enfants. Pourtant Tristan avait tendu la main, et le contact du corps de Natalène le bouleversait.

Elle s'était retournée, et le regardait. Dans ses yeux, d'un noisette si clair qu'il en paraissait parfois vraiment jaune, une petite lumière railleuse dansait. Puis elle éclata de rire.

– Ça vous prend souvent ?

Tristan retira sa main aussitôt, et regarda ses doigts comme s'ils ne lui appartenaient pas.

– Non – je ne sais pas – c'est idiot...

– Ça m'arrive aussi, dit-elle avec philosophie.

– Quoi ?

– Ça. D'avoir envie de toucher les gens. Ça n'a rien d'idiot, si on y réfléchit.

– Mais toucher qui ?

Il semblait interroger un oracle, et elle rit encore.

– Tout ! Les gens, les choses... tout ce qui m'en donne envie ! Les bébés, les cheveux de Marion parce qu'ils sont si blonds, vos mains à vous à cause du piano, le sourire de Philippe quand il se fout des gens, mais naturellement on ne peut pas toucher un sourire, ni une odeur... Si je pouvais toucher une odeur, comme ça, par magie, ce serait celle des lilas violets : elle doit être chaude, et lourde, lourde dans la main.

Déconcerté – Natalène déconcertait déjà beaucoup de monde, au petit âge qu'elle avait cet été-là – Tristan ne répondit pas.

– Mais toucher des gens, reprit-elle, c'est plus grave. Ils pourraient ne pas vouloir. Tandis qu'une odeur ça n'a pas d'avis.

– Je n'aime pas toucher Chantal, dit Tristan.

Il rougit aussitôt, mordu au cœur par cette trahison. Mais Natalène n'y vit rien de blâmable et se contenta de lever les sourcils.

– Pourquoi ?

– Je ne sais pas.

– Et pourquoi le faites-vous, alors ?

– Je ne sais pas.

Elle rit, amusée par une si tenace ignorance, et haussa les épaules.

– C'est des giries...

– Qu'est-ce que c'est, des giries ?

– Des bêtises, des fadaises, des idioties... Des giries de girouette.

– C'est Gina qui dit ça ?

– Non, c'est Justine. Vous ne l'avez jamais entendue ? C'est du patois vendéen, je crois. Giries, drôles et drôlesses, pissouse...

Elle tirait la langue, en armant son hameçon.

– Vous êtes un drôle – un garçon – et moi une drôlesse. Et une pissouse aussi ! Les giries c'est à tout le monde. Elle dit « coussote », aussi. C'est un récipient à puiser l'eau, avec un grand manche. Faut l'écouter, quoi ! Je peux vous toucher, moi ?

– Me toucher ?

– Oui ?

– Mais oui...

Elle tendit la main. D'un doigt très léger elle effleura, à peine, le poignet de Tristan. Un petit sourire étira ses lèvres, très doux, un peu triste, un curieux sourire que Tristan ne lui connaissait pas. Ce fut très bref : déjà elle fourrageait dans sa boîte à vers de terre.

– Le fumier de Boris en est plein, dit-elle. Bon Dieu, y en a plus que de fumier !

Ils ne dirent rien d'autre. Le temps n'était pas venu. Et la parenthèse refermée, ce fut comme si rien ne s'était passé.

Il s'était passé quelque chose. Mais quoi ? Natalène était trop jeune pour répondre à cette question, trop jeune même pour se la poser. Tristan l'aurait peut-être pu : il avait éprouvé avec Chantal des sensations un peu semblables. Mais elles n'avaient été qu'un écho lointain, affaibli et déformé, de ce qui l'avait poussé si violemment à poser une main sur Natalène. Et on ne peut pas demander à un grand garçon de quatorze ans, amoureux déclaré d'une jolie cousine un peu plus âgée, de nommer clairement « désir » ce qui l'a uni, un très court instant, à une gamine de douze ans. Tristan oublia donc l'aventure, comme l'oublia Natalène, comme les enfants oublient ce qu'ils ne peuvent comprendre.

Il en demeura quelque chose en eux, pourtant, à leur insu. Leur entente avait toujours été grande : elle s'approfondit encore. Ils ne se virent pas davantage, mais mieux, comme si une part secrète de leur être avait su ce qui les attendait. Et surtout, quelles que soient les circonstances, jeux ou batailles, farandoles sur la pelouse ou danses au salon, ils ne se touchèrent plus. Plus jamais. Un instinct sûr, et vigilant, leur fit éviter toute possibilité de contact. Contorose reprit un jour Tristan parce qu'il passait à sa cousine un gros dictionnaire en le faisant glisser jusqu'à elle à travers la table, d'une poussée de la main : geste fort discourtois, qu'il regretta lorsque son grand-père lui en fit le reproche, mais qui avait été absolument machinal. Et toute une année devait s'écouler sans que ces deux enfants, qui vivaient sous le même toit, mangeaient à la même table et jouaient aux mêmes jeux, aient une seule fois, une seule petite fois, l'occasion de se toucher.

Les deux sœurs de Contorose n'avaient jamais quitté Blajan. Lise, l'aînée, était restée fille. Contorose avait marié la cadette, Blanche, à une grosse fortune de la vallée voisine, représentée par un timide petit homme, chauve et bégayant, qu'avait terrorisé son redoutable beau-frère.

Un fils était né à Blanche, Alban, et peu de temps après naissaient les jumelles de Contorose, Agnès et Anne. Contorose, naturellement, avait régenté aussi bien le ménage de sa sœur que le sien propre, et dès qu'elle fut veuve se considéra maître du petit Alban Rivalty comme de ses propres filles.

De cette époque lointaine où grandissaient à Blajan les trois enfants de la génération précédente, nos diablotins actuels ne savent pas grand-chose. Pour eux comme pour tous les enfants l'histoire du monde commence à leur naissance. Alban Rivalty a épousé cette timide Marie qui brode maintenant au salon : il en a eu Xavier, Chantal, Philippe et Marion. D'Agnès est né Tristan, et d'Anne Natalène. Ces choses étaient écrites de toute éternité, assurément. On se demandera peut-être, plus tard, quel vent mauvais a chassé de Blajan Alban et ses cousines jumelles, au début des années 1950. Mais pour l'instant on ne se pose pas de questions. Alban a planté là, un beau matin, sa femme et ses quatre enfants. Il vit en Italie, dit-on. Avec « quelqu'un ». Anne est morte et Agnès, veuve, s'est installée à Hambourg d'où elle n'écrit qu'à Tristan seul, deux ou trois fois l'an, de courtes lettres de mère négligente. Mais puisque Contorose est là, lui, attentif, aimant, sévère, aussi solide que les murs de la vieille maison, puisqu'il est là depuis toujours, il importe peu, finalement, qu'il y ait des maillons défaits dans la chaîne des générations. Cela devait être ainsi, et voilà tout.

Au grenier, les gaules d'Alban sont couvertes de poussière. Ses soldats de plomb s'ennuient dans une caisse. La malle aux costumes des jumelles sert de socle à des amas de tapis roulés. Et qui regarde encore, dans le couloir du premier étage, les portraits des trois adolescents d'autrefois ? Natalène, peut-être, pour s'étonner d'être la si brune fille d'une de ces jumelles si pareillement blondes et pâles. Justine, oui, la vieille cuisinière, qui a aimé ces trois oiseaux envolés avant d'aimer leurs oisillons. Philippe, sans doute, qui se flatte d'être le seul enfant d'Alban Rivalty à lui ressembler un peu. Personne d'autre. Marie Rivalty ne fait jamais allusion, ni devant ses quatre enfants ni devant quiconque, à son époux enfui. Lise et Blanche observent là-dessus le silence hautain de Contorose. Et Contorose, obstinément, se tait.

Les enfants s'étonneront un jour de constater que l'on peut parler, à la rigueur, d'Anne, dont l'histoire est pourtant la seule à répandre un certain parfum de scandale. Anne a suivi, à vingt-cinq ans, un beau Copte de trente ans, forain de son état : la petite Natalène-Vanina qu'elle a eue de lui était superbement bâtarde. Et elle l'est restée. Horreur ! On peut cependant évoquer, parfois, prudemment, légèrement, ce délicat sujet. Dans ses meilleurs jours Contorose peut se laisser aller à raconter la pittoresque arrivée de la bâtarde à Blajan, après la mort de sa mère, et sa stupéfaction à voir ainsi surgir du néant, maigre, hurlante, noiraude et pouilleuse, une enfant de quatre ans dont il ignorait alors jusqu'à l'existence. « Crénom, a-t-il dit une fois, on se serait cru dans un roman d'Eugène Sue... »

Il peut aussi narrer par le menu la conversation que le Copte et lui eurent ce soir-là, et la charte de bon voisinage qu'ils établirent ensemble. L'enfant serait Natalène six mois et Vanina six mois, ç'avait été le désir de sa mère et c'était à prendre ou à laisser...

« J'ai pris, sourit Contorose. De toute façon on ne me l'offrait pas, on me le jetait à la figure. »

La vie du Copte était heureusement trop chaotique pour qu'il pût user régulièrement de ses droits. On vit à l'usage que ses six mois se réduisaient en fait à un ou deux, pas davantage, et qu'il ne tenait vraiment qu'à sa liberté d'action. Qu'on lui donne sa fille dans les dix minutes lorsqu'il venait la chercher, qu'on ne lui pose aucune question et qu'on ne lui fasse aucune recommandation, il n'en demandait pas davantage. C'était un homme déconcertant, fruste et violent, mais doué d'une vive intelligence et Contorose finit par avoir pour lui une sorte de considération.

Tout cela, il peut le dire. Il peut même en plaisanter. Pas devant un étranger naturellement, et sans s'étendre trop, mais enfin le sujet n'est pas absolument tabou.

Pour quelles mystérieuses raisons, alors, accable-t-il d'un si lourd silence l'histoire d'Agnès, régulièrement mariée à un lointain cousin de la branche aînée, puis veuve ? Celle d'Alban, qui n'est certainement pas le seul homme au monde à avoir sacrifié sa petite famille aux charmes d'une Italienne ? Pourquoi s'est-il opposé à ce qu'Agnès emmène son fils à Hambourg, à ce qu'elle l'y invite même, en vacances, et pourquoi ne prononce-t-il jamais, jamais, le nom d'Alban Rivalty ?

Les enfants, plus tard, se poseront ces questions. Mais plus tard seulement. Pour l'instant ils se contentent de vivre.

Et malgré ce passé mystérieux, on vit très bourgeoisement à Blajan. Contorose ne plaisante pas avec la bienséance et ses trois adjointes l'aident, à leur façon mesquine et tatillonne, à faire régner la discipline. On doit se tenir droit, ne pas mentir, se laver les mains, porter des chaussettes bien blanches, et ne parler à table que si l'on vous interroge. Il faut travailler en classe, se tenir dignement au salon, obéir, obéir, obéir...

Des quatre enfants d'Alban et Marie Rivalty, trois obéissent : Xavier, Chantal et Marion. « Ils sont nés comme ça, les malheureux », déclare railleusement le quatrième, Philippe. Violent, coléreux, têtu comme une bourrique et aussi batailleur qu'un coq, ce Philippe-là désespère et fascine, tour à tour, les trois dames de Blajan.

Pas Contorose. Contorose est fin et se méfie moins des éclats de Philippe que de la tranquille réserve de Tristan ou de l'indépendance obstinée de Natalène. Ces deux-là ne lui laissent pas de répit. C'est Tristan qui veut faire de la musique son métier et déclare (avec la plus suave politesse) que rien ni personne ne l'en empêchera. C'est Natalène qui élève depuis toujours entre le Copte et Contorose un épais mur de béton et pour rien au monde ne ferait à son grand-père l'aumône d'une seule allusion à la vie qu'elle mène chez son père.

Pourtant ces deux entêtés, et le bouillant Philippe, sont les préférés de Contorose. Les trois autres, trop sages et trop prévisibles, ne l'intéressent guère. « Moi, dit-il souvent à ses sœurs et à sa nièce, j'aime la bonne argile... »

Qu'aurait-il pensé de sa bonne argile, cet hiver-là, s'il avait pu tout savoir ?

Natalène, qui avait découvert l'endroit où il dissimulait ses napoléons, lui en avait déjà pris trois. « Pour les mauvais jours », se disait-elle en les rangeant dans sa tanière secrète, sous les toits de l'aile droite.

Philippe, plus réaliste, se contentait de chiper quelques piécettes à sa mère : celles-là, au moins, il pouvait les dépenser. Il avait gardé l'habitude de fouiller les rayons de la bibliothèque, et son rare talent pour y dénicher les livres de l'Enfer, ceux où l'on voyait de gros messieurs ventrus fouetter toute une collection de jolis postérieurs.

Quant à Tristan, qui approchait de ses quinze ans, il ne se contentait même plus de Chantal, l'ingrat, et nourrissait pour la jolie Sophie Perey une grande passion très romantique – que Philippe, sensible lui aussi aux charmes de la belle, supportait assez mal.

Sophie avait un peu plus de seize ans et n'était pas farouche. Elle vivait avec sa tante, la seule amie de Marie Rivalty, et venait donc très souvent à Blajan. Elle se plaisait à troubler les deux cousins, et surtout à les rendre jaloux l'un de l'autre, pour essayer ses griffes naissantes. Son manège n'attirait pas l'attention des adultes mais n'échappait à aucun des enfants, et ce roman d'amour à trois personnages, ou à quatre si on y admettait Chantal, fut la grande affaire de cette année-là.

Pendant les vacances de Pâques les enfants construisirent dans le parc une cabane, la dernière de toute une longue série, et très perfectionnée celle-là, pourvue de volets, de paillasses, d'une vraie terrasse et d'une table de poupée. Elle était si bien faite qu'on pouvait en voir, bien des années après, quelques vestiges subsister au fond d'un sous-bois.

Quand elle fut terminée ils y dormirent tous, plusieurs nuits de suite, enroulés dans de vieilles couvertures. Les trois dames essayèrent bien de s'opposer à cette inconvenance, mais Contorose balaya leurs timides remontrances d'un grand geste du bras, en riant.

– Je vous en prie ! Ce sont des enfants !

Natalène n'avait pas pu aider à construire ce palais. Le Copte ne l'avait ramenée à Blajan, après trois semaines d'absence, qu'une fois le dernier bardeau posé sur le toit. Mais elle y coucha tant que ce fut la mode. Elle traînait sa paillasse sous la fenêtre, pour voir la lune. Ses cousines ne lui disputèrent pas cette place de choix : elles y auraient eu trop peur, déclarèrent-elles. Quant aux garçons, bien dressés par Contorose, ils n'eurent même pas l'idée de choisir leur place avant les petites filles.

La dernière nuit, Tristan, qui s'était réveillé, vit Natalène assise sur le rebord de la fenêtre, éclairée par la lune. Il ne bougea pas, il ne dit rien : il dormait encore à moitié. Mais cette image de sa cousine, comme beaucoup d'autres, ne devait jamais le quitter : un profil net sous un fouillis de boucles, quelque chose de fier, et d'inquiet pourtant, dans la ligne du cou et le port de la tête, une certaine façon de resserrer autour d'elle les plis de la couverture...

Elle avait changé. D'abord, elle s'était enfin décidée à couper ses horribles nattes, et les boucles qui entouraient maintenant son petit visage en adoucissaient les contours aigus. Elle avait cessé de grandir si vite, et grossi un peu. Elle n'était pas plus jolie que l'année précédente, non, et rien ne permettait encore de sentir qu'elle le deviendrait, mais elle s'humanisait, souriait davantage, et ressemblait presque à une vraie grande fille.

Surtout, elle paraissait plus heureuse, et comme apaisée : une question sans doute, qui la poursuivait depuis sa petite enfance, avait trouvé une réponse. Ou bien, plus simplement, elle s'était résignée à passer ainsi, deux ou trois fois l'an, d'une planète à une autre.

Pour la première fois de sa vie elle semblait prête à travailler sérieusement. Son application, ce printemps-là, émerveilla Contorose. Elle ne se contenta même pas de rafler tous les premiers prix de sa classe, elle qui s'était toujours satisfaite d'une très juste moyenne, elle se mit aussi à entreprendre des études personnelles, s'attaqua au latin, puis au grec, et même les railleries de Philippe ne la découragèrent pas.

– C'est que, disait-elle, si le Copte continue à me balader comme ça, j'ai intérêt à prendre de l'avance !

Elle demanda à commencer l'étude du piano et Tristan lui servit, comme aux autres, de répétiteur entre ses cours. Mais si les autres étaient d'assez bons élèves Natalène n'avait aucun sens du rythme, aucune oreille, et ce qu'elle était capable de tirer d'un honnête piano, en fait de cacophonie, sidérait son cousin.

– Mais vous le faites exprès, dites ? demandait-il. Vous le faites FORCÉMENT exprès !

Elle ne le faisait pas exprès. Pourtant elle avait beau l'affirmer, le jurer, le crier même, Tristan n'en fut jamais vraiment persuadé.

Quand on sentit, rien qu'à l'odeur du parc, rien qu'à la couleur du ciel, l'approche des grandes vacances, Tristan avait quinze ans, et Natalène treize : l'heure fixée pour eux approchait elle aussi, sûrement.

Mais ce fut Xavier Rivalty qui ouvrit les hostilités : il avait dix-sept ans et voulait se marier, parfaitement, un vrai mariage avec demande en règle, gants beurre frais, messe et voile de dentelle. Contorose le laissa délirer sans mot dire, lui accorda une semaine de grâce (le temps de passer, et de rater, son baccalauréat), puis l'envoya en Angleterre pour un an. Xavier avait épuisé tout son courage : il n'osa pas protester, prit congé de sa belle en pleurant, et se laissa exiler.

Trois jours après ce triste départ le Copte emmena sa fille. Elle se fit un peu tirer l'oreille, parce qu'il lui restait deux compositions à passer, mais lui non plus ne se laissa pas fléchir. D'ailleurs, parler de compositions au Copte c'était entretenir un Lapon de la théorie d'Einstein : elle s'en aperçut vite, se tut et monta faire sa valise.

Ce fut donc en troupe réduite que les enfants de Blajan abordèrent, cette année-là, au paradis des grandes vacances.

La jolie Sophie Perey, heureusement, leur porta secours. Sa tante venait de lui offrir un scooter et elle en usait largement. On la vit partout en ce bel été : en ville, au bord de la rivière, au bourg voisin où elle comptait quelques amis ; et à Blajan surtout, où se trouvaient au moins deux personnes que ses visites enchantaient : le calme Tristan, ce jaloux de Philippe... Un scooter et trois, et cinq, et dix amoureux, que pouvait-on demander de plus à la vie ?

III

C'est Tristan qui pêche, ce matin-là, près de l'étang. Chacun son tour. Il est bien loin de penser à Natalène, que le Copte ne leur a pas encore rendue. Il ne pense même pas à Chantal, ni à Sophie Perey. Il pense à sa provision de vers de terre, tout bêtement. Au mois d'octobre tout proche, qui sonnera le glas des vacances. À ce pauvre Xavier qui se morfond à Édimbourg et n'a même pas le courage d'écrire. Au grincement de la grille, soudain – mais qui pourrait se présenter à Blajan si tôt, avant le laitier lui-même ? À cette eau dormante qui ne daigne lui offrir, ce matin, aucun espoir de friture...

Et puis il se retourne, parce qu'il a entendu des pas dans l'allée, décidés, un petit rire de joie, un appel. C'est Natalène, apparue au détour d'un massif, et qui lève le bras.

– Hou-ou !

Il répond, ravi, et la regarde venir à lui sous les arbres.

– Vous tombez du ciel ?

C'est une plaisanterie rituelle. Natalène semble toujours, quand le Copte la ramène, surgir du néant. Elle rit complaisamment et se laisse glisser à côté de son cousin, sur l'herbe.

– Il m'a posée à la grille, parce qu'à cette heure-là tout le monde doit dormir... Ça mord ?

– Ben... pas tellement.

– Vous n'avez rien pêché du tout ?

– Si : une petite bohémienne, à l'instant.

Elle rit encore, et secoue la tête. Sa joie de retrouver Blajan, et Tristan, est évidente. Sous ses boucles en bataille, pas très nettes, son petit visage menu rayonne.

– Qu'est-ce qui s'est passé ?

De bonne grâce, Tristan entame une gazette détaillée. Sophie Perey a eu un scooter. Xavier n'a écrit qu'une seule fois, à sa mère. Peut-être écrit-il à sa Belle, oui, et encore, paresseux comme on le connaît... Tante Blanche est à Toulouse chez le cousin Edmond. Elle reviendra dans quelques jours. Et c'est tout. Non, ce n'est pas tout : Pyrame est mort, en juillet, de sa belle vieillesse. On l'a enterré sous le chêne de la pelouse. Voilà.

Il ajoute, machinalement :

– Et vous ?

– Oh, moi...

Elle semble fouiller sa mémoire, de bonne foi, mais n'en retire qu'un renseignement dérisoire.

– On a trié les ferrailles.

Un autre suit, plus prometteur : mais sur lequel elle ne s'étendra pas davantage.

– La caravane des Grecs a brûlé.

Elle ne parle jamais de sa vie chez le Copte, et Tristan se garde bien d'insister. Il lui sourit seulement, heureux de la revoir, et elle lui rend, sans parler, ce sourire de bonne amitié. Le Copte vient de la garder presque trois mois, ce qui ne lui était jamais arrivé : il n'est sans doute pas près de revenir la chercher.

– Je vais bûcher, dit-elle, vous allez voir ça !

– Vous êtes tombée ?

Il vient de voir, autour de son genou, une large bande grisâtre.

– Non, j'ai reçu une portière... Le laitier est passé ?

– Pas encore.

Elle n'a pas de montre et c'est lui qui la renseigne, en relevant sa manche.

– Six heures dix.

– Ben flûte, on est partis du camp à quatre heures !

– Où allait-il ?

– À Dax, je crois.

Elle s'est levée, et lui aussi. Ils se regardent. Un vieux souvenir émerge lentement de l'oubli. Cet étang, oui, ce silence, cette sensation étrange d'attente et de tension... Quand était-ce ? Il y a deux ans ? Trois ans, dix ans ? Et que s'était-il donc passé ce jour-là ?

Tristan sent son cœur se serrer, et s'emballer, quand il reconnaît le sourire qui glisse sur les lèvres de Natalène. Ce sourire-là très exactement. Sa mémoire l'avait conservé, intact. C'est un curieux sourire, plein de douceur, de tristesse et de fierté. Un petit sourire indéfinissable, qui sait des choses que Tristan, et Natalène elle-même, ignorent encore.

Il sent sur son bras le contact des doigts qu'elle a tendus vers lui, et le reconnaît aussi. Décidé, mais sans insistance ni brusquerie : c'est le même. Il serre les dents, un peu étourdi. On lui a appris à se conduire en jeune mâle conquérant. Pourtant il ne bouge pas. Un sûr instinct le tient immobile et muet devant la fillette. Il attend. Il attend, et le désir qui couvait entre eux depuis très longtemps déjà déploie lentement ses lourds, ses somptueux pétales.

Une cloche s'est mise à sonner au village : ils n'oublieront jamais, ni l'un ni l'autre, son chant léger dans le clair matin. Les doigts de Natalène remontent, atteignent l'épaule du garçon, puis son cou, et suivent l'encolure de son pull-over. Ils sont lents, et tièdes. Elle sourit toujours. Ses yeux jaunes brillent, un peu élargis. Puis sa main redescend, rêveusement. Tristan la retient au passage dans la sienne, sans la serrer. Il ne pense plus à rien. Il est tout entier au bout de ses doigts, qui caressent à leur tour ceux de Natalène. Avec une tendresse qui le déchire, et le fait trembler, il apprend. Et tout ce qu'il croyait savoir du plaisir et du désir vient de le quitter : cette crainte sourde, cette vague honte, si bien ancrées en lui par les sous-entendus des tantes, les réticences de Chantal et les plaisanteries de ses camarades de classe. Natalène est une petite païenne. Suspendue entre deux mondes, et n'appartenant vraiment à aucun d'eux, elle s'est créé ses propres lois et celles-ci sont à son image : simples, saines et droites. Il n'y a ni Bien ni Mal sur ces tables de pierre. Il y a l'été et l'hiver, la vie et la mort, le plaisir et la peine. Ce matin-là l'été, la vie et le plaisir sont offerts à chacun d'eux sur le corps de l'autre et il suffit de tendre la main pour les y cueillir, comme on dérobe ses pommes au pommier rencontré : au nom de quelle sinistre folie s'en priverait-on ?

Et il y a en Tristan, depuis toujours, quelque chose qui lui permet de comprendre et surtout d'accepter cette redoutable liberté. Xavier reculerait à sa place et Philippe lui-même, malgré ses rodomontades habituelles, n'en mènerait pas large. Mais il peut, lui, suivre la petite bohémienne sur ces terres inconnues et s'il tremble encore il n'a pas peur – ni d'elle ni de lui.

Natalène, qui a reculé, vient juste de remarquer le frisson qui a fait pâlir son cousin. Elle a un petit rire, moqueur mais sans méchanceté, et ses yeux brillent.

Il serre les dents pour se calmer : c'est facile, puisqu'elle ne le touche plus. Et il rit lui aussi, sans l'ombre d'une gêne.

Elle s'est baissée, pour reprendre sa valise, et dit seulement, de sa voix habituelle :

– Je vais bien trouver du lait d'hier dans la souillarde...

Ils n'avaient rien fait de plus qu'à leur précédente rencontre près de ce même étang, un an auparavant. Mais ils savaient maintenant de quoi il s'agissait, et ils étaient même assez renseignés pour donner un nom au trouble qu'ils ressentaient l'un en face de l'autre. Habiller le mystère d'un mot suffit souvent à l'apprivoiser.

Ces nouveaux liens, ces nouveaux jeux, qui prolongeaient leur vieille complicité, ils les acceptèrent avec naturel. Mais d'instinct ils les cachèrent. Ils poussèrent même la réserve jusqu'à se les cacher l'un à l'autre : pas une seule fois ils n'y firent la plus discrète allusion, cet automne-là, et pas une seule fois ils ne se donnèrent l'ombre d'un rendez-vous. Le hasard seul les mettait en présence, au détour d'un couloir ou sous les arbres du parc, trois fois par jour ou pas du tout de toute une longue semaine : cela ne semblait pas les concerner vraiment.

Ils se contentaient parfois de se regarder jusqu'à ce que l'envie de toucher l'autre leur devienne presque douloureuse. S'ils y cédaient c'était du bout des doigts, très légèrement. Et cela leur suffit longtemps. Si rien ne les effrayait, rien ne les pressait non plus, et Tristan avait oublié TOUT ce qu'il avait cru savoir des règles du jeu. Le plaisir que lui donnaient les doigts de Natalène en effleurant son bras, ou sa joue, était très différent de celui qu'il éprouvait en embrassant Chantal ou Sophie : c'était une sensation beaucoup plus violente, beaucoup plus profonde, et qui pourtant laissait en lui, en se retirant, non pas de la rancune et cette vague tristesse qu'il connaissait si bien, mais une grande douceur, et une sorte d'apaisement.

Il rencontrait toujours Chantal sous les acacias et allait toujours, avec Sophie Perey, aussi loin que la prudence de la jeune fille le lui permettait. Cela ne le gênait pas, ne l'étonnait même pas, et ne semblait pas poser le moindre problème à Natalène – qui continuait à pouffer sous cape, comme Philippe et Marion, en voyant Chantal ruser avec les tantes pour s'esquiver.

Il n'usait jamais avec elle de ce qu'il avait appris avec Chantal et Sophie, tant leurs liens étaient d'une nature différente. Et un soir où il avait été, avec Sophie, presque au bout du chemin – vraiment, il s'en était fallu de très peu – il s'enchanta de sentir les lèvres de Natalène frôler les siennes pour la première fois, comme si ç'avait été là son premier baiser, et le geste le plus audacieux qu'on ait jamais eu avec lui.

Elle s'était reculée aussitôt, et il écarta les bras qu'il avait noués autour d'elle. Il ne la retenait jamais. Ils étaient dans le grand escalier, parce que c'était l'endroit où il leur arrivait le plus souvent de se croiser seuls. Elle avait encore un livre d'espagnol à la main. On ne pouvait guère les surprendre, le vestibule étant très obscur. Ni les entendre, puisqu'en ces occasions-là ils ne prononçaient jamais un mot. Des voix étouffées venaient du salon, dont la porte était fermée. Au second, tout là-haut, Marion peinait sur ses gammes. Ils étaient seuls au monde, et en sécurité au cœur de la vieille maison.

Il regardait ses yeux – jaunes, dorés, noisette ? – et sa bouche, longue et renflée. Quel curieux petit visage elle avait, pas joli, non, mais narquois, aigu, fier...

Déjà elle s'échappait, dévalait les marches, et du seuil du salon faisait à son cousin une belle révérence, en déployant ses jupes. Il la vit disparaître dans la salle commune et là, brusquement, se demanda si elle aimait son père, et si elle le suivait de bon cœur lorsqu'il venait la chercher.

De cela ils pouvaient parler, à la rigueur. Mais prudemment : ils étaient aussi secrets l'un que l'autre et aborder un sujet aussi personnel n'était pas une mince affaire. Tristan l'essaya de bien des façons, sans jamais y parvenir. Et il finit par se jeter à l'eau, un après-midi, dans la bibliothèque où par miracle ils étaient seuls.

– Dites, Natou ?

– Mmm ?

Elle releva le nez d'un gros dictionnaire latin, son stylo-bille entre les dents, et Tristan demanda, vite :

– Ça vous plaît, d'aller chez le Copte ?

– Il est là ?

Elle avait parlé sans réfléchir : Tristan était assis avec elle dans cette pièce depuis plus d'une heure, et si le Copte avait vraiment été à Blajan il n'aurait pas pu le savoir. Son regard avait eu une curieuse expression, faite de plaisir et d'appréhension mêlés. Aussitôt, elle rit.

– Pourquoi me demandez-vous ça ?

– Mais pour rien, comme ça, j'y pensais... Ça vous plaît ?

– Oui et non.

– Pourquoi oui ?

– Eh bien...

Elle mordillait son stylo, rêveusement.

– Je ne sais pas trop. Ça m'intéresse, là-bas. Ils sont différents et ils vivent... différemment. C'est fatigant quelquefois mais... Ils font beaucoup de bruit... Si vous pouviez imaginer, seulement on ne peut pas...

Elle haussa les épaules, ne sachant comment s'exprimer, et conclut, malhabile :

– Ils m'intéressent.

– Et pourquoi non, alors ?

Son petit visage se ferma, brusquement. Pourquoi non, ça elle le savait, et très précisément. Mais elle n'avait aucune envie de le dire, et son sourire se teinta d'ironie.

– Vous voulez faire un opéra sur mon cas ?

– Ce serait sûrement passionnant. Mais je manque d'éléments, avouez.

Elle ne répondit pas : la porte s'ouvrait et Chantal entrait, un verre de lait à la main. Elle avait seize ans et demi et ressemblait tout à fait à une vraie jeune fille. Il y avait un an déjà que Contorose n'osait plus la gifler, et que les tantes l'avaient prise à part pour lui révéler... hum ! certaines choses bonnes à savoir. Tristan et elle continuaient à se méfier de leurs aînés mais ne se gênaient plus beaucoup devant leurs cousins, et elle s'assit sur la table, à côté de lui, en posant une main sur son épaule.

– Pas encore fini ?

– Non, dit-il.

Il regardait Natalène, et s'amusait de voir ses yeux pétiller. Elle mâchouillait toujours son stylobille, ses boucles brunes cachaient presque ses sourcils, et toute sa petite personne menue rayonnait de malice. Cela frappa Chantal elle-même, qui la considéra avec curiosité.

– Qu'est-ce que tu mijotes, Chenille ?

– Je vous admire, répliqua Natalène. Ça dériderait un mort d'avant-hier.

Un peu piquée, Chantal préféra ne pas répondre. Elle s'était penchée sur le cahier de Tristan et critiquait son écriture, pour rire. Mais elle rectifia vite son attitude : le pas vigoureux de Contorose traversait le vestibule.

Il ouvrit la porte, et Tristan sut aussitôt ce qu'il allait dire :

– Natalène, ma chérie... Ton père est là.

Sidérés, Tristan et Natalène échangèrent un regard un peu effrayé.

– Mais c'est très curieux, dit Tristan, vraiment très curieux, on en parlait il y a trente secondes...

Natalène s'était levée, refermait le gros dictionnaire, remettait son stylo-bille dans sa trousse.

– C'est pour longtemps ?

– Non, dit Contorose, il parle d'une semaine. C'est pour une fête, je crois, un mariage...

Ce soir-là, quand Tristan se mit à son piano, il retrouva un très vieux souvenir : celui de cette sonate si « vulgairement » jouée, qui avait si bien choqué ses tantes. C'était un soir comme celui-ci, sans Natalène : lui au piano, tournant le dos au clan ; elle roulant dans le tacot du Copte vers un monde dont personne ici ne savait rien. Et quelque chose s'émut en lui de découvrir combien ses liens avec elle étaient plus anciens, et plus profonds, qu'il ne l'avait cru jusqu'ici.

Elle revint huit jours plus tard, comme convenu, et cela surprit tout le monde parce que le Copte n'avait pas l'habitude de tenir compte des dates convenues. Tristan la croisa sur le palier du second étage, en revenant du lycée. Et comme il n'était pas prévenu de son retour il pâlit autant que s'il s'était trouvé nez à nez avec un fantôme. Elle éclata de rire et demanda, narquoise :

– Ça passe ?

– Oui, dit-il.

Pour l'avoir quittée une semaine il la voyait mieux. Son visage était toujours aussi brun, mais moins maigre. Elle avait grandi depuis son treizième anniversaire et quelque chose, dans son corps moins anguleux, ses lèvres plus pleines, son teint plus uni, parlait de sa proche adolescence.

– Vous avez changé, Natou...

– En huit jours ?

– Non, ces temps-ci. Quand êtes-vous revenue ?

– À trois heures.

– Le Copte est encore là ?

– Non, il s'est barr... il est reparti aussitôt.

Elle s'était mordu la lèvre, et Tristan se mit à rire. À chacun de ses retours elle devait se battre contre l'argot du Copte et de sa tribu, dont elle avait du mal à se défaire. Elle y parvenait toujours. Et c'était heureux pour elle : Contorose, sur ce sujet, avait l'oreille fine et la main leste.

– C'était bien, cette fête ?

– Super ! On a dépiauté – démonté – deux voitures.

– Deux bagnoles, railla-t-il.

– Oui, deux bagnoles. Pour en faire une potable aux mariés.

Elle se tut ensuite, et lui aussi. Ils ne firent pas un geste l'un vers l'autre et se contentèrent de se regarder. Cela leur suffisait souvent pour recréer entre eux la magie secrète. Tristan suivait des yeux le dessin d'une chaîne d'or sur le cou de Natalène et elle souriait à demi, un peu pâle. Brusquement elle rompit le charme, releva sa jupe, puis son jupon, et glissa une main vers son ventre.

– Regardez, dit-elle. REGARDEZ ÇA UN PEU !

Déjà redressée, elle tendait vers lui sa petite main brune et il vit, au bout des doigts, un peu de sang.

– Avant-hier, expliqua-t-elle avec fierté. Comme ça, en dépiautant les voitures, ça a coulé.

Touché, comme chaque fois, par sa parfaite simplicité, Tristan prit la main qu'elle lui tendait et posa ses lèvres sur les légères traces rouges.

– Ça ne sent rien, dit-il.

– Parce qu'il n'y en a presque pas. Autrement si, ça a une odeur. Une odeur de sang. Et c'est rouge, rouge !

– Comme du sang, acheva-t-il avec malice.

En frottant les doigts de la fillette entre les siens il en fit disparaître les dernières traces rosées. Sa tendresse pour elle, en cet instant, était si grande, et si lourde, qu'il s'en sentait accablé.

– Ça ne fait pas mal ?

– Non. On me l'avait dit, mais non. C'est même plutôt agréable. C'est chaud, ça sent bon, c'est joli à laver parce que c'est si rouge...

Elle descendit trois marches, rapidement : la porte du salon s'ouvrait, en bas. Tante Blanche vit la fillette passer devant elle en coup de vent et entendit Tristan, du palier, crier :

– Faites les gammes, au moins : j'arrive.

– Tristan, dit-elle sévèrement, ne crie pas : tu sais que je déteste cela et que c'est très inconvenant.

Ce soir-là ils se donnèrent leur premier rendez-vous. Et ils le firent en plein salon, à la barbe du clan réuni. Les tantes préparaient le menu du dimanche, pendant que Contorose dressait la liste des invités. Philippe et Chantal se disputaient à voix basse, devant la cheminée : la fureur du premier et la confusion de la seconde attiraient l'attention de tous. Tristan les observait lui aussi avec amusement, en fouillant son casier à partitions, et Natalène, sa *Méthode rose* à la main, lui parlait dièses et bémols quand elle s'interrompit soudain. Il leva le nez, surpris, pour la regarder, et elle lui sourit.

– Vous pouvez monter au grenier des hiboux, ce soir ?

– À quelle heure ?

– Onze ?

– OK.

Philippe s'approchait, et ils se replongèrent dans leurs problèmes de solfège.

Le grenier des hiboux était situé tout au bout de l'aile droite de Blajan. On n'y entreposait plus rien : il était bourré depuis trois générations au moins de mille horreurs diverses dont personne ne se souvenait plus. Les beaux meubles, dont le seul défaut était de paraître démodés, s'entassaient ailleurs. Et ce que l'on appelait à Blajan le grenier, le vrai, occupait d'autres combles, tout à l'opposé, dans l'aile gauche. Tristan n'était donc pas entré dans le grenier des hiboux plus de trois fois dans sa vie. C'était un tel chaos de meubles boiteux, de malles défoncées et de cartons vides qu'on n'aurait même pas pu y jouer à cache-cache.

Quand il en poussa la porte ce soir-là il vit la lueur dansante d'une bougie, tout au fond, et se fraya lentement un chemin vers elle. Un passage praticable avait peut-être été aménagé, mais il ne le trouva pas, et il dut escalader plusieurs malles, et une commode, avant d'approcher le recoin éclairé. Une grosse armoire le défendait. Il en fit le tour, et là découvrit Natalène assise au milieu d'un salon de fantômes.

Ce royaume gagné sur le chaos avait à peine deux mètres sur deux. Il tenait du bric-à-brac et de la chambre d'un roi viking : extravagant et chaud. Un guéridon, flanqué de deux fauteuils éventrés, supportait un bouquet de fleurs séchées. Sous la lucarne entrebâillée s'étendait une couche barbare, faite d'un amoncellement de vieux coussins, jetés au hasard sur des tapis empilés. Il y avait aussi un miroir terni, un mannequin sans tête recouvert de tissus poussiéreux, et pour terminer en beauté un renard empaillé, suspendu à une poutre par la queue. Natalène laissa encore à Tristan le temps de distinguer des colliers de coquillages accrochés à des clous, des livres alignés contre le mur, et trois napoléons sur une petite table. Puis elle souffla la bougie.

– Je n'allume jamais, dit-elle.

– C'était là, alors, votre satanée cachette... On l'a tant cherchée, Philippe et moi !

Il fit tourner du bout des doigts le renard empaillé, et un nuage de poussière en sortit. Ses yeux s'habituaient peu à peu à l'obscurité. Et la lueur de la lune entrait par la lucarne, pâle, suffisante pourtant.

– C'est très étonnant de voir quelqu'un là, dit Natalène.

Il s'était assis en face d'elle, sur le second fauteuil, et lui sourit.

– Il y a longtemps que vous y venez ?

– Oh, des années...

– Par où passez-vous ? Par l'escalier des gaules ?

– Non, par le fruitier, il y a une trappe au fond, derrière les penderies, et j'ai mis une vieille échelle.

Elle lui tendit la main par-dessus le guéridon, le fit lever, et l'attira à elle. Son petit visage, sous la lune, avait une expression malicieuse qui amusa Tristan.

– Oui ? dit-il.

Elle ne répondit pas, mais leva les mains et défit le premier des boutons qui fermaient la chemise de Tristan. Il se laissa faire, troublé. Il était assez pudique, comme on l'est à quinze ans, mais n'éprouvait pourtant aucune gêne, tant ce qui le liait à Natalène échappait aux lois communes. Quand elle fit glisser la chemise, il l'y aida. Et de lui-même il ôta son maillot de corps.

Avec attention elle regarda ce torse d'adolescent, comme si elle le comparait en pensée au sien. Elle effleura même, du doigt, l'aréole plus sombre d'un sein, et le frisson qui traversa Tristan la fit sourire.

Voulait-elle que les choses soient égales entre eux ? Elle déboutonna son gilet de laine et enleva elle aussi sa chemise : une petite chose de toile brodée dont les tantes imposaient le port à toutes leurs pupilles. Sa poitrine était à peu près aussi plate que celle de Tristan ; mais autour de l'aréole un imperceptible gonflement l'en différenciait. Et comme son torse était frêle, et menu, comme ses épaules semblaient fines sous les boucles brunes !

Elle attendait, manifestement. Et comme Tristan ne disait rien, ne bougeait pas, elle se pencha pour défaire elle-même le ceinturon du garçon. Il frissonna, encore, et elle eut le même petit sourire gentiment railleur.

– Bon, dit-elle. Vous, alors.

Il enleva son pantalon, son slip, ses sandales, et se tint nu devant elle. Aussi troublé qu'amusé, il la regarda découvrir son corps. Elle ne paraissait pas surprise. Sans doute avait-elle déjà vu chez le Copte, et bien souvent, ce que ses candides cousines ignoraient encore : un sexe mâle, abandonné d'abord, puis dressé. Tristan fermait les yeux, attentif à son propre trouble. Il entendit Natalène rire et la regarda de nouveau : elle ôtait sa jupe, puis son jupon, ses sandalettes, son collier même et pour finir, avec précaution à cause de la petite serviette qui la protégeait, sa culotte de coton blanc. Tristan n'avait jamais vu entièrement nu le corps d'une femme, si l'on pouvait appeler femme ce petit bout de gamine. Son sexe était clos, lisse, et sa taille à peine marquée. Elle riait maintenant, sous la lune, étendait des bras très minces.

– C'est bizarre, dit-elle. Qu'est-ce que c'est bizarre !

Il rit lui aussi, et résolument se rassit.

– Jouons, dit-elle.

– À quoi ?

– Aux cartes. Pour se rhabiller.

Elle sortit d'un tiroir un jeu de cartes, qu'elle sépara en deux, et s'assit elle aussi. De son tas Tristan retourna un huit et elle, du sien, un trois.

– À vous, dit-elle. Remettez quelque chose.

Il remit son slip, ce qui la fit rire. Trois fois encore Tristan gagna. Ensuite les jeux furent plus égaux et ils finirent par poser leurs cartes quand Natalène eut gagné le droit, avec un valet, de remettre sa dernière sandalette.

– C'était mon idée, dit-elle. Trouvez-en une.

Il s'adossa à son fauteuil, prit une pose très grave de penseur, et se tut quelques instants.

– Venez là, fit-il ensuite.

Elle obéit et il la fit s'agenouiller devant lui. Sa barrette avait glissé : ses boucles cachaient presque ses yeux. Il les repoussa du doigt, doucement. Sa main descendit ensuite, caressa la petite épaule, descendit encore, frôla un sein, Natalène eut un frisson et il enleva sa main. « À vous », dit-il. Elle avait compris le jeu et eut un petit rire. En prenant appui sur les genoux du garçon elle se redressa, posa ses lèvres sur les siennes, risqua un bout de langue... c'était à lui.

Ils jouèrent ainsi, longtemps, et curieusement n'en souffrirent pas : le désir les habitait mais ne les torturait pas, et d'une certaine façon trouvait en lui-même sa propre satisfaction.

Ils ne se fixèrent plus d'aussi précis rendez-vous : celui-ci devint, tacitement, permanent. À onze heures, tous les soirs, ils pouvaient aller au grenier des hiboux; l'autre y serait, ou n'y serait pas, cela importait peu. Tristan avait agrandi la cachette en repoussant les hautes armoires qui la délimitaient. Il répara la lucarne, et monta là-haut un jeu d'échecs, des cigarettes de contrebande, du papier à musique et des crayons. Quand il s'y trouvait seul il travaillait à sa symphonie, si absorbé qu'il lui arrivait de ne pas entendre Natalène traverser le fouillis de meubles : et il sursautait en la voyant apparaître devant lui.

Ils étaient aussi tranquilles sous leur toit perdu que sur une île déserte et y apprivoisèrent lentement, cet automne-là, les liens surprenants qui les unissaient. Sans jamais rien presser : ils avaient tout leur temps, et ils le savaient.

Mieux renseigné que sa cousine – Sophie Perey ne lui refusait plus rien depuis peu – Tristan n'usait jamais de sa science avec elle. Il ne le faisait pas exprès : quand il la touchait il oubliait vraiment avoir touché d'autres corps que le sien. C'était la première fois qu'il glissait ses doigts dans l'échancrure d'un corsage, la première fois qu'il sentait sous sa paume le creux d'une taille à peine esquissée et la première fois que sa main frôlait, insistante et légère, le doux renflement d'un sexe sous les plis d'un jupon de toile.

Quand elle le caressait à son tour et suivait, sur son corps et sur son visage, la montée d'une jouissance qu'elle ignorait encore, elle semblait très admirative. Sans doute considérait-elle les garçons, qu'un spasme si violent pouvait secouer, et délivrer, comme très favorisés. Mais ne connaissant que le trouble, et le lourd, le lancinant plaisir que lui donnaient les caresses de Tristan, elle s'en contentait : elle n'était pas fille à envier le sort d'autrui.

Et Tristan n'aurait pas pu la rassurer, même s'il avait osé rompre leur silence là-dessus : il ignorait tout du plaisir des femmes. Sophie était beaucoup trop tendue pour l'avoir jamais éprouvé. Les livres en parlaient, oui, mais on trouve dans les livres tant de mensonges...

IV

C'est le soir du réveillon, alors qu'on fêtait la première « permission » de Xavier, qu'ils devaient en faire la surprenante découverte. Et pas au grenier des hiboux, curieusement, mais dans le grand escalier. Tristan revenait du conservatoire, les tantes préparaient au salon la fête du soir et Natalène descendait de l'étage, pour elles, une longue guirlande dorée. Elle aurait pu n'échanger avec Tristan qu'un sourire, ou quelques mots sans importance, mais ils avaient tous les deux une prédilection pour cet escalier sombre – et puis, comme toujours, le fait de se trouver brusquement face à face, et seuls, les troubla. Tristan arrêta sa cousine au passage, d'une main, la fit tourner sur elle-même sans aucune douceur, et quand elle fut le dos au mur l'y plaqua brutalement, en mimant la plus grande férocité. Elle riait, sans bruit, et chuchota :

– Grâce, messire, grâce, j'ai douze enfants...

– M'en fous !

– Trois maris infirmes ?

– M'en fous...

– Une guirlande à porter aux tantes...

– M'en fous, Natou, m'en fous...

Il leur arrivait parfois de se battre, et très loyalement car si Tristan proportionnait à peu près ses forces à celles dont disposait Natalène, à l'intérieur de ces limites il ne trichait pas. Elle lui décocha un bon coup de pied au tibia, il eut un petit cri, aussitôt réprimé, et fronça les sourcils.

– Vous me paierez ça...

Le jeu s'arrêta là, parce que Natalène avait passé ses bras autour du cou de Tristan, et lui tendait ses lèvres. Il l'embrassa, doucement, laissa glisser son cartable sur les marches, et la serra contre lui. La brûlante magie s'emparait d'eux : ils ne parleraient plus. La main de Tristan suivit le bras de Natalène, atteignit sa taille, s'y attarda, descendit encore. Une fenêtre claqua, à l'étage. Quand les doigts frôlèrent le tissu de sa jupe, au bas de son ventre, Natalène se raidit, comme s'ils l'avaient blessée, et une petite plainte très douce lui échappa. Tristan posa un doigt sur sa bouche, surpris, pour la rappeler à la prudence. Elle ouvrit les yeux et son regard étonna le garçon, très clair, un peu égaré. Quelqu'un ouvrit la porte du salon, traversa le vestibule, et la voix de Chantal s'éleva jusqu'à eux : « Je l'avais laissé là, tu ne vas pas me dire que tu n'y as pas touché ! »

Natalène n'avait entendu ni les pas ni l'apostrophe. Elle semblait très loin de là. Tristan comprit brusquement ce qui lui arrivait et sa main reprit, plus légère encore, sa lente caresse. Il vit son visage d'enfant se défaire pour se recomposer suivant de nouvelles lois, grave, très pur, un peu triste. Elle respirait très vite et son front s'était couvert de sueur. Il se fiait, d'instinct, à la plainte rêveuse et douce que modulaient ses lèvres, et quand il sentit sa respiration s'accélérer encore il accentua la pression de ses doigts. Le plaisir qui la traversa dut être violent, et la bouleverser : elle eut un petit cri. Tristan mit une main sur sa bouche;

elle s'apaisa aussitôt. Son sourire était si étrange qu'il en eut presque peur, lui aussi. Mais elle ouvrit les yeux, le regarda, et c'était de nouveau Natalène, son visage menu, ses yeux hardis et toujours un peu railleurs. Elle était seulement très pâle.

Il recula, s'adossa à la rampe, et pendant quelques instants ils s'observèrent avec curiosité, comme s'ils venaient juste de se rencontrer, conscients l'un et l'autre d'avoir franchi une frontière et de posséder maintenant un nouveau royaume. Puis Natalène descendit une marche. Tristan s'était baissé pour ramasser la guirlande dorée. Il la lui tendit et elle la prit, sans un mot.

Lorsqu'ils se revirent, au dîner, elle rougit en croisant son regard et il se rendit compte avec amusement que ce trouble le touchait autant qu'une caresse.

On dansa, ce soir-là, pour fêter la nouvelle année et la présence de Xavier. Tristan n'invita pas Natalène, prudemment, et se contenta de flirter avec Chantal. Leur jeu était si visible et si insolent que les tantes elles-mêmes le prirent pour une aimable plaisanterie et que Contorose daigna s'y associer en annonçant, solennellement : « S'il en est ainsi, mes enfants, dans quelques années je vous marierai... »

Enchantés par la drôlerie de la situation, que les adultes ne pouvaient goûter, Philippe, Natalène et Marion rirent beaucoup. Mais Xavier pensait que les siens, décidément, n'avaient guère changé en six mois et se souciaient bien peu de ses amours à lui, si malheureuses...

Tristan et Natalène montrèrent ce printemps-là une égale curiosité pour leur découverte. Lui apprit vite quel redoutable pouvoir avait sur son plaisir celui de sa petite complice, combien il l'augmentait, le prolongeait et l'enchantait. Quant à elle, elle s'émerveillait d'être finalement aussi favorisée que son... ennemi naturel (ainsi s'exprimait Sophie Perey, au salon, quand sa duègne ne pouvait l'entendre).

Et Sophie était toujours la reine du petit groupe. Sa prude tante et ses dignes hôtesses faisaient bien d'être un peu dures d'oreille : les conversations que leurs pupilles tenaient à trois mètres d'elles devenaient de plus en plus scandaleuses. Sophie adorait se dévergonder ainsi devant Philippe, Tristan et Chantal. Quand elle réussissait à les faire rougir, elle éclatait de rire.

Devant les deux petites, tout de même, elle s'abstenait. Natalène n'avait pas encore tout à fait quatorze ans et Marion venait juste de fêter son douzième anniversaire. Mais si elle avait la chance de ne pas les trouver au salon quand elle accompagnait sa tante en visite, elle s'en donnait à cœur joie. Elle était persuadée que les deux cousins étaient amoureux d'elle et se doutait vaguement des liens qui existaient entre Chantal et Tristan : cette situation compliquée lui paraissait délicieusement romantique.

C'était une très jolie jeune fille, blonde, fine, rose et gaie, à l'esprit vif, à la langue pointue. Elle avait dix-sept ans ce printemps-là, comme Chantal. Élevée par une vieille vierge racornie, prude et tatillonne, elle s'en était défendue comme elle avait pu et les garçons – ces fameux « ennemis naturels » – lui servaient, pour le moment, d'arme et de revanche.

– Je crois que je suis amoureuse, déclara-t-elle à ses amis, un beau soir de mars, en prenant délicatement un petit four sur le plateau. Cette fois, oui, je le crois.

Chantal, qui ne se méfiait pas, était suspendue à ses lèvres.

– De qui ?

– Ah ! tu voudrais bien le savoir.

Philippe aussi l'aurait bien voulu, cela se voyait. Et Tristan lui-même avait une expression intriguée. Ravie, Sophie enchaîna :

– Je ne vous dirai pas son nom. Mais je l'ai rencontré à la bibliothèque. Il a dix-sept ans, comme moi. Il est en philo.

– Pas comme toi, glissa perfidement Chantal.

– Non, reconnut Sophie en riant. (Les succès scolaires n'étaient pas son fort et elle redoublait sa troisième dans un pensionnat religieux.) Mais tant pis ! On a parlé longtemps, longtemps !

– De quoi ?

– De tout, de rien, des livres qu'on prenait, du temps...

– Et vous l'avez revu depuis ? demanda Philippe.

– Je le revois demain, on a rendez-vous. J'ai dit à tante Hortense que les sœurs m'avaient enrôlée pour la chorale des petites, alors ce sera facile.

« Tante Hortense », à l'autre bout du grand salon, se penchait justement vers son amie Marie et chuchotait, satisfaite :

– Elle embellit, non ?

– Oui, approuvait Marie Rivalty, elle se forme. Mais si j'étais toi je la coifferais autrement. Elle n'a plus l'âge des queues-de-cheval.

– Si tu savais comme elle est restée enfant !

Tante Blanche, qui comptait ses mailles, hochait le menton.

– Cela se voit. Et c'est une bonne chose, mademoiselle.

« L'enfant », plus loin, poursuivait ses confidences :

– On ira faire l'amour dans le bois des lutins, s'il ne pleut pas. Ce sera le cinquième, vous vous rendez compte !

Philippe (qui n'était pas des cinq élus) rougit très fort, et baissa le nez. Chantal, un peu choquée, se mit à regarnir précipitamment le plateau des petits fours. Quant à Tristan (l'heureux numéro 3), il sourit à la dévergondée, sans rancune. Il n'était pas si amoureux qu'elle le croyait. Mais il avait beaucoup de tendresse pour elle, il aimait le plaisir qu'il lui devait, et sa naïveté profonde l'émouvait plus sûrement que les réticences craintives de Chantal : à cet instant il eut envie de l'attirer contre lui pour la protéger d'il ne savait trop quoi – de la vie peut-être. Le sentit-elle ? En croisant le calme regard de son numéro 3 elle rougit un peu, ce qui lui arrivait rarement, et baissa les yeux.

– T'inventes, dit Chantal. Cinq ? T'inventes...

– Parole que non !

– Tu seras bien avancée quand tu auras un bébé.

– Ça ne risque rien, parce que je calcule les dates.

– Mais on m'a dit, à moi, que les dates faisaient des tas de beaux bébés.

Sophie haussait les épaules, insouciante.

– Tu parles ! Ça se saurait ! Et puis même, ça vaudrait presque le coup, pour voir la tête que ferait Tatie...

Sur quoi Natalène entra, suivie de Marion, elles saluèrent Mlle Hortense, se précipitèrent sur l'assiette de gâteaux, et la conversation s'arrêta net.

Marion Rivalty, comme les autres, était éblouie par Sophie Perey. Elle se coiffait comme elle et s'était juré de lui ressembler en tout quand elle aurait dix-sept ans elle aussi, dans cinq longues années. Quant à Natalène, que rien ni personne n'éblouissait si facilement, elle se contentait de goûter les reparties de la visiteuse, toujours alertes et piquantes. Son grand plaisir était d'assister à une dispute entre elle et Chantal. Mais ce jour-là elle ne l'eut pas.

– De quoi parliez-vous ? demanda-t-elle.

Faisant front contre cette curiosité offensante de gamine, Chantal et Sophie répondirent, d'une seule voix :

– De rien d'intéressant.

Marion soupira, déçue, et Natalène n'insista pas. Elle s'était assise entre les deux amies. Tristan, qui la regardait grignoter un biscuit, comparait sa maigreur, ses gestes brusques, et tout ce qui faisait d'elle, sans contestation possible, une ingrate chenillette de quatorze ans, à l'adolescence épanouie de ses voisines, à l'éclat de Sophie, à la ferme poitrine de Chantal : et il s'étonnait de l'extravagant désir qu'il avait pour cette enfant. Il aurait beaucoup donné pour être seul avec Sophie, ou Chantal – mais plus encore, infiniment plus, pour tendre la main vers Natalène, caresser son épaule, ou sa joue, la voir sourire, sentir l'odeur secrète et marine de son corps, frissonner sous les doigts légers qu'elle poserait sur son bras...

– Qu'est-ce que tu as ? Ho, Tristan ? Qu'est-ce que tu as ?

– Rien, dit-il à Philippe qui le regardait avec curiosité. Rien du tout.

Il croisa le regard de Natalène, qui brillait de malice, et serra les dents. Quelle peste elle faisait, la Chenillette...

Les yeux jaunes insistaient, s'attardaient sur la bouche de Tristan, parlaient de plaisir, de jeu, de liberté – le salon se faisait prison, Chantal et Sophie geôlières...

Puis le fil magique se rompit, brutalement : Natalène avait baissé les yeux, se mordait les lèvres pour réprimer un sourire, choisissait un autre gâteau. Sophie parlait de Xavier, coincé à Édimbourg pour trois mois encore, et Tristan fit un effort pour s'intéresser à ce désolant sujet. Mais comme les doigts de Natalène, autour du petit gâteau, étaient minces, et bruns...

Ce soir-là, au grenier des hiboux, elle ne vint pas. Et le lendemain midi le Copte l'emmenait.

Un mois plus tard, quand le clan fêta les seize ans de Tristan, elle n'était pas revenue. Le mois de mai passa ensuite, sans qu'on la revît. Tristan tenait bon et se montrait aussi gai qu'à son habitude ; mais il y avait beaucoup de mérite et il lui semblait parfois, le soir, au grenier des hiboux où il allait seul maintenant, que l'épreuve allait dépasser ses forces. Il s'interdisait absolument de parler d'elle ; et quand ses tantes ou ses cousins le faisaient il en souffrait tant qu'il n'avait vraiment aucune peine à se taire.

Curieusement il ne rencontrait plus Sophie au bois des lutins, ni Chantal sous les acacias. Le désir, c'était facile, et clair, et beau, quand Natalène était là, qu'il s'agisse d'elle ou d'une autre jeune fille. Sans elle cela mourait de soi-même, et que faisait à Tristan le sourire de Chantal ou la beauté de Sophie quand il ne savait même pas où vivait, si loin, ailleurs, la petite bohémienne ?

Le soir, dans sa chambre, il repoussait parfois ses livres – le bac approchait et il était en pleine révision – pour compter les jours. Deux mois déjà. Trois mois. Trois mois et deux semaines. Comment le Copte osait-il la garder si longtemps cette fois ? Pourquoi Contorose le permettait-il ? Et pourquoi n'écrivait-elle pas ?

Une image surtout le poursuivait, sans qu'il réussisse jamais à comprendre pourquoi : celle de Natalène assise près de l'étang, l'été précédent, et regardant la bande qui entourait son genou. « J'ai reçu une portière... » Était-ce bien cela qu'elle avait dit ? Ou bien était-ce : « Je suis tombée d'une charrette » ?

Là il s'arrêtait et son cœur se serrait, inexplicablement. Mais d'autres images, moins sombres – pourquoi diable celle-ci l'était-elle tant ? – effaçaient la portière, ou la charrette. Natalène grignotait un gâteau, au salon. Elle guettait Contorose, la mèche en bataille, au pied de l'escalier. Penchée sur ses livres, elle sifflotait. Elle riait sur la pelouse, une raquette de jokari à la main. Et puis ce curieux sourire que lui donnait le plaisir glissait sur ses lèvres. « Natalène, ma chérie, une petite fille bien élevée ne siffle PAS... Baisse les yeux, Natalène. Une petite fille bien élevée ne regarde PAS sa tante ainsi... Natalène, ma chérie, range tout de suite ton écharpe : une petite fille bien élevée ne laisse PAS traîner ses affaires... »

Qu'apprenait-on, chez le Copte, aux petites filles bien élevées ? Où mangeait-elle, où dormait-elle, à quoi ressemblait son autre planète ? Et pourquoi Contorose ne s'en souciait-il pas ? Pourquoi ?

Il reprenait ses livres, oppressé.

Plusieurs fois, la nuit, il fit le même rêve. Une charrette passait, seule, sur une route de campagne. Il la suivait, ou la précédait, avec Marion.

Cette scène si calme, si douce, si lente, était pourtant empreinte d'une intolérable violence : tout, dans ce triste paysage, hurlait de sauvagerie et de cruauté. Quand Tristan émergeait de ce cauchemar, il tremblait.

Chantal, qu'il négligeait depuis si longtemps, réussit un soir de juin à se glisser chez lui. Cette folle imprudence le toucha et il se laissa fléchir. À seize ans, tout de même, on n'est pas si difficile à convaincre...

Elle était résolue à sauter le pas décisif et à aller jusqu'au bout. Sophie l'avait persuadée qu'il existait des dates sûres, tout à fait sûres. Tristan n'y croyait pas trop mais il supposait ses amies mieux renseignées que lui sur ces calculs mystérieux. Et puis il était seul, triste, et un peu dépassé par sa propre souffrance. Il commit donc ce que tante Blanche appelait pudiquement : « ça, là... tu sais bien... cette chose... ».

Peut-être s'y prit-il mal, ou Chantal ne sut-elle pas se détendre vraiment, peu importe, elle eut mal et ils conservèrent l'un et l'autre un très mauvais souvenir du pas décisif. Leurs rendez-vous sous les acacias, qui reprirent, les en consolèrent assez vite. Et si bien même qu'il leur en coûta d'être prudents lorsque les dates se firent menaçantes.

Contorose lui-même commençait à trouver que le Copte exagérait quand Natalène revint, au début de juillet, juste à temps pour fêter les peaux d'âne de ses cousins. Elle surgit du néant une fois de plus, un soir, et se matérialisa soudain au seuil du salon, sa valise à la main. Le clan, heureusement, ne regarda que sa petite revenante, et pas Tristan...

Il n'avait pas compris à quel point elle lui avait manqué avant de la voir devant lui, ce soir-là, au grenier des hiboux. Depuis près de quatre mois il tentait de se mentir à lui-même. Et il y avait presque réussi. Mais quand il contourna la grosse armoire, écarta le rideau rouge, et vit Natalène lui sourire, son cœur se serra affreusement, comme si toute la souffrance éprouvée depuis le printemps s'y était brutalement concentrée.

Elle lui désigna le fauteuil libre, du doigt, et pendant quelques instants ils jouèrent à se taire. Puis elle céda, et se mit à rire.

– Alors ?

– Alors ? répondit-il.

– Vous d'abord.

– J'ai eu mon bac.

– Je sais. Et Xavier et Chantal.

– On les fête après-demain.

– Je sais.

– Comment le savez-vous ?

Elle secoua la tête, espiègle.

– Mais grand-père me l'a dit, à table !

Il reconnut avec humilité qu'il n'avait rien entendu et Natalène lui sourit, gentiment.

– Ça se voyait.

– Et vous ?

Comme toujours, elle répondit brièvement :

– Oh, rien de spécial...

Mais il la connaissait bien et vit passer une ombre sur son visage. Une petite ombre furtive et froide. Il baissa les yeux et s'intéressa aux dessins du tapis comme s'il venait de les découvrir à l'instant.

– Où est-il ?

– Le Copte ? En Roumanie, chez Gina. Jusqu'au printemps. Avec Vanik. Ils veulent faire de la céramique.

– En Roumanie ?

– Oui, le père de Gina a un atelier là-bas, dans un camp.

Elle souriait de nouveau et regardait Tristan avec attention.

– Vous êtes beau, dit-elle brusquement. Je ne l'avais pas remarqué avant ce soir, à table, tout à l'heure...

– C'est que votre sens esthétique, ma chère, est en progrès.

Elle accueillit cette réplique d'un petit rire narquois et sortit de sa poche un paquet de cartes de tarot, très sales.

– Visez ça un peu... J'ai appris à dire la bonne aventure !

– C'est vrai ?

– Je pense bien que c'est vrai ! Vous êtes prêt ?

Il l'était, et elle étala gravement les cartes sur la table, suivant des lois mystérieuses.

– Qu'est-ce que vous vous êtes fait, là ?

Il regardait, sur le bras de la fillette, une large meurtrissure sombre.

– Je suis tombée du saule. Et taisez-vous, ou vous allez casser les cartes !

– Mais qu'est-ce que vous faisiez sur ce saule ?

– Une cabane, avec Vanik. TAISEZ-VOUS !

Il se tut, cette fois, et consentit à écouter la petite sibylle. Elle lui parla longuement de ses quatre futures épouses (elle ne se trompait pas de beaucoup) et de ses huit enfants (là, elle exagérait). Ensuite seulement elle posa une main sur la sienne, une main brune, et fine, dont la lente caresse chassa la tristesse des derniers mois. Le Copte était en Roumanie jusqu'au printemps : sept ou huit mois, quand on a quatorze et seize ans, cela ressemble de très près à l'éternité. Et Tristan se sentait, en embrassant les lèvres fraîches de Natalène, parfaitement heureux.

Cette nuit-là pourtant il revit sa charrette de cauchemar, traversant avec une lenteur cruelle son paysage de fin du monde. Natalène y était assise, et son front saignait. Marion marchait à côté du cheval : elle avait peur. Quelque part, derrière eux, quelqu'un criait.

V

Les vacances de cette année-là furent belles et heureuses. Pardonné, Xavier avait réintégré son foyer. Il revit une ou deux fois la belle qui lui avait valu ces douze mois d'exil : elle lui parut laide et fade. Ce grand dadais s'était amouraché de Sophie Perey, comme c'était prévisible, et se laissait manœuvrer comme un pantin entre ses petites griffes. Le vieux cousin Edmond vint en visite, et après lui des cousins éloignés de Marie Rivalty : la vieille maison, décidément, ne désemplissait pas.

Sous son toit d'ardoises Tristan et Natalène étaient heureux eux aussi, à leur façon.

Ils avaient peu de loisirs. Natalène bûchait ferme pour rattraper son retard. Elle avait décidé l'année précédente que le Copte et toute sa tribu ne l'empêcheraient pas d'avoir son bac, quoi qu'il puisse arriver. Elle s'y tenait et ne quittait guère ses livres. Quant à Tristan, aussi têtu que sa cousine, il passait tous ses après-midi devant son piano.

Mais le soir, très souvent, ils se retrouvaient dans le grenier des hiboux. Le clan dormait, ailleurs, dans un autre monde, et un grand silence les entourait. La vieille magie les reprenait.

Gaie, aisée, Natalène était parfaitement dénuée de gêne, et saine et fantasque comme un petit animal des bois. Cette innocence parfaite était sans doute le plus merveilleux cadeau que la vie pouvait faire à Tristan, lui réapprenait le monde et le libérait des entraves qu'il tenait de son éducation. Bien sûr que c'était beau, un corps, et que rien n'y était sale, ni bas... La moindre parcelle de celui de Natalène rayonnait de cette vérité première, et tous ses gestes le chantaient. Elle écrivait avec son sang sur le ventre de Tristan, s'amusait parfois à se faire pipi sur la plante des pieds (« Mira, au camp, dit qu'après ça on n'attrape JAMAIS d'échardes ») – et, ma foi, un matin, pour le plaisir de pousser son cousin dans ses derniers retranchements, fit pire encore, entre deux touffes d'herbe du parc – sidéré en effet, Tristan n'oublia jamais son doigt pointé sur la chose, son sourire espiègle et sa petite voix gaie : « Avouez que c'est BEAU, quand ça fume encore, comme ça, et que ça sent BON... »

Il avouait. À cette époque de leur vie Natalène était mieux armée que lui pour vivre cette aventure et c'était elle qui marchait devant, en éclaireur, sa machette à la main, sa torche levée dans la nuit.

Jamais elle ne se posait cette question qui poursuit tant de gens : « Pourquoi ? Pourquoi lui, pourquoi elle ? Pourquoi cette faim si brûlante, si déchirante, si douce, et qui creuse au cœur du monde une si profonde blessure ? Pourquoi ? » Elle souriait, elle, tranquille, chevauchant son désir comme un gitan sa monture, et flattant de la main l'encolure de la bête sans jamais s'interroger sur sa puissance. N'était-ce pas son cheval, tout simplement, et un cheval n'était-il pas fait pour galoper aux quatre vents du monde ?

La vie, qui ne serait pas tendre pour elle, devait plus tard intervertir leurs rôles et charger Tristan des rênes, de la machette et de la torche. Mais ils n'en étaient pas là. Et Natalène allait d'un pas ferme.

Pas tout à fait jusqu'au bout du chemin. Arrivée là elle se raidissait un peu, instinctivement, et Tristan s'écartait d'elle aussitôt.

Ce n'était pas bien grave : ils connaissaient déjà cent façons différentes de donner ou d'éprouver du plaisir et se sentaient capables d'en inventer cent autres s'il l'avait fallu. Pourtant cela ne pouvait pas durer bien longtemps encore, et ils le savaient tous les deux.

Ce fut elle qui en parla la première. Et en plein salon, une fois de plus. Elle échappa un soir à tante Lise, qui lui apprenait un nouveau point de broderie, et s'accouda au piano où Tristan déchiffrait une étude, en sourdine.

– Il faudrait le faire, déclara-t-elle brusquement.

– Faire quoi ?

Il la vit rougir et comprit aussitôt de quoi elle parlait. Aucun geste ne pouvait la gêner : mais le plus petit mot se rapportant à cette partie de sa vie lui coûtait. Natalène était quelqu'un qui ne disait RIEN...

L'effort qu'elle venait de faire sur elle-même pour prononcer sa petite phrase faisait trembler ses doigts, sagement posés sur le dessus du piano, et donnait à son visage une expression tendue qui ne lui était pas habituelle. Tristan se remit à jouer et dit, doucement :

– Je crois que ça fait un peu mal.

– Oui, on me l'a dit. Mais c'est peut-être une blague.

– Je ne crois pas.

– Quand même, il faudrait.

Elle regarda tante Blanche s'approcher d'eux, un livre à la main. Mais la vieille dame ne s'arrêta pas et Tristan reprit, avec une détermination bien jouée :

– OK.

– Vous l'avez déjà fait ?

– Une fois.

– Ça fait mal comment ?

Il eut un petit rire, et se défendit :

– Je ne sais pas ! Comment voulez-vous que je sache ?

Il ajouta ensuite, plus sérieusement :

– Moyennement, je crois. Un peu moyennement. C'est une petite membrane très mince et elle est censée se déchirer : je suppose que ça fait mal comme une déchirure.

– Et pourquoi pas la première sonate ? Y a que trois dièses, non ?

Il la regarda, surpris, puis tourna la tête et vit Philippe s'affaler sur le canapé, tout près d'eux.

– Ce n'est pas une question de dièses, enchaîna-t-il. Il y a des morceaux en *do* majeur qui sont sacrément difficiles.

– Ça, intervint Philippe, tu peux dire !

Il avait dû subir, comme tous les enfants de Blajan, ses deux années de piano obligatoires, et il en gardait de très mauvais souvenirs.

– N'empêche, dit Natalène, je trouve que les dièses ont une sale tête...

Elle ne vint pas au grenier, ce soir-là. Tristan s'y attendait et n'en fut pas surpris. Quand elle l'y retrouva, le soir suivant, il ne tenta rien. Ce fut beaucoup plus tard, à la fin du mois d'août, un soir où elle semblait particulièrement gaie, qu'il s'y décida. Elle venait de se crisper, comme elle le faisait instinctivement quand elle se sentait menacée, et il glissa un genou entre ses cuisses pour l'empêcher de les refermer. Elle comprit aussitôt : il la vit pâlir un peu, et serrer les dents.

Il se pencha pour embrasser, au creux de son ventre, la légère toison brune qui ombrait maintenant son sexe, et plus haut ses seins en boutons, à peine esquissés. Puis il s'allongea de nouveau sur elle. Elle s'ouvrit, bravement, et il essaya de la pénétrer. Très doucement. Il sentait contre son sexe la souple, mais ferme, résistance de l'hymen ; et à chacun de ses mouvements à l'entrée de son corps Natalène reculait encore, et se raidissait. L'appréhension assombrissait son regard. Tristan s'arrêta, comprenant qu'il ne briserait pas l'obstacle de cette façon. Et elle l'avait compris aussi. Ils se regardèrent. Ils se connaissaient bien et se ressemblaient beaucoup : c'est ensemble, sans mot dire, qu'ils prirent un parti. Natalène retint sa respiration, mordit sa lèvre, et d'un coup sec du bassin Tristan força la petite barrière. Elle eut mal, mais très peu : cela ressembla à une brûlure plus qu'à une déchirure. Et elle n'eut pas une plainte.

Tristan s'était retiré aussitôt, à peu près aussi pâle qu'elle. C'était la première fois qu'ils échangeaient autre chose que du plaisir et il en était blessé lui aussi. Elle le devina sans doute : elle prit la main de son cousin, la porta à sa bouche et l'embrassa.

– Ça va ? demanda-t-elle.

Il avait pour Natalène une profonde estime, mais la générosité dont elle faisait preuve en lui posant cette question, à lui, dans cette circonstance, l'étonna malgré tout.

– Oui, dit-il en souriant, ça va, merci. Je suis un type TRÈS courageux.

Il caressa sa joue et demanda, doucement :

– Et vous ?

– Ça va.

Elle se rassit, regarda sa cuisse où il y avait un peu de sang et voulut l'essuyer avec son jupon. Tristan l'en empêcha. Et il se mit à rire, parce qu'elle résistait. D'une main posée sur son épaule il la força à s'étendre de nouveau. Et il mit ses lèvres sur la mince traînée rouge. Immobile, elle regardait la nuit d'été par la petite lucarne sale, au-dessus d'elle. Ces lèvres sur sa peau chassaient ce qui lui restait de peur et lui rendaient son désir – intact. Elle eut une petite plainte quand la légère caresse atteignit son sexe, une petite plainte douce dont elle n'avait sans doute pas conscience mais que Tristan connaissait bien, lui, et qui le bouleversait toujours.

Libérée de la seule peur que lui avait jamais inspirée son corps, Natalène s'épanouit tout à fait. Elle vit à peine, et Tristan pas beaucoup plus, le cousin Edmond repartir, les invités de tante Marie prendre congé à leur tour, les feuilles mortes couvrir les allées du parc et les classes recommencer : cela existait, bien sûr, mais si loin...

Par miracle, ils ne se trahirent pas. Leur réserve innée les y aidait, mais aussi la chance, et l'aveuglement du clan, car enfin ils frôlèrent souvent la catastrophe...

Natalène pouvait contrôler son plaisir, mais elle était sans force contre le désir, cette année-là du moins, et il était si visible sur son petit visage, au creux de son sourire, que Tristan s'en effrayait chaque fois et s'étonnait de l'impassibilité des Blajan. Comment ne voyaient-ils pas ce qui arrivait là à leur petite bâtarde et ne se levaient-ils pas, eux si prudes et si pudiques, pour la montrer du doigt ?

Il l'observait, partagé entre le trouble et l'inquiétude. Elle était assise à table, en face de lui, debout dans la bibliothèque, ou lisait au salon. Elle respirait plus vite, elle avait pâli, et ses yeux de chat, sa seule beauté en ce temps-là, s'éclaircissaient encore. S'il lui fallait parler, sa voix tremblait. Elle serrait les dents pour essayer de se calmer – sans succès, la plupart du temps. Alors elle quittait la table, ou le salon, sous n'importe quel prétexte.

Tristan connaissait d'aussi violents accès de désir : mais tout de même il les cachait mieux.

Il apprit peu à peu, par tâtonnements, par recoupements, d'où il tirait ce redoutable pouvoir sur elle. Elle était perdue s'il la touchait, ou s'il la regardait avec trop d'insistance. Cela il le sut très vite. Mais aussi s'il lui tendait un livre, un verre, un objet quelconque, ou s'il avait une crise de fou rire : pourquoi ?

Un soir de novembre, dans la bibliothèque, elle lui parut plus troublée qu'elle ne l'avait jamais été, et sans qu'il sache exactement pourquoi cette fois-ci. Les Blajan étaient réunis là pour fêter la première flambée de l'automne. Contorose alignait les verres à cidre sur la table et Philippe, accroupi devant la cheminée, surveillait les poêles trouées où grillaient des châtaignes.

Tristan, son livre ouvert sur les genoux, observait Natalène avec un peu d'inquiétude. Mais il oublia vite ses craintes tant ce qu'elle vivait là le fascinait. Il voyait trembler ses doigts sur les plis de sa jupe, et elle était si pâle que ses prunelles jaunes prenaient par contraste un éclat extraordinaire. Contorose, heureusement, avait entrepris tante Blanche, ce qui retenait l'attention générale, et si Marion allait et venait pour distribuer les verres elle veillait surtout à l'équilibre de son grand plateau. De toute façon Natalène avait oublié tout cela : elle regardait Tristan – ses mains autour du verre, sa bouche, ses yeux fixés sur les siens. Puis elle ferma les yeux, posa ses dents sur sa lèvre comme elle le faisait toujours pour étouffer la légère plainte que lui arrachait le plaisir ; sa main se crispa, imperceptiblement, au creux de sa jupe ; aussitôt son visage s'apaisa, et le sourire que Tristan connaissait bien passa sur ses lèvres, rêveur et doux. Admiratif, et un peu envieux, il comprit qu'elle venait de faire l'amour avec une ombre, ou avec elle-même, et qu'elle avait réussi à mener les choses à leur terme. Il lui sourit, puis leva légèrement son verre dans sa direction, en un mystérieux toast. Elle éclata de rire et Contorose, surpris, se tourna vers elle.

– Qu'est-ce qui est drôle à ce point, je te prie ?

Elle secoua la tête, malicieuse, et ses yeux pétillaient.

– Rien, grand-père. Je pensais à quelque chose...

Tristan lui aussi, le lendemain matin, sous les acacias, pensait à quelque chose : à ce mystérieux don pour le plaisir, dont Chantal était si totalement dépourvue. Pourquoi ? Pourquoi Natalène l'avait-elle reçu du hasard, et ni Chantal ni Sophie ?

Il était trop jeune encore pour savoir que le plaisir n'est pas un cadeau offert, sans raison, par la vie, mais qu'il dépend surtout d'une acceptation intérieure : et il s'attristait, pour Chantal, de l'apparente injustice des choses.

Avec elle, il pouvait parler de cela. Et du plaisir elle disait, parfois : « J'ai l'impression que quelque chose va arriver... et puis ça n'arrive pas... mais j'aimerais bien... »

Il se montrait envers elle beaucoup plus gentil et compréhensif qu'autrefois. D'une certaine façon il ne lui en voulait plus d'être aussi différente de lui. Il souriait à ses petites ruses, supportait d'un cœur égal les manifestations de son prudent égoïsme et lui était enfin, simplement, reconnaissant de ce qu'elle voulait bien partager avec lui.

Mais elle le déconcertait toujours par son besoin de savoir « où elle en était ». Elle tombait amoureuse tous les trois ou quatre mois, avec une belle régularité, et ne s'abandonnait jamais à ses sentiments. Elle voulait savoir si c'était, cette fois, plus fort, ou un peu moins, ou beaucoup moins, que la fois précédente : si Vincent l'aimait mieux que ne l'avait aimée Jean ; si elle avait plus de tendresse pour Sébastien que pour Dominique...

– Mais quelle importance est-ce que ça peut bien avoir ? disait Tristan.

– Comment ça, quelle importance ? Mais c'est TRÈS important !

– Pourquoi ?

Elle biaisait, lâchement :

– Je ne sais pas pourquoi. Parce que. Je sais que c'est important, voilà tout. Et toc !

Ce matin-là, comme ils venaient encore d'avoir une discussion sur ce sujet, Tristan s'était mis à rire, et avait plaisanté :

– Et moi, alors ? Est-ce que c'est plus, ou moins ? Un peu plus, un peu moins ? Beaucoup plus, beaucoup moins ?

Il s'attendait à la voir rire mais elle prit la question, au contraire, avec un grand sérieux.

– Vous voulez le savoir ?

– Non, se défendit-il, surtout pas !

– Pourquoi ?

– Parce que ce n'est pas important... J'ai des partis pris, moi aussi : je sais que ce n'est pas important, voilà tout. Et toc !

Il ajouta, plus sincèrement mais sans aucun espoir d'être compris :

– En faire tout un plat c'est renoncer à sa solitude, non ? Pas vraiment renoncer, ça ne se peut pas, mais se la cacher...

– On n'est pas seul, dit Chantal. Là, par exemple, ici, ce matin, on est deux.

– C'est vrai, accorda-t-il gentiment.

– Et il y a forcément quelque chose d'important pour nous aussi... non ?

Il réfléchit un instant, en mordillant un brin d'herbe, et finit par dire, simplement :

– Je ne vois pas quoi.

– Vous avez un certain toupet !

Suffoquée par tant de cynisme elle se mit à rire, en secouant ses boucles, et son indignation attendrit Tristan. Il l'embrassa, doucement. Ça, oui, bien sûr, c'était important, dans un sens... Il aimait faire céder sous ses caresses cette résistance instinctive, faite de peur et de gêne, qu'elle opposait à ses propres désirs. Et l'instant où elle s'abandonnait l'émouvait toujours. Mais elle ne s'intéressait qu'à elle-même, passionnément, férocement : Tristan n'était pour elle qu'un instrument. Sa main, posée sur l'épaule du garçon, ne lui servait que d'appui. Et elle ne le regardait pas. Elle attendait seulement « ce qui allait arriver, peut-être, un jour... ».

Sophie, que Tristan rencontrait parfois au bois des lutins (elle le traversait en revenant de son cours de danse et c'était là qu'elle donnait ses rendez-vous), était certainement possédée du même égoïsme. Mais elle était aussi plus franche, et plus gaie : leurs rapports étaient heureux et sans façons.

Son langage devenait de plus en plus ordurier, précis et salace. Tristan ne s'en formalisait pas, mais il s'effrayait souvent à l'idée qu'elle en usait aussi avec ses autres partenaires ; et certains la connaissaient à peine.

– Un jour, disait-il, vous aurez des surprises.

Elle haussait les épaules, naïve, fière de son audace.

– C'est moi qui leur fais des surprises !

Souvent, elle lui offrait le récit de ses aventures de la veille, ou de l'avant-veille. Très indiscrètement détaillé !

– Il a tenu longtemps, longtemps, et pendant ce temps-là, avec sa main...

– Sophie, disait-il, chut... Ça ne me regarde pas vraiment ! Et ce qu'on fait, nous, dites, à qui le racontez-vous ?

– Tiens, aux autres !

Désarmé, il riait, l'attirait à lui, et l'embrassait.

Mais avec Natalène, enfant ou non, Chenillette ou non, le plaisir retrouvait son vrai visage : grave, et triomphant, et d'une implacable pureté, il était une porte largement ouverte sur le monde. Le corps de Natalène parlait du temps, de la vie et de la mort, de l'orage et de l'été. Il était une promesse et une explication. Elle ne donnait rien, ne demandait rien : leurs joies se créaient d'elles-mêmes, de leurs deux désirs unis et de leur égale tendresse. Qui faisait l'amour à l'autre ? Tristan n'aurait pas pu répondre à cette simple question, tant l'amour enchantait chacun de leurs gestes. Et peu importait d'aller jusqu'au bout du chemin, ou pas tout à fait, ou pas du tout : il n'y avait pas vraiment de chemin. Tout était chemin, un sourire, un regard, une hésitation, une attente...

Ils jouaient beaucoup. À se taire, bien sûr, mais aussi à se battre, à se fuir, à se perdre. Et même à ne pas jouer. Natalène lisait, au grenier, assise sur le tas de coussins, et Tristan griffonnait des notes sur une partition. La pluie tapotait sur la lucarne.

– On joue ? disait soudain l'un d'eux.

L'autre acquiesçait, tenté, le jeu se trouvait vite, ancien, nouveau, et déroulait ses volutes légères...

Tante Blanche, l'innocente, leur avait fourni un de leurs préférés, celui des adverbes. Il lui venait de sa lointaine enfance chez les Dames de la Sagesse. Cinquante ans auparavant une dizaine de pensionnaires s'asseyaient en rond sur la pelouse, devant la petite chapelle du couvent, avec un livre. L'une d'elles ouvrait ce livre, au hasard (naturellement, il était autorisé par l'archevêché, et ce n'était PAS un roman). Elle lisait, des yeux, en cachant la page à ses voisines d'une main prudente, jusqu'à ce qu'elle rencontre dans le texte un adverbe en « ment ». Ce n'était jamais très long : il y a un nombre impressionnant de ces adverbes-là. Elle fermait alors le livre, avec une exclamation satisfaite. Et ses compagnes se mettaient à lui poser toute une série de questions sur son âge, sa vie, ses études, ses goûts, le temps qu'il faisait... Peu importait : il s'agissait seulement de deviner à quel adverbe elle obéissait en répondant. Si on l'interrogeait sur le nombre de ses printemps et qu'elle déclarait : « J'ai soixante-dix ans », il s'agissait sans doute de l'adverbe « mensongèrement ». Si elle s'emballait au contraire, se lançait dans de longues digressions, on pouvait risquer : « verbeusement » ? « Emphatiquement » ? L'adverbe découvert, on donnait le livre à l'heureuse gagnante, qui l'ouvrait à son tour, lisait, et ainsi passait le temps chez les Dames de la Sagesse, au début du siècle...

De cette gentille amusette Tristan et Natalène faisaient un usage tout à fait scandaleux. L'idée était de Tristan. C'était lui qui avait proposé un soir, alors que Natalène réclamait un jeu :

– Oui, on joue... Aux adverbes ? Aux adverbes de tante Blanche ? Mais nous on le dit tout haut, et...

Il n'avait pas ajouté : « ... on le fait. » Si, pour inventer un jeu, le compliquer, le raffiner, ils devaient bien parler, c'était toujours très prudemment, et le moins possible. Ils tenaient à leur silence. Et ils se comprenaient d'ailleurs à demi-mot, à quart de mot.

– Oui, avait dit Natalène. Mais qui mène ?

– Celui qui a lu. Et l'autre suit.

Elle avait lu, ce soir-là, et refermé le livre sur l'adverbe « lentement », qui n'offrait aucune difficulté d'interprétation. Certains les embarrassèrent bien davantage : « bravement », par exemple, ou « paradoxalement ». (Tante Blanche, heureusement, n'eut pas à se prononcer sur le parti qu'ils prirent en ce dernier cas...)

Il leur arrivait de devoir renoncer à certains adverbes. Ils détestaient cette dérobade, bien sûr, d'autant que le lecteur était censé sortir de là absolument déshonoré, mais que diable auraient-ils pu faire de « foncièrement » ? Ou de « lumineusement » ?

C'est après avoir renoncé à « transitivement », le soir du réveillon, que Tristan reposa sur le guéridon son *Traité de grammaire historique* et attrapa, au hasard, un autre livre dans la malle d'osier.

– *Le Vicomte bleu*, annonça-t-il.

Il l'ouvrit, vers le milieu, et sourit à Natalène qui jouait avec ses pièces d'or.

– « Sous l'œil enflammé de son tuteur, le petit Vicomte s'assit, terrorisé. »

– Y a pas de quoi avoir peur, glissa Natalène. Une conjonctivite, ça se soigne très bien.

Tristan rit, puis reprit sa lecture :

– « Des larmes perlèrent à sa paupière pâlie, et il appuya en tremblant ses mains fines et blanches sur le velours parme de son habit. »

– « Parme » ! interrompit Natalène. « Parme » ! Je sens que ça va être gratiné.

– « Le terrible vieillard observa un instant son malheureux pupille, de son œil haineux, puis l'apostropha, brutalement... »

Il s'arrêta net, et rit.

– « Brutalement », dit-il. C'EST gratiné.

Il lança le livre sur les genoux de Natalène – le jeu commençait dès l'adverbe prononcé – et se leva, vite.

– Venez ici, dit-il.

– Si je veux !

Elle voulut, dès qu'il l'eut attirée à lui par les poignets. Et elle riait, contre lui. Pendant quelques instants ils se battirent vraiment. Pour une fois Tristan usait de toute sa force : il réussit vite à renverser Natalène sur le tapis, et à la maintenir sous lui. Elle avait son jupon, mais il la protégeait bien peu, seul, et Tristan qui ne s'était pas encore rhabillé, lui, la pénétra facilement – aussi « brutalement » qu'il l'osa. Là, il fit une pause. Natalène ne luttait plus : elle fermait les yeux, un peu pâle. Il tricha, eut en elle quelques mouvements très doux, très lents, et quand elle rouvrit les yeux il lui sourit. Elle se redressa pour l'embrasser : ses lèvres étaient douces, et chaudes. Il avait mis une main sous sa nuque, tendrement, et elle eut un petit rire moqueur. « Vous calez », murmura-t-elle. Il répondit, sur le même ton : « Non. Je fais une parenthèse. » Elle rit encore, et ses yeux brillaient de malice. D'un coup sec du bassin, Tristan lui arracha un cri – et ce fut à lui de rire. Pendant quelques instants il obéit ainsi à son adverbe, sans tricher, et sans se soucier des efforts que faisait Natalène pour lui échapper. Elle faillit y réussir, une fois, et il tordit ses poignets pour l'obliger à rester tranquille. Maintenant il s'amusait, et plus qu'elle. Il joua ainsi les hussards, de bon cœur, jusqu'à ce qu'il la sente à bout de forces : alors il prit son plaisir en elle, sans se préoccuper du tout du sien, la quitta sans douceur, s'assit à côté d'elle, sur le tapis, et se mit à rire.

– Un bel adverbe, apprécia-t-il.

Natalène s'était rassise aussi, et rabattait sur ses jambes nues les volants de son jupon. Elle était furieuse.

– Si c'est moi qui tombe un jour dessus, dit-elle, vous aurez de mes nouvelles... Le salaud !

Il ne répondit pas. Il la regardait.

– Vous faites très « jeune fille violée », Natou, dans vos dentelles...

Elle attrapa son pull-over, qui traînait près du fauteuil, et l'enfila.

– Ça ne change rien, dit Tristan. Maintenant vous faites très « jeune fille violée ayant remis son pull-over ».

Elle lui sourit, quand même, prit la main qu'il lui tendait et se laissa attirer jusqu'à lui. Elle était incapable, autant que son cousin, d'en vouloir vraiment à l'autre pour un beau jeu bien joué. Elle posa son front sur les genoux de Tristan et il caressa, lentement, les boucles sombres.

– Consolez-vous, dit-il. Vous aurez « méchamment », « cruellement », « sadiquement », sans compter « haineusement », « infernalement »... et même, avec un peu de chance, « mortellement ».

Elle éclata de rire, désarmée.

Elle riait souvent. Elle riait, en fait, presque toujours, et presque de tout. Ses aînés la prenaient de bonne foi pour la plus insouciante et la plus gaie des six garnements de Blajan. Tristan seul savait, ou plutôt soupçonnait, ce qu'elle dissimulait sous tant d'espièglerie et quelle bravoure il lui fallait pour porter ainsi son fardeau.

Brave, elle l'était. Ainsi la théorie des dates que soutenait Sophie la faisait sourire. Elle avait mieux, elle, et plus sûr : trois jours par mois, juste avant ses règles, elle buvait matin et soir une infecte tisane verdâtre, dont les femmes de la tribu du Copte se trouvaient bien depuis des générations. (« C'est pour faire pousser les cheveux, ma tante », disait-elle sans honte.) Tristan avait eu la curiosité de goûter ce breuvage, du bout de la langue, et son âcreté abominable l'avait saisi. Il s'était étonné :

– Mais comment pouvez-vous avaler ça ?

Natalène avait répondu, simplement :

– Il faut, non ?

Et c'était ainsi, certainement, qu'elle acceptait sa vie. Il fallait. Il fallait passer du Copte à Contorose, de Natalène à Vanina, il fallait n'être chez soi nulle part, taire son angoisse, taire sa rancune... Il fallait, non ? Et puisqu'il fallait, pourquoi se plaindre ? Mieux valait en rire...

Le printemps approchait, qui ramènerait le Copte. Elle n'en parlait pas, et Tristan non plus. Mais ils le savaient tous les deux et cette menace sourde leur rendait douloureux le besoin qu'ils avaient l'un de l'autre. Tristan surtout se raidissait contre la souffrance à venir. Depuis deux ans, quand le Copte emmenait sa fille il la gardait plusieurs mois : comment traverser encore une fois ce long, cet interminable désert ?

Natalène avait sur lui l'avantage de connaître le monde où il continuerait à vivre sans elle. Elle pourrait sans trop se tromper l'imaginer assis devant son piano, parlant au salon avec Philippe, ou descendant les marches du conservatoire. Mais lui ne saurait rien d'elle. Jamais. Elle aurait vraiment, entièrement disparu, comme une petite silhouette gommée sur un dessin. Et comment, comment, vivre sans son sourire, sa voix, et la douceur de son petit corps nu, là-haut, au grenier des hiboux ?

Il était à son piano, un soir de mars, lorsque le bruit du tacot du Copte se fit entendre dans l'allée. Contorose, qui lisait, referma doucement son livre.

– Natalène... C'est ton père, non ?

Tristan s'était arrêté de jouer et s'était retourné sur son tabouret. Le regard que lança Natalène à son grand-père le surprit par sa dureté. Elle se levait, posait sur la table l'album de photos qu'elle tenait, et souriait.

– Oui, sans doute.

Elle s'esquiva, très vite, par la porte du fond. Et déjà elle défaisait le bracelet de sa montre. On l'entendit monter les marches quatre à quatre. Aussitôt le Copte entra.

Contorose s'était levé. C'était toujours lui qui se chargeait d'accueillir ce singulier personnage. Les tantes n'en menaient pas large devant cet intrus, et d'ailleurs ne savaient pas comment elles devaient se comporter au juste. Leur code de convenance restait désespérément muet sur ce point, pourtant d'importance, et aucun de ses chapitres ne commençait par : « Lorsqu'un manouche entre au salon, pour emmener Dieu sait où votre petite-nièce, il est de bon ton de... »

Le Copte était petit, trapu, puissant, et accentuait certainement à plaisir sa vulgarité en passant le seuil de Blajan. Il ne devait pas mettre toujours autant de cœur à parler si fort, marcher si lourdement, mâchouiller si bruyamment son mégot baveux... C'était sans doute une caricature de lui-même qu'il tenait en réserve pour cette seule occasion.

– ... Ben, que j'y ai dit, des détours pareils pour trois putains trous de foutus travaux, on voit que c'est pas vous qui casquez pour l'essence...

– Ils n'avaient pas prévu de déviation ?

– Aux faubourgs, bougre que si, pour emmerder le monde !

Philippe, assis au bord d'un coffre, se délectait à contempler l'embarras manifeste des maîtresses de maison, et serrait les lèvres pour ne pas pouffer. Chantal arborait un air vaguement pincé. Xavier, plus loin, passait une main nerveuse sur ses moustaches naissantes. Et Marion, rougissante, baissait le nez.

Tristan s'était levé, pour s'approcher de la fenêtre. Dans la vieille camionnette garée devant le perron, un jeune garçon attendait. Quinze ans, seize ans ? Tristan ne voyait que son profil, et sur la portière sa main brune, et sale, qui tapotait impatiemment la tôle. « Vanik », pensa-t-il. L'âge correspondait et Vanik était, il le savait, le fils de cette Gina qui partageait la vie du Copte. Le garçon se sentit-il observé ? Il tourna la tête vers la maison. Il était un peu plus âgé que Tristan ne l'avait cru tout d'abord. Très beau, très brun. Sur sa joue, une trace noire. Sa chemise sombre était déchirée à l'épaule. Il fumait. Tristan enregistra tout cela, sans vraiment y penser, puis se retourna. Natalène entrait juste, sa valise noire à la main, dans sa tenue de bohémienne impeccablement lavée, reprisée et repassée par Justine. Et elle s'arrêtait à côté de son père.

– T'as poussé, dis donc !

Ils avaient les mêmes yeux, exactement les mêmes : presque jaunes, et durs. Leurs bouches aussi se ressemblaient, longues, bien modelées. Mais c'était tout. Et comme Natou semblait frêle, et menue, à côté de ce bohémien !

– La garderez-vous longtemps ?

À cette question rituelle le Copte fit la réponse rituelle :

– Ah ben j'sais pas, ça va dépendre...

Comme il était d'usage aussi, une fois la guimbarde repartie les tantes retrouvèrent leur langue, et les commentaires allèrent leur train. « ... Ce langage – ce mégot – as-tu vu, ma chère, qu'il ne l'a MÊME PAS embrassée – cette tenue – il ne faudra pas s'étonner si plus tard... »

Tristan s'était remis à jouer, un peu étourdi, et fort occupé à dominer le tremblement de son cœur. Il regardait son grand-père, qui tournait le dos aux siens et contemplait le parc à travers les vitres. Et il s'étonnait de sentir le vieil homme aussi accablé que lui-même. « Il pourrait empêcher ça, pensait-il. Je suis sûr qu'il pourrait. Normalement il devrait pouvoir... »

VI

Natalène allait et venait depuis si longtemps que ses absences ne troublaient pas vraiment les Blajan, quand elles ne se prolongeaient pas outre mesure. Contorose prévenait le secrétariat du lycée, Justine retirait un porte-serviette du tiroir,

Philippe se cherchait un autre partenaire de disputes et la vie continuait. Natalène était partie, oui. Mais elle reviendrait. Le mois prochain, ou celui d'après. On avait l'habitude.

Tristan avait celle de cacher sa peine, heureusement pour lui, et de ne pas la laisser tout envahir. Il essaya donc, bravement, de ne pas céder au découragement qui s'emparait de lui jour après jour, semaine après semaine. À force de regarder le parc, ne finirait-il pas par le voir vraiment ? À force de jouer ne retrouverait-il pas un soir, enfin, la magie que ses doigts avaient su faire naître du piano auparavant ? Le parc était sans odeur, sans couleur, le piano se taisait, mais cela ne durerait pas éternellement, non... Pas à pas, pied à pied, il se battit contre lui-même, s'obligea à lire, à sortir, à travailler, à inviter Sophie au cinéma, à rire, à tenir.

Tant d'obstination finit par porter ses fruits. La souffrance recula, se tut – endormie seulement, mais matée. Cette longue bataille, et cette victoire, marquèrent la fin de l'enfance de Tristan et donnèrent à son visage, à son calme regard, une gravité qu'ils ne perdraient plus. Contorose en fut bien conscient et cessa ce printemps-là – alors qu'il lui arrivait encore de gifler Xavier, l'aîné de tous – de compter Tristan parmi les enfants. Les tantes elles-mêmes sentirent en lui quelque chose de nouveau et le traitèrent en conséquence, à leur façon gentille et sotte.

Natalène n'était pas là, en avril pour fêter ses quinze ans. On célébra Pâques sans elle, Tristan eut dix-sept ans, en mai, sans l'avoir revue, et on commença sans elle les révisions. Elle ne vit pas l'été s'installer peu à peu sur les collines, ni Chantal délirer d'amour pour un certain Jean-Louis Kerbauson – et se fiancer.

Xavier rata son second bac, cette fois. Chantal l'eut de justesse et Tristan, pour éblouir les tantes, avec une belle mention. On fêta ce qu'on pouvait fêter, au début de juillet, devant un Xavier fort penaud. Et ce soir-là Tristan annonça qu'il ne s'inscrirait pas à la fac de médecine, mais resterait au conservatoire. Le respect tout neuf que Contorose avait pour lui accomplit son office, et le vieil autocrate s'inclina.

– La musique, dit-il seulement, ce n'est pas un métier...

– Tant pis, sourit Tristan. Je me passerai de métier.

Il se mit donc dès juillet à vivre comme il avait toujours désiré le faire. Il travaillait le matin sur le petit piano de l'étage, qu'on avait transporté pour lui dans l'ancienne nursery. L'après-midi il allait en ville passer quatre heures au conservatoire, puis donner quelques leçons lui-même. Contorose lui offrit un scooter pour faciliter ses déplacements et lui remit une clé de la grande porte. En quelques semaines, ainsi, son existence s'élargit. Il eut des amis que ne connaissait pas son clan, de nouvelles responsabilités, l'impression exaltante que la vie, pour lui, commençait vraiment ; et n'eût été cette place vide à la longue table de Blajan, juste en face de lui, il se serait cru très heureux.

– C'est incroyable, dit un soir tante Lise frappée d'une idée subite, c'est incroyable que cette petite... oui, Natalène... parce qu'enfin... quand est-elle partie ?

Tristan, qui remplissait d'orangeade le verre de Chantal, reposa la carafe. Il supportait toujours aussi mal qu'il soit question de Natalène – à l'improviste surtout.

– C'est vrai, dit Chantal, ils exagèrent... Ça fait trois mois, non ? C'était avant Pâques en tout cas.

Elle tendait son verre à Tristan, pour qu'il achève de le remplir. Il le fit, impassible.

– Ma petite, dit Contorose, c'est son père.

Cette formule, en général, fermait le débat. Tristan s'approcha de Marion, qui lisait un Tintin en enroulant autour de ses doigts une boucle de ses cheveux. Et il sourit à la petite fille.

– De l'orangeade ?

Elle ne répondit pas, perdue dans le désert à la suite du capitaine Haddock ; il s'assit à côté d'elle, sa carafe à la main. Contorose parlait maintenant des vignes à sulfater, et de Boris, le maître du manège, qui refusait d'y employer ses valets d'écurie. « Marion, pensait Tristan, Marion... » Pourquoi cette enfant apparaissait-elle toujours, toujours, dans son éternel cauchemar ? À côté de la charrette qui hantait ses nuits, devant, derrière, dessus – mais toujours, toujours présente ? Pourquoi ? C'était une gentille enfant, timide, effacée, sans rien d'exceptionnel... Pourquoi se glissait-elle ainsi dans ce sinistre, ce désespérant tableau ?

De cette bizarrerie il ne s'était pas encore avisé ; peut-être parce qu'il détestait s'interroger sur ce rêve qui le poursuivait. Une charrette, un cheval las, le grincement des essieux, la pluie sur la petite route – Tristan, souvent – Natalène, parfois – l'horreur et la cruauté toujours, voilées, invisibles – et Marion. Marion chaque fois. Marion invariablement. Pourquoi ?

– Marion ? De l'orangeade ?

Elle entendit, cette fois, leva des yeux vagues et acquiesça.

– Lequel est-ce ? demanda Tristan.

Il désignait l'album, du menton.

– *Le Crabe aux pinces d'or*, répondit-elle. Chouette, hein ?

– Oui, dit-il gentiment.

Il se détourna, posa la carafe vide sur la table, et resta là, saisi. Marion, oui. Mais pas Marion Rivalty. L'autre, cachée sous le masque rassurant de la première : cette petite Marion de la ferme des Ormeaux, dont l'histoire avait indigné le bourg vingt ans auparavant, et que Tristan n'avait pas connue, bien sûr, mais dont il avait souvent entendu parler, comme tout le monde. En des termes invariables : « Si on avait su... Mais on ne pouvait pas savoir... On ne savait pas, on ne savait qu'un peu... Si on avait su, oui, si on avait osé... »

Toutes les images éparses qui poursuivaient Tristan depuis longtemps, chacune dépourvue de signification, lui revinrent ensemble, s'assemblèrent comme les pièces d'un puzzle : Natalène, assise près de l'étang, regardait son genou bandé – elle repoussait ses cheveux et dévoilait une meurtrissure sur sa tempe – elle tendait vers des cartes à jouer un bras couvert de bleus – et surtout elle répétait, inlassablement, d'une petite voix fière et têtue : « Je suis tombée du saule, le manche de la casserole a tourné, c'est le sabot de Prince, je me suis brûlée, c'est la portière, j'ai glissé dans l'éboulis, j'ai raté une marche, c'est en triant les ferrailles, je me suis pris une branche... »

Il reçut tout cela en plein cœur, et sut. Il sut aussi que Contorose savait, et depuis toujours. La honte et la colère le submergèrent si bien qu'il perdit presque conscience du monde extérieur pendant quelques instants. Puis cet orage s'apaisa, comme les autres, et il se retrouva au milieu du grand salon de Blajan, debout devant une table bien cirée. Impuissant. Le fermier des Ormeaux avait frappé trop fort, un soir. « On ne savait pas », avaient dit les gens, qui savaient très bien...

Il sortit, poussa la porte du vestibule, s'adossa au mur. Tout était obscur, là. Devant lui, montant vers une pénombre plus profonde encore, les marches de l'escalier luisaient faiblement. Natalène n'est pas Marion, pensait-il. Aucune des deux Marion. Elle est forte, elle est futée, elle sait ruser avec les gens, elle peut braver Contorose lui-même et parfois l'emporter... Qu'elle ait été vraiment une enfant battue, non, il n'y croyait pas. Mais qu'elle soit chez son père livrée à la violence, c'était évident. Et où s'est perdue, dans la mémoire de Tristan, la petite cousine d'autrefois ? D'avant l'étang, d'avant l'amour ? Qui l'a aidée, en ce vieux temps-là, à supporter l'insupportable ? Seule, elle était seule, elle l'avait toujours été et elle l'était encore, devant le Copte comme devant Contorose, qui savait, et qui s'était tu...

Le lendemain, il avertit son grand-père qu'il allait voir sa mère à Hambourg. Le vieil homme en resta pantois.

– Mais, dit-il, tu ne peux pas... il ne faut pas... c'est que... tu l'as prévenue ?

– Je le ferai de la gare, là-bas.

– Seulement, vois-tu... je dois te dire que... enfin...

– Ne vous en faites pas, sourit Tristan pour le rassurer. Je ne suis pas idiot et je suppose bien qu'elle ne vit pas seule. Ça n'a aucune importance.

– Mais c'est que...

Ce que c'était devait être très difficile à dire. Contorose y renonça, et se permit seulement de recommander une grande discrétion, beaucoup de tact, une indulgente compréhension...

Ces allusions surprenantes s'éclaircirent à Hambourg, où Tristan refit connaissance avec sa mère. Contorose avait dû télégraphier : le compagnon d'Agnès était parti, à point nommé, visiter des amis berlinois. Mais des photos de lui traînaient un peu partout, et d'ailleurs Agnès ne cherchait pas à dissimuler la vérité. Le premier choc passé, Tristan ne manifesta aucun étonnement. Il ne dirait rien : ce ne serait pas de lui que ses quatre cousins Rivalty apprendraient que leur père ne vivait pas en Italie avec « quelqu'un », non, pas du tout, mais à Hambourg avec leur tante ; ni de lui que Contorose saurait la présence ici d'un scandaleux demi-frère, demi-cousin, demi-demi...

Agnès et lui, qui s'étaient quittés douze ans auparavant, se retrouvèrent sans gêne ni rancune. Elle avait quelque chose de l'aisance de Natalène à s'accepter et à accepter les autres. « Je suis ainsi, semblait-elle dire. Ainsi faite, oui. Et c'est ainsi que j'ai choisi de vivre : c'est à prendre ou à laisser. »

Elle avait un peu plus de quarante ans. Tristan la trouva belle : blonde encore, fine et pâle, avec une grande élégance de gestes et de maintien. Ils parlèrent de musique surtout, et un peu de Blajan – mais pas de ses habitants, uniquement de son parc et de ses environs.

– Je pouvais marcher des heures dans les collines, disait-elle. Connais-tu Saint-Lys ? La bergerie ? Ton père te l'a laissée en héritage. C'est une splendeur, là-haut...

Son cœur était bon et son intérêt pour ce grand fils inconnu très sincère : ils se séparèrent, après trois jours, enchantés l'un de l'autre. « J'aurais dû venir depuis bien longtemps », pensa Tristan. Il oubliait seulement que Contorose n'avait cessé d'être un guide infaillible, pour lui, que depuis une semaine.

On ne lui posa aucune question, à son retour, sinon sur le confort des wagons-lits et l'architecture de Hambourg. Marie Rivalty osa seule lui demander, un soir, si Agnès allait bien – si « tout » allait bien, là-bas...

Il la regarda, le cœur empli de compassion pour elle.

– Elle va très bien, dit-il.

Avec cette délicatesse innée qu'il avait il ajouta, négligemment :

– Vous savez qu'elle vit... enfin, elle ne vit pas seule. Il n'était pas là, je ne l'ai pas vu. Il est professeur de droit civil et je crois qu'il réussit bien dans son métier.

Soulagée de constater que Tristan ignorait l'identité du professeur de droit civil – son mari à elle, après tout – la petite dame grise essaya de ruser, se sentant tout à fait de taille à berner son neveu :

– Si ta mère était raisonnable elle l'épouserait.

– Peut-être le fera-t-elle un jour, dit Tristan.

Tante Lise entrait, ils se turent. Mais Tristan pensa longuement, ce soir-là, au Blajan d'autrefois – un Blajan où lisaient au salon les fantasques jumelles, l'une rêvant au Copte, l'autre à son cousin Alban – un Blajan où s'ennuyait sans doute Alban Rivalty auprès d'une timide Marie toujours enceinte – un Blajan aussi secret, aussi passionné peut-être que l'était celui qu'il connaissait. Où se rencontraient Agnès et Alban ? Sous les toits, eux aussi ? Dans le parc ? Par où Anne s'était-elle enfuie, un soir, avec le Copte ? Tante Lise et tante

Blanche passaient-elles déjà leurs journées à broder au salon, à peine un peu moins grisonnantes, à peine un peu moins ridées ? Contorose était-il en ce temps-là aussi autoritaire et aussi aveugle que maintenant ? Car enfin il avait élevé trois enfants dont les cœurs lui étaient restés fermés, trois enfants dont deux s'étaient enfuis ensemble, dont la dernière avait suivi un rempailleur... Comment ne se méfiait-il pas des enfants d'aujourd'hui ? Les croyait-il vraiment absorbés par leurs études, leurs parties de dominos et le reflet que leur renvoyait leur miroir ? Ne craignait-il pas qu'un autre orage, un jour, se lève ?

Là-dessus Sophie demanda de l'argent à Tristan : elle était enceinte, de lui peut-être, ou d'un autre, et l'affolement la gagnait. Elle ne voulait pas se marier, non, ni avoir cet enfant, certainement pas, elle voulait seulement sortir de ce piège...

– Nom d'une pipe, disait Tristan, calmez-vous...

Elle sanglotait sur son épaule, dans le parc, et mélangeait tout : la honte, sa tante Hortense, les lutins du bois, les dates, la peur, la faiseuse d'anges... Quand elle consentit à cesser de pleurer, et à s'expliquer clairement, Tristan la fit asseoir sur une souche d'arbre et lui tendit son mouchoir.

– Là, dit-il, mouchez-vous, et on va arranger ça.

– Ça ne peut pas s'arranger.

– Et d'abord, que voulez-vous VRAIMENT ?

– Comment ça, ce que je veux ? Je ne peux pas, je ne peux pourtant pas...

– Il ne s'agit pas de ce que vous pouvez. On peut tous des tas de choses. Mais que voulez-vous ? Vous en avez envie, VOUS, de cet enfant ?

– Mais je ne peux pas...

– Vous en avez envie ?

– Je ne sais pas !

Il rit, pour la faire rire.

– Zéro partout... Sophie, sérieusement, si vous pouviez l'effacer, là, tout de suite, d'un claquement de doigts... vous le feriez ?

Elle envisagea l'hypothèse, honnêtement, et son visage s'illumina.

– OK, dit Tristan. Alors occupons-nous du claquement de doigts.

Il ne voulut pas se fier à elle et s'adressa à un de ses amis du conservatoire, qu'il savait bien renseigné sur le sujet et qui était, lui, en fac de médecine. On lui dit pis que pendre de l'adresse dont avait parlé Sophie et on lui en indiqua quelques autres. Il poussa la conscience professionnelle jusqu'à les contrôler toutes. « Je veux voir, dit-il à Sophie, comment sont les maisons, s'il y a des rideaux aux fenêtres, ce qu'on a planté dans le jardin et comment s'habille la dame. »

Elle sourit, ce matin-là. Sa confiance en Tristan était si grande qu'elle en avait retrouvé toute son insouciance. « On dirait que vous allez engager une gouvernante... », dit-elle.

Il finit par élire la parfaite gouvernante, convenir d'un jour, et aider Sophie à se bâtir un alibi. Après quoi il frappa à la porte de Contorose, un soir, et lui demanda tout de go la somme dont il avait besoin.

– Tu vas fort ! s'indigna Contorose. C'est beaucoup d'argent...

– Je le sais, répondit Tristan. Je vous rembourserai, grand-père. Mais il me faut cet argent, et vite.

– Et si je ne te le donne pas ?

– Je vendrai mon scooter... mon piano, mes livres, ma montre... et je volerai le reste.

Contorose, ravi, se mit à rire en caressant sa vieille barbe.

– Sacré gaillard... Dette de jeu ?

– Oui, dit Tristan. Poker. On ne m'y reprendra plus.

Il eut l'argent et Chantal invita Sophie, comme convenu, à passer quelques jours à Blajan. Elle était au courant, bien sûr, des malheurs de son amie. Elle les avait même connus avant Tristan. Et elle en tremblait pour elle-même, rétrospectivement, car enfin elle aussi se fiait aux dates, et depuis très longtemps déjà.

– Mais toi, dit Sophie, tu es fiancée !

Elle était allongée, la chose faite, sur le lit de Chantal, et croquait une pomme. Tout s'était bien passé jusque-là.

– Peut-être, accorda Chantal, mais...

Elle croisa le regard de Tristan, et rougit. Il leur arrivait encore de très mal se conduire, malgré l'existence du fiancé.

– Je n'ai pas mal, dit Sophie. Je croyais que ça faisait mal ?

Tristan savait par son ami que cela ferait sans doute mal plus tard. Mais il ne le dit pas. La petite chambre de Chantal était claire, joliment fleurie de cretonne. Par la fenêtre ouverte le soleil de l'été entrait. Les trois complices avaient déclaré qu'ils prendraient le thé là, pour préparer une petite saynète. La chose n'était pas très convenable, se situant dans la chambre d'une jeune fille, mais enfin puisque les jeunes filles étaient deux, puisqu'ils étaient tous les trois si jeunes... les tantes avaient consenti. Elles n'étaient pas là, heureusement, pour entendre le récit de l'opération, que Sophie faisait maintenant à Chantal.

– Il a tout payé, disait-elle. On paie en même temps, tu sais. Et c'est lui qui avait cette espèce de grosse liasse dans sa poche, comme dans les films...

Tristan avait voulu l'accompagner, bien sûr, et l'attendre. D'abord pour l'aider si elle en avait eu besoin. Ensuite, mais cela il ne le lui avait pas dit, parce qu'il avait l'intuition qu'une cliente accompagnée paraîtrait à la dame simplement dans l'embarras ; pas abandonnée, aux abois, et donc prête à supporter n'importe quoi. Et pour cela aussi il avait tenu à payer lui-même cette femme, de billets sortis de sa poche à lui.

– Moi je voulais, continuait Sophie, demander un peu d'argent à tous les garçons du bois des lutins...

– Tu es folle ! protestait Chantal. Ils en auraient parlé !

– Tu crois ?

– Un ou deux, au moins... Et si tu l'avais gardé, dis, ce bébé, tu les aurais tous épousés ?

Sophie posa sur le plateau le trognon de sa pomme, en riant.

– Non, dit-elle. D'abord je ne voulais PAS me marier. Encore moins que le reste. Pouah ! Quoique, si on y réfléchit, les épouser tous les quatre, plus Tristan, ça aurait pu être drôle... Tu imagines le cortège ?

« Folle, pensa Tristan, petite folle, jolie folle, papillon... »

L'idée de ce qui attendait le léger papillon, ce soir, cette nuit, lui serrait le cœur. Il s'était procuré des médicaments et connaissait les symptômes qui transformeraient l'aventure en cauchemar. Mais pourquoi les choses étaient-elles aussi injustes ? Pourquoi Sophie, et pas lui, ou les quatre autres ? Pourquoi avait-il passé une demi-heure, lui, confortablement assis dans le salon d'une inconnue alors qu'elle était, elle, derrière la porte, livrée à l'inconnue, livrée nue, ouverte et impuissante ? Est-ce que Natalène, un jour... ?

Ce prénom creusa en lui une petite blessure, comme chaque fois. Un peu de son émotion fut-elle perceptible, ou sa pensée se communiqua-t-elle à Chantal, par des voies mystérieuses ?

– Si Natou était là... dit-elle. Elle connaît des tas et des tas de tisanes, tu sais !

– Tu parles ! protesta Sophie. À l'âge qu'elle a !

– Si, des tisanes pour la grippe, pour les brûlures, pour la fièvre... Elle en a sûrement pour les bébés. Vous ne croyez pas ?

Elle s'adressait à Tristan, cette fois, et il lui sourit.

– Je ne sais pas, dit-il. Elle ne m'en a jamais parlé.

– Quand revient-elle au juste ? demanda Sophie. Ça fait longtemps qu'elle est partie, non ?

– Deux ou trois mois, répondit Chantal.

« Quatre », faillit dire Tristan. Il se retint juste à temps.

– Je descends, dit-il. Je vais réclamer des costumes. Et dire que vous avez mal à la gorge. Mettez bien un foulard, n'est-ce pas ?

Elle l'oublia, naturellement. Mais Tristan avait habilement parlé de son enrouement et tante Lise posa elle-même, au cou de l'étourdie, son propre fichu.

– Vous n'êtes pas raisonnable, ma petite fille...

La petite fille était un peu pâle, et manifestement souffrante. Elle se retira vite, poursuivie par toute une série de recommandations inutiles : « Fermez bien votre fenêtre... Ne buvez pas d'eau froide... Ne marchez pas pieds nus sur votre plancher... »

– Je me demande, dit tante Marie lorsque les deux jeunes filles eurent disparu, si je ne devrais pas téléphoner à sa tante...

– Voyons, intervint Contorose, n'exagérez rien, ma chère. Un simple rhume, rien de plus. Cette enfant n'a déjà pas tant de distractions ! Voulez-vous la priver de son petit séjour chez nous ?

Son avis l'emporta, finalement. On convint seulement qu'on préviendrait Mlle Hortense le lendemain matin si sa nièce n'était pas remise. Et on retourna au projet de rachat du manège, qui était la grande affaire de l'été. Ce manège avait été créé à Blajan par le grand-père de Contorose, et vendu plus tard par son père. Le racheter, le ressusciter, en refaire le club huppé de la région avait toujours été l'un des rêves de Contorose. Son propriétaire actuel, Boris, le savait bien, et il en profitait, le bougre... Cependant il avait de grosses difficultés depuis un an ou deux, et il était possible qu'il consente bientôt à baisser son prix.

– Nous ajouterions un poney-club, rêvait Contorose. Pour les enfants. Nous organiserions des randonnées dans les collines. Ce serait rentable, Lise, sais-tu ?

– Quoi donc, Louis ? Le poney-club ?

– Mais tout, le poney-club, le manège, les randonnées... Tu m'écoutes ?

Elle écoutait, en comptant ses mailles. Marie aussi, qui téléphonait déjà en pensée à son amie Hortense. Tristan également, que cela démangeait de monter rejoindre Chantal et Sophie, mais qui ne le pouvait pas, bien sûr... Contorose finit par se rabattre sur Xavier et Philippe, qui se voyaient déjà donner des leçons d'équitation à de charmantes jeunes élèves, et que l'idée enthousiasmait, évidemment.

Cette nuit-là parut à Tristan interminable. Tout se passa le mieux du monde, pourtant, sans drame, sans infection, sans souffrances insupportables, et somme toute assez rapidement. Mais voir un papillon pleurer en se tordant sur un lit, devoir mettre une main sur sa bouche pour étouffer ses cris, être empêtré d'une Chantal épouvantée qui renversait les cuvettes, éponger du sang, du sang, du sang, ce n'était vraiment pas une partie de plaisir et il faillit plusieurs fois perdre courage. Ils vinrent à bout de la nuit cependant. À trois heures, délivrée, Sophie s'endormit. Chantal s'était assise au bord du lit, presque aussi hagarde que son amie, une serviette ensanglantée entre les mains. Elle pleurait, nerveusement.

– Chut, lui dit Tristan, chut, c'est fini...

– Où est-il ?

– Ne vous en occupez pas. Faites seulement un paquet des serviettes, et calmez-vous un peu...

Dans un morceau de toile cirée, il enveloppa le petit fœtus, sans le regarder.

– Qu'est-ce que c'était ? demanda Chantal.

– Je ne sais pas ! Vous avez toutes les serviettes ?

Elle restait là, les bras ballants, inutile.

– Allez dormir un peu, dit Tristan. Si, si, allez-y. Je vous réveillerai tout à l'heure.

Elle disparut, l'air égaré. Tristan l'entendit se glisser dans sa chambre, de l'autre côté du couloir. Il s'assit, passa une main sur son front comme pour en chasser les souvenirs de la nuit, et ferma les yeux. Ce sang, ce sang, ces cris sous la paume de sa main... Comment n'avait-il pas pensé aux cris, lui qui avait pensé à tout ? Cela avait failli les perdre...

Il rouvrit les yeux, se leva, rassembla les serviettes tachées et les glissa dans un grand sachet de plastique. Il les ferait laver en ville. Des cuvettes, bien rincées, il fit une pile qu'il glissa sous le lit. Chantal les répartirait ensuite dans les chambres vides où elle les avait prises. Le lit avait été recouvert de plusieurs vieux draps pliés, et le matelas d'une toile cirée : il s'en occuperait plus tard, quand Sophie serait réveillée.

Elle dormait, paisible. Très pâle, mais paisible. Son visage s'était creusé encore, et des cernes sombres soulignaient ses yeux, mais sa bouche était douce. Il toucha son front, du bout des doigts : il était tiède. Les boucles blondes, poissées par la transpiration, s'étaient défaites. Meurtri, humilié, le joli papillon...

Il s'assit par terre, à côté du lit, et appuya sa tête sur le rebord du matelas. Il voulait seulement attendre ainsi le réveil de Sophie. Mais bien sûr il s'endormit.

Il se réveilla après toute une éternité de cauchemars. On tirait ses cheveux, doucement. Il se demanda d'abord où il était, puis retrouva ses esprits, se souvint de tout et se redressa. La lueur pâle du jour naissant entrait par la fenêtre. Il prit la main de Sophie – elle était fraîche – et la serra.

– Ça va ?

– Tristan... Où est-il ?

– Chut, n'y pensez plus...

Sur l'oreiller, le petit visage las était triste, affreusement triste.

– Je voudrais le voir.

– Non, dit Tristan doucement. Il faut oublier vite tout ça. Il n'y a rien eu. Ça va aller très bien maintenant.

Il s'était penché sur elle et caressait ses cheveux, le cœur empli de compassion.

– Tristan, s'il vous plaît... je voudrais le voir !

Il hésita.

– Pourquoi ?

– Pour le voir, dit Sophie, pour le toucher, s'il vous plaît...

Comme il restait là, indécis, elle se mit à pleurer.

– Le toucher, dit-elle. Qu'il sache que ce n'est pas ma faute. Oh, s'il vous plaît, je veux le toucher...

Elle dit encore autre chose, si bas qu'il ne le comprit pas, puis, à peine plus haut :

– ... le froid de la terre, sans qu'une main l'ait touché...

– Je l'ai touché, dit Tristan.

Elle eut un autre sanglot, et il prit un parti. Il se baissa, attira à lui le petit paquet enveloppé de toile cirée qu'il avait glissé sous le lit, l'ouvrit, écarta quelques compresses déjà raidies, des caillots gluants, et prit entre ses doigts le petit corps. Froid, mais souple encore, et déjà bien formé. Avec l'une des compresses il l'essuya de son mieux. Contre son poignet il sentit la main lilliputienne, déjà pourvue de ses bourgeons de doigts, et il serra les dents.

– Donnez-moi votre main, dit-il.

Elle la lui tendit. Il éleva un peu, très peu, son léger fardeau, et dirigea la main de Sophie. Il vit son index hésiter, frôler le petit visage, reculer, revenir, suivre la courbe du dos...

– Qu'est-ce que c'était ?

– Une fille.

– C'est si petit...

– Oui, dit-il.

Il voyait le fœtus, lui : humain sans aucun doute, mais au corps encore épais, encore un peu courbé, et au visage curieusement écrasé où s'ouvraient des orbites membraneuses trop écartées. Sophie retira sa main.

– Je l'ai touchée, dit-elle. Je l'ai touchée, oui. Voulez-vous l'envelopper dans mon pull-over ? Le rose, là, sur le fauteuil ?

Il le fit, sans parler.

– Il faudra l'enterrer dans le parc, dit-elle. Loin, loin, profond, et vous me direz où.

Il acquiesça, du menton.

– Maintenant, insista-t-elle, avant qu'il fasse vraiment jour. Que tout ait été la nuit, c'est très important.

Résolu à ne rien discuter de la magie où elle se réfugiait, il obéit, s'en fut réveiller Chantal pour qu'elle le relaie, et se glissa dans le parc. Le jour se levait à peine. Il enterra la petite chose sous les lilas, très loin, près de la vieille grille rouillée qui s'ouvrait sur le sentier des collines, et très profondément. Un tas de branchages traînait à côté : il le déplaça, pour le refaire à l'emplacement du trou. Puis il remonta vers Blajan, par l'étang, où il se baigna.

L'aventure se termina bien : Sophie resta cinq jours à Blajan, dolente et se plaignant de la gorge, mais suppliant qu'on n'inquiète pas sa tante et qu'on ne raccourcisse pas ses vacances pour si peu. Contorose la soutenait, heureusement pour elle.

Elle repartit le jeudi, presque aussi rose et gaie qu'à son arrivée le samedi. Et prête, la petite folle, à reparler de bonnes et de mauvaises dates.

– J'ai dû mélanger les jours, dit-elle à Chantal. Ça ne peut pas rater, tu comprends : alors c'est forcément moi qui ai cafouillé...

Elle n'avait pas demandé où Tristan avait enterré leur secret, ni reparlé une seule fois de tout cela. Chantal en conclut qu'elle était totalement inconsciente – ce qui n'était pas faux – et absolument dénuée de sensibilité – ce que Tristan ne pouvait plus croire maintenant. Il revoyait les doigts de la jeune fille errer à la rencontre du petit corps et réentendait sa voix, si douce, si triste, parler du froid terrible de la terre. Insensible, le joli papillon ? Beaucoup moins que Chantal, certainement...

VII

Natalène revint peu après cette aventure, à la mi-juillet.

Tristan travaillait à l'étage. Il n'avait pas entendu la voiture du Copte arriver, mais il l'entendit repartir et se leva, en refermant son piano. La surprise et la joie l'étourdissaient un peu. Il descendit, en sifflotant pour se donner du courage.

Dans le vestibule, contre le mur, il vit la petite valise noire et s'arrêta. Contorose était chez Boris, les autres à un pique-nique. Il n'y avait au salon que les tantes : leurs voix lui parvenaient à travers la porte, et aussi celle de Natalène.

Il entra, doucement, et tante Blanche lui sourit en posant une main sur l'épaule de la jeune fille.

– Regarde un peu qui est là !

Il regarda, puisqu'on l'en priait, mais ne vit rien, sinon un regard jaune et un bout de corsage blanc.

– Si c'est tout l'effet que ça te fait, dit naïvement tante Blanche... Dis-moi, petite : tu as travaillé, un peu ? Tu avais des livres ?

Il entendit qu'on parlait d'espagnol, puis de latin, et il s'éloigna de quelques pas, comme attiré par la fenêtre ouverte. Il y resta quelques minutes, en regardant le parc sans vraiment le voir lui non plus. Puis son sang-froid lui revint, aussi brusquement qu'il l'avait abandonné, et il se retourna. Les tantes posaient question sur question à Natalène, se coupaient la parole et n'écoutaient même pas les petites réponses que leur faisait la jeune fille – bien sûr, elle avait eu un gâteau d'anniversaire, en avril, pour fêter ses quinze ans – mais si, voyons, elle avait souvent pensé à ses vieilles tantes qui l'aimaient tant...

Elle portait une jupe rouge, et un corsage blanc qui n'était pas très net. Ses boucles avaient poussé et atteignaient ses épaules. Sur ses genoux, elle avait posé un châle bariolé dont les franges brillaient, et son poignet droit était bandé. Il vit tout cela, et encore autre chose.

L'année précédente, quand il l'avait interrogée dans le grenier sur sa vie chez le Copte, il avait vu dans ses yeux une petite ombre, rapide et froide. Cette fois-ci l'ombre était partout. Dans son regard, oui, mais aussi dans sa voix, dans la façon dont ses mains se croisaient sur sa jupe, dans le port de sa tête, au coin du sage petit sourire qu'elle arborait...

– Tu aurais dû écrire, ma chérie !

Elle se défendit, comme chaque fois, parla de timbres, d'argent, de facteurs insaisissables. Puis elle se leva, brusquement.

– Il faut que je dorme un peu maintenant, dit-elle. On a roulé toute la nuit.

Il la reconnut davantage quand elle ajouta, avec malice :

– Et que je me lave, parce que je ne dois pas sentir très bon.

Au dîner, ce soir-là, elle avait repris l'apparence d'une digne petite-fille de Contorose. Un ruban retenait ses boucles, une robe de toile bleue avait remplacé sa tenue de manouche, et elle avait changé la bande de son poignet. On lui fit la gazette du printemps, en se coupant joyeusement la parole, et on se satisfit d'une vague description qu'elle tenta des routes de Camargue : « C'est plat, et plein de vent... »

– Tu t'es foulé le poignet ? demanda Chantal.

– Non, dit-elle, c'est le fer à repasser, la poignée tenait mal...

Aussitôt elle sourit, espiègle :

– C'est presque guéri. Ils ont de ces emplâtres à la bave de crapaud, là-bas, pour les brûlures, dont vous me diriez des nouvelles !

Pour la première fois elle s'adressa à Tristan :

– Je vous donnerai la recette, pour vos malades.

– Je n'en aurai pas l'usage, répondit-il. Je ne fais pas médecine.

– Non ? Qu'est-ce que vous faites, alors ?

– Du piano.

Elle jeta un coup d'œil rapide à Contorose, trônant à son bout de table, et parut surprise de ne pas le voir s'emporter.

– Il veut bien, chuchota Philippe.

– Sans blague ?

– Sans blague !

Contorose frappa la table, du plat de la main :

– Philippe ! Pas de messe basse !

On avait gardé le meilleur pour la fin et ce fut tante Marie qui apprit à la revenante, en souriant de toutes ses dents, les fiançailles de Chantal. La nouvelle obtint le succès escompté. Natalène en oublia de surveiller son langage et s'exclama, imprudemment :

– Vous vous foutez de moi ?

On ne se « foutait » pas d'elle, et quand elle eut présenté ses excuses Chantal fit miroiter pour elle le saphir de sa bague. Après quoi on la laissa, enfin, savourer son omelette.

Tristan la regardait. C'était elle et ce n'était plus elle. Elle avait grandi, en quatre mois, et grossi un peu. De vrais seins, légers mais bien marqués, pointaient sous son corsage. Mais surtout son visage s'était durci. Elle n'avait pas, avant, cette façon de serrer les lèvres, ni de relever si haut son petit menton têtu...

– As-tu pu travailler un peu, Natou ?

C'était Contorose, cette fois, qui avait posé la question. Natalène tourna la tête vers lui pour lui répondre et Tristan perçut la hauteur et la dureté du regard qu'elle lança au vieux monsieur.

– Non, grand-père, dit-elle, presque pas. Mais je vais m'y mettre.

Elle commença à trier ses livres le soir même, au salon. Les grandes fenêtres étaient ouvertes sur le soir d'été. Tristan avait l'oreille fine et entendit tante Blanche glisser à sa sœur, très bas :

– Elle embellit, dis donc... tu as vu ?

– C'est-à-dire, répondit Lise sur le même ton, que cette coiffure lui donne un drôle de genre...

Le ruban du dîner s'était défait et tout un fouillis de lourdes boucles entourait le visage de Natalène. Dans ce salon bourgeois, et même occupée à manier des livres comme elle l'était, elle détonnait : sa peau était trop brune, ses cheveux trop sombres, trop rebelles, et il y avait dans toute sa fière petite personne quelque chose qui parlait trop haut d'un autre monde, plus brutal et plus libre.

– Dites donc, s'étonna à son tour Chantal en s'asseyant près de Tristan, c'est qu'elle devient jolie, la Chenille !

– Oui, répondit Tristan, on dirait.

– Je vais sacrément surveiller Jean-Louis !

Deux ans auparavant une réflexion aussi sotte aurait fait se crisper Tristan ; mais il avait grandi et se contenta de lancer à Chantal un regard amusé.

Natalène levait justement les yeux, et les observait tous deux avec curiosité. Elle devait se demander où ils en étaient et ce qu'avait dérangé entre eux la bague que portait la jeune fille.

– Viens là, lui dit Chantal, qu'on te voie un peu...

Elle posa ses livres, les rejoignit dans leur recoin de fenêtre et s'assit sur un pouf, devant eux.

– Tu as tellement changé ! dit Chantal. Pourquoi changes-tu toujours quand tu n'es pas là ?

– Par méchanceté pure, répondit Natalène.

Chantal rit, et se pencha un peu, curieuse.

– Raconte !

– Quoi ?

– Eh bien, ce que tu veux, je ne sais pas... En quatre mois, quand même, il a bien dû t'arriver des choses !

Natalène esquiva souplement, avec une habileté consommée :

– C'est toi qui te maries et c'est moi qui devrais raconter ? Le monde à l'envers ! Vite, vite, je cuis... QUI est-ce ?

– Jean-Louis Kerbauson.

– Et qui est Jean-Louis Kerbauson ?

– Il est professeur de maths au lycée de garçons.

– Mince, un fonctionnaire ! Gentil ?

– Évidemment... avec moi, en tout cas !

– Et où se cache-t-il, ce soir ?

– Il fait son service militaire à Metz. Tu le verras dimanche. Et puis quand il aura fini on se mariera. L'été prochain.

Natalène croisa le regard de Tristan, et sourit.

– Vous aussi, dit-elle, vous avez terriblement changé. C'est le conservatoire ?

– Je ne sais pas.

– On a eu des tas d'aventures, glissa Chantal. Je te raconterai, si je peux...

Prise d'un scrupule tardif, elle porta une main confuse à sa bouche.

– Mais je ne sais pas si je peux...

– S'il s'agit de ce que je crois, dit fermement Tristan, non, vous ne pouvez pas.

Pauvre Sophie Perey, livrée à l'étourderie de son amie... Tristan lança à l'indiscrète un regard sévère, et Natalène éclata de rire.

– Oh, Tristan, comme vous ressemblez à Contorose, quelquefois !

– C'est vrai ?

– Bien sûr que c'est vrai. Je vous imagine très bien, dans trente ans, au bout de la table, régentant le clan d'après le nôtre...

Tristan envisagea ce sombre avenir, et fit la grimace.

– Merci, dit-il. Je vois que vous me voulez du bien.

– On t'aura jusqu'au printemps ? demanda Chantal. Comme d'habitude ?

– C'est-à-dire...

Elle s'arrêta, indécise.

– Oui ? dit Chantal.

– C'est tout chamboulé, chez eux. Là ils retournent en Roumanie jusqu'en mars, oui, faire de la céramique, mais après le Copte veut se lancer là-dedans lui aussi... dans un autre camp, avec les Grecs, près de Fonvières. Pas très loin d'ici, en fait. J'irai le week-end, en principe. Vanik a son permis maintenant. Moi ça m'arrangerait, pour le lycée...

Chantal, déjà, pensait à autre chose.

– Combien pèses-tu ?

– Je ne sais pas exactement, sourit Natalène. Quarante-huit kilos, aux dernières nouvelles. Mais c'était avant Pâques.

Elle s'était un peu détournée et regardait ses tantes broder, près de la cheminée.

– Comme elles sont vieilles... dit-elle. Là-bas, chez le Copte, les vieux ont l'air moins vieux. Et ils sont plus gais.

– Et les jeunes ? demanda Chantal. Comment sont-ils ?

Natalène rit, moqueuse.

– Comme ici : occupés. Très occupés.

Elle se leva, souple, fine, et sourit aux deux cousins.

– Le devoir m'appelle, gadjé !

Ils la regardèrent s'éloigner, retourner à ses piles de livres.

– Elle est triste, dit Chantal. Vous ne trouvez pas ?

– Non, mentit Tristan.

Dès le lendemain matin elle s'installait dans la bibliothèque, et se mettait au travail avec son acharnement habituel. Contorose lui donna quelques leçons de mathématiques et Xavier l'aida à rattraper son retard en chimie. Ce grand benêt maniait les éprouvettes avec une aisance surprenante. Pour le reste elle se débrouillait seule, avec les cahiers de cours de ses cousins. Elle devait entrer en seconde, ce qui était un bel exploit après une scolarité aussi chaotique, et ne voulait pas se trouver dépassée dès la rentrée. On la prendrait, cette année encore, à l'essai dans la classe supérieure – par faveur, et parce qu'on connaissait sa situation particulière. Il fallait que cet essai soit transformé une fois de plus.

Cela mis à part, où on la reconnaissait bien, elle avait changé, oui. Et chacun s'en aperçut, peu après Tristan. Elle était nerveuse, sombre, et s'emportait avec une rapidité déconcertante. Un soir, pour un mot un peu vif elle gifla Philippe, de toutes ses forces, en plein salon, et comme tante Lise scandalisée l'envoyait dans sa chambre elle claqua la porte si fort que la cloison en trembla. Ces éclats ne lui ressemblaient pas : elle avait toujours su se dominer. Mais cet été-là ce devait être trop difficile. Et elle semblait souvent à mille lieues de Blajan, dans un monde étrange d'où elle émergeait soudain, l'œil noir – prête à mordre.

– Natou ! disait Contorose. Je t'en prie ! Calme-toi !

– Tu travailles trop, disait tante Marie. Une grande fille comme toi DOIT aussi savoir se reposer.

– Demande à Justine, disait tante Blanche, un peu d'huile de foie de morue...

Tristan, lui, ne disait rien. Et il se gardait bien de remettre les pieds au grenier des hiboux : il attendait sagement qu'elle l'y invite.

Elle le fit un matin d'août, en se glissant dans la salle de l'étage où il travaillait sur le piano droit, et en posant sur ses épaules deux mains légères, qu'il prit entre les siennes sans se retourner. Elle riait, taquine.

– C'est votre fichue symphonie ?

– Non, une étude.

– Me feriez-vous l'honneur d'une visite, ce soir ?

– Si vous m'en priez à deux genoux.

– Eh bien... je vous en prie.

– À deux genoux ?

Il la retint, parce qu'elle allait vraiment s'agenouiller.

– Ça ira, Natou, ça ira !

Elle rit, se sauva, et il l'entendit descendre l'escalier en courant.

Ils prirent le thé ensemble, cet après-midi-là. Cela leur arrivait parfois : ils n'étaient pas tout à fait en vacances, eux. Pour peu que leurs cousins soient en excursion, les tantes en visite et Contorose au manège pour faire le siège de Boris, ils se retrouvaient seuls dans la bibliothèque où Justine servait toujours le thé. Natalène repoussait ses livres, tirait sa chaise jusqu'à la petite table ronde, et oubliait un instant les guerres puniques ou l'anatomie du pigeon.

Ce jour-là elle sortait des triangles isocèles.

– C'est un foutu bordel ! dit-elle.

– Est-ce qu'il y a des enfants, là-bas ? demanda Tristan.

– Où ça ?

– Chez le Copte ?

– Plein ! Plus que de triangles isocèles en tout cas... Plein, plein, ça grouille !

– Comment sont-ils ?

Il avançait pas à pas, prudemment : Natalène était fine et difficile à surprendre.

– Sales, dit-elle. Sales, hardis, pouilleux... magnifiques.

Elle sourit, pour elle-même, aux images qu'elle évoquait :

– Et les bébés ! De quoi désespérer une puéricultrice ! Sales aussi, à peine moins, posés n'importe où, morveux, pissous, cacatous, avec des brassières d'une semaine : des bébés de roi, increvables, vifs, hilares...

– Est-ce qu'ils les battent ?

– Les bébés ? Seigneur, non !

De nouveau, elle rit.

– Sapristi, si quelqu'un s'y risquait sa peau ne vaudrait pas cher...

– Et les enfants ?

– Ah, ça, les enfants...

– Oui ?

– C'est-à-dire qu'ils ont la main leste et que les gosses, là-bas, ont toujours le diable en tête. De cinq ans à quinze ou seize ans, oui, ça pleut, les claques... Après ça se calme.

Aucune faille, aucune, dans la belle armure brillante. Tristan mordit dans sa tartine, indécis. Quand il releva les yeux il vit que Natalène se moquait de lui.

– Vous voulez savoir, dit-elle, si j'ai eu mon lot de claques moi aussi ? C'est ça ?

– Oui.

– Bien sûr que je l'ai eu. Comme tout le monde. Le Copte, Gina, et ce vieux type dont je dérangeais toujours le tas de copeaux... J'avais le diable en tête moi aussi, faut pas croire !

Un petit éclair de malice brillait dans ses yeux et Tristan renonça, sagement. Elle ne dirait jamais que ce qu'elle voudrait bien dire. Et cela, apparemment, elle entendait le taire.

– Quand ils seront près de Fonvières, l'année prochaine, si ça se fait – mais je crois que ça va se faire –, il faudra que vous veniez, une fois. Voir ça. De loin, mais voir un peu.

– Moi ?

– Naturellement, vous. Et personne d'autre.

Elle rit, encore.

– Ça vous en bouchera un coin. Un sacré coin !

– J'ai toujours eu là-dessus des idées très romantiques. Un feu de bois, des roulottes, des guitares...

– Ça ne m'étonne pas de vous, sourit-elle. Ni de personne ici. Mais vraiment ça n'a rien à voir.

– Comment est-ce, alors ?

Elle regarda autour d'elle, consciente de l'étrangeté des propos qu'elle tenait en un tel lieu. Deux mille reliures de cuir s'alignaient sur les étagères, leur chatoiement délicat coupé, à intervalles réguliers, par les rideaux de dentelle des fenêtres ; assis dans un fauteuil tendu de velours vert un jeune homme très bien habillé, très propre, levait des yeux clairs – sur qui ? Sur qui, exactement ?

– Eh bien, commença-t-elle doucement, c'est difficile à dire... Parce qu'ils ne sont plus bohémiens, non, ils sont forains, ils sont des camps. « Des camps » : ils s'appellent eux-mêmes ainsi. Et tous les camps se ressemblent. Il y a d'abord une vieille baraque qui croule de partout. Son garage sert de cuisine et son jardin de parking à caravanes. Près de la grille il y a un tas de pneus, de portières, de batteries mortes, ça grimpe jusqu'au mur. Plus loin le tas de boîtes de conserve vides, presque aussi haut. Le bois, l'osier dans les bassines. Et trente, quarante caravanes, dans tous les états possibles, rutilantes ou rouillées.

Sa voix se fit moins lente, brusquement :

– Des enfants partout, des femmes qui rient, un vieil homme qui s'enfile sa cinquième bière, assis sur une pierre, deux garçons qui se battent sous l'arbre pelé, une poule qui court. C'est bruyant. Bondé. Sale. Quelquefois des flics viennent, pour un vol de mobylette ou une bagarre en ville ; et le directeur de l'école pour se plaindre des absences, ou le maire pour apporter des paperasses. Ou alors quelqu'un d'un autre camp, en vadrouille, qu'on reçoit comme un roi. Des enfants se disputent et s'écharpent, sans pleurer, et puis Gina hurle, Vanina, Vanina, tu vas tirer l'eau ou tu vas pas la tirer, putasse – Vanik se taille un bâton de noisetier et Jujube cherche Kriss pour lui foutre une beigne...

Elle s'arrêta net et hocha le menton.

– Pas de roulotte, dit-elle. Pas une seule. Désolée de vous décevoir.

Elle souriait, mais ce sourire s'effaça aussitôt et Tristan vit repasser sur son visage la petite ombre froide. Il reparla des triangles isocèles, très vite, et du bac.

Il lui apporta une rose, le soir, au grenier des hiboux. Le renard empaillé était à terre : elle avait coupé sa ficelle.

– Il me fichait le bourdon, dit-elle.

Elle rectifia aussitôt, comme si Contorose avait été là :

– Donnait. Il me donnait le bourdon.

Elle posa la rose sur le corps poussiéreux du petit animal. Tristan vit qu'un bracelet de perles tressées avait remplacé, autour de son poignet, la bande qu'elle portait depuis son retour. Sans le regarder, et toujours penchée, elle dit doucement :

– Ce n'est pas facile de vous retrouver là. J'ai un peu oublié.

Il s'accroupit, comme elle, et lui vit un petit visage si triste que son cœur se serra.

– Attendez de vous souvenir...

– C'était facile de séparer les choses autrefois, reprit-elle. Le Copte et Contorose. Vanik et vous. Natalène et Vanina. Ça allait tout seul. Je savais toujours où j'en étais. Nerek vinémia bossac kliec.

– Quoi ?

– C'est leur langue, là... nerek vinémia bossac kliec.

– Qu'est-ce que ça veut dire ?

– Ça veut dire : « Je savais toujours où j'en étais. »

– Et vous ne savez plus.
– De moins en moins. Surtout vous, et ce grenier. Là-bas...
Elle reprit la rose, pour la faire tourner entre ses doigts, puis leva les yeux.
– Je n'arrive pas à le dire.
– Mais je crois que je le sais, dit Tristan.
– À quinze ans, les filles, là-bas... forcément, c'est l'âge... Et moi...
Elle s'arrêta. Tristan soutint son regard, en espérant qu'elle ne lirait sur son visage ni pitié ni colère.
– Il n'attend pas, dit-elle naïvement. Ça paraît stupide mais c'est vrai pourtant : il n'attend que lui et c'est lui qui décide, toujours.
Aussitôt elle se détourna et prit sur le coffre une petite pochette de cuir.
– Mais alors on m'a donné mes herbes, forcément : je les ai toutes.
Tristan la regarda déplier la pochette et en sortir, un à un, de minuscules sacs de toile noués d'un bout de ficelle.
– Celle-là, c'est pour les blessures. Ça, pour la fièvre. Celle-ci, pour dormir. Et là, c'est l'herbe noire.
– Un poison ?
– Naturellement, un poison.
Tristan considérait le petit sac avec méfiance, et elle se mit à rire.
– J'en mettrai dans le café des tantes, si elles m'embêtent.
Elle ramassa ses trésors, soigneusement, et remit la pochette sur le coffre.
– Celles que je n'ai pas, parce qu'elles ne se gardent pas, je sais les préparer. Toutes.
– L'année dernière vous aviez appris à tirer les cartes, non ?

– Mais maintenant j'ai quinze ans. C'est très rituel là-bas, ça marche par tranches d'âge, avec des paliers solennels. Je fais la cuisine et j'ai mes herbes : avant je m'occupais plutôt des enfants. Je porte l'eau mais je ne gratte plus la ferraille. Je fais les dentelles et plus du tout l'osier.

Elle s'arrêta, pour regarder Tristan.

– Je les aime aussi, dit-elle. Et je suis comme eux. On descend ?

– Oui, dit-il doucement, on descend. Bien sûr qu'on descend.

Elle lui sourit, en mettant la rose dans le petit vase du guéridon. Ils ne quittaient jamais le grenier ensemble, par prudence. Tristan resta allongé sur les coussins un bon quart d'heure, après qu'elle se fut glissée dans le chaos de meubles. Et ce fut un très long quart d'heure. La rose se taisait dans son vase. Le monde entier se taisait : et Natalène aussi, là-bas, très loin, ailleurs, sous les mains de cet inconnu qui n'attendait que lui.

À la session de septembre Xavier décrocha enfin son bac, et il s'inscrivit à la fac de droit. La rentrée des classes, presque aussitôt, redonna à Blajan son rythme de vie habituel. Philippe était en première, Natalène en seconde et Marion en quatrième. Tout ce petit monde bûchait ferme – Chantal exceptée, qui avait déclaré qu'elle s'en tiendrait là, et qui suivait vaguement les cours d'une Académie de peinture, en brodant son trousseau. Depuis la triste aventure de son amie elle était devenue une fiancée très sage et n'avait plus avec Tristan que des relations amicales.

Quant à lui, il se consacrait tout entier à son piano. Il avait déjà une dizaine d'élèves en ville et son professeur lui avait procuré un petit contrat dans un restaurant des quartiers chic : il n'en était plus réduit à l'argent de poche que Contorose distribuait parcimonieusement à ses pupilles.

Sophie et lui sortaient souvent ensemble. Il était censé lui donner des leçons, à elle aussi. Et il l'avait fait, d'une certaine façon, en la convertissant d'autorité à l'usage des préservatifs. Elle avait protesté de toutes ses forces, mais il n'avait pas cédé. Elle s'y était donc faite. Au moins avec lui. Pour le reste elle courait toujours d'amoureux en amoureux et sa conduite commençait à désespérer sa tante. La pauvre « Tatie », pensant que sa nièce se perdait, caressait l'espoir de la sauver en la mariant à l'héritier des Blajan, et rien ne gênait davantage Tristan que de voir la vieille demoiselle l'accueillir comme le messie, les mains tendues, un sourire aux lèvres...

– Vous ne la raccompagnerez pas trop tard, n'est-ce pas ?

– Non, mademoiselle, pas après minuit.

– Avec vous, bien sûr, je ne suis pas inquiète, mais tout de même, une si jeune fille... Le film est bien convenable ?

– Hélas, blaguait Sophie, il ne veut même pas m'emmener voir *Autant en emporte le vent*, parce que c'est une histoire d'amour !

– Ma chérie, il a raison. As-tu ton mouchoir ? Tes gants ? Ton parapluie ? Tu es sûre ?

Sophie riait, perdait patience, embrassait sa tante au vol et claquait derrière elle la porte de sa prison. Tristan l'emmenait au cinéma, voir des films qui n'étaient pas tous très convenables, ou dans une nouvelle boîte de la ville, le « Mohican ». Ils enfourchaient parfois son scooter pour se perdre dans les collines. Mais c'était encore sous le porche de son immeuble que Sophie préférait se dévergonder. Elle s'appuyait à la porte cochère refermée, relevait sa jupe, ouvrait son corsage, et la petite cour silencieuse servait de décor à des scènes qui auraient pétrifié d'horreur la prude Hortense Perey.

À Blajan, par contre, rien de ce que faisait Tristan n'aurait pu scandaliser quiconque. Depuis que Natalène était revenue il ne l'avait ni embrassée, ni même touchée du bout du doigt. Il attendait. Pour rien au monde il n'aurait fait un geste vers elle : plutôt violer tante Lise sur le tapis du salon...

Mais il savait qu'elle avançait vers lui, pas à pas, sur quelque route mystérieuse. Il savait même que cela lui était pénible. Et quand le regard jaune, en croisant le sien, se chargeait de méfiance, il n'en était pas blessé.

Natalène. Son silence, ses éclats. Sa démarche vive sur la pelouse. Ses disputes avec Philippe et l'extrême gentillesse qu'elle témoignait toujours à Marion. Son rire derrière une porte. Ses mains sur les touches du piano, si brunes.

– *Do* dièse, Natou, dièse... Sapristi, vous n'entendez pas qu'il FAUT un dièse à ce *do*-là ?

– Non, disait-elle. Je n'entends pas. C'est en vain qu'il se lamente et c'est dans le désert qu'il hurle sa frustration...

Natalène aussi, le nez levé vers le ciel, et qui s'écriait soudain : « Chantal ! Tristan ! Regardez ! Regardez, elles s'en vont ! » Se rêvait-elle hirondelle, ou libre ? Sa voix avait tremblé...

Plus tard, elle cessa de détourner si vite les yeux quand elle rencontrait ceux de Tristan, à la longue table de Blajan où ils étaient assis depuis toujours l'un en face de l'autre. Elle réapprit même à sourire à son cousin – un tout petit sourire rapide et prudent, mais complice. Et un soir il lui revit cette étrange façon de regarder ses lèvres, ses mains – et d'imaginer, comme elle disait – d'imaginer des gestes, des jeux...

Il avait pris son verre d'eau, ce soir-là, et l'avait légèrement levé vers elle, pour saluer ce grand pas en avant. Elle avait rougi. Et ri, brusquement.

– Qu'est-ce qui vous prend ? avait demandé Philippe.

– Je pensais à vous, avait-elle répondu vertement. Et il y a de quoi rire, non ?

Quelques jours après, Tristan la croisa dans l'escalier, et elle le retint au passage. D'instinct, il se moqua :

– Le courage vous revient ?

– Peut-être bien...

Il mit ses mains dans ses poches, prudemment, pour être bien sûr de ne pas la toucher. Elle était un peu pâle et ses yeux brillaient.

– Est-ce qu'on peut vous embrasser, monsieur ?

– À la rigueur.

Elle ne le fit pas, pourtant, mais posa un doigt sur les lèvres de Tristan, puis sur son épaule.

– Je vous attends là-haut, ce soir ?

– Ce n'est pas défendu, dit-il. Mais je n'y serai pas : vous ne m'intéressez pas le moins du monde. Onze heures ?

– Onze heures.

Il la regarda disparaître au détour du couloir et se demanda avec curiosité si elle était, ou non, parvenue au bout du chemin.

Qu'elle ait connu sur son corps d'autres mains que celles de Tristan, et que ces mains aient été moins tendres, il l'aurait deviné ce soir-là s'il ne l'avait pas déjà su. Elle était nerveuse et craintive. Une sorte de rancune triste l'habillait tout entière, glaçait son regard et ses gestes. Dès qu'il se fut convaincu que sa peur ne céderait pas, Tristan s'écarta d'elle, et pour ne pas la blesser plaisanta, bravement :

– Oh, Natou... C'est la panique ?

– Non, dit-elle, pas vraiment...

Elle avait une jupe noire et son chemisier de coton blanc, déboutonné, s'ouvrait sur sa jeune poitrine. Le bas de son jupon, très blanc, frôlait ses genoux.

– Vous êtes en pie ce soir, dit Tristan. Blanche et noire.

Elle lui sourit et demanda :

– Pouvez-vous m'aider ?

– Si je savais comment, dit-il, oui, j'aimerais bien... Mais c'est vous qui savez.

Il posa sur son cou une main légère, caressa la petite épaule, puis la naissance du sein.

– Jouons, dit-il. Vous faites la statue. Rien d'autre.

Elle acquiesça, du menton. Tristan caressa ses seins, qu'il ne connaissait pas, légers, fermes, ornés chacun d'une petite fraise sombre, et ouvrit plus encore le chemisier blanc.

– C'est médical, dit-il. Purement médical.

Elle n'en croyait rien et sourit railleusement.

– Petite peste... dit-il.

Soudain elle mit ses bras autour du jeune homme, et cacha son visage contre lui.

– J'ai oublié, murmura-t-elle. J'ai tout oublié. C'est tout mort. Mais ça reviendra.

– À vrai dire, sourit Tristan, le contraire m'étonnerait.

Cela revint. La patience de Tristan, et sa douceur, étaient inaltérables. Les deux complices ne mirent que quelques semaines à recréer, soir après soir, leurs anciennes joies.

Plus graves pourtant, et moins parfaites. Quelque chose d'irremplaçable les avait désertées, qui sans doute ne renaîtrait jamais. D'une certaine façon Natalène se méfiait de Tristan. Quand il la pénétrait elle se crispait, bien qu'elle ait désiré elle-même, et violemment, en venir là. En elle maintenant le désir et le refus étaient inextricablement liés.

Avait-elle pensé jusqu'alors, dans son innocence d'enfant, que chaque homme et chaque femme s'unissaient comme Tristan et elle, avec tendresse et légèreté ? Peut-être... Et, curieusement, de savoir qu'un tel accord était un privilège et une rareté elle ne retirait que de l'amertume. Fragile, le sourire de Tristan, et menacé, le grenier des hiboux... Le sourire s'éteindrait un jour, on fermerait le grenier, et toutes ces choses n'auraient jamais existé : peut-être fallait-il, alors, ne pas trop se fier à elles et desserrer un peu les doigts autour du chatoyant trésor, du trompeur, de l'éphémère trésor.

Tout cela, elle ne le disait pas. Elle disait très peu de chose, étant une petite âme claquemurée. Mais Tristan la connaissait bien, s'il ne la comprenait pas toujours, et se doutait vaguement des pensées qui s'agitaient sous son petit front bombé.

Elle avait retrouvé son équilibre habituel, pourtant, et sa gaieté. Au grand salon du clan elle s'amusait à troubler Tristan, d'un sourire ou d'un frôlement, et quand elle y était parvenue, ce qui n'était pas bien difficile, elle éclatait de rire. Elle jouait de bon cœur à tous leurs anciens jeux et à mille autres nouveaux. Elle rusait avec Marion pour tromper les tantes et montait avec Philippe des canulars monstrueux (ainsi repeignirent-ils une nuit, pour faire douter Justine de ses yeux, toute l'arrière-cuisine en rose bonbon...).

Son rire fusait, clair, léger, à table ou dans les couloirs. « Cette petite, disait tante Blanche, est un vrai rayon de soleil... »

Natalène avait toujours considéré Sophie Perey comme une aimable évaporée. Changea-t-elle d'avis, cet automne-là ? Tristan la vit souvent observer la jeune fille, discrètement, de loin mais avec intérêt, et il les surprit un jour en train d'échanger des confidences dans un recoin du salon. « Échanger », c'était beaucoup dire : Sophie parlait, parlait – et Natalène écoutait.

De curieuses relations s'établirent bientôt entre elles. Sophie avait dix-huit ans et Natalène quinze ans et demi, mais cela aurait pu être l'inverse : c'était en grande sœur que Natou écoutait Sophie lui raconter sa vie d'écervelée et qu'elle l'aidait peu à peu à démêler le faux du vrai.

– C'est idiot, tous ces garçons, disait-elle, parce que vous n'en avez pas vraiment envie...

Elle s'y prenait si bien que Sophie ne se fâchait pas, ne se dérobait pas d'une pirouette, et consentait parfois à réfléchir sérieusement à ses actes.

– J'aime leur désir, disait-elle.

– Ce n'est pas vous qu'ils désirent, répondait Natalène, c'est une poupée qui vous ressemble, et à mon avis vous le savez.

Tristan n'apprenait pas tout cela par Natalène, mais par Sophie, toujours aussi étourdie. La possibilité d'une amitié entre ces deux jeunes filles si dissemblables lui semblait ahurissante. Pourtant, cela était. Et de plus en plus. Natalène était incapable de feindre une affection qu'elle n'aurait pas éprouvée, et le visage de Sophie s'adoucissait quand elle parlait à Tristan de son amie.

– Si bizarre... disait-elle, si brusque, si moqueuse, toujours en train de vous secouer les puces, et on a quand même confiance...

Chantal s'aperçut bien de la défection de Sophie, mais ne s'en soucia pas : elle allait se marier, elle, n'est-ce pas, quitter le monde superficiel des adolescentes, s'engager, assumer des responsabilités dont les deux traîtresses n'avaient pas la moindre idée. Qu'elles attendent leur tour en papotant, en riant, c'était compréhensible et elle ne pouvait pas leur en vouloir.

Jean-Louis Kerbauson venait à Blajan quand il avait une permission. C'était un grand jeune homme blond, réservé, très bien élevé. Il n'avait qu'un frère et une sœur : c'est dire que la tribu des Blajan l'ahurissait. Tant d'enfants, Seigneur ! Tant de prénoms à retenir, tant d'assiettes sur la longue table, tant de rires, de disputes et d'allées et venues !

Sophie essaya bien de lui faire un brin de cour, le premier soir où elle fut conviée à Blajan en même temps que lui : le regard de Chantal, menaçant, l'en dissuada vite. Elle baissa le nez et se cantonna dans une si grande réserve que sa tante Hortense elle-même n'aurait pu mieux faire.

Le lendemain, pour la première fois Tristan fit allusion devant Natalène au curieux attelage qu'elle formait avec Sophie. Il fumait, au grenier des hiboux, une très longue cigarette à la menthe et Natou lisait, allongée à plat ventre sur l'amoncellement de coussins.

– Vous vous ressemblez si peu ! dit-il.

– Mais je l'aime beaucoup, répondit Natalène.

Elle repoussa son livre, appuya son menton sur ses bras repliés.

– C'est une espèce de petite fée en mousseline amidonnée, dit-elle. Gracieuse, brillante, mais fragile, et s'il pleut elle est fichue... Vous avez vu quel amour de jolie bouche elle a, avec ce petit arc léger, en haut ? J'ai souvent envie de l'embrasser.

– Et vous ne le faites pas ?

– Non... à cause de la pluie, justement. Ce n'est toujours pas moi qui serai son averse, je vous préviens.

– Magnanime ?

Elle rit, en s'étirant, frappée d'une idée subite :

– « Magnanimement »... c'est jouable, ça ?

– Mais, dit Tristan, je le joue chaque fois que vous êtes nerveuse...

Ça, c'était méchant, et Natalène jeta à son cousin un regard noir.

– Pardon, dit-il moqueusement. Oh, pardon, m'dame !

Elle prit le parti d'en rire, se rassit d'un souple mouvement, et resserra contre elle les plis de sa robe blanche.

– Jouons, dit-elle. À quoi ?

– Je sais, dit Tristan. À l'envers. Je joue, moi, et vous me direz à quoi après, quand vous aurez deviné.

Elle se mit à rire, intéressée, entoura ses jambes de ses bras, et posa son menton sur ses genoux. Tristan ne voyait que ses yeux, sous des boucles en désordre : attentifs. Il se leva, enleva son pull-over, dégrafa son ceinturon.

– À l'exhibitionniste ! dit-elle.

Il rit, malgré lui, mais reprit vite un air sérieux, ôta son jean, jeta à la jeune fille un regard à la fois méprisant et appréciateur.

– Tu te déshabilles, oui ?

Elle sauta sur ses pieds, empressée, dénoua sa ceinture, fit glisser sa robe à terre. Le jupon suivit, avec tous ses volants. Tristan attendait, les mains sur les hanches, et siffla d'admiration.

– T'as un beau cul...

– Au marchand d'esclaves, lança-t-elle !

– Ah, presque... Viens là.

Elle obéit, en déboutonnant sa petite chemise, et quand elle fut devant lui glissa, triomphante :

– Je sais. Au client d'une pute.

Il l'admit, d'un sourire, et elle recula.

– Tu paies avant, mon gars...

Il paya, d'un beau billet aussi craquant qu'imaginaire.

– Ça vaut ça, dit Natou.

Elle serrait contre elle la chemisette qu'elle venait d'enlever et dévoilait lentement l'un de ses seins, puis l'autre. Ensuite elle recula encore, se cacha les fesses avec le léger tissu.

– Mais pour ça j'en veux un autre...

Un peu penchée en avant, et bien cambrée, elle se déhanchait légèrement, écartait le linge, juste un peu, juste ce qu'il fallait... Tristan paya.

Elle ne se laissa pas embrasser, naturellement, mais s'étendit sur la couche de coussins, ouvrit largement les cuisses, rappela qu'on avait deux minutes, pas davantage – et pour plus de couleur locale gratifia Tristan d'un faux orgasme particulièrement bruyant : « Ah, vas-y, oui, je te sens, ah ah ah, ouiiii ! »

Quand il la quitta, il eut un long fou rire. Et elle riait aussi, renversée sur les coussins.

– Je me demande, disait-elle, ce qu'une vraie putain dirait de ma composition... Mes connaissances sur le sujet sont uniquement livresques !

– Eh bien vous avez de drôles de lectures...

– Le prochain jeu à l'envers, c'est pour moi. J'ai une idée du tonnerre de Dieu.

Elle remettait son jupon, comme toujours. C'était ainsi, vêtue de sa seule blancheur, qu'elle évoluait au grenier des hiboux. Mais ce soir-là, quand elle l'eut passé, elle posa une main sur son ventre par-dessus les volants de dentelle. Tristan ne dit rien : le jeu s'effaçait, disparaissait. Cette fille seulement, devant lui, qui se caressait et le regardait. Dans les yeux jaunes son propre trouble se perdait. Un étang, oui, une main tendue, cette liberté offerte, le froissement imperceptible du tissu sous les doigts de Natou, et ce sourire étrange... Il baissa les yeux, vit la petite main brune sur la blancheur du jupon, lente, habile ; et il serra les dents. Natalène s'appuyait déjà contre lui, penchait la tête, et il ne vit plus qu'un fouillis de boucles, une nuque fine, la ligne fuyante du dos. Une petite plainte lui parvint, douce, plusieurs fois répétée, et le corps menu s'alourdit contre lui.

– Natalène, dit-il tout bas – très bas, et sans aucun espoir d'être entendu, comme on appelle à l'aide un somnambule ou un ennemi – Natalène, pourquoi est-ce ainsi ?

Elle se redressait, souriait, encore un peu égarée, et il se pencha pour l'embrasser : cette Natalène-là, ainsi faite dans un monde que ni lui ni elle ne pourraient changer, posée sur une branche de Blajan comme un oiseau migrateur et prête à s'envoler, un jour, un soir...

VIII

On attendait, à Blajan, le vieux cousin Edmond. Et aussi le frère et la sœur de Jean-Louis Kerbauson, qui voulaient sans doute voir à quoi ressemblait la future famille de leur frère. Tristan ne les vit pas arriver : il était à Hambourg, pour une semaine.

S'il existait un endroit au monde où il pensait ne jamais rien apprendre sur Natalène, c'était bien Hambourg. Ce fut pourtant là, dans le confortable appartement d'Agnès et d'Alban, que l'histoire de sa cousine commença à s'éclaircir pour lui.

Alban Rivalty avait fui, comme lors du précédent séjour de Tristan. Il était en voyage d'affaires. Un grand portrait de lui, très semblable à celui qui décorait le couloir du premier étage, à Blajan, pendait au-dessus d'une commode : c'était bien, plus ferme, plus sévère, le visage de Philippe.

Sur la commode, à côté d'une boîte en marqueterie, traînait un bracelet de perles qui rappela quelque chose à Tristan.

– On dirait celui de Natalène... dit-il, elle a presque le même.

– Elle en a plusieurs, dit Agnès, et celui-ci est à elle. Elle l'a oublié cet été.

Saisi, Tristan se retourna vers sa mère, le petit bracelet à la main.

– Elle est venue là ? Natou ?

– Elle y vient très souvent, répondit Agnès.

Elle eut un petit rire devant l'ahurissement manifeste de son fils, et tapota le bord d'un fauteuil, à côté d'elle :

– Assieds-toi là. Je voulais t'en parler, de toute façon. Je ne suis pas éternelle...

Les yeux baissés sur le bijou qu'il tournait entre ses doigts, Tristan s'assit, et écouta.

– C'est moi qui l'ai fait envoyer à Blajan autrefois, quand Anne est morte, disait Agnès. Ton oncle et moi. Nous avons eu du mal : cette femme,

Gina, qui vivait avec le Copte avant même la mort d'Anne, ne voulait pas lâcher l'enfant. Nous venions juste de nous installer ici et tous les mois nous allions voir le Copte, nous discutions, nous menacions... Il a fini par céder : six mois pour lui, six mois pour Blajan. C'est ce qu'avait souhaité Anne, je le savais, j'avais des lettres d'elle.

– Mais il ne la prenait pas si longtemps quand elle était petite...

– Je sais. Nous lui versions, tu comprends, une sorte de pension à l'envers : la somme convenue, pour chaque mois qu'elle passait à Blajan – à condition que nous l'ayons nous aussi, bon an mal an, une quinzaine de jours. À l'époque le Copte avait besoin d'argent, cette pension l'arrangeait, il prenait assez peu Natou... Ensuite il a laissé son rempaillage, il a eu moins besoin de nous, et puis Natou, plus grande, lui était plus utile... Cette année il l'a gardée presque quatre mois, non ? Nous ne l'avons eue que trois jours sur ces quatre mois-là.

– C'est dingue, dit Tristan, c'est dingue... Cette fille est un puits ! Comment n'a-t-elle rien dit ? Maintenant, encore, je comprends, mais à dix ans ? À huit ans ? Un puits...

– Elle a toujours su que son intérêt était d'en dire le moins possible. Et puis Blajan est une exposition de puits bien fermés. Avec de grosses pierres sur les couvercles.

– Grand-père sait cela ? Qu'elle vient ici, et la pension que vous versez au Copte ?

– Non, sourit Agnès. Il n'a jamais su beaucoup de choses, mon pauvre père. C'est bien son drame...

Sa voix changea, se fit plus dure :

– Mais que Gina ait beaucoup battu Natou, ça il l'a toujours su.

– Pourquoi la laissait-il aller là-bas, alors ?

– Mais il ne pouvait pas faire autrement... Le Copte avait toutes les lettres d'Anne et tous les témoins possibles : s'il avait reconnu Natalène vous ne l'auriez jamais revue. Exit, Natalène de Blajan ! Disparue ! Vanina Milacusca seulement, et bonsoir...

– Je comprends, dit Tristan. Je m'étais toujours posé cette bête de question.

– Il a fait ce qu'il a pu pour sauver les meubles. Nous aussi, de notre côté. On marchait sur des œufs... Natou le sait.

– Pourtant elle semble toujours reprocher quelque chose à grand-père.

– Je sais ce qu'elle lui reproche. Pas d'avoir laissé le Copte l'emmener, non. Elle sait qu'il ne pouvait pas l'en empêcher sans déclencher pire encore. Mais son hypocrisie envers elle. Sa lâcheté. Son refus d'écouter ce qu'elle avait à dire. Sa peur des mots, quand il acceptait les actes. Papa a toujours reculé devant les mots... Il lui a dit une fois, il y a très longtemps : « Non, ils ne te battent pas, tu exagères... » Elle avait huit ans, un œil au beurre noir, et ce qu'elle voulait entendre c'était : « Je sais qu'ils te battent, ma chérie, mais on n'y peut rien, et de toute façon ils ne te tueront pas. »

– Vous lui disiez cela, vous ?

– Oui, je le lui disais.

Elle sourit, brusquement.

– Note que j'aurais difficilement pu nier, moi. Le Copte vous la rendait généralement en bon état. Avec nous il se gênait moins.

Elle s'arrêta, pour regarder ses doigts.

– Je ne voudrais pas être malhonnête, reprit-elle ensuite. Rien de tout cela n'a jamais dépassé les bornes. Leurs bornes à eux, en tout cas. Et puis elle les aime. Ces gens. Et elle leur ressemble un peu. L'en séparer – en admettant que nous l'ayons pu – ça aurait été... ça aurait été MAL. Si nous nous sommes battus c'est seulement pour qu'ils ne la séparent pas de nous. Mais je me demande souvent, maintenant, si nous avons bien fait. Si Blajan ne lui rend pas plus difficile ce qu'elle vit chez le Copte, et inversement.

– Vous ne pouviez guère faire autrement.

– Ah, je ne sais pas ! Elle avait trois ans quand Anne est morte et nous avons mis un an encore à convaincre le Copte : pendant quatre ans elle n'a connu qu'eux. Leur crasse, leurs cris, leur liberté : elle ne demandait rien. Le premier soir où elle a dormi ici, je me souviens, j'ai essayé de démêler sa tignasse et elle me tapait sur les mains pour éloigner le peigne – si tu avais vu cette petite sauvage et son air mauvais... Ce peigne-là, il lui tirera toujours les cheveux. Toute sa vie.

– Qu'en dit-elle ?

– Que nous avons bien fait.

– Eh bien alors, plaisanta Tristan, que demande le peuple ?

– Mais c'est encore une enfant – qu'en dira-t-elle à vingt ans ? À trente ans ?

– Nous en sommes tous là, maman, et aucun de nous n'a eu vraiment le choix, ni vous ni moi ni personne, le choix de rien... Des petits dieux distraits ont décidé pour nous – pour moi, par exemple, que vous seriez obligée de quitter Blajan et que vous ne pourriez pas m'emmener – pour vous que vous naîtriez à deux et pas seule comme le commun des mortels – pourquoi Natou aurait-elle eu le choix, elle ? C'est à chacun de faire pour le mieux avec les cartes qu'on lui a posées dans la main...

– C'est à peu près ce que dit ton oncle Alban. Mais quelles drôles de cartes a Natalène ! Et maintenant il y a ce Vanik... Tu le connais ?

– Je l'ai vu une fois dans la voiture du Copte. Du moins je suppose que c'était lui. Très brun, très beau ?

– Très brun, très beau, très félin, plus bohémien que nature...

– Alors c'était lui, sourit Tristan. Et c'est le fils de Gina, n'est-ce pas ?

– De Gina et de son premier compagnon, un Tsigane russe qui était, bien que cela semble impossible, plus beau encore et plus bohémien. Anne m'a écrit, une fois, qu'elle ne le voyait jamais entrer quelque part sans avoir envie de se frotter les yeux ou de se pincer pour se réveiller. Il est mort dans une de leurs stupides rixes, à Kiev...

Tristan se rendit soudain compte du contraste qui existait entre les paroles de sa mère et ce qu'elle était. Le Copte, en apparaissant à Blajan autrefois, avait entièrement coloré de rouge, de sa seule petite goutte rebelle, l'eau blanche du clan.

– Est-ce que ma tante Anne vous ressemblait ? demanda-t-il.

– Physiquement, oui, bien sûr. Deux gouttes d'eau. Papa ne nous distinguait pas l'une de l'autre et maman elle-même s'y trompait souvent. Mais autrement... oui et non. Dans tous les couples de vrais jumeaux, tu sais, il y a une tête : c'était elle. Elle était hardie et gaie. Moi je n'aurais pas pu aimer le Copte. Et si je l'avais aimé je n'aurais pas pu le suivre, ni supporter sa tribu. Ce ne sont pas des bohémiens. Ils l'ont été, mais ils sont à demi sédentarisés : ce sont des forains maintenant, des clochards en caravane, des marginaux crasseux, vulgaires, beuglants...

Elle épousseta sa jupe, nerveusement, comme pour chasser les mauvais souvenirs qu'elle gardait de ses visites chez le Copte.

– Gina se réservait Natalène pour Vanik, dit-elle, depuis toujours ou presque. Dieu seul sait pourquoi, mais c'est un fait.

– « Réserver », comment ça ? Elle veut les marier ?

– Ils les ont déjà mariés, à leur façon sommaire, quand Natalène a eu quinze ans, l'année dernière. Je sais qu'à toi elle parle quelquefois de tout cela, elle nous l'a dit : demande-lui de te raconter la cérémonie... de l'Ubu !

– Oh, dit prudemment Tristan, il lui arrive de me parler un peu, mais très peu, et très vaguement...

– À nous, dit Agnès avec satisfaction, elle se confie vraiment. Je pense que nous savons tout ce qu'elle a vécu d'important.

Tristan ne cilla pas et son visage resta impassible.

– De l'Ubu, reprit Agnès. Et ça, comment peut-elle le vivre bien puisqu'elle est AUSSI des nôtres ?

– Que dit-elle de ce Vanik ?

– Pas grand-chose. Je ne crois pas qu'elle lui accorde une grande place dans sa vie. Mais tout de même, cette espèce de mariage invraisemblable... sans aucune valeur légale naturellement, mais ça suppose... Enfin, tu vois, ça suppose...

Elle s'arrêta là, pudiquement.

– Oui, dit Tristan gentiment (avec l'impression que n'importe laquelle de ses vieilles tantes avait remplacé Agnès, à cet instant-là), ça suppose la suite.

– De ça elle n'a jamais rien dit, bien sûr, et il n'était pas question de l'interroger.

– Bien sûr que non, reconnut Tristan.

Il baissait la tête pour que sa mère ne le voie pas sourire. Surprenante Agnès, capable de braver le monde entier pour s'enfuir avec un cousin marié, et père de quatre enfants, mais qui pilait net devant un mot...

– Tu diras tout cela à ton grand-père s'il faut le lui dire un jour. Moi je n'en aurai pas l'occasion.

Elle se tut : Valère entrait. Il avait dix ans, le visage d'Alban et de Philippe, mais la blondeur de sa mère.

– Mon autre puits, sourit Agnès.

Tristan attira à lui ce petit frère maudit, et l'assit sur ses genoux. L'enfant était frêle encore et ne faisait pas son âge. Alban Rivalty n'avait pas pu lui donner son nom, évidemment : il portait donc celui de sa mère, en bon bâtard. Tristan avait le même. Mais lui le tenait très légitimement, et agrémenté de quelques rallonges imprononçables, de son père, le mari d'Agnès, mort peu après sa naissance à lui, et qui avait appartenu à la branche bavaroise de la famille.

– Natou, dit-il, prétend que je ressemble à Contorose et qu'elle m'imagine très bien, dans dix ans d'ici, élever là-bas tout un tas d'autres enfants... Valère sera l'aîné.

Agnès aurait pu rire de voir son grand fils la rayer ainsi du monde des vivants dans un proche avenir, mais elle prit la chose pour ce qu'elle était, un calme engagement, et sourit à Tristan.

– J'y compte bien, dit-elle.

À Blajan, Tristan retrouva son clan au grand complet, augmenté de Natacha et Olivier Kerbauson. Il avait vingt-quatre ans et elle vingt-deux. Un grand projet les occupait : monter une école de danse, et à la ville même. Le petit bourg où ils vivaient avec leurs parents, près de Dax, ne convenait pas à une si grandiose entreprise. Que l'on puisse ainsi quitter son nid pour tenter une telle aventure épouvantait les tantes. Mais Contorose aimait l'audace. Et puis ces deux enfants n'avaient-ils pas droit à sa protection, puisque leur frère aîné allait épouser Chantal ? Les tentacules du clan étaient très longs... Le vieux monsieur promit donc aux jeunes gens de leur faciliter les choses et battit le rappel de ses relations : quand ils repartirent, à la fin du mois, l'affaire était en bonne voie.

Pour fêter cela on donna une grande soirée. Contorose adorait les fêtes et en organisait sous n'importe quel prétexte. On eut un dîner de roi, délicatement agencé par les tantes ; trois poésies récitées par une Marion rougissante ; et l'on dansa. « Toute cette belle jeunesse, disaient les vieilles dames avec attendrissement, cela vous réchauffe le cœur... »

Devant ces trois Parques, la belle jeunesse s'amusait ferme. Il fallait y compter Contorose, naturellement, dont les yeux brillaient de plaisir. Natacha Kerbauson lui faisait une cour éhontée, au grand scandale des dames de céans qui goûtaient peu ce genre de plaisanterie.

– Ah, disait Contorose, si j'étais seulement né cinquante ans plus tard, ma belle enfant, vous ne vous en seriez pas tirée sans dommages...

– Mais j'espère bien, monsieur, répliquait Natacha, qu'il y aura des dommages !

Et Philippe, hilare, poussait Chantal du coude pour qu'elle profite avec lui de l'air choqué que prenait Marie Rivalty...

Natalène osa, ce soir-là, inviter Tristan à danser. C'était bien la première fois qu'ils se permettaient cela : ils se méfiaient en général de cet étrange désir entre eux, si brutal et si violent.

Elle l'invita pourtant, avec malice, un petit sourire au coin des lèvres. Il se laissa entraîner au milieu des danseurs et posa les mains sur les épaules de la jeune fille, en bon cousin qu'il était.

– Vous avez un certain toupet... murmura-t-il.

Il la tenait assez loin de lui, comme le faisait Xavier avec Natacha, et Olivier avec la petite Marion. Contorose ne plaisantait pas avec les convenances et le slow le plus langoureux, chez lui, restait aussi chaste qu'une procession de Fête-Dieu.

– Et si je vous embrassais ? répliqua-t-elle.

– Vous avez bu trop de champagne...

– Embrassez-moi, vous ?

– Non, dit-il. Non et non. N'insistez pas : on vous écrira.

Elle rit, en secouant la tête, et il sentit contre ses doigts la caresse des boucles brunes. Il pensa à Vanik, avec haine, et elle dut percevoir cette brusque violence en lui parce qu'elle demanda, soudain grave :

– On s'arrête ?

– Non, dit-il encore. Je me sens très vertueux ce soir. Et si ce n'est pas votre cas tant pis pour vous : ça vous apprendra.

Plus tard, en la voyant valser avec Xavier, puis avec Philippe, il pensa que le Copte n'allait plus tarder maintenant à « redescendre », suivant la formule consacrée. La menace était moins sombre cette année : les forains ne redescendaient que pour s'installer dans un nouveau camp, beaucoup plus proche de Blajan, et Natalène semblait certaine de n'y être emmenée que de temps en temps, le dimanche, et pour les vacances. Le Copte s'y était engagé, disait-elle. Mais se fier à la parole du Copte, c'était risqué, ça l'avait toujours été...

Natacha Kerbauson s'asseyait près de lui, le gourmandait sur son air sombre, et il répondait, très sérieusement :

– Je suppose que je vieillis.

– Oh, le petit vieillard triste !

Il lui sourit, et prit le verre qu'elle lui tendait. C'était une grande fille blonde, énergique, naturelle, et elle lui plaisait beaucoup comme elle plaisait à tous les habitants de Blajan. On la sentait franche, intelligente et loyale. Elle réussirait certainement à monter son école, elle réussirait tout ce qu'elle entreprendrait, étant prête à en payer le prix.

– C'est Natalène que vous regardiez danser ? dit-elle.

Sur la défensive, il fit une petite moue.

– Oui. Elle a encore grandi cet été : c'est une vraie sauterelle.

– D'où vient son prénom ?

– Ma foi, je ne sais pas... Il se promène dans la famille depuis des générations.

– Jean-Louis nous a parlé de son... enfin, de son histoire. Elle a des yeux magnifiques. Et je suppose qu'elle sera très jolie.

– Ah ! dit-il en riant, non, vous faites fausse route ! Si vous voulez réussir votre école sur nos terres il va falloir que vous adoptiez tous nos préjugés, je vous préviens : et par exemple il est admis que la beauté de la famille, c'est Chantal. Chantal, pas Natalène.

– Pour le moment, peut-être... Mais dans trois ou quatre ans on en reparlera. Vous avez vu ses yeux ? Jaunes, dorés, il n'y a pas de mot pour cette couleur !

– Ne soyez pas têtue...

– Mais je suis TRÈS têtue !

Elle se levait, prenait sa main, l'entraînait. Et Philippe, qui s'occupait des disques à l'autre bout de la pièce, annonça :

– Rock, braves gens ! En place !

Contorose renonça, sagement, et s'affala sur le canapé. Ces contorsions de sauvages ne lui faisaient pas peur, mais on ne les lui avait pas apprises. Un peu essoufflé, il contemplait les jeunes danseurs. Et une satisfaction manifeste illuminait son vieux visage.

– Regarde-les, glissa-t-il à sa sœur, regarde-les : on a fait du bon travail, sais-tu ?

Ce soir-là, Natalène avait vraiment abusé du champagne. Quand Tristan était monté au grenier après la fête il l'avait trouvée assise sur un fauteuil, nue, une pomme à la main, un air narquois sur son petit visage, et elle avait dit :

– Vous avez bien fait de venir : j'aurais été vous chercher.

– Comme ça ?

– Parole, comme ça !

– On l'a échappé belle, alors...

Il la regardait, et pensait aux déclarations de Natacha Kerbauson. Natalène n'était pas belle à la façon de Chantal, et ne le deviendrait sans doute jamais. Mais peut-être serait-elle mieux que cela. Sous les boucles brunes son visage était très pur, illuminé par la teinte étrange des iris, et son surprenant sourire, qui s'attardait, lui donnait beaucoup de charme. Son corps était encore gracile mais déjà pourvu de sa beauté propre, faite d'élégance, de finesse et de sauvagerie.

– Vous savez que vous devenez jolie, Natou ?

Elle hocha la tête. Sur ce point elle partageait les opinions du clan. On était jolie quand on ressemblait à Chantal, quand on était blonde, rose et potelée. Pas quand on avait l'air de sortir directement d'une roulotte de romanichels. Honnête, pourtant, elle reconnut :

– Jolie, non, mais des tas de gens me regardent dans la rue : je dois avoir un petit quelque chose, comme dit tante Blanche.

Elle ajouta, en singeant la vieille dame :

– « Et on sait où ça mène ! »

– Natacha vous trouve tout à fait jolie. Jolie-jolie. Et vos yeux ma-gni-fi-ques.

– Jaune sale, comme ça ?

– Elle a dit : dorés.

Flattée, mais railleuse, Natalène secoua la tête.

– Non, dit-elle. Jaune sale. Ça fait plus d'un an que les gens me regardent dans la rue, au camp les garçons sont après moi comme des mouches à merde sur du fumier et je n'arrête pas de leur allonger des claques... J'ai une taille, des seins, un cul, et pas trop de boutons sur le nez... J'aime beaucoup mes cheveux et ma bouche me plaît. Mais je n'ai PAS les yeux dorés. Ils sont jaune sale, mes yeux. Noisette avortée, marron trop lavé, jaune raté. N'insistez pas.

Tristan rit de bon cœur, et n'insista pas.

– Ne parlez de rien de doré à grand-père, ajouta Natou. Sapristi, il saurait tout, à la minute !

– Je vois d'ici la tête de grand-père, s'il savait tout...

– J'imagine, dit-elle en souriant, il serait pétrifié sur place. Nos mères jumelles, vous pensez ! Vraies de vraies jumelles ! J'ai toujours eu l'impression qu'il nous pensait frère et sœur nous-mêmes. Il l'a dit à la tante de Sophie, une fois : « C'est très curieux, mais génétiquement parlant ils ont la MÊME mère. » Il vous enverrait en Laponie, oui, et moi dans un couvent comme au bon vieux temps, ce serait amusant...

– Vous aimeriez aller au couvent ?

– Non, mais j'adorerais aller en Laponie !

Ils étaient trop jeunes encore pour évoquer sérieusement leur avenir et l'idée d'un Contorose hurlant, maniant avec fureur l'anathème, la Laponie, sa canne et les culs-de-basse-fosse, les amusa un instant. Mais Natalène redescendit vite sur terre :

– D'abord, il ne vous enverrait nulle part, vous. Son précieux successeur, vous pensez... C'est moi qu'il mettrait dehors. Il me fourguerait au Copte, ce serait tout simple.

– Et le Copte vous fourguerait à ma mère...

Elle s'immobilisa, son trognon de pomme à mi-chemin de sa bouche, saisie. Tristan ne lui avait rien dit en revenant de Hambourg et elle ne lui avait posé aucune question. À Blajan on ne soulevait pas si aisément le couvercle de ses puits.

– J'ai appris beaucoup de choses cette fois-ci, dit-il. La pension à l'envers qu'ils versent à votre père pour les mois que vous passez ici. L'aimable caractère de Gina. Votre espèce de mariage avec Vanik. Vos séjours à Hambourg depuis... onze ans, si je compte bien. C'est tout.

Elle avala son dernier bout de pomme, se lécha les doigts, et fronça les sourcils.

– Qu'est-ce qui leur a pris de vous dire tout ça ? Ce n'était vraiment pas utile...

– Mais ne suis-je pas le prochain Contorose, ma chère enfant ? Je dois tout savoir !

– Contorose, justement, ne sait pas grand-chose.

Elle prit son parti du fait accompli, comme toujours, et se mit à rire.

– Vous avez vu l'oncle Alban ?

– Toujours pas. Il s'était sauvé, cette fois encore. Mais j'espère que la prochaine fois il m'attendra de pied ferme. Comment est-il ?

– Chouette.

C'était là un grand compliment, dans la bouche de Natalène.

– Je prends note, dit Tristan. Et mon petit frère ?

– Gentil. Timide. Un peu écrasé de partout. Quand on était petit je le terrorisais, le malheureux, il était si doux et si bien élevé...

– Et vous n'avez rien dit pendant toutes ces années !

– Non. Je n'aime pas dire les choses. Ça n'attire que des ennuis. Moins on en dit et mieux ça vaut pour tout le monde.

Elle ajouta, malicieuse :

– Tante Agnès ne sait pas tout, d'ailleurs ! Lui parlerai-je de nous ?

– Non, dit-il.

– C'était leur cachette à eux, vous savez. Ici, oui. Ils m'en avaient parlé là-bas, une fois, par hasard, et je l'ai cherchée. Ça a été long, parce qu'ils avaient parlé d'un grenier sans préciser lequel. Quand je l'ai trouvé le renard empaillé était déjà là, pendu, et les coussins, et les livres, tout. Il y a encore leurs initiales, là...

Elle se leva, écarta un calendrier ancien accroché à un clou, et Tristan vit une inscription gravée avec la pointe d'un couteau : « A.A. 1939 ».

– J'ai déjà compté, dit Natalène. Il avait vingt-trois ans et elle dix-neuf. Ils n'étaient encore mariés ni l'un ni l'autre. Si j'ai bien compris – bien deviné, plutôt – ils ont fait un peu comme nous. Très tôt, je crois. Puis ça s'est arrêté, ou bien

Contorose a tout découvert, je ne sais pas. Ils se sont mariés chacun de leur côté, lui d'abord, elle ensuite, son mari à elle est mort, lui a eu quatre enfants... et puis ils ont recommencé et cette fois-ci ils sont partis.

– Je ne connais pas l'oncle Alban, mais je commence à m'en faire une vague idée : COMMENT a-t-il pu épouser tante Marie ? Elle n'est pas très... très...

– Elle est complètement idiote, dit Natou. Complètement ! Elle n'était pas spécialement jolie et elle avait huit ans de plus que lui. Oui. Je sais. Je ne comprends pas. S'il avait fait ça après le mariage d'Agnès, bon, ça aurait pu être un pied de nez sinistre et revanchard... mais c'était avant. Deux ans avant. Elle n'avait même pas encore rencontré votre père à vous. Et ce n'était pas non plus parce que ça pressait : Xavier n'est pas né avant les dix mois réglementaires. Alors bon, c'est inexplicable.

Elle s'arrêta, songeuse.

– Croyez-vous, reprit-elle ensuite, que dans trente ans d'ici deux imbéciles de notre genre parleront ainsi de nous ? « Quel âge avaient-ils, se demanderont-ils, quand ils venaient dans ce grenier ? Pourquoi Tristan a-t-il épousé, après, ce laideron de... Noémie, et Natalène cet idiot de... Zéphirin ? »

– Nous ne leur expliquerons rien, dit Tristan. RIEN. Ils sécheront sur place. Ça leur fera les pieds. Alors que moi je sais une chose, une seule, ma mère me l'a dite : ils ont voulu se marier, l'oncle Alban et elle, tout banalement. Ils avaient attendu qu'elle ait dix-huit ans pour tenter le coup. Contorose est monté sur ses grands chevaux, il a hurlé comme un sauvage et il a mis Agnès en pension à Bordeaux.

– Simplement parce qu'ils étaient cousins germains ?

– Oui. Elle ne m'a rien dit d'autre.

– Sapristi, on a vraiment intérêt à faire attention ! Parce qu'on est PIRE que cousins germains, nous !

Elle remit le calendrier en place et ils rêvèrent l'un et l'autre, quelques instants, au temps passé, au temps perdu.

– Tout ça est bien compliqué, finit par dire Natalène.

Comme chaque fois qu'un peu de tristesse l'envahissait, elle se fit espiègle :

– Jouons, tiens. Jouons aux débiles, c'est sans doute ça qu'on est, comme tout le monde. Vous faites le crétin et moi l'arriérée, ou l'inverse ? Choisissez...

IX

Quand le fiancé de Chantal revint définitivement de l'armée on put faire vraiment sa connaissance. Il était beaucoup plus intéressant que sa timidité et sa réserve ne l'avaient laissé deviner. Sensible, sans mièvrerie ; intelligent bien qu'un peu conformiste ; amoureux surtout, extrêmement, de Chantal. Les choses, pensait Tristan, s'engageaient bien et sa cousine avait quelque chance de bonheur.

Le séjour que son frère et sa sœur avaient fait à Blajan, sans lui, l'inquiétait un peu. On le rassura. Olivier et Natacha passaient pour les originaux de la famille Kerbauson, peut-être, alors que lui-même en était l'élément raisonnable et solide, oui... mais on les avait trouvés très sympathiques.

Et on se réjouissait de les revoir souvent, si leur école de danse pouvait s'ouvrir.

Le mariage devait se faire six mois plus tard, au début de juin. Un « grand-grand-grand mariage », disait Chantal. Il était assez proche pour que les tantes consentent à négliger les usages : Jean-Louis eut donc son couvert mis à Blajan MÊME le soir, et une chambre réservée – dans le pavillon de la grille bien sûr.

Dès que la date de son mariage fut arrêtée, Chantal eut un retour de flamme pour Tristan comme si sa vie d'adulte, maintenant si proche, l'avait un peu effrayée. Tristan, c'était la cachette sous les acacias, les premiers émois, l'enfance et le rêve...

Il se laissa faire de bonne grâce. Et, curieusement, alors que leurs vies allaient se séparer tout à fait, ils s'entendirent mieux qu'autrefois. Le taillis d'acacias ne les revit pas, on l'avait rasé l'année précédente : mais les arbres du parc, leurs chambres, et même, insolemment, le pavillon de la grille quand Jean-Louis Kerbauson n'y dormait pas.

Et c'est en revenant de ce pavillon, un soir, qu'ils surprirent un couple clandestin aussi scandaleux que le leur : sous les chênes qui bordaient l'étang Philippe et Natalène, debout, s'embrassaient.

– Mince alors, dit Chantal en reculant, c'est pas vrai...

Plus loin, soulagée d'avoir vu sans avoir été vue elle-même, elle se mit à rire.

– Mais quel âge a Natou, déjà ?

– Quinze ans et demi, répondit Tristan.

Sa voix parut curieusement neutre à la jeune fille, et elle crut en deviner la raison :

– C'est vrai que nous aussi, à quinze ans, et même avant...

– Oui, dit Tristan, nous aussi.

– N'empêche, c'est drôle...

– Quoi ?

– Philippe et Natou ! Elle est si gamine, et lui tellement agaçant !

Chantal n'avait jamais eu pour Philippe beaucoup d'affection ; elle le trouvait égoïste, stupidement orgueilleux, et ridicule à force de suffisance : le plus insupportable des frères. Que la petite Natalène puisse lui trouver du charme était vraiment surprenant ! Avait-elle oublié les tours que ce chenapan lui avait joués tout au long de leur enfance ? La semaine précédente encore on les avait vus se disputer avec tant d'âpreté que tante Lise avait dû les tancer d'importance et les envoyer dans leurs chambres... Elle revoyait très bien la scène, les deux coupables se fusillant du regard, remâchant leur fureur au milieu de l'amusement général, Natalène haussant de méprisantes épaules et Philippe sifflant entre ses dents des menaces indistinctes...

– Quand même, dit-elle, c'est dingue, il y a des années qu'ils se crêpent le chignon... Et puis si Contorose leur tombait dessus ça ferait du vilain !

– Et nous, alors ?

– Ce n'est pas pareil. On n'a plus leur âge.

– Mais vous êtes fiancée.

Il avait dit cela avec une sorte de brutalité et Chantal, ravie, se demanda s'il n'était pas un peu jaloux de Jean-Louis Kerbauson, finalement. Ces garçons si calmes et si réservés, parfois, cachent bien leur jeu...

Tristan ne cachait que ses doutes. Était-ce de la jalousie, cette brusque souffrance en lui, tout à l'heure, cet élan douloureux vers la petite ombre entrevue ? Peut-être, oui... Pourtant il n'éprouvait aucune colère, aucune rancune. Il souhaitait seulement que Philippe ne soit pas un autre bohémien. Et que cette douleur sourde, en lui, s'apaise.

Elle le fit, parce que Tristan avait le cœur droit et un amour démesuré pour la liberté.

Il assista donc sans trop en souffrir au flirt orageux de ses cousins. Natalène était un petit feu follet, fantasque et d'une ombrageuse indépendance. Quant à Philippe, c'était un jeune barbare, gai, batailleur, insolent et volontaire. Ces deux tourbillons avaient passé leur enfance à se chamailler : ils continuèrent, sur ce nouveau terrain.

Tout comme Chantal et Tristan autrefois, s'ils se méfiaient des tantes et de Contorose ils ne se cachaient pas de leurs cousins. Ils ne s'embrassaient pas devant eux, non : on était extrêmement pudique à Blajan. Mais ils riaient ensemble, se regardaient beaucoup, et Tristan vit un jour la main de Philippe caresser au passage l'épaule de Natalène.

Cette image le poursuivit quelque temps. Des doigts sur la laine grise d'un pull-over. Ce que cela supposait d'entente et de complicité. L'imperceptible sursaut qu'avait eu Natalène, surprise par ce geste. Son sourire, ensuite. La laine grise et les doigts, de nouveau...

Mais l'image finit par perdre de son venin. Et Tristan poussa la générosité, plusieurs fois, jusqu'à aider les deux complices, à leur insu.

– Où est Philippe? disait Xavier. Au village avec Natou, non?

– Non, glissait négligemment Tristan, chez son copain du foot, je crois...

L'année qui s'achevait avait fait voler en éclats la chrysalide de Natalène, ou ce qu'il en restait. Elle grossit un peu, grandit encore, se tailla une frange légère, un sculpteur inconnu s'en prit à son corps : et brusquement l'an vieux prit congé, et elle fut tout à fait jolie. Les chenilles parfois ne mettent pas longtemps à étonner leur monde.

Que celle-ci, en quelques mois, soit devenue papillon, et chatoyant, et merveilleux papillon, cela n'échappa à personne. Surtout pas aux tantes, qui la coincèrent un matin sur leur sempiternel canapé pour lui tenir de surprenants discours. Elle était grande, n'est-ce pas ? Et pas du tout désagréable à regarder. Une grande fille, surtout si elle est jolie, doit veiller à sa conduite. Veiller à sa tenue. Veiller à sa réputation. Veiller à ne pas courir certains risques, qui, que, dont... dont elle avait bien entendu parler ?

Les yeux grands ouverts et avec un air de candeur parfaitement imité, Natalène assura qu'elle connaissait les risques qui, que, dont... dont elle se méfierait.

– Et tu devrais attacher tes cheveux, ma chérie...

Elle attacha ses cheveux. Elle était consciente de ce qu'avait de choquant, à Blajan, non pas sa beauté toute neuve, mais sa façon d'être belle. Jamais la vieille maison n'aurait dû abriter une telle graine de gitane et aucun miroir n'aurait dû y refléter un tel visage, si curieusement modelé, si mat, aux si hautes pommettes, entouré d'une telle masse de boucles. La façon souple et vive qu'elle avait de marcher, de bouger, de s'asseoir, était en elle-même une provocation sous ce toit d'honnêtes bourgeois. Quant à ces étranges prunelles, de plus en plus claires et de plus en plus jaunes, mieux valait n'en rien dire du tout...

Elle attacha donc ses cheveux, d'un sage ruban blanc. Elle boutonna bien ses robes, évita les couleurs trop vives et les bracelets dorés. Avec une bonne volonté touchante elle fit son possible pour étouffer la flamme qui l'habitait – sans grand succès d'ailleurs.

Au grenier des hiboux Tristan dénouait le ruban, d'un doigt taquin.

– Vous ne trompez personne avec ça, dit-il une fois.

– Mais je ne veux tromper personne ! répondit-elle. Je veux seulement ne pas gêner les gens...

Depuis que leurs vies s'étaient enrichies, ou compliquées, suivant le point de vue, de Chantal et de Philippe, ils étaient convenus d'un code secret pour leurs rencontres sous les toits. C'était un code très subtil. Tristan se servait de trois airs bien précis, au piano, et Natalène déplaçait un certain vase, ou l'un des grands fauteuils à oreillettes. Cela, c'était pour l'invitation. Pour la réponse les choses étaient plus délicates. Une phrase anodine, obligatoirement adressée à l'aîné des Blajan présents, et affirmative ou négative, était la méthode la plus utilisée. Elle valait à tante Lise de singulières et abruptes déclarations : « Il pleut, tante. Tante, il ne pleut PAS. Votre fil n'est PAS rose, ma tante... »

Une invitation faite, et refusée, pouvait se renouveler séance tenante : c'était alors signe que l'on avait quelque chose à se dire, quelque chose qui ne pouvait pas attendre ; et le récalcitrant devait s'exécuter ou procurer au demandeur l'occasion de délivrer son message.

Compliqué à souhait, ce code satisfit ce qui restait d'enfance dans l'âme des deux complices. Ils n'avaient encore que dix-sept et quinze ans, en somme, et leurs sociétés secrètes de gamins n'étaient pas si éloignées d'eux – ces merveilleuses sociétés où l'on passe des heures à choisir un mot de passe dont on n'aura jamais l'usage...

De leur code, Tristan et Natalène usèrent beaucoup, eux. Et ils devaient même le faire très longtemps.

Là-haut, chez eux, ils étaient à l'abri de tout. Un hasard malencontreux pouvait à la rigueur faire découvrir l'une de leurs chambres vide. La malchance pouvait faire qu'on les trouvât désertées toutes les deux. On les croirait sortis – pas forcément ensemble, d'ailleurs, aucun soupçon n'ayant jamais effleuré le clan à leur sujet – et ils auraient à s'en expliquer le lendemain. Mais de toute façon aucune puissance au monde ne pouvait faire qu'on les dénichât ensemble là, si haut perchés, si bien cachés.

Ils parlaient. Sans trop se livrer, étant tous deux pudiques et secrets. Mais ils parlaient avec plus de sincérité que nulle part ailleurs.

Ils se ressemblaient beaucoup plus qu'ils ne le croyaient. Leur fierté était égale, et aussi leur honnêteté. Le désir surtout les unissait, cet étrange désir si violent et si profond qu'ils n'éprouvaient que l'un pour l'autre. Natalène aimait certainement les caresses de Philippe ; sinon elle ne les aurait pas acceptées. Tristan désirait Chantal, et Sophie, et cette jeune Élisabeth qu'il venait de rencontrer au conservatoire. Mais comme cela ressemblait peu à ce besoin qui poussait l'un vers l'autre les deux habitants du grenier, à cette faim, à ce vertige...

De cela bien sûr ils ne parlaient pas. Ils ne l'avaient jamais fait. Près de trois années s'étaient écoulées maintenant depuis leur rencontre au bord de l'étang, un certain matin : pas une seule fois ils n'avaient évoqué ensemble ce qui les liait, ni cherché à qualifier leurs rapports.

Étranges rapports, étrange histoire. Une entente si parfaite entre eux; et tant de silence pourtant.

Natalène pouvait être douce. Mais elle ignorait la tendresse. Si le geste de Philippe envers elle, au salon, l'avait fait sursauter, c'était que ce langage-là lui était inconnu : poser sur autrui, gratuitement, une main amicale et sans désir. Dans le monde d'où elle venait on ne touchait sans doute que pour frapper, ou troubler. En tout cas elle s'en tenait là.

Cette ignorance amusait Tristan – parce que ce besoin de simple tendresse, il arrivait à Natalène de l'éprouver, et qu'elle ne savait PAS comment l'exprimer. Elle se servait souvent d'une bourrade brusque et sans façon, pour traduire... quoi ? Le savait-elle seulement ?

Tristan arrêtait la petite main garçonnière. Mais il ne la retenait pas.

Elle avait d'autres gestes de ce genre : ainsi il lui arrivait de tendre une main vers Tristan, mais sans le toucher. Ses doigts s'arrêtaient à quelques centimètres du corps du garçon et restaient là, hésitants, ne sachant comment agir. Frapper, non. Faire naître le désir, non plus, pas à cet instant du moins. Il s'agissait d'autre chose, mais de quoi ?

Tristan souriait, moqueur, et elle le regardait avec méfiance.

– Vous passez votre temps à vous foutre de moi, dit-elle une fois.

– Y a de ça, reconnut-il.

Et jamais, lorsqu'ils venaient de partager l'amour et le plaisir, jamais elle ne se blottissait contre lui, tranquille, comme le faisaient les autres amies de Tristan pour prolonger ainsi ce qu'ils venaient de vivre ensemble. Elle s'écartait au contraire, et assez vite : parce qu'on était seul au monde, et qu'il était inutile de prétendre le contraire.

Il ne souffrait pas de tout cela. Natalène était bien libre d'être ce qu'elle était, et comment lui en vouloir d'une incapacité qui ne venait pas d'elle, mais de la vie qui lui était échue ? Et puis n'y avait-il pas au contraire toute la tendresse du monde dans cette petite main soudain tendue vers lui, malhabile, ignorante au point de ne pas savoir ce qu'elle cherchait ?

Ces doigts-là, indécis, il les prenait toujours entre les siens. Et il les gardait quelques secondes. Mais il les relâchait très vite, comme on libère un oiseau prisonnier.

– Jouons, disait Natalène.

Et il avait un petit rire qu'elle ne comprenait pas.

Pour cette guerrière, le combat reprit à la fin de février, quand le Copte revint de Roumanie.

Il tint parole et ne prit sa fille que le week-end.

– On a fait un contrat, expliqua-t-elle aux siens. Cette année de seconde, la première après, et la philo pour finir : il ne me prendra vraiment qu'aux vacances. Pendant les cours, je n'irai que le samedi et le dimanche. Et trois ans comme ça. Pour que j'aie mon bac.

Elle ajouta, pour faire sourire ses cousins :

– C'est une sorte de bourse d'études, en somme...

– Et après ? demanda Chantal. Quand tu l'auras, ton bac ?

Là, Natou biaisa, comme toujours :

– Il faudra bien qu'il continue, dit-elle, puisque je veux devenir ministre !

Presque tous les samedis un bohémien inconnu venait prendre livraison de son petit colis. Le nouveau camp du Copte n'était guère qu'à trente kilomètres de Blajan. Elle partait sans livres, sans montre et sans ruban, pour revenir fidèlement le dimanche soir. Contorose se félicitait de voir le Copte enfin sensible aux intérêts scolaires de sa fille. Tristan quant à lui se demandait combien sa mère et l'oncle Alban avaient payé ce bel arrangement...

Natalène passait apparemment avec aisance d'un monde à l'autre. Elle aidait à l'installation du nouveau camp, pièce par pièce, caravane par caravane. Et elle ne consentait à parler que de cela. À ses cousins seuls.

« On a mis toutes les casseroles dans les cages à singes... »

« Ma vieille, si tu n'as jamais bourré une caravane de six stères de bois tu n'as jamais rien fait ! »

« On a vidé les boîtes de conserve dans la décharge et roulé l'osier... »

Le nouveau camp, d'après elle, ne valait pas l'ancien. Il était plus petit, situé plus loin d'un ruisseau, plus près d'un village – donc de l'ennemi – et surtout déshonoré par un hangar où l'on entreposait les céramiques.

« Et puis la baraque n'a qu'un étage... »

Cette « baraque » avait semblait-il une grande importance. C'était la maison autour de laquelle se garaient les caravanes, et le centre de la vie communautaire. On y faisait la cuisine, on y soignait les malades. C'était là qu'accouchaient les femmes, là que se prenaient les grandes décisions et là que se déroulaient les fêtes.

« Et les bagarres... »

Pour Tristan seul Natalène allait plus loin. Une porte s'était peut-être entrebâillée entre elle et lui, son monde et Blajan, grâce aux confidences qu'Agnès avait faites à son fils et au calme parfait qu'il avait su garder pour les recevoir et les retransmettre. Ou bien ces petites coupures du week-end ne permettaient pas à la voyageuse, comme l'avaient fait autrefois ses longues absences, de laisser tout à fait retomber le rideau. Quoi qu'il en soit, elle parlait. Un peu. Assez pour que Tristan ait parfois l'impression de faire un cauchemar.

« C'était un vieux Turc. Le Copte lui devait de l'argent. Alors Gina l'a fait monter chez sa fille un soir, parce que autrement ça aurait fini par faire du vilain. »

Ou bien :

« Quand ils sont à Brovnik, c'est Bénik qui garde le camp d'ici. Avec sa sœur et ses deux filles, pour avoir tout sous la main : il couche avec les trois. Il dit que ces foutues femelles, avec leur sang, faut bien en avoir trois pour être sûr qu'il y en a toujours une de baisable. »

« À Mirèk, dans les bagarres, leur grand truc c'est de fendre les oreilles. »

Tristan l'écoutait, sans paraître jamais s'étonner. Il riait, demandait des précisions, et hochait la tête :

– Natou, si les tantes savaient ça !

Rassurée par un si beau sang-froid Natalène cédait enfin, avec beaucoup d'années de retard, au besoin douloureux qu'elle avait toujours eu de partager son fardeau.

« Quand les filles ont quinze ans, là-bas, il faut bien qu'elles servent à quelqu'un. Moi c'était Vanik. Une idée de Gina. Les gadjé l'ont toujours fascinée. »

« Elle me déteste. Elle ne peut plus tellement me taper dessus, je suis trop grande. Alors elle se contente de pousser Vanik et de jubiler quand elle y arrive... »

« Bien sûr qu'il tape. Ça tape, un homme, chez eux. »

L'autre partie de sa peine, plus cachée, plus douloureuse encore, adoucissait sa voix :

« J'ai besoin d'eux aussi. J'ai besoin de leurs cris, de leurs danses, de leur insouciance. Même de leur crasse. Vous ne pouvez pas savoir ce que c'est que la joie, vous, ici... et là-bas j'ai besoin du parc, du lycée, de draps blancs, de silence, il n'y a pas de solution, embrassez-moi... »

Il le faisait, et la serrait contre lui. Mais déjà elle riait, et plaisantait :

– Je pourrais m'arranger avec tante Lise ? Elle prendrait ma place là-bas, une fois sur deux...

Sa peur revenait, pas à pas. Tristan ne disposait que de cet indice pour deviner, ou tenter de le faire, ce qu'elle vivait « là-bas » avec Vanik. Elle ne lui avait parlé de celui-ci qu'une fois, une seule.

« Il a dix-neuf ans maintenant, avait-elle dit, et s'il y avait un bohémien dans l'imagerie d'Épinal ce serait forcément lui, ça ne pourrait être que lui. Il sait à peine lire : on jurerait pourtant qu'il a lu tous les poèmes qui parlent de son peuple, tous les romans écrits là-dessus, les bons comme les mauvais, qu'il les a appris par cœur pour bien les connaître et qu'il essaie de s'y conformer. Il est beau, ignorant et brutal. Et puis fier, voleur, gai, un peu sorcier. Exactement ce que doit être un bohémien dans l'imaginaire des gens. Il joue du violon, comme ça, d'instinct, sans avoir jamais appris, et il appelle les cordes de son violon des “ ficelles ”, mais quand il joue on dirait le printemps... »

Elle avait souri, en regardant la nuit par la petite lucarne. Mais son visage s'était assombri aussitôt et elle avait ajouté, doucement :

« Quelquefois, il me fait peur... »

Ce petit portrait-là excepté, Vanik n'apparaissait plus jamais dans les récits de Natalène. Il y avait Bénik, Gina, les Yougoslaves, le Dompteur, le Vieux Grec, les Yémaches, la Perle, Anna, Maria, Jujube, Anizia, il y avait beaucoup de gens. Mais de Vanik, point. Jamais.

Pourtant il était là.

Il était dans la rancune qu'avait parfois le regard de Natalène en croisant celui de Tristan. Dans ce qui transformait parfois son désir en défaite, et de sa joie faisait un maléfice. Dans le léger tremblement de ses doigts sur le corps de Tristan, certains soirs. Il souriait lorsqu'elle s'efforçait de dissimuler son plaisir et riait quand elle avait vraiment, tout à fait, peur.

Cela lui arrivait de plus en plus souvent. Une brusque panique, quand Tristan la pénétrait, crispait son corps entier, lui coupait le souffle, agrandissait ses yeux. Cela cédait vite, et s'éloignait, mais les blessait l'un et l'autre sûrement.

Ils n'en parlaient pas. Comment l'auraient-ils pu, eux qui s'étaient tus lorsque leur entente était sans faille ? Tristan fermait les yeux pour ne pas voir ce visage d'étrangère, épouvanté, et pour ne pas s'y voir ennemi. Il attendait que le rideau retombe sur cet autre monde, que le corps de Natalène redevienne complice, et confiant ; que ses doigts, sur lui, se détendent. Alors seulement il pouvait la retrouver, bouger en elle, très lentement, renouer avec elle le fil rompu de leur plaisir.

Le plaisir revenait toujours. Mais plus sombre d'avoir été un instant arrêté. Plus fragile, et menacé, il ne leur était plus donné. Prêté seulement.

Pour combien de temps ? Oui, pour combien de temps encore ?

Tristan se posa cette question, une nuit, au grenier, devant Natalène qui remettait, comme toujours, son jupon. Ses doigts minces et bruns cherchaient l'agrafe, nouaient le petit lien de coton : ils tremblaient. Et Tristan détourna les yeux, déconcerté. Elle tremblait souvent maintenant, avant, après, pendant, au salon, à table... n'était-ce pas la veille qu'il l'avait vue s'inquiéter ainsi, dans le couloir, devant Marion, simplement parce qu'il la regardait ?

– Dites, Natou...

Elle avait levé le nez, et attendait. Son visage était sombre. Tristan baissa les yeux. Il hésitait. Parler, oui, bien sûr. Interroger, protester, rassurer. N'importe qui l'aurait fait à sa place et il l'aurait fait pour n'importe qui d'autre. Mais son amour pour Natalène lui donnait accès à des vérités plus profondes et l'idée d'effleurer cette blessure-là l'effrayait pour elle.

– Rien, dit-il.

Elle s'était assise, poussait quelques coussins pour se faire un nid sur les tapis. Son regard ne quittait pas Tristan, attentif. Elle ne manquait pas d'intuition elle non plus, et comprit. Il la vit rougir.

– Je n'y peux rien, dit-elle. Excusez-moi. Ça vous ennuie ?

– Pas vraiment... C'est seulement surprenant.

Ils se regardèrent, se demandant chacun s'ils pouvaient aller plus loin. Et ils y renoncèrent, ensemble.

X

Le lendemain, 20 mars, devait être pour les habitants de Blajan une très grande date. Les petits dieux malicieux qui règlent les destinées humaines s'amusent parfois à lancer, le même jour, une bonne partie de leur provision de dés. Et sur les toits de Blajan il en pleuvait, ce jour-là, de ces dés...

Marion, d'abord, rencontra le matin celui qui devait être le seul amour de sa vie – et, accessoirement, le prochain « Contorose » du clan. Personne ne le sut, pas même elle qui n'avait pas encore fêté son quatorzième anniversaire, mais ce nouvel élève que le proviseur introduisit dans la grande salle d'études après la cantine – c'était lui. Il s'appelait Emmanuel Duplessis et sortait d'un sanatorium. Il avait seize ans.

Au même instant Contorose signait chez Me Alleret l'acte d'achat du manège. Boris lui en abandonnait la propriété mais en gardait la gérance pour dix ans. Après, on verrait...

Ce Boris était un curieux personnage. Petit, trapu, il avait la parole brève et le visage sombre. C'était lui qui avait appris à monter aux enfants de Blajan et tous gardaient de sa sévérité un très mauvais souvenir. Philippe surtout, dont l'amour-propre était chatouilleux, lui en voulait encore férocement de ses sarcasmes : « Eh, toi, le Blajan... t'as laissé le manège, laisse pas le cheval, tiens tes rênes ! »

– C'est moi qui reprendrai le manège après lui, dit-il quand il connut la nouvelle, oui, moi. Et s'il ne me paie pas tout ce qu'il me doit je mange mon chapeau... »

Chacun, autour de la table, fut surpris d'une si longue rancune.

– Tu attendras que je sois mort pour reprendre le manège, protesta Contorose. Et dans dix ans, mon garçon, il s'en faudra de beaucoup, je n'aurai que quatre-vingt-trois ans...

C'était un déjeuner de gala, bien sûr, fait exprès pour célébrer l'événement. Chantal semblait soucieuse, mais tous les autres se réjouissaient sincèrement de voir Contorose réaliser son vœu le plus cher.

– J'ai un plan, disait-il. Tout est LÀ.

« Là », c'était son front, qu'il tapotait d'un index vigoureux. Et il allait en dévoiler un à un les trésors quand le téléphone sonna.

Les Blajan devaient s'accorder, après coup, à trouver son timbre tout à fait sinistre : Hortense Perey venait de mourir, dans son escalier, discrètement, avec toute la dignité souhaitable et sans qu'un pli de son costume tailleur ait eu à souffrir.

– Va chercher cette petite Sophie, dit Contorose à Chantal, la première surprise passée. Elle vivra ici.

Tristan n'était pas sûr du tout que Sophie Perey accepte l'offre, mais il garda son opinion pour lui. De toute façon elle aurait besoin d'un abri pour quelques semaines. Mais quelle grande aile avait Contorose pour les oisillons des alentours !

Ce ne fut pas Sophie qui vint à Blajan, d'ailleurs, mais Marie Rivalty qui alla s'installer chez elle pour deux ou trois jours ; et l'on convint que la jeune fille ne rejoindrait son nouveau foyer qu'après les obsèques.

La nouvelle n'assombrit pas cette belle journée. Hortense Perey était vieille, sotte, et n'avait guère vécu que pour amuser ses voisins et faire enrager sa nièce. « Bon débarras », osa même glisser ce monstre de Philippe...

À quatre heures, Xavier eut un accident. Il avait emprunté le scooter d'un camarade pour aller visiter une exposition de modèles réduits et se fit renverser par une voiture. Le téléphone, de nouveau, sonna : on était bien chez monsieur Louis de Blajan ? Oui ? Eh bien son neveu, Xavier Rivalty, se trouvait à la clinique de la Source, chambre 45, avec trois côtes fêlées et une jambe cassée...

– Par exemple, dit Contorose en reposant le combiné, mais c'est la journée des grands événements !

Il n'avait pas fini...

Très peu de temps après, le chauffard vint en personne raconter le drame et présenter sa défense. Un chauffard en robe de fin lainage rose, et juché sur des hauts talons. Édith Moinard était infirmière et n'avait rien pu faire pour éviter Xavier, qui s'était littéralement jeté contre sa voiture.

Elle n'était pas jolie et Contorose la trouva absolument dépourvue de charme. Il lui déclara pourtant, courtoisement, qu'on ne lui en voulait pas et qu'on laisserait les assureurs faire leur travail. Elle repartit, rassérénée, de ce Blajan qui allait bientôt être sa maison.

Elle avait fait conduire le blessé, évidemment, dans la clinique où elle travaillait. L'adresse lui était venue tout de suite aux lèvres et l'accident avait eu lieu à proximité. Jamais infirmière ne fut plus empressée, plus confuse et plus souriante que celle-ci avec l'occupant de la chambre 45 – et Xavier n'avait pas l'habitude de plaire aux jeunes filles – la suite allait de soi...

Au courrier de l'après-midi parvint à Blajan une lettre surprenante : Andrée Montellier, cette cousine qui avait émigré plus de trente ans auparavant en Australie, expédiait à Contorose comme un vulgaire colis sa fille unique, Caroline, qu'il fallait éloigner rapidement de Sydney pour une raison qui n'était pas précisée.

– Une amourette ? risqua tante Lise. Une amourette, que la mère désapprouve ? Quel âge a-t-elle, cette enfant ?

Les premiers calculs de Contorose attribuaient à Caroline Montellier une douzaine d'années. Il fallut les affiner, et faire appel à la boîte marquetée dans laquelle on rangeait les faire-part, pour découvrir que ladite Caroline approchait de son dix-huitième anniversaire.

– Alors c'est ça, trancha Contorose. Dix-huit ans, c'est forcément ça : une amourette. Eh bien nous la consolerons, cette petite Juliette...

Tante Blanche, qui ne ratait jamais l'occasion de dire une bêtise, intervint aussitôt :

– Pas « Juliette », Louis, regarde : « Caroline, Marie, Bernadette ».

Un éclat de rire général lui répondit et elle hocha la tête, sans comprendre, en remettant le faire-part de naissance dans la précieuse boîte où dormait l'histoire de la famille.

– Et une chambre pour Caroline Montellier, dit Contorose, une !

À cet instant précis Chantal et Jean-Louis Kerbauson apparaissaient. Ils ne s'enquirent pas des causes de l'hilarité du clan, ce qui était assez singulier. Bien plus, Jean-Louis négligea de saluer les tantes, lui qui était si parfaitement bien élevé, et s'approcha tout de suite de Contorose pour lui demander la faveur d'un entretien particulier. Le vieil homme, levant des sourcils étonnés, acquiesça, et entraîna son hôte dans le petit bureau attenant.

Une si étrange conduite jeta un froid. Tristan en délaissa son piano, Natalène son livre, Philippe son château de cartes et les tantes leurs broderies. Marion seule ne daigna pas descendre de la lune : elle était rentrée tard du lycée, à cause d'une composition de maths, et des chiffres absurdes s'entêtaient à la tourmenter.

Quant à Chantal, plantée devant la cheminée et se mordillant le bout de l'index, elle semblait en proie à l'anxiété la plus noire.

– Où est maman ? dit-elle.

– Mais chez mademoiselle Perey, répondit Philippe, tu sais bien, avec Sophie, jusqu'à l'enterrement, on en a parlé ce midi... Qu'est-ce qui t'arrive ?

Elle n'eut pas à répondre : la porte du bureau se rouvrait, sur un Jean-Louis ahuri, balbutiant : « Mais enfin, monsieur ! » et sur un Contorose blanc de rage, hors de lui, qui marchait droit sur la pauvre Chantal, s'arrêtait devant elle, levait la main, lui assenait une gifle formidable – puis se tournait vers ses sœurs.

– Notez : je la renie...

Un silence stupéfait plana. Contorose avait toujours adoré les grandes scènes, mais là, vraiment, il exagérait...

– Je te félicite, dit-il à Blanche. Tu vas être arrière-grand-mère.

Puis, rejoignant Jean-Louis Kerbauson qui était resté, consterné, devant la porte du bureau, il lui mit une main sur l'épaule et lança à la cantonade, badin :

– Excusez-moi encore quelques minutes. Ce jeune homme va sans doute me demander d'avancer le mariage. Ce sera vite réglé : je sens que je vais dire oui.

La porte claqua sur cette belle déclaration. Marion, nerveuse, éclata de rire. Tante Blanche avait porté une main à son cœur.

– Chantal, dit-elle à sa petite-fille, Chantal, mais comment as-tu PU ! Comment as-tu OSÉ !

– J'sais pas, dit Chantal, j'sais pas, moi, comme ça...

Une main sur la joue et les yeux pleins de larmes, elle offrait un spectacle tout à fait pathétique et les jeunes vinrent aussitôt à son secours : ils se mirent à rire, avec un bel ensemble, et à parler, si fort que les tantes durent les laisser faire. Des questions joyeuses s'entrecroisèrent : « Tu le sais depuis quand ? Il naîtra ici ? Quand ? Comment l'appelleras-tu ? »

Il n'y eut qu'une fausse note : Natalène, dans le seul but d'aider sa cousine, crut bon de glisser, et malheureusement pendant un court instant de silence :

– Si tu préfères, je connais une espèce de tisane qui...

La foudre tombant sur le salon, suivie du diable fourchu, n'aurait pas obtenu tant de succès et tante Lise, cette fois, devint vraiment pâle.

– Natalène !

Natou, saisie, s'était tue. Elle aurait donné beaucoup pour rattraper sa phrase malheureuse et la garder pour une meilleure occasion. Mais c'était trop tard, et déjà tante Lise montait sur ses grands chevaux :

– Natalène, si tu es assez misérable pour connaître ces choses-là et assez dévoyée pour les envisager sérieusement, je te prierai au moins de les garder pour toi : NOUS, ici, nous n'en avons pas l'usage... Et maintenant, sors.

Un peu pâle, Natalène sortit en effet. Tristan la rejoignit dans le vestibule, et la retint par la manche.

– Pardon, dit-il. S'il vous plaît, pardon...

Elle s'attendait à tout sauf à cela et son regard dur s'étonna, puis s'adoucit. Un restant de rancune lui fit demander, pour blesser à son tour un de ces ennemis qu'étaient parfois les Blajan pour elle :

– Cet enfant, dites... il est de vous ?

– Je ne sais pas, répondit Tristan. J'espère que non.

Un peu honteuse d'elle-même, elle lui sourit, puis se détourna et monta l'escalier quatre à quatre.

Elle dîna dans sa chambre du bol de lait rituel, agrémenté par Justine, comme d'habitude, d'une tablette de chocolat et de quelques fruits. Elle n'assista donc pas au dernier éclat de la journée.

L'ambiance, en bas, était assez tendue. Chantal fondait en larmes de temps en temps, bouleversée par la dureté de Contorose et la colère de sa grand-mère. Marion pleurait aussi, évidemment : elle ne supportait pas de voir l'un des siens malheureux. Tristan bouillait encore de rage qu'on ait osé reprocher à Natalène d'être... ce qu'on n'avait pas su, en fait, l'empêcher d'être. Et Contorose se prenait tout de bon pour un bourreau sanguinaire chaque fois que Chantal se remettait à pleurer.

Le téléphone sonna une fois de plus, alors que Justine apportait la tarte. Échaudés par les émotions de la journée, les Blajan se regardèrent, vaguement inquiets.

– Et alors ? dit Contorose. Qu'est-ce que c'est, cette fois ?

Ce que c'était, on ne devait pas le savoir avant très longtemps. Mais Contorose, à l'appareil, semblait transformé en statue de sel. De vagues exclamations lui échappèrent, au début de l'entretien : « Non ? Quand ? Il n'y a vraiment AUCUN doute ? » Ensuite, il se tut. Il écoutait. Plus tard il proposa un entretien, pour le lendemain. « Et croyez bien, monsieur, que... »

Quand il reposa l'appareil il se tourna vers les siens, assommé encore.

– Philippe, dit-il. PHILIPPE !

Le garçon se leva, machinalement.

– Viens là, dit Contorose.

Sa voix était dure et Philippe s'exécuta. Il ignorait apparemment ce qu'on avait à lui reprocher.

– Quoi ? dit-il. Qu'est-ce que j'ai fait ?

– Tu connais monsieur Dubois-Pontier ?

– Oui, répondit Philippe.

Il avait rougi et esquissa du bras un geste de défense. Trop tard : la grande main de Contorose s'était déjà abattue sur lui. Secoué comme un prunier, et traîné jusqu'à la porte où se trouvait, appuyée au chambranle, la canne du patriarche, il n'émettait que de vagues gargouillements épouvantés. Cette canne, tous les petits Blajan mâles la connaissaient. On ne l'avait pas vue officier depuis quelques années. Mais elle se rattrapa ce soir-là d'une si longue inaction.

Ce fut tante Blanche, comme toujours, qui l'arrêta.

– Louis, cria-t-elle, ça suffit... Louis, je t'en prie... Louis !

Contorose finit par céder. Il reposa la canne et jeta un regard méprisant sur le garçon à terre.

– Ôte-toi de ma vue, cracha-t-il.

Quand Philippe eut disparu et que Contorose, à peine essoufflé, se fut rassis, chacun réagit suivant sa nature : Chantal et Marion en se remettant à pleurer de plus belle, tante Blanche en toussotant nerveusement, Tristan en se servant un grand verre d'eau, et tante Lise en prenant le taureau par les cornes :

– Et maintenant, Louis, s'il te plaît, peut-on savoir... ?

– Non, dit Contorose. Reste-t-il un peu de tarte, Lise ?

Ainsi s'acheva ce 20 mars. De tous les dés lancés ce jour-là certains devaient rouler des années avant de s'immobiliser. Mais tous le feraient un jour, pour afficher leur chiffre.

Le surlendemain, Caroline Montellier sortit d'un taxi, devant le perron. Et l'on aurait dû filmer les Blajan qui la reçurent : elle était blonde, assez grande, souriante – et joliment enceinte. Contorose sembla frappé de mutisme, les tantes poussèrent trois petits soupirs désespérés, et la jeune génération retint à grand-peine un début de fou rire. Mais déjà Contorose, superbe, descendait les marches de pierre, accueillait sa petite parente inconnue et lui prenait sa valise des mains.

– Mon enfant, tu aurais dû nous envoyer un télégramme !

Caroline les regardait tous, sans timidité ni hardiesse, et, d'office, leur plut. Elle haussa les épaules.

– Ah bien, on est en plein drame là-bas, on n'a pas pensé aux télégrammes... Maman va vous écrire et tout vous expliquer.

On lui épargna les présentations et tante Lise l'emmena aussitôt dans la chambre que l'on avait préparée pour elle au premier étage, et qu'il faudrait avant peu pourvoir d'un berceau. Tante Blanche s'était assise sur le canapé, scandalisée. Et très offensée par la désinvolture d'Andrée Montellier. Se débarrasser ainsi, en le leur offrant, du péché de sa fille ! Sans un mot d'avertissement !

Contorose l'écoutait, mais se contenta de grommeler, surpris :

– Et pourquoi ne l'a-t-on pas mariée, cette niguedouille ? Ce n'est pas très difficile : je l'ai fait avant-hier pour la nôtre, moi qui vous parle...

C'était pourtant difficile, en l'occurrence. La lettre d'Andrée, qui arriva quelques heures après sa fille, expliqua tout : le père avait déjà femme et enfants. Ce surcroît de honte effara tout à fait les tantes.

– Un homme marié, Caroline !

La coupable n'était pas, comme les Blajan, habituée depuis l'enfance à ce genre de scène publique. Elle rougit un peu, non de son abominable faute mais de voir cette foule de cousins autour de la longue table. Ils étaient douze, ils lui parurent trente. Sa gêne lui fournit pourtant une bonne réplique :

– C'est pas moi qui l'ai marié, hein... et autant vous le dire tout de suite, ce jour-là je n'étais même pas née, parce qu'EN PLUS il a quarante-huit ans.

Les Blajan, et Contorose le premier, adoraient les bonnes répliques. Caroline vit qu'ils lui souriaient, presque tous, et reprit un peu courage.

– Tais-toi, dit sèchement tante Lise.

Elle obéit, prudemment. L'autorité que les aînés de cette nombreuse tribu exerçaient sur les plus jeunes l'étonnait. Comment cette vieille dame osait-elle la tancer ainsi, elle qui avait presque dix-huit ans et qui allait être mère ?

Ses cousins étaient indépendants pourtant, et libres, elle s'en aperçut vite. S'ils se taisaient quand on les en priait et se laissaient envoyer dans leurs chambres, de temps à autre, comme des gamins de douze ans, ils allaient et venaient à leur guise en ville, faisaient de leurs journées ce que bon leur semblait, avaient chacun leurs propres projets et surtout, elle le sut assez vite parce qu'ils ne se cachaient pas d'elle, ne se privaient pas de pécher, eux non plus...

Elle surprit un soir Natalène et Philippe en flagrant délit, ou presque, dans le parc, devina que si la jeune Sophie Perey acceptait de vivre à Blajan désormais c'était pour se rapprocher de Tristan et sut avant tout le monde, dès le retour de Xavier, qu'il avait une liaison très sérieuse avec une certaine Édith.

Ils l'avaient d'abord étonnée par leur docilité : ils l'étonnèrent bientôt par leur violence et leur liberté. Mais elle les aima beaucoup, très vite. Et vivre avec eux l'aida à supporter ces mois difficiles. Au mariage de Chantal, qui eut lieu dès que ce fut possible, on vit Caroline arborer une belle robe blanche, insolemment, et un sourire radieux : et telle on devait la voir tout ce printemps-là, portant bravement son fardeau.

Sophie elle aussi s'épanouissait. La mort de sa tante l'avait attristée, d'abord parce qu'elle la laissait définitivement seule au monde, et ensuite, malgré tout, parce que cette petite folle avait aimé la vieille demoiselle. Mais à Blajan elle trouvait enfin, à dix-neuf ans, quelque chose qui ressemblait à un vrai foyer. Et sous ce toit vivait Tristan, auquel elle se raccrochait comme à une bouée en ces mois de désarroi.

Contorose n'avait pas voulu qu'elle continue à ne rien faire ; elle n'avait pas protesté et s'était laissé réinscrire au pensionnat, ravie, au fond, que quelqu'un reprenne ses rênes en main. Et même, elle travaillait...

Natalène l'aidait puisqu'elles étaient toutes les deux, malgré leurs trois années d'écart, en seconde. Et il était convenu qu'à la rentrée suivante Sophie quitterait sa pension privée pour rejoindre le lycée de ses amies.

Qu'on la surprenne en galante compagnie ne ferait plus gémir une vieille tante mais transformerait Contorose en furie : elle le savait et se forçait à la prudence. Ses rendez-vous extérieurs s'espacèrent beaucoup ce printemps-là, et surtout se firent extrêmement discrets. Elle devait d'ailleurs, comme les autres, ruser avec les heures, les prétextes et la vraisemblance.

Tristan était le plus libre d'eux tous : il avait ses leçons en ville, lui, ses heures de travail au conservatoire, son contrat dans un restaurant ; et bientôt il participa à de petits concerts publics. Généreusement, il faisait pleuvoir autour de lui les alibis, emmenait l'un, invitait l'autre, avait déjeuné, oui, bien sûr, avec qui on voulait et ne l'avait pas quitté d'un pas...

XI

Ce fut un printemps heureux pour presque tout le monde. Une fois déplâtré et libéré de ses béquilles, Xavier retrouva sa faculté, où il ne faisait pas grand-chose, et son Édith. Il menait, à vingt ans, la vie bien réglée d'un quadragénaire tranquille : le petit déjeuner à Blajan, la fac, le déjeuner en ville avec Édith, la fac encore, retour à Blajan, thé, travail, dîner, soirée au salon, coucher... Aucune entorse, jamais, à ce bel emploi du temps. Xavier n'avait pas d'ambition. Il mangeait peu, travaillait encore moins, ne s'amusait pas, et pour tout dire n'aimait Édith (aussi « raisonnable » que lui, heureusement pour elle) qu'assez légèrement. À vingt ans on devait avoir une petite amie, n'est-ce pas ? Eh bien il était en règle, il en avait une...

Les jeunes mariés, dans le pavillon de la grille que Contorose leur avait loué, semblaient vivre leur amour avec plus d'enthousiasme. On les vit peu les premiers mois. Chantal jouissait de sa liberté toute neuve. Elle ne se lassait pas dc pouvoir faire des frites quand elle en avait envie, de se lever à midi si ça lui chantait, de se coiffer comme elle le voulait et de parler argot, oui, parfaitement, quand ça l'amusait.

Natalène allait de Philippe à Tristan et de Blajan au camp du Copte avec une grande aisance. Elle riait de tout mais ne disait pas grand-chose. À personne.

Les tantes tricotaient tout un tas de brassières. On attendait l'enfant de Caroline pour la mi-août et celui de Chantal pour le début de septembre : il n'y avait pas une minute à perdre. Elles écoutaient aussi, comme c'était leur devoir, Contorose échafauder mille projets divers pour le manège.

Marion, solitaire, perdue dans son petit monde timide, ne voyait rien de ce qui l'entourait, pour ne pas changer.

Mais Caroline Montellier, elle, avait l'œil vif. Elle s'ennuyait un peu, livrée aux tantes toute la sainte journée, et chaque après-midi attendait avec impatience le retour de ses cousins.

Tous avaient cru que Chantal et elle s'entendraient à merveille. Elles avaient à peu près le même âge, étaient toutes les deux chaleureuses et gaies, et partageaient actuellement les mêmes préoccupations. Mais curieusement elles ne se plurent pas, à l'étonnement général.

Natalène aurait pu éclairer la lanterne des siens. Elle était plus intuitive que tous ses cousins réunis et plus lucide que la plupart d'entre eux : que Chantal, même mariée, même enceinte, et même décidée à se montrer raisonnable (le vilain mot, la vilaine chose !) ait conservé pour Tristan un peu trop de tendresse, elle le savait. Et lui aussi, bien sûr. Mais que la jeune Caroline se soit laissé prendre à son tour au charme de ce grand garçon désinvolte, elle seule avait su le deviner : l'intéressé lui-même ne s'en était pas aperçu, ou croyait à un aimable flirt.

De cette histoire-là on sut presque tout, par Caroline, bien des années plus tard. Et quand elle parlait de Tristan elle commençait toujours par évoquer la même image : celle d'un profil penché sur un clavier.

« Il jouait tout le temps, disait-elle. Du matin au soir, toujours, toujours. Il faudrait pouvoir recréer son visage, pour comprendre... Ses cheveux étaient un peu trop longs – les autres prétendaient qu'il s'en servait pour se cacher quand il jouait – et au début je n'ai guère connu que cela de lui : un profil abrité sous des cheveux blonds. Et la musique. Toujours. Il parlait très peu dans la vie, très peu. Quand il le faisait on s'apercevait qu'il n'était pourtant ni timide, ni fier, ni vraiment solitaire. Au contraire, il s'intéressait aux gens, il était gai et plein d'humour. Simplement il se tenait un peu à l'écart – là-bas, derrière ses notes et ses cheveux... »

Des images comme celle-ci, il y en avait d'autres, qu'elle évoquait sans se lasser. Le pianiste soulevait un rideau, pour regarder tomber la neige. « Il n'était pas triste, non, il ne faudrait pas croire cela. Gai, je l'ai souvent dit, et j'en suis sûre. Mais avec quelque chose derrière, toujours, une question, une inquiétude, une menace... Et quand il regardait ainsi le parc devant la fenêtre il semblait attendre – je ne sais pas quoi – les Huns, ou l'Ankou... »

L'album de sa mémoire s'ouvrait sur une autre page et Tristan se penchait sur le canapé de ses tantes pour admirer une broderie au point de Smyrne dont elles étaient très fières. Ailleurs il écoutait Contorose sermonner Philippe et un petit sourire léger, attendri, glissait sur ses lèvres.

« Il était beau, disait Caroline. Ah ! Il aurait fallu le connaître à cette époque-là, pour comprendre. Ses yeux étaient d'un gris assez foncé, toujours très calmes, toujours difficiles à déchiffrer. Moi, en tout cas, je n'y lisais rien... »

« Il aurait pu m'aimer, disait-elle aussi. Il aurait DÛ m'aimer. »

Elle ajoutait parfois, naïvement :

« Il a eu plusieurs femmes et tant d'aventures... Je n'ai jamais compris pourquoi je n'ai pas eu vraiment mon tour : j'étais jolie, moi aussi... »

Caroline, en Australie, avait joué à aimer sans vraiment risquer son petit cœur léger ; elle avait joué contre sa mère, contre la morale en cours dans son milieu, contre sa vie monotone de gamine riche. Maintenant, à dix-huit ans, elle découvrait l'amour avec une sorte de rage. Voici donc ce dont parlaient les livres, si souvent, et si mal : la joie, la faim, la lumière – et trop tard. Naïve, elle croyait aux menaces de sa mère, et pensait que sa vie à peine commencée serait gâchée par l'enfant à venir. Trop tard, trop tard : elle écoutait ces mots terribles, le soir, le matin, dans cette vieille maison, devant le sourire tranquille d'un cousin indifférent. Natalène se serait fait hacher menu, à cette époque de sa vie, plutôt que de s'avouer à elle-même qu'elle aimait Tristan ; Chantal s'était refusée aussi à le murmurer, parce qu'elle savait qu'on ne lui en demandait pas tant ; Sophie ne se posait pas encore la question et la jeune Élisabeth, en ville, le disait seulement parce qu'on doit dire ces choses-là, n'est-ce pas, quand on autorise un jeune homme à partager votre lit. Mais Caroline les vivait, elle, ces mots, elle s'en consumait, et dix fois par jour ils lui montaient aux lèvres, effrayants, solennels, et presque religieux.

Elle était dure, malgré la rondeur encore enfantine de son visage et la douceur de son sourire : dure, égoïste et sans indulgence. Son enfant naîtrait, elle retrouverait son agilité, sa minceur, son éclat – Tristan l'aimerait – il l'épouserait, il reconnaîtrait l'enfant, cette Chantal si sûre d'elle devrait ensuite se contenter de son mari – maman devrait se taire, à Sydney – cet homme, là-bas, se mordrait les doigts de n'avoir pas divorcé – elle gagnerait, comme toujours, elle gagnerait...

Natalène, assise en face d'elle, servant le thé ou révisant son latin, la voyait poser sur Chantal, béatement songeuse, ou sur Tristan distrait, des regards qui ne la trompaient pas, elle. Et elle avait pitié de cette enfant trop avide comme on a pitié d'un malade ou d'un infirme. Elle aurait voulu pouvoir l'aider, lui dire qu'il ne fallait pas peser si lourdement sur le monde, sur la vie, sur les êtres que le hasard a placés près de vous ni sur ce qui vous lie parfois à eux – mais qu'il fallait se faire légère au contraire, légère et sans exigence...

Elle se taisait : elle supposait aux autres une pudeur et une fierté égales aux siennes, et pour rien au monde n'aurait voulu forcer la réserve qu'elle leur prêtait. Mais son regard sur Caroline se faisait attentif, amical. Et Caroline, l'innocente, qui se prenait maintenant à détester furieusement Chantal et Sophie, s'intéressait de plus en plus à cette silencieuse Natalène, aux si curieuses prunelles jaunes, qui ne semblait pas lui être hostile.

– D'où sort-elle exactement ? demanda-t-elle un soir à Xavier.

Elle avait choisi évidemment, pour poser une question aussi directe, le benêt de la troupe. Il ne la déçut pas et s'étendit en long et en large sur l'histoire de Natalène.

– Par exemple, disait Caroline, mais c'est un vrai roman ! Quelle chance a cette fille !

La chanceuse, qu'elle entreprit le lendemain, demeura extrêmement réservée. Bien sûr, elle aimait aller chez son père le samedi. Bien sûr, elle aimait revenir à Blajan le dimanche soir. Mais oui, on vivait comme tout le monde là-bas. Mais non, ça n'avait rien d'extraordinaire.

– Il y a bien d'autres enfants dans mon cas, dit-elle. Ceux dont le père est anglais et la mère grecque, par exemple, ou le père footballeur et la mère harpiste... Ils ont un pied dans chaque monde et s'en arrangent, comme moi, très bien.

– Mais où vivras-tu, quand tu seras majeure ?

– Je ne suis pas majeure.

– Mais quand tu le seras ?

– Eh bien, j'ai cinq ans devant moi pour y penser, non ?

Un peu vexée, Caroline reprit son livre et s'y replongea. Elle ferait de nouveau parler Xavier, puis interrogerait la petite Marion, et peut-être oserait-elle affronter ensuite ce diable de Philippe, ou

Tristan, ou même Contorose... mais elle l'emporterait, là aussi. Elle saurait. Des dispositions avaient forcément été prises pour l'avenir de cette demi-manouche. De quel droit les lui cacherait-on, à elle, Caroline Montellier ?

À l'autre bout de la pelouse Sophie apparaissait, poussant son vélo d'une main.

– Là, dit Caroline, flûte... je déteste cette fille ! Pas toi ?

– Non, sourit Natalène. Non, pas moi.

Depuis que Sophie vivait à Blajan Natalène et elle étaient même devenues tout à fait amies. Et cette amitié ne devait jamais se démentir. Aujourd'hui encore, si longtemps après, le visage de Sophie s'éclaire quand elle parle de Natalène, et l'on y voit passer comme le reflet d'un bonheur ancien. « Elle me fascinait complètement, dit-elle. Et elle était fascinante ! Une petite flamme têtue, une épée brillante, une source vive... »

En ce vieux printemps-là, Sophie n'était pas encore aussi lyrique. Elle aimait seulement se trouver avec Natalène, rire avec elle, lui raconter par le menu tout ce qui lui arrivait. Le regard de Natou, ironique et décapant, mais jamais blessant, l'aidait à comprendre bien des choses.

– J'aime tous les Blajan, disait-elle par exemple : parole, TOUS !

– Tu dis ça, raillait Natou, parce que tu t'embêtais sacrément avec ta tante Hortense, mais ça ne peut pas être vrai...

– Pourquoi ?

– Parce que tante Marie et Xavier sont des imbéciles, par exemple. Je te passe les autres si tu veux, mais pas ces deux-là.

– Et tante Blanche ?

– Elle n'est pas si bête, avoue... seulement niaise et simplette.

– En tout cas je l'aime, lui.

– Qui ?

– Tristan, tiens !

À cela, en général, Natalène ne répliquait rien. Mais Sophie était trop étourdie encore pour s'en aviser.

Un soir, pourtant, elle obtint un semblant de réponse, sans doute parce qu'elle avait parlé avec un semblant de sérieux.

– Je l'aime peut-être, avait-elle dit. Quelquefois, oui, je pense que je l'aime peut-être...

Elle était assise sur son lit, et regardait Natalène descendre d'une étagère le gros dictionnaire de grec.

– Qui ? dit Natou. Tristan ?

– Oui. Ça t'étonne ?

Ça n'étonnait pas Natalène, qui s'assit au bureau et sourit gentiment à son amie.

– Il a fait des choses dingues pour moi, poursuivit Sophie – ici même – avec Chantal – une nuit – l'année dernière – j'avais des ennuis...

Elle s'arrêta là et Natalène, discrète, ne posa pas de question.

– Vous auriez des chances, dit-elle seulement. J'y ai souvent pensé, bien que ce soit difficile à évaluer, vu de l'extérieur, mais vous auriez des chances de vous intéresser longtemps, je suppose.

– Tu crois ?

– Oui.

– Pourtant je ne suis pas amoureuse de lui, non. Vraiment non. Je voudrais seulement que ce soit mon frère, ou mon cousin, et qu'on vive toujours ensemble, pas forcément ensemble mais dans la même maison, pas loin, et puis j'aime faire l'amour avec lui...

– Ah, sourit Natalène, et ce n'est pas être amoureuse, ça ? Parce que ça pourrait y ressembler...

Sophie secoua ses courtes boucles, sentencieuse.

– Non. Pas du tout. J'ai été amoureuse au moins soixante-dix-sept fois : c'est une maladie, un orage, un coup de folie...

– Peut-être, dit Natalène, peut-être...

Elle se souvint d'une nuit de l'année précédente, à Brovnik, où elle était sortie du baraquement et s'était jetée dans la boue parce qu'elle ne pouvait plus, non, elle ne pouvait plus, ni une minute ni une seconde, ne pas voir Tristan, là, tout de suite...

– Ça m'est arrivé une fois, dit-elle doucement. Il y a longtemps. L'absence, oui. C'est terrible, l'absence, et le besoin de voir quelqu'un. Une sorte de lèpre. Ça ronge tout et ça effrite tout. Il n'y a plus de couleur, plus d'odeur, les livres se taisent, l'eau ne chante plus, tout s'est arrêté, suspendu, gommé – c'est vide, c'est mort, c'est parti, c'est fini... Et il y a pire. Des trous dans cette grisaille. Une nuit, dans les faubourgs de Brovnik, je me suis couchée dans la boue d'un fossé tellement c'était insupportable – un trou – mais c'est en toi qu'on le creuse, ce trou, dans tes yeux dans ton ventre, quelqu'un y retourne le bout d'une baïonnette – après ça repart lentement, le vide, le gris, le silence – jusqu'au trou d'après – voilà...

Sophie la regardait, saisie. Elle ne devait jamais oublier ces mots, ni la voix douce et curieusement lente qu'avait eue Natalène pour les prononcer. Mais déjà celle-ci se reprenait, et riait.

– Seulement, Sophie, FAUT-IL y consentir ?

– Ben... Je ne sais pas...

– C'était ça, ton orage ?

– Non...

Elle se mit à rire, elle aussi.

– Si ça m'arrivait chaque fois que Tristan file au conservatoire, j'aurais pas fini... Mais quand même j'aime faire l'amour avec lui. Là je persiste et je signe.

Natalène, qu'aucune ombre de jalousie n'avait jamais effleurée, aurait donné beaucoup, cependant, pour arrêter Sophie : il lui semblait très déloyal de la suivre sur ce terrain-là sans l'avertir qu'il leur était commun. Mais comment le lui dire, alors que même entre Tristan et elle il n'en était jamais question ? Alors qu'elle ne s'en faisait pas volontiers l'aveu à elle-même ? Et puis comment, et pourquoi, clore le sujet ? Sophie lui avait déjà tenu des propos de ce genre sur bien d'autres personnages...

– Il est doux, disait celle-ci. Très doux, mais pas trop, très tendre, mais pas trop, et gai... C'est rare.

– Tu me disais la même chose de ton Sébastien de l'automne.

– Ah, ce n'est pas pareil. Sébastien était doux, et tendre, et gai, mais de plus loin tu vois : comme si ça ne s'était pas vraiment adressé à moi, mais plutôt à l'idée qu'il se faisait de lui-même à ce moment-là.

– Je connais quelqu'un comme ça, dit Natalène, mais lui c'est l'inverse : il est brusque et brutal, au contraire, pour ressembler à l'image qu'il se fait de son rôle. C'est étonnant : il est là sans y être.

– Tristan est toujours là, lui. Ça au moins c'est sûr.

Natalène ne répondit pas, et ouvrit le dictionnaire.

– On s'y met ?

Sophie, apparemment, ne l'entendit même pas.

– Ce que je me demande... dit-elle. Crois-tu que les gens puissent savoir comment ils se comportent ? Le sais-tu, toi ?

– Non, sourit Natou. Ce n'est pas un rôle qu'on apprend par cœur.

– Mais tu as bien une idée de ta façon d'être ?

– Oui, quand même – encore que ça dépende du partenaire...

– J'ai l'impression, moi, d'être toujours à peu près la même.

– C'est que tes amis se ressemblent, peut-être ?

– Les tiens sont-ils si différents ?

– Oui, dit Natalène. Extrêmement.

Elle se mit à rire, tant ce genre de conversation l'étonnait. Elle n'était pas gênée pourtant : l'innocence de Sophie, et sa bonne foi, étaient entières.

– Comme c'est important pour toi... dit-elle gentiment.

– Pas pour toi ?

– Si ! Mais ce n'est pas le plus important.

– Seigneur ! Et que peut-il y avoir au monde de plus important que ça ?

Cette fois, Natalène éclata de rire.

– Le grec, dit-elle. Et au bout du grec, le bac. On s'y met !

Sophie obtint cette année-là, pour la première fois de sa vie, d'assez bonnes notes. Philippe eut son premier bac, Natalène le prix d'excellence, et Marion une moyenne tout à fait honorable. Contorose, satisfait, promit une belle fête à tout son petit monde.

Elle eut lieu au début de juillet, mais Natalène ne la vit pas : le Copte était venu la chercher la veille, pour toutes les vacances.

Tristan dut lutter lui aussi contre l'absence. Cela lui était chaque fois moins pénible, heureusement : sa première victoire l'avait endurci. Et surtout, avant de s'attaquer à l'absence de Natalène il devait se vaincre lui-même pour ne rien livrer de son désarroi. Pour plaisanter avec Caroline, sourire à Chantal et se conduire comme si rien d'important ne lui était arrivé – comme s'il ne se débattait pas au fond d'un horrible piège.

Et à ce jeu-là il était devenu très fort.

XII

Le fils de Chantal naquit au début d'août, avec un bon mois d'avance. C'était un bébé plein de tact, qui tenait à rassurer son monde et ressemblait à Jean-Louis Kerbauson autant qu'on pouvait le souhaiter : c'en était même ridicule !

Dès que Chantal fut remise Jean-Louis l'emmena à Dax, où ils devaient finir l'été dans la famille de l'heureux père. Xavier était parti en Angleterre chez un camarade de faculté, Marion en colonie, Sophie à Pau chez une vieille amie de sa tante... On vivait les grandes vacances, cette année-là, en troupe singulièrement réduite.

Contorose détestait cela. Lorsqu'il s'asseyait à table il regardait d'un œil morne ses deux sœurs, Marie Rivalty, Tristan, Philippe et Caroline. L'habitude, à Blajan, était de laisser vides les places des absents. On n'allait pas jusqu'à mettre leurs couverts, non, mais leurs chaises restaient là et semblaient attendre le retour des déserteurs.

– Cette table pleine de trous... disait Contorose. On dirait un gruyère !

Ses sœurs, et Marie Rivalty, étaient aussi mélancoliques que lui. Philippe s'en apercevait à peine : il passait ses journées au manège où, curieusement, Boris et lui s'entendaient maintenant à merveille. Quant à Tristan, il avait son piano, et fort à faire pour se défendre pied à pied contre Caroline...

L'attaque en règle dont il était l'objet lui inspirait autant d'agacement que d'amusement. Caroline avait la peau dure, il le savait. Il pouvait ne pas la ménager, et sa façon de résister était finalement aussi agressive, aussi féroce, que celle de la jeune fille de monter au créneau.

– Vous m'aimerez, disait-elle, si, vous m'aimerez, quand il sera né.

Des ouvertures aussi précises (elle l'avait arrêté un soir, dans le vestibule, pour lui apprendre sans ménagement qu'elle était EXTRÊMEMENT amoureuse de lui) auraient pu faire croire à une certaine ressemblance entre Sophie et elle. Mais Tristan ne s'y était pas trompé. L'audace de Sophie lui venait de sa naïveté, de sa candide confiance envers la vie ; celle de Caroline de son orgueil et de son égoïsme.

– Vous verrez !

– Je ne verrai rien du tout, répliquait-il, même si vous accouchiez de trois séries de quintuplés... qu'est-ce que ça change ?

– Je suis très jolie, quand je ne suis pas enceinte jusqu'aux yeux.

Il souriait, gentil, railleusement gentil.

– Mais vous êtes très jolie, enceinte jusqu'aux yeux, et je ne vous aime pas.

Elle était jolie, c'était vrai : son petit ventre tout rond lui allait bien. À quelques semaines de son accouchement elle restait vive, alerte, rayonnante, et tout à fait charmante à regarder.

Ce soir-là elle jeta à Contorose un coup d'œil méfiant : il était assez près d'eux, occupé avec Philippe à planter sur une carte des petits drapeaux pour fixer le parcours d'une randonnée.

– Il nous écoute, dit-elle.

– Non, sourit Tristan. S'il nous écoutait il nous entendrait, et il vous aurait déjà donné une claque.

– À moi ?
– À vous, oui !
Au même instant Contorose se fâchait :
– Passer par la combe ? Mais tu rêves, mon garçon !
Philippe, blanc de rage, enlevait son drapeau et les tantes, de leur canapé, jetaient aux deux furieux des regards inquiets.
Rassurée, Caroline repartit à l'attaque :
– Je ne vous demande pas de m'aimer, mon vieux...
– C'est tout à votre honneur.
– ... Mais de me laisser une chance.
– D'où tenez-vous que ce soit une chance ?
Elle plissa les yeux, mauvaise, hésita, puis se lança :
– Mais Chantal et Sophie ont l'air de penser que c'en est une...
Suffoqué par tant de toupet Tristan se mit à rire.
– Quelle petite garce vous faites...
– Et une petite garce ne vous tenterait pas, après deux petites sottes ?

Ce jeu dangereux les occupa longtemps : toute la fin du mois de juillet. Olivier et Natacha Kerbauson le troublèrent ensuite. Leur école de danse devait ouvrir peu après la rentrée des classes et ils s'installèrent à Blajan pour toute la durée des travaux. Marion revint, puis Sophie : devant la grande table qui se reconstituait Contorose retrouvait sa belle humeur. Et Caroline devait surveiller ses propos.
Tristan déserta à son tour, bon dernier, pour aller passer une semaine chez sa mère. C'était une habitude bien établie maintenant et Contorose ne se permettait plus aucune remarque, aucune recommandation.

– Réfléchissez, dit Caroline au voyageur le matin de son départ. Réfléchissez bien...

Il posa sur sa joue un petit baiser rapide :

– C'est tout réfléchi, ma jolie : nenni...

Il avait cru avoir à Hambourg des nouvelles de Natalène. Mais ce ne fut pas le cas. Agnès ne l'avait pas vue cet été-là et ne comptait pas sur elle.

Cette fois-ci, Tristan put faire la connaissance d'Alban Rivalty. Il lui plut beaucoup. C'était un homme très réservé, au beau visage sensible et intelligent. Il ressemblait à Philippe, oui, mais sans son emportement.

– J'ai écrit à Chantal et à son mari, annonça-t-il à son neveu dès le premier soir. Elle m'a répondu. Nous essaierons de nous voir cet automne, peut-être à Paris...

Une impulsion subite fit dire à Tristan :

– C'est à Marion que vous devriez écrire.

– Tiens, sourit Agnès ! Natalène nous dit cela depuis des années. Mais tu vois, nous nous sommes toujours dit que nous passerions aux aveux, pour chaque enfant, quand ils seraient majeurs – ou mariés. C'est Chantal cette année, ce sera Xavier quand il aura vingt et un ans, l'année prochaine. Philippe et Marion attendront leur tour.

Tristan, pas plus que Natalène sans doute, n'approuvait tant de formalisme. Mais il ne le dit pas. Les petits Blajan étaient bien dressés, et s'ils jugeaient leurs aînés ils se gardaient bien de le leur faire savoir.

– J'ai pris de l'avance, alors ? dit-il seulement.

– Oui, répondit sa mère. Quatre années d'avance. C'est un beau cadeau que tu m'as fait là.

Elle l'entretint plusieurs fois, au cours de cette visite, de ce qui était son grand souci : le sort de

Natalène. Alban et elle se conformaient absolument à la recommandation de Natou elle-même : attendre. Ne rien tenter, ne rien interdire, ne rien exiger. Seulement attendre.

– Elle les connaît, elle, tu comprends. Vous ne savez rien d'eux et nous pas grand-chose. Mais elle, elle sait. Et elle nous a dit mille fois que nous ne pourrions rien tenter sans que cela ne se retourne immédiatement contre elle. Le Copte nous tolère dans la vie de sa fille tant que ça lui rapporte, et que cela ne le gêne pas trop par ailleurs. Au premier accroc il la gardera.

– Il n'en a pas le droit !

– Je sais, soupira Agnès. L'ennui c'est que lui ne le sait pas et que si nous lui donnions l'occasion de l'apprendre cela ne ferait que précipiter les choses. Il ignore jusqu'à l'existence de nos lois... Un enfant naturel, une reconnaissance, une tutelle, c'est à peu près de l'esquimau, pour lui. Natalène est sa fille, personne ne le nie : DONC elle lui appartient entièrement, au point qu'il n'y a même jamais pensé, je le jurerais. Alors elle attend sa majorité, tu vois, en essayant de ne pas faire de vagues.

Tristan ne contredisait pas sa mère. Il ne voulait pas lui laisser soupçonner une entente particulière entre Natalène et lui. Et surtout il pensait que rien n'était si simple.

Le dernier soir de son séjour à Hambourg, alors qu'il reprenait, pour les mettre dans sa valise, quelques livres qu'il avait prêtés à sa mère, il entendit sonner.

– Ouvre ! lui cria son oncle, du petit salon. Ouvre, j'arrive.

Il le fit et se trouva face à face avec Natalène. Pendant quelques instants ils n'y crurent ni l'un ni l'autre et demeurèrent là, figés, muets. Heureusement pour eux l'oncle Alban, qui apparaissait, éprouva une aussi grande surprise qu'eux et put, lui, la dire.

– Hier, répondit Natalène à ses exclamations – hier, à la frontière, et Vanik vient de me poser en bas... Mais qu'est-ce que Tristan fait là, mon Dieu !

Tristan s'inclina, solennel :

– Une visite à ma mère, mademoiselle.

Elle riait, entrait tout à fait, posait sur le parquet son éternelle petite valise noire :

– Mince, c'est dingue ! Où est marraine ?

Agnès était dans son bain. Mais elle en sortait justement, enveloppée d'un grand peignoir blanc, et à son tour s'exclamait. Natalène embrassa tout le monde – Tristan y compris, très vite.

– J'ai trois jours, dit-elle. Et j'ai faim et je suis sale !

On la fit asseoir dans le salon, pendant qu'Agnès faisait couler un autre bain et qu'Alban s'en allait dans la cuisine beurrer quelques tartines. Tristan tenait toujours ses livres sous le bras.

– C'est dingue, dit-il à son tour. Dingue dingue...

Agnès revenait, passait son nez dans l'entrebâillement de la porte.

– Tu n'as rien à soigner ?

Natalène rougit, légèrement.

– Si, dit-elle.

Agnès repartit, puis revint, la boîte à pharmacie à la main.

– Fais voir ?

Natalène ôta son pull-over, déboutonna le léger chemisier qu'elle portait en dessous, et fit glisser un peu du tissu crasseux sur son épaule.

– Ce n'est pas grand-chose, dit-elle.

Elle marmonna vaguement un semblant d'explication : « C'est dans l'éboulis, une pierre... » Mais l'oncle Alban, qui revenait de la cuisine, ses tartines empilées sur le dos de la main, se pencha sur sa nièce et eut un sifflement approbateur.

– Joli coup, dit-il.

Ils rirent, tous – même Tristan qui n'aurait jamais cru pouvoir rire de cela.

– En fait on s'est battus, dit Natalène. J'ai déjà désinfecté.

Agnès le refit, soigneusement, barbouilla la plaie de mercurochrome et y posa une compresse sous une croix de sparadrap.

– Là, dit-elle. Ce n'est rien du tout. Mange.

Ils la regardèrent avaler ses trois tartines, en souriant.

– Ils t'affament, en plus ? demanda l'oncle Alban.

Elle rit, encore, et se lécha les doigts.

– Non ! Mais on n'avait qu'un sandwich, Vanik et moi...

– Il te reprend dans trois jours ?

– Ouais. On ira à Lille. Après on redescend tous, je crois. Ou bien je rentrerai toute seule, ça va dépendre.

Tristan retarda son départ, bien sûr. « Je n'osais pas te le demander, dit Agnès, mais c'est gentil à toi... » Ces trois jours volés (« À qui ? » disait Natou) enchantèrent les deux complices. Ils étaient seuls toute la journée : Alban et Agnès travaillaient, le petit Valère n'était toujours pas revenu de son camp en Bavière. Jamais encore ils n'avaient eu tant de temps à eux, ne s'étaient assis seuls à une table, n'avaient pu s'allonger sur un vrai lit. Contorose, vraiment, ne se cachait pas derrière la porte, ni les tantes sous les fenêtres ? Pas de Chantal, pas de Philippe, pas de clan, personne ?

– Maintenant, prétendait Natalène, maintenant j'ai l'impression de pécher !

Ils péchaient très souvent : elle était sans crainte, et très gaie. Le petit tremblement nerveux qui la saisissait lorsque Tristan s'écartait d'elle témoignait seul d'une autre réalité. Elle faisait tout son possible pour le dissimuler et Tristan l'y aidait de son mieux en se montrant, à cet instant-là, particulièrement distrait. Cela mis à part elle semblait heureuse d'être là, heureuse de devoir repartir. Et elle faisait à son cousin, de son voyage de l'été, des récits drolatiques :

– À Mirèk, en juillet, j'ai vu une partie de cartes qui a duré TROIS jours... Et savez-vous ce que j'ai fait à la foire d'Anstik ? J'ai égorgé un porcelet ! Moi toute seule !

Le soir, Agnès et Alban les emmenaient au restaurant et au cinéma. Ils leur montrèrent les prostituées du port derrière leurs vitrines et lorsque Natalène en conseilla une à Tristan, très rousse, très jeune, ils se scandalisèrent un peu – car ils étaient tous les deux beaucoup plus « Blajan » qu'ils ne le croyaient.

– Chiche qu'il y va ! dit Natou.

– Non, répondit Tristan. Allez-y vous-même si elle vous tente.

Ils éclatèrent de rire, ensemble, devant la mine choquée d'Agnès et l'étonnement d'Alban.

– Je plaisantais, dit Natalène, pardon...

– Ce n'est pas vraiment qu'ils soient prudes et vieux jeu, dit-elle le lendemain matin à Tristan, dans le café où ils prenaient leur dernier petit déjeuner – pas vraiment. C'est qu'ils s'aiment beaucoup et n'ont besoin de rien, ni d'une pute, ni d'amis... Alors ils n'ont jamais réfléchi à tout ça.

Sur tout ce qui leur est étranger ils ont des formules toutes faites, parce que c'est pratique. Mais quand ils sont obligés de prendre parti – comme pour quitter Blajan autrefois, par exemple, ou pour m'aider – ils ne se trompent jamais.

Elle conclut, en attaquant son croissant :

– Chouettes, qu'ils sont.

– Dites, Natou... Ils ont payé, pour votre bac ?

– Évidemment, dit-elle. Et cher.

– Seconde, première, philo ? Des week-ends trois ans de suite ?

– Oui. L'été avec le Copte, l'automne et l'hiver à Blajan, les week-ends tout le printemps, et on reste au large à l'époque des examens... C'est pas donné, tout ça, qu'est-ce que vous croyez ? Votre héritage s'écorne chaque fois que je passe la porte du lycée...

Il osa, pour une fois, tenter de franchir l'invisible frontière :

– Et après ? Quand vous aurez votre bac ?

Dans les yeux jaunes qu'elle leva sur lui, il vit s'ouvrir comme une petite faille. Et aussitôt elle se mit à rire.

– Après mon bac je compte accumuler les licences, pour vous ruiner tous complètement : espagnol, latin, lettres modernes, sociologie... Et puis une petite maîtrise de droit ne ferait pas mal dans le paysage, non ?

Il leur restait très peu de temps ce matin-là : Vanik devait venir chercher Natalène un peu avant onze heures. Elle avait déjà pris congé, très tôt, d'Agnès et d'Alban. Et sa tenue de bohémienne l'attendait sur le canapé du salon, avec la petite valise noire.

Tristan la lui vit revêtir dès qu'ils furent rentrés et l'idée de ce qui l'attendait – encore, encore une fois l'absence – lui serra le cœur. Mais Natalène, bien sûr, était très gaie. C'était depuis toujours sa seule défense. Elle se mit à lui raconter des histoires surprenantes sur le camp de Lille, toutes plus drôles les unes que les autres, et il avait bien assez de générosité pour en rire avec elle.

Vanik arriva quelques minutes après onze heures. Tristan le reconnut aussitôt : c'était bien le jeune homme qu'il avait vu autrefois dans la voiture du Copte, à Blajan. Et il était aussi beau et aussi inquiétant qu'on le disait.

– On prenait un thé, lui dit Tristan. En voulez-vous ?

Le bohémien secoua la tête, hilare.

– Cette saloperie ? Ben merci du cadeau... T'as rien d'autre ?

– Une bière, alors ?

– Ça roule.

Il suivit Tristan jusqu'à la cuisine, où les attendait Natalène, et sourit à la jeune fille.

– T'es prête ?

– Oui, dit-elle. Une bière, c'est ça ?

Elle lui tendait la petite bouteille qu'elle venait de décapsuler. Vanik s'assit au bord de la table, sortit de sa poche une cigarette en piteux état, leva le bras très haut, et avala à grand bruit une bonne moitié de la bière.

– T'as du feu ? Ho, Vanina ! T'as du feu ?

Il n'était pas vulgaire pourtant. Ses gestes avaient même une certaine élégance, et d'une curieuse façon – sauvage, et fière – il avait beaucoup de charme.

– On a eu les Roumains, dit-il à Natalène. T'aurais vu la bagarre ! Kriss a eu deux dents cassées... Et pis je te dis qu'ils y reviendront pas ! C'est qui, lui ?

« Lui », ainsi désigné de la bouteille, c'était Tristan.

– Mon cousin, dit Natalène.

– D'ici ?

– Non, de Blajan.

De ses yeux très noirs, et très vifs, Vanik étudia le cousin, pendant quelques instants.

– T'as quel âge ? demanda-t-il ensuite.

– Dix-huit ans, répondit Tristan.

– C'est pas toi qui joues du piano ?

– Si.

– Ah ben oui, je sais. Le pianiste. Toute la sainte journée. Vanina m'a dit ça. Paraît que t'es fortiche à ça ! Moi c'est le violon. Et la castagne !

Tristan comprit qu'on lui faisait là l'honneur d'une plaisanterie, et sourit, comme il convenait. Il était partagé entre l'inquiétude, parce qu'il savait Vanik redoutable, et la sympathie parce qu'il le trouvait aussi, en fait, extrêmement séduisant. Si parfaitement naturel, éclatant de joie dans sa peau, et sain et fort... « Un coquelicot..., pensa-t-il. C'est ça, un coquelicot dans un pré, sous un grand soleil... »

La comparaison n'aurait sans doute pas plu à Vanik, qui d'ailleurs vidait le reste de sa bière, écrasait du talon son mégot sur le sol de la cuisine, et se levait, d'un souple mouvement.

– Amène-toi, Vanina, qu'on n'est pas en avance...

Natalène prit sa valise, tendit à Tristan une main cérémonieuse, et disparut derrière son voleur de poules.

Une fois seul, Tristan ramassa le mégot du coquelicot et le jeta dans la poubelle. Puis il prit ses valises lui aussi : son train partait à midi dix. Il avait juste le temps de passer à la boutique d'Agnès pour l'embrasser et lui rendre les clés de l'appartement.

XIII

Il arriva à Blajan le 14 août. Caroline était accouchée de l'avant-veille et sa petite fille, délicate et fine, faisait l'admiration de tous.

– Une fleur, disait tante Lise, une petite fleur rose !

Du coup Caroline, qui avait longtemps hésité entre « Lucie » et « Viviane », changea son fusil d'épaule.

– Fleur, décida-t-elle. Je vais l'appeler Fleur.

On fit la semaine suivante, pour Fleur Montellier, une grande fête, à laquelle s'associa le petit André Kerbauson qui venait juste de réintégrer le pavillon de la grille.

– Je les marierai, déclara Contorose. Allez, je me sens de taille à élever une autre génération de bandits – ce sera la troisième – et ceux-ci, vraiment, ne sont pas proches cousins, nous les marierons...

Ce discours fit un peu tiquer Jean-Louis Kerbauson, qui tenait à élever son fils lui-même, mais enchanta le reste du clan.

– Chiche, glissa Philippe à Chantal, chiche qu'on lui fait chacun trois bâtards et qu'on les lui laisse sur les bras...

L'école de danse, sous la ferme férule de Natacha, s'aménageait très vite. Trois salles étaient déjà prêtes, ainsi que les vestiaires et le bureau. La publicité avait été bien faite : les cours ne devaient commencer que le 15 octobre et pourtant on avait déjà la moitié des inscriptions escomptées.

D'âpres discussions se tenaient entre le frère et la sœur, à Blajan : elle voulait se charger du cours des petits, de celui des grands, et laisser la classe intermédiaire à Olivier. Mais celui-ci tenait au cours supérieur, parce qu'il était aussi le chorégraphe de l'entreprise.

– Et tu me vois vraiment, protestait-il, monter un ballet avec des niguedouilles de huit ans ?

Quand leurs amis s'enflammaient ainsi les Blajan se taisaient, fascinés. Ils n'étaient donc pas les seuls à aimer les scènes ! Natacha tapait sur la table, furibonde : « Tais-toi, Olivier ! Tais-toi, ça vaut mieux ! » Et son frère, pourpre, criait qu'il allait immédiatement – oui, à l'instant même – monter une école de danse à Brazzaville.

– Mes enfants, gémissait Marie Rivalty, je vous en prie...

Ce mois-là, Tristan rencontra le premier des étranges messagers que Natalène devait dépêcher vers lui au fil des ans. Sur la planète du Copte on avait le sens de la solidarité, et plus encore celui du secret. On pouvait faire cent kilomètres pour délivrer un message. On n'hésitait pas à fouiller une ville pour y dénicher un parfait inconnu, afin de lui casser la figure ou de lui remettre une liasse de billets, suivant le cas. Un réseau complexe d'amitiés, de complicités ou de haines reliait tous ces exclus. Du ferrailleur à la prostituée, de la prostituée à son maquereau et du maquereau au clochard, puis au concierge de l'abattoir et au tenancier de bistrot, l'avis finissait par vous parvenir. Il y mettait parfois le temps : mais il vous touchait un jour. Et dans les cas graves on faisait diligence.

Tristan devait croiser beaucoup de ces surprenants personnages. Mais il n'oublia jamais le premier : ce jeune voyou, vêtu de cuir, qui le demanda un matin de septembre au parloir du conservatoire. Aussi étonnés l'un que l'autre – Tristan s'attendait à trouver là un élève ou un collègue, et l'autre ne comptait certainement pas voir apparaître ce jeune bourgeois – ils s'examinèrent un instant, incrédules.

– Vous vouliez me voir ? demanda Tristan.

– Minute, dit l'autre. Je parie que je me suis gouré. Y a pas d'offense, hein ? Je cherche un type, attends, j'ai son nom là...

Il déplia le petit papier sale qu'il tenait à la main.

– Conservatoire, 7, rue de l'Église, un type qui fait du piano et qui s'appelle Tristan – le mec, dehors, m'a dit qu'y avait ça.

– Je m'appelle Tristan.

– Et tu fais du piano ?

– Oui.

– Eh ben alors c'est toi.

Il jeta à son vis-à-vis, si correctement vêtu, si net, si blond, un regard un peu dégoûté.

– C'est pas mes oignons, dit-il, mais quand même... Tu connais Lulu ?

– Non.

– Et Ceux des Dentelles ?

– Non...

– Et Ceux du Copte ?

– Ah, dit Tristan, oui...

Il sourit, et son visage s'éclaira de façon si communicative que le petit loubard, malgré l'élégance des lieux et la tenue ridiculement soignée de leurs habitants, sourit lui aussi.

– Ben tu vois ! Parce que voilà le truc : c'est Lulu qui m'envoie. Elle a vu Ceux des Dentelles chez les Noirs, la semaine dernière. Et un type des Dentelles, y a une fille de chez le Copte qui lui a fait passer un truc pour toi : qu'elle arrivera le 12 septembre.

– Le 12 septembre ?

– Ouais.

Tristan mit sa joie en réserve – il y penserait plus tard – et se demanda avec inquiétude s'il fallait, ou non, récompenser le commissionnaire. Il voulait bien, à la rigueur, offenser un télégraphiste ou un garçon de café, mais pas un envoyé de la légendaire Bohême. Sa perplexité devait se lire sur son visage, et le jeune homme haussa les épaules avec un dédain amusé.

– C'est gratuit.

– Excuse-moi, dit Tristan.

Sa sincérité se devinait aussi. L'inconnu eut un sourire et s'en fut, sans rancune, les mains dans les poches.

On était au 6 septembre. Tristan attendit le 12, sans trop y croire. Ce message avait suivi une voie si tortueuse pour lui parvenir qu'il n'arrivait pas à y ajouter vraiment foi.

Il avait tort. Le 12 septembre très exactement, alors que les Blajan étaient à table, un camion gris monta l'allée et Natalène en descendit. Le grondement de l'engin avait surpris tout le monde : ses grosses roues faisaient sur le gravier un bruit épouvantable. Marion, qui était allée à la fenêtre, cria :

– C'est Natalène !

– En camion ? s'étonna Contorose.

Le monstre reculait déjà, tournait devant le perron et redescendait l'allée.

– Mince, dit Marion en se rasseyant, c'était un camion de cochons !

On entendit des pas sur la terrasse, le claquement de la grande porte, et Natalène apparut sur le seuil. Il y eut un petit silence parce qu'à cet instant, après deux mois d'absence, l'étrangeté de la jeune fille sautait aux yeux. Comme elle était brune, et mate, et différente, différente surtout...

Un petit sourire glissa sur ses lèvres, ironique.

– Je peux m'asseoir, grand-père ?

On se ressaisit aussitôt, et l'accueil fut d'autant plus chaleureux et bruyant que le sentiment de recul avait été plus fort. On ne l'envoya pas se changer, il était trop tard, le dîner tirait déjà à sa fin. Elle s'assit donc à table dans ses habits de bohémienne : une jupe fleurie, un corsage rouge très décolleté, un collier doré. Ses mains étaient sales, sagement posées sur la nappe, et dans son fin visage ses yeux jaunes brillaient, hardis. Ses cousines soudain, blondes et douces et propres, parurent éteintes et grises. Quelque part sur le parquet ciré piaffait un cheval gitan et certainement une guitare, dans le parc, chantait...

– Pourquoi un camion de cochons ? demanda Marion.

Cela fit rire tout le monde, et dissipa ce qui restait de gêne.

– Parce que Vanik allait livrer des cochons à Pau, répondit Natalène, et qu'il passait par ici, c'est tout bête...

– Tu embellis de jour en jour, dit Contorose. Il va falloir t'arrêter, tu sais, si tu ne veux pas briser tous les cœurs de la vallée... Quel âge as-tu, déjà ? Vous êtes trop, je m'y perds...

– Seize ans, grand-père. Seize ans et demi.

Il leva son verre dans sa direction, soudain réjoui.

– À ton joli visage, ma chérie !

Natalène lui fit un comique petit salut, pour remercier. Et elle sourit à Tristan, en croisant son regard pour la première fois.

Au salon, après le dîner, quand il se mit au piano elle s'accouda à l'instrument, à côté de Marion.

– Jouez-moi quelque chose, dit-elle.

– À vos ordres, madame...

Elle cita l'un des trois morceaux de leur langage codé et l'écouta, une main sur la joue. Elle était montée se changer en quittant la table mais n'avait pas pris le temps de se laver, ni même celui de se peigner. Ses boucles tombaient en désordre sur le col bien amidonné de sa robe sage. Il y avait sur son visage sa joie habituelle à retrouver Blajan ; mais dénuée de toute nervosité. Tristan l'avait déjà pensé, au début d'août, à Hambourg : si elle était heureuse de revoir les siens elle n'avait pas été malheureuse, cette fois, dans son autre monde. Cela se voyait à l'éclat de ses yeux, à la gaieté sereine de ses gestes. Avait-elle pu échapper à Vanik, tout cet été, ou au contraire trouver avec lui un terrain d'entente ?

La petite Marion, le nez levé, semblait fascinée par sa cousine et ne la quittait pas des yeux.

– Ne me regarde pas comme ça, dit Natalène gentiment. Tu m'as oubliée, en deux mois ?

– Non... mais tu es très jolie, tu sais.

– Toi aussi, musaraigne !

– Non, dit Marion. Oh non, pas moi !

Tristan et Natalène pensèrent, ensemble, à l'oncle Alban. Il fallait, il fallait absolument qu'il fasse quelque chose pour cette petite fille triste...

– Jouez autre chose, dit Natalène.

Elle cita un second morceau à clé et Tristan, parce que Marion ne pouvait comprendre, plaisanta :

– J'avais saisi...

Elle rit, et son rire lui aussi, frais, léger, parlait de liberté – d'une autre vie.

– Grand-père a raison, dit Tristan. Nous allons tous vous demander en mariage avant la fin de l'année.

– Par exemple, dit Contorose qui s'approchait justement d'eux, je voudrais bien voir ça ! Et surtout toi, mon garçon !

Il souriait, amusé par cette extravagance, et ajouta même, pour entrer dans le jeu :

– Si on en venait là c'est MOI qui l'épouserais, tant qu'à faire. Et je serais un bon mari, tu sais, ma chérie !

– Mais je ne veux pas me marier ! dit Natalène. Avec vous, grand-père, à la rigueur... mais personne d'autre.

– À la bonne heure, tu as du goût !

– Ce jeune homme... dit tante Lise. Celui qui conduisait le camion, tu sais ?

– Vanik ?

– Vanik ? Qui est-ce ?

– Mais le fils de Gina...

– Et qui est Gina ?

– Eh bien c'est la... c'est la femme du Copte. Je ne vous l'avais pas dit ?

Elle ne l'avait pas dit parce qu'on ne le lui avait pas demandé. Mais elle ne souligna pas ce détail, généreusement.

– Ah, dit tante Lise. C'est, alors, le beau-fils de ton père ?

– Voilà.

La vieille dame venait juste de s'aviser, apparemment, que sa nièce était grande, tout à fait grande, et qu'il était fort inconvenant de la laisser voyager seule avec le jeune homme en question, auquel ne la liait aucune parenté. Natalène lui sourit, attendrie, dès qu'elle eut compris ce qui la tracassait.

– Il est marié, dit-elle.

– Ah bon, il est marié ! Mais quel âge a-t-il ?

– Bientôt vingt ans.

– Mais marié... vraiment ?

– D'après leurs lois à eux, oui, et ce sont les seules qu'ils connaissent...

– Avec qui ?

Tristan sentit l'envie qu'avait Natalène de répondre, pour la seule beauté de la chose : « Moi, tante... » Et il souhaita presque, un instant, qu'elle y cède. Mais elle ne le fit pas.

– Une fille de là-bas, dit-elle.

– Gina, dit tante Blanche qui suivait sa propre idée, Gina... Mais n'est-ce pas, Louis, cette... dame qui écrit les lettres de là-bas ?

Contorose acquiesça, d'un hochement distrait du menton. Lui aussi avait ses curiosités.

– Dis-moi, petite...

Tristan la vit lever les yeux vers le vieil homme et la sentit se crisper. Contorose pouvait la blesser, oui, beaucoup plus que les tantes. Et une bouffée de colère l'envahit devant l'inconscience des siens.

– Dis-moi, ton père... comment compte-t-il s'organiser cette année, pour tes études ?

– Mais comme l'année dernière, grand-père. Ils vont remonter à Brovnik, là. Ils redescendront au printemps et j'irai le week-end, de temps en temps – il ne me prendra vraiment qu'aux grandes vacances.

Elle plaisanta, bravement :

– Vous savez bien que je veux mourir bachelière !

Contorose devait avoir d'autres questions à poser. Il s'avisa heureusement que ni le lieu ni le moment ne convenaient à un interrogatoire en règle. Et il s'éloigna, après avoir tapoté la joue de

Marion. Natalène, un peu pâle, regardait le reflet de ses mains sur le bois bien ciré du piano. Et son sourire était triste.

– Pendant des années, dit-elle le soir à Tristan au grenier des hiboux, pendant des années et des années ils m'ont laissée garder tout ça pour moi, ils ne m'ont RIEN demandé... Qu'est-ce qui leur prend ?

Elle venait d'arriver et s'était jetée sur les coussins, vêtue de sa longue chemise de nuit blanche. Lavés de frais, ses cheveux ruisselaient encore.

– Cherchez, dit Tristan.

– Dites ?

– Mais c'est que maintenant ils ne peuvent plus nier : maintenant ça se voit, que vous venez d'ailleurs...

– Ce n'est pas très gai, dit-elle doucement.

Il cita, railleur, une des maximes favorites de la jeune fille :

– « Mieux vaut en rire, non ? »

Elle acquiesça, de bon cœur. Après tout, oui, mieux valait en rire puisqu'on n'y pouvait rien changer.

– Je m'en fous, dit-elle. Qu'ils crèvent. Je les aimerai quand même, et tant mieux si ça les emmerde.

– Natalène, ce langage ! Ce langage !

Il avait bien imité tante Lise, et elle se mit à rire.

– Soyez gentil, dit-elle, embrassez-moi.

– Je ne suis pas sûr d'en avoir envie : vous n'êtes pas mon type.

Elle l'attira, l'obligea à s'enfouir avec elle dans les coussins, et se montra aussitôt très entreprenante – extrêmement entreprenante. Tristan se laissait faire, troublé. Les doigts de Natalène, sur son corps, étaient doux, et lents. Lentes et douces ses lèvres sur son sexe. Il pensa qu'elle n'avait pas peur, cette fois; qu'elle n'aurait peut-être plus jamais peur de lui; puis il ne pensa plus qu'au plaisir qui l'habitait. Si profond, si brûlant.

Plus tard, quand il voulut la pénétrer, elle se crispa bien un peu, mais ce fut presque imperceptible et son visage n'eut pas cette expression de peur qu'il détestait tant lui voir – à peine si une ombre y passa, rapide.

Il ne bougea pas d'abord, attentif. Il aimait le plaisir des femmes, si différent de celui qu'il connaissait – beaucoup plus lent à naître, beaucoup plus long, et sans doute beaucoup plus profond. Ce n'était pas l'éclair fulgurant de l'éjaculation mais, disait Sophie qui l'éprouvait assez souvent maintenant, un escalier : « Un escalier bizarre, et chaque marche est plus bizarre que celle d'avant... »

Elle ajoutait, un peu mélancolique : « C'est affreux, quand on reste coincée sur une marche... »

Cela n'arrivait pas à Natalène qui avait conservé, malgré sa peur, sa rare aptitude au plaisir, et son visage de ces moments-là fascinait toujours Tristan : il rayonnait, très pâle, comme illuminé de l'intérieur. Elle fermait les yeux, perdue dans un monde dont il ne saurait jamais rien, et une petite plainte lui échappait, très douce. Pour aller et venir en elle, s'arrêter, ou accélérer soudain ses gestes, il se fiait à son visage, à la petite chanson de son plaisir, et à l'intuition singulière que lui donnait son amour pour elle. Il ne la caressait pas : elle était maintenant sur les plus hautes marches, au-delà du pouvoir des caresses. Ce sexe en elle, seulement, dont elle ne devait plus savoir ce que c'était... Jamais plus qu'à cet instant-là où, il en était sûr, elle l'avait absolument oublié, il ne pouvait se sentir aussi proche d'elle; comme si de leurs deux solitudes, parfaites en ce moment, naissait, parce qu'elles étaient parfaites et justement pour cela, une union paradoxale. Plus tard il sentit Natalène se raidir, puis s'abandonner, et autour de son sexe se resserrer plus étroitement encore celui de la jeune fille, par vagues successives, très rapprochées d'abord, et très fortes, puis s'espaçant, diminuant. Bientôt il ne les perçut plus directement; mais il pouvait en lire le lent reflux sur le visage de Natou, qu'une brusque rougeur avait envahi. Il ne bougeait plus, ou très peu, attentif à ne pas la gêner – après seulement il l'oublia à son tour, pris par son propre plaisir – cet embrasement si violent et si bref.

Il leur arrivait de vivre les choses différemment; de s'accompagner jusqu'au bout et de jouer chacun, consciemment, du plaisir de l'autre. Mais Tristan éprouvait un plaisir très particulier les soirs, comme celui-ci, où sa petite complice devenait une étrangère.

Quand il la quitta elle mit un bras sur son visage comme pour se protéger de la lumière, le peu de lumière que la lune dispensait dans le grenier. Contrairement aux autres amies de Tristan, qui semblaient tenir à rester le plus longtemps possible serrées contre lui, comme pour nier que l'on puisse redevenir deux après s'être unis ainsi, Natalène vivait toujours seule ces quelques minutes et le regard de Tristan, apparemment, la gênait.

Il le lui épargna, cette fois-là comme les autres fois, quitta l'amoncellement de coussins, remit son jean et se hissa jusqu'à la petite lucarne. Seule la fenêtre de Contorose, sur la façade du bâtiment principal, était encore éclairée. Il devait être plus de minuit. Sur le parc et les collines la lune brillait faiblement, très ronde, très blanche.

Quand il se retourna Natalène n'avait pas bougé. Sous le bras replié qui cachait ses yeux il voyait sa bouche, très rouge, et son petit menton volontaire. Elle tremblait un peu, pas trop : ses doigts seulement et aussi, imperceptiblement, le bras dont elle se protégeait encore. Elle était très belle ainsi, nue sur les coussins, mais Tristan était beaucoup plus conscient de son désarroi que de sa beauté.

Il ouvrit le dernier tiroir de la vieille commode, où ils enfermaient leurs cigarettes de contrebande, et prit le briquet sur la table, à côté du bougeoir.

– Il en reste ? demanda Natalène.

– Cinq. Vous en voulez une ?

Elle se rassit, tendit la main et considéra gravement la longue cigarette au bout doré.

– C'est un paquet du printemps, dit-elle. On y va fort.

– Quinze cigarettes en six mois, à deux, vous trouvez ça inquiétant ?

Elle convint qu'elle s'alarmait sans doute à tort, d'un sourire, et alluma sa dose de poison. Son visage avait retrouvé sa gaieté.

– Je vais bûcher comme une dingue, déclara-t-elle. Comme une dingue !

– Ça fait des années que vous le faites.

– Ce n'était rien. Rien du tout. Vous allez voir ce que vous allez voir. Et d'abord – s'il vous plaît – Tristan – Tristan-Marie de Blajan-Taswïck de Je-ne-sais-quoi-la-suite-est-imprononçable – écoutez-moi.

– Je vous écoute. Mais c'est prononçable, Natou, il suffit de l'apprendre par cœur phonétiquement : moi j'y arrive très bien.

– Allez-y ?

Il le fit, sans reprendre haleine, et elle applaudit.

– Tristan de Tout-Ça, dit-elle, votre cousin – votre cousin est une petite saleté.

– Philippe ?

– Évidemment, Philippe.

– Pourquoi ?

– Il a rencontré Kriss dans un bar de Toulon, cet été – c'est un type de Fonvières, Kriss, un de ceux qui m'amenaient ici le week-end – et il l'a longuement cuisiné.

– S'il s'est laissé faire, votre Kriss...

– Il avait beaucoup bu, il ne se souvient pas trop... mais il était furieux, après. Et embêté : raconter des choses à un gadjo, quand même, ça ne se fait guère. Donc, môssieur, votre cousin est une petite saleté.

– Et qu'a-t-il appris ?

Elle eut un rire moqueur, écrasa sa cigarette sur la coupelle du bougeoir, et remit sa longue chemise de nuit.

– Vous le lui demanderez, dit-elle. Et moi, je descends : on a roulé toute la journée, j'ai la tête en compote de je ne sais quoi...

XIV

Natalène fit le lendemain, comme à chacun de ses retours, le tour du propriétaire. Elle admira les nouvelles broderies de ses tantes et les confitures de Justine. Elle visita le manège avec Contorose et Philippe, et s'ennuya une bonne demi-heure avec Xavier, toujours aussi morne. Elle aida Marion à rallonger sa robe d'été, s'extasia comme il convenait sur le petit bébé joufflu du pavillon, se fit conduire par Tristan à l'école de danse pour la visiter de fond en comble, et passa l'après-midi en ville avec Sophie.

Une Sophie amoureuse, pour ne pas changer : d'un certain Stéphane sur lequel elle ne tarissait pas d'éloges. Natalène eut la chance de l'entrevoir pour un pot rapide au café de la Marine. Il ne lui déplut pas autant que le faisaient d'habitude les amis de Sophie : il était moins beau que la plupart d'entre eux, moins jeune, mais certainement plus intéressant.

– Un peu gêné, dit-elle seulement lorsqu'elles l'eurent quitté. Pourquoi est-il gêné comme ça ? On a l'impression qu'il est coincé entre deux portes !

– Il y a un peu de ça, répondit Sophie. Il est en train de divorcer.

– Seigneur ! s'exclama Natalène avec la voix de tante Marie, un homme marié, mon enfant !

Sophie rit, puis s'arrêta net sur le trottoir, et chuchota :

– Qu'une fille saine d'esprit divorce d'un type comme lui, ça m'épate... Il baise comme un dieu, tu sais !

Natalène, désarmée, se mit à rire elle aussi.

– Tu ne changeras jamais...

– N'empêche que c'est le premier qui m'ait donné envie de rompre avec tous les autres – même Tristan, c'est dire –, le premier.

– Ouiche ! Même Tristan ! Tu transmettras mes félicitations à ce héros...

– Et puis « changer », sourit Sophie, pourquoi veux-tu que je « change » ? Je suis parfaitement admirable comme je suis !

Caroline non plus ne changeait pas. Natalène lui fit une petite visite dans sa chambre, comme la veille, pour admirer Fleur, et l'accouchée s'arrangea pour lui parler une fois encore de Tristan. Natalène en fut même inquiète un instant. La futée se doutait-elle de quelque chose ? Avait-elle deviné ce que le clan, depuis plus de trois ans maintenant, ne soupçonnait même pas ?

Mais non, elle s'en persuada vite. Caroline lui parlait ainsi, au contraire, parce qu'elle croyait Natalène seule à ne pas constituer une menace pour elle – et parce qu'il fallait, il FALLAIT qu'elle parle.

– Il m'aimera, disait-elle. Il ne m'aime pas encore vraiment, mais il m'aimera. Forcément. Je le SAIS. Il m'a embrassée quand il est parti à Hambourg voir sa mère : il ne l'aurait pas fait s'il ne m'avait pas déjà aimée un peu...

Assise au bord du lit, partagée entre l'amusement et la pitié, Natalène écoutait. Elle souhaitait que Tristan s'exécute, puisque apparemment ce n'était pas fait – encore que ça puisse compliquer les choses...

Elle rit tout à coup, à l'idée qu'elle avait une opinion bien arrêtée, elle si farouchement indépendante, sur quelque chose qui ne la regardait pas le moins du monde ; et Caroline, surprise, se tut.

– Tu te demandes pourquoi je te dis tout cela ? risqua-t-elle.

– Eh bien... oui.

– Mais parce que tu ne te moqueras pas de moi, toi. Pas vraiment, je veux dire. Et puis les autres, Chantal, Sophie, Natacha, toutes, elles l'aiment aussi, je le sais, ça crève les yeux, et je VEUX, je veux qu'il m'aime...

– Tu exagères toujours, dit Natalène. Sophie est très amoureuse en ce moment, je peux bien le dire, elle n'en fait pas mystère, et si tu t'intéressais un tant soit peu aux gens elle t'en aurait déjà parlé – très amoureuse, et pas de Tristan. Chantal a peut-être eu une amourette avec lui quand ils étaient très jeunes, nous le savons tous, mais c'est vieux et je pense qu'ils ont grandi depuis, tous les deux... Quant à Natacha, tu délires. Elle le trouve peut-être séduisant – c'est vrai qu'il l'est, d'ailleurs – mais elle a vingt-trois ans, lui dix-huit, et elle a sa vie d'adulte à mener...

– Tu crois ?

– Je crois surtout que tu es jeune, Caroline, très jeune, et que tu as été trop gâtée. Ça suppose des qualités, l'énergie, l'assurance, la gaieté, qui te seront très utiles. Ça suppose aussi des défauts, l'égoïsme, l'entêtement, dont tu devrais te méfier.

– Tu me trouves égoïste ?

– Je te trouve tout ce que je viens de dire. Énergique, gaie, confiante : ça c'est chouette. Égoïste, entêtée : ça, ça l'est moins.

Elle sourit à Caroline, qui n'avait jamais entendu personne lui dire ainsi ses quatre vérités, et qui la regardait avec stupéfaction.

– Je crois aussi, dit-elle, que tu transfères sur Tristan des tas d'exigences diverses. Tu le veux parce qu'on t'a refusé trop de choses ces temps-ci, parce que tu as dû quitter Sydney sur la pointe des pieds, parce que c'est difficile, un bébé, parce que tu as l'impression que tout a été injuste... Tu ressembles à un gamin à qui on aurait enlevé sa toupie, son vélo, son pot de confiture, et qui se mettrait à trépigner en montrant la pipe du grand-père : « ALORS AU MOINS je veux la pipe... », hurle-t-il. Mais d'abord, avoir perdu le vélo ne lui donne aucun droit sur la pipe. Et ensuite, si on la lui donnait, cette pipe, ça ne lui rendrait pas le vélo...

Elle vit des larmes dans les yeux de Caroline et posa sur son épaule une petite main douce.

– Ne pleure pas, dit-elle. J'essaie de t'aider.

– Mais...

– Et puis je me trompe peut-être. Peut-être est-ce la surface, tout ça, et y a-t-il une autre chose derrière. Une petite chose sincère. Bâtis dessus, alors...

– Et... il m'aimerait ?

Natalène haussa les épaules, découragée.

– Je ne sais pas, dit-elle.

Dans le couloir elle croisa Tristan, justement, qui montait à Caroline le plateau du thé.

– Doucement, dit-elle, le bébé dort.

– Et Caroline ?

– Non...

Il entra chez la jeune femme et Natalène, qui n'était pourtant pas curieuse, se dit avec amusement qu'elle aurait beaucoup aimé pouvoir assister à l'entretien. Quelle fille surprenante que cette Caroline, décidément !

Secouée sans doute par l'algarade de Natalène, Caroline descendit au salon ce soir-là. L'enfant avait un mois et sa mère aurait dû reprendre une vie normale depuis longtemps. Mais elle n'avait pas pu résister à la tentation d'enfouir ses orages entre les draps d'un lit tout ce temps-là, pour se faire servir et dorloter.

On lui fit fête. Tante Lise la força à s'asseoir dans le meilleur fauteuil et chacun la complimenta sur sa bonne mine. Elle rayonnait, c'était vrai. Une robe flottante dissimulait son corps encore un peu déformé et son visage avait un éclat extraordinaire.

– C'est le lait, dit prosaïquement Marie Rivalty. Ça donne un teint merveilleux. Tu n'as pas froid, ma chérie ? Il ne faut surtout pas que tu prennes froid...

Livrée à la sagesse des nations, Caroline jeta un regard mélancolique à ses cousins réunis là-bas, plus loin, à l'autre bout du salon. Le coin du feu était depuis toujours dévolu aux aînés ; les tantes y avaient leur canapé, leurs boîtes à ouvrage, et Contorose un bureau. Au centre, là où se trouvaient les tables, était un terrain neutre. Et près des fenêtres s'éparpillaient les jeunes, autour du piano, du petit meuble d'échecs, ou des vitrines de livres.

On aurait sans doute beaucoup étonné les Blajan en leur exposant les lois non écrites qui régissaient leurs évolutions, dans cette immense pièce où ils passaient leurs soirées. Ils n'y avaient jamais prêté attention. Ces lois existaient pourtant, et ils les respectaient. Ainsi Chantal avait tendance, quand elle venait à Blajan, à s'installer près de ses tantes beaucoup plus souvent qu'elle ne le faisait autrefois. C'était pour s'extasier avec elles sur son fils, bien sûr, mais elle obéissait certainement sans le savoir à d'autres raisons plus secrètes.

Seulement Caroline était aussi enfant, elle, après son accouchement qu'avant, et perdit vite patience. Elle se leva, se servit un verre d'orangeade, sembla hésiter un peu près de la grande table – et s'approcha des fenêtres.

Sophie et Natalène, assises côte à côte sur une banquette, lisaient. Près d'elles Marion s'activait sur son petit métier à tisser les perles. Au piano, plus loin, Tristan annotait une partition. Tous semblaient très occupés et Caroline s'assit près de Philippe qui rêvait, seul, un livre ouvert entre les mains.

– Ça va ? dit-elle.

– Vouais.

Brusque, comme toujours, ce jeune barbare...

– Regardez, dit-il, regardez cet empoté !

L'empoté, c'était son frère aîné, Xavier, qui s'était installé à la table pour recoller une reliure abîmée, et venait de renverser son verre d'eau.

– Vous êtes toujours désagréable... dit Caroline.

– Moi ? Non.

Il avait dix-sept ans, de beaux yeux insolents, et un visage hardi. Mais Caroline le connaissait très peu, en fait.

– Encore deux ans à tirer, dit-il. Quand j'aurai mes deux bacs vous verrez ça un peu !

– Que ferez-vous ?

– Tiens, le manège !

– Ah oui, c'est vrai...

Il lui jeta un regard méprisant, et elle essaya de rentrer en grâce :

– Toujours aussi terrible, Boris ?

– Non. Il est sympa. On s'entend très bien.

Caroline revit le visage de Boris, si dur, sa bouche au pli mauvais. Et elle sourit.

– Ça ne m'étonne pas, dit-elle. Vous vous ressemblez un peu. Deux porcs-épics.

N'importe qui, là, aurait ri et accepté le badinage. Mais pas Philippe. Il n'entendait pas la plaisanterie et se contenta de hausser les épaules, dédaigneusement. Caroline fit encore un effort, le dernier :

– Mais vous ne vous intéressez vraiment qu'au manège ? À rien d'autre ?

– Si. Aux filles.

Elle lui jeta un regard surpris, et pour la première fois pensa à lui comme à un homme ; à un partenaire de flirt possible, en tout cas.

– C'est déjà un progrès, dit-elle.

– Je ne trouve pas. Mais faut bien.

Persuadée qu'il essayait ainsi de la choquer – donc de la taquiner, et peut-être de lui plaire – elle lui décocha le plus séduisant de ses sourires.

– C'est une blague...

– Non, dit-il.

– Mais ce n'est pas Natalène, votre petite amie d'ici ? Elle vaut quand même bien un cheval, non ?

– Natou? C'est fini depuis des siècles.

– Ah bon ? Je ne savais pas.

– Normal. On n'a pas sonné les cloches pour avertir.

– Et qui est votre petite amie, alors ?

– Vous voulez le savoir ?

– Bien sûr, puisque je vous le demande !

– Une fille, en ville.

– Et elle ne vaut pas un cheval ?

– Ça dépend pour quel usage.

Caroline se tut, perplexe. Ce garçon était-il fou, ou se moquait-il d'elle ? Et comment osait-il se montrer aussi grossier ?

– Contorose va vous entendre, Philippe...

Il jeta un regard au vieux monsieur, assis plus loin à son bureau, et hocha la tête.

– Non. Pas d'ici.

Tristan, lui, par contre, avait dû saisir quelques bribes de cette intéressante conversation. Caroline le devina en le voyant dissimuler un sourire. Il avait fini d'inscrire sur sa partition toute une série de petits signes mystérieux, posait le cahier sur le pupitre, et commençait à jouer. Aucun des siens n'aurait osé le déranger quand il déchiffrait ainsi, en sourdine, le sourcil froncé et l'œil rivé sur ses notes. Mais Caroline avait tous les sans-gêne. Elle s'approcha du piano, s'y accouda, et posa son verre sur le bois.

– C'est dur ?

– Ça ira.

– Qu'est-ce que c'est ?

– Une étude.

– De qui ?

Résigné, il laissa courir ses doigts sur les touches, pour toute une série d'arpèges.

– Vous redescendrez demain ? dit-il. On doit aller voir l'école de Natacha, et choisir la moquette...

– C'est une invitation ?

– Mais tout à fait, Natacha compte sur tout le monde. Et vous avez passé assez de temps au lit, non ?

– Dans le mien, oui.

Il lui sourit, gentiment.

– Vous êtes têtue, soupira-t-il.

– Têtue et ulcérée. Philippe vient de me dire des horreurs. Natalène m'en a dit d'autres cet après-midi. Vous maintenant. C'est pour fêter mes relevailles ?

– Vous voulez entendre quelque chose de gentil ? De très gentil ?

– J'aimerais bien.

– Et de moi ?

– Si possible.

– Dans quel genre ?

– Mais des tas de genres... Par exemple : « J'ai envie de vous embrasser, Caroline. » Ou bien : « Si je frappe chez vous ce soir, m'ouvrirez-vous ? » Ou encore : « Vous êtes décidément très jolie... »

– Vous êtes décidément très jolie, Caroline...

Elle sourit, bonne joueuse malgré tout.

– Quelle famille ! dit-elle. Bon Dieu, quelle famille !

Ce mot gentil qu'elle attendait tant, elle l'eut. Tristan avait ri en l'entendant s'exclamer ainsi, et il dit ensuite, très sincèrement :

– Mais c'est la vôtre, Caroline, et vous ne déparez pas le tableau, je vous assure...

XV

Le mois d'octobre vit la rentrée des classes, d'abord, puis l'ouverture du manège, et enfin celle de l'école. Ce fut une période confuse et tout à fait enthousiasmante.

Entre des piles de livres à couvrir et des cours à recopier, des poneys à faire descendre d'un camion et des projets de ballets à éplucher, les Blajan n'avaient pas une minute à eux. Contorose veillait à tout, superbe – faisait réciter une leçon, engageait un lad et classait le fichier de Natacha.

– Nous nous en sortirons, déclarait-il parfois.

Ils s'en sortirent tous très bien, et une fois les trois bateaux lancés purent souffler un peu.

Natalène et Marion s'étaient inscrites au cours d'Olivier, celui des grands, qu'il avait fini par obtenir. Et si Marion renonça vite, rebutée par les premières difficultés, Natalène fit de rapides progrès. Elle était souple et gracieuse. Son professeur la trouvait un peu indisciplinée mais se déclara un soir, à Blajan où il dînait, assez satisfait d'elle en somme.

Natalène ne s'accordait que cette récréation : deux fois par semaine, le cours d'Olivier. Elle passait le reste du temps le nez dans ses livres de classe.

Elle n'exigeait pas de Sophie, qui était maintenant avec elle au lycée, une application égale à la sienne. Mais lorsqu'elle la voyait renâcler à la tâche elle avait une certaine façon de froncer les sourcils qui forçait la paresseuse à se secouer un peu.

– Je la SAIS, ta fichue leçon... soupirait Sophie. Je te jure que je la sais !

– Tu la sais pour avoir autour de 12 à l'interro, et l'oublier après... C'est pas savoir, ça !

Sophie poussait un gémissement désespéré, puis cédait, et rouvrait son livre. La sévérité de Natalène amusait Blajan, mais portait ses fruits : Sophie se mit enfin, à dix-neuf ans, à travailler vraiment et à faire entrer quelques connaissances dans sa petite tête folle.

Natalène faisait sa B.A. ce soir-là : assise sur le canapé à côté de tante Lise, elle l'écoutait parler d'un projet d'aménagement pour le salon.

– Parce que si nous mettions là une table à thé, vois-tu, celle de la bibliothèque par exemple, cela dégagerait tout un espace où nous pourrions...

– Mais le piano, ma tante ?

– Il pourrait être dans l'autre coin, non ?

– Ce serait trop près. Tristan est un peu à l'écart là-bas, ça doit lui aller mieux.

La vieille dame hocha la tête, l'aiguille un instant levée.

– Ce piano, dit-elle, ah, Natou, ce piano...

Son visage toujours sévère s'était encore assombri.

– Je me souviens, reprit-elle, quand il s'y est mis – oui...

– Quand était-ce ?

– En novembre 1949. Le 13 novembre 1949.

La précision de la date surprit Natalène, et elle eut un petit sourire.

– Il avait quatre ans, dit tante Lise. Agnès lui donnait quelques leçons de temps en temps, pour l'amuser plus qu'autre chose. Mais elle disait qu'il se débrouillait bien, qu'il lui faudrait assez vite un professeur. Elle est partie le 12 novembre – à Hambourg, tu sais, pour son travail. Le lendemain il s'est assis au piano de l'étage et il a joué quatre heures entières. Six heures le jour d'après et six heures les suivants. Depuis il n'a plus arrêté. Plus jamais.

– Ah, dit Natalène. Je ne savais pas ça.

Elle se demanda où elle était, elle, en ces jours sombres où son cousin se raccrochait à un clavier pour ne pas couler à pic. S'il avait quatre ans elle en avait deux : elle devait être alors avec Anne, près de Lille, en train de jouer dans la poussière avec tout un petit peuple morveux.

– Comme c'est étrange, dit-elle, on bute toujours sur son enfance, où qu'on aille.

Tante Lise ne prêta pas attention à cette remarque, et poursuivit :

– Quatre ans, tu réalises, quatre ans et demi, et six heures de piano par jour ! Rien, des gammes, trois notes, des gammes... Louis a bien essayé d'intervenir, mais finalement il lui a fait donner des leçons. C'était le plus sage, je pense.

Elle coupa son fil, du bout de ses ciseaux dorés, et conclut :

– Louis agit toujours pour le mieux.

– C'est vrai, dit Natalène gentiment.

Pour ne pas rester sur d'aussi sombres images elle s'offrit le plaisir de voir mentir sa tante :

– C'est bizarre, tout de même, que tante Agnès n'ait pas emmené Tristan avec elle à Hambourg.

– Son travail était beaucoup trop prenant.

– Que faisait-elle ?

– Eh bien... des traductions. Des traductions, oui.

– Mais elle aurait pu venir aux vacances ?

– C'est-à-dire que... il y avait un différend... son père et elle, tu vois. Tu sais que ton grand-père n'a pas un caractère très... ni elle, d'ailleurs...

Natalène n'osa pas pousser la plaisanterie plus loin et tendit une perche secourable :

– Ils s'étaient disputés ?

– Voilà. Sur un sujet grave. Et à propos de disputes, mon enfant, je n'ai pas de compliments à te faire : je trouve que Philippe et toi devriez, vraiment, faire un effort pour éviter tous ces éclats regrettables.

Brutalement projetée sur la sellette à la place de sa tante Agnès, Natalène eut un petit rire. Combative, la vieille dame !

– J'essaie, dit-elle. Mais on s'agace, c'est plus fort que nous.

– Il y a beaucoup de ta faute.

– C'est vrai.

– Vois-tu, ma chérie, il a un an de plus que toi mais c'est un garçon et tu es une fille : c'est à toi de te montrer plus diplomate, plus souple...

– Je ferai des efforts, promit Natalène.

Quand elle sortit de là elle croisa justement Philippe, qui revenait du manège.

– Ah, dit-elle, j'ai une commission pour vous...

– Oui ?

– Venez là.

Il s'approcha, sans méfiance – et elle lui allongea un bon coup de pied.

– De la part de tante Lise, dit-elle.

Elle consentit à s'expliquer, quand elle eut fini de rire et Philippe de se masser le tibia. Il goûta beaucoup le récit. Et il devait en faire des gorges chaudes longtemps. « Soyez plus souple, Natou, disait-il souvent, plus diplomate... »

Deux fois par semaine, Tristan ramenait Natalène de l'école des Kerbauson, où elle allait directement en sortant du lycée. L'heure de son cours coïncidait avec celles du conservatoire. Ils n'auraient pas parlé de cet arrangement eux-mêmes : la prudence leur était devenue une seconde nature. Mais Contorose y pensa tout seul, et reprocha même à Tristan de ne pas l'avoir déjà proposé :

– Ça t'ennuie de rendre un peu service, mon garçon ?

– Non, répondit sincèrement Tristan, pas du tout, je vous assure.

À six heures donc, le lundi et le vendredi, il attendait Natalène à l'école de danse, dans le bureau de Natacha, et la ramenait à Blajan ; sur son scooter d'abord, puis, dès qu'il eut son permis, dans la 2 CV d'occasion qu'il avait acquise de ses propres deniers.

Ils se conduisirent sagement et n'abusèrent pas de l'occasion ainsi offerte. Dix minutes de trajet, c'était dix minutes, à la rigueur un quart d'heure, pas davantage – et un quart d'heure, vraiment, c'était très court. Mais ils prirent tous les deux beaucoup de plaisir à cahoter ainsi sur les routes des collines. Seuls, pour une fois. Ils ne se voyaient seuls qu'au grenier des hiboux, hors du temps, hors de tout, et les trois jours qu'ils avaient passés à Hambourg leur avaient donné le goût d'une autre intimité, plus quotidienne.

– J'aimerais qu'on puisse une autre fois, disait Tristan, rien qu'une autre fois, prendre un petit déjeuner dans un café. Ou alors se promener sur une plage...

– M'étonnerait que ça arrive jamais, répondait Natalène avec philosophie.

– Vous n'aimeriez pas ?

– Si. Mais ce que je voudrais surtout, moi, c'est qu'on aille au cinéma un soir. Rien que nous.

– Ça peut se faire, non ?

– Non, c'est trop risqué.

S'ils avaient réussi, depuis plus de trois ans maintenant, à ne jamais faire une ride sur la surface tranquille du lac de Blajan, c'était grâce à leur scrupuleuse prudence. Ne pas se rechercher, bien sûr ; ne pas s'éviter non plus, ç'aurait été presque aussi maladroit ; se témoigner en toute circonstance le calme intérêt de mise entre cousins ; et surtout fuir comme la peste toutes les occasions d'imprimer sur une rétine cette image-là : Tristan et Natalène allant seuls quelque part ou revenant seuls de quelque part. Ce qu'ils faisaient ensemble leur était toujours imposé de l'extérieur, comme ces trajets de la ville à Blajan, et la plupart du temps ils poussaient le scrupule jusqu'à tout faire pour essayer de l'éviter.

– Il faut reconnaître, disait parfois Natalène, qu'on s'est débrouillés comme des chefs, jusqu'ici...

Elle ajoutait en général :

– ... et que le jour où ça va péter ça va être particulièrement gratiné.

– Nous irons à Hambourg nous aussi, disait Tristan, comme ma mère et l'oncle Alban. Il y aura comme ça là-bas des tas de paires de rebelles, une par génération... Blajan *bis*.

À cela Natalène ne répondait rien. L'avenir existait-elle pour elle ? Jusqu'à ces fameux bacs, oui. Après, non. Elle posait sur le bras de Tristan une main taquine, alors qu'ils passaient la grille de Blajan.

– Jouons, disait-elle. On a six secondes et demie, ça peut suffire.

Caroline était repartie à Sydney en novembre. Elle avait envoyé de là-bas de charmantes lettres de remerciement à Contorose et aux tantes ; une autre, d'un genre très différent, à Tristan ; et une à Natalène, plus surprenante encore, où elle lui demandait tout à trac comment il lui faudrait vivre dorénavant.

Natalène lui avait répondu très sérieusement. Sa lettre commençait par une volée de bois vert bien dans sa manière. « Que c'était donc bête et lâche de s'en remettre à quelqu'un pour diriger ses pas... »

« Secoue-toi un peu, disait-elle ensuite, fais quelque chose qui t'intéresse vraiment, réfléchis au moins dix minutes par jour ça te changera, lis autre chose que des bêtises... Je ne connais pas ta mère mais elle t'a beaucoup gâtée : quitte-la un peu. Va vivre ailleurs et TRAVAILLE, ça te fera du bien de gagner ta brioche toi-même... »

Cette brusque missive ne fâcha pas Caroline, comme on aurait pu s'y attendre. Au contraire. Elle écrivit plusieurs fois à son lointain petit censeur, et sur un ton de plus en plus confiant. Elle s'occupait de Fleur (« Si mignonne, Natou ! ») s'était inscrite aux Beaux-Arts, et avait pris un petit appartement en ville (« Tu vois que j'essaie d'être indépendante... »).

Ce n'était pas vraiment cette indépendance-là que lui avait conseillée Natalène. Mais Caroline ne pouvait peut-être pas en concevoir d'autre et Natou se contenta désormais de répondre aux lettres de Sydney par quelques paragraphes légers, où elle donnait des nouvelles de Blajan et en demandait de Fleur. Mais à cette occasion elle prit conscience de la façon dont plusieurs de ses proches s'appuyaient sur elle : Sophie, Marion, et maintenant Caroline...

« C'est curieux, pensait-elle, j'ai tellement de mal à m'en tirer moi-même... »

Elle se connaissait peu, en fait, elle qui se faisait des siens une image si juste et savait si bien les décrire. Et cet après-midi-là, en cachetant la petite gazette qu'elle venait d'écrire pour Caroline, elle restait pensive, regardant le feu sans vraiment le voir. Tout était si compliqué...

Tristan lisait, près de la cheminée. Sophie et Marion travaillaient à l'autre bout de la table. Du salon proche – elle se trouvait dans la bibliothèque – on entendait Contorose siffler. Autour d'eux Blajan étendait ses vieux murs, son histoire, son assurance tranquille... et pourtant elle ne rêvait pas, il y avait Vanik aussi, ailleurs, Anizia, le Copte, le camp, une autre vie tout aussi réelle...

– C'est pour Caroline ?

Sophie la regardait, intriguée de la voir ainsi rester immobile, son enveloppe à la main.

– Oui, dit Natalène. Je lui raconte l'école.

Vanik, oui. Son rire et sa brutalité. Le bébé d'Anizia couché sur l'herbe du talus. Les rats dans la grange. Le Copte derrière les baraquements... là, elle se raidit, instinctivement, comme elle l'aurait fait pour parer un coup : il ne fallait pas penser à ça, non, pas à ça, jamais, jamais – oh ! jamais, non... De toutes ses forces elle essayait de refermer la sombre porte un instant entrebâillée, non, non, jamais, ce n'était pas arrivé, non...

Sophie s'était replongée dans sa version latine. Mais Tristan, qui avait levé le nez en l'entendant parler, observait Natalène avec curiosité. À quoi pensait-elle, pour être si pâle et si bizarrement immobile ? On l'aurait crue figée par un mauvais sort...

Il vit ses doigts se mettre à trembler, imperceptiblement d'abord, puis plus fort – et sa main, et son corps entier – et l'enveloppe qu'elle tenait, et ses lourdes boucles et la dentelle de son col...

– Ho, dit Sophie, Natou ! Qu'est-ce que tu as ?

– Rien, dit Natalène.

Elle avait serré les dents, et appuyait ses mains sur le bois de la table. Mais elle tremblait toujours, affreusement.

– Je n'y pense jamais, dit-elle d'une voix qui n'était pas vraiment la sienne, je n'y pense jamais.

Sur le même ton monocorde et haché elle ajouta, pour ses cousins sidérés :

– Jamais je n'y pense. Jamais. Jamais.

Puis, d'une voix à peu près normale :

– Je n'ai rien.

– Mais tu as de la fièvre, dit Sophie. Je vais demander un grog à Justine – bouge pas, j'y vais.

Elle sortit, vive, en claquant la porte. Natalène tremblait déjà moins et elle avait repris un peu de couleur. Sa lettre était tombée, elle la ramassa. Elle semblait, surtout, perplexe : comme si elle n'avait pas compris ce qui venait de lui arriver. Cette vague inquiétude disparut à son tour et soudain elle redevint tout à fait elle-même.

– Quelle heure est-il ? demanda-t-elle.

– Cinq heures dix, répondit Marion. T'es malade, tu crois ?

– Moi ? Pourquoi ?

– Ben je sais pas, t'avais pas l'air bien...

Sophie revenait déjà, un bol fumant entre les mains.

– Tiens, elle en avait, et elle te fait dire d'aller te coucher avec une bouillotte...

Tristan était trop jeune encore pour s'inquiéter de l'ahurissement manifeste de Natalène devant ce bol. Il éclata de rire.

– Buvez, dit-il. À notre santé.

– Buvez-le vous-même, répliqua Natou, qu'est-ce qui vous prend ?

Sophie se mit à rire, elle aussi. Et Marion fut la seule, malgré sa grande jeunesse, à sentir vraiment une petite main froide lui étreindre le cœur.

Au début de décembre Tristan donna son premier vrai concert, à Lourdes. Il avait défendu aux siens d'y assister : l'idée de son clan entier assis au premier rang de la salle le paralysait d'avance. « Plus tard, avait-il dit. S'il vous plaît, plus tard ! »

Contorose, ulcéré, s'était incliné.

Tristan devait jouer là-bas dans une salle de banlieue, avec un autre jeune pianiste. Il ne s'en tira pas trop mal et Contorose put se consoler avec une coupure de presse où l'on qualifiait son petit-fils d'« espoir sûr ».

– Un « espoir sûr » ! grommelait-il. « Sûr » ! Qu'est-ce que c'est que ce galimatias !

Il était flatté pourtant, et chacun le sentit.

Tristan ne devait plus cesser de jouer ainsi, une ou deux fois par mois, dans les villes avoisinantes. Son jeu plaisait en général, très pudique, doux et ferme à la fois. Et son vieux professeur pensait, sans le lui dire, que lorsqu'il aurait un peu mûri sa carrière prendrait peut-être une tout autre dimension.

Le jeudi soir, il jouait toujours au restaurant du Mikado, et il devait le faire très longtemps encore. C'était l'essentiel de ses revenus. Et puis il aimait la petite salle tapissée de rouge sombre, son piano noir, ses habitués dont certains, il le savait, venaient pour l'entendre, la beauté raffinée des femmes et l'intérêt manifeste qu'elles lui portaient.

– Bref, disait Chantal, c'est votre piquouse d'autosatisfaction ?

Au grenier des hiboux, tout là-haut, l'aventure continuait. Si grave et si légère, jetant entre deux êtres l'aérienne passerelle du plaisir.

Ils avaient repris un ancien jeu, beaucoup plus subtil que les autres : ils s'asseyaient l'un en face de l'autre, sans se toucher, sans jamais se toucher, et de leur seul regard s'accompagnaient sur la passerelle. Natalène était très forte à ce jeu-là. Il lui arrivait assez souvent de le mener à son terme. Tristan, jamais. Mais il aimait suivre sur le visage de Natalène son étrange cheminement. Et puis c'était un jeu que l'on pouvait jouer à la barbe du clan, parfois, quand on l'osait...

Elle avait vite retrouvé toute sa confiance en Tristan et ne tremblait plus sous ses doigts. Le petit recul instinctif qu'elle avait lorsqu'il la pénétrait demeurait, lui : mais si peu marqué qu'il ne les gênait plus. Il leur arrivait même, pour la première fois, d'évoquer parfois ce qu'ils vivaient ensemble. À mots couverts, et prudemment, mais cela leur arrivait. « C'est très étrange, disait Natalène, une sorte d'orage magnifique, très loin, qui se rapproche... »

Parler de cela, comme de toute chose personnelle d'ailleurs, lui coûtait beaucoup. Tristan le savait et ne l'interrogeait jamais de lui-même.

– On dirait des vagues, lui dit-elle un soir. Des vagues qui s'enroulent les unes aux autres, lentement... Pas vous ?

– Non, répondit-il. Moi c'est très bref.

Elle osa même, un autre soir, aborder le sujet tabou par excellence :

– Il y a un moment où... un moment...

Là, tout de même, elle s'arrêta.

– Je sais quand, dit Tristan.

Il relaçait ses chaussures et ne la regardait pas, prudemment.

– On pourrait presque penser que ça vous fait mal, dit-il légèrement.

– Oh non... C'est plutôt...

Le mot juste ne passerait jamais ses lèvres, il le savait, et il le prononça lui-même :

– Peur, alors ?

Soulagée, elle acquiesça :

– Plutôt quelque chose comme ça. Un peu.

– Mais peur de quoi ?

À cette question mal posée, qui aurait demandé une réponse beaucoup trop précise, elle rougit. Tristan se remit à ses lacets, et reprit :

– Ça peut se vivre comme une agression, évidemment, j'imagine. Enfin, « j'imagine », non, je ne peux rien imaginer... Et si nous nous en passions ?

Natalène envisagea cette possibilité, et fit une grimace comique.

– Ben flûte, ce serait dommage – c'est chic, avant – mais après aussi, non ?

– Je déteste également l'avant, le pendant et l'après, plaisanta Tristan.

– Ouais, sourit-elle, ça se voit.

Il n'osa pas en dire plus long, et se leva.

À Noël, Contorose fit bien les choses, pour fêter toutes les victoires du trimestre : le manège, l'école de danse, de bons bulletins, et même la première dent d'André Kerbauson. Le sapin croulait sous les guirlandes, on invita beaucoup de monde et on but six bouteilles de champagne.

Natalène vida sa coupe, finit celle de Marion, obligea Sophie à lui céder une moitié de la sienne, et fut bientôt tout à fait gaie. Elle n'aimait jamais tant Blajan que dans ces moments où il brillait de tous ses feux : aussi extravagant que Contorose, aussi gai, aussi chaleureux.

– Ils sont fous, dit-elle à Tristan quand elle put échanger quelques mots avec lui, près d'une fenêtre, complètement fous !

– Vous avez trop bu, Natou, vos yeux brillent...

Elle avait assez bu en tout cas pour être un peu indiscrète et déclara tout de go :

– Ce soir, je vais faire d'affreuses propositions à Olivier.

– C'est vrai ?

– Naturellement que c'est vrai. J'ai failli, plusieurs fois. Mais ce soir je le fais. Je le fais, parole. Où est-il ?

– Sur la terrasse, je crois, profitez-en...

Il lui souriait, amusé d'avance de sa confusion du lendemain, quand elle se souviendrait de ses propos.

– Et bonne chance... dit-il.

Elle le remercia d'un signe de tête et sortit, son verre à la main. Olivier était bien dehors, assis sur la balustrade. Natalène le considéra un instant, gravement, comme si elle venait de le rencontrer. Il n'était pas beau, non, mais elle aimait sa gentillesse et la passion qu'il avait pour son métier. Souvent, au cours, elle avait ressenti du désir pour lui – et que font les petites bohémiennes de leur désir, sinon un étendard ?

– Vous n'avez pas froid, Natou ?

Il venait juste d'apercevoir la petite silhouette, à sa gauche.

– Non.

Elle s'approcha encore et dit, le plus simplement du monde :

– J'aimerais beaucoup faire l'amour avec vous. Croyez-vous que ce soit possible ?

– Pardon ?

Elle répéta, gentiment.

– Bon Dieu, dit Olivier, qu'est-ce qui vous prend ?

Il la regardait, stupéfait. Ravissante, oui, et surtout ce soir, là, tenant d'aussi surprenants discours : mais il avait vingt-cinq ans, elle seize, et vraiment c'était un peu fort...

– Vous devriez faire un peu attention à ce que vous dites, jeune fille.

– Mais j'y fais très attention, répondit-elle. Je vous dis que j'aimerais beaucoup cela et je vous demande votre avis là-dessus. C'est parfaitement raisonnable. Rien ne vous empêche de me répondre raisonnablement à votre tour.

– Et que voulez-vous que je vous réponde ?

– J'aimerais bien « oui », dit-elle en souriant. Mais ça peut être « non » tout aussi bien : ça vous regarde.

– Eh bien : non.

– Entendu. Sans rancune ?

Il la regardait attentivement et fut surpris de ne lire sur son visage aucun dépit, aucune gêne, aucune fausse ironie de défense.

– Sans rancune, dit-il, bien sûr... Mais dites-moi, Natalène, vous êtes déjà à la recherche d'un initiateur, à votre petit âge ?

– Non, dit Natalène gravement. Si j'étais à la recherche d'un initiateur j'aurais posé ma question autrement.

– Qu'auriez-vous dit ?

– Eh bien, la vérité : « Je cherche un initiateur et vous me plairiez dans ce rôle ; voulez-vous l'être ? »

Elle s'approcha encore de lui, et il vit briller ses yeux.

– Est-ce que je peux vous embrasser, au moins ?

Il allait rire, et s'étonner que l'on renverse ainsi les rôles, mais elle avait posé les bras sur ses épaules, offrait ses lèvres, et il ne résista pas longtemps. Quelle extravagante hardiesse avait cette gamine...

Elle ne demanda rien d'autre, reprit son verre, et le quitta. Il resta songeur quelques instants. Ce n'était pas une gamine, non – mais bon Dieu quelle façon de faire !

Quand il entra de nouveau dans la salle il vit Tristan près de la porte et l'expression malicieuse de son visage l'intrigua.

– On ne danse pas ? demanda-t-il.

– Pas encore, dit Tristan. Philippe se bat avec le changeur de disques.

Il était redevenu simplement amical, comme à son habitude, et Olivier pensa avoir rêvé. « Foutus gamins, se dit-il, on ne sait jamais ce qu'ils ont dans le crâne... »

Il regardait la salle, indécis.

– Natalène n'est pas là ?

C'était une question bien maladroite, mais Tristan demeura impassible.

– Je ne sais pas, dit-il.

Il avait, lui, une très longue habitude de dissimulation en ce qui concernait Natou, et sa réponse avait eu exactement le ton de surprise et d'indifférence qui convenait. Du grand art.

– Tu comprends, s'enferra Olivier, elle doit me montrer une danse...

– Une danse de sauvages, non ?

– J'en ai peur !

– Elle est peut-être dans la bibliothèque : elle y poussait les fauteuils, tout à l'heure.

Olivier ne résista pas longtemps à sa petite sauvageonne. Il avait l'âme généreuse et ne pouvait s'offusquer de voir la jeune fille si hardie. La première surprise passée il s'enchanta même de cette attitude si peu conforme aux usages. Et puis Natalène, si elle était hardie, n'était ni brusque ni méprisante. Seulement franche et saine. Elle était même, parfois, d'une étonnante douceur. Et elle avait un curieux mouvement de recul et de peur, quand les choses se précisaient, qui contrastait si fort avec son assurance...

Il ne l'aima pas vraiment. Elle était trop différente de lui et il ne la comprenait pas. Mais il eut beaucoup de tendresse pour elle, et d'une certaine façon elle se mit à le fasciner, par sa fantaisie, sa grâce et le plaisir qu'elle savait si bien recevoir et donner.

« Feu follet... » disait-il.

Elle n'éprouva aucune confusion des propos indiscrets qu'elle avait tenus à Tristan ce soir-là, parce qu'elle les avait totalement oubliés. Ils s'étaient perdus corps et biens dans les bulles pétillantes du champagne. Et Tristan se garda bien de les lui rappeler.

Après le réveillon, comme tous les ans maintenant, elle s'assombrit un peu. Sophie elle-même n'arrivait plus à la dérider tout à fait et Tristan avait parfois l'impression, quand il la voyait tendre l'oreille aux bruits extérieurs, qu'elle était un petit gibier traqué, guettant les pas du chasseur.

Le chasseur vint le 12 janvier. C'était le Copte, cette fois, que l'on n'avait pas vu à Blajan depuis longtemps et qui confirma à Contorose qu'il ne prendrait sa fille, comme l'année précédente, que le week-end.

– Encore que, dit-il, je me demande ce qu'elle veut foutre de ses foutus bacs... Même sa mère les avait pas, alors je vois pas l'intérêt de ces conneries-là...

On n'essaya pas de le lui expliquer : Natalène prit sa valise noire et lui emboîta le pas. Elle devait ressentir, comme Tristan, une sorte de soulagement : voilà, c'était fait, on n'avait plus rien à redouter...

XVI

Elle revint très gaie, le dimanche soir.

– On a dansé, dit-elle. On a dansé toute la nuit !

Ensuite elle reprit bravement son fardeau. Il lui fallait seulement travailler plus tard le soir puisqu'elle ne disposait plus de son dimanche et c'était là, apparemment, son seul souci.

– À votre place, raillait Philippe, j'arrêterais tout simplement de viser les 20... Je me contenterais d'un honnête 19... Aussitôt j'aurais beaucoup de temps à moi...

– Jamais de la vie, répondait Natou. 20, c'est le strict minimum.

Un soir de ce mois-là, au grenier des hiboux, Tristan vit de nouveau passer l'ombre sur le visage de Natalène – cette ombre froide et affolée.

Pendant quelque temps ils se virent moins, comme si la jeune fille avait eu besoin d'un peu de solitude pour affronter ses vieux démons. Elle avait dû aussi cesser de voir Olivier parce que celui-ci, un lundi soir, pendant que ses élèves se rhabillaient, posa à Tristan qui attendait sa cousine quelques questions maladroites.

– Elle ne va pas fort ces temps-ci, dis donc, Natou... Tu ne trouves pas ?

Il était bien loin (tout comme Natalène d'ailleurs) d'imaginer Tristan au courant de leurs rapports, et ne se méfiait pas le moins du monde de lui.

– Ah ? dit Tristan. Je n'ai pas fait attention... Elle travaille peut-être trop ?

– Pas ici, en tout cas ! Elle n'arrête pas de se tromper !

Des élèves passaient déjà dans le couloir, leur sac multicolore à la main, et Tristan souhaita que Natalène ne tarde pas trop.

– Et tu sais, reprit Olivier, je me demande si...

Il hésitait, en regardant Tristan. Le visage impassible de celui-ci le rassura sans doute.

– ... Je me demande si elle n'a pas un souci sérieux – une amourette, tu vois – quelque chose comme ça...

« Flûte, pensa Tristan, il me prend vraiment pour une andouille... »

– Ah, dit-il. Peut-être.

– Tu ne t'es aperçu de rien ?

– Mais j'ai autre chose à faire qu'à surveiller mes cousines...

Natalène ouvrait la porte, juste à temps pour tirer Tristan de ce mauvais pas, et Olivier s'offrait le luxe de la sévérité :

– Vous faites vraiment n'importe quoi, Natou, ces temps-ci... C'était quoi, ce pas de deux ? Une danse tsigane ?

Surprise par l'algarade Natalène s'était arrêtée sur le seuil, son cartable à la main, son sac de danse sur l'épaule.

– Excusez-moi, dit-elle.

Dans la voiture de Tristan elle se frappa le front de l'index.

– Qu'est-ce qui lui a pris ? Il débloque, ou quoi ?

– Je ne sais pas, répondit Tristan.

Il rit, pour lui-même, amusé d'avoir dit tant de mensonges en si peu de temps. Natalène se tut ; elle semblait lasse et regardait distraitement défiler le paysage. Comme ils approchaient de Blajan ils croisèrent Boris, à cheval, et sa vue parut rappeler quelque chose à Natalène.

– Ah, dit-elle, je voulais vous en parler... Philippe a une petite amie, vous savez ?

C'était, venant d'elle, une déclaration si extraordinaire que Tristan crut avoir mal compris.

– Qui a une petite amie ?

– Philippe.

– Et alors ?

Elle rit, brusquement.

– Non, dit-elle, ce n'est pas ça. Je ne me suis pas transformée en commère en m'asseyant sur vos coussins. C'est que... hier soir, dans les écuries, je cirais la selle de Marion, je les ai entendus... Il la battait.

– Qui ?

– Cette fille.

– Sans blague ?

L'idée de Philippe occupé à gifler sa blonde Valérie l'amusa un instant. La petite avait pourtant l'air capable de se défendre...

– Ils s'étaient peut-être disputés, dit-il.

– Non.

– Comment le savez-vous ?

– Mais parce qu'ils ont mis je ne sais combien de temps, avant, à choisir la cravache. Oui, une cravache ! Je les entendais, de loin, celle-ci, non, celle-là, je t'assure que non celle-ci est mieux... J'ai cru qu'ils cherchaient la meilleure pour... en fait je ne sais pas ce que j'ai cru, je ne me suis rien demandé, je cirais la selle, des gens parlaient, bon... Après j'ai entendu les coups.

– Par exemple ! Et vous êtes restée ?

– Mais j'étais coincée dans la sellerie ! Oui, bien sûr, je suis restée : j'aurais eu l'air fin à leur passer sous le nez, excusez-moi, bonne soirée...

Tristan rit encore, arrêté au stop de la nationale.

– J'aurais voulu voir ça... dit-il.

– Philippe ?

– Non, surtout pas ! Vous, coincée dans la sellerie.

– Mais pourquoi fait-il ça ?

– C'était un jeu, peut-être ?

– Ça n'en avait pas l'air. Ça avait l'air... habituel, facile, connu. Comme si ça arrivait tous les jours. Ça et rien d'autre.

– Alors elle est maso, c'est tout.

– Vous croyez ?

– En tout cas ça y ressemble.

Elle se tut de nouveau, en regardant venir à eux les toits de Blajan.

– C'était désagréable, dit-elle ensuite. J'aurais bien voulu être ailleurs. Au camp ils sont teigneux, mais pas comme ça, froidement, exprès, mathématiquement...

– Ça n'a rien à voir avec les mathématiques, Natou. Si c'est comme ça qu'elle fonctionne, cette fille, qu'est-ce qu'on y peut ? Et qu'est-ce que Philippe y peut ?

– Mais c'est dingue... Vous pourriez faire ça, vous ?

Tristan se le demanda, très sérieusement, en se garant sous la grange. Des écuries, une jeune fille, une cravache...

– Je n'en ai pas l'impression, dit-il en descendant. Mais en fait je n'en sais rien. Si j'étais très amoureux d'une fille et que ce soit la seule façon de la rejoindre, je suppose que je le ferais, oui.

Natalène, son sac sur l'épaule, le regarda se charger du cartable, et soupira.

– C'est bien compliqué, dit-elle. Alors il n'y a rien à faire, pour Philippe ?

– Vous pensiez sérieusement pouvoir faire quelque chose ?

– Non. Seulement vous le demander sérieusement.

Elle retrouva son sourire pour ajouter :

– Après tout c'est vous qui serez son prochain Contorose, non ? Alors ça vous regarde un peu.

– Sapristi, Natou, vous tenez vraiment à me coller Blajan sur les bras ?

– Et qui d'autre ?

– Mais pourquoi faut-il quelqu'un ?

Elle ouvrait la porte d'entrée et caressait le bois ciré, du doigt.

– Il faut toujours quelqu'un, dit-elle. Quelqu'un sur les bateaux. Autrement ils coulent. Ah, je suis triste ce soir...

– Je vois ça.

Elle hésitait, au bas de l'escalier, comme s'il lui avait été parfaitement égal de monter les marches, vers sa chambre, ou de traverser le vestibule, vers le salon.

– Je vous pousse de quel côté ? demanda Tristan.

Elle sourit, tout de même, reprit son cartable, et monta l'escalier. Perplexe, Tristan la vit disparaître au tournant du premier palier. Cela ressemblait peu à Natalène d'être ainsi découragée, et encore moins de le montrer. Mais personne ne pouvait rien pour elle. Et ces temps-ci lui moins que tout autre.

L'idée qu'on était lundi, et qu'elle avait peut-être besoin d'une aide d'un tout autre genre, le traversa soudain; il monta l'escalier à son tour, se glissa dans le couloir du second étage, et frappa doucement à la porte de sa cousine. Elle ouvrit aussitôt. Il entra, vite, et referma lentement la porte. La chambre voisine avait été celle de Chantal et n'était plus occupée, heureusement. De l'autre côté il n'y avait qu'une ancienne lingerie.

– Oui ?

– Vous n'avez rien à soigner ?

C'était la question qu'avait posée Agnès à Hambourg, et ma foi il n'en avait pas trouvé de meilleure. Natalène rougit légèrement, comme elle l'avait fait chez sa tante.

– Si, dit-elle, mais c'est fait. J'ai vu un toubib ce matin, même que j'ai séché deux cours... Merci.

Elle avait oublié quelque chose et l'ajouta, vite :

– J'ai glissé dans la ferraille, samedi.

Il s'approcha d'elle et l'entoura de ses bras. Pendant un long moment ils ne dirent rien, aussi découragés, cette fois, l'un que l'autre. Des pas suivirent le couloir, tout près d'eux : Marion, sans doute. Elle était bien la seule à marcher si doucement. Ils l'entendirent d'ailleurs ouvrir sa porte, qui grinçait d'une façon très particulière.

– Ce n'est pas facile cette année, dit Natou. Je n'y arrive pas. Non, je n'y arrive pas...

Tristan prit le parti de se moquer : c'était souvent le meilleur, avec Natalène.

– Je suis content de voir ça, dit-il. Vous êtes toujours en train de secouer tout le monde et vous voilà en petit tas lamentable – et puis une cravache vous inquiète et vous séchez le lycée pour faire soigner Dieu sait quoi... C'est amusant, non ?

Elle eut un petit rire, contre lui, et secoua la tête.

– Non, dit-elle. Moi ça ne m'amuse pas vraiment.

Mais déjà elle allait mieux, levait le nez, regardait Tristan ; ses yeux brillaient.

– Vous avez du toupet...

– C'est mon plus grand charme, mon enfant.

Il n'osait pas la serrer contre lui, parce qu'il ne savait pas où son toubib de contrebande avait exercé son art et ne voulait surtout pas lui faire mal. Mais en posant doucement les mains sur ses épaules il sentit sous son pull, à droite, l'épaisseur du pansement. Renseigné, il déplaça un peu sa main, attira tout à fait Natalène, et l'embrassa. Ses lèvres aussi étaient tristes, et découragées – éteinte, la petite flamme...

Mais c'était, en fait, heureux pour eux : d'autres pas s'approchaient, beaucoup plus fermes. Contorose, oui. Tristan regarda autour de lui, saisi, avisa la fenêtre garnie de ses lourds rideaux de velours ; en trois pas il y fut, et disparut derrière leurs plis comme le traître d'un mélodrame.

Natalène attendait, le cœur battant, une main déjà tendue vers la poignée de la porte. Contorose ne venait pas chez elle trois fois par an : quel démon malin l'y poussait ce soir-là ?

Elle sursauta quand il frappa, attendit quelques secondes, puis ouvrit.

– Grand-père ?

Sa voix avait eu juste l'intonation de surprise et de plaisir qui convenait : elle était bonne actrice elle aussi.

Tristan se maudissait au même instant, derrière son velours : pourquoi, mais pourquoi s'être ainsi caché ? Ils auraient moins risqué en se laissant découvrir conversant dans la pièce – poussant ensemble l'un des gros meubles, par exemple – maintenant si Contorose allait vers la fenêtre ils étaient fichus, oui, fichus...

C'était compter sans l'habileté de Natou, qui avançait son meilleur fauteuil.

– Asseyez-vous là, grand-père. Si, là, c'est la place d'honneur. Et j'espère que vous n'allez pas me gronder, pour une fois que vous venez ?

– Non, dit la grosse voix bourrue. J'ai seulement reçu une lettre de ton père. Enfin, de cette femme qui vit avec lui.

– Gina.

– Oui, Gina. Qu'est-ce que c'est que cette histoire de car et de vélo ? Tu es au courant ?

– Oui.

– Eh bien ?

– Ça les ennuie de faire tous ces trajets pour moi... Vous comprenez, là-bas, passé dix ou douze ans les enfants vont seuls, et moi j'ai bientôt dix-sept ans.

– Ce n'est justement pas un âge à courir les cars seule !

– Enfin je n'y peux rien, moi... si je vais en vélo au bourg je peux y être à deux heures, le car part à deux heures dix et je suis à Fonvières à trois heures moins cinq... Ils m'attendront.

– C'est loin du camp ?

– Même pas un kilomètre.

– Je me demande ce qu'en diront tes tantes...

Il le savait d'avance, et en reniflait d'agacement.

– Ah, je n'aime pas ça...

– Oui, dit Natalène, mais moi j'ai toujours peur qu'un jour ça ne les ennuie trop de me ramener le dimanche soir.

Sa voix s'était durcie – à peine, mais bien suffisamment pour que le vieil homme comprenne le reproche.

– Bon, dit-il, oui, bien sûr, n'en parlons plus.

Il se leva, et Natalène prit soin de se placer entre lui et la fenêtre.

– On fera comme ça, dit-il. Et tes tantes... je m'arrangerai avec tes tantes. Dis donc, petite, regarde-moi... Tu es malade ? Tu n'as pas grosse mine... Je n'aime pas ces figures de papier mâché qu'ont les jeunes de maintenant... Veux-tu que je te dise ? Vous passez tous beaucoup trop de temps dans vos livres. Et toi surtout. Je voudrais bien vous voir davantage au grand air.

Natalène se garda bien de le contredire.

– De mon temps... reprit-il.

– Vous alliez bien en classe, quand même ?

– Oui, mais on galopait aussi dans les collines, mon père m'emmenait y chasser – trois jours et trois nuits une fois, je me souviens, Edmond était avec nous – je dressais cet étalon noir... Tu sais qu'il a gagné un concours ? Haut la main ?

Il se rapprocha de la porte, perdu dans ses rêves de grandeur.

– Si on se relançait dans l'élevage je suis sûr que... mais Boris n'a pas d'ambition... tu ne crois pas ?

– Je n'y connais pas grand-chose, grand-père.

Elle avait ri, avec affection, et Tristan entendit la porte s'ouvrir.

– J'en parlerai à Philippe, dit Contorose du couloir. Il a le chic pour mener ce Boris. Et toi – c'est d'accord – je te fais confiance.

– Oui, dit Natalène. À tout à l'heure, grand-père. Merci.

Elle referma la porte, attendit comme Tristan que les pas de Contorose se soient éloignés, puis se mit à rire, nerveusement.

– Eh bien ! dit-elle. Zut alors !

Tristan riait lui aussi, en réapparaissant. Ils avaient eu très peur l'un et l'autre. Mais en fait cette émotion avait fait du bien à Natalène et l'avait sortie de sa léthargie. Ses joues étaient roses et sa voix presque gaie.

– Filez vite, dit-elle. Le diable est sur nous aujourd'hui ! Vous monterez, ce soir ?

Elle était déjà au grenier quand Tristan s'y glissa. Ils ne s'étaient pas retrouvés là depuis au moins trois semaines et Tristan avait presque l'impression de revenir d'un long voyage. Avait-il vraiment pu, l'été précédent, vivre deux mois sans Natalène ? Et, autrefois, cinq mois, huit mois ? Comment diable avait-il pu traverser ces immensités de pierrailles désertes sans la voir assise là, sur ce tas de vieux coussins, pieds nus et ce petit sourire aux lèvres ?

Ils fumèrent deux de leurs cigarettes anglaises, en parlant de Philippe. Son cas, décidément, tracassait Natou. Elle sentait mieux que Tristan le danger que courait leur diable de cousin, peut-être parce qu'elle le connaissait mieux que quiconque à Blajan ; et surtout parce qu'elle avait entendu son rire dans la sellerie.

– Un si drôle de rire...

– Ça l'amusait, c'est tout ?

– Non. Enfin si, mais pas comme ça.

Elle regardait sa cigarette et paraissait désolée.

– Il ne riait pas au début. Seulement quand elle a crié. Et pas du tout pour ce que vous disiez cet après-midi.

– Qu'est-ce que je disais ?

– Que s'il ne pouvait la rejoindre que de cette façon-là il n'y pouvait rien. Il ne riait pas pour cela, mais parce qu'il se sentait très fort à ce moment-là. L'Imperator en personne.

Elle se tut, puis reprit :

– D'abord, ce n'est pas une façon de gagner. Et puis, pourquoi veut-il gagner ?

C'était une bonne question et Tristan sourit.

Natalène avait toujours une façon surprenante de résumer les choses.

– Ça m'embête, redit-elle. Je l'aime bien, ce zouave.

– Eh bien coincez-le entre deux portes et donnez-lui cent lignes... « Je ne battrai plus les jeunes filles dans les écuries », par exemple.

Elle rit, de bon cœur, en écrasant soigneusement sa cigarette.

– Ne vous en faites pas pour Valérie en tout cas, dit Tristan. Je la connais un peu. C'est une sacrée petite peste et personne, pas même Philippe, ne pourrait la forcer à quoi que ce soit. Si elle accepte ça c'est que ça lui plaît.

– Je ne m'en fais pas pour elle.

– Alors ce n'est pas le noble désir de protéger la veuve et l'orphelin qui vous pousse ?

– Non, sourit Natou. Ou plutôt si, comme tout le monde, mais la veuve et l'orphelin, je n'ai pas eu l'impression que c'était elle, dimanche soir.

– Est-ce que... aïe, aïe, comment dire ça ? Est-ce qu'ils sont passés à des activités moins belliqueuses, ensuite ?

– Oh oui !

Elle sourit encore, avec un rien de perversité.

– C'était beaucoup plus amusant. Maintenant, c'est décidé, j'écoute aux portes, pour m'instruire.

– Et qu'avez-vous appris ?

– Eh bien que tout ça lui plaisait beaucoup justement, et puis...

Elle regarda Tristan, brusquement.

– Est-ce que je parle, moi ?

– Non.

– Au camp non plus. Ils font du bruit mais ils ne parlent pas. Valérie expliquait...

Elle s'arrêta net et baissa les yeux, comme si elle prenait seulement conscience de l'étrangeté de leur conversation. Les mots lui pesaient toujours autant, elle qu'aucun geste, jamais, ne gênait.

Elle se levait, d'ailleurs, dénouait la ceinture de sa jupe, laissait glisser le tissu à ses pieds, avec le plus grand naturel. Ses doigts se posèrent par habitude sur le premier bouton de son gilet de laine – mais ils retombèrent aussitôt. Elle n'avait certainement pas la moindre envie d'exhiber son épaule blessée. Son jupon rejoignit sa jupe sur le sol, suivi par sa culotte, et par le gros bracelet de cuivre qu'elle portait au poignet. Demi-nue, debout devant Tristan, elle penchait un peu la tête pour le regarder, comme si elle se demandait s'il était ou non d'humeur à jouer – si oui, à quoi – et qui prendrait l'initiative ce soir-là.

Tristan la lui laissa volontiers. Il se méfiait toujours des réactions de Natalène après une longue interruption de leurs rapports. Où en était-elle exactement, cette silencieuse ? Ce n'était pas si facile à deviner...

Mais ce soir-là, elle allait bien. Elle était même confiante et gaie. Assez pour que Tristan pense aussi à son propre plaisir – et même, plus tard, pour qu'il s'amuse à la taquiner en essayant de déboutonner son gilet noir.

Elle se débattit un peu. Pas trop : elle savait Tristan incapable de l'offenser vraiment. Et ce jeu-là finit, comme beaucoup d'autres, par un beau fou rire.

Sophie rompit en mars avec son divorcé coincé entre deux portes. Il l'ennuyait, finalement.

– Et puis, dit-elle à Natalène, il ne baise pas si bien que ça, en fait. Et plus j'y réfléchis, ajouta-t-elle, plus je me dis qu'une seule personne au monde, une seule...

Elle était assise sur le lit de Natalène et regardait pensivement la pluie tapoter aux vitres. « Là, pensa Natou, ça la reprend... » De son bureau, où elle remplissait son stylo, elle sourit à son amie, railleusement.

– Tristan, dit-elle.

– Pourquoi Tristan ?

– Mais parce qu'il te sert de bouche-trou entre deux aventures depuis des années.

– Ah bon ?

Elle ne s'en était pas encore avisée, l'innocente !

– Peut-être, reprit-elle. Mais cette seule personne au monde ce n'est pas lui. La seule, c'est venu lentement et sans que je m'en aperçoive.

– Tiens ! Ça a dû te changer !

– Pourquoi ?

– Mais tu es plutôt spécialisée dans les coups de foudre, non ? Et je le connais, ton oiseau rare ?

– Oui.

– Alors vas-y. Je vais deviner.

– Tu te moques toujours de moi !

– Pardon, dit Natalène. C'est que tu es particulièrement moquable, tu vois... Mais vas-y. Je t'écoute.

– J'ai mis longtemps à comprendre, dit Sophie. Maintenant encore je ne comprends pas bien. Quelqu'un est là, à qui tu n'as jamais pensé pour ça – à ce sujet – à ce sujet-là. Vous riez seulement ensemble, vous parlez, vous êtes bien. Tu aimes ses yeux, son sourire, ses gestes, mais sans jamais souhaiter clairement quelque chose parce que, tout simplement, c'est impossible, ce n'est pas au programme, et ça ne te vient pas à l'esprit.

Natalène eut envie, pour rire, d'avancer quelques noms (Contorose ? Boris ?) mais n'osa pas. Le visage de Sophie était trop triste.

– Tu t'aperçois un jour, continua la jeune fille, que lorsque vous n'êtes pas ensemble tout est moins drôle – pas important – inutile. Et là les ennuis commencent.

– Mais il ne peut pas ?

– Ne peut pas quoi ?

– Eh bien... s'intéresser à toi ?

– Ce n'est pas un homme.

– Ah, dit Natou, je vois... Petite masque, qui me colle des devinettes...

Elle revissa son stylo, puis sa bouteille d'encre, soigneusement.

– J'y ai souvent pensé autrefois, dit-elle doucement. Oui, souvent, quand tu n'y pensais pas encore. C'est drôle, hein ? De temps en temps on oublie complètement qu'on est hors sujet, et puis ça te revient et tu te sens toute bête...

– Je ne me sens pas bête. Seulement maladroite. Maladroite et ignorante.

– Par exemple, sourit Natalène, quelle drôle de cour tu me fais là ! C'est comme ça que tu attaques les messieurs, le front dans la poussière ?

– Non.

– Comment les attaques-tu, en fait ?

– J'agite un drapeau blanc.

Natalène pouffa, aussitôt.

– Évidemment, dit-elle, c'est une idée... Et maintenant, mademoiselle, sortez. Je ne suis pas celle que vous croyez.

Elle posa son stylo, prit Sophie par la main et la fit lever.

– Dehors, dit-elle, dehors, vite...

Puis redevenue sérieuse, elle lui sourit :

– Je ne sais pas, Sophie. Je ne sais vraiment pas. Qu'est-ce que c'est, l'amitié ? Qu'est-ce que c'est, « plus que de l'amitié » ? Et pourquoi « plus », d'ailleurs ? C'est peut-être moins, beaucoup moins... Je ne sais pas.

– Moi non plus, c'est vrai... Alors on verra bien ?

Natalène acquiesça, du menton, et regarda Sophie sortir.

Ce soir-là, à table, en voyant Tristan, assis en face d'elle, pianoter distraitement sur la nappe – cela lui arrivait souvent, au grand amusement de Contorose qui le soupçonnait de faire ainsi aller ses doigts même dans son lit, même sous la douche – Natalène prit conscience qu'il avait de ces doigts-là, ceux-là mêmes, caressé Sophie, et Chantal, et d'autres sans doute – comme elle.

Elle le savait, bien sûr, mais comme on connaît son alphabet ou la distance de la Terre à la Lune, de très loin, sans que ça l'ait jamais concernée. Paris était la capitale de la France, huit fois cinq faisaient quarante et Tristan avait fait l'amour avec Sophie : c'étaient là des connaissances purement abstraites. La dernière s'incarnait soudain, avec violence. Le visage que le plaisir devait donner à Sophie, et auquel elle pensait juste avant de regarder Tristan, il le connaissait, lui. Ses doigts s'étaient posés sur d'autres corps que celui de Natalène, ils avaient caressé d'autres seins – avec la même douceur, la même lenteur. Cette façon qu'il avait de mettre le bout du doigt sur sa bouche, comme pour la faire taire, alors qu'elle ne parlait pas, Chantal la connaissait, et Sophie, et d'autres...

Elle sentait presque, en ce moment, le léger contact de ces doigts sur ses lèvres. D'autres caresses lui revenaient aussi, plus secrètes, et elle serra les dents, un instant étourdie. Des voix lui parvenaient encore, lointaines ; Marion riait, ailleurs. Elle fit un effort douloureux sur elle-même pour retrouver un peu de sang-froid, y réussit très bien, prit juste à temps la carafe qu'on lui tendait, et releva les yeux.

Elle croisa le regard de Tristan, curieusement attentif, mais qui se détourna aussitôt. Contorose parlait d'une nouvelle inscription au club. Sophie et Marion, au bout de la table, chuchotaient et manifestement luttaient contre le fou rire.

– Moi, disait tante Lise, je n'ai jamais approuvé ce nouveau modèle de faire-part...

« Je me demande, pensa Natalène, je me demande si je ne suis pas jalouse, en somme. Alors ça ce serait la meilleure... »

Ses doigts tremblaient légèrement et elle les appuya contre la table, angoissée. Une de ses plus grandes craintes au monde était qu'on ne s'aperçût un jour de ces ridicules tremblotes qui la saisissaient parfois. Mieux valait mille fois, oui, mille fois, être surprise nue par Xavier, Contorose, et les tantes, plutôt qu'occupée à trembler ainsi... « Chut, pensa-t-elle, ça va s'arrêter : là, là, du calme, c'est presque fini... »

C'était presque fini. Elle se détendit un peu et s'efforça de respirer très lentement, plusieurs fois, bien à fond. Eh bien voilà, c'était gagné...

Quand elle leva de nouveau les yeux elle vit que Tristan la regardait encore, et avec une sorte d'inquiétude. Mais déjà il se tournait vers Xavier, et lui posait une question qu'elle n'entendit pas.

– Ma chérie, s'exclama tante Marie, mais tu es pâle comme un linge !

Sous tous ces regards qui se fixaient sur elle Natalène baissa le nez, brusquement.

– J'ai mal aux dents, dit-elle.

– Voilà, intervint tante Lise, je me tue à vous le dire, on DOIT aller chez le dentiste trois fois par an, même pour rien. On DOIT !

– J'irai demain, dit Natalène.

– Mais si tu y étais allée le mois dernier, par simple précaution, tu n'aurais pas mal ce soir. Veux-tu que je te dise ? C'est bien fait !

Elle n'était pas si féroce que cela, heureusement, et s'adoucit vite :

– Va demander à Justine sa tisane aux clous de girofle. C'est radical.

Résignée, Natalène se leva, marmonna une excuse – tante Lise étant l'aînée des dames de Blajan c'était elle qui était censée « recevoir » – et se glissa dans le vestibule.

La cuisine de Justine était une très grande pièce, sur l'arrière de la maison, bourrée d'étagères, de bocaux et de bonnes odeurs. Tous les petits Blajan enfants y avaient passé des heures délicieuses. Justine n'avait pas beaucoup changé : elle était seulement plus vieille et plus bourrue. Son travail se réduisait maintenant à faire la cuisine et à régenter les deux femmes de ménage qui venaient chaque matin du village. Elle prétendait souvent, d'ailleurs, que la seconde de ces tâches était plus écrasante que la première.

– Mal aux dents ? dit-elle à Natalène. Avec les quenottes que tu as ? Fais voir ?

Natou s'exécuta, désigna une dent de sagesse, au hasard, et put s'asseoir sur le banc de bois.

« Je ne suis pas jalouse, pensait-elle. Non. Ça m'est bien égal que... et même au contraire, si ça lui plaît. C'est seulement bizarre à imaginer... »

Honnête, elle se demanda si ce n'était pas cela justement, la jalousie : trouver bizarre d'imaginer les choses.

– Bois, dit Justine.

Elle avait une façon bien à elle de présenter un bol de tisane, ou de lait, comme s'il s'était agi d'une ration de ciguë. Natalène sursauta en voyant le bol atterrir brutalement devant elle, et se mit à rire.

– Tu m'as fait peur...

Elle arrondit ses mains en coupe autour du bol et regarda nager dans l'eau chaude tout un tas de clous de girofle.

– Nous, dit-elle, on les pile. On les pile et on les met sur la dent malade.

Ce « nous » la frappa et elle eut un petit rire pour se moquer d'elle-même. Mais déjà Justine s'indignait, méprisante :

– Piler des clous de girofle ! Je voudrais bien voir ça !

Natalène n'insista pas et avala quelques gorgées de potion.

– Dis, Justine... Tu étais jalouse, quand tu étais mariée ?

La naïveté de sa question lui échappa, tout autant qu'à Justine d'ailleurs.

– Tu peux dire, répondit la vieille dame : comme une tigresse. Ah là là ! Tu peux dire !

– Mais tu étais triste, ou en colère ?

Justine considéra très sérieusement la chose, en tournant d'une main encore vigoureuse la pâte à crêpes.

– En colère, dit-elle. Sacrément en colère.

– Contre qui ? Ton mari, ou bien l'autre dame ?

Le problème, cette fois-ci, n'offrait apparemment aucune difficulté et Justine répondit aussitôt :

– Tiens ! Ces sacrées garces ! Je te les aurais dépecées, dis donc !

Natalène but encore, rasséréné. Elle n'avait vraiment aucune envie de dépecer qui que ce soit. Ni Chantal ni Sophie. Elle n'était pas jalouse, non.

Au salon, où le clan venait juste de prendre ses quartiers du soir, elle assura tante Lise que ça allait mieux, oui, bien mieux : à peine sentait-elle encore un vague élancement, au fond, à gauche, non, à droite, elle ne savait plus...

Elle prit un livre au hasard et s'assit dans une encoignure de fenêtre, sur une banquette. Contorose classait des papiers, à sa table ; de sa place elle ne voyait que son dos et sa crinière blanche. Les tantes reportaient sur une pièce de toile grège des motifs compliqués. Elles avaient tiré devant elles la petite table basse, et s'affairaient. Philippe et Xavier, près d'une autre fenêtre, jouaient aux échecs. Sophie révisait sa composition d'anglais, Marion s'était installée à la grande table devant une pile de « Tintin » et Tristan, bien sûr, jouait. Il avait fait chaud, on avait ouvert une fenêtre, un peu de l'odeur du parc flottait encore dans la pièce. Et un silence très particulier régnait, celui de mille et mille soirées de Blajan semblables à celle-ci – le vent dans les arbres, le piano en sourdine, le rire de Philippe...

Elle leva les yeux, parce que le piano s'était tu, et vit Tristan venir à elle. Surprise – ils se permettaient rarement une telle imprudence – elle sourit parce qu'il s'armait du jeu de dames et d'un petit guéridon. Futé, le pianiste...

– Je vous écrase en dix coups, dit-il.

Elle rit comme il convenait d'une aussi présomptueuse assertion ; ils placèrent le guéridon entre eux et disposèrent les pions sur les cases. Natalène attendait, tranquillement, que son cousin parle : il avait certainement, pour agir ainsi, quelque chose d'important à lui dire.

Mais Tristan poussait ses pions, l'un après l'autre, et ne disait rien. Ça en devenait tout à fait agaçant.

– Qu'est-ce qu'il y a ? demanda-t-elle.
– Mais rien...

Elle eut un air surpris et Tristan lui sourit, moqueur.

– Soufflé, dit-il. Vous allez perdre, Natou.
– Alors ça, ça m'étonnerait !

Elle se remit au jeu, avec la passion qu'elle portait à toute chose, et se défendit de son mieux. Tristan l'observait avec attention, quand elle s'occupait de ses pions. Qu'est-ce qui avait bien pu lui arriver, à table ? C'était lié à lui d'une façon ou d'une autre puisqu'elle le regardait quand elle s'était mise à trembler – lui, ou plus exactement ses mains – et si fixement, si bizarrement...

Il avait assisté à une scène à peu près semblable le mois précédent, dans la bibliothèque. Cela lui avait paru concerner une lettre qu'elle envoyait à Caroline. Mais ce soir il n'y avait pas de lettre, pas de Caroline, il ne pouvait s'agir que de lui – ou bien avait-elle évoqué, devant ses mains à lui, celles de Vanik ?

« Je voudrais pouvoir lui gratouiller le crâne avec un racloir, pensa-t-il soudain, parce qu'elle ne dira jamais rien, cette bourrique, faut pas rêver, jamais... »

Au même instant elle demandait, avec une désinvolture bien jouée :

– Est-ce que vous êtes jaloux, vous ?
– De qui ?
– En général ?
– Je ne crois pas.
– Mais vous connaissez des gens qui le sont ?
– Oui, quelques-uns. C'est assez répandu, non ?
– Et ça ressemble à quoi ?
– Il paraît que c'est très désagréable.

Il commençait à se faire une vague idée de ce qui l'avait bouleversée au dîner, et avec son habileté coutumière se garda bien d'entretenir la conversation. Fine, Natou, fine comme l'ambre, mais il lui arrivait tout de même de baisser sa garde...

– Dame, dit-il, là vous êtes vraiment fichue, Natou !

Elle ne parut pas entendre. Elle mordillait le bout de son index, pensive, en regardant son adversaire.

– Et d'imaginer ? Vous imaginez, quelquefois ?

– Quoi ?

– Eh bien, tout... Des gens que vous connaissez, avec d'autres. Leurs gestes, tout...

– Ah, dit Tristan. Je vois...

Il eut un petit rire que Natalène ne comprit pas. Puis il baissa le nez et se mit à jouer avec les pions qu'il avait dans la main, comme s'il réfléchissait.

– Je n'ai jamais imaginé ce genre de chose, dit-il. Il faudra que j'essaie. Ça doit être curieux.

Il aurait pu insister encore : elle était si troublée qu'elle n'aurait sans doute pas entendu ses gros sabots. Mais il s'en abstint, généreusement.

– Dame, redit-il.

– Où ça ?

– Ici : dame !

Ils sursautèrent, ensemble, comme tous les occupants de la pièce : Contorose venait d'aviser le piano délaissé, et il avait profité de l'occasion pour y plaquer toute une série d'accords tonitruants.

– Louis ! gémit tante Lise. Je t'en prie !

Contorose se rendit, après avoir bien ri de son succès, et se mit à jouer une valse, plus raisonnablement. Il avait été assez bon pianiste en son jeune temps et se plaisait à soutenir que son petit-fils ne pouvait tenir ses dons que de lui.

– Une fois, dit Natalène, ça m'est arrivé. D'imaginer.

– Et c'est désagréable ?

– Bizarre en tout cas. On ne se sent pas du tout en colère, ni triste. Je ne sais pas quel mot pourrait aller... « Seul », peut-être : on se sent seul. Mais c'est idiot, parce que seul on l'est toujours, de toute façon.

Tristan jouait avec ses pions, tête baissée, et Natou cette fois ne le vit pas sourire. Il s'amusait : se trouver devant une Natalène transparente, et aussi aisément déchiffrable que Chantal ou Caroline, voilà qui était un spectacle de choix, et rarissime...

Sa loyauté, pourtant, l'emporta. Et il se découvrit lui aussi.

– J'ai connu ça une fois, dit-il, ou ça y ressemblait beaucoup. J'étais dans le parc et je vous y ai vue avec Philippe, l'année dernière.

Elle cessa aussitôt de mordiller son index, sembla redescendre de la lune, et son visage redevint ce qu'il était la plupart du temps : un petit masque soigneusement ajusté.

– Cela n'a pas duré longtemps, dit Tristan. Mais certainement c'était un peu désagréable, sur le moment.

Elle s'était assez reprise pour plaisanter sur le sujet, sûre, comme elle l'était toujours et presque toujours avec raison, de ne rien trahir d'elle-même.

– Ça vous apprendra à traîner dans le parc à des heures impossibles...

– *Mea culpa*, dit-il. Et dame...

XVII

Lorsqu'elle quittait Blajan en vélo, le samedi, Natalène trouvait souvent les habitants du pavillon sur leur véranda. Ils y prenaient un café dont ils lui proposaient toujours une tasse. Le petit André avait maintenant huit mois. Il commençait à se déplacer à quatre pattes et jasait à qui mieux mieux. Sur le rocking-chair, Chantal se balançait. Et Jean-Louis Kerbauson, un paquet de copies devant lui, essayait de retarder le moment de s'y mettre...

– Je vais vous aider, plaisantait Natalène. Celle du dessus mérite 16, je le sens. Vous savez que je suis un peu sorcière. La suivante, 13. Celle d'après, 8, et vous écrivez : « Revoyez vos cours ! » avec un grand point d'exclamation indigné.

Ils étaient heureux, aussi heureux que possible : ce que la sorcellerie de Natou lui disait, c'était surtout cela. Chantal était une mère parfaite, reconnaissaient les tantes, et, ma foi, une meilleure maîtresse de maison qu'on ne s'y était attendu. Natalène n'avait pas la fibre maternelle et se souciait peu de la façon dont sa cousine pliait les torchons : mais elle se réjouissait de la voir s'épanouir entre Jean-Louis et le petit André.

« Ce pavillon, pensait-elle, c'était le bon truc... »

Et certainement le fait, pour Chantal, d'avoir pu s'éloigner du clan sans le quitter vraiment avait compté. Cela lui avait ménagé une transition. Lorsque Jean-Louis, qui désirait depuis longtemps se faire nommer près de sa famille, à Dax, y réussirait, beaucoup de liens se seraient déjà relâchés, en douceur, entre Chantal et Blajan. Elle faisait déjà moins d'allées et venues de son pavillon à la grande maison, préparait ses tartes sans avoir recours à Justine et ne courait plus réclamer l'aide de Marie Rivalty lorsque le bébé avalait de travers. Elle avait de nouvelles relations parmi les collègues de son mari et celles-ci prenaient de plus en plus d'importance. Bref, elle était en bonne voie pour se libérer tout à fait, et sans en souffrir, de sa tribu tentaculaire.

Natalène ne restait pas longtemps avec eux, pressée par le temps. Elle pédalait jusqu'au bourg, posait son vélo dans la remise de la gare routière et grimpait dans le car. « Mon pavillon à moi, pensait-elle. Ma transition... » Elle s'asseyait sur la banquette du fond, sa valise noire sur les genoux, et regardait le paysage défiler derrière les vitres sales. Blajan s'éloignait, se fondait dans l'invraisemblance des choses qu'on a seulement rêvées, et le camp seul devenait important. Anizia s'était-elle réconciliée avec la vieille Maria ? Vanik était-il venu à bout du moteur de l'Aronde ? Faudrait-il encore – misère ! – éplucher vingt kilos de patates ?

Au retour, le phénomène inverse s'accomplissait. « Je suis un balancier d'horloge, pensait-elle. Tic, à gauche, tac, à droite... »

Un samedi d'avril l'horloge s'emballa. Un des pneus du vélo creva en route, Natalène perdit du temps à le réparer, et trouva le car parti. De la gare elle téléphona à Blajan pour que Contorose, si quelqu'un du camp appelait, puisse les avertir qu'elle serait très en retard : le car suivant ne partait qu'à la fin de l'après-midi. Vingt minutes plus tard, alors qu'elle attendait, résignée, sur un banc de l'esplanade, la voiture de Tristan s'arrêta devant elle. Contorose l'avait envoyé remplacer le car et l'invraisemblable s'accomplissait, l'horloge avait deux balanciers, ou un balancier fou, on avait lancé un pont de corde entre la Terre et la Lune...

Tristan mit sur les genoux de sa cousine deux pommes vertes – elle en avalait toujours des quantités, malgré les reproches des tantes – et un nouveau paquet de cigarettes à la menthe. Après quoi ils se mirent en route vers la lune.

– C'est dingue, disait Natou, dingue !

L'expérience était encore plus étrange pour Tristan, qui ne connaissait du camp que le Copte, sa guimbarde, et Vanik.

– Je ne me suis pas changé, dit-il, j'étais aux écuries, mon pull est troué : c'est une attention délicate, non ?

Elle rit, en croquant sa pomme, et posa ses doigts, pour une rapide caresse, sur ce que l'on voyait du bras de Tristan à travers la déchirure de la laine.

Ils s'arrêtèrent à mi-chemin pour prendre un café dans une auberge et se lancèrent là, comme cela leur arrivait souvent au grenier, dans de grandes discussions philosophiques. Natalène était très mûre sur beaucoup de plans, grâce à la vie difficile qu'elle avait menée, mais gardait sur certains autres la naïveté de son âge : ainsi elle croyait à la possibilité d'une égalité parfaite entre les vivants, soutenait que chacun DEVAIT se rendre utile d'une façon ou d'une autre pour pouvoir se regarder sans honte dans une glace, et pensait qu'avec un peu de bonne volonté on pourrait supprimer bientôt les guerres, la famine et l'injustice. Tristan avait moins d'illusions. Mais il était encore assez proche de cet âge heureux pour discuter pied à pied les arguments de Natalène – enfin quand même Xavier n'était PAS l'égal de l'oncle Alban, par exemple...

– Ouais, accordait Natou, mais évidemment si on se met à prendre des exemples ça fausse tout...

Il riait, désarmé, et repartait aussitôt à l'attaque : Xavier chargé du sort du monde c'était le monde livré à la bêtise – mais Xavier écarté de tout parce qu'il était si bête c'était le monde livré à l'injustice, non ?

– On peut l'écarter sans l'écraser, protestait Natalène, et puis, oh là là, vous compliquez tout !

Ils quittèrent l'auberge vers trois heures, en y laissant tous ces vieux problèmes au fond de leurs tasses, et se remirent en route. Pendant longtemps ils parlèrent de Chantal, puis de Philippe ; et là Natalène, pour qui les siens n'avaient presque pas de secrets et qui « sentait » les gens avec une lucidité sans pareille, ne se montrait plus du tout naïve. Puis ils se turent. La voiture suivait maintenant des petites routes de montagne, sur les indications brèves de Natou. Ils traversèrent un bourg dont Tristan avait déjà entendu le nom, Fonvières. C'était là que Natalène descendait du car habituellement. Ils prirent ensuite une petite route en lacet, puis un chemin de terre, et presque aussitôt Natalène fit arrêter la 2 CV : c'était là.

Tristan descendit, referma sa portière, s'y adossa et défit le paquet de cigarettes neuf. Dans le champ situé en contrebas de la route le camp étalait son désordre, juste à ses pieds. Il vit une vieille maison, très longue, au toit croulant d'un côté, entourée de tout un fouillis de caravanes garées çà et là avec la plus grande fantaisie. Il y en avait une bonne trentaine, certaines assez neuves, d'autres en piteux état ; sur quelques toits, sans doute fissurés, on avait posé de la tôle qui brillait au soleil. D'étroits passages semblaient ménagés entre elles. En deux endroits ces espaces laissés libres s'agrandissaient pour former comme une minuscule place, et d'où était Tristan on pouvait y distinguer quelques silhouettes. Ce qui restait de l'ancien jardin servait d'entrepôt, d'atelier, et surtout de casse. Autour des carcasses de voitures tout un peuple d'enfants grouillait. Une femme en jupe vive traînait un baquet sous une grange, et près de la grille un homme fendait du bois. C'était confus, coloré, terriblement vivant, et Tristan comprit pourquoi sa mère, à Hambourg, en évoquant ce souk, avait tapoté sa robe d'un air dégoûté comme pour en chasser des miasmes.

– Alors ? dit Natalène. Vos rêves gitans ?

Elle souriait, debout sur le bas-côté, sa valise à la main, et le vent jouait dans ses cheveux.

– En miettes, dit Tristan. En morceaux de miettes.

Elle rit, narquoise. Il allumait sa cigarette, une main protégeant la flamme de son briquet, et sous ses cheveux un peu trop longs son visage avait une étrange expression, un peu triste, un peu distraite, qui intrigua Natou.

– Il ne vous plaît pas ? demanda-t-elle.

– Qui ?

– Le camp ?

– Si, dit-il gentiment. Je ne pourrais sans doute pas y vivre, mais il me plaît.

– Vous ne pourriez CERTAINEMENT pas y vivre, répliqua Natalène. Vous êtes trop blond. Beaucoup trop blond !

Elle descendait déjà le petit sentier, légèrement, et faisait un signe d'adieu avant de disparaître au tournant. Tristan attendit un peu, la vit de nouveau plus bas, et quand elle franchit le portail démantibulé du camp remonta en voiture. Mais il ne démarra pas : un homme, que Natalène avait dû croiser dans le sentier quand il l'avait perdue de vue, en sortait justement et le hélait.

– Tu me poses à Fonvières ?

Il ouvrait l'autre portière, sans se soucier d'obtenir une réponse, et s'installait.

– Je vous en prie, dit suavement Tristan.

– C'est toi qu'as posé Vanina ?
– Oui. Il y a de quoi tourner plus loin ?
– Ouais, ouais, vas-y...
Tristan démarra, fit sa manœuvre un peu plus loin, et conduisit donc l'homme à Fonvières. C'était un beau ferrailleur, ma foi, d'une trentaine d'années, jovial, poilu, sentant la bête, et dont les mains fascinaient Tristan : d'énormes battoirs couturés de cicatrices.
– Qu'est-ce que tu fais, toi ? demanda-t-il.
– Du piano.
– T'en joues ?
– Oui.
– Y a une carcasse de piano dans la grange, faudra que t'y jettes un œil, si tu repasses... L'est à Butak. L'a eu pour des peaux. Pas foutu qu'il te crache une note.
Tristan, qui s'amusait, convint que c'était fâcheux en effet, et promit qu'il se ferait un plaisir d'examiner la chose, un jour, s'il en avait l'occasion.
– Je vais voir le flipper de Kriss, continua l'homme. Les flippers, ça, je m'y connais. L'ont coincé. Alors comme ça t'as posé Vanina ?
– Oui, elle avait raté son car.
– T'es peut-être dans sa tripotée de cousins ? Ses cousins gadjé de là-bas ? Chez son vieux ?
– C'est ça.
Satisfait, l'homme opina du menton, plusieurs fois, et puisqu'on en était aux présentations en bonne et due forme déclara :
– Moi c'est Jujube.
Ils entraient juste à Fonvières. Tristan déposa Jujube devant une petite maison, où devait se trouver le flipper coincé, et repartit. Mais le Seigneur tout-puissant avait apparemment décidé de transformer sa 2 CV en taxi ce jour-là : à la sortie du

bourg une jeune fille qui marchait sur le bas-côté se retourna soudain en entendant le bruit du moteur, et leva le pouce. Tristan obtempéra.

Elle avait une vingtaine d'années, un petit corps potelé et une langue furieusement agile. Ils n'avaient pas fait dix kilomètres que Tristan savait tout d'elle – absolument tout.

– Et qu'est-ce que vous auriez fait à ma place ? dit-elle enfin.

– Exactement la même chose, reconnut Tristan.

Il avait un peu perdu le fil : en était-elle restée aux démêlés avec sa future belle-mère ou aux exigences ridicules de sa patronne ?

– Ah, triompha-t-elle, vous voyez !

Il se mit à rire, délicieusement, pour lui-même. Quel après-midi de dingue il passait là !

La jeune fille venait d'aviser le paquet de cigarettes qu'il avait posé contre le pare-brise, et tendait un doigt timide.

– Je peux ?

– Je vous en prie...

Il fouilla ses poches, lui tendit son briquet. Comme elle semblait en attendre davantage il s'arrêta, se gara sur le bas-côté, et lui présenta cérémonieusement le briquet allumé.

– Vous avez l'air drôlement gai, dit-elle.

– Oui, reconnut-il.

– Pourquoi ?

Elle le considérait avec une sorte de désapprobation, et il fit un effort pour reprendre son sérieux.

– En fait, dit-il, c'est tout simple : je n'arrête pas de rencontrer, cet après-midi, des gens très... très sympathiques. Croyez-vous que ce soit un coup monté ?

– Par qui ?

– Ah, dit-il, bonne question...

Il laissa la questionneuse au croisement de la nationale, comme prévu, après avoir approuvé ses projets de décoration pour la table du dimanche et convenu avec elle que rien, non, rien, ne valait une belle nappe blanche pour un repas de fête. « Et maintenant, se dit-il, au suivant. »

Mais il n'y eut pas de suivant. Et à cinq heures et demie il était à Blajan, devant son piano.

– Jujube ? lui dit Natalène dans un recoin du salon, le dimanche soir. Oui, je l'ai vu, je lui ai dit de se dépêcher, qu'il vous trouverait peut-être en haut... Il est drôle, n'est-ce pas ?

Comme Tristan opinait elle se mit à rire et ajouta, mauvaise :

– Il a tué un Yougoslave, il y a deux ans. Au couteau.

– C'est vrai ?

– J'étais là.

– Mais pourquoi ?

– Oh, une bête histoire de fille... À Brovnik, là-bas. Ils se battaient près des fours.

– Et il n'a pas eu d'ennuis ?

– Pourquoi ? Une fille, deux couteaux, y a rien à dire – c'était correct.

– Mais avec la police ?

Elle haussa les épaules, amusée.

– La police, dit-elle, c'est pour vous. Nous on s'en passe très bien.

De ce « nous », qu'elle n'avait pas remarqué, elle passa aussitôt à un autre pronom :

– « Ils » ont leurs propres lois, vous savez. Et terriblement strictes. Différentes, c'est tout.

Elle réfléchit un instant, puis précisa :

– Les flics s'en mêlent le moins possible, parce que ça roule bien mieux sans eux, et les rares fois où ils sont obligés d'intervenir, quand ils ne peuvent décemment pas faire autrement, ils marchent sur des œufs... Ils se mêlent toujours des rapports qu'on a avec les gadjé, ça oui. Mais de ceux qu'on a entre nous, non. Est-ce que vous auriez l'idée, vous, d'aller régenter les batailles des poules dans un poulailler ? Faudrait déjà que les poules vous en parlent ! Et en plus...

Elle s'arrêta net parce que tante Lise, du canapé, lui posait elle aussi une question et Tristan l'entendit répondre, de sa voix la plus innocente :

– Mais si, ma tante, j'ai goûté, merci. J'ai pris un thé là-bas, avec des petits fours...

On fêta à la fin du mois les dix-sept ans de Natalène, et presque aussitôt la majorité de Xavier. Tristan eut dix-neuf ans le 6 mai et Chantal vingt ans le 10 : ces quatre Blajan-là étaient nés au printemps, en peloton serré.

Tristan était avec Xavier dans la bibliothèque le jour où celui-ci reçut sa lettre de Hambourg, et le regarda s'étonner devant l'enveloppe.

– Hambourg, disait-il, Hambourg... Ce n'est pas là qu'habite ta mère, Tristan ?

– Si.

L'idée que cette tante Agnès à peu près inconnue ait pu lui écrire, à lui, semblait presque effrayer Xavier. Il se décida pourtant à ouvrir l'enveloppe, en tira une lettre qui paraissait assez courte et la lut, son visage rond pétrifié par la surprise.

– Par exemple, dit-il, par exemple, ça c'est fort... Alors ça c'est fort... Tu sais de qui c'est ?

– De ton père, sans doute.

– Oui... Comment le sais-tu ?

– Je l'ai vu à Hambourg, chez ma mère.

– Ah oui, bien sûr...

Il relut la lettre, plusieurs fois, et Tristan eut vaguement pitié de lui.

– Il a aussi écrit à Chantal après son mariage, dit-il. Tu devrais aller en parler avec elle.

– Elle lui a répondu ?

– Je crois même qu'ils se sont rencontrés à Paris, juste avant la rentrée.

– Mais... maman sait où il est ?

– Certainement. Mais elle ne doit pas avoir très envie d'en parler.

De nouveau Xavier se replongea dans la lettre d'Alban et Tristan maudit son oncle de n'avoir pas voulu l'écouter, d'avoir attendu si longtemps et d'assener ainsi la vérité à ses enfants, sans précaution, d'un seul coup.

– Tu veux lire ? demanda Xavier.

Tristan hésita bien un peu, mais la curiosité l'emporta et il tendit la main.

« Xavier, écrivait l'oncle Alban, je suis ton père, dont tu ne dois même pas te souvenir. Tu viens d'avoir vingt et un ans et je peux maintenant te dire la vérité. En 1949 j'ai quitté Blajan, tu le sais. Ce n'était pas pour aller en Italie, comme on a dû te le dire, mais pour m'installer à Hambourg avec ta tante Agnès. Nous nous aimions et pensions devoir vivre ensemble. Ta mère n'a pas pu consentir à un divorce, ses convictions religieuses le lui interdisant, et il a été convenu entre nous, dans votre intérêt, que je disparaîtrais tout à fait de votre vie. Te voilà majeur, adulte et libre de tes choix : si tu le souhaites je serai heureux de te rencontrer. Si tu préfères attendre encore, ou laisser les choses en l'état, fais-le : quelle que soit ta décision je la respecterai. *Alban Rivalty.* »

« Mince, pensa Tristan, alors ça c'est envoyé... »

– Parles-en à Chantal, dit-il, je t'assure : vous verrez cela ensemble.

– Mais tu l'as vu, toi, alors ? Comment est-il ?

– Chouette.

C'était le mot de Natalène, mais Tristan se força à le développer :

– Intelligent, sensible, fier... Il te plairait, tu sais. Vraiment, c'est quelqu'un de bien.

– Quelqu'un de BIEN ? Laisser maman comme ça ! Et nous ! Quand même, faut pas pousser... Toi, au moins, elle était veuve, ta mère...

– Je sais, dit Tristan. C'est plus difficile pour toi.

– Et s'ils avaient eu des enfants, tu te rends compte, la catastrophe ? Hein ? Qu'est-ce que ça aurait été ? Tu te rends compte ?

Tristan eut une pensée émue pour la petite catastrophe de Hambourg, qu'il aimait sincèrement, et insista :

– C'est avec Chantal que tu devrais parler de ça. Pour elle c'est comme pour toi, exactement. Et puis elle l'a vu.

– Oui, je lui en parlerai.

– Tout de suite, non ?

– Tu crois ?

– Et pourquoi pas ?

Xavier fourra la lettre dans sa poche, indécis.

– Je me demande ce qu'Édith en pensera...

On connaissait peu Édith Moinard, à Blajan, mais on l'avait tout de même croisée quelquefois et on se faisait d'elle une idée assez peu réjouissante. La certitude que l'oncle Alban verrait son fils si Édith trouvait la chose possible, et ne le connaîtrait jamais si elle la considérait scandaleuse, abattit un instant Tristan.

Natalène s'enchanta fort, elle aussi, de la phrase de leur oncle qui avait le plus touché Tristan : « Nous nous aimions et pensions devoir vivre ensemble. »

– Sapristi, dit-elle, quel panache !

Ils étaient au grenier et finissaient une partie de cartes.

– Il n'ira pas, dit Tristan. Mille dollars qu'il n'ira pas, cet imbécile...

– Et alors ? S'il n'y va pas ce n'est pas bien grave : l'oncle Alban ne perdra rien, ou pas grand-chose... Pourquoi dit-on « l'oncle », d'ailleurs ? Ce n'est pas notre oncle, c'est notre cousin.

– Ça doit être une histoire de génération... Et puis nos cousins Rivalty disent « grand-père » à Contorose, qui n'est pas leur grand-père.

– Oui, mais c'est parce qu'il est le chef de meute.

Elle repoussa le tiroir de la commode, où elle venait de ranger les cartes, et en revint à Xavier :

– Il n'ira pas, non... il est si bête ! Il fait TOUT bêtement, on pourrait le montrer dans les foires, et tiens, ça doit être son adverbe : bêtement.

– Et celui d'Édith ?

– « Froidement » ?

Ils rêvèrent un instant à ce que pouvaient vivre ensemble deux vilains adverbes de ce genre, et en frissonnèrent. Puis Natalène, qui ne reculait devant aucune irrévérence, attribua le sien à Contorose : « superbement ». Tristan l'aida à fleurir les tantes : « doctement » pour Lise, « chastement » pour Blanche, « timidement » pour Marie. Elle allait s'attaquer à la jeune génération, mais réalisa brusquement le danger, et rougit.

– Passons, dit gentiment Tristan. Mais voulez-vous le vôtre ?

– Chiche ?

– « Imprévisiblement ». Que ça existe ou pas, il est fait pour vous.

Elle sourit, tendit vers Tristan un index accusateur, chercha, ouvrit la bouche, la referma... et il se mit à rire, moqueur.

– Rien ne me va ?

– Non, dit-elle. Vraiment, je ne sais pas.

Son incurie l'attristait, et elle soupira.

– J'y réfléchirai, dit-elle. Vous en avez forcément un !

Xavier ne reparla jamais à Tristan de la lettre de Hambourg. Et il n'y répondit pas.

– Je n'ai rien reçu, se contenta-t-il de dire à Chantal, rien du tout. Tu le lui diras.

Cette aventure lui avait-elle donné un peu d'assurance ? Il présenta officiellement Édith à Contorose et aux tantes, un dimanche matin, et parla de fiançailles.

Contorose avait déjà vu la jeune fille, lors de l'accident de Xavier. Elle ne lui plut pas davantage cette fois-ci. Mais bien sûr elle enchanta les tantes.

– Elle est si bien élevée, disaient-elles, si raffinée, si aimable !

– On jurerait surtout, glissait Contorose, qu'elle a avalé l'une de mes cannes...

Il alla rendre visite aux parents d'Édith, revint effaré par leur froide bêtise, mais s'inclina. On fit la demande officielle, qui fut acceptée. Et le mariage fut fixé au Noël suivant, parce que Édith tenait à ses mois de cour.

– La relève est assurée... ironisait Philippe, mauvais, en regardant les trois vieilles dames du canapé.

Il parlait bas : Contorose ne se gênait pas pour railler sa nouvelle nièce quand il se croyait à l'abri des oreilles indiscrètes, mais ne permettait à personne d'autre de le faire. Et surtout pas à ses polissons de pupilles.

– Et les voilà qui se marient ! s'étonnait-il. Chantal, Xavier... Qu'est-ce qui leur prend ? Pourquoi s'emballent-ils ainsi ?

Il regarda la petite Marion, un soir, à table, et s'enquit suavement de ses projets : n'avait-elle pas un aimable fiancé à leur présenter ? Parce que c'était le moment, n'est-ce pas... La fillette, toujours aussi timide, rougit jusqu'aux oreilles et ce monstre de Philippe ne put négliger une si belle occasion :

– Quand tu étais petite tu voulais épouser Tristan, non ? Ça t'a passé ?

– Oui, oui... dit-elle (le nez lamentablement baissé).

– Moi, dit Tristan pour lui venir en aide, je voulais épouser Justine. À cause des confitures, je suppose.

– Et moi, dit Natalène pour le plaisir de narguer son clan, c'était Tristan aussi.

– Par exemple ! dit Contorose. Tristan ! Et personne ne voulait épouser son frère ou son père ?

– Vraiment, interrompit tante Lise, ce genre de conversation, Louis...

Mais Louis de Blajan, dit Contorose, ne l'écoutait pas. Il rêvait, la fourchette en l'air.

– Moi, dit-il, c'était la pharmacienne de Dax... cette jolie pharmacienne... tu sais, Lise, la blonde...

En juin, les révisions commencèrent.

Les notes de Philippe n'étaient pas brillantes. Il avait eu son premier bac de justesse, l'année précédente, et se préparait manifestement à rater le second. Contorose choisit une solution extrême et lui interdit de mettre un pied au manège jusqu'au jour de l'examen. La colère du garçon fut un des beaux spectacles de l'année : réellement, il écumait, planté devant le vieil homme, et le clan retenait son souffle, saisi, se demandant si le monde n'allait pas basculer, et Philippe se jeter sur son grand-oncle.

Mais non. Il y avait en Contorose une autorité native à laquelle Philippe lui-même ne pouvait résister. Les choses retombèrent sur leurs pieds, après un court instant de flottement, et Philippe baissa le nez.

– Bon, dit-il rageusement. C'est entendu.

Dès lors il ne quitta plus ses livres, pressé d'échapper une fois pour toutes à la tutelle du patriarche. On avait laissé Tristan faire du piano, on le laisserait bien, lui, se consacrer au manège – ou alors on devrait dire pourquoi.

Sophie était presque aussi assidue que lui, surveillée de près par Natalène. Et Xavier faisait un effort lui aussi pour ne pas décevoir sa fiancée. On aurait pu se croire revenu dix ans auparavant, au temps de l'école primaire, lorsque les petits Blajan faisaient leurs devoirs du soir autour de la table de la bibliothèque ; et les tantes passaient de temps en temps un bout de nez par l'entrebâillement de la porte :

– Ça va ?

Ça allait. Sophie et Natalène se chuchotaient de sournoises questions-pièges sur la guerre de Sécession, Philippe se battait avec l'appareil digestif des lombrics et Xavier avec les subtilités de l'article 334. Marion n'avait pas d'examens à passer mais révisait quand même sa grammaire latine, entraînée par l'exemple.

– Ils travaillent trop ! disait tante Lise. Tu ne me diras pas, Louis, qu'ils ne travaillent pas trop ?

Tant d'application ne fut pas perdue : tous les bagnards, Xavier y compris, furent reçus. Natalène avec des notes qui l'étonnèrent elle-même, Sophie et Philippe très honorablement, Xavier de justesse. Mais Contorose n'était pas mesquin : il leur offrit à tous un gros billet craquant et annonça que la fête des « peaux d'âne », cette année, serait particulièrement grandissime.

Il en fixa la date au 29 juin, le soir même du gala de l'école. C'était un peu tôt, mais il craignait que Natalène ne puisse pas y assister si on attendait juillet comme le voulait la tradition.

– Et c'est toi notre héroïne, disait-il gentiment. Une mention « très bien », mazette !

En ce moment béni où Blajan sombrait dans l'indolence d'un juste repos, l'école des Kerbauson, elle, avait la fièvre. Ce premier gala était très important pour son image de marque. Le frère et la sœur n'avaient pas un instant de répit, entre les invitations, les programmes, les dernières répétitions et la décoration de la salle. Ils trouvaient quand même le temps de se disputer furieusement, et quand leurs amis faisaient un saut dans le petit appartement qu'ils occupaient au dernier étage de l'école, ils les prenaient souvent comme arbitres.

– Rouges, les rideaux, tranchait Sophie, naturellement, rouges !

– Tu vois ? triomphait Natacha.

– Je ne vois rien du tout ! criait Olivier. C'est VULGAIRE, le rouge, vous m'entendez, péronnelles ?

Le rideau fut rouge, et le gala une réussite. On applaudit beaucoup le ballet des petits, adorablement pataud, celui des moyens satisfit tout le monde, et celui qu'avait monté Olivier pour la classe supérieure eut un beau succès. Blajan avait vraiment le vent en poupe – personne ne pouvait ignorer que l'école touchait de très près à Blajan en voyant Contorose, au premier rang, superbe, applaudir à tout rompre.

Tristan jouait ce soir-là à Tarbes et n'arriva à Blajan qu'après minuit. La plupart des invités avaient pris congé : il ne restait, avec le clan, que les plus acharnés, les plus jeunes. Cela faisait tout de même beaucoup de monde et il eut l'impression, en s'approchant de la terrasse, qu'une bonne cinquantaine de personnes dansaient encore sous les lampions.

Natacha l'accueillit, une coupe de champagne à la main.

– Ça a marché ?

– À peu près, dit-il. Plutôt bien, même. Et ici ?

– Ma-gni-fi-que-ment !

Il rit, content de la voir si joyeuse, et but une gorgée de la coupe qu'elle lui tendait. Trois des danseuses plus âgées, démaquillées mais les cheveux encore relevés en chignon, se tenaient près des marches, et lui sourirent.

– Là, dit Natacha, vous plaisez, maestro...

Elle se sauvait déjà, tout animée, pour prendre à partie un petit journaliste. Tristan vit Contorose traverser les groupes, un lampion enflammé à bout de bras, sa grosse voix bourrue réclamant le passage, et rit encore. Il se sentait, ce soir-là, stupidement heureux. Il avait bien joué, il le savait, mieux peut-être que jamais, on dansait sur la terrasse, Contorose piétinait son lampion, Marion riait aux éclats, oui, même Marion...

Natalène partirait bientôt, bien sûr, mais elle reviendrait à la rentrée – combien avait-elle bu de coupes ce soir, elle qui ne résistait pas au champagne ? Il se le demandait quand il vit Édith Moinard, devant lui, raide et digne, évoluer gravement dans les bras de Xavier. Ce spectacle porta son plaisir à son comble, curieusement. La jeune fille sentit peut-être qu'on l'observait. Elle tourna la tête, aperçut Tristan et inclina le front avec une froide politesse, sans daigner sourire. Tristan, impassible, lui rendit son salut.

Comme on lui touchait le bras, il se retourna. C'était la petite amie de Philippe, Valérie Dubreuil, qu'il ne s'attendait certes pas à voir là, et qui lui souriait.

– Vous dansez, Tristan ?

Il dansait, naturellement. Elle l'entraîna vers le coin de la terrasse et mit ses bras autour de lui. Elle dansait bien, et sentait bon. Quelle étrange chose que de l'imaginer occupée à choisir une cravache avec Philippe dans les écuries du manège...

– Je ne savais pas que vous seriez là ce soir, dit-il.

– C'est une mauvaise surprise ?

– Mais pas du tout.

– Je suis venue avec Isabelle.

Comme il ne connaissait pas Isabelle elle le renseigna, négligemment :

– Celle de l'usine.

– Quelle usine ?

– Mais l'usine Dubois-Pontier !

Elle lui désigna l'héritière des usines Dubois-Pontier, sagement assise sur un banc à l'extrémité de la terrasse. C'était une très jeune fille, presque une enfant encore, blonde et menue. Et certes on aurait beaucoup surpris Tristan en lui annonçant qu'elle serait un jour sa femme.

– Je la garde un peu, dit Valérie. Ou plutôt je la sors. Mon père est ingénieur là-bas. Alors je suis... son amie de compagnie !

– Elle a l'air de s'ennuyer, non ?

– Elle est surtout très godiche !

Elle s'écarta de Tristan, parce que la musique s'interrompait, et le remercia d'un sourire avant d'aller rejoindre Philippe près de la glycine. Tristan chercha Natalène des yeux. Il ne l'avait pas encore vue : apparemment, ni Sophie ni elle n'étaient sur la terrasse. L'invraisemblable robe rose de Sophie, qui avait fait l'indignation des tantes, n'aurait pas pu lui échapper très longtemps.

Il prit une coupe de champagne sur un plateau, traversa quelques groupes de danseurs et s'assit sur le banc de bois à côté de la petite Dubois-Pontier.

– Je m'appelle Tristan, dit-il. Vous ne dansez pas ?

Elle lui lança un regard méfiant, et rougit. Certainement, elle n'avait pas plus de quinze ans. Ses mains aux ongles rongés s'agitèrent nerveusement sur sa jupe, et Tristan eut pitié d'elle.

– Je ne danse pas beaucoup non plus, dit-il.

– C'est vous, le pianiste ?

Elle s'était lancée brusquement, à l'aveuglette.

– Oui, dit Tristan gentiment. Vous aimez le piano ?

– Non. J'en fais quand même. Et de la harpe.

– Ça vous plaît ? La harpe ?

– Non.

Tristan connaissait à fond l'art de manier ces écorchés vifs que sont les timides, grâce à Marion, et parut trouver ces brusques et laconiques réponses tout à fait naturelles.

– Arrêtez, alors ?

– Papa ne veut pas.

– Ah, ça, je sais ce que c'est. Mon grand-père est très autoritaire lui aussi.

Elle le regarda vraiment, pour la première fois, et eut même un petit sourire.

– Il vous embête ?

– Moins maintenant. Mais quand j'avais votre âge, oui.

– Qu'est-ce qu'il voulait ?

– Eh bien, pour moi, le contraire : que je fasse moins de piano.

Elle hocha la tête, compatissante.

– Alors ça, quand on vous embête c'est drôlement embêtant...

– Vous pouvez le dire, accorda-t-il.

Sophie, qui sortait du vestibule, semblait chercher quelqu'un des yeux, et quand elle aperçut Tristan lui fit un léger signe. Il se leva, sourit à la petite Isabelle.

– Je crois qu'on me cherche, dit-il. À tout à l'heure, peut-être ?

La robe de Sophie était en effet étonnante : sur un fourreau vert très serré un flot de volants asymétriques, d'un rose à hurler. N'importe qui aurait été ridicule dans cette tenue extravagante, mais pas Sophie : elle portait ce genre de robe avec tant de naturel et d'aisance qu'il devenait impossible à quiconque de sourire.

Tristan s'adossa au mur de la maison, à côté d'elle, et regarda les danseurs. En haut du perron Contorose serrait des mains, riait, désignait à Natacha Kerbauson un coin du parc, et on l'entendait parler d'un chêne de son enfance, abattu par la foudre.

– Il est increvable ! dit Tristan.

– Qui ?

– Contorose. Regardez, il jubile... On parie qu'il tient jusqu'à l'aube ?

Sophie ne pariait pas. Elle baissait le nez, et semblait triste.

– Ça ne va pas ?

– Non, dit-elle, pas guère...
– Bachelière, et cafardeuse ? C'est une blague ?
– Natou me manque.
– Où est-elle ?
Il le savait déjà. Pourtant il se raidit, instinctivement, comme pour parer un coup.
– C'est vrai, dit Sophie, vous n'étiez pas là... Le Copte est venu à dix heures.
Malgré tout elle eut un petit sourire.
– Ça battait son plein et il a fait son petit effet, je vous le garantis.
Elle regarda distraitement Philippe ramasser un verre, tout près d'elle, et ajouta :
– Ah, elle me manque...
Le silence de Tristan ne l'étonnait pas : elle était trop mélancolique pour cela.
– Savez-vous ? dit-elle. Je l'aime beaucoup. Vraiment, je l'aime beaucoup. Tout a l'air idiot quand elle n'est pas là. Et juste ce soir, c'est trop bête, non ?
Elle secoua la tête, comme pour en chasser les idées noires, et demanda :
– Ça a marché, à Tarbes ?
– Oui.
Quelque chose dans sa voix alerta Sophie, et elle lui jeta un regard attentif.
– Pas très bien ?
– Si, ça allait.
Tarbes. La salle sombre, le piano brillant, cette joie sur le clavier, et dans le bois laqué du pupitre le reflet des lampions de Blajan, de la terrasse en fête, du sourire de Natalène...
– Tout le monde peut bien rater un concert, dit Sophie. Le piano, tout de même, ce n'est pas une science exacte.
– Non, dit-il.
Il regardait, entre ses doigts, la fine coupe de champagne, et les battements douloureux de son

cœur s'apaisaient peu à peu. Ne pas se trahir, surtout ne pas se trahir, à aucun prix, d'aucune façon : cette vieille loi résistait à tout, et même à la brûlante souffrance qui le déchirait. Surtout ne pas se trahir, non, et pour le reste on verrait après...

– Vous dansez ? dit-il.

XVIII

Tristan entendit beaucoup parler les jours suivants du départ de Natalène, ou plus exactement de l'apparition saisissante du Copte au milieu de la fête. Des danseurs s'étaient arrêtés, une vieille dame avait poussé, oui, on l'assurait, un petit cri d'effroi...

Contorose s'était comporté, heureusement, de façon à satisfaire les plus fiers de ses pupilles. Il avait rejoint le Copte en haut du perron – le Copte hirsute, sale, son mégot aux lèvres – et l'avait accueilli à bras ouverts. Il l'avait présenté aux invités les plus proches d'eux, et lui aurait certainement fait faire le tour de l'assemblée s'il n'avait pas craint de l'ennuyer profondément.

– Natalène était redescendue très vite, disait Chantal. Elle était plantée à côté de lui, avec sa robe de là-bas et sa petite valise, et elle regardait fixement les gens : on avait vraiment l'impression que si quelqu'un avait souri elle l'aurait saigné sur place. Finalement c'était plutôt drôle. Je suis sûre que Contorose a aimé cela !

Tristan n'en doutait pas, et souriait.

Il allait mieux. C'était un vieux combat à mener de nouveau, rien de plus, et il en connaissait d'avance toutes les péripéties. Ce qui avait été si terrible, c'était d'être entré en lice sans armure et sans armes, inopinément. Maintenant il avait son épée. Sourire, lire, jouer, vivre. Quand même. Baisser un rideau, quelque part, et nier qu'il y ait jamais eu quoi que ce soit derrière l'étoffe. Attendre, oui : mais seulement de se vaincre assez pour ne plus attendre.

On vit souvent Valérie Dubreuil à Blajan cet été-là. Elle déplaisait fort aux tantes mais amusait Contorose : il adorait les jeunes filles délurées quand elles n'étaient ni ses petites-filles ni ses petites-nièces.

– Quel abattage, disait-il en la voyant rire avec Philippe, bousculer Chantal, persécuter Xavier et se moquer de Tristan, quel abattage et quel caractère ! Je voudrais bien voir à Marion un peu de son assurance...

Cette éventualité arrêtait net l'aiguille de tante Blanche sur son napperon :

– Tu parles sérieusement, Louis ?

– Presque... souriait Contorose.

Valérie passait des heures au manège, comme Philippe. Celui-ci avait annoncé son intention de s'y consacrer désormais et Contorose s'était incliné cette fois, conscient que ce diable de garçon deviendrait tout à fait ingouvernable si on le poussait dans une voie dont il ne voulait vraiment pas. Il avait eu son bac, on ne pouvait guère lui en demander plus. Et puis il n'y avait pas de sots métiers. Un Blajan occupé à charrier du fumier était toujours un Blajan, après tout.

Philippe d'ailleurs ne charriait rien. Il s'était attribué l'organisation et la conduite des randonnées, laissant le manège proprement dit à Boris et l'animation du poney-club, pour les petits, à Valérie. Et il était heureux dans les collines, menant sa troupe comme un roi son escorte. Il ne se chargeait jamais que de cinq ou six habitués, capables de supporter les difficultés du parcours et le caractère épineux du guide.

Sophie et Tristan accompagnaient parfois les randonneurs. Xavier s'abstenait parce que Édith n'aimait pas monter et Marion préférait passer ses journées dans le parc, nichée au creux de son arbre favori avec une pile de livres. Olivier et Natacha s'étaient envolés pour l'Angleterre. Tante Lise elle-même fit une fugue, à Bordeaux, pour visiter une amie de pension et les vacances s'écoulèrent ainsi, comme endormies, doucement. Il faisait extrêmement chaud. Quelques orages très violents secouèrent un peu la torpeur générale, mais sans lendemain.

– Je devrais m'ennuyer, disait Sophie à Tristan.

Elle ne s'ennuyait pas, pourtant. On venait de fêter ses vingt ans et personne ne reconnaissait plus, à Blajan, la petite écervelée d'autrefois. Sa gaieté demeurait, mais plus grave, et comme voilée.

– Je comprends des tas de choses, disait-elle aussi à Tristan, en souriant comme pour se moquer d'elle-même. Des tas et des tas de choses.

Ils s'entendaient très bien et passaient beaucoup de temps ensemble. Cela faisait chuchoter les tantes, et bien à tort car ils ne partageaient plus maintenant qu'une très grande amitié. Contorose n'était pas aveugle, mais laissait faire. « Vingt ans, disait-il à Lise, vingt ans, dix-neuf ans, ça les regarde... » Il pensait aussi, mais sans le dire, qu'il n'aurait pas aimé se mêler des affaires de Tristan : ce calme garçon, si volontaire et si secret, l'intimidait presque, parfois.

À Hambourg, où il alla au début d'août, Tristan n'apprit rien sur Natalène. Agnès ne l'avait vue qu'un après-midi, le 8 juillet, alors qu'elle ne savait encore rien de précis sur les projets du Copte. Il avait seulement été question d'un voyage « au bout du Nord ».

– Au bout du Nord ? Et où situe-t-elle ça ? s'étonna Tristan.

– Dieu sait, répondit Agnès. C'est encore un mot de leur géographie à eux. Fonvières s'y appelle bien : « le Creux de l'Orme »... Au bout du Nord, en tout cas, il y a une plage et un ponton : j'en ai vu une vieille photo, un jour.

Alban Rivalty ne semblait pas souffrir du silence de Xavier. « Il est libre, disait-il. Je le suis bien, moi... » Tristan essaya une fois encore de plaider la cause de Marion, mais son oncle ne voulut rien entendre. Il avait laissé ses quatre enfants à sa femme en quittant Blajan et il lui aurait semblé déloyal d'acquérir sur eux, par des voies détournées, une sorte d'influence occulte.

– Vous avez tort, lui disait Agnès, les enfants ne sont pas une punition pour celui qui part, ni une consolation pour celui qui reste. Ils sont des enfants, c'est tout. Si Marion a besoin de vous... Et Natalène le dit aussi, souvenez-vous !

Mais Alban hochait la tête, et persistait.

Quand il retrouva les siens, le 15 août, Tristan vit sur la desserte du salon une petite révolution en forme de carte postale : pour la première fois de sa vie Natalène, de la lune, daignait adresser à Blajan un petit signe de vie. « Bons souvenirs d'Anstik, disait la carte. Il fait très chaud. Et chez vous ? »

Elle disait, ou plutôt chuchotait, quelque chose de plus, spécialement pour Tristan : sur l'image un hibou de pierre, hiératique, déployait à demi ses lourdes ailes.

– C'est certainement, soutenait tante Blanche, le détail du chapiteau d'une église. Regarde, Marion, il y a le début d'une rosace, en haut...

Tristan n'allait jamais au grenier des hiboux. Ça, tout de même, ç'aurait été trop exiger de lui. Il n'y avait jamais eu de grenier des hiboux sous les toits de Blajan : jamais.

Mais il voyait sans trop en souffrir le plumier de Natalène sur la table de la bibliothèque, ses bottes de jardin dans la resserre et son châle noir au portemanteau du vestibule. Il écoutait calmement Sophie regretter son absence et pouvait croiser brutalement son image dans l'album des tantes sans s'en émouvoir. Le rideau était bien retombé.

Un soir, pourtant, comme il jouait à Mont-de-Marsan et passait à quelques kilomètres du camp, il fit un détour pour le revoir.

Deux petites lumières y brillaient seules, l'une au premier étage de la baraque, l'autre dans la caravane la plus proche de la grille. On n'entendait aucun bruit sinon, de temps à autre, l'aboiement d'un roquet.

Tristan ne pensait à rien – à rien de précis plus exactement. Il semblait se tenir là, contre sa voiture, au bord de la route, par le plus grand des hasards et seulement pour le plaisir de fumer une cigarette dans la nuit.

Quand il se remit au volant pourtant le portail de la forteresse s'entrouvrit légèrement – à peine – juste le temps d'un affreux serrement de cœur qui lui coupa presque le souffle. Mais déjà il serrait les dents, allumait une autre cigarette, démarrait.

Le conservatoire rouvrit ses portes en septembre et Tristan y trouva une autre carte postale, qui l'attendait dans sa boîte à courrier depuis une dizaine de jours. Un hibou encore, de céramique celui-là. Et au dos quelques mots laconiques : « Je ne serai pas revenue à la rentrée. On va à Brovnik. Je n'ai toujours pas mis la main sur votre adverbe. Je cherche. *Vanina.* »

Cette signature étonna Tristan. Distraction ou prudence ? Prudence sans doute, car s'il était peu probable que le concierge du conservatoire connaisse les prénoms des cousins de Tristan, ce n'était pas absolument impossible.

« Je ne serai pas revenue à la rentrée. » Cette phrase-là pesait plus lourd que la signature. Il n'y avait rien à faire pourtant. Rien qu'à supporter cela aussi. Et ce jour-là il fit une très longue promenade dans les collines, comme s'il avait voulu tenter de semer sa peine sur les sentiers.

Il s'arrêta au manège, au retour. Sophie descendait juste de cheval, confuse comme chaque fois : elle ne montait pas très bien et Philippe ne le lui laissait pas ignorer.

– Jamais vu ça, dit-il à Tristan qui s'accoudait à la clôture, jamais vu une empotée pareille !

– Merci, dit Sophie. C'est gentil à vous de m'encourager.

Philippe haussa les épaules, prit les rênes du cheval, et sortit de l'enclos sans rien ajouter.

– Quel fichu caractère, dit la mauvaise élève, non mais quel fichu caractère ! Comme si je voulais entrer au Cadre noir de Saumur !

Elle tapotait le bout de ses bottes contre un piquet, pour en faire tomber la poussière rougeâtre de la petite piste. Puis elle regarda vraiment Tristan, et parut surprise.

– Vous avez l'air crevé... Un vrai zombie !

– J'ai beaucoup marché.

– Vous m'attendez, on rentre ensemble ?

Ils contournèrent l'enclos et entrèrent dans le petit bâtiment que Philippe avait baptisé, pompeusement, le « Foyer ». On y trouvait une grande cheminée, quelques bancs, et surtout un entassement impressionnant de bottes. Sophie enleva les siennes et chercha un instant ses sandalettes, que quelqu'un avait dû déplacer. Le fichier des inscrits traînait sur un rebord de fenêtre, entre deux chiffons sales. Tristan en souleva le couvercle poussiéreux.

– Marrant, dit-il, regardez... Les fiches ne sont même pas par ordre alphabétique ! Loumelle Stéphane, Loumelle Céline, Vanier Christophe, Bondy André... Dubois-Pontier Isabelle, celle-là on l'a vue à la fête, en juin, vous vous souvenez ? Une petite blondinette... Mounier Annelise, de Carrère Julien... Je me demande comment ils font pour s'y retrouver.

Sophie ne l'écoutait pas. Elle avait remis son chapeau de paille et restait plantée devant une fenêtre.

– Elle va se prendre un sabot, dit-elle.

– Qui ?

– Valérie... Mais à quoi jouent-ils, là ?

Tristan rejoignit la jeune fille près de la fenêtre, et regarda. Valérie se tenait contre la barre d'un obstacle, les mains dans les poches de son blouson, son petit visage un peu crispé. Et Philippe, sur Prince, jouait : il franchissait la barre, faisait le tour de la carrière, replaçait son cheval, recommençait...

– Mais ça l'amuse ! dit Sophie.

Cela l'amusait beaucoup, et plus encore. Son visage était mauvais. Tristan hésita un instant, puis renonça, sagement, et regarda sa montre.

– Cinq heures... dit-il. Les tantes vont râler... On y va ?

– Oui, répondit distraitement Sophie. Mais quel poison, ce Philippe !

Avait-elle une vague conscience de ce qu'elle avait vu ? Sur le sentier qui menait, par l'étang, des écuries à Blajan, elle se taisait, pensive.

– Je me demande... dit-elle une fois.

– Oui ?

– Oh, rien...

Elle avait rougi, et détournait les yeux.

C'était de toute façon un mauvais jour pour elle. On avait à peine servi le thé que Contorose entrait, une enveloppe à la main, et l'apostrophait sans douceur :

– C'est arrivé cet après-midi, jeune fille. Et c'est la troisième en une semaine. Peut-on savoir ?

Quand il se servait de ces termes, « jeune fille », « jeune homme », c'était en général mauvais signe. Sophie eut un élan de nostalgie pour le temps où elle vivait avec sa tante et se dévergondait à sa guise sans avoir besoin d'autorisation. Mais elle ne protesta pas. Blajan, après tout, c'était un lot : il fallait prendre l'ivraie avec le bon grain. La grande table chaleureuse, l'amitié de Tristan, celle de Natalène, les feux dans la cheminée, les fêtes sur la terrasse – et ça aussi.

– Peut-on savoir ? répétait Contorose.

– C'est un camarade, monsieur, seulement un camarade, il est en Angleterre, alors il m'écrit...

– Parbleu, ricana Contorose, je sais reconnaître les timbres anglais et je n'en ai que trop vu cette semaine...

Partagé entre la compassion et l'amusement, Tristan se beurrait un toast et ne disait rien. Pauvre

Sophie, qui découvrait, à vingt ans, que les vieilles tantes Hortense avaient finalement du bon...

– Pourriez-vous faire de ça – ça – ça (et Contorose agitait l'enveloppe d'un air profondément dégoûté) une lecture publique, ma chère enfant ?

Sophie rougit encore davantage, et hocha la tête.

– Je ne crois pas, dit-elle.

– Moi non plus, triompha Contorose. On ne s'y risquera donc pas. Mais la prochaine, entendez-vous, jeune fille, la prochaine y passera...

Il tendit la lettre à Sophie, qui la fit disparaître dans sa poche. Et il se frotta les mains.

– N'en parlons plus, dit-il. Et si ce jeune homme veut correspondre avec vous – ce qui n'est pas interdit, après tout – qu'il vienne d'abord me faire une petite visite, n'est-ce pas ?

– Oui monsieur, dit Sophie.

Tristan posa devant elle une tasse pleine, en témoignage de sympathie, et elle lui lança un regard rapide, mi-amusé, mi-confus.

L'amusement l'emporta finalement et quand elle put échanger quelques mots avec Tristan ce fut pour évoquer la drôlerie de la scène.

– Une lecture publique ! dit-elle. À la table du thé ! C'est pour le coup que tante Lise cessait immédiatement d'être vierge...

– À ce point ?

– Presque. C'était Ludovic, et il ne mâche pas ses mots.

– Si le conservatoire vous va, comme adresse, et s'il a chaque fois deux enveloppes à gaspiller pour vous, votre beau Ludovic, ça peut s'arranger.

– Je le lui dirai, sourit Sophie. Merci, c'est chic à vous.

– Mais je vous en prie. J'ai une âme d'entremetteur, en fait.

– Seulement, je ne veux pas vous laisser dans l'erreur : il n'est pas beau. Il est tout ce qu'on veut et plus encore mais il n'est pas beau. Je l'aime.

Elle avait parlé gravement et Tristan en prit note, dans ce petit coin de son âme qui veillait toujours à ne pas heurter, à ne pas blesser : Ludovic, attention, n'était PAS un sujet de badinage...

À la fin du mois, Tristan revit Élisabeth. Leur liaison avait cessé l'année précédente sans raison bien précise, et reprit de même. La jeune fille menait avec ses parents, dans les vieux quartiers de la ville, une existence assez étriquée. Elle sortait peu, n'avait pas d'amis, et seule la musique l'intéressait vraiment. Elle jouait du violoncelle – bien, sans plus. Tristan lui plaisait certainement, mais il manquait à son cœur ce qui manquait à son jeu, un peu de souffle, un grain de folie, et c'était sans s'émouvoir jamais qu'elle tenait son archet ou recevait son ami.

Tristan aimait sa douceur, sa grande gentillesse, son calme, et d'une certaine façon, son corps timide et gauche. Elle était la seule de ses connaissances extérieures à qui il aurait voulu montrer Blajan; mais elle n'y consentait pas.

– Non, disait-elle, non : je les connais de vue et ils me terrorisent ! Je les vois d'ici m'épluchant dès que j'aurai tourné les talons et n'en laissant pas une miette intacte...

– Tu leur plairais pourtant, disait Tristan. J'ai une petite cousine, Marion, qui te ressemble un peu. Et je crois bien qu'elle est la préférée de toutes mes tantes.

– « Toutes » tes tantes ! Combien sont-elles ?

– Seulement trois.

– C'est trois de trop, protestait Élisabeth. Je ne veux pas.

La rentrée fit retrouver à Blajan son rythme de vie habituel. De nouveau on vit travailler les jeunes gens dans la bibliothèque, et chaque matin s'égailler les uns et les autres, dans toutes les directions : Philippe au manège, Xavier à la fac, Tristan au conservatoire, Jean-Louis Kerbauson à son lycée, Sophie et Marion au leur et Contorose un peu partout.

Deux lettres de Sydney attendaient Natalène sur le plateau du courrier, dans le vestibule. Caroline avait dû penser, comme tout le monde, qu'elle serait forcément à Blajan pour la rentrée des classes. Et tous les deux ou trois jours l'une des tantes disait, songeuse :

– C'est étonnant que cette petite ne soit pas là...

Sophie se croyait seule à regretter l'absence de son amie, et s'indignait parfois de l'indifférence générale. Elle faisait sa philo ; mais pour Natalène qui avait choisi sciences-ex elle recopiait des pages et des pages de cours.

– Vraiment, dit-elle un soir à Tristan, est-ce que personne ne bougera si elle ne revient pas à la fin du mois ? À la Toussaint ? À Noël ?

– Non, répondit Tristan calmement, je ne crois pas.

Il se souvint d'une expression qu'avait employée sa mère, et ajouta :

– On marche sur des œufs avec le Copte, vous savez.

– Et si elle ne revient jamais ? Dites ? Jamais ?

– Elle reviendra.

Un peu trop douce, un peu trop lente, sa voix surprit Sophie. Et elle eut un petit remords.

– Je sais que vous l'aimez bien, vous, dit-elle. Mais les autres ? Et son grand-père ? Comment accepte-t-il cela ? Il s'en moque ?

– Vous êtes injuste, Sophie. Il ne s'en moque pas du tout. Il n'a pas le choix, c'est tout.

– Elle non plus, apparemment : parce que je veux bien croire qu'elle aime aller chez eux, mais pas qu'elle ait décidé librement de ne pas faire la rentrée. Donc il l'a gardée de force. Et de quel droit ?

– C'est son père, non ?

Elle se remit à sa version, quelques minutes, puis releva de nouveau le nez.

– Une fois, dit-elle, elle m'a parlé de l'absence. C'était drôle. Ça la prend quelquefois, elle dit des choses étranges...

Sa mémoire était fidèle et elle redit à Tristan, crispé mais stoïque, le discours que Natalène lui avait tenu sur ce sujet l'année précédente. Presque mot pour mot.

– Avec sa voix spéciale, conclut-elle. Cette voix bizarre qu'elle a quand elle dit vraiment des choses à elle. Et c'était triste, triste, triste...

Honnête, elle rectifia, après un petit silence :

– Ça le paraissait en tout cas. Mais c'est difficile de savoir avec elle. En être réduite à sortir de chez soi et à se coucher dans la boue d'un fossé parce qu'on ne supporte PLUS de ne pas voir quelqu'un, ça me semble triste, à moi. Peut-être pas à elle après tout.

– Peut-être pas, dit Tristan.

Une autre fois, dans un café du centre où ils prenaient un thé en attendant Marion que torturait son dentiste, elle alla plus loin :

– Je lui ai dit une fois que je la désirais. Ça ne s'est pas fait finalement. Je crois qu'elle en avait envie elle aussi mais qu'elle ne le voulait pas. Sans doute avait-elle raison.

Elle rit, en laissant tomber, d'assez haut, un morceau de sucre dans sa tasse de thé.

– Si j'y peux quelque chose elle changera d'avis !

Mais aussitôt sa voix redevint grave :

– Elle me manque. Vous ne pouvez pas savoir à quel point elle me manque... et pas pour ça. Pour tout. Absolument tout. J'ai envie qu'elle m'aide à raccourcir ma jupe noire. Qu'elle fourre son collant n'importe comment dans son sac de danse. Qu'elle écoute Contorose faire le fou. Qu'elle aille au lycée puisqu'elle aime tant ça. Je VEUX la voir prendre du pain dans la corbeille et tapoter le baromètre. Je veux, il faut... Vous pouvez comprendre cela ?

– Plus ou moins, dit Tristan. Et buvez-le, ce thé, ou bien on ratera Marion...

Sophie regarda l'heure à l'horloge du bar, un peu surprise.

– On a le temps, dit-elle, il n'est même pas la demie !

Dans les yeux gris qui se posèrent un instant sur les siens, puis se détournèrent, elle lut bien quelque chose d'étrange... mais ce fut trop rapide et elle crut avoir rêvé. D'ailleurs Tristan souriait de nouveau.

– La vérité est que je vous ennuie avec mes jérémiades, dit-elle.

– Pas du tout, répondit-il. Vous jérémiadez avec beaucoup de bonne grâce.

Elle eut un petit rire, et prit sa tasse.

En novembre, Caroline Montellier réapparut à Blajan, sa petite Fleur nichée au creux de son bras. Contorose avait invité la jeune fille pour les fêtes de Noël : arrivant à la mi-novembre et comptant repartir en février, elle calculait très large. Mais son amour pour Blajan (« C'est, disait-elle, le seul endroit au monde où il fasse bon vivre ! ») ne pouvait que flatter son vieil oncle ; et si cela n'avait tenu qu'à lui elle se serait tout à fait établie sous son toit. « Son arrière-grand-mère était une Blajan, disait-il. DONC sa place est ici aussi bien qu'ailleurs. »

Caroline n'avait pas beaucoup changé en un an. Elle était toujours charmante, gaie, capricieuse et furieusement égoïste. Mais telle qu'elle était on l'aimait, finalement.

Fleur avait quatorze mois. C'était une adorable petite chose, pataude et débordant d'amour pour tout ce qui l'entourait. Chacun en fut aussitôt amoureux fou. Chantal surtout s'émerveillait chaque fois qu'elle la voyait, et la volait souvent à sa mère pour la poser dans le parc du petit André. Voir ces deux bébés s'examiner avec beaucoup d'intérêt, se tâter le nez, s'accrocher l'un à l'autre (André marchait très bien, Fleur encore maladroitement) était un spectacle de choix dont elle ne se lassait pas.

Le mariage de Xavier approchait à grands pas. Et il avait naturellement planifié son avenir. Sa femme et lui finiraient l'année scolaire à Blajan. La suivante, qui serait sa dernière année d'étude, les verrait au contraire à Dax, chez les parents d'Édith. Ensuite il chercherait une place chez un notaire de Lourdes.

– Pourquoi Lourdes ? demandait Contorose.

– Édith aime beaucoup Lourdes.

Contorose dissimulait un sourire sous sa belle barbe blanche, et n'insistait pas. Quand Édith avait parlé mieux valait se taire.

On ne faisait que deviner, à Blajan, et seulement d'après la docilité de Xavier envers elle, le caractère volontaire dont Édith Moinard paraissait douée. Elle était toujours très respectueuse envers Contorose et traitait les tantes avec déférence. Parmi la jeune génération, son fiancé excepté bien sûr, elle ne semblait accorder d'importance qu'à Tristan. Le jeune couple Kerbauson lui paraissait insignifiant, Olivier et Natacha étaient pour elle d'aimables fantaisistes, Philippe et Marion des enfants, et manifestement elle considérait Sophie Perey comme une espèce de parente pauvre. Quant à l'Australienne, cette fille-mère, mieux valait n'en pas parler...

Mais à Tristan elle faisait quelques grâces. C'était un artiste, n'est-ce pas, et il était question de lui dans la presse. Rarement, et dans les pages régionales, mais enfin on citait parfois son nom.

– Vous serez certainement très connu un jour ou l'autre, disait-elle.

– Merci, répondait Tristan, pince-sans-rire. Je l'espère en effet.

On avait aménagé pour ce nouveau couple l'une des grandes chambres du premier étage. Retapissée de frais, remeublée, elle avait vraiment fière allure et attendait, comme eux, le jour des noces.

Marion montait parfois y rêver à son propre mariage. Un soir de pluie, à la fin de novembre, Tristan l'y trouva figée devant la porte ouverte, et comme elle ne se confiait guère qu'à lui elle avoua naïvement ses pensées :

– Je voudrais une chambre exactement comme celle-ci, si je me marie un jour, mais toute noire. Noire partout : les murs, les meubles, le plancher, le plafond...

– Ça fera un peu triste, non ?

Il était entré, transformait en pensée cette chambre en chapelle funéraire, et faisait la moue.

– Beaucoup trop triste pour vous !

– Je ne suis pas quelqu'un de très gai, dit Marion.

Ce n'était que trop vrai et Tristan caressa la petite joue, gentiment.

– Vous êtes trop seule, Marion.

– Et pourtant non, dit-elle. J'ai un ami. J'ai un ami, maintenant. Il s'appelle Emmanuel. Emmanuel Duplessis.

Comme il arrive souvent aux êtres très secrets, une fois lancée elle ne s'arrêtait plus :

– Il est dans ma classe, mais il a dix-sept ans, parce qu'il est resté des années et des années dans un sanatorium. On repart ensemble, le soir. Quelquefois je vais chez lui. Il n'a que sa mère, et une petite sœur que j'aime beaucoup. Aimeriez-vous le connaître ?

– Mais je pense bien ! Voilà une très bonne nouvelle !

Il était surpris, surtout, par la façon dont le visage triste de Marion s'était éclairé, détendu, dès qu'elle avait parlé de ce garçon. Bientôt quinze ans, oui, pourtant, comme le temps passait vite...

– Qu'aime-t-il faire ?

– Du piano, comme vous. Et puis il dessine.

– Vous le connaissez depuis longtemps ?

– Oh oui ! Très longtemps !

Elle semblait avide de répondre à d'autres questions et Tristan lui en posa quelques-unes, gentiment. Emmanuel avait des yeux bleus et des cheveux noirs. Il était EXTRÊMEMENT intelligent. Il pouvait battre n'importe qui aux échecs. Le dimanche il allait se promener au bord du canal avec sa petite sœur. Il savait faire des gâteaux, et même des omelettes.

– Je crois qu'il me plaira, dit Tristan. Vraiment, il a l'air très sympathique.

Une petite part de lui-même, celle qui ressemblait à Contorose et qu'avaient si bien débusquée Agnès et Natalène, lui fit se dire, brusquement : « J'ai l'impression qu'il serait grand temps que ce jeune homme vienne nous montrer le bout de son nez... »

Aussitôt il se mit à rire de lui-même. « Vieux schnock... » pensa-t-il.

– Vous me le présenterez quand vous voudrez, dit-il. Réellement cela me fera plaisir.

Marion le regardait, ravie, en déplaçant sur la table de nuit une lampe d'opaline.

– Oui, dit-elle. Dès qu'on pourra. Mais vous ne direz rien à personne, n'est-ce pas ?

– Par exemple ! Qu'est-ce qui vous fait penser ça ? Je suis muet comme une tombe, toujours !

– C'est vrai, reconnut-elle. C'est vrai.

Quelqu'un montait l'escalier, quatre à quatre, une porte claquait en bas et la voix de Sophie les fit sursauter, claire :

– Marion ! Où es-tu ? Descends ! Natalène est revenue !

– Non ? dit Marion. C'est vrai ?

Elle avait disparu, déjà, rejoignait Sophie sur le palier, et dévalait l'escalier avec elle. La grosse voix de Contorose montait du vestibule. Tristan remit à sa place, exactement au centre du napperon brodé, la lampe d'opaline. Il n'éprouvait rien. À peine une vague surprise, comme si Natacha, qu'on savait au lit avec une grippe, avait sonné à la porte et parlé d'aller dîner en ville. Natalène était revenue : bon. C'était dans l'ordre des choses. Quand on partait, on revenait forcément un jour ou l'autre. Cela n'avait rien d'extraordinaire, rien du tout.

Il alluma la petite lampe, puis l'éteignit, plusieurs fois. La lumière était faible, les voix lointaines au rez-de-chaussée, le monde engourdi et feutré. « Je descends, pensa-t-il. Il faut que je descende. »

Il le fit, pour obéir aux usages plus que par envie. Quand on partait, on revenait, et quand quelqu'un revenait on se devait de le saluer, c'était tout simple...

Il s'arrêta après le dernier tournant de l'escalier et regarda, de là, s'agiter dans le vestibule tout un petit groupe joyeux. Natalène en faisait le centre, ruisselante, secouant ses cheveux. « Toute l'averse, disait-elle, j'ai eu toute l'averse ! » Et elle riait, en serrant sa valise noire contre elle. Tristan se demanda s'il avait bien éteint la lampe d'opaline, en haut ; pourquoi on n'apportait pas à Natalène de quoi s'essuyer ; et pourquoi tante Lise, puis Sophie, puis Contorose, et enfin le clan entier levait la tête vers lui et le fixait si bizarrement...

– Qu'est-ce que tu as ? disait Xavier.

– Moi ?

Un petit silence régna parce que réellement l'expression de Tristan, ainsi immobile en haut des marches, était surprenante. Mais Natalène posait sa valise, secouait encore sa chevelure de sirène, réclamait de l'aide, une serviette, des chaussons, n'importe quoi, une tasse de thé brûlant, son châle, et on oublia Tristan. La pluie battait aux vitres, furieuse. Le comité d'accueil se transporta au salon, près de la grande cheminée où l'on fit s'asseoir Natalène sur le fauteuil de Contorose. Justine apportait une serviette, Natou se déchaussait, tendait ses pieds nus – fort sales, ma foi – à la chaleur des flammes, et les tantes poussaient des exclamations désolées :

– Un grog ! disaient-elles. Pas une tisane, un grog ! Brûlant !

Natalène riait, en frottant énergiquement ses boucles, priait qu'on ne s'affolât pas – elle était solide comme le Pont-Neuf – juste un grog, oui – tiens, Caroline ! Mais je ne t'avais pas VUE, c'est incroyable ! Où est Fleur ?

L'animation tomba brusquement. Les groupes ont des lois mystérieuses pour sentir et agir. Quelqu'un s'était mis à regarder vraiment Natalène, un autre avait suivi, puis un autre – et maintenant le clan entier, muet, se tenait là, devant cette étrangère assise près de son feu.

C'était une étrangère. Au-dessus de ses pieds nus un jupon crotté, et l'ourlet défait d'une vieille jupe, s'égouttaient sur le tapis. Là-dessus un pullover d'homme trois fois trop grand pour elle, décousu à l'épaule. Des sandales abandonnées près du fauteuil, informes, avachies. Un collier de pacotille autour du cou sale. L'or des prunelles dans les yeux trop longs, trop brillants, au-dessus des pommettes aiguës. Et tout ce qui parlait en elle, dans ce salon bourgeois, d'errance, de pauvreté et de violence.

Ses mains, autour de la serviette blanche, ralentissaient leurs gestes. Sur sa bouche un petit sourire glissa, un peu triste, un peu fier, et elle se tut elle aussi, soudain immobile, pour laisser passer l'ange. Le petit ange honteux.

Il passa. Justine apportait le grog, tout le monde se remettait à parler, et Philippe se saisissait du soufflet pour obtenir de belles flammes bien hautes.

– Une douche ! disait Natalène. Laissez-moi seulement prendre une douche et je suis à vous !

On la laissa aller, sa valise d'une main, ses sandalettes de l'autre, sa serviette autour du cou. Près de la porte elle sourit à Tristan qui se tenait là, debout.

– Cette enfant, dit tante Lise quand la porte se fut refermée, cette enfant a des tenues de plus en plus... de moins en moins...

– Est-elle venue seule ? coupa tante Blanche. Louis, crois-tu qu'elle soit revenue seule de... de Roumanie ?

– Mais non, Blanche ! Et puis quelle importance, vraiment !

– Elle nous racontera ça au dîner, dit Caroline. Et croyez-vous que... ?

De nouveau, Tristan perdit le fil. Tout était loin – les voix, les gens, la pluie sur les fenêtres. Tout était loin et parfaitement irréel. Il n'avait vraiment conscience que des doigts de sa main gauche, qui jouaient au fond de sa poche avec quelques pièces de monnaie. Cela seul existait au monde : l'arête dentelée des pièces, qui agaçait son pouce, et le contact froid du métal.

Parce qu'il se tenait près de la porte c'est lui qu'on envoya prévenir Justine d'avoir à retarder le dîner d'un petit quart d'heure. Il le fit docilement, puis revint reprendre son poste. Sophie apportait de la bibliothèque le classeur où elle avait recopié les cours de sciences-ex pour son amie. Alertés par Marion, les Kerbauson arrivaient et s'invitaient à dîner. « Elle a grandi, disait Caroline, mais moi je ne l'avais pas vue depuis presque un an ! »

On aurait pu se dispenser de reculer l'heure de servir. Quand Marion monta rappeler à Natalène qu'on l'attendait, elle redescendit seule.

– Je n'ai pas osé la réveiller... Elle dort, oui, sur son lit, avec son peignoir de bain et elle a encore son flacon de shampooing à la main... Je la réveille, vraiment ?

On n'osa quand même pas. Et on prit sans elle le dîner de son retour.

XIX

Tristan passa les jours suivants dans une sorte d'état second. Il travaillait, lisait, regardait Natalène reprendre sa place à Blajan, et rien de tout cela ne semblait le concerner vraiment. En fait, bien qu'il ne le sût pas ou du moins ne le formulât pas ainsi, la tension des mois précédents avait été, cette fois, trop forte. L'étau se relâchait, mais très lentement. Natalène avait grandi, oui, elle lui arrivait maintenant au menton – le Copte ne reviendrait qu'au printemps, très bien – non, il ne savait pas où on avait bien pu fourrer son classeur d'anglais – elle avait maigri, ses jupes tournaient autour de sa taille – oui, il avait reçu ses cartes...

– Les trois ? demandait Natalène.

Il laissait retomber le rideau de la grande fenêtre, dans la bibliothèque où ils se trouvaient seuls pour la première fois depuis le retour de Natou, et s'étonnait :

– Trois ? Non, deux. Celle que vous avez envoyée aux tantes, et une autre au conservatoire.

– Je vous en ai envoyé une troisième, en octobre, quand j'ai su la date.

– Je ne l'ai pas reçue.

– Dommage, dit-elle en souriant. Vous aviez l'air sonné, sur votre escalier, quand je suis revenue. La prochaine fois, je ferai donner les tambours !

Elle était gaie, comme à son précédent retour. Vive, légère et gaie. Mais ce soir-là son regard sur Tristan était curieusement attentif, et un peu grave.

– Je voudrais pouvoir vous aider, dit-elle. Mais je suppose qu'on ne peut pas.

Il n'eut pas à répondre, elle riait, déjà.

– Vous jouez au Mikado ce soir, non ? Vous m'emmenez ?

– Seule ?

– Oh, pourquoi pas... Vous y avez invité Chantal, et Sophie, et Marion, et Caroline... Si je n'y ai pas droit ça va paraître louche, au contraire.

– Alors c'est dit. Et faites-vous belle, pour une fois.

L'invitation ne surprit personne. Contorose eut même un : « Tiens ! Tu n'y es pas encore allée ? » qui fit pétiller les yeux de Natalène. Et à neuf heures tapantes elle s'installait, royalement seule, à une petite table du Mikado. Tristan montait déjà sur l'estrade. Il était pianiste de neuf heures à dix heures, dîneur de dix à onze, puis de nouveau pianiste jusqu'à minuit. On le gâtait. Pour tout dire le propriétaire du Mikado n'en revenait pas de voir ce jeune homme, dont on commençait à connaître le nom, être si fidèle à son petit établissement. Il y avait fait ses débuts, bien sûr, et y avait gagné son argent de poche d'adolescent ; mais enfin il aurait dû depuis longtemps émigrer vers des restaurants plus huppés, ou même se contenter de ses concerts. Aussi rien n'était-il trop bon pour monsieur le pianiste, et traitait-on magnifiquement ses invités. À peine assise, la fille du ferrailleur fut entourée d'attentions. On lui apporta un menu, un cocktail offert par la maison, un cendrier, des cacahuètes salées, et on ferma la fenêtre derrière elle à cause des courants d'air. Cette amabilité empressée avait embarrassé Marion, flatté Caroline, amusé Chantal et Sophie ; Natalène l'accueillit avec aisance et sans paraître y prêter attention. Quand on la laissa elle poussa pourtant un petit soupir de soulagement.

C'était là, en somme, sa première soirée en ville et elle espérait la savourer tranquillement.

Le restaurant était assez grand. Une trentaine de tables y tenaient à l'aise. Le ballet des garçons en blouse blanche s'y activait, et un brouhaha de bonne compagnie l'emplissait. D'où elle était assise Natalène voyait son cousin jouer, et l'image lui était si familière qu'elle lui semblait déplacée dans ce nouveau cadre, vaguement incongrue. On pensait à Blajan que si Tristan s'obstinait à porter ses cheveux un peu trop longs c'était pour se faire de leur casque blond, quand il jouait, un abri. Philippe le taquinait souvent à ce sujet. Ce n'était sans doute pas tout à fait faux. Et quand il penchait la tête, comme ce soir – plus qu'à Blajan, certainement – on ne voyait plus guère de son visage qu'un peu de nez et un bout de menton.

Natalène ne se demandait pas, comme l'avaient fait Chantal et surtout Marion, par quel miracle Tristan pouvait ainsi jouer en public, seul sur son estrade : elle était aussi peu timide, aussi peu orgueilleuse que lui et trouvait donc la chose toute simple. On savait jouer, bon : on jouait. Ça ne prêtait pas à conséquence. Ces cheveux, pourtant...

Quand il put quitter son estrade, à dix heures, et qu'on leur apporta les entrées, il dit, comme pour s'excuser :

– Vous ne me valez rien, Natou. J'ai joué comme un pied.

– Ah bon ?

Elle n'entendait toujours rien à la musique et secouait la tête.

– Moi, vous savez, du moment que ça ne me hurle pas dans les oreilles et que les doigts n'accrochent pas...

Tristan pensa que beaucoup de gens, sans doute, ressemblaient à Natalène sur ce point ; mais qu'il fallait bien être elle pour en faire l'aveu aussi crûment.

– J'ai vu autre chose, dit-elle. Philippe a raison : vous vous cachez derrière vos cheveux quand vous jouez.

– Mais non...

– Mais si !

Elle regarda, autour d'elle, la salle dont l'animation grandissait. Puis elle se tourna vers Tristan et il eut l'impression qu'elle avait quelque chose à lui dire, ou à lui demander, mais ne savait trop si le moment était bien choisi.

– Allez-y, dit-il. Envoyez.

Elle eut un petit rire – son rire léger, si clair, qui attira sur le visage du serveur, venu apporter la suite, un sourire de sympathie.

Ensuite elle hésita un peu, visiblement, et hocha la tête.

– Je me demande comment on peut dire ces choses-là. C'est très embarrassant.

Elle prit le sujet par un bout, au hasard :

– Je vais avoir dix-huit ans dans six mois.

– Je sais, dit Tristan.

– En avril, et le Copte revient d'Anstik en mai. Il compte... il compte me laisser passer mon deuxième bac, puisque c'était convenu et qu'il a été payé pour ça – et me reprendre après. Me reprendre et me garder. Dix-huit ans, c'est presque vieux pour eux : enfin je suis élevée, quoi.

Elle prit son verre et le leva vers Tristan, comme pour lui porter un toast.

– Mes félicitations, mon cher. Vous allez vous marier.

– Moi ?

Penchée vers lui elle chuchota, mystérieusement, un doigt sur la bouche et d'un air de conspirateur :

– En ce moment même une lettre de Hambourg fond sur Contorose...

– Ça fait beaucoup de choses à la fois, dit Tristan. Le Copte vous reprend, je me marie et ma mère écrit à Contorose. Votre sac est vide ?

– Oui.

– Alors reprenez ça du début DOUCEMENT.

– Que le Copte ait décidé de me garder après mon bac, il y a des années que je le sais. Mais je ne l'ai dit à l'oncle Alban que la semaine dernière, quand je suis passée là-bas. Et il y a deux portes de sortie, d'après lui : m'émanciper ou me marier. La seconde est la meilleure.

– C'est vous que j'épouse ?

– J'en ai peur.

Elle ajouta, ironique :

– Nous allons bientôt, vous et moi, assister à un spectacle rare : grand-père nous sommant de verser dans l'inceste – puisque c'en est un, pour lui – et nous, je l'espère, renâclant avec scandale...

– Et s'il préfère vous émanciper ?

– Non. L'oncle Alban va lui expliquer ça très bien. Et puis il n'est pas fou. M'émanciper, c'est vraiment braver le Copte, afficher qu'on voulait uniquement l'empêcher de me reprendre. En admettant d'ailleurs que cette notion d'émancipation puisse lui être accessible – celle de majorité lui passe déjà très au-dessus... Le mariage, par contre, il connaît. Il FAUT qu'il me trouve mariée quand il viendra me chercher, dit l'oncle Alban. Pour du beurre et avec n'importe qui, mais mariée.

– Vous l'êtes déjà là-bas, non ?

– C'est bien ce que j'ai dit à l'oncle. Mais d'après lui un VRAI mariage a le pas sur leurs mômeries rituelles.

– Pour lui peut-être, mais pour le Copte ?

– Voilà une bonne question, sourit Natalène, une excellente question. Elle poursuit tout le monde mais malheureusement elle n'a pas de réponse... D'après l'oncle Alban c'est une chance qui mérite d'être courue. Et de toute façon, même si ça ne doit pas marcher c'est quelque chose qui me protégera, parmi eux. Ça c'est vrai, je le pense aussi. J'en suis même sûre : c'est une des rares choses au monde dont je sois absolument sûre.

– Bon, dit Tristan. Si je dois me marier autant que ce soit avec vous, mais pourquoi moi ? Ils savent quelque chose ?

– Rien du tout ! Rien du tout, et c'est bien le plus farfelu de l'histoire... Mais qui d'autre ? Xavier est fiancé, ce qu'ils savent du caractère de Philippe les effraie un peu et Valère n'a que douze ans... Pour vous, en plus, le consentement de tante Agnès suffit. Ça va être pénible à Contorose mais il suffit. Pour moi c'est le sien. Si bien qu'il y aura peu de vagues, très peu...

Elle rit, brusquement.

– Je dois dire aussi que votre sens de l'honneur est généralement reconnu par tous. C'est un mariage de papier, n'est-ce pas. Pour cette chose délicate mieux vaut choisir un gentilhomme, dès lors qu'on n'a pas un eunuque sous la main. Et puis on connaît votre sens de la famille – votre petit côté Contorose – et puis tout le monde sait qu'on s'entend bien – bien mais pas trop bien justement – et puis il FAUT quelqu'un de Blajan puisque le but est de m'y faire rester, à Blajan – et puis c'est comme ça, voilà, c'est comme ça, grand-père pourra encore dire qu'on nage en plein Dumas fils – et j'aimerais vous voir un peu plus d'enthousiasme... C'est la première fois qu'on vous marie, je sais, mais quand même un peu de tact serait bienvenu !

– Minute, dit Tristan. Je serai enthousiaste quand grand-père... comment disiez-vous ? Oui : me sommera de verser dans l'inceste. Pas avant. Parce qu'en fait je n'y crois pas vraiment. Et s'il vous dégotte un homme de paille ? Un cousin d'Australie moins incestueux, ou n'importe quel autre gentilhomme ?

– Ça ne risque pas. D'abord, les gentilshommes prêts à faire un mariage blanc sur commande, et à divorcer ensuite sur commande – le tout avec la fille d'une espèce de forain miteux qui peut d'un moment à l'autre vous tomber sur le râble – ça ne court pas les rues. Ensuite ça ne doit pas quitter Blajan, ni faire trop de vagues. Et enfin, c'est PRESSÉ.

Tristan regardait les petites roses du bouquet posé sur la table, distraitement.

– Je me demande ce que je pense de tout ça, dit-il. Ça n'a pas l'air tout à fait vrai.

– Ça m'a fait aussi cet effet-là, à Hambourg, quand j'écoutais l'oncle Alban en parler. Mais vous verrez, on s'y fait.

– Il est prévu qu'on divorce ?

– Oui, quand tout ira mieux.

– À votre majorité ?

– En principe. Ou un peu plus tard ou un peu plus tôt. Dans ces eaux-là en tout cas. On s'enverra de belles lettres d'injures, où on se traitera de putain et d'impuissant pervers, ce sera romantique en diable...

Gentiment, parce que Tristan semblait toujours aussi perplexe, elle demanda :

– Ça passe ?

– Oui, dit-il. Plus ou moins.

– J'aurais pu laisser grand-père vous assener la chose, mais je ne voulais pas rater ça...

Elle souriait, regardait l'heure à sa montre.

– Moins dix. Vous avez juste le temps de me déclarer votre flamme.

Tristan rit, pour la première fois, et leva son verre.

– À nos amours ?

Elle l'imita, solennellement, mais ses yeux brillaient de malice.

– À nos amours, cousin. Qu'ils soient durables, qu'ils soient heureux... Je casse le verre ?

– Non !

Elle le reposa sur la table, narquoise :

– Foutus gadjé... N'ont pas le sens de la fête...

Sans transition, elle demanda :

– C'était un bel été ?

– Non, dit Tristan. Et autant vous prévenir : quand nous serons mariés, si ça doit arriver, je VOUS INTERDIRAI de partir au milieu d'une fête sans daigner me prévenir. C'est très surprenant. Et très discourtois.

– Ah oui, dit-elle, la fête... La robe rose de Sophie, et la fête. Ça paraît si loin. Mais je vous ai envoyé des hiboux, non ?

– C'était un hibou aussi, celle que je n'ai pas reçue ?

– Je pense bien. C'est ma spécialité, ces gros volatiles. En fait je trouve qu'ils me ressemblent un peu, avec leurs gros yeux jaunes, et puis leur allure gracieuse et leurs gros sabots, boum, on se marie, boum, me revoilà, boum, à la prochaine... Non ?

– C'est vrai qu'il y a de ça.

– Avez-vous été là-haut ?

– Non.

Il avait baissé les yeux, et regardait sa montre.

– Moins trois, dit-il. Vous allez devoir vous passer de moi.

Il se levait, souriait, retrouvait son estrade. Natalène appuya son dos contre le dossier de sa chaise, et ferma les yeux un court instant. Pas plus qu'Agnès, ni Alban, Tristan n'avait pensé à une chose pourtant évidente, aussi évidente que cette table, là, devant elle – et lourde et noire – la colère du Copte. Elle revit son oncle, à Hambourg, brassant des papiers, feuilletant son Code civil et levant une main péremptoire : « Et alors là tu es DÉFINITIVEMENT tirée d'affaire, parce que... »

Son cœur s'emballa, un instant. La colère du Copte, qu'il s'incline ou non devant un papier timbré de gadjé – sa colère...

Autre chose, ce soir, faisait sous son front une triste petite ronde : le sourire d'Anizia près de sa caravane, une danse sous la grange, le grand rire de Jujube, des voix rauques autour d'un feu. L'errance, oui.

Elle rouvrit les yeux, alluma une cigarette, et eut son petit geste habituel pour lever le menton, comme pour porter au monde un muet défi. « On verra bien, pensa-t-elle. D'abord parer au plus pressé. Après on verra. Et si ça se gâte je les SAIGNE... »

La première lettre de Hambourg qui parvint aux Blajan n'était pas celle d'Alban à Contorose, mais un simple petit mot d'Agnès à son fils, et adressé au conservatoire.

« Natou a déjà dû tout t'expliquer, disait-elle. Fais-le, je t'en prie. Nous avons tous des torts envers elle et au moins devons-nous lui éviter le pire... » Elle donnait ensuite un conseil judicieux : « Laissez papa prendre tout ça sous son bonnet. Il va déjà avoir du mal à accepter notre rôle dans tout cela. Ne pas se sentir maître des événements va être très difficile pour lui : qu'il se sente au moins maître de vous. »

Le lendemain, la lettre d'Alban était sur le guéridon de l'entrée. Tristan la vit en prenant son propre courrier. Il s'attendait à être convoqué presque aussitôt dans le bureau du patriarche, mais rien ne se passa ce matin-là. Ni l'après-midi : Contorose était parti, dit tante Lise, visiter son notaire en ville.

Le soir seulement il fut prié de pénétrer dans le Saint Lieu. Contorose était à son bureau, visiblement mal à l'aise.

– Tu es au courant ?

– De quoi, grand-père ?

– Ta mère ne t'a rien dit ?

– Sur quoi ?

– Ah, dit le vieil homme. Bon. C'est décidément à moi qu'on laisse toutes les corvées. Elle va certainement t'écrire.

– Bien, dit Tristan (qui raffinait), on attend sa lettre ?

– Je vais t'expliquer tout ça. Je vais te l'expliquer. Normalement tu devrais comprendre.

Il tapa sur son bureau, du plat de la main :

– Tu VAS comprendre, nom de Dieu !

Sidéré, Tristan ne répondit pas. Il n'avait jamais entendu son grand-père jurer.

– C'est le Copte. Il peut la reprendre, tu sais. Essayer en tout cas. Oui, Natalène, bien sûr... et d'après ta mère il en a l'intention. Si je l'émancipe... ce n'est pas suffisant. Il faut la marier. Un mariage blanc naturellement. On le fera annuler ensuite. Une annulation, remarque bien, pas un divorce : ça n'a rien à voir. Je vais t'expliquer. Tu vas comprendre.

Cette confusion ressemblait si peu à la clarté habituelle des discours de Contorose que Tristan, gêné, baissa les yeux et pressa le mouvement :

– Vous voulez la marier ?

– Voilà. S'il la retrouve mariée quand il viendra la chercher tu comprends bien que ça réglera tout, et mariée ICI bien sûr... De son côté c'est fini et du nôtre un mariage blanc, tu vois, une astuce, une entourloupette... Ça s'annule après. Ça s'annule. Toi.

– Moi ?

– Toi. Une formalité, tu comprends bien, une simple formalité. Tu comprends ça ?

– Mais, dit Tristan avec jubilation, c'est ma cousine, grand-père !

– Et alors ? Un mariage de papier ? Qui te parle d'autre chose ? Tu te fous de moi, mon garçon ?

Rendu prudent par cette deuxième et surprenante entorse au langage châtié qu'employait toujours Contorose, Tristan se tut.

– Il y a toi et le cousin Edmond. Il est dix fois trop vieux et toi deux fois trop jeune, mais toi tu as pu à la rigueur lui faire un enfant si on doit se justifier un jour. Un enfant et elle se serait trompée...

– Mais quand même...

– Écoute, je ne te demande pas le Pérou. Un simple mariage de papier. Une astuce. Elle a dix-sept ans : dans quatre ans elle est majeure et je fais annuler ça. Ça ne changera rien à rien. Tu ne veux pas ?

– Si, dit Tristan doucement. Bien sûr que si, je veux bien. Seulement il va falloir que je m'habitue... Et elle, qu'est-ce qu'elle en dit ?

– Que veux-tu qu'elle en dise ? C'est ça ou le camp du Copte à perpétuité...

– Est-ce qu'elle n'aime pas aller là-bas ?

La question à peine posée, Tristan la regretta. Sa vieille rancune envers la faiblesse de son grand-père la lui avait seule dictée. Mais quand il vit Contorose détourner les yeux, blessé, il eut honte de lui.

– Si, disait le vieux monsieur – si, d'une certaine façon – et puis c'est son père après tout – mais s'il faut choisir sa place est ici – et puisqu'il faut choisir, dirait-on...

– Je comprends.

Contorose reprenait aussitôt du poil de la bête :

– Et à propos, mon garçon, j'apprends à cette occasion que ta mère et... et... enfin j'apprends qu'ils voient Natalène depuis toujours. Et que TOI, depuis au moins trois ans, tu le sais. Tu le sais forcément. Alors pourrais-tu me dire POURQUOI tu ne m'en as pas parlé ? Est-ce que je peux faire quoi que ce soit pour vous si je ne sais pas TOUT ?

– Je n'allais quand même pas me mêler de ça...

– Toi, non. Mais tu DEVAIS m'en parler.

Habile, Tristan biaisa :

– J'ai sans doute eu tort. Mais je ne voulais surtout pas jouer les espions – parler d'ici là-bas et de là-bas ici. Vous me voyez raconter mes séjours chez ma mère à tante Marie, et que j'y trouvais son mari à elle ? C'est déjà assez compliqué comme ça...

– Oui, dit Contorose. Je comprends. Bon. Je comprends, n'en parlons plus. Tu as eu tort, c'est sûr. Enfin tu croyais bien faire. Il est vrai que pour ta tante... N'en parlons plus.

Il fourrageait dans sa crinière, furieux, malheureux.

– Ah, dit-il, je n'aime pas ça...

– Mais, grand-père... Natou est d'accord, vous êtes sûr ?

– Oui, dit Contorose distraitement. Ta mère le lui avait dit. Et puis cet après-midi j'ai été la prendre à son lycée pour consulter mon notaire. Naturellement qu'elle est d'accord. Ce n'est pas ça qui m'ennuie, non, ce n'est pas ça.

– Alors quoi ?

– Ce bougre de Copte, lâcha Contorose. Ce bougre de Copte. Qui peut prévoir ce qu'il pensera de tout cela ? Toi ? En tout cas pas moi, non, pas moi...

Il se leva, repoussa quelques objets sur son bureau, machinalement.

– On va toujours tenter le coup. Va, mon garçon. Et ne dis rien à personne : je veux le faire moi-même. Ta mère va certainement t'écrire. Merci. Tu peux aller. Oui, oui, tu peux aller.

Tristan s'en fut, perplexe. Il n'avait jamais vu son grand-père si nerveux et si confus. Contorose jouait pourtant pour la première fois une partie dont il avait tous les atouts, et le Copte aucun...

– Mais ce ne sont pas les mêmes règles, dit Natalène le soir au grenier des hiboux, ni les mêmes cartes d'ailleurs, et ils ne sont pas non plus assis à la même table.

Elle jouait, du doigt, à repousser la petite lucarne. Son visage était triste.

– Est-ce que cela ne servira à rien ? demanda Tristan. À rien du tout ?

– L'oncle Alban avait l'air sûr de lui.

– Je suppose qu'on peut lui faire confiance ?

Elle ne répondit pas, et secoua ses boucles comme pour chasser de sombres pensées.

– Dois-je comprendre, dit-elle, que vous tenez à vous laisser traîner à l'autel en ma compagnie ?

– C'est amusant, non ?

– Si, reconnut-elle. On va disposer d'un nouvel adverbe.

– Lequel ?

– Mais « légalement » !

Ils rirent, ensemble. Puis Tristan baissa le nez, pensif.

– Ce don que vous avez, dit-il, d'arriver quelque part et qu'aussitôt tout devienne fou dingue... C'est inné, ou vous le cultivez ?

– Je le cultive, sourit Natou. Je l'arrose, je le taille, je le fume. Et à propos de dingueries, comment va-t-il leur annoncer ça ? Contorose, oui ? COMMENT peut-on bien dire ces choses aux tantes ? Vous avez une idée ?

– Pas la moindre ! Je suppose qu'il convoquera les gens un par un et qu'il adaptera son discours à chacun... Que vous a-t-il dit, à vous ?

– Rien. Parole, rien. Il m'a fait appeler chez le censeur, il m'a embarquée par le bout de la manche et je n'ai eu droit qu'à ça : « Ton oncle m'a écrit. Nous allons chez Me Alleret. » Évidemment, j'étais censée être au courant, moi. Mais il ne m'a même pas dit un petit mot sur mes visites à Hambourg depuis si longtemps. Pas un.

– Il bout, je crois.

– Ouais, le couvercle a la danse de Saint-Guy... N'empêche, je le vois bien davantage, moi, faire une annonce publique et générale, au dessert ou au salon : ça lui ressemblerait plus que des entretiens particuliers.

Là-dessus, elle posa une petite main brune sur le bras de Tristan.

– Dépêchons-nous, dit-elle, dans moins d'un mois ce ne sera même plus un péché...

En ce qui concernait Contorose elle avait raison. Il le leur prouva dès le lendemain soir, au salon, en réclamant un peu d'attention – bien campé devant la cheminée, et sa pipe à la main.

– Pardon, annonça-t-il. J'ai quelque chose... j'ai quelque chose à vous dire.

Quand il vit tous les visages tournés vers lui il déclara, résolument :

– Nous allons bientôt fêter le mariage de Xavier. Mais aussi un autre mariage.

Là, tout de même, il hésita, devant l'énormité de la chose.

– Fêter, corrigea-t-il, c'est beaucoup dire. Un autre mariage, mais d'un genre très différent. En fait... Vous savez tous que Natalène...

Profitant de ce que tous les regards se fixaient sur la jeune fille il lâcha, piteux :

– Elle se marie. Natalène se marie.

Il y eut toute une série d'exclamations, venant du canapé, et cela rendit un peu d'aplomb à l'orateur.

– Écoutez, dit-il en levant la main. Elle aura dix-huit ans en avril et son père compte la reprendre tout à fait après. Il n'en a pas vraiment le droit mais nous savons tous... vous savez tous que... en fait, étant donné ce qu'il est, et ce que sont les choses, j'ai consulté mon notaire, oui, et il n'y a que deux façons d'éviter ça : l'émanciper ou la marier. Je la marie.

– Avec qui ? dit tante Lise ahurie.

– Un mariage de papier naturellement, dit Contorose. Vous comprenez, si je l'émancipe, comme je le peux, cela ne changera rien. Il voudra la reprendre quand même. Elle pourrait refuser puisqu'elle serait légalement majeure, mais il est peu probable qu'il lui laisse le choix. Vous le connaissez – nous le connaissons tous. Mariée, elle DOIT vivre avec son mari. Cela règle tout. Je ferai annuler le mariage dans quelques années. Une annulation, pas un divorce, notez, Marie.

– Mais, insista tante Lise, qui ?

– Eh bien, dit Contorose... Cela n'a pas grande importance.

– Mais QUI, Louis ?

– Moi, dit Tristan.

– Toi ?

Contorose, de sa cheminée, reprenait le dé :

– Et qui d'autre, Lise ? Toi ?

– Mais enfin, Louis...

– Qui d'autre, Lise ? Dis-moi un nom ? Allez, dis-moi un nom ? Un étranger ? Le cousin Edmond, qui va avoir soixante-douze ans ? Crénom, j'y ai pensé... Mais il faut, comprends-tu, il faut que ce soit VRAISEMBLABLE – on aura peut-être à parler d'enfant au Copte – un enfant, et ça aurait été une erreur – s'il sent une manœuvre là-dessous il peut très mal le prendre – enfin dis-moi un nom, je ne tiens pas spécialement à Tristan... Pas Xavier, quand même ?

Édith leva des sourcils scandalisés et Contorose lui sourit.

– Non, ma chère, pas Xavier. Philippe est réellement trop jeune, Olivier est...

Il s'arrêta net, là, et toussa comme pour s'éclaircir la voix. Les tantes savaient sans doute ce qu'il avait failli dire, mais personne, dans la jeune génération, n'en avait la moindre idée. Pas même Natalène. Et un petit silence pesa.

– Il n'y a que Tristan.

– Mais, Louis, ils sont cousins germains : plus que germains même puisque leurs mères...

– Et quelle importance cela a-t-il pour un mariage de chiffon, s'il te plaît ? Serait-il son fils que ça ne me gênerait pas, à condition que ça n'apparaisse pas sur leurs actes de naissance... Sapristi, Lise, c'est un mariage blanc !

– Oui, mais...

Une pensée inavouable avait fait rosir son vieux visage et Contorose secoua la tête.

– Non, Lise. C'est hors de question. Je me fie à Tristan comme à moi-même.

Tristan baissa les yeux – ça valait mieux.

– Dans trois ou quatre ans nous ferons annuler ça. C'est une simple formalité, comprenez bien, tous. Une astuce juridique.

– On fera une fête ? demanda Marion.

Contorose négligea la naïve question et conclut :

– Est-ce clair pour tout le monde ?

Cela devait l'être, car personne ne regardait les héros de l'aventure. Contorose seul comptait. Du petit pion-Tristan et du petit pion-Natou, personne ne semblait se soucier.

– Autre chose, dit Contorose. Le Copte est en Roumanie jusqu'en mai. C'est loin, mais son camp d'été est à quarante kilomètres d'ici et des gens sont restés pour le garder comme d'habitude. Pas de publicité. Le moins possible. Pas de dissimulation non plus. Conduisez-vous comme si ce que nous devrons sans doute dire était la vérité : ils ont fait une bêtise et on les marie. Bien obligés. Pas contents, mais bien obligés. Et sans carillonner.

– Mon oncle... dit Marie Rivalty. Vous ne comptez quand même pas les marier à l'église ?

– Non, ma chère.

Satisfaite, Marie opina du menton :

– Je préfère cela.

– Un mariage civil ! s'exclama tante Lise. Un mariage civil, chez nous !

– Lise, dit Contorose, tu m'étonnes. Le mariage religieux est un sacrement, je suis surpris d'avoir à te le rappeler. Ce serait une sorte de sacrilège que d'en faire une astuce juridique... Je te rappelle aussi qu'il est indissoluble, ce qui clôt la discussion.

– Mais les gens ? Que vont dire les gens ?

– Ce qu'ils voudront, et tu les laisseras dire parce que tu auras ta conscience de chrétienne pour toi...

Elle tenta un dernier effort :

– Et tu ne crains pas que pour le Copte un mariage civil, chez nous, sente la manœuvre ?

– Lise, dit Contorose. Voyons, Lise, je suis très surpris... Ces problèmes-là échappent complètement au Copte, je t'assure, et c'est ce qui importe. Pour « les gens », comme tu dis, je pense qu'ils considèrent déjà le cas de Natalène comme tout à fait à part. Et puis, ma chère Lise, je suis choqué. J'espère que tu n'as pas vraiment pesé tes paroles. JAMAIS je n'aurais eu l'idée d'un faux mariage à l'église !

Il eut pour sa sœur un regard lourd de désapprobation, puis écarta le sujet d'un geste de la main.

– Et puis là n'est pas la question. Je suis passé à la mairie. Nous sommes le 11 décembre : ils se marient le 4 janvier. Si j'ose dire. Enfin l'astuce est fixée au 4.

– On fera une fête ? demanda Marion.

– Non, ma chérie. As-tu compris ce que j'ai dit ? Il ne s'agit pas d'un vrai mariage. Personne ne se marie. On fait semblant, c'est tout, pour que Natalène puisse rester vivre tout à fait avec nous. Tu comprends cela ?

– Oui...

Un peu déçue, elle baissait le nez.

– C'est triste, dit-elle. Pas de fête, c'est triste.

– Pas du tout, répondit gentiment Contorose. Parce que comme ça, quand ils se marieront vraiment, chacun de leur côté, ils pourront avoir une vraie fête, et ça nous en fera deux...

Le visage de Marion, aussitôt, s'éclaira, et les jeunes filles eurent un petit rire.

– Voilà, dit Contorose, ce que j'avais à vous dire. À tous, parce que c'est une affaire de famille et je ne veux pas qu'il y ait la moindre équivoque entre nous sous ce toit. Mais rien de ce qui a été dit ce soir ne doit sortir de Blajan. Ni vos parents, Édith, ni vos amis, jeunes gens, ne doivent en entendre parler. C'est strictement privé.

Son regard passa sur l'assemblée, autoritaire.

– C'est à nous. Donc à Blajan. Et ça doit y rester. C'est bien entendu pour tout le monde ?

Ça l'était, apparemment, et les trois vieilles dames purent enfin accaparer Contorose pour lui en faire dire plus. Édith et Xavier conféraient seuls dans leur petit coin de fenêtre. Quant aux autres, réunis autour du piano, ils riaient, et les plaisanteries fusaient. Tristan y répondait de son mieux. Natalène, accoudée à l'instrument, semblait soucieuse.

– Auras-tu une robe blanche ? demandait Marion.

– Non, disait Caroline, oh, tu n'as vraiment rien compris, Marion ? C'est un JEU !

Chantal, elle, s'occupait déjà d'autre chose :

– Pourquoi pas Olivier ? chuchota-t-elle. Vous avez vu ?

Ils avaient tous remarqué l'embarras de Contorose au sujet d'Olivier Kerbauson et se turent un instant.

– Peut-être, dit Sophie, est-il homosexuel – ou déjà marié – ou fiancé ?

Chacun y alla de ses suppositions, sauf Natalène, qui buvait son jus d'orange, et Marion, qui voulait s'instruire.

– Qu'est-ce que c'est, « homosexuel » ? Dis, Chantal, qu'est-ce que c'est ?

Personne ne lui répondit et elle finit par dire, en désespoir de cause :

– Je peux le demander à maman ?

– Demander quoi ? dit Caroline.

– Ce que c'est, « homosexuel » ?

– Miséricorde, non !

– Alors dites-le-moi, quoi !

Un petit silence pesa, mi-amusé mi-gêné.

– C'est, dit Natalène, un homme ainsi fait qu'il ne peut aimer qu'un autre homme, pas une femme. Et une femme ainsi faite qu'elle n'est attirée que par une autre femme, pas par un homme.

– Des malades, dit Philippe.

– Non, protesta Natalène. Pourquoi dites-vous ça ? C'est tellement bête et vous n'êtes pas bête...

Un autre silence s'installa sur le petit groupe, plus lourd que le précédent. Les rapports entre Philippe et Natalène étaient toujours aussi difficiles : pour un rien ces deux ouragans pouvaient se déchaîner l'un contre l'autre, en quelques secondes. On le savait et on s'en méfiait. Sophie essaya d'une diversion, aussitôt :

– Peut-il l'empêcher, ton père, s'il l'apprend avant ?

– En principe non, dit Tristan. Pas légalement en tout cas. Légalement Natou ne lui est rien, puisqu'il ne l'a pas reconnue.

– Et ça se reconnaît comment, un enfant naturel ?

– Malheureusement, dit Natalène, c'est simple comme bonjour. On entre dans n'importe quelle mairie et on dit : « Cet enfant-là, Jules Tartempion, né le tant à Trifouillis-les-Oies, j'en suis le père. » Voilà. Si tu es le premier ça suffit.

– Il pourrait le faire avant le 4 janvier, donc ?

– Oui, dit Natou, mais c'est du délire... Il faudrait qu'il sache que ça se pratique ainsi, il faudrait surtout qu'il se soucie de nos lois à nous, il faudrait qu'il apprenne ce qui est prévu pour le 4, il faudrait... le changer en quelqu'un d'autre !

– C'est gagné, alors ?

– Oh, le mariage, oui. Ce qu'il en dira, ça...

– C'est gagné aussi, dit Philippe. Je veux dire : couru d'avance.

Sa voix était étrange : dure et mauvaise, pour des mots apparemment dépourvus de venin. De nouveau chacun se tut.

– Je le sais, dit Natalène.

Elle n'avait parlé qu'à Philippe et ils semblaient se braver l'un l'autre, elle un peu pâle et lui le sourire aux lèvres.

– Mais moi aussi, dit-il doucement. Moi aussi je le sais. Il va piquer la colère de sa vie...

– Vraiment, coupait Caroline, ce n'est pas le moment de se disputer... Vous aurez des témoins ?

– Je suppose, dit Tristan. Je suppose que tout sera fait dans les règles de l'art. Mais vous savez, on débarque. Moi j'ai appris ça hier et Natou, je crois, avant-hier.

– Non, dit Natalène, hier aussi.

Elle était encore un peu pâle mais se ressaisissait, visiblement.

– Je donnerais cher, dit Tristan, pour savoir ce qu'ils disent, là-bas...

– Les tantes ?

– Non ! Édith et Xavier !

Quelques petits rires étouffés secouèrent la jeune troupe. Puis Marion retourna à ses Tintin, Chantal prit congé – elle attendait Jean-Louis retenu par une réunion – et chacun retrouva ses occupations habituelles. Philippe se plaça assez près du canapé de ses tantes pour avoir une chance de saisir quelques bribes de leurs propos, et sans doute y réussit-il car il souriait bien souvent et sa lecture n'avançait guère. Il eut même, plus tard, en tournant une page, bien du mal à ne pas pouffer...

Natalène était restée près du piano. Pour une fois elle pouvait le faire sans étonner personne : on s'attendait bien sans doute à ce qu'ils échangent, Tristan et elle, leurs points de vue sur l'aventure.

Elle ne parlait pas pourtant. Elle sirotait son orangeade et semblait à dix lieues de là. Tristan la regardait de temps à autre, en jouant. Une fois de plus le contraste entre leurs deux destinées le stupéfiait. Qui aurait pu dire, vingt ans auparavant, que les filles jumelles de Contorose auraient des enfants que tout séparerait ? L'un dans son nid de coton, l'autre au grand vent des routes ?

– Ç'aurait pu être moi, dit-il brusquement.

– Pardon ?

Il s'expliqua, et Natalène sourit :

– Oui, mais c'est MA mère qui a suivi le Copte, pas la vôtre. Ça vous apprendra à sortir de la plus sage.

– Elle s'est rattrapée après...

– À temps pour Valère, mais trop tard pour vous !

Elle rit, en reposant son verre, tandis que le cœur de Tristan se serrait à la pensée de tout ce qu'il ignorait d'elle – tout ce qu'il ignorerait toujours.

Sophie, qui s'approchait d'eux, glissa :

– On complote ?

– Oui, dit Natalène. On se dit que si on avait des triplés dans neuf mois d'ici ce serait une bonne farce à faire à grand-père.

– Tais-toi, il vous étranglerait !

Elle s'accouda elle aussi au piano :

– En fait c'est très romantique, un mariage blanc. Moi ça m'exciterait plutôt de faire rosir tout ça lentement... Blanc, rose, rouge, écarlate, pivoine, pourpre...

Comme chaque fois qu'elle se montrait grivoise elle eut un petit rire, mi-confus mi-satisfait :

– Mille pardons...

– De rien, dit Natou. Nous connaissons tes penchants... éthérés.

– Ça ne te fait vraiment rien, à toi ?

– Non, répondit gravement Natalène. Rien de plus et rien de moins, sans mentir.

– Excellente formule, sourit Tristan : je la prends aussi à mon compte.

Ils rirent tous les trois, de bon cœur – pour des raisons bien différentes.

– J'aurais aimé être votre témoin, dit Sophie. Le tien, Natou. Même si c'est pour du beurre. Mais je crois qu'il faut être majeur et il me manquera six mois.

– Je sais, dit Natalène, la boîte, la boîte – bien sûr...

Ils la regardèrent tous les deux, stupéfaits.

– Quoi ? dit Sophie. Quelle boîte ?

– Il n'y a qu'une cheville en bois...

Elle se mit à rire, brusquement, et ses yeux brillaient :

– Pardon, dit-elle. Une idée à moi, excusez-moi.

C'était une excellente idée, qu'elle exposa le lendemain après-midi devant Contorose et Tristan, dans le petit bureau du patriarche.

– Si tout s'était passé comme vous le direz au Copte, grand-père – la bêtise, l'enfant, le mariage précipité – qu'auriez-vous fait ?

– J'aurais, j'aurais... Tu veux dire Tristan et toi ?

– Bien sûr que non ! Quelqu'un d'autre et moi ! Qu'auriez-vous fait ?

– J'aurais écrit à ton père et arrangé le mariage.

– Ah, vous voyez ! Vous lui auriez écrit. Vous l'auriez fait venir s'il avait été au camp et vous lui auriez écrit s'il avait été ailleurs.

– Évidemment. Mais je ne vais quand même pas le faire, non ?

– Il se demandera pourquoi vous ne l'avez pas fait. Forcément.

– Tu crois ?

– J'en suis sûre. Il se le demandera et il se répondra...

– Je n'ai même pas son adresse. Tu l'as, toi ?

– Non. Mais si on écrit au camp ça suit. Et vous auriez écrit au camp.

Contorose fourrageait de nouveau dans sa crinière blanche : il le faisait toujours quand il était question du Copte. Ce foutu Copte.

– Tu veux que je lui écrive trop tard ? Trop tard, exprès ?

– Surtout pas. Il sait lire les cachets de la poste.

– Alors ?

– Alors voilà. Ça me turlupine depuis le début, et hier soir j'ai trouvé. Il faudrait que vous lui écriviez maintenant. Pour lui raconter la bêtise, ce que vous avez décidé de faire de nous... et lui demander d'écrire ou de venir, s'il a une meilleure idée, s'il a un autre avis. Vous envoyez ça au camp.

– Ça suivra, dit Tristan.

– Non, ça ne suivra pas, parce qu'on prendra la lettre dans la boîte. Il n'y a qu'une cheville en bois et elle est à l'extérieur du camp, contre la grille. Il suffit d'arriver après le facteur et avant Bénik.

– Qui est Bénik ?

– C’est lui qui garde le camp et qui s’occupe du courrier. Un vieux bonhomme idiot.

– Bon, dit Contorose, mais après ? Tu veux remettre la lettre en mai, quand ton père reviendra à Fonvières ?

– Pas en mai. Le 5 janvier – ou même le 3, ce sera déjà trop tard pour qu’elle suive à temps. Ça arrive que des lettres se perdent, ou traînent, vous savez bien.

– C’est rare, objecta Contorose.

– Mais ça arrive. Et si ça se trouve celle-là traînera encore quelques semaines aux trousses du Copte, si bien que ça brouillera tout une deuxième fois – et qu’est-ce qui restera de SÛR comme dates, à la fin des fins ? Celle que vous aurez mise en haut de votre lettre et celle du cachet de la poste : de très bonnes dates irréprochables l’une et l’autre.

Contorose et Tristan la regardaient, étonnés par son plan bien sûr, mais aussi par son aisance à manier tout cela ; et elle sourit, pour elle-même, comme s’ils l’avaient surprise, ces Blajan, en train de crocheter une serrure ou de fracturer un coffre.

– Je saurai faire, dit-elle, ne vous inquiétez pas. Ça n’a rien de sorcier. Prendre une lettre dans une vieille boîte pourrie, la garder trois semaines et la remettre en place – c’est facile.

– Mazette, dit Contorose, où as-tu appris tout ça ? À l’école ?

Il ne voulait faire là qu’une gentille plaisanterie, mais Natalène ne lui fit pas grâce.

– Non, grand-père : là-bas, justement.

– Bon, dit-il – et sa main plongea dans ses épais cheveux blancs –, bon, oui, et alors ? On le fait ? Qui ?

– Moi, dit Tristan, Natou et moi, bien sûr. Il faut qu’elle y soit, c’est elle qui sait, et moi je ferai le taxi et le gorille.

Natalène eut un petit rire narquois :

– Joli gorille... Heureusement que Bénik est vieux, et son chien poussif !

– Merci, dit Tristan. Je vous revaudrai ça.

Contorose leur sourit. Leur entente lui avait toujours plu et il se réjouissait aussi, maintenant, de les voir se conduire ainsi, avec espièglerie, comme deux bons cousins affectueux. Et seulement cela.

– Je vais écrire, dit-il. Tu me diras, Natou, toi qui le connais bien. Nous en reparlerons. Vous pouvez aller.

C'était la formule rituelle pour clore un entretien avec le vieux chef du clan et les jeunes gens se levèrent docilement.

– Il ne finit jamais cette phrase-là, glissa Natalène dans le vestibule. Parce qu'en fait il manque la fin : vous pouvez aller vous faire foutre...

– J'aimerais, dit Tristan, avoir une fiancée plus sortable : raffinée, délicate, bien-pensante, chaste et modeste... virginale et timide... digne de moi.

– Alors allez-y aussi, conclut Natou, vous faire ce qu'il a dit...

XX

On n'eut pas beaucoup à reparler de tout cela, parce que tout s'exécuta à la date prévue, sans aucune difficulté ni complication d'aucune sorte.

Le 14 décembre, au petit matin, Tristan et Natalène reprirent dans la boîte du camp la lettre de leur grand-père, que le facteur venait d'y déposer. Personne ne les vit faire, ni le facteur dont la camionnette avait disparu au tournant, ni Bénik qui devait dormir encore. Ce fut une simple promenade. Très agréable même, car ils profitèrent de l'occasion pour se passer une vieille envie, celle de prendre ensemble, et seuls, un petit déjeuner dans un café. Cette chose toute simple ne leur était arrivée qu'une seule fois, à Hambourg, plus d'un an auparavant.

– Mais moi, dit Natalène quand ils quittèrent la petite auberge, ce que je voudrais surtout, moi, c'est qu'on aille au cinéma un soir.

– Quand on sera mariés, plaisanta Tristan.

Elle ouvrait sa portière, se glissait sur la banquette.

– Nous faisions de bizarres cousins, dit-elle, et j'ai vaguement l'impression que nous ferons un couple bizarre.

– Possible. Mais c'est une histoire qui est bizarre depuis le début. Chantez ?

– Je chante faux.

– Oh, je sais ! Chantez quand même...

Elle entonna, sans se faire prier, un « Petit coquelicot » affreusement discordant. Tristan essaya une fois de plus de replacer et de soutenir sa voix, en chantant avec elle, mais il n'y réussit pas plus que d'habitude. D'ailleurs, il riait trop.

– Vous faites exprès, Natou...

– Eh non !

– Je n'ai jamais vu ça. Vous êtes un cas. Un gibier de cirque. À ce point-là, vraiment, c'est scientifiquement passionnant...

Contorose les attendait, nu-tête et en veston d'intérieur, près de la grille du parc. La vue de sa lettre, postée la veille et si miraculeusement revenue à Blajan, le transporta de joie. En fait il avait douté du succès de l'expédition. La poste, n'est-ce pas, c'est sacré. C'est un service public. Une lettre DOIT être remise au destinataire et pas à l'expéditeur...

– J'ai eu très peur, avoua-t-il.

– Pas nous ! dit Natalène. On a chanté tout le temps !

À Noël on célébra le mariage d'Édith et de Xavier. Ce fut une très grande fête, à laquelle on avait convié le ban et l'arrière-ban de la famille. Les jeunes filles aidèrent Justine à faire les lits : il y en eut douze. Et encore la plupart des invités venaient-ils d'assez près pour n'être pas obligés de dormir à Blajan. Pour Chantal, évidemment (Contorose tenait à ce que chacun soit traité selon ses mérites) tout avait été nettement moins somptueux...

Mais Chantal, son petit André accroché à sa jupe, se souciait peu de faire des comparaisons. Elle était heureuse, tout simplement. Les Blajan avaient toujours aimé les fêtes et su mettre de côté, pour en profiter, toutes leurs préoccupations. Natalène elle-même, pour qui l'avenir était très problématique, rit, but du champagne et dansa comme si elle n'avait rien eu à redouter du lendemain.

Caroline accaparait Tristan, sans honte, et lui faisait une cour endiablée.

– Parole, lui dit-elle en dansant avec lui un slow très lent et très langoureux, je me sens de taille à vous empêcher de vous marier la semaine prochaine...

Tristan accepta le jeu, bien sûr, et hocha la tête :

– Cousine, ça m'étonnerait. Ce mariage couronne un très vieil amour entre Natalène et moi. Nous sommes liés – et si bien – depuis tant et tant d'années... Ne le sentez-vous pas ?

– Non, dit Caroline. J'ai pas senti ça. Flûte. J'aurais dû ?

– Ça vous aurait évité une démarche inutile.

– En fait, cousin, je veux bien que vous l'épousiez, celle-là. Une autre, j'aurais tiqué. Mais celle-là je veux bien. À une condition cependant.

– Dites ?

– Vous n'avez pas l'intention, je suppose, de passer votre nuit de noces dans sa chambre ?

– Assurément non.

– Que diriez-vous de la mienne ?

– Caroline, on en a déjà parlé cent fois !

– Mais jamais d'une façon qui puisse me satisfaire.

Elle s'écarta un peu du bel indifférent, quand même : Contorose, de sa place, les regardait évoluer avec stupéfaction.

– Bon Dieu, dit-elle, quels coincés vous faites tous, ici ! Vous ne voulez pas honorer ma couche et Contorose ne veut pas qu'on danse à moins de quarante centimètres l'un de l'autre...

La danse scandaleuse s'achevait et Tristan s'inclina, railleusement.

– Bonne chasse, Caro...

Il invita ensuite Sophie, et Chantal, et même Natou, pour des exhibitions beaucoup plus convenables, puis se consacra à ses devoirs d'hôte et aux quelques invitées qui faisaient tapisserie. Curieux animal qu'une jeune fille en robe de soirée – doux, lisse, menu entre vos bras, on en voit un bout de joue, on en devine l'odeur secrète sous le léger parfum, ses lèvres sont roses et rieuses... Tristan adorait les femmes et désira ce soir-là toutes ses danseuses, ou presque toutes. Et quand Édith lui accorda (comme une reine à son vassal) l'honneur d'une valse, elle aussi il la désira. Quelle étrange chose que le désir, si brutale et si douce pourtant...

Édith paraissait d'ailleurs heureuse et détendue, pour une fois. Elle passait de bras en bras, très sollicitée bien sûr, et à celui de Contorose elle eut un vrai rire de jeune femme, clair et léger.

– Je parie qu'il lui fait la cour, dit Sophie.

Elle aidait Tristan à trier les disques, dans le recoin d'une fenêtre, et s'éventait avec une pochette vide. On avait ouvert le second salon pour ce bal et la pièce était devenue ainsi tout à fait imposante. Mais on était si nombreux qu'il faisait très chaud.

– Je crève, dit-elle encore, je cuis... si seulement on pouvait aller nue !

– Il ne manquerait plus que ça ! dit Tristan.

Il lui raconta, parce qu'elle s'étonnait de le voir si prude, ce qui venait de lui arriver en dansant et conclut, drôlement :

– Toutes, Sophie, toutes ! Vous trouvez ça raisonnable ?

– Auriez-vous un cœur d'amadou ?

Il se pencha, mystérieux, et chuchota :

– C'est plus bas...

Elle éclata de rire, et si fort que plusieurs danseurs en ratèrent un temps. Un peu confuse, elle se replongea dans la pile de disques. Mais aussitôt le fou rire la reprit.

– Pensez à des choses sinistres, lui glissa Tristan, à des examens, à une robe déchirée, à un pneu crevé...

Derrière eux, la tache blanche que faisait la robe d'Édith passa plusieurs fois. La fête en était à cet étrange instant où elle semble hésiter – on a trop dansé, trop bavardé, quelques vieilles personnes vont prendre congé, il suffirait d'un rien pour que se casse le charme – mais il y a toujours un magicien pour le recréer – ce soir-là ce fut Philippe, qui passa un disque de twist. Les jeunes firent de leur mieux pour faire s'exclamer les gens rassis et ceux-ci s'esbaudirent de bon cœur : l'animation revint.

Peu après une heure les mariés se retirèrent, discrètement. Personne ne parut s'en apercevoir, mais ce fut tout de même le signal de la fin des festivités : les plus âgés des cousins montèrent à leur tour, et les plus sérieux des amis prirent congé de Contorose, dans le vestibule, après s'être dûment attendris sur la beauté du jeune couple. Ne restèrent en piste que les plus jeunes ; et, naturellement, Contorose. Assis sur le canapé des tantes, une flûte de champagne à la main, il regardait évoluer, rire et danser cette trentaine de jeunes gens. Reconnaissait-il ses pupilles au passage ? Il semblait très loin de là, un peu perdu, et au moment où Tristan, touché, allait le rejoindre, il vit que Natalène s'asseyait à côté de lui. Elle lui dit quelques petites phrases que Tristan n'entendit pas et le vieux monsieur sourit, en caressant sa barbe blanche :

– Certainement pas, dit-il de sa bonne grosse voix. Ce n'est plus de mon âge.

Elle insistait pourtant, et il rit tout à fait.

– Non, friponne !

Le mot fit sourire Tristan – si désuet, si gentil – mais déjà on lui touchait le bras, et c'était Caroline encore, qui chuchotait :

– Vous vous demandez si vous avez une chance avec moi... et je tiens à vous rassurer... OUI !

Le 3 janvier, à sept heures du matin, Tristan et Natalène étaient de nouveau à leur poste, au creux des taillis qui dominaient le camp de Fonvières. Ils avaient laissé la voiture beaucoup plus loin et marché à travers champs. Dans la poche de Tristan la lettre volée attendait l'heure de réintégrer le droit chemin.

Il faisait très froid et Contorose avait muni les conspirateurs d'un thermos plein de café brûlant et de deux grosses vestes de chasse. À perte de vue la montagne était déserte – nue, glacée, déserte. Du camp ne venait aucun bruit.

– On jurerait la fin du monde, disait Natou. Il n'y a plus personne nulle part, regardez...

Elle fumait, pour se réchauffer, et soufflait dans ses doigts. À neuf heures ils avaient bu tout le café, et commençaient à désespérer, quand la camionnette de la poste apparut sur la route du col. Instinctivement ils s'aplatirent contre le talus, comme si cela avait été nécessaire, et se turent, le cœur battant.

Tout se passa bien pourtant. Le facteur déposa quelques enveloppes dans la boîte – on le supposa du moins, car on distinguait mal ses gestes – et repartit. Quand la voie fut libre les criminels descendirent à leur tour, ouvrirent la boîte, y virent trois lettres et y ajoutèrent la leur. Aucun chien n'aboya. Et ils regagnèrent leur cachette.

Là, comme s'ils venaient d'échapper à la mort, ils furent pris d'un fou rire nerveux. Natalène poussa même un petit cri d'horreur : elle n'avait plus qu'un gant, l'autre était certainement tombé là-bas, près de la grille...

Elle courut le récupérer, et ce fut le seul accroc de l'expédition. Tristan la vit, de loin, ramasser le gant, puis rouvrir la boîte comme pour s'assurer que la lettre n'avait pas disparu par enchantement.

– Y était-elle encore ? plaisanta-t-il quand Natalène réapparut.

– Vouais, dit Natou. Avec les autres. L'air bonasse et sainte-nitouche : à gifler !

Le vieux café de la forêt les revit, pour un autre petit déjeuner. Tristan eut même l'audace de téléphoner à Contorose – oui, tout s'était très bien passé, seulement ils avaient crevé, ils seraient un peu en retard... Natalène reprenait vie, près du feu qui brûlait clair et que la patronne avait ranimé pour eux. À part un chasseur écroulé sur un banc, près du poêle, ils étaient les seuls clients de l'auberge. Ils ne parlaient pas, tout occupés à se réchauffer et, pour Tristan au moins qui n'avait pas l'habitude de ce genre d'expédition, à se rassurer – c'était fait, voilà, et personne ne les avait traînés en prison...

L'« astuce juridique », qui eut lieu le lendemain comme prévu, à la mairie du bourg, fut de tous ces événements le plus rapide et le plus discret. À dix heures et six minutes Tristan et Natalène comparurent devant le buste de Marianne, accompagnés de Contorose et des trois Kerbauson – à dix heures et dix-sept minutes ils lui tournèrent le dos – c'en était fait. Contorose raccompagna le marié à sa voiture, la mariée à son lycée, les témoins chez eux, et il ne fut plus question de rien.

De vieux souvenirs pourtant revinrent à Natalène et le soir elle raconta à Tristan son autre mariage.

– C'était très barbare, dit-elle. Un ethnologue, sûrement, aimerait cela. Il trouverait dix-huit sens précis à chaque détail... D'abord, ça se décide entre les pères et les anciens. On vous prévient à la fin. Vous m'écoutez ?

– Oui, dit Tristan. Allez-y.

Ils étaient dans sa voiture : comme tous les vendredis, mariage ou pas, il la ramenait de son cours de danse. Elle serrait son sac de sport sur ses genoux et souriait – c'était si loin.

– « Les pères », pour Vanik et moi, c'était le même. Et alors ça se passe comme ça : on allume un grand feu et tout le monde danse. Sauf moi. Moi je suis dans une caravane. On y a pendu un drap qui la sépare en deux. Tous les meubles sont repoussés dans la première moitié ; la mienne, au fond, est vide. Il n'y a rien, absolument rien, qu'un drap blanc par terre et moi dessus. Assise en tailleur : c'est le rite.

– Vous aviez un costume spécial ?

– Non. Seulement spécialement propre. Anizia m'avait prêté la plus belle de ses jupes et on m'avait dessiné une petite ligne de points sur le front. Rien d'autre. J'écoutais les danses et la guitare. Ça dure longtemps, très longtemps. Vous y êtes ?

– Pas vraiment...

Il essaya d'imaginer Natalène assise sur son drap au fond d'une caravane, et les bruits de la fête.

– Non, dit-il. Mais tant pis, continuez.

– Vers minuit, ça s'est arrêté tout net. Mais alors là, tout net, coupé au couteau. Ils sont venus.

– Tous ?

– Non, sourit-elle. Ils étaient plus de cent ! Pour ces fêtes-là on invite souvent d'autres clans... Ils sont tous venus autour de la caravane, mais seuls les anciens – ils étaient trois – les pères – un seul, donc – et Vanik sont entrés vraiment. Dans la première partie. Je ne les voyais pas. Le plus ancien des anciens m'a demandé qui j'étais. Je l'ai dit : Vanina Milacusca. Il a toussé je ne sais combien de fois, c'était un ancien très vieux et tout à fait chevrotant, et il m'a annoncé que Vanik Pilossac était là. Ce qui donnait, pour lui : Vanik Pilossac barek. Sur quoi Vanik a écarté le drap pendu et il est passé dans ma moitié.

Elle rit, pour elle seule.

– C'est très curieux de voir quelqu'un possédé par les rites de sa race. Vanik, c'était quand même une espèce de frère. On avait fait ensemble des tas de cabanes, des tas de radeaux, des tas de bêtises. On s'aimait bien, enfants. J'étais sûre qu'il allait se moquer de tout ça avec moi – faire un pied de nez aux anciens à travers le drap, ou un bras d'honneur – eh bien pas du tout, il s'y croyait, il y était, il a suivi son livret note par note.

– Et qu'est-ce que ça donne ?

– D'abord le marié doit regarder la jeune fille très attentivement. Même s'il la connaît. Sans parler. Et sapristi ça dure, ça aussi. Après il écarte le drap, passe la tête au-dehors et dit aux anciens : « Si » ou « Nia ».

– Je devine.

– Les anciens repassent ça au-dehors et les gens poussent un grand cri de joie – une sorte de « hourra » bizarrement modulé.

– Et c'est fini ?

– Non, mais c'est en bonne voie. Pour un « si », naturellement. Je n'ai jamais vu de « nia ». Je n'en ai même jamais entendu parler. Je suppose que ça déclencherait des catastrophes sans nom : la jeune fille insultée, le père offensé, un clan déshonoré...

– Et après le hourra ?

Il s'était arrêté au stop et ne redémarrait pas, fasciné. Ce jour-là, ce vieux jour-là, Natalène était sur Mars et lui à Blajan – par quel miracle se trouvaient-ils maintenant côte à côte sur cette route déserte ?

– Après, dit Natalène, après on consomme la chose, derrière le drap pendu. Les pères sont sortis mais les anciens écoutent. Il n'est pas d'usage de mettre trop longtemps. Quand c'est fait le marié passe aux anciens l'autre drap, celui qui était sur le sol, pour qu'ils y voient le sang et le montrent au-dehors. Voilà.

– Non ?

– Si !

Elle rit, parce que Tristan avait vraiment l'air ahuri, et dit :

– Il FAUT qu'il y ait du sang, au moins pour les noces des jeunes filles. S'il manque – le vrai, celui qu'on attend – on le prend ailleurs. Sur une petite écorchure qu'on fait.

– À qui ?

– À la fille, bien sûr. C'est elle la coupable. Une fois le drap taché on le passe aux anciens, qui l'examinent gravement, et je dois dire à la décharge de mon peuple qu'ils y cherchent les traces des DEUX partenaires... et là, quand même, ils sortent. C'est le père de la jeune fille qui lève le drap au-dessus de sa tête, comme une bannière. Tout le monde pousse un autre « hourrah » et tout le monde retourne danser. On a même le tact de refermer la porte de la caravane pour que les mariés soient un peu seuls. Vous y êtes ?

– Non. Pas du tout.

Il avait redémarré, et Natalène reprit :

– Pour Anizia – c'était drôle – il n'y avait pas de sang non plus, ça faisait au moins dix ans que son père et son oncle se servaient d'elle quand ils n'avaient personne d'autre sous la main – et son mari, vous le connaissez, c'est Jujube – elle m'a raconté ça l'année dernière...

– Quoi ?

– Normalement, une fois la chose faite le mari se redresse, regarde le drap, et s'il est blanc sort son couteau. Il vous fait, très vite, une petite incision n'importe où, à un endroit discret quand même, c'est pas la peine d'afficher partout qu'on a été roulé... Anizia m'a dit que Jujube a regardé le drap, sans trop d'illusions mais on ne sait jamais, et qu'il a donc sorti son grand couteau de sa poche. Il l'a ouvert à la main, et au moment de l'approcher d'elle il a eu comme une hésitation, l'air étonné lui-même – et il s'est fait une petite entaille au-dessus du genou. Son genou à lui. C'est une belle histoire, je trouve.

– Vous n'avez pas eu la même chance ?

– Non ! Vanik est très formaliste. Et surtout il a été très surpris. Il devait penser, comme tout le monde, que j'étais très jeune, qu'il ne m'avait jamais touchée, que Gina m'avait surveillée de près, que la grande maison de gadjé où j'allais si souvent n'avait pas l'air de regorger de gorilles en rut, et que donc tout irait bien... Imaginez un peu, si vous pouvez : ces gens derrière le drap, un jeune homme offensé en face de vous et ce couteau qui sort d'une poche, s'ouvre, s'approche, il brille et il est vraiment très pointu... Il l'a posé en haut de ma cuisse, très haut, tout en haut – enfin, là... ou presque là.

– J'imagine, dit Tristan. Voilà, maintenant, j'y suis.

Ils passaient la grille de Blajan et Natalène se mit à rire.

– Ne faites pas cette tête-là ! Il ne faut pas dramatiser. C'était drôle aussi, d'un autre côté. Si vous prenez les choses comme ça je ne pourrai pas vous raconter le reste. Et il y a des restes qui vous passionneraient ! Leurs rites funéraires, tiens, ou ceux des naissances... Ho ! Vous m'entendez ?

Il l'entendait, et lui sourit, bravement.

– Ce n'est pas juste, dit-il pourtant. Quand je pense à Chantal, ou à Sophie – ce n'est pas juste.

Ils descendaient de la voiture, garée sous la grange, et remontaient lentement l'allée.

– Si, dit Natalène. Ou plus exactement c'est injuste de toutes les façons et pour tout le monde :

ne trouvez-vous pas injuste que Sophie et Chantal n'aient jamais été LIBRES ? Qu'elles n'aient jamais eu l'occasion de compter sur elles-mêmes ? Qu'elles prennent le monde pour un parc ou un salon ? Qu'on leur ait appris tout un tas de choses répugnantes sur leur corps, leur sang, le plaisir – et seulement à ne pas montrer leurs fesses en public ?

Il rit, en ouvrant la grande porte, et reconnut qu'elle avait peut-être raison, oui, peut-être...

– J'ai raison, dit-elle. Et dans les proverbes de Justine il y en a un que je trouve merveilleux, c'est qu'on ne peut jamais avoir, JAMAIS, le beurre et l'argent du beurre. Je vous l'offre. En cadeau de mariage. Vous n'en recevrez pas de plus précieux, dussiez-vous vivre cent ans.

Il s'inclina, gravement.

– Merci, Natou.

Déjà, elle riait.

– Et à moi, qu'offrirez-vous ?

– Je vous le donnerai ce soir. Ce n'est pas un proverbe.

– Pas ce soir, malheureux ! Grand-père est capable de faire une ronde.

– Vous croyez ?

– Ça ne m'étonnerait pas.

– Alors demain soir. Ou même après-demain soir.

– Ça se mange ?

– Non. Et ça n'a pas de roues. Et ça ne se met pas. Et je ne vous en dirai RIEN.

Elle montait l'escalier, vite, et disparaissait. Tristan pensa au couteau de Vanik et eut un frisson. Mais le beurre, oui, le beurre et l'argent du beurre, bien sûr... La joie qu'avait Natalène à vivre et à habiter son corps, elle ne l'avait pas reçue de Blajan. Ces choses-là ne s'apprenaient pas à Blajan.

Elle les tenait du camp – du camp où l'on trouvait, en même temps que la joie, de grands couteaux pointus – c'était comme ça.

Contorose ne fit pas exactement une ronde, le soir. Mais tout de même il vint apporter à Tristan, dans sa chambre, à dix heures et demie, les photocopies des papiers qu'on lui avait remis à la mairie. Tristan les posa sur son bureau, en se félicitant que Natalène ait eu autant d'intuition. Il tenta d'imaginer ce qu'aurait fait son grand-père en trouvant vide la chambre du marié : certainement il aurait été frapper à la porte de Natou, et alors...

– Conserve-les précieusement, disait Contorose. Et je garde les originaux : j'en aurai besoin pour l'annulation.

À la porte, il essaya d'une plaisanterie :

– J'ai vu beaucoup de mariages, mon garçon, beaucoup : mais vraiment le tien est le plus bizarre !

Quand il fut seul Tristan relut quelques-uns des papiers, distraitement. « Natalène de Blajan, née d'Anne de Blajan et de père inconnu... le 4 janvier... en la maison commune... conseil de famille... muni du consentement de.... Nous, officier de l'état civil... » Comment supposer à ces quelques feuillets un pouvoir quelconque sur la violence qui régnait dans le monde du Copte ? Dérisoire paravent – un éventail de gaze contre un ouragan...

– Mais réellement, dit-il à Natalène le dimanche soir, au grenier, réellement, vous y croyez ?

– L'oncle Alban y croyait, répondit-elle.

– Mais vous ?

– Je ne sais pas. Vous n'avez jamais été dans un piège, vous. N'importe quoi a l'air d'une porte. Ces papiers en sont peut-être une et peut-être pas. On verra. Et de toute façon, je vous l'ai dit, et ça j'en suis sûre, ça me sauve du pire. Consolez-vous : vous ne vous êtes pas sacrifié pour des prunes.

Elle tournait entre ses doigts le cadeau de Tristan, qu'il venait juste de lui offrir : un petit hibou de bronze terni, aux ailes à demi déployées.

– Où l'avez-vous trouvé ? demanda-t-elle.

– Chez un antiquaire des quais.

– Mais pourquoi est-il si petit ? Qu'est-ce que c'était ? Un presse-timbres ?

Il rit, et secoua la tête.

– Ils ne le savaient pas. Savez-vous ce qu'ils m'ont dit ? « D'origine indéterminée et d'usage inconnu. » Ça m'a décidé. J'ai pensé que ça vous plairait.

Il l'attira à lui, sur le tas de coussins, et embrassa son cou sous les boucles brunes.

– Natou, dit-il. Ce n'est PAS un sacrifice. Vous employez des drôles de mots. Et « piège » ? Ça veut dire quoi, « piège » ?

– Je ne sais pas où est le piège, dit Natalène. C'est eux. C'est moi aussi. Je les aime. Ils ont le vent en tête et quand j'entends ce vent-là me souffler dans le crâne c'est Blajan qui est un piège. Mon ancre chez vous allait céder, parce que j'ai grandi : on m'en a proposé une autre et je l'ai prise. Peut-être que j'ai eu tort. Je ne sais pas. Je n'ai jamais eu le temps de m'asseoir pour réfléchir, en dix-sept ans et demi.

– Et qui est votre ancre chez eux ?

– Moi, je crois. Moi toute seule, comme une grande. Parce que je suis comme eux.

Ces petits mots, elle les disait souvent. Et ils étaient, Tristan le savait, très justes – affreusement justes.

– Il a reçu la lettre de grand-père hier matin, dit-il.

– Ça m'étonnerait. Il faut d'abord que les lettres le chopent où il est, et Dieu sait où il est.

– Il la recevra bientôt en tout cas.

– Sans doute.

– Que fera-t-il ?

– Eh bien ça va dépendre de l'importance qu'il accordera à la chose... Si c'est un fétu de paille, pour lui, il ne fera rien : il viendra me chercher à l'heure dite, fétu ou pas. S'il trouve ça insurmontable il ne fera rien non plus. Si c'est entre les deux nous le verrons arriver ici, chevauchant sa rage, et ça promet d'être un beau spectacle. Je ne sais pas si grand-père a bien évalué les risques...

– Mais vous qui le connaissez, Natou... que va-t-il faire ?

– Rien, dit-elle. Rien.

Elle avait eu un curieux petit sourire, que Tristan ne comprit pas. Et une fois de plus il pensa qu'il ne savait pas tout d'elle, non, pas tout...

– Je voudrais tellement pouvoir vous aider, dit-il. Quelquefois c'est comme une blessure, de ne pas pouvoir. Mais bon. Je suppose qu'il faut en passer par là.

Elle se redressa, pour le regarder avec une sorte de surprise.

– Sapristi, dit-elle, vous êtes vraiment un chic type, pour un gadjo... Vous auriez mérité d'être autre chose !

Elle se retourna à plat ventre sur les cousins, et prit un air mystérieux.

– J'ai une nouvelle pour vous. Olivier est amoureux.

– De vous ?

– Non. De Caroline.

– C'est vrai ?

– Bien sûr que c'est vrai. Il me l'a dit hier.

– C'était votre quart d'heure de commérages ?

– Pas exactement, sourit-elle. C'est seulement que... vous vous souvenez que grand-père a failli dire quelque chose à son sujet quand il a annoncé son entourloupette – comme quoi ça ne pouvait PAS être Olivier ? Est-ce qu'il s'agissait déjà de ça ?

– Quoi, ça ?

– Eh bien, qu'Olivier lui avait déjà parlé de Caroline ?

– Ah, c'est possible...

Ils rêvèrent un instant à leurs amis. Olivier, Caroline, Fleur... peut-être, oui, peut-être pourraient-ils s'entendre.

– Vous auriez préféré Olivier pour cette entourloupette ? demanda Tristan.

– Non, dit-elle. Autant que ce soit vous. C'est moins compliqué.

– Alors là, sourit-il, voilà une déclaration d'amour enflammée comme on en voit très peu dans les romans...

Natalène reprit le petit hibou et le regarda, au creux de sa main.

– Je me suis souvent demandé si ça pouvait s'appeler ainsi, dit-elle. Nous. Si on s'aimait.

– Je suppose que oui, répondit Tristan.

Elle détourna les yeux, aussitôt.

– Si j'ai un jour un message à vous faire passer, dit-elle, j'enverrai le hibou avec. Comme un roi son sceau.

– D'Anstik à ici ?

– Pourquoi pas ? Il arriverait. Il y mettrait le temps mais il arriverait. Et vous me le renverriez avec la réponse : ce serait un hibou voyageur.

Elle s'interrompit net.

– Il ne faut plus parler de tout ça, dit-elle. On a fait ce qu'on a pu. La balle est dans l'autre camp maintenant. Et même si on doit la recevoir en pleine gueule ce n'est pas pour tout de suite, j'en suis sûre. N'en parlons plus. S'il vous plaît. Vous vouliez m'aider, tout à l'heure : ça m'aiderait, ça. N'en parlons plus. S'il vous plaît. Ne le faites pas, et si je le fais tapez-moi sur les doigts.

– OK, dit Tristan.

Et ma foi, ils tinrent parole. Elle avait raison : ils ne pouvaient plus qu'attendre. Et autant le faire heureux, elle avait raison là aussi.

Ils s'y efforcèrent. De nouveau ils purent s'intéresser à ce qui les entourait : Natalène à ses livres, Tristan à son piano. Et tous deux à leur clan.

À Chantal qui parlait de donner, et très vite, une petite sœur à André. À Olivier qui semblait en effet très amoureux de Caroline. À Fleur qui trottinait de pièce en pièce. Aux jeunes mariés – les autres, les vrais – qui paraissaient s'entendre à merveille. Au Ludovic de Sophie, dont on avait enfin fait la connaissance. À Marion, qui sortait de l'enfance, fêtait ses quinze ans et aussitôt présentait à Contorose son ami Emmanuel, sans rougir...

Cet Emmanuel, heureusement, plut au vieux monsieur. Il avait dix-sept ans mais sa longue maladie l'avait mûri, ainsi que la façon dont il tenait, chez lui, le rôle du père. Sa mère et sa sœur se reposaient sur cet adolescent de tout le poids de leur vie. Il gérait le budget de la maisonnée, contrôlait les factures, bêchait le jardin, élevait la petite Lucile, décidait de tout – et ma foi se débrouillait très bien. Calme, attentif, sensible et toujours un peu grave, il enchanta tout le monde. Avec beaucoup de candeur, ou beaucoup d'habileté, on ne savait pas trop, il avait annoncé à Contorose ses intentions : voir Marion, qu'il aimait; se fiancer dans quelques années; l'épouser quand il aurait terminé ses études. « Et jusque-là, monsieur, avait-il conclu, vous n'aurez pas à vous plaindre de moi. » Sidéré, mais touché, Contorose avait donné son assentiment à l'aventure.

Emmanuel jouait du piano, comme l'avait dit Marion à Tristan. Assez bien, sans plus. Par contre ses dessins étaient beaucoup plus qu'intéressants : magnifiques. Dès qu'ils les eurent vus tous les Blajan qui avaient quelque intelligence conçurent pour Emmanuel Duplessis un très grand respect.

Sa jeune sœur, Lucile, ressemblait tout à fait à ce qu'avait été Marion elle-même : une petite souris timide. Et leur mère ne valait pas beaucoup mieux, sans avoir l'excuse de l'âge : elle était absolument désarmée devant la vie. On les vit très souvent à Blajan à partir de février, et la maison qu'ils habitaient tous les trois en ville devint vite un autre « lieu » du clan.

Ludovic Dubois régla sagement sa conduite sur celle du jeune Emmanuel, dont Sophie lui avait dit grand bien. Il vint « montrer son nez » à Contorose, parla de sa famille, de ses études, de ses projets d'avenir, et fut lui aussi accueilli à bras ouverts. L'année, décidément, commençait sous d'heureux auspices.

XXI

Que Caroline Montellier ait vraiment aimé Tristan, Natalène était encore seule à le savoir – avec l'intéressée. Tristan lui-même ne pensait qu'à un jeu. Un jeu amusant et risqué, auquel Caroline se serait livrée pour passer le temps, et qui lui plaisait à lui aussi, finalement, parce que c'était agréable de se savoir désiré et de se voir le gibier d'une chasse aussi têtue. Et puis le toupet de la jeune fille l'amusait beaucoup. Le soir où elle annonça au clan ses fiançailles avec Olivier Kerbauson il la félicita de bon cœur et ne se posa qu'une seule question : cesserait-elle, maintenant, de lui faire la cour ?

Olivier était là, pour l'occasion. Heureux, apparemment.

– On va filer à Sydney, disait Caroline, pour voir maman et tout régler là-bas. Liquider mon studio, emballer mes meubles... Ah là là ! Mais je vous laisse Fleur, je reviens très vite et je compte sur des noces extraordinaires, ici, dans le parc...

Ses cousines, naturellement, s'emballaient : quand le mariage aurait-il lieu ? La mère de Caroline ferait-elle le voyage pour y assister ? Comment serait la robe ?

– Un crème très doux irait bien à ton teint, glissa perfidement tante Lise.

Caroline ne comprit pas tout d'abord. Puis elle rougit de colère.

– Je serai en blanc, dit-elle. En tout blanc. Et ma fille aussi.

Un petit silence plana. Caroline choisit enfin d'ignorer l'offense et se remit à rire et à parler, avec animation, de malles, de dentelles et de bague. « Une fête ! », s'extasiait Marion. « Tous ces mariages, disait Chantal, c'est fou, le mien, celui de Xavier, le tien, en si peu de temps ! »

Elle en avait oublié un : mais personne ne le remarqua, pas même Tristan et Natalène. Là-dessus Contorose promena autour de lui un regard faussement sévère.

– C'est tout ? Personne d'autre ?

Marion et Sophie, particulièrement visées, rosirent un peu, comme il convenait. Et ce fut vraiment une très belle soirée, chaleureuse et gaie.

Mais quand Tristan redescendit du grenier des hiboux, ce soir-là, et se glissa dans sa chambre, il y trouva la fiancée en personne, assise sur son lit.

– Caroline, dit-il, là vous exagérez...

Il tenait entre ses doigts serrés le petit hibou, qui allait et venait entre Natalène et lui puisque c'était un hibou voyageur. Et il le glissa dans sa poche, aussi discrètement que possible.

– D'où venez-vous ? demandait Caroline.

– Du parc, ma chère, où je rêvais de vous.

– Du parc ? À minuit dix, et sans pull ?

– C'est une enquête en règle ? Vous avez un mandat ?

– Vous étiez chez Sophie, dit-elle sombrement.

Il secoua la tête, partagé entre l'amusement et l'inquiétude.

– Il y a un bon moment que vous vivez avec nous, dit-il. N'avez-vous jamais remarqué que nous allions très rarement « chez » les gens ? Peut-être parce que nous passons tant d'heures ensemble, en bas...

– Pourtant vous étiez chez Sophie.

– Non ! Dans le parc. Dans la tourelle plus exactement. Et je ne vous dirai pas avec qui, d'abord parce que cela ne vous regarde pas et ensuite parce que vous ne la connaissez pas.

– Votre Élisabeth ?

Saisi, il ne répondit pas. Personne à Blajan ne connaissait Élisabeth...

– C'est une gourde, dit Caroline. Je vous ai suivis, souvent. Et elle aussi. Je lui ai parlé, je lui ai demandé l'heure, une fois, et mon chemin une autre fois. Elle ne m'a même pas reconnue d'une fois sur l'autre ! C'est vraiment une gourde. Qu'est-ce que vous lui trouvez ? Elle n'est même pas jolie...

Tristan s'assit à son bureau, résigné. Caroline, décidément, ne lui ferait grâce de rien.

– Savez-vous pourquoi je vais me marier ? dit-elle. Pour rester ici. C'est tout. Rien d'autre. Et savez-vous pourquoi je veux rester ici ?

– Pour ne pas me quitter ? glissa Tristan. C'est flatteur...

Aussitôt cela cessa d'être un jeu pour lui : il comprit que c'était vrai, aussi surprenant que ce soit – affreusement vrai. Et il regardait les yeux de la jeune fille, pleins de larmes, avec une sorte de peur.

– Caroline, dit-il, mais c'est idiot...

– Je vous aime. Je vous aime depuis le premier jour – la première semaine. Vous pouvez comprendre cela ? Dites ?

Maintenant, il pouvait. Et un remords le traversa : celui de n'avoir pas compris plus tôt et d'avoir joué ce jeu dangereux.

– Essayez de comprendre vous aussi, dit-il. Je vous aime bien, Caroline, et c'était drôle ce petit flirt, mais je ne vous aime pas, non... Je regrette, je regrette tellement de n'avoir pas su tout ça plus tôt...

– Et ne me prenez pas pour une andouille, coupa-t-elle. Je sais que vous ne m'aimez pas. Vous êtes fait pour aimer des nouilles. Bien classiques et bien gentilles. Pas mon genre. Ce n'est pas ça que je veux : je veux faire l'amour avec vous. Une fois, rien qu'une fois si vous voulez. Mais une fois.

– Et ça changerait quoi ?

– Tout, dit-elle avec ferveur. Oh ! Tout ! Vous ne pouvez pas comprendre. Ça changerait tout.

– Ou bien ça compliquerait tout.

Elle secoua la tête, obstinée.

– Non. Je sais que ça ne mènera à rien. L'année dernière j'y croyais encore. Plus maintenant. Et puis je me marie, je vais commencer autre chose. Mais je veux au moins faire l'amour avec vous. Pour que ça ait eu lieu et qu'on n'en parle plus. Si ça n'arrive pas je ne pourrai jamais tourner la page. J'attendrai, toujours. Toujours, toujours...

– D'accord, dit-il très vite, d'accord.

Elle le regardait, saisie, et son visage s'éclaira.

– Vous voulez bien ?

– Oui, dit-il doucement, si vous voulez – mais réfléchissez-y, je vous en prie...

– Maintenant.

– Non, pas maintenant. Je veux que vous y pensiez d'abord. Pensez à tout. Que c'est idiot. Que c'est très déloyal envers Olivier. Que ça ne servira à rien... Et si vous y tenez encore après cela vous me le direz. On trouvera un soir quelconque entre celui-ci et celui de votre mariage.

– J'ai réfléchi. Ce soir.

– Non, redit-il. N'insistez pas. Je suis une bourrique moi aussi. Pas ce soir.

– Évidemment, dit-elle grossièrement, ce soir c'est déjà fait.

Il rit – là il la retrouvait égale à elle-même – et se moqua, gentiment :

– Voilà. Vous y êtes. Elles étaient trois et je n'en peux plus.

– Mais vous pouvez m'embrasser ?

Elle se levait, le rejoignait, et Tristan l'embrassa, bien sûr. En fait il en avait envie depuis très longtemps.

Caroline eut ce qu'elle désirait. Pas ce soir-là, mais un autre et même, pour tout dire, beaucoup d'autres soirs. Et Tristan la comprit mieux quand il la connut aussi sur ce plan-là : elle était, curieusement, très douce, très ignorante et très enfantine. D'un égoïsme féroce, mais naïve et tendre.

– En fait, lui dit-il un soir au Mikado, vous me faites un peu penser à Fleur...

– Natou me dit souvent cela, répondit-elle. « Grandis ! Mais grandis donc ! » Seulement je suis grande – maman – fiancée – amoureuse – tout ça et tout ça ! L'aimez-vous, Tristan ?

Elle avait posé cette question sans faire de pause, ni changer de voix, et Tristan leva des yeux surpris.

– Qui ?

– Cette fille, là, votre gourde, Élisabeth...

– Ma chère, cela ne vous regarde pas.

– Mais vous comptez l'épouser ?

– Si c'est le cas vous recevrez un faire-part.

Elle renonça, sagement. Elle était têtue, et s'en vantait, mais savait Tristan encore plus obstiné qu'elle.

– Bourrique... dit-elle seulement. Et d'ailleurs vous ÊTES marié, et vous ne pourrez pas envoyer de faire-part avant quatre ou cinq ans.

– Trois et demi.

– Vous comptez les jours ?

Elle n'attendit pas la réponse et se pencha au-dessus de la table, espiègle.

– Je le lui ai dit.

– Quoi ? Et à qui ?

– Nous. Ce qu'on faisait. À Natalène.

– Vous êtes d'une indiscrétion, Caroline...

– C'est mon amie, non ?

Il faillit demander, avec désinvolture : « Et qu'en a-t-elle pensé ? » Mais il eut des scrupules, et s'abstint.

– Elle a ri, le renseigna Caroline. Et elle m'a redit, pour la centième fois : « Tu devrais grandir un peu, toi... » Mais je trouve que justement j'apprends des tas de trucs avec vous. À faire la part des choses. À choisir.

C'était une bonne nouvelle et Tristan leva son verre en son honneur.

– C'est un début, Caro...

Il l'aimait bien, en fait. Mais il se méfiait d'elle comme de la peste. Exigeante, aveugle, dure – attendrissante pourtant comme une enfant trop sûre d'elle – et si drôle, avec ses petites ruses cousues de fil blanc...

En mars, elle s'envola pour Sydney avec Olivier. Tristan lui écrivit dès le lendemain, pour clore fermement leur petite aventure.

Chantal avait pris Fleur en pension : elle en rêvait depuis longtemps et voir cette adorable petite poupée jouer avec son fils l'absorbait des heures entières.

– Regardez, disait-elle à qui voulait, ils sont trop drôles, c'est à ne pas croire !

Le printemps revenait, peureusement. De nouveau Philippe était surchargé de travail, parce que les randonnées se multipliaient. Tristan l'accompagna plusieurs fois, avec Emmanuel et Marion. Mais il n'aimait pas s'absenter ainsi plusieurs jours de suite. Le Copte n'avait pas écrit, n'avait pas donné signe de vie : sa pensée pourtant ne quittait guère Tristan.

Édith menait à Blajan, depuis son mariage, une vie apparemment heureuse. Elle se levait très tard, s'enfermait des heures dans son cabinet de toilette, et tenait ensuite compagnie aux tantes. Elle avait une voiture : un peu avant midi, elle y montait, et s'en allait en ville déjeuner avec Xavier dans un petit restaurant des quais. Toujours le même. Elle passait l'après-midi à la clinique de la Source, où elle avait tenu à conserver quelques heures de garde. Lorsqu'elle retrouvait Blajan, c'était l'heure du thé. Elle le prenait avec les tantes mais dès que Xavier revenait de la fac elle montait avec lui, chez eux, prendre un second petit goûter privé. Vers six heures elle le laissait travailler à ses cours et faisait dans le parc une longue promenade. Ensuite elle se joignait aux autres, pour le dîner et la soirée au salon. Cet emploi du temps immuable sidérait les Blajan, dont les journées n'étaient jamais si bien réglées.

« Le samedi, disait Sophie, ils vont dîner en ville et voir un film. Tous les samedis. Un dimanche sur deux ils vont chez les parents d'Édith. Et avez-vous remarqué qu'ils rentrent toujours à la même heure ? Entre sept heures moins dix et sept heures ? Toujours ? »

« En tout cas, reconnaissait Chantal, Xavier travaille, maintenant : vous avez vu ses notes ? »

« Cette jeune femme, se félicitaient les tantes, est une perle... une perle, Louis ! »

« Ce qui est curieux, disait Natalène à Tristan, c'est que tant de gens puissent vivre à Blajan tant de choses différentes. C'est vraiment une auberge espagnole, on y trouve ce qu'on avait dans les poches... Et je sais ce que cette fille a dans les siennes : un réveil, un porte-monnaie et une capote. »

Quant à Natalène, elle devenait chaque jour plus gaie. Réellement, elle rayonnait – alerte, espiègle et vive. Ses notes étaient toujours excellentes et pourtant elle trouvait le temps de faire mille choses : du cheval, de la danse, des promenades, une robe brodée, un appentis près de l'étang, une tarte aux pommes...

– Arrête-toi... lui disait parfois Contorose, mais arrête-toi !

– Pas le temps ! répondait-elle en riant.

Tristan l'arrêtait parfois au passage, lui, entre deux portes ou dans l'escalier. Jamais ils n'avaient été aussi imprudents, et à plusieurs reprises ils frôlèrent la catastrophe – un matin d'avril particulièrement, où ils étaient dans la buanderie, seuls, et où Tristan avait coincé Natalène contre un mur. Il l'y retenait prisonnière, ses mains posées sur le mur de part et d'autre de son corps, pour le plaisir de l'effrayer un peu. Ce que Natalène avait conservé de nervosité ne les gênait plus. Ils en jouaient au contraire. Ce matin-là elle souriait, comme si cette petite peur bête qui l'envahissait peu à peu avait été un lien de plus entre eux.

– Laissez-moi, chuchota-t-elle.

– Jamais de la vie.

Il savait exactement quand arrêter ce jeu-là, et il allait le faire, parce qu'elle était un peu pâle – quand la porte s'ouvrit, au fond de la pièce. Pendant une affreuse seconde le temps se figea, puis Tristan recula, vite, s'adossa au mur à côté de Natou, et Justine, qui contournait le grand baquet, une pile de torchons sur les bras, passa devant eux sans les voir. Elle n'avait pas allumé et ils étaient parfaitement immobiles. Les battements de leurs cœurs, pourtant, emplissaient le monde : mais Justine ne devait pas les entendre, elle, et posait ses torchons au bord d'un cuveau, tranquillement. Elle prit dans un placard un paquet de lessive et le mit sur le linge. Puis elle ressortit.

– Vous d'abord, murmura Tristan.

Natalène s'écarta du mur, se glissa entre les baquets, et quitta la buanderie sans faire le moindre bruit. Quand Justine revint – et cette fois elle alluma – Tristan se lavait les mains dans le petit évier de pierre.

– Tu vas faire une lessive maintenant ? dit-il.

– Et pourquoi pas, mon grand ? Ça te dérange ?

Il embrassa cette vieille bourrue, de bon cœur, et sortit à son tour. Natalène l'attendait dans la cuisine. Elle se faisait chauffer du lait. Ils rirent un peu, nerveusement, et s'assirent de part et d'autre de la table. Ça, c'était permis. Tous les petits Blajan venaient là, dans leur enfance, mendier des suppléments de goûter.

– Ç'aurait pu être grand-père, dit Natalène.

– Dans la buanderie ?

– Eh bien, tante Lise, pour compter les draps.

– Tante Lise... sourit Tristan. On lui pique un adverbe, ce soir ? Au dîner ? Le premier qu'elle dira ?

– Pas le premier, on va le rater... Le sixième. Mais pour qui ?

– D'accord, le sixième. Et pour moi : c'était mon idée.

Cette nouvelle variante du jeu des adverbes valut à tante Lise, ce soir-là, dès qu'elle se fut assise à table, une attention très flatteuse. Elle trouva d'abord Marion « extrêmement » mal coiffée. Puis estima, « sincèrement », que la lettre que l'on avait reçue de Caroline était « gentiment » tournée. Là-dessus cette intarissable bavarde se tut.

– Je vais préparer une randonnée au col du Lys, disait Philippe. Juste préparer. Trois jours.

– Au col du Lys ? Il te faudrait cinq jours...

– Pour la randonnée, oui, et même six. Mais là j'y vais seul, pour tâter le terrain, pour reconnaître les circuits. J'ai bien assez de trois jours.

– Seul ? intervint tante Lise. Cela me paraît « ridiculement »...

On ne sut pas quoi – mais cela n'avait pas d'importance et Natalène dissimula un sourire narquois en pensant aux possibilités délicieuses qu'aurait offertes ce quatrième adverbe-là. Tristan ne la regardait pas, pour ne pas être tenté de rire.

– Boris en est, dit Philippe. Et Valérie. On s'arrêtera au refuge.

– J'irais bien, dit Sophie. C'est pendant les vacances ?

– Au début. Du samedi au mardi. Chiche, vous venez ?

Prudemment, Sophie regarda Contorose.

– Est-ce que je peux, Monsieur ?

– Attendez, attendez... Qui en est, finalement ?

– Boris, dit Philippe : Boris, Valérie, Sophie et moi. Ça ira ?

Il souriait, un peu narquois, et attendait que Contorose et les tantes aient fini d'évaluer le côté convenable – ou malséant – de l'expédition.

– Mais je crois que oui, dit enfin Contorose. Oui, pourquoi pas ?

Blanche et Marie, naturellement, se rangèrent aussitôt à son avis. Mais Lise était beaucoup plus indépendante et fronça le nez.

– Est-ce « confortablement » aménagé, ce refuge ?

Tristan sourit à Natalène, et ce fut à elle de détourner les yeux, pour garder son sérieux. Cinq. On y était presque...

– Très, disait Philippe. C'est fait exprès, vous savez, ma tante. Pensez, j'y emmène des enfants de douze ans !

Elle se laissa convaincre, à la fin – sans prononcer le moindre adverbe en « ment ». Et on put aborder un autre sujet, peut-être plus prometteur, celui des frasques de Fleur.

Ni celui-ci, pourtant, ni celui des projets de fête pour le mariage d'Olivier et de Caroline n'eurent de résultat. On évoqua beaucoup de choses et on en décida beaucoup d'autres, mais sans adverbe. Natalène considérait avec gravité son assiette à dessert, et Tristan ses doigts, quand le hasard remplit enfin leur escarcelle, juste à la fin du dîner.

– Moi, dit tante Lise à Marie Rivalty qui se plaignait de la cuisson de la tarte, je la préfère ainsi : très « légèrement » dorée. À peine...

Elle s'arrêta, surprise, parce que Natalène éclatait de rire.

– Oui ? dit-elle.

– Pardon, dit Natou très vite, je pensais à quelque chose – excusez-moi...

Comme elle se remettait à rire, Marion l'imita, puis Philippe. Les aînés haussèrent les épaules, indulgents : on n'élève pas six diablotins sans avoir une longue expérience de ces crises de fou rire inexpliquées. Contorose pourtant finit par se fâcher, et taper sur la table, du plat de la main.

– Vous avez fini ?

On avait fini. Du moins on s'y efforçait. Mais tout fut remis en cause parce que à peine Natalène, Marion et Philippe calmés, Tristan se mit à pouffer lui aussi – et Xavier lui-même, malgré le regard étonné que lui lança Édith – et Sophie pour finir.

– Bon, dit tante Lise. De toute façon il n'y a plus de tarte. Tu t'occupes de l'orangeade, Marion ?

Elle se levait, posait sa serviette, et Marion ouvrit la porte du salon. Sophie était la seule à rire encore, une main sur la bouche, et en traversant la pièce elle esquissa un pas de danse.

Natalène, qui la suivait, mit une main sur son épaule :

– Tu m'as l'air un peu tristounette, toi...

Sophie, naturellement, se remit à pouffer – mais au salon, après tout, on pouvait.

– C'est un beau printemps, dit-elle, un printemps fan-tas-ti-que ! As-tu jamais connu de plus merveilleux printemps ?

Natalène regarda les fenêtres et déclara, prosaïque :

– Il pleut, Sophie.

– Je m'en fiche, dit Sophie. Je suis amoureuse et nous sommes au printemps : ainsi, il ne pleut PAS.

Elles s'assirent à la table, parce qu'elles avaient toutes les deux des leçons à revoir. « Regarde-les, chuchota Sophie, regarde-les ! »

Natalène jeta un regard autour d'elle. Contorose était à son petit bureau, brassant des papiers, Tristan au piano, les tantes sur leur canapé, Édith et Xavier près d'une fenêtre, assis côte à côte comme des amoureux de Peynet. Près de la porte Marion remplissait la carafe. Et Philippe chantonnait, penché sur le feu.

– Eh bien ? dit-elle. Qu'est-ce qu'ils ont ?

– Je les a-do-re, répondit Sophie. Je les adore positivement. Tous. Et quand il en manque – parce qu'il manque Caroline et Olivier, Natacha, Chantal et Jean-Louis, Emmanuel, Fleur et André – quand il en manque je me sens comme une poule à qui on aurait volé des œufs...

– Tu vas les quitter pourtant.

– Moi ?

– Mais un de ces jours Ludovic t'emmènera bien, non ?

Sophie se mit à sourire, rêveusement.

– Je l'espère, dit-elle. Je l'espère.

– Que ça ne t'empêche pas de revoir ton latin... surtout si tu pars en randonnée.

Elle plaisantait : Sophie avait maintenant de très bonnes notes, et travaillait sans qu'on l'y oblige. Elle avait même pris goût à l'étude et parlait de commencer l'année suivante une licence d'anglais. Pourtant elle ouvrit son livre, vite, en affectant une mine terrorisée.

– Voilà, voilà !

– Attends-moi, dit Natou, je vais demander un truc à Tristan.

Elle se leva, son livre ouvert à la main, son crayon entre les dents, et rejoignit son cousin près du piano. Sur le bois de l'instrument elle posa son livre ; puis elle en tourna quelques pages, d'un air affairé.

– Ruse grossière, glissa Tristan. Vous m'étonnez, mademoiselle.

Cependant Natalène prenait son crayon, soulignait un mot au hasard, et se gardait bien de sourire.

– En 1492, dit Tristan. En 1515 aussi, d'ailleurs. Et en 1789, il a dû se passer quelque chose, il me semble. Dites-moi... c'est si drôle que ça, « légèrement » ?

– Ma foi, elle aurait pu dire n'importe lequel, j'aurais ri tout autant – c'est comme aux feux d'artifice, vous savez, quand tout le monde crie : « Oh ! la belle bleue ! » Vous saurez faire ?

– « Légèrement » ? Oui. Je sais tout faire, ma belle enfant.

– Oh, vous avez calé, quelquefois !

– Je m'en souviens. À « lumineusement » et « transitivement ». J'aurais voulu vous y voir...

– Il y en a eu d'autres.

– « Foncièrement » et « publiquement », mais ils étaient à vous.

– On est quittes, alors ?

– Pour le moment.

Elle referma son livre et retourna s'asseoir à la table. Sophie, absorbée, ne la vit même pas reprendre sa place. Personne ne parlait plus – à peine si quelques mots sans importance venaient, de temps à autre, du canapé des tantes. Natalène aimait ces instants de silence qui s'abattaient parfois, sans raison, sur les soirées de Blajan. Elle mit son front dans ses mains et ferma les yeux. Le Copte, oui – chaque fois qu'elle abaissait sa garde le visage de son père la frappait en plein cœur, et elle mordit sa lèvre, durement – il ne fallait pas penser au Copte – surtout pas – mais au bac, et aux vacances...

Tristan eut, le soir, une façon tout à fait exaspérante de transformer son adverbe en frustration. Ses doigts frôlaient à peine Natalène et ses lèvres, taquines, se refusaient. Sa petite complice jouait aussi son jeu, bien sûr, c'était la règle, et ils le continuèrent jusqu'à ce que le désir et l'attente soient vraiment devenus une souffrance. Et Tristan était un perfectionniste : quand il pénétra Natalène il ne le fit que très peu – à peine – et s'en tint là. Le besoin qu'ils eurent aussitôt d'un contact plus profond entre eux se transforma lui aussi en souffrance, peu à peu, une petite souffrance sourde et têtue. Natalène essaya de tricher, mais il ne la laissa pas faire – il tint bon très longtemps – et la quitta sans avoir cédé. Ils se regardèrent ensuite, pleins de la même rancune sans aucun doute, puis, dès que leur désir s'apaisa, du même amusement. Un jeu, après tout, c'était un jeu, non ?

Natalène parla la première, en ramenant autour de ses jambes les plis de son jupon :

– Je DÉTESTE cet adverbe.

– Pas moi, dit Tristan. Il me plaît beaucoup. Je m'en tiendrai à lui désormais.

Il l'avait reprise, l'attirait contre lui, posait ses lèvres sur son cou et s'enchantait de la sentir frissonner. Le jeu s'éloignait. Tous les jeux. C'était de la sorcellerie maintenant – et les doigts de Natou et la respiration de Tristan, et ce plaisir déchirant qui les habitait...

Natalène aurait aimé participer à l'excursion proposée. Mais elle avait un bac blanc à préparer et n'était pas fille à négliger cela, contrairement à cette folle de Sophie.

La veille du départ, alors qu'on prenait le thé au salon en écoutant les tantes faire recommandation sur recommandation, Édith entra, le courrier de l'après-midi à la main, et se mit à distribuer son dû à chacun.

– N'oubliez pas de mettre DEUX paires de gants, disait tante Lise. C'est essentiel. DEUX. Merci, ma chère...

Le nez penché sur l'enveloppe que lui tendait Édith, elle dut se taire. Voir tante Lise étudier son courrier était un spectacle intéressant : avant d'ouvrir une lettre elle en examinait longuement la suscription, et le cachet, comme si elle avait nourri bien des doutes sur l'identité du destinataire ou la moralité de l'expéditeur.

– Et ça ? dit Édith.

Avec la même expression vaguement dégoûtée que tante Lise elle considérait la dernière lettre, et fronçait le nez.

– Ça ? Mademoiselle Milacusca ?

– C'est moi, dit Natou.

– Ah pardon – oui, c'est vrai...

Natalène prit la lettre. Elle avait son visage des mauvais jours, lisse, fermé, muet. Mais dès qu'elle eut jeté les yeux sur l'écriture, elle eut un petit sourire.

– C'est d'Anizia, dit-elle.

Personne, à part Tristan, n'avait jamais entendu ce nom. Chacun se sentit mieux pourtant, parce que cette Anizia n'était du moins pas le Copte. Contorose et Tristan conservèrent seuls assez d'appréhension pour ne pas quitter des yeux Natalène, qui ouvrait l'enveloppe, en sortait une feuille de papier d'écolier arrachée à un cahier, et lisait. Tristan connaissait Natou mieux que Contorose et fut rassuré le premier : ses lèvres s'étaient imperceptiblement détendues, et elle s'appuyait au dossier de son fauteuil pour relire la courte missive plus attentivement. Ensuite elle sourit, et Contorose respira plus à l'aise.

– Eh bien ? demanda-t-il.

– Ils vont à Pontevecchio, dit-elle, ils sont déjà partis, même. Et puis à la foire d'Anstik, par Lodival... Ils reviendront en août.

– En août ? Pas avant ?

– Pas avant, répondit Natou.

La bonne nouvelle ne faisait que très lentement son chemin en elle. Ses joues se colorèrent, puis ses lèvres – et brusquement elle rayonna – assez pour oublier la règle de discrétion absolue qu'elle s'était imposée autrefois et dire, vite :

– Elle va avoir un autre enfant là-bas – les vieilles jurent que ce sera une fille – elle a déjà trois garçons alors bien sûr – c'est chic, ça, et Gina...

Là, elle pila net, rappelée à l'ordre par l'image de Gina. Elle baissa le nez, rougit, et ajouta d'une voix normale :

– Ils vont bien.

– Et, demanda Contorose, elle ne te dit rien de... de ce que ton père... ?

Natalène secoua la tête, et reprit son livre. Tristan se remit à jouer mais s'arrêta aussitôt : ses doigts le trahissaient, qui transformaient la petite sonate en chant d'allégresse. Août – une éternité de plus...

Son esprit n'était pourtant pas entièrement absorbé par sa joie. Une petite partie y restait étrangère, et s'étonnait, calculait, raisonnait... Pourquoi le Copte n'avait-il pas donné signe de vie ? Natalène redoutait manifestement sa colère : était-il vraiment homme à la garder pour lui de janvier à août ? Il ne savait pas écrire, mais à plusieurs reprises il avait dicté à Gina, pour Contorose, de brefs messages... Dédaignait-il si profondément les Blajan que l'annonce de ce mariage ne le fasse même pas tiquer, et comptait-il se présenter tout naturellement au jour dit pour intimer à sa fille l'ordre de le suivre, mariée ou pas ? Se servait-il de son silence, au contraire, pour l'effrayer davantage ? Natalène se conduisait, en fait, comme si le Copte n'avait pas déjà su que la jeune fille lui échappait – comme s'il n'avait dû l'apprendre qu'à son retour – à son retour seulement. Pourquoi ?

La voix de tante Lise lui parvenait toujours : « ... et DEUX écharpes et DEUX vestes de laine... »

– Bon Dieu, lui glissa Philippe au passage, qu'est-ce qu'elle nous mettrait pour la Terre Adélie, on se le demande...

Ils rirent, et Philippe reprit ses allées et venues. Il entassait des cartes d'état-major dans une sacoche de cuir. Ses randonnées étaient toujours minutieusement préparées. Mais ses escapades pour reconnaître le terrain gardaient, heureusement, plus de fantaisie.

Tristan se remit à jouer une sonate redevenue tranquille et grave, comme on l'avait écrite.

– Mais avez-vous tous DEUX paires de gants ? disait tante Lise.

De nouveau, Tristan s'arrêta. Deux paires de gants. Deux paires de gants. Il revit Natalène dans le taillis qui dominait le camp, le 3 janvier, pousser un petit cri désolé, fouiller ses poches, chercher à ses pieds, et dévaler la pente, si vite, si légèrement, pour rechercher son gant perdu près du portail – et puis rouvrir la boîte. C'était pour y revoir la lettre remise, avait-il pensé, et il en avait même plaisanté avec elle quand elle était remontée. Mais elle n'avait pas fait que la regarder, non, bien sûr que non : elle l'avait reprise. Forcément. Et le Copte ne savait encore rien en effet, et n'apprendrait rien avant son retour, parce que la lettre de Contorose ne lui était jamais parvenue...

Il fit pivoter son tabouret, s'adossa au clavier, et regarda Natalène. Elle lisait toujours. Ses doigts taquinaient le velours de son fauteuil, agiles, allègres. Et il sourit de son propre aveuglement : quand on est une petite Natalène si futée, si rusée, et qu'on a pensé à tout, même à la cheville de bois qui ferme une boîte aux lettres, est-ce qu'on peut vraiment perdre un gant sur les lieux du crime ? Il avait été stupide...

Mais cela ne résolvait rien. Pourquoi avait-elle fait cela ? Si le Copte ne devait pas lire cette lettre, pourquoi l'avait-elle fait écrire à Contorose ? Parce que enfin l'idée venait d'elle, et d'elle seule...

Il lui sourit, parce qu'elle levait les yeux. Elle avait dû sentir qu'on l'observait, ou bien remarquer, inconsciemment, que le piano se taisait trop longtemps. Ses yeux brillaient et elle semblait toute prête à danser de joie. Août, bien sûr, août...

Il se leva lui aussi, prit un livre et s'assit près du feu. Quelques regards surpris le suivirent, parce qu'il était vraiment très rare de le voir ailleurs qu'à son clavier, mais chacun retourna vite à ses propres occupations. Sophie, près de la table, alignait sur un plateau les verres d'orangeade rituels.

– Vous n'oublierez pas la boîte de pastilles au miel ? recommandait tante Lise.

Tristan tournait les pages de son livre, machinalement, et tâchait de comprendre Natalène. Mais il avait trop peu d'éléments pour cela. La lettre devait exister quelque part, et serait remise un jour, oui, sans doute, et sans doute au Copte, mais cela même n'était pas certain...

Ce qui le blessait surtout, c'était que Natalène ait cru bon de lui mentir à lui aussi, et de le berner comme les autres. D'un gant discrètement semé dans l'herbe à une lettre reprise et glissée dans une botte, ou sous un pull, pourquoi le traitait-elle en ennemi ? Quel danger pouvait-il représenter pour elle ?

Quand il entra au grenier des hiboux, ce soir-là, il était encore un peu sombre. Mais la gaieté de Natalène fit très vite renaître la sienne.

– Je vais pouvoir passer tranquillement mon bac, disait-elle, sans week-end, pépère, et je n'ai plus vu de grandes vacances ici depuis au moins cent ans !

C'était trop, elle se jeta sur la couche, roula sur elle-même, disparut à demi sous l'entassement des coussins, puis refit surface et déclara, solennellement :

– Je suis TROP contente : c'est obscène.

Ils se regardèrent un instant, sans parler, comme pour flairer l'air du temps.

– C'est un soir à se battre, décida Natou. Le hibou ?

– OK, dit Tristan. Mais on le tire aux dés.

Elle acquiesça, du menton, sortit le hibou de sa poche – c'était elle qui l'avait en garde ce jour-là – et le posa sur la petite table. Tristan sortit les dés du tiroir de la commode et ils en lancèrent chacun un, gravement, pour savoir qui tenterait le sort le premier. Ce fut Tristan, avec un six.

– Bon, dit-il. Taisez-vous, je me concentre...

Les dés bien enclos dans sa main fermée, il attendit, longtemps. Puis lança : quatre et un.

– Bof, se moqua Natalène, ça ne m'impressionne pas...

Elle avait pris les dés et traça au-dessus d'eux une série de signes cabalistiques.

– Triche, dit Tristan.

– Je dédaigne, répondit-elle. Taisez-vous.

Elle lança les dés, et gagna : cinq et quatre. Sur quoi, narquoise, elle se saisit du hibou, avec une grimace de mépris pour le perdant, et l'installa au creux de sa main. Tristan, qui rangeait les dés, haussa les épaules.

– Je ne suis pas impressionné non plus, dit-il.

– Allez-y ?

– Non. Pas si bête. Quand je voudrai. On fait une crapette ?

Ils jouèrent, un bon moment – Natalène surveillant prudemment chacun des gestes de Tristan et lui affectant un calme tout à fait olympien. L'attaque la prit au dépourvu : Tristan tendait le bras pour poser une carte, et une carte gagnante s'il vous plaît, quand il se jeta sur l'ennemi. Pendant quelques minutes la mêlée fut confuse et le sort de la bataille indécis, mais Natalène l'emporta cette fois, et put se réfugier derrière l'armoire. Elle gagna même la deuxième manche, avec un bon coup de pied au tibia qui neutralisa l'attaquant quelques instants. Et la suivante, parce que au moment où Tristan ouvrait ses doigts de force, un à un, elle le mordit au bras, et il dut lâcher prise. Mais le sort lui fut contraire ensuite et le hibou changea de main.

Tristan riait, son trophée entre les doigts – et relevait sa manche pour constater les dégâts.

– Mince, dit-il, vous n'y allez pas de main morte... Quelle sauvage !

Du petit croissant qu'avaient dessiné sur son bras les dents de Natalène, un peu de sang perlait. Elle rit, ravie, en se massant l'épaule.

– C'est un joli soir, dit-elle, oh, Tristan, un si joli soir...

Tristan l'enlaçait, doux, très doux, et des questions lui brûlaient les lèvres – mais il ne les posa pas.

XXII

Elle eut dix-huit ans le 26 avril, Xavier vingt-deux ans le 2 mai, Tristan vingt ans le 6 et Chantal, qui fermait la série, vingt et un ans le 10. Ce bouquet d'anniversaires ouvrait officiellement le printemps, depuis longtemps, et on le fêtait toujours en grande pompe. Aucune occasion de se réjouir ensemble n'était jamais dédaignée à Blajan. On se faisait très peu de cadeaux, mais on chantait beaucoup, Justine se surpassait, et Contorose sortait du grand vaisselier les flûtes à champagne.

On reçut deux nouvelles le jour de l'anniversaire de Chantal. L'une très bonne : elle attendait un autre enfant. L'autre tout à fait désolante : Olivier et Caroline s'étaient mariés, les traîtres, à Sydney. Natacha elle-même ne l'avait pas su.

Marion faillit en pleurer, à l'idée qu'on perdait une fête, et l'avis général fut qu'une telle noirceur d'âme méritait de sérieuses représailles.

– Moi, dit Sophie, je ne leur dirai même pas bonjour !

– Moi, dit Contorose, je vais vendre ce soir Fleur à l'encan !

On leva tout de même un verre à la santé des lointains mariés. Mais un seul. Tous les autres furent pour les vingt et un ans de Chantal.

Le lendemain était jour de danse, et Natalène sortit de l'école furieuse : sûre maintenant d'être présente au gala de fin d'année, elle avait voulu s'inscrire au ballet de son cours, mais le remplaçant d'Olivier n'avait rien voulu savoir. Elle monta dans la voiture de Tristan en poussant quelques jurons bien sentis, puis se calma, et en prit son parti. Ses colères étaient toujours violentes, mais jamais longues. Tristan posa sur ses genoux le petit hibou de bronze, ce qui la fit rire et lui rendit sa belle humeur.

– En plus, dit-il, j'ai une nouvelle. Vous sortez, ce soir.

– Où ?

– Au Mikado, avec moi.

– Non, c'est idiot...

– Ce n'est pas idiot, c'est un alibi.

Il s'expliqua : Sophie voulait passer la soirée chez Ludovic, et s'était donc fait inviter, avec Natalène, par le meilleur pianiste de la région (« Votre serviteur, Natou »). Elle quitterait Blajan avec ses deux complices, naturellement, mais ils la déposeraient chez Ludovic et l'y reprendraient après minuit.

– Chic, dit Natalène. Immoral, mais chic. Croyez-vous qu'elle me prêterait une robe, si je lui faisais un peu de chantage ?

Sophie prêta, bien sûr, sa robe rouge, son collier d'or, tout ce qu'on voulut, et Contorose vit les deux jeunes filles partir avec Tristan sans s'émouvoir. Sophie se lamenta bien un peu, dans la voiture, sur le ridicule qu'il y avait à devoir ruser ainsi, à vingt ans, mais reconnut que c'était drôle aussi, d'une certaine façon.

– Vous m'excusez ? dit-elle aussi. Sûr ? Je vous ai un peu forcé la main, mais Ludovic ne m'a prévenue qu'à trois heures...

On l'excusait, et on le lui répéta tant qu'elle finit par le croire. Tristan la déposa devant le porche de l'immeuble où vivait Ludovic. De là elle fit à ses amis un signe de la main, puis une jolie révérence, et ils rirent.

– C'est vieux maintenant, dit Natou, je sais que c'est vieux parce qu'elle me l'a dit... je peux vous demander son adverbe, non ?

– « Innocemment », dit-il. Et le mien, au fait ?

Elle rit, en secouant la tête :

– Toujours pas... Je vous l'enverrai de Brovnik, ou d'Anstik, promis, si je le trouve – même dans vingt ans.

– J'y compte bien...

Natalène fit au Mikado une entrée remarquée. Fine, vive et brune, elle était vraiment très belle, et quelque chose de la flamme qui l'habitait se devinait sous ses boucles relevées, sa robe sage et ses bijoux discrets. Comme l'automne précédent, quelques serveurs s'empressèrent autour d'elle, et elle se laissa faire avec naturel. Tristan ne jouait pas encore : il n'était pas neuf heures.

– Je me souviens très bien, dit-il, de la dernière fois : vous étiez assise là aussi, vous aviez une robe bleue et vous me demandiez ma main.

– Le toupet !

– Vous ne l'avez pas fait ?

– Non. Je vous ai seulement averti, loyalement, qu'on allait vous prier de solliciter humblement la mienne. Nuance.

Il en convint, et regarda l'heure.

– Moins trois, sourit Natalène. Filez...

Elle le suivit des yeux pendant qu'il louvoyait entre les tables pour gagner son estrade. Si grand, si blond. Sa peau était assez mate, pourtant, sous le casque de ses cheveux clairs, et s'il avait l'assurance propre aux Blajan elle se teintait chez lui d'une certaine désinvolture, comme s'il s'était moqué, lui, de sa faculté d'être à l'aise partout.

Un garçon s'approcha de lui dès qu'il fut assis au piano et lui glissa quelques mots : sans doute le titre d'un morceau qu'un client désirait entendre. Tristan se fit répéter la chose, peut-être surprenante, puis se mit à jouer. Natalène le regarda un instant. Ensuite elle s'amusa à observer ses voisins, en grignotant des cacahuètes. Elle pensait à Sophie et à Ludovic. À Édith aussi. Et au Copte – mais il ne fallait PAS penser au Copte, non...

Quand Tristan revint s'asseoir, à dix heures, il la plaisanta sur son air digne.

– On aurait pu jurer que vous attendiez votre tour chez le dentiste, dit-il. Résignée, mais furieuse. À qui en aviez-vous ?

– À tous ces gadjé assis, dit-elle. C'est fou ce qu'ils peuvent ingurgiter... Y a un gros type, là, à droite, qui s'est enfilé deux énormes morceaux de viande au poivre, avec une montagne de légumes... Ça nous aurait fait la semaine.

– À Blajan ?

– Non, sourit-elle. À nous, chez moi, là-bas.

Ils se turent, et Natalène serra les lèvres. Tristan. Sa force et sa droiture. Tristan qu'elle allait quitter pour très longtemps, et qui ne le savait pas... Mais comment le lui dire ? Comment ?

– Oubliez les steaks, dit-il gentiment. Dites-moi comment j'ai joué, tiens : très bien, bien, pas très bien, mal ?

– Mais je ne sais pas ! se défendit-elle. Vraiment, je ne sais pas ! Dites ?

– Bien.

On leur apportait déjà l'entrée. Le service allait vite, à la table du pianiste.

– Avez-vous déjà très bien joué ? Très très bien ?

– Une seule fois. À Tarbes, l'année dernière. Le soir de cette fête que vous aviez quittée si vite. C'est une sensation très curieuse, il n'y a plus rien avec la musique : en tout cas pas vos doigts, ni vous, surtout pas vous. Et peut-être même pas le piano.

– « Pas de piano »... dit Natalène. Quand la Voix joue, c'est vrai qu'il n'y a pas de violon non plus.

– Pardon ?

La phrase était curieuse en effet, et Natou sourit.

– « La Voix », dit-elle. C'est un nom. Le nom de quelqu'un qui joue du violon.

– Sans violon ?

– Si, bien sûr, mais on l'oublie, comme vous votre piano à Tarbes. C'est un Yémache.

– Un quoi ?

Natalène eut un petit rire, cette fois.

– Je reprends du début, dit-elle. Les Yémaches sont un peuple manouche du Nord. Très formalistes, très religieux... très étonnants. La Voix est l'un d'eux et joue du violon. Est-ce mieux ainsi ?

– Oui, sourit Tristan.

– Il joue beaucoup. Moins que vous mais beaucoup. Des gammes, des danses. Je ne crois pas qu'il connaisse un seul morceau classique. Quelquefois il s'amuse à retrouver, à l'oreille, ceux qu'il a entendus de-ci de-là. Mais surtout il joue des choses à lui – ça parle – ça chante – il n'y a pas de mot pour ça.

– « Improviser » ? glissa Tristan avec ironie.

– Non. Il faudrait un mot nouveau. C'est une vraie sorcellerie. Il n'y a plus de notes, et plus de violon c'est vrai... Les Yémaches l'appellent « la Voix », mais c'est pour aller plus vite. Son nom entier est « la voix de Dieu », et crénom c'est exactement ça : la voix même de leur Dieu.

– Vous ne croyez pas en Dieu.

– Mais je crois au sien quand il joue et vous y croiriez aussi. Et puis Dieu peut être n'importe quoi d'autre – ce besoin qu'on aurait parfois de pouvoir y croire – un appel qui s'entête – vers lui, ou la beauté des choses, ou l'amour, ou le consentement à la mort, peu importe, un appel – et c'est bien ce qu'on entend quand la Voix joue. Ah, j'explique mal...

– Vous expliquez très bien, dit Tristan. Sapristi, trop bien pour mon repos... On peut l'entendre ? Il donne des concerts ?

Elle se mit à rire et secoua la tête, moqueuse.

– C'est un Yémache, Tristan. Un bohémien. Très pauvre, très mal vêtu, et vous le trouveriez, vous, très sale. Il a cinquante ans et il court les routes du Nord. Ils ont encore des vraies roulottes, là-haut. La sienne est une antiquité, très haute, très étroite, avec un drôle de renflement à l'avant entre les brancards – un peu comme le coffre de votre 2 CV, tiens – et deux roues seulement, pas quatre.

Elle s'arrêta. Son regard était triste.

– C'est un personnage tout à fait extraordinaire, reprit-elle. Les Yémaches le sont tous un peu, mais lui particulièrement. Il leur sert de juge, de druide, de guide... Quand il nous arrive de les croiser, tout au bout du Nord, j'ai l'impression que nous sommes leurs gadjé à eux, avec notre argot, nos bagarres et nos combines...

Elle serra les lèvres, soudain.

– Bon, dit-elle. Bref. C'est ainsi. On ne va pas en chier trois pendules, hein ?

Cette expression surprenante fit rire Tristan, comme elle y comptait bien.

– C'est Jujube qui nous a rapporté ça de je ne sais où, dit-elle. Joli, non ? Surtout si on se représente la chose...

Tristan avait pris une petite rose dans le vase posé sur la table, et tournait la tige entre ses doigts. Vite, vite, parler d'autre chose que des Yémaches, parce que le sujet était douloureux...

– La voulez-vous ? dit-il. Elle irait bien avec votre robe...

Elle prit la fleur, coupa un bout de sa tige et la glissa dans ses cheveux. Puis elle regarda l'heure.

– Moins le quart, dit-elle. Et je plais, mon cher.

– À qui ?

– Ne vous retournez surtout pas. À un type bien habillé, là-bas, au fond. Il est seul. Il a une quarantaine d'années. Tout à l'heure il a écrit quelques mots sur une carte, et il appelait le garçon, mais il était juste dix heures, vous vous êtes assis.

– Oh, je regrette... Dois-je me lever ?

– Ce n'est pas la peine. Il me la fera porter quand vous rejouerez. Je serais curieuse de savoir comment ça se pratique, les avances sur carte de visite...

Ils examinèrent plusieurs possibilités, dont aucune n'était vraiment satisfaisante.

– Une seule chose irait, dit Natalène. Une seule me donnerait envie de pousser plus loin, pour voir : « Vous me plaisez, puis-je vous parler ? »

– Il y a peu de chances pour que ce soit si clair.

On leur apportait le dessert, des litchis dans une coupe, et Tristan souriait, amusé.

– Je sais ce que ferait Philippe, si vous étiez Valérie. Il vous dirait de suivre cet homme, quoi qu'il y ait sur la carte, et de vous exécuter.

– Je détesterais ça.

– Mais vous le feriez ?

– Jamais de la vie ! Et vous ? Vous pourriez me le demander ?

– Non.

– Bon, dit-elle, on est en dessous de tout, c'est indéniable. Pourtant, quelquefois on fait des choses qui y ressemblent – à Philippe.

Tristan revit leurs batailles au grenier, et pensa qu'elle n'avait pas tort.

– Seulement, reprenait-elle, c'est au milieu de tas d'autres choses, et puis ça reste symbolique, et puis c'est vous ou moi, ça dépend...

Comme chaque fois qu'elle se laissait aller à parler de cela, elle s'arrêta net et baissa le nez – souhaitant s'être tue, ou se trouver à cent lieues de là.

– Quelle heure est-il ? dit-elle au hasard.

– Moins cinq.

Ils parlèrent de Sophie, des traîtres de Sydney qui s'étaient mariés ailleurs qu'à Blajan, d'une autre randonnée qu'ils comptaient faire, et à onze heures Tristan retrouva son estrade, et son piano.

Il joua pour Natalène tous leurs airs codés, à la file. Puis les morceaux que certains clients lui demandaient et, pour une jeune femme blonde qui venait là depuis des années, la *Lettre à Élise*; elle la lui avait souvent réclamée autrefois et il avait pris l'habitude de la lui offrir de lui-même, en hommage. Il aimait ses yeux bleus, très clairs et toujours un peu graves.

Après cela il vit le serveur poser devant Natalène, avec une grande discrétion, la carte du dragueur. Elle la prit, y jeta les yeux, eut un petit sourire et se leva : un homme déjà s'inclinait devant elle. Tristan joua un slow, puisqu'on ne lui demandait aucune danse particulière, et quelques couples se levèrent. Le pianiste dévolu aux danses ne venait qu'à minuit, mais la complaisance de Tristan était infinie et il changeait de rôle chaque fois qu'on le voulait. Il joua des valses, des tangos, des slows encore, et quand son successeur arriva, à minuit cinq, il y était encore. Natalène ne s'était pas beaucoup assise; on se l'était arrachée. Il s'inclina à son tour devant elle, quand il eut quitté son estrade, et comme le restaurant se faisait officiellement dancing les serveurs allumèrent les bougies sur les tables et éteignirent les lampes : le monde se changea en caverne sombre.

– Mince, dit Natou, ça devient malfamé, ici...

Elle riait, osait appuyer un peu son front contre l'épaule de Tristan.

– Qu'avait-il écrit ? demanda-t-il.

– « Une danse ? »

– Et qu'a-t-il dit ?

– Oh, des bêtises...

Elle rit encore et chuchota, pressante :

– « C'est mademoiselle ou madame ? Vous êtes tout à fait appétissante... et savez-vous que vous ressemblez à Esméralda ? On vous l'a dit, déjà ? J'aimerais vous offrir deux grands anneaux d'or, ils vous iraient bien... Où avez-vous appris à danser comme ça ? Est-ce que je peux vous revoir ? C'est votre petit ami, le pianiste ? Dites ? J'aime votre odeur... »

– Ça va, dit Tristan. J'ai compris.

– J'ai l'air d'une bohémienne, c'est vrai ? Sans remède ?

– Mais vous en êtes une, non ?

– Ça se voit tant que ça ?

Il l'écarta un peu de lui et regarda son visage, aux pommettes si hautes, aux yeux si longs. Quelques boucles rebelles avaient échappé aux épingles, sur le front, sur la nuque, et elle souriait.

– Oui, dit-il. Ça se voit. Je crains de m'être mésallié.

La danse s'achevait, il était minuit et quart, et ils sortirent.

La soirée que Sophie avait passée chez Ludovic aurait dû être une soirée d'adieu : il repartait en Angleterre, pour très longtemps cette fois-ci, et elle n'avait pas voulu le suivre sans être sa femme. Ce n'était pas, dit-elle le lendemain à Natalène, par respect des convenances mais parce qu'elle ne voulait pas, elle ne pouvait pas décevoir ainsi Contorose.

– Je ne peux PAS, tu comprends ? Et Ludovic dit que c'est tellement stupide et tellement puéril, le mariage... Qu'est-ce que tu ferais, toi ?

– Je partirais !

– Mais si tu ne pouvais pas faire ça à Contorose ? Si tu étais comme moi et que tu ne puisses pas ?

– J'irais le lui dire en face. Il comprendrait peut-être.

Ce n'était pas une si mauvaise idée et Sophie l'aurait peut-être suivie. Mais Ludovic le lui épargna. Il vint voir Contorose de lui-même, ce soir-là. On fit d'autres fiançailles, et on fixa le mariage en septembre puisque Ludovic devait être à Londres le surlendemain. Il pourrait peut-être disposer de quelques jours en juillet, ou en août, mais ce n'était même pas sûr, et il faudrait attendre septembre, absolument.

– J'attendrai, disait Sophie. Il est chic, non ?

Ludovic était athée et anarchiste : c'était chic de sa part, oui, Natalène le reconnaissait, de ne pas imposer à Sophie un choix douloureux.

– Pourtant, disait-elle à Tristan lorsque Sophie n'était pas dans les parages, je ne l'aime pas. Non, je ne l'aime pas. Il y a quelque chose de rétréci en lui, je ne sais pas où, derrière, tout derrière... quelque chose de froid et de ranci.

Cette affaire était à peine réglée que les mariés de Sydney réapparurent. Même pas confus. Ils passèrent quelques jours chez les parents d'Olivier, à Dax, puis s'installèrent chez Natacha, où il fut décidé que Caroline s'occuperait du côté administratif de l'entreprise. L'école, d'ailleurs, marchait bien. Et le gala promettait d'être un triomphe.

Un soir de ce beau mois de mai, en revenant du conservatoire, Tristan trouva Sophie près de la grille. Elle l'attendait sans doute et lui fit signe de s'arrêter. Quand elle fut assise à côté de lui elle dit, vite :

– Vous connaissez un toubib sympa ?

– Pour qui ?

– Valérie. Il faudrait l'y conduire. Et discrètement.

– Qu'est-ce qu'elle a ?

– Oh, c'est Philippe... Elle est aux écuries. Passez par derrière.

Tristan ne se faisait pas beaucoup d'illusions sur la brutalité de Philippe, mais ce qu'il vit ce soir-là, tout de même, le stupéfia. Valérie s'était réfugiée tout au fond des écuries, dans une stalle, le visage bouffi de larmes. Elle faisait peine à voir et son corsage était plein de sang. Tristan s'accroupit à côté d'elle, sidéré.

– Elle ne veut pas voir de docteur, dit Sophie.

– Mais je comprends ça...

Cet appui inattendu parut rendre un peu de courage à Valérie, et elle cessa de pleurer, un instant.

– Est-ce qu'il n'y a pas de trousse à pharmacie ? demanda Tristan. Ce n'est peut-être rien, on peut le faire nous-mêmes.

– Non ! dit Valérie.

– Si, répondit calmement Tristan. Ah, ça, par exemple, si.

Il avait certainement un peu de l'autorité innée de Contorose et Valérie se remit à pleurer, vaincue.

– Ça va aller, dit-il. Il faut seulement désinfecter, et mettre quelques compresses. Vous ne comptez pas rentrer chez vous comme ça, ni passer la nuit ici ? Où est Philippe ?

– En ville avec Boris, dit Sophie. Ils partaient quand je suis arrivée, et puis je l'ai entendue, elle...

– Voulez-vous essayer de trouver la pharmacie ? Peut-être dans le bureau, ou près des sacs de randonnée...

Elle revint très vite, la grosse boîte de fer-blanc dans les mains, et pendant que Tristan en examinait le contenu elle entreprit d'enlever à Valérie son chemisier blanc. Ce ne fut pas facile : le sang collait déjà le tissu aux plaies. Pourtant elle en vint à bout. Le dos de la jeune fille n'avait rien ; mais ses épaules et ses seins étaient striés de longues traces de cravache. Tristan les désinfecta une à une, et recouvrit les plus profondes de quelques compresses, retenues par du sparadrap. Puis il ôta le pull-over qu'il portait sur sa chemise, et aida Valérie à le passer.

– Je vais vous raccompagner, dit-il. Et vous, Sophie, vous direz à grand-père que j'avais un élève à voir – seulement s'il s'inquiète de moi.

– Et à Philippe ?

– Rien, dit Valérie, ne lui dites rien, rien, rien !

– Entendu, dit Tristan. On ne lui dira rien. D'ailleurs on n'a rien à dire, on n'a rien vu. Vous pouvez marcher ?

Elle pouvait très bien, quitta seule les écuries, et s'assit sans aide dans la voiture de Tristan. Il démarra, laissant Sophie tout remettre en ordre.

– Où va-t-on ? Chez vos parents ? Chez vous ?

Elle avait un studio en ville, il le savait, et elle lui en indiqua l'adresse. Elle allait mieux. Ses joues étaient moins pâles, ses yeux moins gonflés, et certainement la honte l'emportait maintenant sur la douleur.

– Ne vous en faites pas, dit Tristan gentiment. De toute façon on le savait, Sophie et moi, et depuis longtemps. Voulez-vous en parler ?

– Vous ne pourriez pas comprendre.

– Alors n'en parlons pas.

Elle lui lança un regard noir, comme si ce manque de curiosité l'avait vexée, et dit :

– Ce n'était pas Philippe. C'était Boris. Philippe regardait.

– Ah parce que Boris...

– Vous ne le saviez pas ? Mais c'est lui qui a tout appris à Philippe... Et moi, avant, j'étais à Boris.

– Et avant Boris, à qui étiez-vous ? À vous ?

Elle comprit la raillerie de la question, et sa voix devint mauvaise :

– Avant j'étais à Luc. C'est lui qui a le Cercle noir. Vous connaissez le Cercle noir ? Non ? Ça ne m'étonne pas, vous vivez dans votre petite boîte, à Blajan, bien fermée bien cirée bien propre... C'est un club, en ville, pour les sadomasos. Il est à Luc. On y va souvent. Ça vous intéresserait ?

– Je ne crois pas.

– Quand Isabelle sera plus grande, je l'y emmènerai.

– Qui est Isabelle ?

– Oh, vous l'avez vue l'année dernière, à une fête chez vous, vous lui avez même parlé ! Isabelle Dubois-Pontier. Celle de l'usine.

Tristan revit la fillette blonde, si timide, assise sur un banc, et sourit.

– Oui, je me souviens. Et son père appréciera qu'elle aille à ce cercle ?

– C'est un con.

– Alors il n'appréciera pas.

– Vous êtes un con vous-même – qu'en pensez-vous ?

– Rien. C'est bien possible.

Il éclata de rire, soudain. Cette petite guerrière hargneuse aux paupières gonflées de larmes, et qui continuait à bander son arc, l'attendrissait.

– Ne soyez pas méchante, dit-il. Je ne suis pour rien dans toute cette histoire et je n'en ai rien dit d'offensant – du moins je l'espère.

Elle dut le reconnaître, car elle se tut, et regarda défiler les faubourgs de la ville. Tristan s'arrêta au bas de la rue Voltaire, devant le numéro 12.

– Et votre pull ? dit-elle en descendant.

– Pas grave. Vous le remettrez aux écuries.

Elle disparut sous le porche, sans un mot de plus.

XXIII

Avec le mois de juin, les révisions rituelles commencèrent. Sophie et Natalène ne forçaient pas la dose : elles étaient prêtes depuis longtemps, et puis un second bac, ce n'était pas sorcier. Marion était déjà sûre de passer en seconde. Mais Xavier s'accrochait, lui, poussé par ses nouvelles responsabilités. Et par Édith, naturellement.

On eut le cousin Edmond. Il avait grandi à Blajan avec Lise, Contorose et Blanche, dont il était le cousin germain. Mais lui avait fui le clan très vite, dès ses vingt-cinq ans, pour s'installer dans les vieux quartiers de Toulouse, où sa mère lui avait légué un petit hôtel particulier qui était un véritable bijou architectural. C'était un vieillard très doux, raffiné et courtois. Il ne s'était jamais marié et n'avait que très peu d'amis. On parlait toujours trop fort pour lui, on allait toujours trop vite, on avait toujours trop de projets à la fois... Quand il se résignait à faire une visite aux siens Blajan se feutrait pour ne pas l'effaroucher. Contorose mettait une sourdine à sa grosse voix et Philippe faisait de touchants efforts pour étouffer le bruit de ses bottes.

Il avait été le parrain d'Anne et se sentait donc des devoirs envers Natalène. « Viens, petite, disait-il parfois. Parle-moi un peu. » Natou s'asseyait à côté de lui près du feu et répondait complaisamment à ses questions. Bien sûr qu'elle était heureuse. Bien sûr que son père la traitait avec gentillesse. Bien sûr que tout allait pour le mieux...

– Mais vous êtes si nombreux, lui dit-il un soir. Si nombreux ! Et ces trois Kerbauson que vous accueillez comme s'ils étaient des vôtres...

– C'est un peu le cas, mon cousin, puisque l'aîné est le mari de Chantal.

– Tout de même, tout de même, ils sont très souvent ici... et cette jeune fille si charmante, là, ton amie...

– Sophie ?

– Oui, Sophie. Charmante. Vraiment charmante. Elle ressemble aux jeunes filles de mon époque, sais-tu ? Mais en somme vous êtes quatre de plus. Seigneur ! Quatre de plus !

– Nous sommes plutôt moins qu'autrefois, mon cousin. L'un des Kerbauson nous a pris Chantal et l'autre Caroline.

Il soupirait, et remontait sur ses genoux le plaid dont il se couvrait toujours.

Quand il repartit, à la fin de la semaine, il semblait épuisé. Les Blajan le soupçonnaient fort de se mettre au lit dès qu'il revenait de chez eux, et d'y passer un bon mois pour reprendre ses esprits...

À l'école Blanche – joli nom pour une école de danse, et que Natacha avait finalement retenu puisque c'était aussi le nom de la rue où se trouvait l'établissement – la fièvre montait. Natalène avait réussi à obtenir d'Olivier une place dans le ballet. Elle était donc de toutes les répétitions et en faisait à Blajan des récits amusés :

– Alors Olivier crie. On se place. Il se fâche, parce qu'un genou dépasse. On rentre le genou. Il écume, parce que la musique n'est pas partie. Il s'essuie le front et il dit, tristement : « Si vous ne vous calmez pas, mesdemoiselles, autant renoncer... »

Tout alla bien pourtant. Personne ne rata son examen, le gala fut triomphal, les deux fêtes parfaitement réussies. Et l'été s'installa sur Blajan.

Natalène n'avait pas vu depuis très longtemps les grandes vacances disperser son clan et endormir les rescapés. On ne faisait que croiser Philippe, entièrement absorbé par le manège où les randonnées si bien préparées se succédaient. Édith et Xavier étaient chez les parents de la jeune femme, à Dax où ils devaient d'ailleurs passer l'année scolaire suivante. Les Kerbauson visitaient l'Italie. Caroline avait rembarqué Olivier pour Sydney, avec, cette fois-ci, Fleur et Natacha. Marion passait le mois de juillet à Lacanau avec les Duplessis, tante Marie était chez sa cousine, à Pau... et le visage de Contorose, devant la table endeuillée de places vides, faisait peine à voir.

Il s'asseyait à l'un des hauts bouts, l'autre étant réservé à Lise. À sa gauche, Sophie. À sa droite, tante Blanche. Philippe, quand il était présent, occupait le côté gauche avec Natalène, et Tristan trônait seul sur le côté droit.

– C'est incroyable, disait le vieux monsieur, c'est parfaitement incroyable ! Mais où sont-ils, tous ?

Sophie déserta elle aussi : une lettre de Ludovic, adressée à Contorose, parla d'une très convenable pension de famille, où une très convenable demoiselle pouvait se charger d'une jeune fille... Contorose ne fut peut-être pas dupe, mais la bienséance était sauve, et le mariage proche : il donna son accord. Sophie s'envola pour Édimbourg et cela fit à table une autre place vide.

Tristan et Natalène, cette fois, purent faire au grand jour beaucoup de choses ensemble. Philippe excepté, et d'ailleurs transformé en courant d'air, ils étaient seuls. On aurait même trouvé très surprenant qu'ils ne se tiennent pas compagnie l'un à l'autre. Ils jouèrent aux échecs, allèrent au cinéma, firent de longues promenades dans les collines et aménagèrent en pavillon d'été la vieille tourelle de l'étang. Le mois de juillet fut très beau, très chaud, et les étourdit un peu. Tout devenait possible, et permis...

Cependant le temps passait. Ils jouèrent moins, quand le mois s'avança. Puis plus du tout. Le plaisir même leur devint douloureux – et un soir, dans le parc, près de l'étang où ils avaient longtemps paressé au soleil, Tristan prit enfin son courage à deux mains :

– Est-ce que vous n'allez vraiment pas me le dire, Natou ? Parce que c'est très bientôt, maintenant...

Natalène, qui cueillait des bruyères, se redressa, saisie. La même peur leur fit baisser les yeux. Puis elle parla, d'une voix très douce :

– Je n'ose pas. J'ai essayé, souvent, j'ai souvent essayé. Mais je n'ose pas.

– Vous pouvez.

Il s'était adossé au tronc d'un arbre, tout près d'elle, et regardait l'eau sombre de l'étang briller entre les roseaux.

– Il va m'emmener, dit-elle. Il va m'emmener et ne me ramènera pas. S'il y a au monde une chose certaine c'est bien celle-là.

– Bon, dit Tristan – le cœur serré, mais la voix à peu près normale – je m'en doutais un peu. Mais il n'a pas le droit de faire ça.

– Il a tous les droits, y compris celui du plus fort. Et grand-père a peur de lui.

– Ce n'est pas vrai.

– Mais bien sûr que si, c'est vrai.

Elle s'était détournée et contemplait l'étang, dont un petit souffle de vent ridait la surface tranquille. Pensait-elle, comme Tristan, que leur histoire avait commencé là, cinq ans auparavant ?

– Je leur ressemble, dit-elle. Plus qu'à vous.

Tristan ne répondit pas. Cela aussi, c'était vrai.

– Il veut couper net, reprit-elle. Et Gina pousse à la roue, à cause de Vanik... Je ne sais pas où il veut me mettre au début, mais certainement très loin d'ici pour que rien ne soit possible. Au Bout du Nord sans doute, tout là-haut. Et il ne me laissera pas écrire. Je reviendrai plus tard, mais quand ? Pas avant des années, des années... Ce n'était pas si facile à dire.

– Et vous avez repris la lettre de grand-père dans la boîte.

Elle sourit, cette fois.

– Vous m'avez vue ?

– Non. J'y ai repensé plus tard, à cause de ce bête de gant perdu. Pourquoi avez-vous fait ça ?

– Mais parce que...

Elle s'arrêta, resserra entre ses doigts le bouquet de bruyères, puis reprit :

– S'il l'avait reçue il serait venu me chercher dans les quarante-huit heures.

– Pourquoi l'avez-vous fait écrire, alors ?

– Mais pour qu'il ne puisse rien reprocher à grand-père ! Sapristi, vous ne connaissez pas le Copte...

– Mais là, tout est de votre faute : le mariage, et aussi la lettre piquée dans la boîte.

– Je m'en tirerai, moi. Que voulez-vous qu'il me fasse ? Il va écumer, il va hurler, mais il ne me découpera toujours pas en rondelles, faut pas pousser...

Il allait poser d'autres questions, mais elle le devança :

– Quand l'oncle Alban a imaginé ce mariage, j'ai accepté. Mais pas pour ses raisons à lui. Il pensait qu'ainsi je pourrais rester à Blajan et ça c'était du délire – je savais bien que ça n'y ferait rien. Rien du tout. Le Copte avait décidé depuis longtemps de me reprendre quand j'aurais dix-huit ans et ce n'était pas un mariage de gadjé qui le ferait changer d'avis. Il se fout royalement de vos mômeries sur papier timbré... Seulement ça me sauvait aussi, pour d'autres raisons très différentes.

Elle s'arrêta. Tristan eut peur qu'elle ne se taise pour de bon – elle se taisait si facilement...

– Lesquelles ? dit-il.

– D'autres.

– Mais lesquelles ?

– Eh bien... Je n'aurai que cela pour me défendre, là-bas, mais au moins je l'aurai. Ils ne pourront pas me retenir si le Copte meurt, ni m'avoir vraiment toute à eux, jamais... Vous comprenez cela ?

– Je crois. Mais vous auriez pu me le dire.

– Je n'arrive pas à dire les choses. Je n'arrive pas. Et puis dire quoi ? Qu'on s'arrêtait là, et pour longtemps ?

Elle s'approcha de lui et il l'entoura de ses bras, comme s'il avait pu la protéger – des autres, et d'elle-même.

– J'aurais voulu aller et venir à ma guise, dit-elle. Vous emmener là-bas pour que vous les connaissiez un peu. Inviter Vanik et Anizia à une fête ici. Le beurre et l'argent du beurre. Mais ce n'est pas possible, il faut choisir – et choisir, je ne peux pas. Ils l'ont fait pour moi, vous voyez.

Elle ajouta, très bas :

– Sans vous, ce serait plus facile. Vous avez tout embrouillé.

– Il ne faut pas penser à moi, dit Tristan. Je m'arrangerai.

La belle armure brillante se refaisait déjà, sur Natalène, et elle eut un petit rire.

– Dois-je comprendre que vous vous passerez aisément de moi ?

– Mais absolument. Je peux faire avec ou sans, et je préfère sans. C'est plus reposant.

– Le toupet...

Elle avait reculé, regardait Tristan, et ses yeux étaient gais.

– Je vous enverrai tout un tas de hiboux, dit-elle. Dès que je pourrai. Et puis je reviendrai forcément un jour ou l'autre : les Yougoslaves finiront bien par l'avoir.

– Le Copte ? Quels Yougoslaves ?

– Oh, ceux de Rome, cette vieille histoire... Ils le cherchent depuis des années, ils l'auront forcément un jour. Et alors moi je reviendrai, pour votre châtiment...

Ils se turent un instant, épuisés l'un et l'autre, et de nouveau Tristan baissa les yeux.

– Sans compter, reprit Natalène, qu'il y a des miracles quelquefois. Une chance sur mille pour que le Copte recule devant un acte de mariage comme un vampire devant une gousse d'ail. Si c'est le cas je vous offrirai un piano à queue tout en or. Parole.

Elle mit ses bras sur les épaules de Tristan et l'embrassa, doucement. Sur sa nuque, il sentait le bouquet de bruyères, et contre lui le cœur de Natalène, qui s'emballait...

Les jours suivants, tout fut très difficile. Ils s'évitèrent, parce qu'ils ne pouvaient s'apporter qu'un surcroît de souffrance. Puis ils tentèrent de s'aider, plus généreusement, et la montagne les revit : ils partaient le matin avec un pique-nique, couraient les sentes, et ne rentraient qu'à la nuit tombée. Les tantes ne s'émurent pas, ni Contorose, tant leur opinion sur l'amitié qui liait ces deux cousins-là était fermement établie, et tant il leur semblait naturel de les voir passer leurs vacances ensemble puisqu'ils étaient seuls. « Ils doivent s'ennuyer, disait même tante Lise. Je voudrais bien qu'ils soient plus nombreux, ces pauvres enfants... »

Sophie fut la première à réintégrer Blajan, au début d'août. Les Kerbauson suivirent, le 15, et Marion le 22. On attendait tante Marie pour le 25, mais elle se fit un peu tirer l'oreille et on ne la revit que le 28. Quant à Édith et Xavier, s'ils ne revinrent que le 31 ce fut du moins avec une bonne nouvelle : ils s'étaient décidés, finalement, à rester à Blajan une année de plus. Les parents d'Édith avaient dû leur paraître bien mornes, après les Blajan...

– Bon, disait Contorose, bon, ça s'arrange !

De nouveau il présidait une table digne de ce nom. De nouveau Tristan et Natalène redevenaient, au sein de la tribu, de simples cousins, de très prudents cousins.

Ils étaient en sursis, et déchirés. Tristan en venait à souhaiter, parfois, que le Copte vienne, puisqu'il devait venir, tant cette attente était insupportable.

Ils se trouvaient seuls dans la bibliothèque, un dimanche matin, quand ils entendirent le tacot monter l'allée. Natalène devint aussi blanche que sa robe, ferma son livre et se leva.

– C'est maintenant, dit-elle. Voilà, c'est maintenant.

Pendant quelques secondes rien ne leur parut important, sinon l'envie qu'ils avaient de se rejoindre, de se toucher, d'affronter cela ensemble. Ils n'y cédèrent pourtant ni l'un ni l'autre.

– Ça ira très bien, dit Natalène.

Elle avait son visage des grandes catastrophes, que Tristan commençait à connaître : pâle, mais parfaitement impassible.

Au seuil du salon ce n'était pas le Copte qui se tenait, mais Vanik, tel que Tristan l'avait vu à Hambourg deux années auparavant : mince et brun, grand, vêtu comme un bohémien qu'il était, et rayonnant de tranquille gaieté. Il salua Contorose, puis vit apparaître Natalène à la porte de la bibliothèque et lui fit un large sourire.

– T'es prête ?

Elle ouvrit la bouche, puis la referma – et resta là, stupide.

– Justement, dit Contorose, il faut que je vous parle, parce que... Pouvez-vous m'accorder quelques minutes ?

Vanik ne comprenait manifestement pas le sens de la formule et Contorose lui mit une main sur l'épaule.

– Venez. Nous serons mieux dans mon bureau.

Ils disparurent dans le Saint Lieu et le silence revint. Tante Lise était seule sur son canapé : les deux autres vieilles dames n'étaient pas revenues de la grand-messe. Les Kerbauson, bien sûr, dormaient encore (l'un des grands plaisirs du mariage, plaisantait souvent Chantal, était de pouvoir faire la grasse matinée quand on en avait envie, sans qu'une tante ou une grand-mère vienne vous faire la morale). Mais le reste du clan était là, comme tous les dimanches matin, fainéantant agréablement. Dans très peu de temps Justine apporterait l'apéritif dominical, puis on passerait à table...

Natalène les regardait tour à tour, avec une sorte de curiosité lointaine, comme si elle venait juste de les rencontrer. Son cœur battait si fort qu'il lui faisait mal. Était-ce dans la toile du napperon, ou dans sa chair, que s'enfonçait si profondément l'aiguille de tante Lise ? Et pourquoi Marion tournait-elle si brusquement les pages de son atlas ?

– Assieds-toi, ma chérie, dit tante Lise. Et ne t'inquiète pas : ton grand-père sait ce qu'il fait.

– Oui, dit Natalène au hasard, je sais bien, oui...

Elle s'assit sur le tabouret du piano, parce que c'était le siège le plus proche d'elle. Et Tristan s'accouda à l'instrument comme elle l'avait si souvent fait elle-même.

– Légalement, dit Xavier, je suis bien placé pour vous assurer que...

Il se tut. L'angoisse de Natalène l'avait gagné lui aussi. Depuis des mois le clan attendait, avec beaucoup de malice, de voir triompher l'astuce de Contorose. Pour la première fois un doute leur venait, à tous. Et certes un étranger soudain apparu parmi eux aurait trouvé le spectacle très surprenant : ce grand salon bourgeois, plein de livres, plein de meubles, et ces personnages muets çà et là, comme figés par un mauvais sort...

Mais la scène s'animait de nouveau. Contorose et Vanik ressortaient du bureau. Le jeune homme pliait et fourrait dans sa poche, sans soin, des photocopies que Contorose avait dû le charger de remettre au Copte. Son visage avait une expression mauvaise et butée.

– Quand il le désirera, bien sûr, disait Contorose. Aujourd'hui, demain, je suis à son entière disposition. Quant à cette lettre, je ne comprends pas, et je puis vous assurer que...

– S'était trompée, alors ? coupa Vanik.

– Pardon ?

– Pour le gosse ?

– Oui, dit Contorose – un peu gêné, malgré tout –, il y avait eu une petite erreur.

– Sans blague ! Ça se voit, du sang, non ?

Choqué, cette fois, Contorose fronça le sourcil. Mais déjà Vanik ne s'occupait plus de lui, et regardait Natalène. Dans la langue rauque des rempailleurs, il prononça quelques mots.

– Biriak, répondit Natalène, biriak assem.

Ils échangèrent encore, dans cet étrange patois, deux ou trois répliques sans aménité. Puis Vanik reprit sa veste de cuir, qu'il avait jetée au dos d'un fauteuil.

– Amène-toi, dit-il. Deux minutes.

Natalène ne bougea pas, butée.

– Nom de Dieu, dit Vanik, deux minutes !

Elle hésita, puis le suivit, finalement. Dès qu'ils furent sortis tante Lise donna libre cours à son indignation – le juron lui était resté en travers de la gorge. Mais Contorose levait une main débonnaire.

– Il s'est montré parfaitement raisonnable, je t'assure.

Tristan s'était approché de la petite fenêtre du coin, la dernière. Il vit Vanik, assis sur le capot de la guimbarde, et qui parlait, parlait, avec emportement. Natalène écoutait, les yeux baissés. Elle secoua la tête, plusieurs fois, et plus tard haussa les épaules : Vanik lança sur la tôle un coup de poing rageur. La boucle de son ceinturon brillait. Malgré la pluie, qui tombait depuis le matin, insistante et fraîche, il n'avait pas enfilé sa veste et ne portait qu'un pull-over très mince, déchiré à l'épaule. Ses cheveux en bataille cachaient parfois ses yeux et il avait, pour les rejeter en arrière, un geste de la tête, vif, plein de grâce et de sauvagerie.

– Dites donc, glissa Sophie – elle venait juste de rejoindre Tristan devant la fenêtre –, qu'est-ce qu'il est beau, ce type !

– Il n'a pas l'air très satisfait...

– Non...

Ils regardèrent quelques minutes encore, sans parler, ces deux bohémiens en bas de leur perron. Malgré sa robe de petite bourgeoise et le châle brodé dont elle s'était couverte, Natalène ressemblait à Vanik, en cet instant : la même violence, la même façon de porter haut le menton...

Tristan et Sophie se retournèrent, ensemble, vers le salon où Contorose exposait toujours ses raisons d'être optimiste :

– Je préfère finalement que le Copte ait les papiers avant de venir. Il pourra prendre quelques renseignements. C'est un homme intelligent. Mais s'il n'a rien reçu de moi, comme paraît le croire ce jeune homme, évidemment... il doit y avoir une explication. Une explication toute simple. Et cela ne change rien aux données du problème, qui sont claires...

– Mais qu'a-t-il dit, Louis ?

– « Ça regarde le Copte », « Le Copte verra »... Que voulais-tu qu'il dise d'autre ?

Sophie s'était retournée, pour jeter un rapide regard au-dehors, et elle se figea.

– Mince... dit-elle. Tristan ! Ils se battent...

– Restez là, surtout.

Il traversa le salon nonchalamment, et en passant près de Philippe se pencha :

– Sors.

– Quoi ?

– Sors. Vite.

Ils sortirent donc, dans le hall, au moment même où Contorose exposait de nouveau, patiemment, les données du problème à sa sœur. Et ils gagnèrent le perron. Vanik et Natalène avaient roulé sur le gravier de l'allée, où ils faisaient un tas furieux de membres et de jurons, et les deux cousins eurent du mal à les séparer.

– Mais arrêtez ! disait Philippe. Natou ! Ça suffit !

Il la tenait à bras-le-corps, et elle se débattait comme un beau diable pour se libérer et se jeter à nouveau sur Vanik – qui s'était calmé tout de suite, lui, et repoussait les mains de Tristan.

– Ça va, dit-il, c'est bon, et gueule pas comme ça, Vanina, tu me casses les oreilles...

Natalène, qui avait entamé toute une litanie d'injures, où revenait souvent le mot « kereb », se tut. Ils restèrent immobiles tous les quatre, un court instant. Puis Vanik mit ses mains dans ses poches et leva le nez, très haut, comme si la couleur du ciel l'intéressait.

– Varienka, dit-il aux nuages sombres, varienka bossal aguillé.

Sur quoi il sauta dans sa guimbarde rouillée, et démarra. Les trois jeunes gens regardèrent cette antiquité cahoter dans l'allée, puis tourner derrière les massifs d'hortensias. Natalène reprit son sang-froid la première.

– Vous me lâchez, oui ?

Philippe le fit, en s'excusant, et il se mit à rire.

– Grand-père l'a trouvé très raisonnable, dit-il. Ça promet. Mais qu'est-ce que ça veut dire, kereb ?

– « Kereb » ? Salaud.

– Et ce qu'il a dit à la fin ? « Varienka-je-sais-plus-quoi » ? Qu'est-ce que ça veut dire ?

– Que la curiosité est un vilain défaut pour les Philippe... Grand-père n'a rien vu ?

– Non, répondit Philippe, il est en train de réexpliquer à tout le monde POURQUOI son truc marchera comme sur des roulettes.

Ils remontèrent les marches. Natalène époussetait sa robe, du plat de la main, et remettait autour d'elle le châle que Tristan avait ramassé dans l'allée. Son visage était redevenu tranquille, et comme indifférent.

Philippe allait ouvrir la porte du salon, quand il se retourna soudain :

– Ça ne marchera pas comme sur des roulettes, dit-il. Et je sais pourquoi.

– Merde, dit Natalène.

Tristan les regardait l'un et l'autre et ne disait rien, impuissant. Le regard de Philippe était dur. Plein, aussi, d'une petite joie méchante et satisfaite.

Tristan étendit le bras et ouvrit la porte, si fort qu'elle se rabattit contre le mur.

– Ah, dit Contorose qui s'était retourné au bruit, eh bien, as-tu vu, Natou ? Tout ira très bien, j'en suis persuadé, ma chérie – et nous allons boire à cette bonne nouvelle !

Il distribua cérémonieusement son dû à chacun : un verre de porto pour les jeunes gens, du vin cuit pour les dames, de la limonade pour Marion. Et on leva son verre à la bonne nouvelle, puisque bonne nouvelle il y avait.

La visite du Copte ne fut pas aussi orageuse que celle de Vanik. Il frappa à la porte de Blajan un peu après cinq heures, salua aimablement la compagnie, sourit à sa fille, ôta son mégot de ses lèvres et dit à Contorose, fort poliment :

– Faut qu'on cause, je crois ?

Ils causèrent, dans le bureau, une longue demi-heure. On faisait griller des châtaignes quand il était entré : on continua comme si de rien n'était. Pourtant, quand la porte du bureau se rouvrit tout le monde sursauta.

– Eh bien, dit Contorose, un bon sourire aux lèvres – tout est réglé. Je ne crois pas que ton père te félicite, Natalène, mais tu ne pouvais pas t'y attendre... Voulez-vous quelques châtaignes, monsieur ?

Le Copte acceptait, gracieusement, et Philippe avança un fauteuil pour lui.

– J't'emmène une petite semaine, dit-il à sa fille.

– C'est tout naturel, appuya Contorose. Tes amis du camp veulent te dire au revoir, je crois. Et peut-être organiser une petite fête pour te souhaiter bonne chance. J'espère bien, d'ailleurs, que les ponts ne se couperont pas ainsi et que tu les reverras souvent.

– M'étonnerait, dit le Copte. « Fille mariée, fille donnée » : on dit ça chez nous et c'est pas si con. Mais bon. C'est comme ça. On plante dur les garçons à sa porte et on laisse les filles rouler chez le voisin. C'est la nature, faut pas aller contre.

Cette opinion, ainsi exprimée en termes choisis, laissa d'abord Contorose pantois. Puis il sourit.

– Il y a de cela, dit-il.

– Et comment ! renchérit le Copte.

Il vida d'un trait le verre que Philippe venait de lui tendre, et le lui redonna.

– C'est toi ? demanda-t-il.

– Non, dit Contorose, non...

Il fit signe à Tristan, qui se leva.

– Voilà notre coupable, dit-il.

Tristan avait déjà croisé le regard du Copte, tout au long de son enfance. Mais alors il n'existait pas pour lui, il n'était que l'un des membres de la « tripotée » de cousins que la petite fille avait à Blajan. Ce soir-là les yeux jaunes, si semblables à ceux de Natalène, mais entourés d'un lacis de rides, et profondément enfoncés dans les orbites, le voyaient vraiment, l'évaluaient, le pesaient.

– T'as quel âge ? dit le Copte.

– Vingt ans, monsieur.

– Ah, le bel âge... autant en profiter pour trousser les jupons, hein ?

Sa bouche eut une grimace mauvaise, qui redevint un sourire, aussitôt.

– Faudra qu'il vienne, pour la fête. Quand même, c'est bien le moins. Déjà que j'emmène Vanina une petite semaine, faut pas les séparer trop longtemps, on sait ce que c'est... On dit samedi ? Il vous la ramènera, j'aurai pas la route à faire.

– Bien, dit Contorose. Samedi.

– Le temps de préparer, faut ça. On rigole pas avec les fêtes, chez nous.

– Mais, dit gaiement Contorose, chez nous non plus ! Du cidre ?

Le Copte crachait une pelure de châtaigne, dans l'âtre, essuyait sa bouche, et tendait son verre.

– Bon, dit-il ensuite, c'est pas tout ça, traîne pas, petite, que c'est pas la porte à côté quand même.

– Non, dit Natalène. Je reste là.

C'était à peine un chuchotement, mais chacun l'entendit. Il y eut un petit silence embarrassé. Puis le Copte se mit à parler, lentement.

Il parla longtemps. Sa voix était très calme et donnait, malgré les sonorités rocailleuses de la langue qu'il employait, une grande impression de douceur. Natalène écoutait, et son visage n'exprimait rien. Une seule fois, elle parla, pour répondre à ce qui paraissait être une question.

– Nia, dit-elle. Vineluk. Vineluk nia liès.

Cela dura, dura, un temps infini – et s'acheva brusquement, quand Natalène se leva.

– Bon, dit-elle, j'y vais, c'est vrai que ce ne serait pas chic...

– Ah ! dit Contorose, tu vois !

– Je reviens. Trois minutes.

Elle monta faire sa valise, en commençant dès le salon, comme elle le faisait toujours, à défaire le bracelet de sa montre pour gagner du temps.

Contorose fit signe à Tristan, qui se leva de nouveau.

– Je vais l'aider, dit-il.

– Ah, dit le Copte en se tapant sur la cuisse, l'aider à quoi, hein ? À changer de culotte ?

Il se tourna vers tante Blanche, qui occupait le fauteuil voisin.

– Faut dire qu'on est tous passés par là, hein ?

La vieille dame souffla, assommée :

– Oui...

– Ben vas-y, dit le Copte à Tristan. Te gêne pas pour nous.

Tristan sortit, et dans le vestibule s'assit au bord du coffre. Ses doigts serraient, dans sa poche, le petit hibou de bronze. Quand Natalène redescendit, et sursauta en le voyant là, il lui tendit l'objet.

– C'était votre tour.

– Oui, dit-elle. Merci.

– Ce n'est pas la peine, je suppose, que j'aille à Fonvières samedi ?

– Non. On part demain matin, Vanik et moi. À Brovnik et puis après je ne sais pas où. Sans doute au Bout du Nord.

Ils se regardèrent un court instant, mais détournèrent les yeux aussitôt. La porte du salon s'ouvrit et le Copte apparut.

– Ça y est ?

– Oui, dit Natalène.

À Contorose, qui suivait et lui demandait si elle n'allait pas dire au revoir à ses tantes, elle fit un beau sourire.

– Oh, pour une semaine, grand-père...

De nouveau, le Copte fixait Tristan :

– Tu sais où est le camp ?

Tristan hésita, puis secoua la tête :

– Non, monsieur.

– À Fonvières. Tu vas à Fonvières et tu demandes. C'est à la sortie. Samedi, alors ? Qu'on fasse connaissance ?

– Oui monsieur. Samedi.

– Sur les cinq heures. Amène rien. Ou alors une bouteille.

Ils sortirent tous les quatre, suivis par Marion qui s'était glissée derrière eux. Il pleuvait toujours. Le Copte s'assit au volant, jeta sur la banquette arrière la valise de sa fille, et sourit à Tristan, goguenard.

– Eh ben tu l'embrasses pas ?

Tristan s'exécuta, comme en rêve, et déposa sur les lèvres de Natalène, muettes, un petit baiser glacé. Sa main, qu'il avait posée sur l'épaule de la jeune fille, retomba, le Copte rit, Natou recula, une portière claqua et le tacot, bruyamment, démarra.

– Voilà une bonne chose de faite, dit Contorose en cessant d'agiter la main en signe d'au revoir. Mais cette petite aurait pu y mettre un peu du sien, elle a failli tout gâcher... Il est évident pourtant qu'on ne peut pas briser net et puisque l'essentiel est sauvé... Tu viens ?

Il n'attendit pas la réponse, remonta les marches du perron, et entra. Tristan sentit se détendre en lui mille petits muscles douloureux – c'était fini – l'étau qui le torturait depuis le matin se relâchait un peu – très peu – mais un peu.

Il ne souffrait pas encore. Il était seulement engourdi, et glacé, avec une vague prescience de ce que serait son enfer quand il en aurait vraiment franchi le seuil. Marion, que Contorose n'avait pas vue et qui se tenait contre le pilier, n'osait rien dire, tant l'immobilité de Tristan l'étonnait. Pourquoi n'avait-il pas suivi Contorose ? Pourquoi ne disait-il rien ?

– Tristan ?

Il se retourna brusquement, comme si Marion avait été une menace, et elle rougit, blessée.

– Il pleut tellement, dit-elle. Vous ne rentrez pas ?

– Si.

– Ce sera bien, cette fête ?

– J'espère.

– J'aimerais bien savoir comment sont les fêtes, chez eux... Vous me raconterez ?

Elle eut un cri de surprise. Tristan l'avait rejointe, l'attirait à lui et cachait son visage contre la petite épaule. Elle entendit à peine ce qu'il disait, comprit seulement quelques mots : « Je ne pourrai pas, Marion, je ne pourrai pas... » et son cœur tendre s'emplit d'une brûlante pitié. Maladroitement, elle caressa les cheveux blonds, où brillaient encore des gouttelettes de pluie, et parce que Tristan pleurait sentit elle aussi ses yeux s'embuer de larmes.

– Si, dit-elle avec ferveur, vous pourrez, vous pourrez forcément. Ça s'arrangera. Je ne sais pas ce que c'est mais ça s'arrangera. Vous y arriverez. Si, si. Ne pleurez pas, s'il vous plaît...

vue, Marquise tenait contre le pilier sans oser rien dire, mais l'immobilité de Tristan s'éternisait. Pourquoi ne venait-il pas saluer Comtesse ? Pourquoi ne disait-il rien ?

— Tristan ?

Il se retourna brusquement, comme si Marion avait été une menace, et elle rougit, blessée.

— Il pleut tellement, dit-elle. Vous ne rentrez pas ?

— Si.

— Ça sera bien, cette fête ?

— J'espère.

— J'aimerais bien savoir comment sont les fêtes, chez eux... Vous me raconterez ?

Elle eut un cri de surprise. Tristan l'avait rejointe, l'attirait à lui et cachait son visage contre la petite épaule. Elle entendait à peine ce qu'il disait, comprit seulement quelques mots : « Je ne pourrai pas, Marion, je ne pourrai pas... » et son cœur tendre s'emplit d'une brûlante pitié. Maladroitement, elle caressa les cheveux blonds où brillaient encore des gouttelettes de pluie, et parce que Tristan pleurait, sentit elle aussi ses yeux s'embuer de larmes.

— Si, dit-elle avec ferveur, vous pourrez, vous pourrez forcément. Ça s'arrangera. Je ne sais pas ce que c'est mais ça s'arrangera. Vous y arriverez, Stan. Ne pleurez pas, s'il vous plaît...

Deuxième partie

I

Contorose reçut de Natalène, le jeudi, une lettre tout à fait extraordinaire : elle n'était pas à Fonvières, mais à Lille avec son père et Gina. Il fallait lui pardonner, mais elle préférait passer quelques mois avec eux ; elle reviendrait pour Noël, peut-être...

Contorose comprit tout, trop tard, et maudit son absurde confiance. Il se rendit au camp, où le Copte n'était plus. Il écrivit même à Hambourg pour réclamer de l'aide. En vain. Alban Rivalty ne voulut rien tenter. Il était persuadé que toute démarche ne pouvait que nuire à sa nièce : elle le lui avait mille et mille fois répété. « Et puis, rappelait-il, s'il est regrettable qu'elle ne puisse choisir elle-même, souvenez-vous qu'elle aime AUSSI vivre avec eux. Elle nous l'a souvent dit. Elle a dix-huit ans, elle sera bientôt adulte : l'essentiel est de laisser passer un peu de temps. »

Le vieil homme dut se résigner. On ne pouvait plus rien pour Natalène, redevenue Vanina Milacusca, et perdue au grand vent des routes.

On reçut d'elle une autre lettre, en novembre, postée cette fois d'Italie : elle allait bien, elle était

« dans le Sud » pour quelques mois, elle ne reviendrait sans doute pas à Noël, mais peut-être au printemps, ou en été...

Trois jours auparavant Tristan avait reçu sa première carte postale dans la boîte du conservatoire. Elle avait été postée à Lourdes, n'était pas de Natalène, et ne portait que quelques mots, maladroitement écrits en lettres majuscules : « Elle ne peut pas écrire. Elle dit que quelqu'un viendra. » Avec cet espoir en poche il supporta sans faiblir le découragement de Contorose, que sa propre lettre attristait fort. « J'ai été stupide, disait-il. Stupide. » Ses sœurs, compatissantes, faisaient de leur mieux pour le réconforter et disaient justement ce qu'il ne fallait pas dire :

– Tu ne pouvais pas savoir, Louis !

Tristan lisait la lettre de Rome, qu'on venait de lui tendre. C'était bien l'écriture de Natalène. Mais curieusement appliquée.

– Elle recopiait, dit Philippe, elle n'écrivait pas. Peut-être doit-elle faire viser le brouillon.

C'était l'avis général, et il n'était pas de nature à consoler Contorose.

– Stupide, répéta-t-il. J'ai été stupide.

Le regard de Tristan, quand il rendit la lettre à son grand-père, parut gêner celui-ci ; et il baissa les yeux. Partagé entre la rancune et la compassion, Tristan s'était déjà détourné, dénouait son écharpe, et posait ses partitions sur la table. Trois mois s'étaient écoulés depuis le départ de Natalène, trois mois tels qu'il ne pourrait jamais souhaiter à quiconque d'en vivre de semblables. Et feindre, surtout, l'épuisait.

– J'ai trois nouveaux élèves, dit-il. Deux enfants, et une vieille dame tout à fait extraordinaire. Devinez son âge, un peu ?

– Cent trois ? dit Philippe.

– Non. Soixante-douze. Elle n'a pas touché un piano depuis cinquante ans exactement !

– Stupide, redit Contorose. Et lâche, oui...

Le mot frappa tout le monde – et surtout Tristan, qui allait reprendre ses partitions mais suspendit son geste. Ce mot-là, il l'attendait depuis longtemps.

– Par exemple ! s'étonnait Lise. Tu ne pouvais pas prévoir que...

– Je devais le savoir, dit Contorose. On n'est pas si bête sans y consentir. Mais cet homme – braver cet homme – je n'ai jamais pu...

Le « quelqu'un » annoncé ne vint pas. Ni en novembre, ni en décembre. Mais il téléphona au conservatoire, au début de janvier, pour indiquer à Tristan une date – le 15 – et une adresse – celle d'un café dans la banlieue de Lourdes. « Tu verras bien, dit-il, c'est peint en vert. »

Tristan était tout à fait libre maintenant d'aller et venir à sa guise. Personne à Blajan ne se mêlait plus de ses agissements. Il parla d'une répétition, vaguement, et prit la route le soir du 14.

Il passa la nuit dans un petit hôtel niché entre deux grands immeubles. Une étrange nuit. Derrière la cloison, très mince, un couple se disputait, à voix basse mais furieusement. Il était question d'un enfant mal élevé, d'une famille envahissante et d'une certaine Fabienne – une garce. Tristan s'en amusa d'abord, puis finit par trouver cela parfaitement sordide. Et quand il put s'endormir il rêva de Fabienne, qui ressemblait à Sophie, mais une Sophie devenue très grosse, et rousse. Elle essayait d'ouvrir une porte, derrière laquelle il était évident pour tout le monde que se cachait Natalène – mais la porte ne voulait pas céder.

L'homme qui avait téléphoné à Tristan n'avait pas précisé l'heure du rendez-vous. Peut-être était-elle impossible à fixer si longtemps à l'avance. Tristan s'installa donc dans la petite salle dès l'ouverture du café, avec des piles de copies à corriger. Il était onze heures, et il attaquait les compositions d'histoire musicale des troisièmes, quand Natalène entra et s'assit en face de lui.

Jusque-là il n'avait pas été vraiment sûr de la voir, elle. Il s'attendait tout aussi bien à rencontrer un autre maillon de la chaîne – un inconnu qui lui aurait indiqué une autre adresse ou remis une autre carte. Pourtant, c'était elle. Ses yeux jaunes, son sourire : pendant quelques instants il ne vit guère que cela.

– J'ai couru, dit-elle. Ça va ?

Il revissait le capuchon de son stylo, lentement, et reprenait tout à fait son sang-froid.

– Oui, dit-il. Très bien.

Elle portait un jean, un pull-over rouge, et un blouson de cuir dont la fermeture éclair, cassée, pendait un peu. Ses mains étaient sales et ses cheveux emmêlés. En lui apportant le café qu'elle avait commandé la patronne fronça un peu le nez. Que pouvait bien faire ce jeune homme si poli, si bien vêtu, si blond, avec cette petite graine de loubard ? Le monde allait bien mal, décidément...

– J'ai seulement une heure, dit Natalène. Vous avez vu Christophe ?

– Je n'ai vu personne. On m'a téléphoné.

– Ah, c'était Christophe. Il n'a pas dû avoir d'occasion pour là-bas.

Ils avaient beaucoup de choses à se dire, mais n'avaient pas envie de parler, pourtant. Du moins pas de ces choses-là, trop lourdes, trop brûlantes. Natalène avait faim et commanda deux sandwichs, qu'elle fit disparaître très vite.

– J'espère que vous avez de l'argent ? demanda-t-elle en avalant sa dernière bouchée.

– Vous en voulez ?

– Non ! C'est pour les sandwichs...

Il fouilla ses poches et posa sur la table, avec un peu de monnaie, trois gros billets :

– Ça ira ?

– Oui, dit-elle en riant.

Ils se sentirent mieux aussitôt, parce qu'ils avaient ri, et Natalène sortit de sa poche une vieille cigarette, un peu jaunie, qu'elle alluma avec un briquet à essence.

– On est redescendu du Bout du Nord à Noël, dit-elle, et ils m'ont mise dans un camp d'ici. Celui des parents d'Anizia. Vanik y est, il refait la ferraille. Vous seriez content : on a une roulotte, une vraie roulotte. Elle n'a plus de roues mais c'en est une. Sur des rondins.

– Verte ?

– Ah non, faut pas pousser. Décolorée.

– Le Copte y est ?

– Non, il est en Italie. Il devait poster une lettre de moi là-bas, est-ce qu'il l'a fait ?

– Oui, on l'a reçue...

Il parla des soupçons de Philippe, et elle rit de nouveau. C'était bien une lettre soigneusement recopiée, oui. Et Gina surveillait la copie, derrière l'épaule de Natalène.

– Ils me feront certainement écrire encore, dit-elle. Et le Copte est toujours sur les routes, à cause des Yougoslaves : il postera ma prose d'un peu partout, je vais avoir l'air d'une grande voyageuse... mais c'est une vaste blague. Je fais exactement comme autrefois : ici, Lille, Brovnik, Anstik – le Bout du Nord – et rebelote, Anstik, Brovnik, Lille, ici... On monte et on redescend : la routine.

Que l'on puisse qualifier ainsi cette errance insensée fit sourire Tristan. Mais Natalène se penchait, mystérieuse.

– Je vous ai vu, une fois !

– C'est vrai ?

– Bien sûr que c'est vrai. En décembre, trois jours avant le réveillon. On redescendait et vous aviez un concert à Moulins. J'ai traîné trois filles du camp pour voir sortir les stars... la chanteuse, et vous !

– Vous auriez dû...

– Non, coupa-t-elle, non, je ne pouvais pas. Mais c'est drôle, la vie. Quelquefois c'est drôle. On était arrivé de Lille l'avant-veille et la première affiche que j'ai vue sur un mur, c'était la vôtre. Môssieur de Blajan-Taswïck qui joue Chopin ! Fichtre ! À vingt et une heures ! On a poireauté sous un porche, pas très loin de l'entrée des artistes mais quand même pas devant, il y avait des gadjé bon chic bon genre... La chanteuse a été très entourée, et vous un peu moins, mais vous avez signé trois autographes – et même, ah ! La preuve ! L'un d'eux était pour une petite fille rousse en manteau de velours noir...

– C'est vrai, sourit Tristan, je me souviens d'elle.

Il se demandait comment Natalène avait pu vivre cette étrange rencontre. Le devina-t-elle ? Elle sourit, elle aussi.

– Je savais que je pourrais bientôt vous le raconter moi-même. Mais c'était curieux...

Il lui offrit une de ses cigarettes, qu'elle regarda avec admiration.

– Fichtre ! redit-elle. Des clopes de gadjé !

Sans transition, elle se lança :

– C'est un tout petit camp. Là où je suis. Il n'a pas voulu me remettre à Fonvières, en cas – c'est trop près de chez vous. Je suis là. Six familles, c'est tout. Je fais la ferraille moi aussi. Ou plutôt les pneus. Je les trie, je les roule. Anizia vient souvent voir sa mère, on parle, on parle des heures entières, Vanik râle... Je m'occupe aussi d'un bébé, sa mère est en Camargue. Et puis je lis, parce que la baraque a un grenier et il est plein de livres, plein, plein, il y en a plus là-haut que de pneus en bas. On a trois caravanes vides, parce que c'est un camp de passage, il vient toujours des gens, surtout du Sud...

Là, quand même, elle s'arrêta.

– Voilà, dit-elle. Il n'y a rien d'autre. Je ne peux pas mettre un pied dehors seule mais ça va. En somme, ça va à peu près.

C'était sans doute vrai : Tristan la connaissait bien et la sentait détendue. Un peu de son fardeau le quitta donc et il put lui parler de Blajan, à son tour. Tranquillement. Du mariage de Sophie, qui avait eu lieu à la fin de septembre, et des lettres qu'elle envoyait d'Édimbourg où elle vivait désormais. Du bébé de Chantal, qui était né le 25 décembre et s'appelait, bien sûr, Noëlle. De l'école, de Marion, d'Emmanuel Duplessis, de Philippe...

– Et grand-père ? dit Natalène. Il a compris, cette fois ?

– Je crois.

– Il a mis le temps, ce vieux fou...

Malgré ces mots sans aménité, son visage s'était adouci. Sans doute avait-elle pardonné à Contorose sa lâcheté depuis bien longtemps, elle.

– Putain, dit-elle, c'est tellement compliqué...

Il lui sourit, et regarda l'heure ; il était midi moins vingt.

– Je file à midi, dit-elle. Quand le camion repassera. C'est Milos, il est sympa, il me prendra à la bretelle... Bon, on fait des plans ?

Elle avait déjà pensé à tout, et Tristan ne discuta pas parce qu'il ne savait rien de la vie qu'elle menait ni des précautions qu'elle devait prendre. Il serait près du téléphone de Blajan tous les mardis à six heures précises, oui. Il louerait une chambre meublée, oui, à Lourdes, et y poserait, oui, quelques-unes des robes que Natalène avait laissées à Blajan.

– Et du shampooing et du savon, dit-elle, bon Dieu, du savon parfumé...

Il était moins cinq, elle se levait, fouillait ses poches.

– C'est à vous de l'avoir, non ?

Tristan prit le hibou, et se leva lui aussi. Cette marque de courtoisie, dont elle avait certainement perdu l'habitude, la fit rire. Elle pencha la tête, ses yeux brillèrent, et pendant un instant elle ressembla à l'ancienne Natalène : légère, heureuse et gaie.

Le téléphone ne sonna pas le mardi suivant, ni celui d'après. Mais le troisième, si, et Tristan qui se tenait tout près du guéridon, apparemment très occupé à feuilleter l'annuaire, décrocha.

– C'est vous ? dit la voix de Natou.

– Lui-même, répondit-il gravement.

Elle comprit qu'il n'était pas seul, et il l'entendit rire.

– Vous avez loué une chambre ?

– Ah, dit-il, oui, mais ce n'est pas au conservatoire, c'est chez le doyen... Avez-vous son adresse ?

– Justement pas, figurez-vous !

– Rue Lyautey, numéro 18. Au dernier étage, il me semble.

– Quelle mémoire !

– Avez-vous la date de la répétition ?

Tristan regardait Philippe, à quelques mètres de lui, ouvrir son courrier. Il revenait du manège. Ses bottes crottées, qu'il oubliait toujours d'enlever dans le vestibule, avaient laissé sur le tapis des traces de boue. Tristan les lui désigna d'un doigt vengeur, et Philippe haussa les épaules.

– T'occupe, vieux...

– Après-demain, disait la voix de Natalène, dans l'après-midi, mais je ne sais pas exactement quand. Pas avant trois heures en tout cas. Et préparez-vous un bel alibi, parce que j'aurai jusqu'au lendemain soir.

– C'est entendu, monsieur. J'essaierai d'y assister.

– Trop aimable, vraiment...

– Mais je vous en prie.

Elle raccrocha, en riant, et comme Contorose entrait Tristan poussa un soupir désolé.

– Mince, dit-il, je me fais toujours piéger...

Philippe lui apporta une aide inattendue, en levant un visage moqueur.

– T'as qu'à les envoyer sur les roses, aussi ! « Oui monsieur, c'est entendu monsieur, j'y serai monsieur... » Non mais tu t'entends, dis ? Ils auraient tort de se gêner !

– De quoi s'agit-il ? demanda Contorose.

– Oh, rien, une répétition à Lourdes. Et le soir, encore.

Contorose renifla, méprisant.

– On n'a rien sans rien, mon garçon. Ce soir ?

– Non, après-demain.

Il s'en tint là, prudemment. Et comme il savait cacher sa joie aussi bien que sa peine il se conduisit, ce jour-là et les deux suivants, exactement comme à son ordinaire.

Natalène ne disposait apparemment que d'une tenue : il la retrouva cet après-midi-là, en ouvrant la porte sur elle, telle qu'il l'avait vue au café des Violettes un mois auparavant : le même blouson, le même pull-over, le même jean. Et le même sourire.

Elle entra, les mains dans les poches, et regarda autour d'elle. Tristan avait transformé la chambre mansardée en caverne d'Ali Baba ; des tissus chatoyants cachaient les lézardes des murs, des tapis le plancher sale, et des coussins le lit.

– Ce n'était quand même pas comme ça ? dit-elle.

Il parla, gaiement, de ce qu'il avait réellement loué, une ancienne chambre de bonne, à peu près propre mais sommairement meublée ; des six voyages qu'il avait faits pour améliorer la chose, et de la façon dont il avait réussi à piller, à Blajan, la chambre de Natalène.

– Il y a une cheminée et une douche, dit-il. Je l'ai prise pour ça.

La cheminée était minuscule mais un feu y brûlait, clair, et Natalène s'accroupit pour tendre ses mains vers les flammes.

– Je suis gelée, dit-elle. Je voulais faire du stop, et puis personne n'est passé, j'ai six kilomètres dans les pattes... Quelle heure est-il ?

– Six heures dix.

– Ah, j'ai quand même bien trotté !

Elle se releva, pour regarder de nouveau la pièce. Sur une petite table, devant la fenêtre, il y avait un bouquet de mimosa ; et dans l'armoire, qu'elle ouvrit, quelques robes et du linge.

– Il faut que je m'habitue, dit-elle. C'est un endroit tout à fait extraordinaire.

Elle enleva son blouson, le jeta sur le lit, et revint s'asseoir devant le feu. La manche de son pull-over était détricotée à l'épaule et montrait un peu de peau. Sous ses boucles en bataille, son visage était triste.

– Il faut que je m'habitue, redit-elle.

Tristan fit du thé, pour l'y aider, et quand elle en eut bu plusieurs tasses elle retrouva sa gaieté.

– Vanik est à Lille, dit-elle, et je me suis arrangée avec Milos. Il me reprendra demain soir sur la bretelle de l'autoroute, entre dix heures et dix heures et quart. Qu'est-ce qu'on va faire ?

– Vous pouvez sortir ?

– Ça dépend où... Là où ils ne risquent pas d'aller, oui. Au cinéma, et puis dans le centre-ville, et dans les musées... De toute façon ils sont presque tous à Lille.

– Un restaurant dans le centre, et très chic et très cher, ça irait ?

Elle acquiesça, distraite.

– C'est tellement compliqué... dit-elle.

Ces mots-là, elle les disait souvent, et depuis des années. Tristan ne les releva pas, et regarda l'heure.

– Si vous faites vite on pourra même aller au cinéma – c'était un vieux dada à vous, non ?

Ils allèrent au restaurant, quand Natalène se fut bien décrassée, et au cinéma. Elle était très gaie. Les récits qu'elle lui fit de sa vie au camp étaient tous très drôles, et de ce qui devait l'être beaucoup moins elle ne dit rien. Ils revinrent rue Lyautey très tard et ce fut elle qui fit le premier geste. Pas dans la chambre, mais en bas, sous le porche sombre, et Tristan avait assez d'intuition pour comprendre pourquoi – ces retrouvailles étaient plus difficiles encore pour elle que pour lui et elle ne voulait pas qu'il puisse lire ses craintes sur son visage. Il l'avait laissée poser une main sur son bras et se laissa attirer vers elle. Mais il ne fit rien d'autre.

– Vous ne voulez pas ? demanda-t-elle.

– Non, répondit-il.

Elle eut un petit rire qu'il connaissait bien, et qui se moquait d'elle autant que de lui.

– Alors ce sera moi, dit-elle.

Elle mit ses bras autour des épaules de Tristan, et l'embrassa. Il pensa au dernier baiser qu'ils avaient échangé, devant Contorose et le Copte, sur le perron de Blajan ; mais il oublia vite ce cauchemar, parce que les lèvres de Natalène étaient confiantes, et chaudes, et parce que son corps s'abandonnait. Le désir qu'il avait d'elle le torturait mais il ne voulait pas y céder – pas avant de savoir où se cachait cette fois la peur qu'il devinait sous les gestes de la jeune fille – aux aguets. Comme c'était étrange de caresser sur le corps d'une femme cette peur inconnue, muette, et pourtant si terriblement présente qu'on pouvait presque lui supposer une forme, une voix, une odeur...

– Venez, dit-il.

Il avait pris sa main, monta avec elle le petit escalier sombre et chez eux, tout là-haut, n'alluma pas. La lueur de la lune éclairait seule la pièce avec celle, rougeoyante, du feu qui se mourait. Natalène avait enlevé son manteau, et souriait : de ce petit sourire courageux dont Tristan avait appris à se méfier. Mais la vue de ce vrai lit, qui paraissait les attendre, l'amusa vraiment, et elle s'y allongea, pour regarder Tristan se déshabiller, avec l'impression de commettre un sacrilège. Un vrai lit, dans une vraie chambre, pour eux qui se cachaient depuis tant d'années !

– Je suis sûre qu'il y a un commissaire de police dessous, dit-elle.

Et l'idée de se glisser dans des draps propres lui paraissait tout aussi étonnante :

– Ce sont des couvertures, là-bas. Un matelas, des couvertures et un nid d'édredons. Sales. On ne les lave qu'une fois par an, en été, quand ça peut sécher facilement dehors. Je voudrais que vous veniez un jour renifler ma roulotte, pour rire...

Sans transition, parce que Tristan s'allongeait à côté d'elle, elle se tourna vers lui et dit, doucement :

– J'ai oublié.

– Je sais, dit Tristan. Vous oubliez vite. Une vraie passoire.

– Mais j'en ai envie aussi – très – ça fait presque mal.

– Eh bien, dit-il légèrement, il semble que vous ayez une décision à prendre...

C'était la formule même dont se servait Natou, autrefois, pour secouer la timide Marion ou l'indécise Chantal, et elle rit.

– Alors oui, dit-elle, oui, bien sûr – quand même.

Ils jouèrent longtemps, ce soir-là, avec cette peur qui ne voulait pas céder, et plus longtemps encore le lendemain. Sans aller très loin. Tristan savait que Natalène, même heureuse, même confiante, vivait assez mal le moment où on la pénétrait, et ils connaissaient assez de façons d'atteindre au plaisir pour pouvoir se passer de celle-ci. À part une petite promenade, qu'ils firent le vendredi matin, très tôt, ils ne sortirent pas, tout occupés à retisser entre eux un peu de la vieille magie, à faire des projets aussi, et à brasser quelques souvenirs. Natalène, elle le savait, elle le disait, ne reverrait pas Blajan avant la mort du Copte ; et ce lieu devenait déjà pour elle vaguement mythique.

– J'ai l'impression de l'avoir quitté depuis au moins dix ans, s'étonnait-elle.

Tristan risqua quelques questions, le vendredi soir, alors qu'ils prenaient un dernier thé devant le feu : et par exemple qu'avait dit le Copte, à Blajan, cinq mois auparavant, quand il était venu chercher sa fille et s'était mis à parler si longuement, si doucement, en mangeant ses châtaignes grillées ?

– Ce qu'il ferait si je ne le suivais pas de mon plein gré, répondit-elle. Pour moi, pour vous. Et c'était gratiné, vous pouvez me croire.

– Il avait une voix très douce, c'était curieux...

– Et très mauvais signe, dit Natalène en allumant une cigarette. Quand il crie ça va encore, on peut discuter. Mais dès qu'il prend ce ton-là, au camp, on entend voler les mouches. Il fait ça quand il parle des Yougoslaves. Ou de ce Grec qui lui a volé un cheval, à Lodi, il y a vingt ans... C'est TRÈS mauvais signe.

– Sait-il que vous avez repris la lettre de grand-père ?

– Oui, je l'avais dit à Vanik, l'après-midi. Et le soir je la lui ai donnée, à lui.

Il n'osa pas poser la question suivante et Natalène, moqueuse, lui sourit.

– Votre sac est vide ?

– Oui, dit-il.

Il était presque dix heures, et temps de quitter les lieux. Natalène lava les tasses, Tristan mit un peu d'ordre, elle enfila son jean, ils fermèrent les volets : à dix heures dix ils étaient au rendez-vous, sur la bretelle de l'autoroute. Et aucun camion arrêté n'était en vue.

– De toute façon, dit Natalène, il est toujours en retard, le soir. Il connaît une fille à la fabrique, là-bas.

– Est-ce qu'il sait où vous étiez ?

– Oh non ! Seulement que j'avais quelqu'un à voir. Et chaque fois que Vanik montera chez Gina je pourrai, je crois... enfin on verra. C'est très compliqué. Putain, c'est salement compliqué...

En même temps que ses habits du camp elle en avait repris l'argot, apparemment, et Tristan renchérit, moqueur :

– Putain, vous pouvez le dire, salement compliqué ! Un sacré bordel de merde !

– Pardon, dit-elle.

– Oh, ça va, ne vous gênez pas, je tiens le coup... je suis un type TRÈS stoïque.

Elle se glissa le long de la voiture pour embrasser le stoïcien, et mit sur son cou, pour le faire sursauter, autant de doigts glacés qu'elle put. Il la serra contre lui, tendrement.

– Vous allez rire, dit-il. J'ai embrassé des tas de jeunes filles en robe convenable. Une bohémienne en tenue, aussi, plusieurs fois. Mais jamais de petit voyou en blouson de cuir miteux.

– Je sens mauvais ?

– Vos habits, oui.

– Je ne les sens plus. Qu'est-ce qu'ils sentent ?

– La crasse. La crasse, la transpiration, la poussière, avec un rien de graillon.

Elle rit, sous l'avalanche – et brusquement, alors qu'ils allaient se quitter, ils se sentirent tous deux extraordinairement heureux – comme si l'avenir leur était encore ouvert.

– Ça s'arrangera, dit Natalène. Ça s'arrangera forcément.

Le camion arrivait, ralentissait, faisait quelques appels de phare. Avec la lampe électrique qu'elle avait sortie de sa poche, Natalène lui répondit. Puis elle se mit à courir vers le monstre arrêté.

II

En février, Tristan et Natalène se virent deux fois. En mars, une seule. Mais le mois d'avril leur fut plus favorable et ils purent passer toute une grande semaine ensemble : le Copte était reparti en Italie, Gina l'y avait rejoint, et Vanik avait dû accompagner son ami Kriss à Lodi pour l'aider à régler là-bas une sombre affaire de fiançailles rompues et d'honneur insulté.

– C'est Milos qui est chargé de garder un œil sur moi, dit Natalène le premier soir. Ça tombe bien, vous pensez !

– Mais ils ne se méfient pas de lui – puisque vous vous entendez si bien, lui et vous ?

– Mince ! Vous tombez de la lune, ou quoi ? Devant eux c'est tout juste si on ne se crache pas au nez... Et puis je ne sais même pas s'ils se méfient vraiment. Pour eux c'est une affaire classée. Milos est surtout là pour le principe.

Elle n'avait pas encore changé de peau, et semblait ce jour-là particulièrement sale. Ses boucles luisaient, grasses, ses ongles étaient en deuil, une reprise maladroite ornait le genou de son éternel jean, et si le blouson de cuir avait disparu avec l'hiver le pull rouge était fidèle au poste, lui, informe et taché.

– Il m'a seulement fait jurer de ne jamais mettre un pied à Blajan, parce que si j'y vais le Copte a promis de tout démolir, Milos compris. Et puis c'est donnant donnant : si je me fais choper je serai censée avoir filé sans sa permission. On se fait confiance, quoi. Il est chouette. Maria voulait l'épouser, il y a dix ans, et putain elle aurait mieux fait...

– Putain, dit Tristan, c'est sûr... Mais vos grandes jupes d'autrefois, et vos anneaux dorés et tout le saint-frusquin, qu'en avez-vous fait ?

– Ah, c'est un autre camp, ici, ils ne mettent plus ça. Vous retardez, mon cher. Je ne vous plais pas ainsi ?

Il lui sourit, et se lança dans la gazette de Blajan. Le bébé fille de Chantal allait bien. Non, personne d'autre n'attendait d'enfant, ni Sophie, ni Caroline, ni Édith. Olivier commençait à parler du gala de juin. Sophie avait téléphoné, un soir. Philippe s'était cassé la clavicule en sautant un obstacle, dix jours exactement avant de partir à l'armée – rejoindre Xavier qui s'y morfondait depuis quatre mois déjà.

– Ils sont ensemble ?

– Non, ça n'arrive jamais, ça ! Philippe est à Metz et Xavier en Allemagne.

– Et vous ?

– Réformé.

– Sans blague ? Comment avez-vous fait ?

– Le plus drôle, c'est que je n'ai rien fait. Mais alors rien du tout. J'y avais bien pensé, comme tout le monde, mais vraiment je ne savais pas quoi invoquer, j'y avais renoncé... En fait il s'agit d'une affection très grave, et chronique, mais ce n'était pas moi qui en souffrais, c'était le médecin militaire.

– Qu'est-ce qu'il avait ?

– Il était mélomane.

Elle éclata de rire, ravie.

– Oh ?

– Si, dit-il. Le pauvre homme était très atteint. On a parlé musique. Concerts. Toucher. Sensibilité. Il m'a même donné quelques conseils d'interprétation. Après quoi il lui a semblé que j'avais je ne sais quoi d'anormal du côté du cœur. Réformé.

Comme elle riait encore il fronça le sourcil.

– Vous me blessez, jeune fille. J'aurais aimé accomplir mon devoir viril, comme il se devait. Y a pas que la musique au monde.

– Et qu'a dit Philippe ?

– Il était vert de jalousie...

– Et c'était quand, tout ça ?

– En novembre. Depuis mon cœur va nettement mieux, rassurez-vous. Où en étais-je de mes commérages ?

– À la clavicule de Philippe.

– Oui. Valérie le remplace de son mieux. Elle s'est installé une sorte de studio au-dessus de la sellerie. Tante Lise, tenez-vous bien, tante Lise ne brode plus... elle tricote. C'est pas beaucoup mieux mais ça change. Et puis... je crois que c'est tout.

– Et grand-père ?

– Oh, grand-père... il ne change pas, lui.

– J'espère que je le reverrai un jour.

Elle chassa vite cette sombre pensée, n'étant pas fille à gâcher la semaine de liberté que le hasard lui offrait, et déclara qu'elle allait d'abord, et avant toute chose, prendre une douche.

– C'est une excellente idée, dit Tristan. Je n'osais pas vous le proposer, parce que je suis un jeune homme plein de tact, mais j'y pensais très fort.

Elle passait près de lui, il l'arrêta, et l'entoura de ses bras.

– Embrassez-moi, dit-il. Petite raclure de poubelle, embrassez-moi...

Elle ne prit pas une douche, mais cinq ou six, et quand elle sortit de là se déclara à peu près propre.

Ses cheveux mouillés transformaient l'expression de son visage, le faisaient plus rond, la rajeunissaient encore.

– Que va-t-on faire ? demanda-t-elle. Toute une semaine pleine, c'est une éternité !

– On peut toujours aller à Saint-Lys, si ça vous chante – sur mes terres.

– Vous avez les clés ?

– Mais je suis majeur dans trois semaines, ma chère, et ça y est, grand-père m'a remis ses comptes de tutelle, en grande pompe, les clés de Saint-Lys et les actions de mon père...

– Était-il vraiment très riche ?

– Non. Un peu seulement.

Marc de Blajan-Taswïck, qui avait été le mari d'Agnès, et son très lointain cousin – si lointain qu'il fallait remonter jusqu'en 1830 pour dénicher l'ancêtre commun –, était mort trois mois après la naissance de Tristan. On le disait très à son aise et les petits Blajan, enfants, avaient beaucoup rêvé à l'héritage que recueillerait un jour leur cousin. Chantal parlait de rivières de diamants, Philippe de coffres débordant de ducats, Xavier, déjà pratique, de lingots d'or en piles et Natalène, déjà aventureuse, de cartes mystérieuses où une croix indiquerait l'emplacement d'un fabuleux trésor.

– Seulement des actions, dit Tristan. Alors j'ai démissionné : j'arrête à la fin de juin.

– Le conservatoire ?

– Oui. Je vais vivre de mes rentes – ça peut me faire dix ans – après je verrai.

– Mince, c'est dingue...

Elle s'essuyait les cheveux avec une serviette, devant la fenêtre ouverte, et rêvait :

– Après tout, ça aurait pu être moi, non ?

– Je vous ai dit la même chose une fois, à propos du Copte, et vous m'avez répondu – je ne sais plus – que ça m'apprendrait à m'être trompé de jumelle, je crois – alors autant pour vous. C'est MOI qui ai les clés de Saint-Lys.

– Vous y êtes allé ?

– Le lendemain. C'est très haut perché, au-dessus d'un hameau... tout petit et très vieux.

– On ira ?

– C'est parti...

Il se levait déjà, cherchait sa veste des yeux, et Natalène rit.

– Non, demain !

– OK, demain.

Il s'approcha d'elle et toucha ses cheveux, encore humides, qui bouclaient déjà.

– Vous avez l'air d'un petit troubadour, Natou. Mais savez-vous que j'ai recommencé à faire du judo ?

– Ça a un rapport ?

– Je pense bien !

Elle n'eut pas le temps de répondre : il avait pris son bras, poussé sa cheville, du talon, et elle était à terre, sur le tapis, avec lui.

– Impec, dit-elle. C'est encore la meilleure façon de draguer.

Son peignoir s'était ouvert et Tristan vit sur son épaule la trace d'une large meurtrissure, presque effacée déjà. Il y posa son doigt, doucement.

– Je vous ai souvent vu ça, dit-il. Avec quoi est-ce fait ?

Elle allait parler, mais il la devança et entama à sa place une vieille litanie :

– « Je suis tombée du saule, c'est dans l'éboulis, j'ai raté une marche, j'ai reçu une portière... » Vous avez le choix, Natou.

– Je suis tombée d'une portière, dit-elle, et j'ai reçu un saule.

Son visage s'était assombri, un court instant. Mais elle sourit presque aussitôt.

– Petit salaud...

– Kereb, dit-il. Je n'ai rien oublié des leçons que vous avez bien voulu nous donner. Kereb, « salaud ». Barek, « voici ». Si, « oui ». Nia, « non ». Il y en a quelques autres, je vous en fais grâce.

Elle riait, moqueuse, et soudain se mit à parler dans cette langue rauque, très vite et gaiement. Tristan voulut la faire taire en l'embrassant, mais elle réussit à lui échapper, en cachant son visage contre lui, et continua à parler – parler, rire et parler encore.

– En tout cas, dit Tristan, ce n'est pas une langue latine.

– Nia !

Elle allait recommencer, mais cette fois-ci il écarta ses jambes d'un genou brutal, s'allongea sur elle – elle se tut et ses yeux s'élargirent, effrayés.

– J'ai gagné, dit-il.

Elle en convint, d'un sourire un peu inquiet, et dès qu'il s'écarta d'elle roula sur elle-même, pour s'éloigner. Quand elle fut près du lit, pourtant, elle rit.

– Kereb, dit-elle. Tadémia kereb.

– « Petit salaud » ?

– Si !

– Je note ça. On va au restaurant ?

– Bak illiac tamirié.

– C'est-à-dire ?

– « Si vous voulez. »

– Je VEUX.

– Alors c'est parti.

Elle passa une robe blanche, mit des sandales, et prit sur la cheminée son petit collier d'or, que Tristan avait subtilisé dans sa chambre, à Blajan, le matin même. Ses cheveux étaient déjà secs et refaisaient autour de son visage une auréole de boucles sombres. Elle s'approcha de la glace pour s'y faire une grimace et déclara, d'un ton tragique :

– J'ai vraiment des yeux de sorcière... Un jour, je les maquillerai : qu'on se le dise ! L'épouvante régnera sur mon passage...

Saint-Lys était un petit hameau, très haut perché en effet près du col du même nom, et la maison du père de Tristan une ancienne bergerie. On l'avait aménagée autrefois pour ce jeune homme mélancolique, censé s'y installer pour soigner au grand air sa tuberculose. Au lieu de cela il était venu à Blajan faire une visite de courtoisie à ses lointains cousins de la branche cadette, Agnès s'était émue de ce tragique destin, il n'avait pas eu le cran de repousser cette dernière joie et Contorose avait eu beau tempêter, menacer, prédire aux deux inconscients un avenir des plus sinistres – ils s'étaient mariés. L'avenir avait duré un an et demi.

– Ma mère m'a quelquefois parlé de lui, dit Tristan. D'après elle il était très intelligent, mais affreusement triste. C'est lui qui a choisi mon prénom. Et une seule chose le passionnait : l'entomologie. En fait, je n'en sais rien d'autre.

– Moi, si, dit Natou. Justine m'a dit qu'il passait des heures et des heures dans son arbre.

– Quel arbre ?

– Généalogique ! Parce que nous, les cadets, on s'était drôlement embourgeoisés, à force d'épouser n'importe qui, mais lui, la branche aînée, non, et il remontait jusqu'à Dieu sait où avec tout un tas de grands noms partout. Son père avait « relevé » tous ceux qui n'étaient plus portés par personne, vous savez bien, c'est à ce fada que vous devez vos rallonges imprononçables... Mais la grande ambition de votre père à vous c'était de récupérer un titre perdu dans les feuilles de l'arbre. Vous pourriez continuer ça, et un matin vous vous réveilleriez peut-être marquis, ou empereur...

– Grand merci, dit Tristan. Décidément vous me voulez du bien.

– N'empêche, observa Natalène avec philosophie, n'empêche que ça ferait une belle leçon de morale, du genre : « Ne désespérez jamais de rien, braves gens... » Parce que votre père, tel que je l'imagine, il était venu voir crever là – pardon – non seulement lui, mais sa foutue race. Il était le dernier. Requiem à Saint-Lys pour les grands Taswïck... Et pourtant il a eu un fils.

– Mais je crois qu'il était quand même indécrottable, sinon il ne m'aurait pas appelé Tristan. Il aurait trouvé autre chose.

– « Dieudonné », comme Louis XIV ? « Pierre », pour rebâtir le temple ? « Florimond », pour refleurir l'arbre ? En fait vous l'avez échappé belle !

Quand son mari était mort Agnès avait quitté Saint-Lys avec l'enfant et n'y avait jamais remis les pieds. Tout était resté en l'état, et dans l'une des deux chambres de l'étage un berceau trônait toujours, couvert de poussière, mais royal. Natalène le fit se balancer sur son socle, du doigt, comme pour bercer un bébé fantôme.

– C'est très mélancolique, dit-elle. Alors vous étiez là. Tante Agnès ici, dans ce bête de grand lit. Et votre père à côté. Putain, c'est vrai que c'est triste !

– Ce n'est certainement pas très gai, dit Tristan, mais c'est vieux, et moi j'ai vingt et un ans, putain...

Sur ces fortes paroles ils visitèrent le jardin clos envahi de ronces, la grange à demi écroulée, et s'en furent chez « Farfouille » faire quelques provisions. Cette dame si bien nommée tenait l'unique boutique du hameau, et en fouillant dans les cartons qui s'empilaient chez elle on trouvait à peu près de tout. Un fonds d'épicerie, bien sûr, et chaque samedi de la viande, mais aussi du fil, des outils, du tabac, du tissu, des chaussures, des cahiers d'écolier...

Farfouille se souvenait très bien du « monsieur malade », et même du bébé, ce qui lui avait permis de dire à Tristan lors de sa première visite, un mois auparavant, qu'il avait beaucoup changé. Il fallut lui présenter Natalène et Tristan, pris de court, eut une trouvaille heureuse :

– Ma sœur, dit-il, enfin, ma demi-sœur...

– Elle a eu bien raison, déclara Farfouille.

C'était assez mystérieux, mais elle s'expliqua :

– Je pensais bien qu'elle se remarierait, la petite dame. C'est pas une vie de rester veuve si jeune.

Farfouille avait une soixantaine d'années, et le cœur sur la main. Les nouveaux venus repartirent chargés de légumes, de fraises, de bons vœux, et de tout un tas de recommandations diverses : « Et s'il y a besoin, demandez, vous gênez pas, depuis le temps qu'on se connaît quand même ce serait dommage... »

Ils n'eurent pas besoin de grand-chose cette semaine-là. Une très étrange semaine parce que le temps, pour eux, semblait s'être arrêté. Blajan disparaissait, et le Copte avec lui : ils étaient seuls. Certainement ils avaient toujours vécu là, et ils y mourraient, qui aurait osé soutenir le contraire ?

Ils se levaient tôt pour courir la montagne. Sur un petit mont ils découvrirent un lac d'eau presque noire, où ils se baignèrent. Et plus loin encore, au-delà du col, un village entièrement abandonné. La fontaine y survivait seule, sur la place, et poursuivait contre la pierre de la vasque sa chanson inutile.

La peur de Natalène n'avait pas pu grimper si haut, sans doute, et ils avaient retrouvé toutes leurs anciennes joies. Sur la cheminée de la salle le hibou présidait à l'enchantement, hiératique, impassible. Natalène se cachait dans la grange, sous le foin trop sec, s'allongeait devant le feu, ou descendait nue l'escalier et ses yeux dorés brûlaient, très clairs.

– Jouons, disait-elle.

Ils jouaient aussi à explorer les tiroirs des vieux meubles, et ils y firent des découvertes très intéressantes. Anne écrivait à sa sœur, de Blajan, que leur père « était en ville, comme tous les mardis ; c'est une veuve, je crois, et il l'entretient plus ou moins... ».

– Encore cette veuve ! dit Natalène. J'ai entendu les tantes en parler plusieurs fois... Et pourquoi ne l'a-t-il pas épousée, ce fada ?

Sur ce point d'importance ils n'apprirent rien. Mais une autre lettre d'Anne, plus tardive, écrite cette fois sur un failli papier sali, leur parut plus passionnante encore. « Je te jure que je suis heureuse, écrivait Anne. C'est un endroit très surprenant. Tu ne peux pas savoir à quoi ça ressemble. Il y a une vieille maison, des tas de roulottes autour et un grand hangar où tout le monde mange ensemble. Tu ne peux pas imaginer. Nous allons partir vers la Hollande avec trois roulottes et six chevaux. Et je l'aime, Agnès, je l'aime... »

– Février 45, dit Natou. Vous alliez naître, et Anne venait juste de filer.

« ... Ne dis rien à papa, ni à Marc, ni à personne. Ils sont très bons pour moi, ici, tous. Brûle ma lettre. Je ne veux pas qu'on sache la moindre petite chose. C'est à moi. Je t'embrasse, ma chérie, mais je t'en prie, brûle ma lettre. »

Natalène la brûla en effet, avec vingt et un ans de retard, et la regarda se tordre dans les flammes. On était au lundi, et ils repartaient le lendemain matin.

Lorsque Tristan eut des nouvelles de Natalène ce fut d'une très surprenante façon, dix jours après leur retour de Saint-Lys, et au Mikado. Il y jouait du Mozart quand un brouhaha soudain, venant de la porte, fit se tourner toutes les têtes.

Celle du pianiste aussi, un peu après les autres.

Près de la porte le directeur parlementait, à voix contenue mais furieuse, avec une bohémienne en jupe fleurie ; et les deux videurs s'approchaient déjà, faussement négligents. Tristan fut à la porte avant eux.

– Vous la connaissez ? dit le directeur. C'est vrai ?

– Mais vous voyez bien que oui... dit Tristan. Laissez-la entrer.

La jeune femme les regardait l'un et l'autre, avec humilité. À trois pas de là les costauds de service s'étaient arrêtés et paraissaient s'intéresser très sérieusement aux menus affichés sur le grand pilier.

M. Plantier eut un geste désolé des bras.

– Je vous en prie, dit-il, ce n'est pas... je ne peux pas... enfin vous comprenez bien que ce n'est pas possible...

– Si elle sort, dit Tristan, moi aussi.

Il ne risquait pas grand-chose : on tenait trop à lui au Mikado où sa présence, depuis que sa notoriété grandissait, commençait à tenir du miracle.

Plantier s'inclina et Tristan conduisit à une table libre la gitane inconnue, que l'aventure d'ailleurs ne semblait pas intimider outre mesure. Et elle eut même un petit rire satisfait, en s'asseyant.

– C'est rudement chic ici, dit-elle. Mais c'est bien toi, le pianiste de Vanina ?

– C'est tout à fait moi. Voulez-vous dîner ?

– Je peux ?

– Mais bien sûr, pourquoi pas ? C'est un restaurant, après tout...

Les clients du Mikado, étant tous très bien élevés, s'étaient remis à manger et à bavarder, la première surprise passée. La table du pianiste demeurait pourtant le centre d'attraction de la soirée et Tristan, qui s'amusait fort, fit signe aux serveurs. L'établissement de la commande ne fut pas une chose facile, parce qu'il fallut décrire chaque plat à la jeune femme, mais on en vint à bout. Elle avait une trentaine d'années, un visage rond, de beaux yeux sombres et la gaieté vive de sa race.

– Anizia, dit-elle ensuite, c'est moi, Anizia, Vanina t'a bien parlé de moi ?

– Très souvent, oui.

– C'est Milos qui devait venir te dire le truc, mais il est à l'hôpital – une bagarre – alors je suis venue à sa place.

– Vous avez bien fait, dit Tristan sincèrement. Je suis heureux de faire votre connaissance. Très heureux, vraiment.

– Elle est à Anstik avec le Copte, parce qu'il est revenu la semaine dernière, alors ils sont allés là-bas : c'était ça qu'il fallait te dire. Le Copte est revenu et elle est à Anstik.

– Pour longtemps ?

– Sûrement. Tout l'été au moins, et sûrement plus, tu penses bien qu'il redescendra pas avant Noël s'il a les Yougoslaves au cul...

– Bien sûr, dit Tristan au hasard : bien sûr.

Son cœur battait très fort, mais il avait une si longue habitude de feindre que son visage n'exprima rien – à peine, un court instant, une sorte de distraction.

– Il y a autre chose, dit Anizia. Que c'est plus la peine, pour la clé du fourbi, il faut la rendre. Et puis il faut me donner la petite bête, tu sais, le hibou, la chouette ? Parce que Christophe va là-bas en juillet et il la remontera.

Elle rit, très fort.

– En douce. Il la remontera en douce.

Tristan sortit de sa poche le hibou de bronze, et le posa sur la nappe.

– Oui, dit Anizia, c'est celui-là. Il est joli, non ? Je crois qu'elle l'a trouvé dans un champ, à Fonvières, et elle y tient. Moi, ma médaille de Lourdes, si je la perdais, je te dis que ça irait mal...

Elle mangeait vite et parlait beaucoup, aussi à l'aise, apparemment, dans ce restaurant luxueux que dans la baraque du camp. Tristan lui posa quelques questions prudentes sur ses enfants – il savait qu'elle en avait quatre – et sur sa vie.

– Je fais les dentelles et un peu de paille, dit-elle.

– C'est intéressant ?

– Ah, faut bien...

Elle n'était certainement pas très intelligente mais il comprenait ce que Natalène devait aimer en elle : sa gaieté, son honnêteté et sa tranquille bravoure. Rien ne devait l'effrayer vraiment, ni la pauvreté, ni l'inconfort de son existence, et pas davantage les colères de Jujube. Tristan l'imaginait très bien, campée devant sa caravane, un marmot sale sur les bras, apostrophant gaillardement son mastodonte...

– J'ai vu votre mari une fois, dit-il.

– Jujube ? Où ça ?

– Près de Fonvières.

– Costaud, hein ? Faut pas lui marcher sur les pieds, c'est sûr...

Elle ajouta, pour compléter le portrait :

– C'est lui qui dépiaute les carcasses.

Tristan prit l'air admiratif qui s'imposait, et Anizia repoussa son assiette à dessert.

– Faut pas que je traîne trop... mais c'était bon, hein. C'était bon, y a pas à dire. Tu viens là tous les jeudis, alors ? Elle a dit ça, Vanina...

– Tous les jeudis.

– Ils te payent bien ?

– Ça va à peu près.

– Mais c'est ton boulot, alors ? Tu joues du piano dans les restaurants ?

– C'est ça.

– Eh ben !

Elle n'expliqua pas cette exclamation, et se leva. Tristan l'imita, lui tendit le hibou qu'elle cherchait des yeux sur la nappe, et retraversa la salle à côté d'elle. Près de l'entrée, elle s'arrêta pour contempler son reflet dans la petite glace ovale.

– Je peux vous déposer quelque part, peut-être ? proposa Tristan.

– Oh ben non !

Le serveur de faction, impassible, ouvrit la porte capitonnée de velours vert devant la jeune femme ; elle sourit encore, à la salle, au portier, à Tristan ; et disparut.

– Bon, dit Tristan tout bas, bon bon bon...

En retournant s'asseoir devant son piano il croisa quelques regards curieux aussitôt détournés. Élise – il appelait ainsi la jeune femme blonde pour qui il jouait souvent le morceau du même nom –,

Élise seule osait le regarder vraiment, et sourire. Il y avait beaucoup de gentillesse dans ses yeux bleus, et un peu d'amusement. Tristan joua, pour elle, la *Lettre*.

Et ensuite, jusqu'à minuit, insolemment, des danses tsiganes.

III

Anizia était venue au Mikado le jeudi et Tristan commença seulement le lendemain à souffrir vraiment. Lorsqu'il perdait Natalène, ou la revoyait, le premier choc était si violent qu'il le ressentait à peine, comme si ç'avait été à quelqu'un d'autre qu'arrivait cette chose étrange. La joie renaissait lentement, et peu à peu. La souffrance au contraire s'abattait sur lui avec une redoutable brutalité, et lui coupait le souffle. Il pensait, chaque fois, ce qu'il avait dit à Marion un jour de cauchemar : « Je ne pourrai pas... »

Mais il pouvait toujours. Les plus observateurs des siens le trouvaient seulement, pendant quelques jours, un peu distrait, un peu silencieux. Ce qu'il jouait le soir au salon rendait un son étrange. Ou bien il ne jouait pas, et prenait un livre qu'il ne lisait pas. Mais très vite on le retrouvait, calme, attentif aux autres, souriant même, et de l'enfer dont il sortait personne ne soupçonnait rien.

Il rendit la chambre de Lourdes à son propriétaire et fit transporter à Saint-Lys tout ce qu'elle avait contenu. Il y fit aussi livrer un piano et prit l'habitude d'y passer quelques jours de temps en temps, avant ses concerts en général, sous prétexte d'y travailler tranquille. C'était le seul endroit au monde où Natalène pourrait le joindre sans risque, puisqu'il allait quitter le conservatoire. Il chargea Farfouille de garder la maison en état, d'y surveiller la boîte aux lettres, et il alla jusqu'à y faire installer le téléphone pour que la vieille dame puisse le toucher rapidement si c'était nécessaire.

Cela fait, il ne lui resta plus qu'à attendre.

Sophie et Ludovic étaient à Blajan, au début d'août, lorsque Contorose reçut une lettre de Natalène. Sur une feuille volante, de cette écriture curieusement appliquée dont Tristan connaissait maintenant la signification, elle faisait part à son grand-père de ses projets : elle allait bien, elle était chez des amis de Gina dans un petit village des environs de Rome; cela faisait presque un an qu'elle avait quitté Blajan et elle y pensait souvent; peut-être y passerait-elle quelques jours, en automne ou au printemps; mais elle était tout à fait décidée à vivre avec son père; et heureuse, très heureuse.

Une petite photo était jointe à la lettre. On y voyait Natalène debout devant la porte d'une très belle caravane. Elle portait un jean impeccable et un joli chemisier blanc. Sa main s'appuyait sur la rambarde du petit escalier repliable. Elle souriait.

Contorose fit profiter tout le monde de la lettre et du cliché, le visage sombre, et personne ne fit de commentaires. Devant lui tout au moins.

Sophie et Ludovic avaient beaucoup de choses à dire sur le sujet, et dès qu'ils furent loin des oreilles indiscrètes ils ne s'en privèrent pas. Ludovic n'avait fait que croiser Natalène. Mais il ne l'avait pas oubliée, et Sophie lui parlait très souvent d'elle. Son avis était net et sans bavure : cette affaire bizarre regardait la police.

– Elle est mineure, non ? Et Contorose est son tuteur ? En plus elle est mariée, si je comprends bien, au moins légalement ? Alors c'est ici qu'elle doit vivre. Le reste, c'est du bavardage.

– C'est plus compliqué que ça, dit Philippe. Tu ne connais pas le Copte ! Elle ne reconnaîtra jamais, par exemple, qu'il la retient de force si c'est vraiment le cas. Est-ce que ça l'est, d'ailleurs ? Ils sont la moitié de sa vie, tu sais, et sa famille autant que nous. Ce qu'il faudrait surtout c'est pouvoir leur mettre la main dessus pour tâcher d'y voir clair...

– Mais cette lettre a bien été postée quelque part ?

– S'il ne l'a pas postée la veille de son départ, c'est qu'il est idiot, et je t'assure qu'il est tout ce que tu veux, sauf idiot.

Marion, qui s'était glissée entre Ludovic et Sophie, apportait son grain de sel :

– Ils vont toujours dans des tas de villes bizarres. Et leurs villes ne sont pas forcément sur les cartes, parce qu'ils leur ont donné des noms à eux. Ils sont là, et puis ailleurs, et puis encore ailleurs, ils n'arrêtent pas...

– Elle aussi a un autre nom là-bas, dit Philippe, et ça m'étonnerait qu'elle n'ait pas les papiers correspondants. Celle qu'on chercherait, ce ne serait pas elle, voilà tout. Tu ne connais pas le Copte, mon vieux.

– Je suppose aussi, dit Tristan pour dire quelque chose, que ces gens se feraient hacher menu plutôt que de donner le moindre renseignement à des gadjé. On n'est pas près de la revoir, si vous voulez mon avis.

– En tout cas, dit Philippe, pas avant qu'il ne la lâche – son père.

Contorose entrait, des roses à la main, et Sophie se mit aussitôt à parler avec animation d'un rosier ancien qu'elle avait dans son jardin d'Édimbourg.

– Son père, redit Philippe tout bas.

Et il rit, mauvais. Il était seul avec Tristan maintenant, près du petit meuble à liqueurs. Ses cheveux, qu'on lui recoupait de très près tous les quinze jours, à l'armée, faisaient sur son crâne une brosse sombre qui durcissait encore son visage.

– Moi, mon vieux, je m'amuse...

– Eh bien tu es le seul.

– Ça lui fera peut-être les pieds ? On peut l'espérer en tout cas, non ? Tiens, moi je repars dans deux jours, j'ai encore six mois à tirer, ça va m'aider...

Tristan ne répondit pas. Parler de Natalène lui était toujours douloureux. Et surtout avec Philippe, dont la hargne ne cédait pas.

De nouveau il se trouva aux prises avec le temps. Étrange matière que le temps, aux propriétés imprévisibles. Septembre passa comme un éclair et certaines journées d'octobre, certaines heures même, s'étirèrent si cruellement, si interminablement, que c'était à en hurler.

Il ne hurlait pas. Il attendait. Un soir, alors qu'il jouait dans une petite salle de Mont-de-Marsan (et heureusement qu'elle était petite !) il eut une curieuse absence : il s'interrompit, au milieu d'un morceau, pour promener ses doigts sur le bois du pupitre. Cela ne dura que quelques minutes ; mais quelques minutes, pour des auditeurs éberlués, c'est très long. Lui cependant était heureux : absent. Des doigts sur du bois ciré. Un silence sans épaisseur et sans couleur. Une trêve, enfin, dans ce long cauchemar. Il reprit à la note même, quand il refit surface, et si le directeur de la salle ne l'avait pas interrogé plus tard il aurait tout ignoré de cet incident.

Novembre passa, sans que rien de ce genre se soit reproduit, puis décembre. Le soir du réveillon, au Mikado, on lui remit une petite boîte à cigares que maintenait fermée un élastique. Et on le fit avec un peu d'embarras : « Une... hum ! dame a déposé ceci pour vous ce matin. Cette... hum ! dame qui était venue vous voir l'année dernière... »

Dans la boîte, sur un lit de coton, Tristan trouva le hibou. Il le fit tomber au creux de sa main et referma ses doigts sur lui. Comme toujours dans ces cas-là il n'éprouvait rien, sinon un peu de surprise. Le hibou revenait, bon. Il revenait parce que les forains « redescendaient », et c'était aux environs de Noël comme prévu. Ça n'avait rien d'extraordinaire. Natalène se manifesterait sans doute bientôt. Peut-être téléphonerait-elle le mardi suivant, à six heures précises. Peut-être préférerait-elle écrire. On verrait bien.

Elle téléphona. Ce ne fut pas le mardi qui suivit le réveillon, mais celui d'après. Par chance Tristan était seul dans la grande salle : il put se taire sans étonner personne.

Natalène se tut elle aussi, longtemps, après ses premiers mots. Et ce fut lui qui se reprit le premier :

– Où êtes-vous ?

– Au village.

– Quel village ?

– Mais le vôtre – ici – dans la cabine de la côte. Pouvez-vous venir ?

– Oui...

Il restait là, saisi. Puis il raccrocha.

Il ne vit pas tout de suite Natalène, parce qu'elle s'était un peu éloignée de la cabine, et assise contre un talus. Mais quand il descendit de sa voiture elle se leva et le héla. Il s'approcha d'elle avec la sensation curieuse d'évoluer dans un rêve déjà fait cent fois : c'était Natalène et elle le regardait.

– Bonjour, dit-elle. Vous avez fait vite.

Sa voix était calme, et légère. Mais un peu trop rapide et déjà elle continuait, vive :

– On vous a remis le hibou, au Mikado ?

– Oui, répondit Tristan, je l'ai eu.

– Je l'ai lâché après Moulins.

Là-dessus ils se turent, pendant quelques instants. Tristan pensait à leur dernière rencontre, neuf mois auparavant, à Saint-Lys. Puis il reprit tout à fait pied, vit qu'elle était vêtue très légèrement sous la pluie et le vent de ce triste janvier, et se détourna.

– J'ai un plaid dans la voiture, dit-il. Venez vite.

Elle le suivit, s'assit à l'avant, s'entoura de la couverture écossaise, et quand elle fut bien emmitouflée se mit à frissonner.

– J'ai beaucoup marché, dit-elle. Il ne passe pas grand monde sur les petites routes, et puis j'ai attendu qu'il soit six heures...

– D'où venez-vous ?

– De Fonvières. Et j'y retourne. Je veux dire – si vous voulez bien m'y ramener.

– « Bak illiac tamirié » ?

Elle rit, pour la première fois, et ils se sentirent tout de suite mieux.

– Vous êtes en progrès, dit-elle. Mais l'accent est déplorable. On y va ? Et si on pouvait s'arrêter quelque part prendre un petit café ce serait chic. Vous avez de l'argent ?

Il avait de l'argent, ce qui sembla, comme toujours, émerveiller sa cousine.

– Moi, dit-elle, quand j'ai cinq francs en poche c'est le Pérou...

Ils ne s'arrêtèrent pas au village, où Natalène était aussi connue que lui, ni en ville, par prudence, mais plus loin, sur la grande route, dans un restaurant de routiers. Il était six heures et demie. On leur apporta deux grandes tasses de chocolat, Tristan posa sur la table son briquet, ses cigarettes, le hibou – maintenant la vie reprenait vraiment forme.

– Il faudra que vous louiez une autre chambre, dit Natalène, mais je ne sais pas encore où. Sans doute à Dax. Ça ira ?

– Ça ira.

– Ou à Bordeaux, mais ça m'étonnerait. Ce n'est pas un camp très sûr, ils sont à moitié de mèche avec les Yougoslaves...

– Où est le Copte ?

– À Fonvières. On y est tous, depuis trois jours.

– Mais ce soir, où est-il ?

– Chez P'tit Louis, au village : ils font un poker et ils en ont pour toute la nuit.

Elle avait retrouvé sa tenue de bohémienne : une très large jupe rouge sur un jupon blanc, un chemisier noir décolleté et un fichu bariolé. Ses cheveux avaient poussé depuis l'année précédente et bouclaient sur ses épaules. Tout cela était très seyant, mais bien mal adapté à la saison et Tristan, qui venait d'enlever son manteau, enleva aussi son pull-over.

– Le voulez-vous ?

Elle le prit sans façon, retourna plusieurs fois le bas des manches, et déclara qu'elle se sentait mieux. On la regardait beaucoup, à cause de sa tenue, à cause aussi de son joli visage, et elle recula un peu sa chaise comme pour se rapprocher du poêle.

– Il ne faut pas rester longtemps, dit-elle, on ne sait jamais, c'est si près... Est-ce qu'ils vont tous bien ?

Il parla de Sophie ; un peu, parce qu'elle n'avait fait qu'une courte visite ; et de tous les autres, plus longuement. Natalène l'écoutait avec une sorte de surprise, et ne posait pas de questions.

– C'est trop loin maintenant, dit-elle quand il se tut. Un an et demi : c'est trop loin. Et puis c'est trop compliqué.

Elle prit une cigarette, l'alluma. Son visage était triste.

Dans la voiture, pourtant, quand Tristan lui raconta l'irruption d'Anizia au Mikado, elle rit de bon cœur.

– Je sais tout ça, dit-elle. Anizia m'en parle souvent. Vous l'avez beaucoup impressionnée. « Si elle sort, moi aussi... » Vous avez vraiment dit ça ?

– Quelque chose comme ça, oui, je ne sais plus... Plantier était débordé ! Et le hibou est allé à Anstik ?

– Oui, Christophe me l'a monté, en juillet. Mais c'est Milos qui l'a redescendu en décembre.

– Dingue ! Et s'il s'arrête en chemin, une fois ?

– Ça m'étonnerait. Je ne le lance qu'à coup sûr. Et puis, en somme, c'est facile et sans surprise : on arrive à Fonvières aux environs de Noël, vous voyez, et on repart à la fin du printemps... J'ai envoyé une photo à grand-père, vous l'avez reçue ?

– Oui. Elle trône sur la console du salon. C'était à vous, cette caravane de roi ?

– Putain, non... à des forains dans une foire. Des richards. Ils avaient des montagnes russes et trois stands de barbe à papa.

Ils approchaient de Fonvières et elle fit prendre à Tristan tout un lacis de petites routes, pour qu'ils n'aient pas à traverser le village. Ils s'arrêtèrent sur les hauteurs et Tristan éteignit ses phares.

– Huit heures moins vingt, dit-il. Ça ira ?

Au-dessous d'eux, à gauche, les lumières du camp clignotaient sous la pluie.

– Ça ira très bien, dit Natalène. Mais donnez-moi une de vos cigarettes : je n'en ai pas vu depuis des siècles.

Elle avait remis le plaid sur elle et posa ses pieds au bord du vide-poches, devant elle.

– Si c'est Dax, dit-elle, je pourrai filer très souvent, parce que le Copte n'y sera pas et que Vanik veut faire les tournées de rempaillage. Seulement Milos est à Lourdes et Anizia reste à Fonvières : il va me falloir le temps de trouver un pote.

– Ne vous trompez pas.

– Je ne me trompe jamais sur les potes.

Elle rit de son assurance et rectifia d'elle-même :

– Enfin, je ne me suis jamais trompée jusqu'ici. Et puis, vous savez, ils me pistent moins que l'année dernière. Pas beaucoup plus que les autres filles... C'est une affaire réglée, pour eux. Une vieille affaire. Ils ont vu que grand-père – et heureusement pour tout le monde – n'a pas bougé. Alors...

– Et s'il avait bougé ? Qu'auraient-ils fait exactement ?

– Des tas d'horreurs diverses, celles que le Copte a longuement détaillées devant vous, le dernier jour, en bouffant ses foutues châtaignes... Sur le moment je n'y ai pas fait attention mais plus tard, en y repensant, j'ai ri, parce que c'était drôle au fond, le salon là-bas, vos visages à tous, Blajan si correct – et ce qu'il disait, lui. Je crois que c'est exactement ça qu'on appelle un comique de situation.

Tristan ne répondit pas et elle reprit, rêveusement :

– En Italie, il y a cinq ans – ce n'était pas nous, c'étaient les Grecs – ils ont brûlé une maison pour moins que ça. Jujube y était, il a égorgé le chien. Et je les comprends. Pas vous, je sais. Mais moi si. Leur monde est perdu et d'une certaine façon ils le savent.

Elle ouvrit sa portière, sous la pluie et le vent.

– Il était beau, dit-elle. Moi je l'aimais. Peut-être seulement parce qu'on m'avait posée juste à sa frontière, mais je l'aimais. Est-ce que je peux garder votre pull ?

– De monde à monde, comme ça, en fraude ?

– Oui, sourit-elle. Je joue sur les deux tableaux, bassement.

Elle était descendue de la voiture et en faisait le tour : une mince silhouette sombre sous la pluie. Tristan ouvrit sa vitre et elle s'y pencha.

– Six heures, dit-elle. Six heures pile, tous les soirs, et je téléphonerai dès que je saurai. Ça devrait être Dax... je téléphonerai. OK ?

Tristan acquiesça et elle grimpa sur le talus. De là-haut elle cria gaiement : « Merci pour le pull ! » Ensuite elle disparut dans la nuit.

IV

Ce fut Dax. Tristan y loua une chambre qui ressemblait à celle de Lourdes, en haut d'un vieil immeuble, dans une rue discrète, et il prit à Saint-Lys de quoi la rendre accueillante. Natalène ne voulut pas en conserver une clé sur elle, c'eût été trop imprudent, mais elle y eut libre accès tout de même parce qu'ils purent dissimuler cette clé sous une marche de l'escalier.

Le camp où elle vivait se trouvait juste à la sortie de la ville, dans un terrain vague. En dix minutes elle pouvait faire le trajet et Vanik courait les routes de la région : ils se virent beaucoup, brusquement.

Natalène avait eu, d'ailleurs, toutes les chances. Elle voulait essayer de se faire charger des dentelles à vendre, parce qu'elle avait son plan, et on les lui imposa. La jeune femme qu'on lui adjoignit comme compagne n'était pas souvent disponible. Et Vanik, en février, rencontra au camp de Pau une petite Grecque dont il tomba aussitôt amoureux fou.

– Le Barbu de là-haut est avec nous... disait Natalène.

Deux fois par semaine, et parfois trois, elle retrouvait Tristan dans la petite chambre. Il lui était facile de le prévenir : on venait d'installer une cabine de téléphone à la sortie du camp, dissimulée, pour plus de chance encore, par l'arrêt du bus. Elle était chez eux avant lui et commençait par lui vendre ce qui lui restait de dentelles. Ensuite ils prenaient le thé qu'elle avait préparé, devant le feu qu'elle venait d'allumer, et Tristan sortait de ses poches des biscuits, de longues cigarettes à la menthe, et des pommes. Ils parlaient. Pas de Blajan, sur lequel Natalène ne posait plus de questions. Pas de l'avenir, qu'ils savaient tous les deux menaçant. Mais du passé, de la vie que Natalène menait au camp, de ce que leurs existences si différentes leur avaient appris du monde, et surtout, plus qu'ils ne l'avaient jamais fait, de ce qui les liait. Leur amitié allait d'elle-même : ils avaient grandi avec elle. Mais leur désir, parfois si gai, parfois si sombre, était une chose mystérieuse dont ils se sentaient effrayés autant qu'enrichis, et parfois, oui, blessés.

– C'est injuste, disait Natalène. Quand je suis loin, ailleurs, je trouve que c'est injuste. Parce que tout aurait été tellement plus facile sans ça, pour vous comme pour moi.

Tristan l'embrassait, pour se venger, et elle riait de nouveau.

Il dut bientôt acheter, pour loger les dentelles dont elle le fournissait si généreusement, un grand coffre d'osier.

– Je leur ai proposé de passer aux fourneaux, dit-elle ce jour-là, mais ils n'ont pas voulu, bien sûr, je le savais : une fille qui fourgue autant de dentelles que moi en si peu de temps, il faudrait chercher longtemps pour la dénicher.

– Et ça vous est égal de me coûter si cher ?

Ça lui était égal et, nue, elle s'enroulait de toute cette blancheur froufroutante dont elle se faisait de fragiles atours que Tristan ensuite, patiemment, dénouait.

À Blajan, on attribuait les absences continuelles de Tristan à la plus naturelle des causes. « Quelque amourette », disaient les tantes.

Il s'offrit une nouvelle voiture, en mars, pour faire plus vite le trajet jusqu'à Dax. Et Philippe risqua, en flattant de la main la belle carrosserie brillante :

– Dis donc, elle se met bien, ta copine...

Mais ce fut là tout ce qu'on se permit. Après tout il allait avoir vingt-deux ans, l'argent de son père pouvait bien le faire vivre une dizaine d'années, et il travaillait beaucoup ; Contorose ne se mêlait plus de sa conduite.

Celle de Philippe échappait aussi au clan. Non pas à cause de sa majorité toute fraîche, mais parce qu'il se montrait de plus en plus intraitable ; et puis ce que l'on devinait de sa vie effrayait un peu les siens. Les tantes étaient les seules à n'avoir pas encore compris sur quel pied il vivait avec Valérie et Boris. Contorose, lui, avait dû se rendre à l'évidence et n'en était pas encore revenu. Que son petit-neveu et le gérant de son manège se partagent la même jeune fille, c'était déjà un gros morceau à avaler. Mais qu'ils se la partagent pour la traiter ainsi, cela le dépassait tout à fait.

Les lettres que l'on recevait d'Édimbourg commencèrent à rendre, ce printemps-là, un son mélancolique. Sophie ne se plaignait pas mais certainement elle n'était pas heureuse – ou l'était moins.

Le reste du clan, par bonheur, allait bien. Chantal attendait un troisième enfant et s'épanouissait visiblement dans son rôle de parfaite mère de famille. À l'école Blanche on travaillait beaucoup, et on réussissait. Si Natalène avait montré la moindre curiosité Tristan n'aurait eu, en somme, que de bonnes nouvelles à lui donner des siens. Mais elle n'y faisait que très rarement allusion.

Un dimanche après-midi, alors qu'il tenait compagnie aux tantes, assis près de leur canapé, elles lui tendirent un vieil album pour qu'il donne son avis sur la reconstruction d'une tonnelle.

– Regarde, dit tante Lise, comme c'était joli...

Ce qu'il vit surtout, devant la tonnelle d'autrefois, ce fut un petit groupe d'enfants, qui posait. Et parmi eux, Natalène. Elle souriait, en clignant un peu des yeux à cause du soleil. Elle avait huit ou neuf ans. Autour de son visage trop menu de vilaines nattes trop serrées accentuaient sa gaucherie. Il eut envie de la voir, brusquement – cette Natalène-là, ou une autre, avant ou après les nattes, avant ou après l'amour, mais elle – et il serra les dents, étourdi.

– Très joli, dit-il. Il faudrait la refaire, je suis de votre avis...

– Ça m'arrive aussi, dit Natalène le lendemain quand il lui raconta cet accès de fièvre. Ça m'arrive même souvent. Quand j'entends quelqu'un jouer du piano et une fois, à Brovnik, quand j'ai vu votre sourire sur le visage d'un petit garçon gadjo, exactement votre sourire. Ou quand je mets votre pull : il a encore un peu de votre odeur. Et c'est vrai que c'est effrayant, quelquefois...

Elle portait justement le pull-over de Tristan, ce jour-là, sur une large jupe à volants, et il en suivit l'encolure du doigt, lentement.

– Je voudrais savoir une chose, dit-il. Un adverbe. Pour essayer de comprendre.

– Celui de Vanik ?

– Bien sûr, celui de Vanik.

– Orgueilleusement, dit-elle. Il pourrait y en avoir d'autres, égoïstement, unilatéralement, rapidement... mais orgueilleusement, c'est mieux, parce que c'est tout ce que je viens de dire, plus l'élégance. Et il est élégant, comme un félin ignare qu'il est.

– Est-ce qu'il vous aime ?

– D'une certaine façon, oui, je crois... mais sa façon à lui, et parmi tant d'autres choses ! Je suis là, c'est tout. Comme son foutu couteau, et a-t-on jamais vu un homme, un vrai, sans femme et sans couteau ?

Elle se tut, puis reprit :

– Il voudrait un fils. Ça, ça lui manque encore. Chaque fois que je buvais ma tisane, autrefois, vous savez, ma tisane verte – il écumait. Un homme doit avoir un fils. Et j'espère que la petite Grecque lui en fera un...

– Comment est-elle ?

– Jolie comme tout. Capricieuse et décidée. Elle a tout un tas d'amulettes... Je ne l'ai vue que trois fois. Jolie jolie. Vanik en a la tête tourneboulée dans tous les sens... Mirna : c'est son nom.

Elle conclut, plaisamment :

– Voilà !

De dentelles en récits et de thés en caresses, avril passa, puis mai. Le printemps avait été tardif cette année-là, mais il avait fini par se décider, et à la fin de mai on étouffait dans les rues de Dax. Dès qu'elle poussait la porte Natalène ôtait ses habits, sautait sous la douche, et faisait à Tristan une description cauchemardesque des caravanes du camp transformées en fours solaires.

– On y met des tapis, disait-elle, sur le toit, et on les mouille – c'est dingue, on crame !

Ce temps surprenant se maintint une semaine entière, puis céda, et il plut.

Un de ces après-midi d'averse, où Tristan devait retrouver Natalène chez eux, à quatre heures, elle ne vint pas, ou plutôt vint très tard, et accompagnée. Sa compagne de vente avait dû la rejoindre inopinément et Tristan ouvrit sa porte, à cinq heures et demie, sur leur attelage habituel : Natalène portant son panier de dentelles et l'autre jeune femme la pochette à monnaie.

– Dentelles ? dit Natou. Des jolies dentelles pas chères ?

Elle souriait, et ses yeux brillaient de malice.

– Non, dit Tristan habilement, merci, non, je n'ai besoin de rien.

– Un petit mètre ? Pour les rideaux ? Tu sais qu'elle est belle, ma dentelle, et tu me donnes dix francs, tiens, c'est rien dix francs, je t'en donne deux mètres, tu veux voir ?

Il voulait bien, tout occupé à ne pas rire, et Natalène déroula un peu de son froufrou.

– Tu l'as vue ? Tu l'as vue, qu'elle est belle ? Pour ta dame ?

– Peut-être un mètre...

– Tu feras rien avec un mètre. Mais deux, tiens, si tu me donnes dix francs je te compte deux mètres, un peu plus, t'auras de quoi – et la bonne aventure si tu veux ?

De la bonne aventure, ça, il voulait bien, et tendait la main.

– Tu as la chance, dit Natalène. La grande chance ! Regarde, Vinia, la chance !

Vinia regarda, puisqu'on l'en priait, et acquiesça plusieurs fois du menton. Elle avait une trentaine d'années, l'air passablement endormi, de sombres cheveux très gras, et balançait sa pochette de tissu fleuri.

– Je vois une dame qui n'est pas venue, continuait Natalène, mais tu ne t'en fais pas, parce qu'elle reviendra. Et je vois de l'argent, beaucoup d'argent, beaucoup beaucoup d'argent ! Tu as la chance, tu sais...

Elle lâchait la main de Tristan, se mordait vigoureusement les lèvres, et mesurait un bout de dentelle, les deux bras écartés.

– Dix francs, que tu me donnes ?

Il les donna – ça valait bien ça – et quand les bohémiennes eurent tourné le bout du couloir, put enfin rire. Pas longtemps : ce retard inhabituel lui avait fait peur, parce que enfin on était au 10 juin, le temps où Natalène s'en irait vendre ses dentelles à huit cents kilomètres de là approchait – et comment traverser une fois encore ce long désert ?

Le mardi suivant, dès qu'elle fut entrée, Natalène prit le hibou sur la cheminée et dit, légèrement :

– Je l'emmène.

D'une voix plus douce encore elle ajouta :

– On s'en va.

– À Anstik ?

– Oui, à Anstik, comme d'habitude. Et dans six mois, ou à peu près, vers Noël, on redescendra. Voilà.

« Je ne pourrai pas », pensa Tristan une fois de plus. Mais le désarroi de Natou lui pesait plus encore que le sien propre, et il l'attira contre lui comme s'il avait pu ainsi lui épargner ce qui l'attendait.

– Ça ira, dit-il. Pensez seulement à me renvoyer le hibou à temps, pour que je puisse louer un vrai palais quelque part... Quand partez-vous ?

– Le 25.

– Dans six jours. Bon. Et pourquoi le 25 ? La précision de vos dates, quand vous en donnez, m'a toujours étonné.

– Mais parce qu'on s'arrange, on cherche des occasions, et le 25 Milos part à la frontière pour livrer un camion, alors il nous prendra au passage...

– Qui ça, « nous » ?

– Gina, sa fille, Vanik et moi. Plus le bébé de Maria, que je lui remonte. Elle sera à la Croix des Moulins, on y passe.

– Et le Copte ?

– Il suivra plus tard, il est à Paris pour des fouinailles.

– Des quoi ?

– Des fouinailles, sourit-elle : des papiers d'identité.

– Faux, je parie ?

– Vous avez gagné.

Elle rit, et comme l'avait fait Tristan dit, doucement :

– Ça ira.

– Oui, répéta-t-il, ça ira. Il faudra bien que ça aille, alors ça ira. Pourrez-vous m'écrire ?

– Où ?

– Mais à Saint-Lys...

– J'essaierai. Peut-être, oui, j'essaierai de trouver un moyen.

– Je ne peux vous écrire nulle part, moi, je suppose ?

Elle secoua la tête, contre l'épaule de Tristan.

– Non, dit-elle. Surtout pas.

Il caressait la main qu'elle avait posée sur sa nuque, et qui tenait le hibou : des pensées folles lui traversèrent soudain l'esprit.

– On pourrait partir, dit-il. Au Canada, en Australie, là, ce soir – ou alors on le tue...

Elle rit, et lui aussi finalement.

– Pardon, dit-il.

– Mais non, mais non, j'aurai vu une chose intéressante une fois dans ma vie, un Blajan plus maboule que moi...

Elle avait reculé, et s'était assise au bord du lit.

– En fait, dit Tristan, je m'en suis mal tiré cette année. J'espère faire mieux cette fois-ci.

Elle le regarda, touchée, puis détourna les yeux.

– On s'habitue, dit-elle.

– Je ne crois pas, répondit-il. Mais je suppose qu'on peut s'en tirer quand même. Enfermer ça dans un certain lieu et que ça n'envahisse pas tout. J'essaierai.

Pour l'aider, il plaisanta :

– J'y réussirai peut-être trop bien. Et alors, quand vous reviendrez, ça me sera égal. Je dirai :

« Tiens ! Natou ! Salut... Ça boume ? Vous redescendez bien tôt, cette année... »

– Je me pendrai de désespoir, sourit-elle. Et vous, de remords, vous vous jetterez dans l'étang. Contorose nous fera des funérailles grandioses... Ouah ! Ce sera romantique !

Elle jeta le hibou en l'air, le rattrapa, et ensuite le posa sur le tapis, entre eux.

– Il y a comme des frémissements dans la marmite, dit-elle. Partout. Je sens que ça bouge. Je ne sais pas ce que ça va donner, mais ça bouge. Vanik est amoureux, Gina et le Copte n'arrêtent pas de se crier dessus, et moi j'ai vingt ans sonnés... Quelque chose va arriver. Je ne sais pas quoi mais quelque chose. Forcément.

– Faites bien attention à vous...

– Alors ça, sourit-elle, c'est gentil. C'est très gentil. Mais inutile : il ne s'agit pas de moi. Le tableau change, c'est tout. J'en profiterai de mon mieux.

– Pour filer ?

– Si je peux. Ou pas. Pour faire ce que je veux, tiens, ça me changera. Là, bon, je n'ai qu'à la boucler : pour eux je ne suis encore qu'un killiami.

– C'est quoi, ça ?

– Ça n'a pas d'équivalent chez vous. Ou alors « blanc-bec », peut-être. Quelqu'un qui n'est plus vraiment un adolescent, mais pas encore un jeune adulte, avec une nuance de « ça grouille partout » et de, justement, « z'ont qu'à la boucler pour le moment ». J'en suis un, encore – un, parce que ça n'a même pas de sexe ces animaux-là – mais ça ne durera pas toujours.

– Et que ferez-vous ?

Elle se tut, et il lui sourit pour l'encourager.

– Allez-y, Natou. Envoyez.

– Je voudrais faire d'autres « Ceux ».
– Épelez-moi ça ?
– Ceux, dit-elle en riant. Ceux de quelque chose. On dit « les Noirs », par exemple, mais leur vrai nom est « Ceux des Noirs ». Moi je suis de « Ceux du Copte » et la Perle de « Ceux du Pont ». À Brovnik il y a « Ceux de la Tôle » et « Ceux de Devant ». Ça ne s'est pas formé autrement que vos noms de famille à vous : à partir d'un détail frappant de leur environnement, ou du sobriquet de leur chef... « Ceux de Devant », par exemple, je sais d'où ils tiennent ça, et c'est vieux, d'un Russe qui ouvrait la marche PARCE QUE il savait parler aux gens. Le Russe est mort et le nom est resté. Avant d'être maître chez lui le Copte était de « Ceux de Lodi » – je ne sais pas d'où ça vient et lui non plus. Peut-être de Lodival, peut-être pas. Or donc, je voudrais faire de nouveaux « Ceux ». Avec des gens qui me ressemblent. Mais c'est une jungle, il faut y gagner le droit à l'existence... Pourtant, on peut. Pas un killiami naturellement, mais on peut.
– Par exemple, dit Tristan, vous êtes là, l'air de rien, et vous couvez un nouveau monde ?
– Un tout petit minuscule nouveau monde au rabais, dit-elle. À l'écart, là-bas, derrière les fossés de vos belles routes et au bord de vos décharges. Ça n'intéresse personne. On sera, quoi, dix, douze... et on marchera.
Elle rit, soudain :
– Vous serez le « Contorose » de Blajan à ce moment-là, sans doute. Aussi je compte sur un bout de champ pour nous faire un point de chute.
– Le plus beau, dit Tristan. Le plus ensoleillé, le plus grand, le mieux placé, et je vous le fleurirai d'églantiers.
– Ça ressemble aux rêves que l'on fait à dix ans, dit-elle. Mais les rêves, moi, j'y crois, quelquefois.

Et ça bouge, ces temps-ci. Ainsi, tirez-vous-en bien cette année : ce n'est sans doute pas la dernière, mais c'est une des dernières. Moi ça ira : j'écoute bouger les choses.

– Ça ira aussi pour moi, dit Tristan. Promis. Et puis c'est la première fois qu'on va pouvoir se dire au revoir poliment – bon voyage – et bien le bonjour chez vous... C'est une expérience à faire, non ?

Cette expérience, ils la firent jusqu'au bout, car ils fêtèrent le départ de Natalène, le dernier jour où ils purent se voir, en sortant de leur chambre pour la première fois et en s'installant dans le plus grand restaurant de la ville. Ils n'y dînèrent pas : elle ne disposait que de son après-midi, ce jour-là comme les autres. Mais ils prirent un thé royal, accompagné de toasts délicieux, et devisèrent, ma foi, gaiement, étant tous les deux d'excellents comédiens.

Puis elle partit, après s'être changée chez eux, et Tristan vit disparaître au coin de la rue sa jupe fleurie.

V

Pendant quelques jours il vécut encore avec elle, peut-être parce qu'il savait à peu près où elle se trouvait : au camp, attendant le camion de Milos – en route vers Lille – à Lille, dans un camp semblable à celui de Fonvières. Et il pouvait presque l'imaginer là-bas, se glissant entre deux caravanes, tournant le coin de la « baraque » – vive, légère, et si brune. À une femme qui ressemblait à Vinia, elle souriait. Et le soir, derrière une vitre sale, elle regardait le camp endormi.

Ces images s'estompèrent peu à peu. Comment allait-on de Lille à Brovnik, et de Brovnik à Anstik, quand on était Vanik et Gina ? Par quel chemin surprenant et tortueux ? Où s'arrêtait-on et qui voyait-on ? Le sourire de Natalène disparut vite derrière toutes ces questions sans réponse, et de nouveau elle fut perdue pour Tristan – éparpillée, diluée dans le temps et l'espace. Il put recommencer à souffrir.

Une seule personne au monde, pensait-il, le savait : la jeune femme blonde du Mikado, qui depuis quatre ans maintenant s'asseyait à la même table, presque tous les jeudis, en compagnie du même homme, et posait sur Tristan un regard bleu empli d'une si grande compréhension. Il ne lui avait jamais parlé et ne savait rien d'elle, sinon qu'elle aimait la *Lettre à Élise*, mais d'une certaine façon elle faisait partie de sa vie. Il aimait son joli visage fin, le bleu de ses yeux, et surtout l'étrangeté de leurs liens. Car enfin elle savait, elle, que Tristan se débattait au fond d'un horrible puits, et pourtant ils étaient parfaitement étrangers l'un à l'autre.

À Blajan on ne s'apercevait de rien, comme d'habitude. Quand on a grandi, comme Tristan l'avait fait, au milieu d'un clan tentaculaire et chaleureux, on n'a le choix qu'entre s'y fondre ou s'en garder ; et lui, depuis toujours, s'en gardait. Il n'y mettait ni colère ni révolte, contrairement à Philippe : mais il maintenait haut ses défenses, quoi qu'il puisse arriver. Les Blajan virent seulement que Tristan semblait distrait et qu'il ne prenait plus si souvent sa voiture. Et le jour où Philippe, railleur, plaisanta sur la façon dont son cousin redevenait fidèle à la vieille maison, celui-ci se mit à passer chaque semaine une ou deux nuits à Saint-Lys, tant l'idée de se trahir vis-à-vis des siens lui était insupportable.

Le regard bleu d'« Élise », pourtant, si attentif, si clairvoyant, ne le gênait pas. D'abord, elle n'était pas de Blajan. Ensuite, il la sentait dénuée de toute curiosité banale. Et enfin cela ne prêtait pas à conséquence, car ils ne feraient certainement jamais connaissance...

En cela il se trompait. Un soir, à l'école Blanche où il venait d'assister à une répétition (Olivier avait réalisé l'un de ses rêves et obtenu qu'il prenne part au gala de fin d'année) il vit la jeune femme au coin d'un couloir. Elle attendait l'une des fillettes et Tristan pensa que le monde était décidément minuscule.

Si elle fut surprise de voir Tristan là, elle ne le montra pas. Elle lui sourit seulement, comme à un vieil ami. La fillette se retourna pour voir qui la jeune femme saluait ainsi et dit : « C'est le pianiste du gala, marraine. » Ils rirent tous les deux, et tout fut dit.

– Nous nous connaissons un peu, dit Élise à l'enfant. Va vite t'habiller, ma chérie.

– Est-ce votre nièce ? demanda Tristan.

– L'une de mes nièces. J'en ai sept ! Pas une de moins !

Son regard si bleu posé sur Tristan elle demanda, sans gêne :

– Allez-vous mieux ?

Et Tristan le pudique, Tristan le secret, répondit, sans honte :

– Oui, merci.

C'était vrai, d'ailleurs. Depuis quelques jours il touchait au port, à ce port bienheureux où la peine cesse d'être une ennemie pour devenir une compagne, s'apaise, se couche dans votre vie et s'y étale comme une flaque – présente, mais muette et comme endormie.

La fillette revenait. Élise salua Tristan de son joli sourire, et s'en fut.

Il pouvait la retrouver facilement maintenant. L'enfant s'appelait Viviane Duhamel et Natacha avait des fichiers extrêmement bien tenus, où figuraient toutes sortes de renseignements. Et en particulier, pour les plus jeunes élèves, le nom et l'adresse des personnes autorisées à venir les chercher à l'école.

– Duhamel, dit-elle en maniant les fiches, attendez... Voilà : Duhamel, Viviane. Elle peut partir avec sa grande sœur, Linda, sa grand-mère, Mme Marie Duhamel – et sa marraine, Élise Duhamel, 7, rue Tournelle... Ça ira ?

Ça allait très bien et Tristan la remercia. Qu'« Élise » s'appelât vraiment Élise l'amusa, mais s'expliquait, car elle demandait sans doute ce fameux morceau à cause de ce détail. Il téléphona. Élise Duhamel devait s'y attendre et ne s'étonna pas. Oui, elle voulait bien dîner en ville avec le pianiste du Mikado ; elle serait ravie de faire vraiment sa connaissance.

Ils allèrent au Cygne Vert, un établissement à peu près semblable au Mikado, mais plus grand, et un peu moins bourgeois.

Élise dit l'essentiel en peu de mots. Elle avait trente ans, un fils de six ans, elle était divorcée. L'homme avec qui elle dînait le jeudi était son ex-mari. Elle et lui se voyaient deux fois par semaine depuis leur séparation : une fois seuls, le jeudi, pour parler du petit Sébastien et garder le contact ;

une autre fois le dimanche après-midi, avec l'enfant, pour qu'il puisse avoir de ses parents une image de couple.

– C'est peu courant, dit Tristan.

– Nous sommes des gens très civilisés, répondit-elle.

Elle avait quatre frères – d'où les sept nièces – et ils vivaient tous, à des étages différents, dans le même immeuble, qui appartenait à leur mère.

Sa vie semblait tout unie et l'était en effet. Sa famille, son fils, ses livres, quelques amis bien choisis et sa passion pour les antiquités suffisaient amplement à la remplir.

– Vous êtes, dit-elle quand ils se connurent mieux, mon seul grain de folie – un très vieux grain.

Ils ne tardèrent pas à devenir amants, parce qu'elle l'avait décidé depuis longtemps : et elle l'avouait sans honte, avec amusement.

– Je savais que cela arriverait, disait-elle. Je ne savais pas quand, vous étiez si jeune quand vous êtes apparu au Mikado, je n'étais pas pressée... mais c'était évident.

Elle l'interrogea sur les petites invitées qu'elle avait vues à sa table depuis quatre ans et s'amusa de ce qu'il en dit : « Mes cousines. »

– Tu as presque autant de cousines que moi de nièces ?

– J'en ai quatre, dit-il. Plus la femme de mon cousin, la belle-sœur d'un autre et la pupille de mon grand-père : cela fait juste sept. Nous sommes quittes.

Elle se souvenait de toutes ces jeunes filles et leur avait même donné des noms.

– Il y en avait une dont tu étais amoureux, dit-elle. Si, si, cela se voyait : moi je l'ai vu.

Elle appelait celle-ci « Esméralda » – un nom qui poursuivait Natalène, décidément.

– Tu choisis mal, répondit Tristan. C'est la plus proche de mes cousines : nos mères étaient de vraies jumelles. Nous sommes des « cousins-frères », disent nos tantes.

– Et tu n'étais pas amoureux d'elle ?

– Je n'appellerais pas les choses ainsi, dit-il sans mentir. C'est de toi que je suis amoureux par les temps qui courent.

– Mais à l'époque ?

– Vraiment, non : ça n'avait rien à voir.

– Je l'aurais juré pourtant.

Elle s'était bâti là-dessus tout un petit roman, dont le récit étonna Tristan par sa curieuse justesse :

– Tu étais différent avec elle... comme s'il était très étonnant qu'elle soit là. Et puis elle n'est venue que deux fois – les autres, six ou sept fois, et dix pour la petite marrante... Et cette bohémienne qui t'est tombée dessus un soir, j'ai cru, tu vois, qu'elle venait te parler d'elle – parce que ton Esméralda a quelque chose d'une bohémienne aussi.

– Je crois qu'il y a eu des gitans dans la famille de son père. Et c'est à lui qu'elle ressemble.

– D'ailleurs, quand cette femme extraordinaire est venue te voir tu étais très heureux – si, très heureux, et moi aussi, pour toi – mais je ne crois pas qu'elle t'ait donné de bonnes nouvelles. Tu as joué la *Lettre* pour moi quand elle est partie, et des danses tsiganes ensuite pour te moquer des curieux – mais elles étaient tristes, tes danses, affreusement tristes, et j'imaginais ton Esméralda perdue très loin derrière sa roulotte... Ose dire que je me trompe ? Allez, ose ?

– Sapristi ! dit Tristan. Tu as beaucoup d'imagination !

Il n'éprouvait aucune gêne à mentir ainsi, malgré son honnêteté foncière, parce qu'il adhérait tout à fait à l'un des grands principes de Natalène : une question qu'il aurait mieux valu ne pas poser ne méritait que son dû – un mensonge.

Natou y adjoignait, en général : « Et toucher quelqu'un sans permission, ça mérite un coup de genou où je pense ! »

En ce domaine Élise ne risquait rien : ses gestes étaient tous bienvenus.

Tristan n'avait encore connu que de très jeunes filles, et l'amour avec elles s'était tissé de mille autres liens. Élise avait trente ans, peu d'illusions, et ne demandait à Tristan que ce qu'elle offrait elle-même : du plaisir, un peu d'amitié, un peu de tendresse ; rien d'autre. C'était déjà beaucoup, parce que simple et sincère. Cet amour sans prétention ni exigence apporta beaucoup à Tristan – ne serait-ce que la force de regarder, au mur du salon, le calendrier dont tante Lise arrachait chaque matin un feuillet, et un seul.

En août, il reçut à Saint-Lys une vraie lettre de Natalène. Écrite sur du vrai papier, avec un vrai stylo-bille, et mise dans une vraie enveloppe. La seule irrégularité était que l'en-tête portait « Tisted, le 3 août », et que l'enveloppe avait été postée le 14 dans la banlieue de Lille.

C'était une très jolie petite lettre, pudique et grave comme Natalène elle-même.

« Vous souvenez-vous, disait-elle, de cette comptine que Justine nous répétait si souvent, celle des dromadaires ? (Et au fait j'ai appris depuis qu'elle était d'Apollinaire ; si vous avez l'occasion de le lui dire...)

> “ Avec ses quatre dromadaires
> Don Pedro d'Alfaroubeira
> Courut le monde et l'admira.
> Il fit ce que je voudrais faire
> Si j'avais quatre dromadaires... ”

« Elle la disait très bien, avec le nom extravagant qui sonnait très clair, très fort ; le reste doux et neutre ; les deux derniers vers pleins de mélancolie et de résignation amusée.

« Or donc, voici : je les ai, moi, les quatre dromadaires, et quoi qu'il arrive je ne l'oublie jamais. Je voulais vous le dire, bien que vous le sachiez sans doute. Je les ai.

« Je n'ai plus votre pull, par contre. On ne peut pas tout avoir ! Il a plu à Mario, qui me l'a emprunté, et bien sûr pas rendu, ici tout est plus ou moins commun par définition. Il l'a prêté-donné à un Suédois qui faisait sentinelle, et la semaine dernière le frère du Suédois nous a apporté du café à torréfier, vêtu de votre laine. Savez-vous, je l'ai embrassé, en souvenir de vous.

« Vous êtes une entrave aux pattes de mes dromadaires, parfois. Souvent même, à cause de vous, ils ne sont plus que trois. Ou même deux. Cependant il en reste toujours un. Ils ne m'ont jamais manqué tous à la fois. Un Blajan – pire, un Blajan-Taswïck – peut-il comprendre cela ? J'aime la pauvreté, et la crasse, oui, et même avoir froid, et la route et la lumière d'un baraquement inconnu, là-bas, après le tournant, dont la porte s'ouvrira sur un sourire PARCE QUE c'est une porte d'exclu, une porte de pauvre, et que je suis l'un et l'autre – voilà, c'est ainsi.

« Quoi d'autre ? Nous sommes à Tisted, au Danemark, chez les Yémaches, et nous avons traversé une étonnante plaine glacée absolument déserte. J'ai bu trop de vodka, un soir, et j'ai été affreusement malade. Il n'est pas encore question de redescendre, même pas pour le Bout du Nord (c'est plus haut que ça, Tisted). Vos amours vont-ils bien ? Qu'ils aillent, et qu'ils aillent merveilleusement bien, je le demande aux étoiles filantes – il paraît que les nôtres, ici, sont plus efficaces que les vôtres – j'en accepte l'augure avec gratitude.

« J'ai de nouveaux papiers. Je m'appelle Anna-Maria Mareski. Mais pour vous, Vicomte, Marquis, je serai toujours Don Pedro, et votre serviteur... »

Un mois plus tard, Tristan trouva dans la boîte de Saint-Lys une autre lettre, écrite d'Anstik cette fois, mais elle aussi postée à Lille.

« Que grand-père se prépare, disait-elle. J'ai cru remarquer qu'il imitait servilement le Copte et me mariait après celui-ci ; il va donc falloir qu'il songe à me divorcer, parce que ici c'est fait. La petite Grecque attend un enfant pour le printemps. Il y a trois jours les anciens se sont réunis pour régler ce grave problème – c'est réglé – à la satisfaction générale – vous avez devant vous, mon cher, une femme libre – j'ai quitté ma caravane pour un recoin de la baraque commune – détrônée répudiée humiliée je suis, ô combien...

« J'ai risqué quelques allusions à mes autres " Ceux ", puisque me voici sans entraves. " Moi vivant, jamais ", a dit le Copte (qui n'a pourtant pas lu les classiques). J'ai dit, tout bas, " Et tu crèves quand ? ", ce qui m'a valu, parce que ce n'était pas assez bas, une claque à décorner un bœuf. C'était de bonne guerre. Et je FERAI mes autres Ceux : j'ai le temps pour moi. Vous pouvez commencer à nous choisir un champ.

« Hier soir, vous auriez dû penser à moi, parce que j'ai beaucoup pensé à vous. Je faisais le guet au coin d'une rue. Aux mânes de vos ancêtres je dédie de tout cœur cette image-là : le vent sur les façades, des doigts glacés, un sifflement comme signal, et je collais mes cheveux sur ma bouche pour filtrer l'air froid. Ils sentaient le graillon.

« En octobre (du 6 au 22, pas avant, pas après) Anizia sera au camp de Fonvières. Anizia Girardi. Si vous lui écrivez une carte postale je la recevrai peut-être. Soyez prudent. *Don Pedro.* »

Tristan écrivit en effet quelques petites phrases anodines, qu'il signa *Roubeira*, et le temps se remit à couler.

On ne parlait plus de Natalène à Blajan. Quand cela, par miracle, arrivait, la conversation tombait très vite et le gaffeur rougissait, confus. Personne n'avait oublié Natou : mais personne ne tenait à évoquer ce sombre petit fantôme.

Philippe était le seul à s'y risquer encore. Natalène était trop présente en lui pour qu'il puisse se taire vraiment. « Il l'a aimée », pensait maintenant Tristan, et son cœur s'emplissait de compassion pour son cousin. Aimer Natalène – ce feu follet, cette étoile filante, ce petit bloc compact de liberté têtue, cette solitaire, cette silencieuse – la voir partir et revenir, l'entendre se moquer toujours, et de tout, redouter sa violence et pourtant ne pas effleurer ses blessures, la sentir s'effrayer sous vos doigts, parfois – comment Philippe avait-il vécu cela, avec le cœur simple et fier que Tristan lui connaissait ?

– En tout cas, disait Philippe, si elle revient un jour j'espère que ce sera l'oreille basse, parce que autrement c'est pas la peine...

Tristan ne répondait que légèrement à ces déclarations de guerre. Il comprenait mieux son cousin et détestait plus que tout blesser les gens – ce furieux y compris. Il laissait donc Chantal protester à sa place :

– T'es mauvais quelquefois, Philou, quelle sale bête...

Elle ajoutait, pour détendre l'atmosphère :

– Si seulement elle pouvait revenir – descendre d'un camion à cochons, tiens, comme une fois – je t'assure qu'elle pourrait bien avoir les oreilles n'importe comment, en ce qui me concerne, et même peintes en vert...

L'automne vint, puis s'installa. Tristan allait de Blajan à Saint-Lys, et d'Élise aux salles de concert, sans vraiment s'en apercevoir. En décembre pourtant la fuite des jours se ralentit, parce qu'il devenait possible de recevoir – quand, et où ? – le petit hibou du retour. Tristan avait beau savoir d'expérience que rien ne viendrait avant Noël, il espérait tout de même, et sortait de son long engourdissement.

Il arrivait à Saint-Lys le jeudi soir, en général, après son passage au Mikado, et y restait jusqu'au samedi. Le piano qu'il avait fait mettre dans la salle lui plaisait. Il plaisait aussi à Farfouille qui demandait souvent à écouter « ta musique, là, si ça dérange pas... ».

Un de ces jeudis soir, le deuxième de décembre, Tristan trouva une carte postale dans la boîte aux lettres. Elle n'était pas de Natalène, mais d'Anizia, et disait, laconique : « Pas avant février. »

Il se demanda ce soir-là si le balancier s'arrêterait un jour.

Le jeudi suivant il arriva à Saint-Lys avec un peu d'espoir – quelque chose lui disait qu'une lettre l'y attendait et lui expliquerait le retard des forains. Mais la boîte était vide.

Sur la table il vit un bol, laissé là – dans la cheminée des braises rougeoyaient encore – et puis un pas, là-haut, pressé, le grincement d'une porte – une silhouette pâle dans la nuit apparaissait en haut de l'escalier.

– C'est vous ? Tristan, c'est vous ?

C'était lui ; mais que ce fût aussi Natalène, pendant quelques instants il n'y crut pas ; et elle descendit, vite :

– Je n'ai pas osé téléphoner à Blajan...

– Mais depuis quand êtes-vous là ?

– Hier matin.

Il s'assit au coin du banc et se mit à jouer avec ses clés, machinalement. La portière. Le coffre. Le réservoir. Saint-Lys. Blajan. Le tiroir du bureau. De nouveau la portière...

– Anizia m'a écrit : « Pas avant février. »

– Je sais, répondit Natou. Dois-je repartir ?

Elle était près de lui, et s'accroupit.

– Je vous expliquerai. C'est tout un fatras. D'abord, le Copte est en prison, et puis... je vais faire du café. Il en reste.

– Je voudrais vous y voir, dit-il, je voudrais que ce soit moi qui vous tombe dessus un jour, au détour d'une caravane, à Anstik...

– Eh bien vous me feriez du café pour me remonter, et c'est ce que je vais faire...

Elle s'activait déjà, soufflait sur le feu, ajoutait une bûche, faisait réchauffer le café, sortait les tasses. Sa longue chemise de nuit, qui avait appartenu à Agnès, faisait dans la salle une tache claire.

– Je suis là pour longtemps, dit-elle en posant les tasses pleines sur un plateau, devant le feu. Le Copte est en prison là-bas.

– À Anstik ?

– Non, à Lille.

– Pourquoi ?

– Vol à main armée – de nuit – en groupe – avec effraction – il aura bien deux ou trois ans.

– Il est jugé ?

– Pas encore.

– Et Vanik ?

– Vanik était resté à Brovnik. On était seulement trois sur ce coup-là, Mario est pris aussi, moi j'ai pu filer...

– Parce que vous y étiez ?

– Bien sûr que j'y étais.

– Attendez, attendez...

Il but un peu de son café, alluma une cigarette, et secoua la tête.

– Redites-moi tout ça lentement.

– Oui, dit Natalène en riant. On était à Lille, le Copte a voulu faire un peu de fric parce qu'on était raides, il y avait une maison vieillotte, elle semblait vide – j'ai guetté – Mario et lui y sont allés – seulement la maison n'était pas vide du tout et le type a téléphoné – un vieux type – Mario l'a assommé, trop tard – moi j'ai vu arriver deux voitures de flics à la fois, j'ai sifflé, sifflé, trop tard aussi – j'ai passé la nuit collée sur le toit d'un appentis – voilà – et maintenant le Copte est en prison et moi dans la nature – ici – voilà.

– Et que comptez-vous faire ?

– Me cacher ici, en cas, jusqu'au jugement. Ensuite ça dépendra de ce qu'il va prendre, je ne sais pas...

– Mais Vanik ?

– Vanik n'a plus rien à faire avec moi ! Vous n'avez pas reçu mes lettres ?

– Si...

– Il est marié, Vanik. Ainsi je fais ce que je veux de mes dix doigts.

Tristan but sa tasse et s'en resservit une autre, bien pleine.

– Il me faudrait deux cafetières, dit-il. Vous n'êtes pas une cousine de tout repos.

Elle riait, la cousine, demandait une cigarette, s'enroulait dans son châle de laine, et Tristan lui sourit. Un peu de vraie joie commençait à l'envahir, timidement.

– Quand seront-ils jugés ?

– Je ne sais pas. Mais de toute façon c'est toujours un peu long, une instruction. Trois mois, six, huit ? Dans ces eaux-là.

– Et s'ils parlent de vous ?

– Non.

– Le Copte pourrait trouver que c'est un moyen élégant de vous garder à portée de main ?

– Non. Ce n'est PAS possible.

– Et si quelqu'un d'autre vous avait vue ce soir-là ?

– Mais ils m'ont vue ! Et ils m'ont cherchée ! Seulement ils n'avaient que le témoignage du vieux et ils cherchaient un gamin de treize ou quatorze ans, bouclé, mince, tennis rouges, jean, blouson de cuir... Il avait dû me voir faire le guet, de sa fenêtre. Quand j'étais sur le toit de l'appentis, à dix mètres d'eux, j'ai entendu tout ça. « Et le gamin ? disait le gros flic. Il y avait un gamin ! Vous l'avez laissé filer ? » Après ils ont fait monter le Copte et Mario dans la camionnette, l'ambulance est arrivée pour le vieux, l'autre camionnette est partie aussi...

– Et vous ?

– Je suis restée sur mon toit quatre heures. Je les connais ! Quatre heures, sous la neige, sans bouger un seul orteil ni relever le nez. Je serais restée plus longtemps encore, mais c'était l'aube, ça devenait plus dangereux de rester collée là que de filer : j'ai filé. Dans le premier fossé j'ai crotté mes tennis rouges – après j'ai fait du stop – et me voilà.

Tristan répéta, sincèrement admiratif :

– Vous voilà.

Ils rirent, ensemble. La bûche s'embrasait dans la cheminée, et craquait. Un peu de la pièce sortit de l'ombre.

– Est-ce que vous irez à Blajan ? demanda Tristan.

– Non, ça je ne peux pas. Pas avant de savoir pour combien d'années il est au frigo. Je vais rester au vert ici – je veux dire, s'il vous plaît.

– Mais je vous en prie.

– Vous y venez souvent ?

– Du jeudi soir, comme ce soir, après le Mikado – au samedi soir ou au dimanche matin, ça dépend.

– Je vous referai un potager. Farfouille m'a promis des graines. Ce sera mon loyer.

– Je préférerais être payé en nature qu'en légumes.

Elle rit, s'approcha de lui et lui tendit la main.

– Payez-vous, dit-elle, je vous dois déjà deux jours.

Il prit cette main tendue et la regarda avec curiosité. Brune, mince et fine, mais solide. Quelles choses singulières avait faites Natou avec ces doigts-là...

– Vous savez découper les vitres ?

Elle rit, à cette surprenante question, et acquiesça du menton. Les doigts de Tristan, sur les siens, lui semblaient brûlants.

– Quelle étrange histoire, dit-elle. Quelle étrange histoire... Vous vous souvenez de l'étang, la première fois, et des cloches du village ? Est-ce que ce n'est pas une étrange histoire ?

– Si, répondit-il. Mais après tout c'est la nôtre et on n'a pas eu le choix.

Il tira sur la main de Natou, et quand elle fut près de lui, l'enlaça. Maintenant elle était vraiment revenue – si légère et si confiante contre lui – et le monde reprenait vie.

– On divorce comment, là-bas ? demanda-t-il.

Elle rit, s'installa confortablement contre l'épaule de Tristan et leva un doigt docte.

– Dro-la-ti-que-ment.

– Dites ?

– C'est aussi symbolique que le mariage. Une seule condition : qu'il n'y ait pas d'enfant mâle. Trente-six filles si on veut, mais avec un seul fils, non, c'est indissoluble. Les anciens papotent et crachotent... ensuite on comparaît, tous les deux, et on les écoute nous faire part de leur décision. Ils demandent à la femme si elle a quelque chose à dire pour sa défense. Puis au mari. Moi j'ai secoué la tête, non, je n'avais rien à dire. Vanik non plus. Alors il m'a « rejetée », c'est le terme rituel. C'est-à-dire qu'il m'a prise par les épaules, fait tourner un peu pour avoir de l'élan, et jetée par terre – floc, comme une vieille chaussette, plus on roule loin mieux c'est – j'ai si bien roulé que j'ai atterri presque aux pieds des anciens, et je me suis écorché le front sur un caillou, ça a saigné, si bien que ça a été un très beau divorce. Quand on est par terre, que ça ne fait aucun doute pour personne, il crache.

– Sur vous ?

– Non, sourit Natou. À côté. Il serre la main du père de la fille, longtemps, en balançant les bras, pour qu'il soit bien clair qu'il n'y a pas d'offense, pas la moindre offense. Il met les mains dans ses poches et il s'en va. Il s'en va vraiment, c'est-à-dire qu'il doit quitter les limites du camp. Là il fait demi-tour, et il rentre de nouveau, en homme libre.

– Vous êtes toujours par terre, vous ?

– Naturellement. Je me relève quand le dernier ancien a tourné les talons, pas avant.

Elle rit, malicieuse.

– J'ai tâté mon front, mes doigts étaient pleins de sang, j'en avais partout sur la figure – quelqu'un m'a tendu un abominable mouchoir sale, et c'était Vanik, il m'a dit : « Mitak. Bariné mériem. »

– C'est-à-dire ?

– « Excuse-moi. Mets-y de l'eau. » C'est une jolie histoire, non ? J'espère que vous vous en inspirerez quand ce sera votre tour.

– Il s'est marié aussitôt ?

– Le soir même.

– Mais le sang ? Si la petite Grecque était enceinte personne ne pouvait raisonnablement s'attendre à ce qu'il y ait du sang ?

– Non ! On ne met un drap blanc qu'aux premières noces des jeunes filles : quand il y a quelques raisons d'espérer que tout ira bien... sinon, le drap n'est pas blanc. Il est ce que l'on veut, ou c'est un failli bout de couverture...

Elle chuchota mystérieuse :

– Pour moi il y a toutes les raisons d'espérer, aussi je vous offre, là-haut, mon drap blanc, mes édredons, mon oreiller...

Elle s'était installée dans la plus petite chambre de l'étage, celle qui avait appartenu au père de Tristan, et l'avait si bien calfeutrée qu'il y faisait presque chaud. Des couvertures pendues aux poutres isolaient le lit, poussé près de la cheminée, et tous les édredons de la maison s'empilaient sur la couche. Tristan regarda cette bonbonnière, saisi.

– Vous avez le chic, dit-il, pour transformer en souk n'importe quelle chambre respectable...

Elle posait sur le feu la bûche qu'elle avait montée du rez-de-chaussée, refermait les parois de la tente, et se glissait dans le lit.

– Il y a dans le bûcher de quoi tenir trois hivers comme ça, dit-elle. Seulement il faut construire un autre abri de couvertures en bas, dans un tiers de salle. Je voulais faire ça demain. Farfouille dit qu'il va neiger sous peu. Comment faites-vous quand vous venez, d'habitude ?

– Je mets trois pulls et je dors en bas, près du feu, avec un duvet et des chaussettes de laine... êtes-vous devenue frileuse ?

– Ça ne m'étonnerait pas. Il fait si froid, là-bas !

Comme il s'était déshabillé et s'allongeait à côté d'elle sous la petite montagne d'édredons, elle posa sur sa poitrine tous ses doigts glacés, bien à plat.

– Vous voyez ?

Il avait vu, sursauté, et il prit entre ses mains celles de la jeune fille.

– C'est le toit de l'appentis, dit-elle. Il me faudrait quatre heures de four, maintenant, pour oublier mon toit. Putain, j'étais glacée...

– Putain, j'imagine !

Elle rit, comme chaque fois qu'il se moquait ainsi de son argot, et le laissa frotter ses doigts froids entre les siens.

– Jouons, dit-elle. Et je sais à quoi : à des gens qui viendraient de se retrouver sur un coin de montagne perdu, il serait pianiste, elle serait bohémienne et elle aurait les doigts gelés...

VI

Il s'éveilla très tard, le lendemain matin, et pendant quelques instants ne sut pas ce qui le rendait si curieusement heureux. Puis il vit les couvertures pendues autour du lit, et retrouva la mémoire.

Natalène était en bas, devant le feu. Elle se peignait. Du pain et du lait, apportés par Farfouille, attendaient sur la petite table.

– Moins six, dit Natou, et il y a du givre à l'intérieur des vitres...

Elle avait rougi en croisant le regard de Tristan, et il s'approcha de la fenêtre. Les montagnes semblaient roides et hautaines, comme si le froid les avait durcies. Sur les carreaux, c'était vrai, apparaissaient des fleurs de givre.

– Il y a un vieux poêle à bois dans la grange, dit-il. On pourrait essayer de le monter, non ?

– Farfouille dit qu'il est cassé, mais que la grosse cuisinière du couloir, par contre, Gaston peut vous la remettre, il sait. Il viendra voir ça ce midi, et alors ça irait... Ça ferait que...

Elle parlait vite, si gênée qu'elle en bafouillait presque. Sur le peigne d'Agnès, dont elle ne se servait plus, ses doigts tremblaient un peu.

– Aïe, dit Tristan. Aïe, aïe, aïe ! Ça vous reprend ?

Il avait fait une grimace comique et Natou, sans doute, se sentit mieux : elle eut un petit rire pour se moquer d'elle-même.

– Pardon, dit-elle. Ça ne m'arrive presque plus. C'est tellement idiot...

– Et qu'est-ce que c'est ?

– Mais je ne sais pas, vraiment, je ne sais pas...

Elle avait posé ses mains sur sa jupe et les regardait trembler. Elle prenait son parti de sa nervosité beaucoup plus facilement qu'autrefois et semblait la considérer de loin, avec curiosité, comme aurait pu le faire un étranger. Tristan pensa que c'était bon signe, certainement, mais se garda bien d'insister.

Devant Natalène, sur la pierre de la cheminée, un bol de son affreuse tisane verte fumait. Tristan se pencha sur lui et fit la grimace. Cette mixture était si épouvantablement amère...

– Jamais je ne pourrais avaler ça, dit-il, pour rien au monde, rien !

Natalène sourit et se remit à démêler ses boucles.

– Ce n'est pas vrai, dit-elle : au pied du mur vous en boiriez dix litres, comme tout le monde. Et puis ce n'est pas la pire. Si elle ne marche pas, c'est rare mais ça arrive, ou bien si on a oublié de la prendre, il y en a une autre, marron, atroce...

– Parce qu'il peut exister un goût plus atroce que celui-ci ?

– Il paraît que la marron est VRAIMENT pire.

– Miséricorde !

– En plus, évidemment, elle fait mal. La Perle en a pris une fois, et aussi une des filles de Gina. Putain, on les entendait crier du bout du camp... Et pour Anna ça n'a pas marché tout de suite parce qu'elle s'y était prise trop tard. Elle buvait, elle attendait une petite heure, verte de trouille, elle criait deux grandes heures, et comme rien ne venait elle rebuvait. Six fois. Un jour et une nuit, je me souviens, je pensais qu'elle allait FORCÉMENT devenir folle... eh bien non.

– Il y a des adresses... ce n'est pas tout rose, mais certainement moins noir que votre histoire d'Anna, alors si ça se présente, pensez-y.

– Vous fréquentez les faiseuses d'anges, vous ?
– Ça m'est arrivé.
– Par exemple !
Elle se penchait sur son bol pour y remuer les herbes pilées, et semblait dévorée de curiosité. Pourtant elle ne posa aucune question.
– Je préfère la tisane, dit-elle. Ça n'abîme rien, personne ne vous tripote, ça ne rate jamais, et surtout... et surtout on n'a besoin de personne. On n'a pas à expliquer, ni payer, ni demander, on n'a même pas à dire. Je n'aime pas DIRE.
– Je m'en suis aperçu, sourit Tristan.
L'eau du bol devait être assez verte : Natalène y trempa ses lèvres, fronça le nez, retint son souffle – et, ma foi, but, sous l'œil admiratif de Tristan.
– Beurk, apprécia-t-il, beurk et beurk !
Elle rit, croqua un bonbon au miel pour faire passer le goût des herbes, et se déclara prête à recommencer le lendemain.
– C'est étonnant, dit Tristan, que vos sorcières soient si calées, et pourtant incapables d'améliorer cette horreur-là.
– Oui, je sais. Ça doit faire partie de leur logique interne. Et si je pouvais, si j'avais le temps un jour, j'écrirais tout ça. Leur drôle de monde, leurs tisanes, leurs fêtes, leurs lois, ce qu'ils croient, ce qu'ils cherchent...
– Faites-le ? Vous avez quelques mois, non ?
Elle posait son peigne, prenait un autre bonbon et souriait, tentée.
– Oui, je pourrais... Farfouille a des piles de vieux cahiers d'écolier marrants...
Elle s'assit devant la table et remplit les bols de café. Mais quand ils furent tous les deux face à face elle dut penser à la grande table de Blajan, et son visage s'assombrit.

– Est-ce qu'ils seront tous là-bas pour Noël ? demanda-t-elle.

– Tous. Même Sophie et Ludovic : ils arrivent la semaine prochaine.

– J'aimerais les revoir. Putain, c'est compliqué...

Pour une fois, Tristan s'abstint de relever le mot. Mais déjà Natalène reprenait courage, et souriait.

– Viendrez-vous chaque semaine ?

– C'est ce que je faisais jusqu'ici.

– Alors vous pouvez continuer, non ? Ça n'étonnera personne... Vous m'apprendrez à conduire. Je veux passer mon permis, plus tard. Je vous ferai un potager. J'écrirai ce truc sur eux. Et puis si vous pouviez m'avoir des livres je travaillerais bien un peu...

Le programme était vaste, mais Tristan ne s'en moqua pas, certain que Natalène le mènerait à bien. Elle était d'une efficacité redoutable.

– Ça va être très curieux, dit-il. Vous serez là, et moi je jouerai le pigeon voyageur. C'est le monde à l'envers, non ?

Ça l'était un peu. Mais ce fut aussi un très joli monde. Natalène aimait Saint-Lys, où elle était à l'abri de tout, et par Farfouille s'y fit vite des amis. Son instinct très sûr pour dénicher dans le petit hameau et sur les pentes voisines tous les personnages intéressants, ou seulement farfelus, amusa Tristan. Lui aurait mis quinze ans, certainement, avant de savoir que le vieil ermite du col savait dresser les rats, ou que l'un des neveux de Farfouille dansait si merveilleusement la gigue. Et l'aurait-il su qu'il aurait été bien incapable de s'en servir pour entrer en relations avec eux. Peut-être même n'en aurait-il pas éprouvé le désir. Natou, elle, s'emballait, prenait sa canne ferrée, filait jusqu'au col, poussait la porte du vieux sauvage et disait :

– Vous avez des rats, c'est vrai ? Où sont-ils ?

Elle passait là deux heures, parlant des rats, parlant de tout, partageant un café saumâtre qu'elle trouvait délicieux, riant aux éclats : et le lendemain on voyait au village un spectacle rare, l'ermite descendant la grand-rue, une cage à la main, sa canne sur l'épaule...

– Il est chouette, disait Natalène. Il pue à dix mètres, c'est marrant, mais qu'est-ce qu'il est chouette !

En fait elle éprouvait pour les gens, tous les gens, un intérêt si grand et si sincère que des liens se créaient très vite entre elle et eux. Une rencontre suffisait. Sans préjugé aucun, sans parti pris, elle acceptait de chacun ses défauts avec ses qualités, ne rêvait pas qu'on fût autrement fait qu'on ne l'était, et surtout ne demandait rien de plus que ce que l'on pouvait donner, si peu que ce fût ; cette générosité désarmait toutes les méfiances. Et quand Tristan poussait la porte de chez lui, le jeudi soir, très tard, il ne savait jamais ce qu'il allait y trouver : Natalène endormie, six personnes se racontant d'horribles légendes, une vieille femme remballant un alambic clandestin ou deux rats blancs, sur la table de la salle, poussant des allumettes entre deux bougies...

Malgré tant d'occupations, Natou travaillait. Son mémoire sur les siens avançait, chapitre par chapitre, et chaque fois que Tristan y mettait le nez il sentait grandir son effarement. Le monde du Copte était tout entier tissé de violence et de sauvagerie.

– Je sais, disait Natalène. Mais la violence que vous leur faites est pire encore, je crois. Plus subtile mais pire. Est-ce qu'on vous a déjà demandé vos papiers dans la rue ?

– Deux ou trois fois, oui... pas dans la rue : dans un café.

– Et qu'a-t-on dit ?

– Mais je ne sais plus... « Vos papiers, s'il vous plaît », sans doute, je crois que c'est la formule consacrée.

– Non, dit Natalène. C'est tout faux.

Elle saisit Tristan par l'épaule, l'attira vers elle puisqu'il se laissait faire, le secoua même, ou plutôt essaya, et cria :

– Qu'est-ce que tu fous là, toi ? Hein ? Qu'est-ce que tu fous là ? Tu l'as, ta carte ? Hein ? Ta carte de merde, tu l'as ? Fais voir, qu'on rigole ?

Elle lâcha Tristan, et hocha la tête :

– Voilà, dit-elle. Ça c'est bon. Et tout est comme ça. Tout. Je voudrais que vous puissiez vous glisser dans notre peau deux jours, seulement deux jours, le temps de comprendre. Nous sommes des poux, en fait, des poux dans vos beaux cheveux propres : c'est la guerre. Et des poux en guerre ne peuvent pas jouer dans la dentelle entre eux, parce que cela les affaiblirait. Il faut qu'ils soient sur leurs gardes, toujours, et qu'ils entretiennent en eux exactement la dose de violence dont ils sont menacés de l'extérieur. Pas plus, ce serait inutile. Mais surtout pas moins, ce serait dangereux. Savez-vous ? Le jour où un amoureux, chez le Copte, offrira à sa belle un bouquet de violettes on pourra sonner le glas, parce que ce sera le début de la fin.

Aussi soudainement qu'elle s'était enflammée, elle se calma.

– D'ailleurs, dit-elle, à Brovnik où les gens autour de nous sont presque aussi pauvres et marginaux que nous, la pression est moindre dans le camp aussi, et les lois moins strictes.

– On s'y offre des violettes ?

– Non ! Mais j'y ai vu des choses impensables à Fonvières, à Lourdes, et surtout à Lille : une femme rester au lit trois semaines après ses couches, comme une souillon, une mère tenir par la main un GRAND fils de dix ans sonnés...

Elle se tut, et considéra ses doigts avec intérêt.

– Vous les regrettez, dit Tristan.

– Je ne sais pas. Brovnik, oui, quelquefois. Et Anstik. Ou des bribes... La Perle, Milos, toutes ces troupes dans la baraque quand il est arrivé quelque chose, ça crie, ça se fâche, ça jure, et les anciens tapent sur la table... Les Yémaches du Bout du Nord et le violon de la Voix, oui... Putain, c'est compliqué, vous savez.

Il rit, à cette phrase qui servait de défense instinctive à Natou, mais sans gaieté : il savait qu'elle ne pourrait jamais être heureuse ni dans l'un de ses mondes ni dans l'autre et qu'elle était condamnée à n'appartenir vraiment ni à l'un ni à l'autre.

Le Copte serait sans doute jugé à l'automne. Natalène avait réussi à joindre Milos, en téléphonant à l'un de ses employeurs occasionnels, et elle lui avait donné le numéro de Saint-Lys. De temps à autre, il appelait. Vanik et Mirna étaient remontés à Brovnik, où Gina les avait rejoints, et en principe ils n'en bougeraient pas avant le jugement. Anizia était de nouveau enceinte. La disparition de Vanina Milacusca n'étonnait encore personne : elle avait dû se mettre au vert, comme tous les proches du Copte. Milos avait même rencontré un Grec prêt à jurer que Vanina se trouvait à Sofia – il l'y avait vue de ses yeux. La Perle se mariait bientôt...

– Pourquoi « la Perle » ? disait Tristan.

– Et pourquoi pas « la Perle » ?

Aussitôt, elle faisait amende honorable :

– En fait, si, il y a une raison. Elle s'appelle Anna Perlinari. Elle est fureteuse.

– Fureteuse ?

– Elle furète ! J'ai fait ça, à treize ans, mais je me débrouillais très mal, on me repérait tout de suite. Elle, elle passe partout. Elle traîne dans les marchés, dans les cafés, dans les rues... et si elle flaire un bon coup à faire elle se renseigne. C'est ça, une fureteuse.

– Joli métier...

Natalène, qui tournait vigoureusement une cuiller en bois dans sa pâte à crêpes, ce soir-là, délaissa cette noble tâche pour embrasser le censeur – et il se laissa faire, parce que cette ancienne fureteuse-là, il l'aimait.

Ces mots, ils ne les prononçaient ni l'un ni l'autre. Mais ils étaient entre eux, légers, solennels pourtant. Tout ce que leur histoire avait eu autrefois de furtif et de secret avait disparu depuis qu'ils pouvaient, dans cette bergerie perdue, vivre vraiment ensemble. Ils auraient pu s'en aimer moins et peut-être, sans se l'avouer, l'avaient-ils craint l'un et l'autre. Mais leur entente s'était approfondie au contraire, enrichie de tous les gestes quotidiens, sans que leur indépendance en soit affectée. À Saint-Lys comme partout ailleurs Natalène se sentait libre parce que, profondément, elle l'était. Et Tristan le demeurait lui aussi.

Parce que tout leur était brusquement devenu facile, ils étaient très gais. Les trois jours qu'ils passaient ensemble chaque semaine suffisaient à peine à contenir tout ce qu'ils avaient à se dire et à entreprendre. Ils parlaient, plus sincèrement qu'ils ne l'avaient jamais fait, d'eux et de leur court passé. Ils couraient la montagne pour visiter les curieux amis de Natalène. Elle lui apprenait à faire la cuisine et à reconnaître les herbes. Et leur désir, qui n'avait pas faibli, les accompagnait toujours.

Natalène avait jusqu'ici ignoré la tendresse. Elle découvrit cet hiver-là ce nouveau langage, parce que sa vie lui en laissait le temps, et ces gestes inhabituels émouvaient Tristan : ainsi quand elle posait au passage une main sur son épaule, ou caressait sa joue, sans désir, pour le seul plaisir de le toucher. Quand ils avaient fait l'amour elle ne s'écartait plus si vite de lui et ne semblait plus fuir son regard. Il lui arrivait même, comme n'importe quelle jeune fille qui n'aurait pas été une demi-bohémienne inquiète, de poser sa tête sur l'épaule de Tristan, et de s'endormir ainsi.

S'endormir avec Natalène et s'éveiller avec elle : de cette chose si simple Tristan ne se lassait pas. Que c'était étrange, et surprenant, de n'avoir plus à se cacher, ni à redouter de se perdre...

Ils se perdraient pourtant, Tristan le savait. Natalène ne pourrait jamais ni braver le Copte ni désespérer Contorose : le vent la remporterait forcément, un jour ou l'autre. Mais pas ce jour-là, ni vraiment l'autre. Beaucoup plus tard. Peut-être même ne se lèverait-il pas avant très longtemps, ce vent mauvais.

– Si le vieux type était mort, disait cyniquement Natalène, oh ! si seulement il était mort, ils auraient eu au moins dix ans...

Il n'était pas mort. D'après Milos il n'était même resté à l'hôpital que deux jours. Mario avait déjà fait de la prison, mais le Copte jamais, et le Copte n'était-il pas un honnête forain, apprenti céramiste de son état ?

– Deux ans, concluait-elle. Il aura deux ans, ou trois, pas plus.

C'était déjà beaucoup, pour eux qui n'avaient eu à eux, jusqu'ici, que quelques jours à la sauvette, et ils étaient assez sages l'un et l'autre pour se contenter de ce que la vie leur offrait.

Pour son mémoire Natalène essayait de dresser un lexique des mots les plus courants de la langue du Copte, et tâchait même d'en fixer une sorte de grammaire. Ce n'était pas facile, parce qu'elle n'avait de cette langue qu'une connaissance orale, mais après avoir longtemps tâtonné elle réussit à définir quelques règles pratiques et Tristan put se mettre à piocher cette nouvelle matière. Son accent faisait beaucoup rire Natalène.

Mais cela mis à part il fit de rapides progrès et put bientôt tenir une conversation courante dans cet étrange patois. Et lorsque Natalène, pour rire, cessait de parler très lentement, en détachant chaque mot, pour s'emballer au contraire et converser comme elle l'aurait fait avec Milos, il arrivait presque toujours à comprendre quelques mots, et le sens général du discours.

Si personne, à Blajan, ne parlait plus de Natalène, les lettres que Tristan recevait de sa mère étaient plus courageuses. Agnès y signalait toujours qu'elle n'avait rien appris, qu'elle espérait, qu'elle attendait... Une phrase surtout toucha Natalène, en février : « Rien de ta cousine, et vous ? Deux ans et demi déjà... J'ai parfois l'impression d'avoir reperdu Anne... »

Natalène, en rendant la lettre à Tristan, eut une petite grimace.

– Et si on le leur disait ?

– Tout ?

– Non ! Mais l'histoire de Lille, et que je suis ici ?

Ils en débattirent longtemps, ce soir-là, puis se décidèrent à prendre ce risque. Ni Alban ni Agnès ne feraient d'imprudence : ils connaissaient trop le Copte pour cela. Et s'ils avaient quelques soupçons sur ce qu'on ne leur dirait pas, eh bien, tant pis : ils étaient bien les derniers à pouvoir reprocher quoi que ce soit aux coupables, après tout...

Ils ne soupçonnèrent rien et ne firent aucun reproche. La réponse d'Agnès était pleine d'un calme contentement et de l'assurance qu'ils allaient faire suivre, discrètement, l'affaire de Lille. Tristan et Natalène croyaient-ils possible, et prudent, de passer quelques jours à Hambourg ?

– Mince, dit Natou, et pourquoi pas ?

C'était dit. Tristan n'eut même pas à mentir aux siens : on avait l'habitude des petits séjours qu'il faisait souvent chez sa mère. Un matin de mars, donc, ils se mirent en route.

Natalène n'avait pas mis les pieds à Hambourg depuis près de trois ans et Agnès, pourtant si posée, eut les larmes aux yeux en embrassant cette revenante.

– Comment as-tu PU, dit-elle, nous laisser si longtemps sans nouvelles !

– Je me cachais, répondit Natalène. Oh, marraine, il ne faut pas m'en vouloir, c'est tellement compliqué...

L'oncle Alban avait dressé au salon une table de fête d'où Valère, qui avait maintenant quinze ans, se leva pour accueillir son demi-frère et sa cousine. Il ressemblait beaucoup à son père, mais il avait le sourire très doux d'Agnès. Natalène l'embrassa, sans façon.

– Raconte, dit Agnès.

Sa brusquerie fit rire tout le monde. Natalène s'exécuta et dit tout ce qu'elle pouvait dire : comment le Copte l'avait enlevée de Blajan, emmenée chaque hiver dans le Nord avec lui et mise chaque été dans un camp d'Aquitaine différent. Et comment leur route s'était brusquement transformée en impasse, au dernier Noël, dans les faubourgs de Lille.

– J'ai filé chez Tristan, dit-elle, parce que je ne savais pas où aller. Le Copte me fera rechercher dès qu'il en aura trouvé le moyen. Il connaît Blajan, il vous connaît, mais il ne peut pas savoir que Tristan a cette maison à Saint-Lys... en tout cas pas tout de suite.

Aussi brusquement que sa tante, elle conclut, d'un seul mot :

– Voilà.

De nouveau, tout le monde rit.

– J'ai quelques amis avocats, dit l'oncle Alban. Cette affaire de Lille, ils la suivront de très près pour moi. A priori elle paraît grave, ils risquent dix ans.

– Dix ans ? Mais le type n'est pas mort !

– Seulement, le Copte avait des faux papiers sur lui. Ils étaient armés, ils ont fracturé la porte, et pour tout arranger Mario Binarès – c'est bien ça ? – a frappé l'un des policiers. D'après Me Loumier, ça vaut dix ans.

– Mario a déjà fait de la prison, mais pas le Copte ! Une première condamnation, ce n'est jamais tant.

– Ce n'est pas la première, ma chérie. Il a fait deux ans quand il était très jeune, pour vol, et quatre ans juste avant de rencontrer ta mère, pour vol toujours. Il est aussi soupçonné d'avoir participé à une sale affaire de racket, qui s'est mal terminée, à Paris, en 52. Si c'est prouvé...

– Bon, dit Natalène. Je ne savais pas ça.

– Ce qui est bizarre, dit Valère, c'est qu'il n'a jamais eu le moindre droit sur vous, Natalène. Légalement. Et pourtant tout s'est passé comme s'il en avait eu, non ? Comme s'il en était persuadé, et ça, bon, d'accord – mais comme si tout le monde en était aussi persuadé que lui...

La justesse de cette remarque les frappa tous, et Natalène dit, pensivement :

– Oui. Mais c'est mon père. Et puis c'est un homme étrange, c'est un homme très étrange... Je crois que personne n'a vraiment envie de le contrarier.

– C'est moi qui serai au procès, dit encore Valère. Moi il ne me connaît pas. J'irai avec Me Loumier. Papa et maman attendront chez lui. Vous serez là ?

– Non, répondit Natou. Je suis prête à parier qu'ils seront au moins vingt, de chez moi, là-bas, et si quelqu'un me reconnaissait... ils nous le diraient.

Valère mis à part, qui était fin mais très jeune encore, ils remarquèrent tous l'incohérence des pronoms. Tristan avait l'habitude d'entendre Natalène dire, indifféremment, « ils » ou « nous » pour parler des amis du Copte. Mais Agnès et Alban échangèrent un regard surpris.

– Que feras-tu ? dit l'oncle Alban. S'il a dix ans, que feras-tu ?

– Dix ans ? Je resterai deux ou trois ans à Saint-Lys, le temps que les choses se tassent, et puis je retournerai à Blajan... Ou alors j'irai à Édimbourg, chez Sophie... Ou bien...

Elle s'arrêta, et son visage s'assombrit.

– Je ne sais pas, dit-elle. Sérieusement, je ne sais pas. C'est très compliqué.

Ils parlèrent ensuite, plus plaisamment, du joli divorce de la jeune fille et des rites singuliers qui entoureraient bientôt la naissance du fils de Vanik. Natalène promit à sa tante de lui envoyer une copie de son mémoire, puisque cela semblait intéresser celle-ci.

– Et Philippe ? dit-elle soudain. Tiens, Philippe ! Il est majeur, non ? Vous lui avez écrit ?

Alban avait écrit. Pour rien, cette fois encore : son fils lui avait envoyé une fin de non-recevoir très sèche. Cela ne paraissait pas l'affecter outre mesure. Et il appréciait même à sa juste valeur l'insolence avec laquelle Philippe avait commencé sa lettre par un « Monsieur » dédaigneux.

– Ça n'a pas l'air, dit-il, d'être un garçon facile.

– Non, sourit Natou. Je vous l'avais dit.

Son sourire s'attarda sur Tristan – parce qu'elle avait envie de l'embrasser, et qu'il le savait. Comme c'était étrange d'avoir de nouveau à se cacher...

Tristan, qui avait baissé les yeux, serrait les lèvres pour ne pas rire. Cette peste de fille, décidément, jouerait jusqu'au bout.

– Et votre divorce à vous ? demandait Agnès.

– Grand-père m'en a parlé une ou deux fois, répondit Tristan. Pas cette année : les deux premières. Mais tant qu'il ne sait pas où est Natalène, il ne peut rien faire. Je crois qu'il se mord les doigts d'avoir consenti à cela pour des prunes.

– Mince, interrompit Natalène, ce n'était pas pour des prunes !

– Pourquoi ? Tu vois bien que cela n'a pas empêché le Copte de te reprendre !

– Mais si je n'avais pas été mariée, mon oncle – Vanik voulait un fils – ils m'auraient piqué mes herbes – ils l'ont fait à Mariana, il y a six ans...

Tristan comprit là, et tout à fait, avec quatre années de retard, le jeu dangereux qu'avait mené sa cousine, de boîte aux lettres mal fermée en lettre volée. « Ah, dit-il, bon... » Ces mots lui avaient échappé, Agnès le regarda avec curiosité. Déjà Natalène continuait :

– Ils me l'avaient dit, je le savais. Dix-huit ans, fini de rire, je restais avec eux et je le faisais, ce foutu fils... Sapristi, la tête, quand je leur ai expliqué les choses ! Quand je leur ai dit que si j'avais un enfant, même à Kiev, même à Tombouctou, il ne serait JAMAIS à Vanik, mais à mon mari... Vanik ne voulait pas me croire, alors ils se sont renseignés – le Copte s'est renseigné – ils ont piqué la colère de leur vie...

– Aïe, dit l'oncle Alban.

– Oui, sourit Natalène : aïe. Mais tant pis, moi je riais, et c'est celui qui rit le dernier qui aura le mieux ri, non ?

Le souvenir de cette vieille victoire faisait briller ses yeux.

– Si vous les aviez vus tous les deux, dit-elle, hurlant, jurant, et moi qui jubilais... ce n'était pas pour des prunes, non.

– Je suis ravi, dit Tristan, d'avoir pu vous être utile.

Il plaisantait, mais Natalène comprit la tendresse qu'il mettait dans ces mots, et lui sourit.

Ils parlèrent d'Anne, plus tard, quand Valère fut couché. Que cette jeune exaltée se soit enflammée pour un bohémien, cela n'avait rien d'extraordinaire. Qu'elle l'ait suivi, passe encore. Mais COMMENT avait-elle pu vivre ensuite cinq ans avec lui ? Dans son monde à lui ?

– Elle l'aimait, dit Agnès. C'est la seule explication possible, et puis elle le disait, elle l'écrivait plutôt...

– Elle le disait peut-être trop souvent, dit Alban. Je ne peux pas m'empêcher de penser qu'elle a fait un rêve, d'abord, et ensuite s'y est accrochée de toutes ses forces, quitte à s'y retourner les ongles. Elle était très fière.

Un petit silence pesa, que Natou rompit.

– On ne sait jamais grand-chose sur les gens, dit-elle. Et puis un beau matin on tombe des nues.

Il y avait un peu de malice dans ses yeux, mais ni Alban ni Agnès ne comprirent cette allusion à leur propre histoire.

– Tu es née avec un peu d'avance, dit Agnès, si bien que ton père n'était pas là, elle t'a déclarée seule... et ils n'ont pas rectifié ensuite, Dieu sait pourquoi. Ça t'a sauvée.

Natalène ne releva pas le mot.

– J'ai quelques images d'elle, dit-elle, très floues. Son sourire, et puis une silhouette debout sous un arbre. On m'a dit qu'elle était très gaie. Elle avait choisi un drôle de travail : elle faisait des colliers avec les petites perles des couronnes funéraires. Le Copte lui en piquait une de temps en temps sur une tombe, elle la défaisait et elle avait des provisions de perles pour des mois. Elle les classait par couleurs dans des bocaux à cornichons. Noires, grises, violettes, des couleurs de mort bien sûr. Un jour le Copte a trouvé une couronne rouge, dans un cimetière gitan. Il l'a cachée longtemps pour pouvoir la lui offrir à Noël.

– Oh ? dit Alban.

Son incrédulité fit sourire Natalène.

– Si, dit-elle. Je tiens ça des Yémaches et le mensonge leur est inconnu. Il faut s'y résigner : mon père a volé pour ma mère une couronne funéraire rouge, en cadeau de Noël – il l'a fait.

Tristan connaissait Natalène mieux que personne au monde et sentit qu'il fallait absolument changer de sujet – vite.

– Les Yémaches du Bout du Nord ? dit-il. Ceux qui ont un violoniste sans violon sous son archet ?

– Voilà, sourit-elle. Ceux-là. Ils étaient au Bout du Nord cet été quand nous y sommes arrivés – c'est le bas de leur route et le haut de la nôtre. Je suis remontée avec eux jusqu'à Tisted, au Danemark. Ça arrangeait Vanik, à cause de Mirna, on n'avait pas encore réglé officiellement notre cas... Seigneur ! Ce sont des gens étonnants...

Elle parlait doucement et son visage rayonnait. Les trois autres la regardaient, surpris. En fut-elle consciente ? Elle brisa net.

– Étonnants, dit-elle. Mais tout le monde est étonnant pour tout le monde, finalement. Et si on n'était pas sur terre pour amuser ses voisins, ce serait d'un ennui mortel...

VII

Ils restèrent à Hambourg trois jours. Natalène n'osait pas s'attarder plus longtemps : cet appartement était le seul endroit au monde, avec Blajan, où les siens savaient avoir une chance de la trouver, et elle ne voulait pas courir de risques. On convint même qu'elle ne reviendrait pas : ce serait Agnès et Alban qui feraient à Saint-Lys une petite apparition, en été.

– Après vingt ans, dit Natalène, c'est drôle...

Ils approchaient de la frontière et Tristan, qui pensait à tout autre chose, s'étonna.

– Il y a bien vingt ans que marraine a quitté Saint-Lys, expliqua Natou. Juste quand votre père est mort. Farfouille m'a raconté ça. Vous étiez enveloppé dans une couverture bleue, et marraine attendait au portail la voiture de grand-père. Elle avait une robe grise : je sais tout, vous voyez. Elle n'a jamais remis les pieds là-bas et voilà qu'elle va y venir cet été. Je me demande quel effet ça peut faire de voir reculer le temps comme ça...

L'histoire d'Agnès leur était toujours aussi mystérieuse. Aimait-elle déjà son cousin Alban, ou l'aimait-elle encore, quand elle avait épousé Marc de Blajan-Taswïck ? Pourquoi s'était-il enchaîné, lui, à cette sotte de Marie ? À quoi correspondait la date gravée sur le mur du grenier des hiboux ?

– Ils ne le diront jamais, conclut Natalène. Jamais.

Le poste frontière apparaissait et Tristan ralentit. Natou devint subitement nerveuse, rit sans raison, alluma une cigarette et sifflota entre ses dents comme pour se donner du courage.

– Du calme, sourit Tristan. C'est seulement une bête de petite frontière...

Ils passèrent cette frontière aussi facilement qu'à l'aller, et comme la nuit tombait cherchèrent un hôtel.

– C'est facile pour vous, dit Natalène quand ils furent seuls dans la chambre 27. Tout est facile, parce que vous êtes si blond, et que vous avez de l'argent...

Elle regardait autour d'elle et sa réprobation semblait s'étendre jusqu'à la moquette épaisse qui couvrait le sol, jusqu'au velours bleu pendu aux fenêtres.

– Pouah..., dit-elle. C'est puant. Cinq cents francs une chambre d'hôtel, c'est puant.

– Je demande l'écurie ?

Elle rit, quand même, et secoua la tête. Sa beauté parfois frappait Tristan : et ce soir-là particulièrement. Dans son visage très pur, très brun, ses yeux jaunes brûlaient sous les boucles sombres et parlaient, comme son corps mince et gracieux, d'une autre vie, d'une autre liberté.

– Vous êtes très belle, dit-il gravement.

– Je vaux cinq cents francs moi aussi, alors ?

– J'irai jusqu'à cinq cent cinq francs.

– Chiche ?

– En liquide ?

– En liquide.

Elle le regarda aligner les billets sur la petite table vernie, mauvaise. Mais quand il posa sur le dernier une pièce de cinq francs elle rit, désarmée, et sa rancune s'envola.

– Vous êtes carré en affaires, dit-elle.

– Au fait, sourit Tristan, bien que le moment soit mal choisi... vous savez que vous allez hériter, vous aussi ?

– Moi ? De qui ?

– Mais de votre mère, dans un mois et demi, à votre majorité. Contorose a préparé vos comptes de tutelle. Il est très carré en affaires, lui aussi.

– Et à qui les rendra-t-il ?

– Alors là, je vais être obligé de vous dire des choses désagréables... à moi, ma chère.

– À vous ?

– Mais je suis l'administrateur légal de vos biens, non ? Le père de tous les enfants que vous pourriez avoir à Tombouctou et l'administrateur de vos biens. Désolé.

– Par exemple, dit Natou, ça c'est fort... Et ce sera quoi ? Ce que j'aurai ?

– Pas grand-chose, j'ai plaisir à vous le dire, vous allez avoir besoin de mes cinq cent cinq francs... Elles n'avaient à elles, les jumelles, que la dot de leur mère, et ses bijoux. Ceux d'Anne ont disparu avec elle et je ne crois pas que le Copte vous les rende, s'il les a encore. Alors il vous reviendra la moitié de cette dot. Grand-père l'a convertie en petites actions tranquilles. Vous voulez savoir la somme ?

Il s'amusait, visiblement, et Natalène, méfiante, fronça le nez.

– Dites ?

– Un peu plus de douze millions anciens. Le capital, bien sûr. Si vous n'y touchez pas, avec les revenus vous pourrez, chaque année, vous offrir quelques robes et une paire de chaussures. Peut-être les bas aussi.

– Je n'y toucherai pas, dit-elle. J'attendrai que sous votre sage administration ça puisse aussi payer une boîte de capotes... et Blajan, dites ? C'est à qui, Blajan ?

– À grand-père et aux tantes, pour le moment. Un tiers chacun. Celui de tante Blanche ira à l'oncle Alban, puis aux Rivalty – celui de tante Lise à qui elle voudra – celui de grand-père à nous.

– Nous deux ?

– Ses filles d'abord. C'est-à-dire ma mère, et vous qui représentez Anne.

– Mais plus tard à vous et à moi ?

– C'est ce que croit grand-père.

– Et ce n'est pas vrai ?

– Non, parce qu'il y a Valère.

– Alors un tiers à chacun ?

– C'est plus compliqué que ça. Une moitié pour vous, celle d'Anne. L'autre moitié, celle d'Agnès, pour Valère et moi – mais un peu plus pour moi parce que MOI, madame, je suis un enfant légitime.

– Je ne le suis pas plus que Valère...

– Aucune importance, puisque vous êtes seule sur la moitié d'Anne.

Natalène, cette fois, éclata de rire.

– La moitié du tiers, dit-elle. Putain, on dirait des vautours... Mais avoir PLUS que vous, alors là, ça me plaît. Y aurait-il une justice en ce bas monde ? Est-ce qu'on y serait parfois récompensé selon ses mérites ?

Il y avait un piano dans la grande salle à manger de l'hôtel et sa vue fit sur Tristan une grosse impression.

– Mon royaume pour un piano... lui glissa Natou. Allez-y ?

Il le fit, après avoir échangé quelques mots avec le maître d'hôtel. Il n'avait pas joué depuis leur départ de Saint-Lys. Natalène avait lu, comme tout le monde à Blajan, quelques articles sur son cousin, et se demanda ce soir-là si son jeu avait bien « une rare qualité, celle de retenir sa joie ». La joie d'un jeu, quelle étrange expression, et comme Contorose avait dû s'en gausser !

Quand il revint s'asseoir à leur table elle lui fit part de sa perplexité, et il rit à son tour.

– Je ne sais pas comment je joue, dit-il. Mais ça n'a pas d'importance, non ? Surtout pour vous !

– Les gens vous le demandent, ça ?

– Comment je joue ? Non. Ils ont plutôt tendance à me le dire. Ce qu'ils me demandent c'est POURQUOI je joue.

– Et alors ?

– Je n'en sais rien non plus... Je leur dis la vérité : « Parce que je ne peux pas m'en empêcher. »

– Et ils s'en contentent ?

– En fait, non, parce que ça manque d'adjectifs. Mais tant pis. Ils sont polis, ils ne protestent pas. Vous voulez faire carrière dans les colonnes du *Monde de la musique*, Natou ?

– Non...

– Vous m'avez dit une fois, pourtant, que Vanik ressemblait au printemps quand il jouait. Si ce n'est pas du galimatias de critique musical, ça, qu'est-ce que c'est ? Et s'il ressemble au printemps, à quoi est-ce que je ressemble, moi ?

– Oh, dit Natou très vite, pas au printemps... à l'été, un soir, derrière une sorte de voile.

– Eh bien, ma chère, c'est exactement ce qu'un critique peut appeler une joie retenue.

Ravie d'avoir fait de la critique musicale sans le savoir, comme M. Jourdain de la prose, Natalène salua de la tête et persévéra :

– Les dessins d'Emmanuel ressemblaient à l'automne. Non ? À l'automne après la pluie.

– Vous serez le premier critique météorologique du siècle... Mais ça ne nourrit pas son homme, et vous aurez de tout petits revenus, je vous le rappelle.

Elle sourit, à la pensée des complications testamentaires des gadjé, et haussa les épaules.

– Vos lois, dit-elle, sont quand même plus biscornues que les nôtres. Si, avouez ! Vous devriez en faire un mémoire. Ça leur plairait de lire ça, pour se dépayser. Nous au moins on ne se partage pas les cadavres en quartiers... Ils apprécieraient.

Elle ne comprit pas le sourire de Tristan, parce qu'elle n'était pas consciente de la façon dont elle faisait valser les pronoms lorsqu'il s'agissait des siens, eux, ou des autres, nous.

Cette nuit-là Tristan s'éveilla un peu avant l'aube et vit Natalène assise sur la tablette du radiateur, devant la fenêtre. Il se souvint d'une autre nuit, très ancienne, une nuit de leur enfance, où il s'était réveillé ainsi, dans une cabane du parc, pour voir sa cousine regarder le ciel. Si Natalène disparaissait un jour totalement de sa vie ce serait sans doute ces images qu'il conserverait d'elle : ce visage un peu détourné, cette immobilité, cette attente...

– Natou ?

Elle lui jeta un regard surpris.

– Le Juste ouvre un œil... commenta-t-elle.

– Pourquoi le Juste ?

– Mais parce que vous dormez très bien, comme tous ceux, paraît-il, dont la conscience est en paix.

– La vôtre a des insomnies ?

– Oui, dit-elle. Souvent. J'ai beaucoup triché et j'embête tout le monde.

C'était une vue bien sombre de la situation, mais Tristan ne s'en moqua pas. Natalène devait parfois ressentir les choses ainsi. Et d'ailleurs, de toutes parts on l'y forçait plus ou moins.

– Vous ne m'embêtez pas, dit-il.

– Peut-être pas vous, non... et encore ça pourrait se plaider.

– Prenez un TRÈS bon avocat, alors.

Elle sourit, quitta son recoin de fenêtre et rejoignit Tristan dans le lit. Sous sa veste de laine, elle était nue. Pourtant il ne la désira pas : elle était trop triste.

– Vos dromadaires vous manquent, dit-il.

– Oui, reconnut-elle. C'est de voyager, je suppose, d'être dans un hôtel, nulle part... Mais si je les avais vous me manqueriez.

Il dit, avant elle, que c'était – putain – bien compliqué, et elle eut un petit rire.

– Il y aurait un bout de solution, dit-il. Si le problème du Copte était réglé, s'il vous lâchait un peu, le reste pourrait suivre.

– Comment ?

– Eh bien, vous vous partageriez – six mois à Blajan, six mois à traîner vos nouveaux « Ceux » – ou huit et quatre, ou deux et dix, comme ça vous dirait.

– Et on se verrait au grenier des hiboux quand je serais à Blajan ?

– Non, parce qu'on coincerait grand-père derrière son bureau et qu'on lui dirait tout.

L'idée de tout dire à Contorose, vraiment tout, sembla d'abord amuser Natalène. Puis elle hocha la tête.

– Il ne nous le pardonnerait jamais.

– Et alors ? Ce ne sont pas ses oignons, et on peut se passer de son pardon.

– Il nous mettrait à la porte – au portail, plutôt.

– On irait à Saint-Lys. Ou en ville.

– Putain, comme vous y allez !

Elle riait, amusée par tant d'audace. Mais de nouveau son visage s'assombrit.

– Ça vous est facile ça aussi, dit-elle. Vous pouvez poser grand-père et Blajan au bord du chemin parce que vous les avez EUS. Moi je n'en ai jamais eu que des miettes. Et les miettes, plus c'est petit, plus c'est moisi, plus on y tient.

– OK, dit-il. Alors vous vous partageriez en trois plutôt qu'en deux : vos dromadaires – Blajan où nous serions très chastes – Saint-Lys où nous le serions moins.

– Les gens sages disent qu'il faut toujours choisir un jour ou l'autre et qu'on ne peut jamais garder toutes ses billes en poche.

– Ils doivent avoir quatre-vingt-dix ans, ceux-là, et vous n'en avez que vingt : il y a un temps pour tout, même pour trier ses billes...

Acculée, elle fit la grimace, et biaisa :

– De toute façon le problème du Copte ne sera JAMAIS réglé. Il en sortira un jour, de sa foutue prison...

Tristan ne répondit pas. Un travail compliqué se faisait dans sa tête, presque à son insu. Philippe lançait à Natalène, dans le vestibule de Blajan, quelques phrases menaçantes et sibyllines. Il ricanait, près du meuble à liqueurs : « Son père, oui, son père... » Au grenier des hiboux une petite Natou de quinze ans penchait, sur le renard empaillé qu'elle venait de décrocher, un visage plein de peur. À ces quelques images se joignirent, très vite, des souvenirs plus furtifs – un regard détourné, une phrase laissée en suspens, la main du Copte sur l'épaule de sa fille – et Tristan ferma les yeux, comme pour se protéger du monde. Mais déjà il savait.

Natalène vit son visage changer, sans comprendre, et eut un geste vers lui.

– Ça va, dit-il.

Il prit la main qu'elle avait posée sur son bras et répéta, au hasard :

– Ça va très bien.

La colère et le dégoût l'étourdissaient presque. « Philippe le sait, pensa-t-il. Personne d'autre. Mais j'espère qu'ils le sauront un jour – tous – grand-père surtout – surtout lui... »

Natalène le regardait, de plus en plus surprise, et il fit un effort douloureux sur lui-même pour lui sourire.

– Ça va, redit-il.

Elle rit, en l'entendant affirmer pour la troisième fois ce que son visage démentait si bien.

– Vous êtes en colère, dit-elle. Putain, c'est rare...

– Pas tant que ça, sourit-il. Ça m'arrive très souvent. Moins qu'à vous, mais très souvent...

Il allait mieux, et ne pensait plus qu'à ne pas se trahir. Plutôt crever, oui, que de laisser soupçonner à Natou qu'il savait.

– On reparlera de tout ça en novembre, dit-il. Il y a forcément une solution, vous la trouverez...

Elle s'était rassise sur le lit, remontée contre l'oreiller, et serrait autour de ses jambes sa veste de laine.

– Est-ce que ça vous dérangerait beaucoup, dit-elle, de passer par Lourdes, demain ?

– Milos y est ?

– Milos et la Perle. Il faut que je les voie.

– OK.

Il posa sur son épaule une main prudente. Il pensait à une très ancienne Natalène, celle de l'étang et des deux années qui avaient suivi. Avant Vanik, avant le Copte. Avant la peur et la rancune. Quelle force était en elle pour qu'un peu de sa joie ait pu survivre à tout cela ?

– Vous êtes vraiment un chic type, dit-il.

Elle rit, surprise. Puis plaisanta :

– Ça tient toujours, vos cinq cent cinq francs ?

– Je pense bien que ça tient.

Elle l'embrassa, doucement, s'arrêta pour évaluer la chose – « cinquante », dit-elle – et s'amusa ainsi, longtemps, à grignoter son crédit. Mais quand elle l'eut dépensé à moitié elle l'oublia. Ses yeux brillaient, très clairs, et les doigts de Tristan qui frôlaient son ventre la firent gémir. Parce qu'il pensait au Copte il ralentit ses gestes, plus qu'il ne l'avait jamais fait, pour la pénétrer, et son cœur était lourd, pour elle, de tendresse et de pitié. Mais lui aussi oublia vite et le jeu, et le Copte.

À Lourdes, le jour suivant, il prit encore une chambre d'hôtel. Seul, cette fois : Natalène ne le rejoindrait que le lendemain matin. Il vit dans un cinéma du centre un film qui ne lui laissa aucun souvenir ; et il suivit, à la sortie, une petite prostituée blonde, sans désir particulier, simplement parce qu'il avait peur des images qui le poursuivaient. Elle s'appelait Corinne, lui demanda deux cents francs, et dut le trouver singulièrement distrait.

Il avait craint, sans se l'être avoué clairement, que Natalène ne soit pas au rendez-vous du lendemain. Mais il avait eu tort : elle y était. Dès qu'elle vit la voiture blanche apparaître au carrefour elle quitta l'abri de son porche et fit un grand signe du bras. Soulagé, Tristan le lui rendit.

– Il veut que j'aille à Lodival, dit-elle dès qu'elle fut assise. Tournez à droite, là, c'est plus direct... À Lodival, non mais le toupet !

– Milos l'a vu ?

– Non, mais il a vu Gina, et Gina est à Lille, fourrée au parloir deux fois par semaine...

– Mais pourquoi Lodival ?

– Je ne sais pas. C'est juste avant Libarek, un tout petit camp.

– Et vous irez ?

– Putain, non ! D'abord je ne suis pas censée savoir ce qu'il veut : je n'ai pas vu Milos et il ne m'a pas vue. Et puis même, non.

– Ils vous ont cherchée ?

– Oui, à Sofia, parce qu'un Grec est sûr de m'y avoir croisée, vous savez bien, en janvier... Un sacré bigleux, tiens ! Quelqu'un de Fonvières est allé fureter à Blajan – nenni – et la sœur de Mario à Hambourg – nenni... J'ai disparu, ouais, et d'après Milos ça ne les empêche pas trop de dormir, parce qu'ils ont d'autres chats à fouetter. Le Copte a seulement fait passer ça : qu'on m'envoie à Lodival chez Ceux de la Tôle dès que j'aurai refait surface.

Elle riait, plus gaie qu'il ne l'avait vue depuis longtemps, et en lui aussi quelque chose se détendit.

– On rentre ? dit-il. Vous n'avez pas quelqu'un d'autre à interviewer à Quimper ou à Nice ?

– On rentre, répondit-elle. Saint-Lys tout droit. Et savez-vous ? Vanik a un fils : Angel. Je suis bien contente pour lui. Il va descendre avec les Grecs de Mirna, cet été, si bien que Gina est furieuse... C'est tout. Non : la Perle n'était pas là, elle est mariée, finalement. Et puis Milos a pété un camion le mois dernier... Et puis les Yougoslaves l'ont mauvaise...

– À cause du camion ?

– Non ! Parce que le Copte est à l'abri pour le moment !

– Racontez-moi les Yougoslaves, dit Tristan, ils sont toujours là, derrière, comme Croquemitaine...

– Y a de ça, sourit Natalène. Mais c'est une histoire de fous, je vous préviens.

– Allez-y quand même. J'adore vos histoires de fous.

– Bien, dit-elle. Vous l'aurez voulu.

Elle abaissa le dossier de son siège, pour s'installer confortablement, et ouvrit un peu sa vitre.

– Il était une fois... commença-t-elle.

Elle s'arrêta aussitôt, pour rire.

– À vrai dire, je suis très embarrassée, parce que PERSONNE ne sait comment ça a commencé. Une histoire de cheval. Il semble que le Copte ait eu tort. Je le connais et je connais les Yougoslaves : il a certainement eu tort. Enfin peu importe.

– Attendez, coupa Tristan, attendez ! iIs sont vraiment yougoslaves ?

– Eux ? s'étonna Natou. Non, ils sont belges.

Tristan se mit à rire, et elle aussi, finalement.

– Consolez-vous, dit-elle. Les Grecs, eux, sont vraiment grecs.

– Allez-y. Le Copte avait tort.

– C'est probable. De toute façon il y a eu des bagarres monstres, des coups bas en série, des crasses énormes, des putasseries de part et d'autre, un foin du diable pendant cinq ou six ans... Et puis le Copte a dépassé les bornes et les Yougoslaves ont stoppé net. Ils lui ont envoyé une patte de poule. C'est signe de mort. Depuis ils jouent avec lui au chat et à la souris. Ils veulent sa peau, ils le disent – mais ils ne la cherchent que de temps à autre. On peut très bien ne pas entendre parler d'eux pendant six mois, et tout à coup apprendre que l'un d'eux a failli... qu'il s'en est fallu d'un cheveu... que pour un peu c'était fait... Mais ils l'auront, je pense. Je les connais. Des brutes de granit : ils l'auront. On recevra son couteau...

– Pourquoi son couteau ?

Elle rit, narquoise.

– Parce que le couteau, chez nous, c'est l'homme. Ils nous l'enverront dare-dare, après. Pour signer. Pour rappeler aussi que c'était une histoire d'honneur et que si on ne ferme pas sa gueule ça ira mal.

– Ils l'enverront par la poste ?

– Mais non, sot... Ils l'accrocheront à la grille de Fonvières, ou à celle de Brovnik, là où sera le gros de la troupe à ce moment-là. Et lui, ils lui creuseront un trou quelque part.

– Sapristi, les sauvages...

– Nous sommes tous des sauvages, sourit Natalène. Mais les Yougoslaves sont des sauvages tristes, maintenant, parce que leur souris est en cage.

Ils avaient dépassé les derniers faubourgs : elle ôta le pull-over trop grand que lui avait prêté Tristan la veille et remit le sien – trop clair, et trop fin, pour se montrer au camp de Lourdes.

– Milos aussi était mélancolique, dit-elle. Il y a des tas de choses que le Copte décidait pour lui.

– D'où lui avez-vous dit que vous sortiez ?

– De Bordeaux, et que j'y retournais.

– Il ne dira rien ?

– Non !

Elle remonta ses manches, et referma autour de son poignet sa petite gourmette d'or.

– Il m'a dit, sourit-elle, que j'étais drôlement bien sapée, et aussi : « Bon Dieu ! Qui c'est, ton mec, pour te saper comme ça ? »

– Et qu'avez-vous répondu ?

– La vérité, dit-elle, un enfoiré de Portugais pédé...

Le printemps fut précoce, cette année-là, et très beau. Natalène avait refait le petit jardin de Saint-Lys, avec l'aide de Gaston, et trouvé des merveilles sous les broussailles, comme elle s'y attendait bien. La plupart des arbustes avaient survécu à vingt ans d'oubli ; une fois taillés, et fumés, ils étaient repartis d'un bon pied. Le potager tout neuf faisait de son mieux lui aussi et sur l'herbe, un peu partout, les fleurs annuelles que Natou avait semées à la volée pointaient leur frais petit nez.

– L'année prochaine, disait-elle, je construirai une cabane, pour y dormir l'été. Et puis je repeindrai tout : les volets, l'extérieur... Vous aimeriez une chambre gris-bleu ?

Elle paraissait décidée à passer là les trois ou quatre prochaines années. Cependant elle n'en parlait pas. Et Tristan imitait cette prudence.

Elle l'accompagna, en avril, à Bordeaux où il devait jouer. Il donnait moins de concerts ; mais c'était, d'après le clan, de plus « grands » concerts.

– Est-ce que cela veut seulement dire, ironisait Natou, que la taille des affiches grandit ?

À ce concert-là, particulièrement « grand », le clan devait aller aussi. Du poulailler de la salle, où elle s'était prudemment perchée, Natalène put donc revoir les siens. Contorose et les tantes n'avaient guère changé en deux ans et demi. Par contre Philippe, Xavier, Édith, Caroline et Olivier semblaient cette fois-ci tout à fait adultes. Est-ce que Xavier n'avait pas poussé la plaisanterie jusqu'à chausser des lunettes, et Caroline n'avait-elle pas osé un chignon de dame ? Marion surtout, la petite Marion, qui était si longtemps restée enfant, s'était transformée en quelqu'un d'autre et ce grand jeune homme assis à côté d'elle, était-ce vraiment Emmanuel Duplessis ? Les Kerbauson n'avaient pas pu assister aux festivités, mais ils avaient délégué leur petit André, plus si petit que ça...

Natalène aurait pu souffrir. Mais elle était sage et n'en fut pas tentée. Les choses étaient ainsi, voilà tout. Tristan seul, là-bas, devant l'immense piano sombre. Elle, sous les combles. Et leur clan entre eux. Ce n'était pas elle qui avait distribué les cartes ni les rôles, après tout...

Au début de mai elle alla de nouveau passer une nuit à Lourdes. Seule, cette fois. Et d'ailleurs elle n'en avisa Tristan que le surlendemain, lorsqu'il rejoignit Saint-Lys à son tour. Elle n'avait rien appris de neuf, sinon que la Perle était à Brovnik et Vanik en Grèce. On avait transféré le Copte à Paris pour un supplément d'instruction, et surtout pour tenter d'éclaircir cette vieille histoire de racket. Milos n'avait pas entendu dire qu'il tentait vraiment de retrouver sa fille ; Gina avait même eu sur le sujet une phrase merveilleuse : « Vanina ? Oh, dis donc, qu'elle aille se faire foutre, j'ai pas que ça à faire... »

– Chouette, non ?

– Oui, dit Tristan. Chic et chouette...

Elle avait reçu un autre message : du bout de la Zélande les Yémaches lui faisaient dire que si elle voulait... si elle pouvait... ils l'accueilleraient parmi eux.

– Je ne peux même pas leur répondre, dit-elle. Dommage. J'aurais aimé vivre avec eux, oui, sous la déchirure du ciel.

Elle rit, et s'expliqua :

– Le vent est fou, là-bas, mais alors, vraiment fou ! C'est parce que le ciel est un peu déchiré audessus : et alors Dieu, par là, se cherche des cœurs. Il les veut, j'ai la description exacte, « forts, et tendres ». Quand il les a trouvés il les « creuse », de loin... et le vent appelle l'homme, jusqu'à ce qu'il vienne. Des années et des années s'il le faut : il viendra.

– C'est joli...

– Mais savez-vous qu'ils y croient sérieusement ?

– Tout à fait sérieusement ?

– Pas loin ! Chacun son truc, après tout : chez vous on croit bien à la révolution...

Elle avait croisé dans les rues les foules enthousiastes qui chantaient leur espoir d'un nouveau monde, en ce joli mois de mai. « Mais ça va foirer, disait-elle avec un peu de tristesse, ça va foirer... ceux d'en face ont trop d'argent. Et pour tout dire, ceux des rues aussi. »

Tristan voyait toujours Élise. Moins souvent, parce qu'il était très pris. Mais assez régulièrement tout de même. Cette fine mouche n'était dupe de rien. Dès janvier elle avait dit à son jeune amant, un soir : « Elle est revenue, n'est-ce pas ? » – et comme elle ne pouvait pas savoir de qui il s'agissait il n'avait pas nié. Elle était curieusement dépourvue de jalousie : sentir que Tristan ne souffrait plus l'avait vraiment soulagée, et elle n'avait plus posé aucune question.

Il la voyait le lundi, le plus souvent, parce que le petit Sébastien passait cette soirée-là chez son père. Elle lui confectionnait des plats bizarres, vaguement orientaux, qui remplissaient à peine un tiers d'assiette.

– Mais, disait-elle, ce sont de belles assiettes, tu avoueras !

Une de ses grandes passions était de s'entourer d'objets très précieux. Elle dormait dans des draps de soie et son peigne était en vermeil. Pour dénicher chez un brocanteur une cuiller en argent finement ciselée, ou vingt centimètres de dentelle ancienne, elle était capable d'entreprendre de véritables campagnes. Son nécessaire à courrier traînait dans un coin du salon, par terre, parce qu'elle n'avait pas encore déniché le bonheur-du-jour digne de le contenir. Et tant qu'elle n'aurait pas cette chance elle écrirait sur ses genoux.

Ce fut justement un lundi soir, en la quittant, que Tristan trouva Blajan en révolution. Il était presque minuit, mais les lumières du salon brillaient encore, et tout ce que le clan comptait de membres en âge de raison y discutait ferme.

– Eh bien ? dit Tristan.

Son apparition au seuil de la pièce mit le comble à l'agitation. Contorose lança un : « D'où sors-tu, mon garçon ? » (en guise de plaisanterie, car il n'attendit pas la réponse) et aussitôt prit une lettre, sur la table.

– Tu tombes bien. Lis ! Elle revient !

– Qui ?

– Natalène !

– Ah, dit Tristan, bon – vous êtes sûr ?

Il tendit la main, prit la lettre, dont l'écriture lui était inconnue, et lut, comme tout le monde l'avait fait avant lui, les quelques lignes qu'elle contenait : « Vanina Milacusca vous fait dire qu'elle sera le 16 juin à la gare de Tarbes, à 20 h 18. Est-ce que quelqu'un pourra aller la chercher ? »

– Ce n'est pas d'elle, grand-père.

– On le sait, sourit Contorose.

Il rayonnait, et ressemblait à un ancien Contorose dont tous ici avaient gardé le souvenir : celui d'avant sa défaite, celui qui ne s'était pas su lâche, et impuissant à sauver son enfant perdue.

– Elle revient, dit-il. Et après tout ça n'a rien d'étonnant, elle est majeure depuis un mois et demi. C'était évident. Je l'espérais. Elle revient, tu vois.

– Je vois, dit Tristan, une lettre qui le prétend, mais qui n'est pas d'elle. Qu'est-ce qui l'empêchait d'écrire elle-même ? Elle n'est pas manchote... Elle pourrait revenir, mais pas écrire ?

Philippe, qui s'était appuyé à la cheminée et observait son cousin avec surprise, intervint :

– Ce n'est pas idiot, ça.

– C'est ridicule, dit Contorose. Le 16 juin. Dans deux jours. Je le savais.

Les tantes avaient délaissé leur ouvrage et regardaient le vieux monsieur, tout attendries de le voir si exubérant.

– Je pensais, dit tante Lise, que cela te ferait plaisir, Tristan...

– Moi aussi, glissa Philippe. Mon vieux, tu m'épates.

Tristan haussa les épaules.

– Je serai aussi content que vous, dans deux jours, si elle descend de ce train, mais je n'y crois pas, c'est tout. Elle aurait écrit elle-même.

– Elle le fera peut-être ? dit Marion. On n'est que le 14, après tout...

Sa voix était toujours aussi douce et personne ne l'entendit. Tristan reposa la lettre sur la table et prit l'enveloppe : elle avait été tamponnée à Lille, l'avant-veille.

– Lille... dit-il. Elle connaissait des gens là-bas ?

À lui non plus on ne répondit pas. Contorose avait repris avec les tantes la conversation que l'arrivée de Tristan avait interrompue : il s'agissait des comptes de tutelle, de faire très vite « divorcer ces enfants », et d'une certaine lettre du notaire au sujet d'une sombre affaire d'indivision. Tristan s'en désintéressa vite. Qui avait pu lancer ce bateau à l'eau, et pourquoi ?

Il ne pouvait pas téléphoner à Saint-Lys ; pas de Blajan en tout cas. Sans la curiosité qu'il devinait à Philippe il serait sorti et aurait appelé Natou de la cabine du village. Mais Philippe ne le quittait pas des yeux.

– Qu'est-ce que tu en penses ? lui demanda Tristan.

– Et toi ?

Dans ce genre de passe Tristan avait l'avantage, parce qu'il ne cherchait pas, lui, à convaincre l'adversaire qu'il en savait plus long que tout le monde. C'était même le cadet de ses soucis. Philippe, là encore, payait cher son satané orgueil.

– Je ne sais pas trop, répondit calmement Tristan. Les dates correspondent, puisqu'elle vient d'être majeure, c'est vrai. Ce serait chic, j'aimerais beaucoup... mais si jamais c'est une blague grand-père va en faire une maladie.

Il laissa Philippe à sa perplexité et se glissa vers Marion, qui semblait rêveuse.

– Vous y croyez, vous ? dit-il.

– Oui. Pourquoi quelqu'un aurait-il inventé ça, si ce n'était pas vrai ? Pourquoi ?

« Je voudrais bien le savoir... » pensa Tristan.

Il ne put téléphoner à Saint-Lys que le lendemain matin, après que Philippe eut disparu au manège. Et Natalène, d'abord éberluée, débrouilla vite la vilaine pelote :

– C'est Gina, dit-elle. Ça lui ressemble, parce que c'est bête. Ils veulent seulement être sûrs que vous ne savez pas non plus où je suis, vous. Et si vous êtes à la gare c'est que vous ne le savez pas. Mais c'est tellement bête !

– Pourquoi ?

– Parce que vous pourriez bien y aller quand même, et faire semblant de m'attendre ! C'est du Gina tout craché, ça, et si le Copte l'apprend elle en entendra parler...

Elle riait, à l'autre bout du fil.

– Allez-y aussi, dit-elle. Vous surtout. Et faites bien semblant... Grand-père y croit ?

– C'est bien lui qui y croit le plus.

– Ah, dommage...

Elle se tut, puis reprit, prosaïque :

– Mince, il me doit bien ça.

– Combien seront-ils ?

– À la gare ? Alors ça... Ça dépend si elle donne dans le genre intimiste ou dans la parodie de western.

– Deux ?

– Ça paraît honnête. De Fonvières sans doute.

– Jujube ?

– Ça m'étonnerait. Il est trop repérable.

De nouveau elle rit, lointaine.

– N'oubliez pas votre six-coups...

Il raccrocha, pour la punir. Puis rappela, parce qu'une sombre pensée lui venait :

– Natou... c'est qu'ils recommencent à chercher, non ?

– Si, dit-elle. Mal, mais ils recommencent.

Elle raccrocha là-dessus, à son tour. Et ne rappela pas.

Le mercredi, les Blajan s'en furent à la gare de Tarbes. Pas au grand complet heureusement. Mais tante Lise avait tenu à faire partie du comité d'accueil, avec Contorose bien sûr, Tristan, et Philippe. La gare étant à peu près déserte ils se voyaient de loin et Tristan, tout compte fait, se mit à trouver l'épisode amusant. Devant le kiosque à journaux, près de l'escalier, un jeune homme brun lisait un journal. Était-ce lui, l'envoyé de la Bohême ? Ou ce vieil homme, là-bas, assis sur un banc ?

À 20 h 10, l'arrivée du train de Bordeaux vint brouiller les cartes, et Tristan renonça à jouer les détectives : il y avait dix fois trop de suspects.

– Je me demande... disait Contorose à sa sœur. C'est vrai qu'elle aurait pu écrire...

Tristan, qui avait malgré tout pitié du vieux monsieur, insista :

– Elle n'y sera pas.

– Si, dit Philippe. Elle y sera.

Son visage avait une curieuse expression d'attente et de peur. Quel étrange amour, douloureux et furieux, avait ce diable de garçon pour Natalène, et depuis si longtemps...

On venait d'annoncer le train de Paris et Contorose, ému, s'appuya à la barrière qui les coupait du flot des voyageurs.

– On va la rater, dit-il. On aurait dû se séparer.

Tante Lise, beaucoup plus calme, haussa les épaules.

– Voyons, Louis, ne sois pas ridicule, il suffit qu'elle nous voie, elle !

Mais personne ne vit rien, parce qu'il n'y eut rien à voir. En rangs pressés, puis clairsemés, les occupants du train de Paris défilèrent. Trois employés fermèrent le ban, mélancoliquement, un balai sur l'épaule.

– Voilà, dit Tristan.

Il s'était bien promis de prendre un air déçu, mais s'en dispensa : Philippe était sombre, tante Lise attristée, et Contorose faisait peine à voir.

– Elle reviendra, dit-il à son grand-père. Elle reviendra forcément : mais ce jour-là elle écrira elle-même. Ou bien elle nous tombera dessus sans crier gare, à Blajan... Venez.

Une femme très brune, à quelques pas d'eux, fouillait son sac – un sac vraiment bien décousu. « Ça y est, pensa Tristan, je suis parano... »

– Mais pourquoi cette lettre, alors ? disait tante Lise. Pourquoi ?

Ils retraversèrent le hall de la gare, en silence. La jeune femme brune marchait juste derrière eux. Mais près des guichets elle s'arrêta, et Tristan la vit se battre avec un distributeur de boissons fraîches. « Parano... » murmura-t-il.

– Comment ? dit Philippe.

– Oh, rien...

Le retour fut mélancolique. Et plus encore l'arrivée, parce qu'une table de fête était dressée dans la salle à manger et que les Blajan restés sur place s'étaient précipités sur le perron, pleins d'espoir, en entendant la voiture.

Le récit de l'équipée attrista Natalène, bien sûr. Un peu. Mais elle appréciait aussi, comme Tristan, la drôlerie de la chose. À Lille, là-bas, une bête de

Gina claquait des doigts, et le respectable chef d'une vieille famille bourgeoise s'en allait attendre du vent à la gare de Tarbes...

– Le Copte n'aurait jamais fait ça, dit-elle. D'abord c'est vraiment trop nouille. Et puis il préférerait se servir du pape plutôt que de vous !

– Mais si c'est Gina, pourquoi dit-elle à Milos que vous pouvez – pardon – aller vous faire foutre, et un mois après invente-t-elle ça ?

– C'est bien ça que je ne comprends pas...

Ils se turent. Autour d'eux le jardin regorgeait de fleurs. Natalène avait semé tant de paquets de graines, à la volée, que la pelouse ressemblait à un catalogue de grainetier.

– Ils me cherchent, dit-elle. Je sens qu'ils me cherchent... Mais pourtant le Copte a autre chose à faire, non ? Et puis j'étais sûre, j'aurais parié ma tête qu'il attendrait son procès – parce que s'il en a pour deux ans, ou dix ans, ou trente ans, il voudra pour moi des choses différentes – et ça ne lui ressemble pas de s'agiter pour rien, trop tôt, sans savoir...

– Partez ?

– Mais où ? À Édimbourg ?

– Pourquoi pas ? Sophie tiendrait sa langue...

Elle regarda le jardin, la façade décrépite de la petite maison basse, et serra les lèvres.

– Non, dit-elle. J'en ai marre de courir les cartes de l'atlas comme si j'avais moi aussi les Yougoslaves au cul. Je partirai en novembre, s'il sort. Pas avant. Et seulement s'il sort.

– Il ne sortira pas.

– Oh, c'est un homme étrange...

Elle roula sur elle-même pour investir une autre portion de pelouse et s'étendit de nouveau, les bras en croix.

– Avez-vous vu ses yeux ? dit-elle. C'est un homme très étrange...

– Vous avez les mêmes. Exactement les mêmes. Plus grands, et peut-être un rien plus clairs. Mais ce sont les mêmes.

Elle se releva, en fermant les yeux, et vint jusqu'à Tristan, à tâtons.

– Embrassez-moi, dit-elle. Je ne vous regarde pas, c'est promis, vous ne risquez rien...

VIII

Quand Tristan revint à Saint-Lys, le jeudi suivant, il n'y trouva pas Natalène. Mais elle avait laissé sur la table un petit mot à son intention : « Milos a téléphoné. J'y fais un saut jusqu'à vendredi midi. Je vous ai pris deux billets de cent francs. Arrosez les gazanias, ils sont juste plantés (à gauche du puits, devant l'hortensia) et j'ai peur qu'ils ne reprennent pas. *V.* »

La signature le fit sourire, comme chaque fois qu'il prenait Natalène en flagrant délit de confusion mentale. Il arrosa les gazanias. Mais Natalène ne revint pas le vendredi – ni le samedi – en fait, elle n'était toujours pas là quand il dut repartir, le dimanche.

Il repartit tout de même : il savait qu'il devait le faire. Qu'il devait sourire à Marion, revoir Élise, jouer à Toulouse et taquiner tante Blanche sur son nouveau col de dentelle. Même si le cauchemar recommençait.

C'était bien un cauchemar. Mais il ne ressemblait pas à ceux qui l'avaient précédé – ces longs déserts d'absence et de silence. Il allait vite. Presque trop vite. Dès le lundi, Tristan reçut une lettre de Natalène, à Blajan. Elle s'était contentée de transformer de son mieux son écriture sur l'enveloppe et de mal orthographier « Taswïck ». « J'ai eu des ennuis, écrivait-elle, mais ça va s'arranger. NE FAITES RIEN. *Pedro.* »

Le mercredi il reçut une autre lettre, à peine plus longue. « Ne vous en faites pas, disait-elle. Je suis coincée là mais ça ne va pas durer. Je vous écrirai. SURTOUT ne bougez pas. *Roubeira.* »

Il n'y eut pas de troisième lettre, signée « Alfa ». Mais le jeudi, quand Tristan sortit du Mikado et s'approcha de sa voiture, il vit Anizia qui l'attendait, appuyée contre le capot.

– Salut, dit-elle. J'ai un truc pour toi.

Il la fit monter, démarra, et seulement alors retrouva sa langue :

– Je suis content de vous revoir – de te revoir. Ça va ?

– Moi, oui, mais c'est Vanina... C'est vrai que tu sais où pêcher son mec, toi ? Celui de Bordeaux ? Un Portugais ?

– Je sais qu'elle était dans un camp de Bordeaux avec un Portugais, dit prudemment Tristan.

– Elle a dit à Milos que toi tu pourrais le pêcher, ce type, tu savais où.

– Je crois que je peux, oui, s'il est encore là-bas.

– Parce qu'il faudrait lui dire, tu vois, de ne pas bouger, de ne pas la chercher pour le moment. Surtout pas.

– Bon. Je le lui dirai. Rien d'autre ?

Anizia secoua la tête. C'était tout.

– Où est-elle ? demanda-t-il.

– Ben, à Lourdes. Pas de chance, dis donc. Elle allait repartir, elle était à la grille, quand il a juste débarqué, même pas exprès, ce type de Lille, tout droit de Lille – tu penses s'il lui a sauté dessus, depuis le temps qu'ils la cherchent...

– Le Copte est avec elle ?

Anizia ouvrit la bouche, mais la referma aussitôt et, loyale, hocha la tête.

– Ben j'sais pas. Peut-être.

Tristan s'obligea à se taire pendant quelques minutes encore – le temps de prendre, au hasard, cette petite route à droite, et cette autre encore... Anizia était bavarde, et n'y tint plus.

– Ils l'ont coincée là jusqu'à ce que Gina descende de Lille. Pour le moment elle ne peut pas, parce que... elle ne peut pas. Elle a fait dire qu'on la lui garde au chaud, elle la prendra après, peut-être la semaine prochaine.

– C'est Milos qui la garde ?

– Oh ben non, c'est le type de Lille, il a la clé de la caravane... Milos, il passe la bouffe, et puis les trucs à dire, elle m'en a fait passer un... que je te trouve, parce que toi tu sais où pêcher son mec... Tu sauras ?

– Je crois que oui. Voulez-vous... Veux-tu une cigarette ?

Elle voulait bien, et considéra avec plaisir celle qu'il lui offrait, blonde et longue.

– C'est vrai, dit-elle, que t'as un chouette turf, toi.

Il s'était arrêté sur une petite place, pour allumer leurs deux cigarettes, et ne repartit pas. Une rue qui s'ouvrait sur sa droite lui sembla familière ; c'était celle où habitait Valérie, et où il l'avait reconduite un soir, il s'en souvint tout à coup.

– Mais pourquoi était-elle à Lourdes ? demanda-t-il.

– Milos voulait la voir pour le fric du Grec, tu sais, celui de la vieille Mareski ? Même qu'il s'en mord les doigts maintenant, mais qu'est-ce que tu veux, bon, c'est comme ça.

– Mais si le Portugais va la chercher ?

– T'es fou, ils l'étriperaient ! Déjà qu'ils sont toujours après elle ! Mais Vanina, tu sais bien, c'est une mule. Une sacrée mule. Alors tu dis bien au Portugais de ne pas bouger d'un poil, ce serait pire. Pas d'un poil. Ils en auront marre avant elle. C'est une mule.

– Mais si je dis au Portugais que Gina veut emmener Vanina à Lille, il ne va pas apprécier.

– Tu lui dis pas ça ! Parce qu'elle n'a pas envie d'attendre Gina, tu penses bien ! Tiens, mule comme elle est, je lui donne pas trois jours pour filer. Le premier jour elle a failli, déjà.

Elle rit, parce que tout la faisait rire, et continua :

– Paraît que c'était marrant, Milos l'a vue passer sous la fenêtre, alors il a resservi de son vin au type de Lille, pour l'occuper – mais y a un gosse qui l'a montrée, Vanina – alors ils ont couru – et Milos aussi, mine de rien, bien obligé, qui gueulait encore plus fort que l'autre...

Elle avait fini sa cigarette, et regardait les abords de la petite place.

– Je sais pas où on est, dis donc... Tu peux me rapprocher ?

– Bien sûr... Où ?

– C'est la sortie sud, celle vers Fonvières. Jujube est là-bas. Je te dirai.

Elle parla de Jujube et de ses flippers jusqu'aux faubourgs. Mais quand Tristan s'arrêta devant le café où Jujube exerçait son art elle revint à la mission dont on l'avait chargée :

– Tu lui diras bien de ne pas bouger, hein ? Je compte sur toi ? Tu lui dis d'attendre, elle va filer. C'est une mule, elle filera. Tu lui dis ça ?

Il le promit, et regarda s'éloigner dans la nuit la jupe rouge et le châle fleuri. Puis il prit la route de Lourdes.

Il n'alla pas loin. Sa colère s'apaisait, et plus elle s'éloignait plus l'énormité de ce qu'il voulait faire lui apparaissait. Seul, il ne pouvait rien, que détruire la toile tissée là-bas par Natalène – et surtout lui fermer, en se montrant au grand jour, la seule retraite sûre qu'elle avait au monde. Ce qui lui restait de rage se dépensa tout entier dans un tête-à-queue stupide, sur la route. Et il retourna à Saint-Lys. Pour arroser les gazanias, puisque c'était son lot.

Il reçut là-bas une autre lettre, le vendredi. « Ça ne va pas fort. Mais ça va s'arranger. *Vanina.* » Combien de temps avait Natou pour jeter quelques mots sur une feuille ? Trente secondes ? L'écriture était pressée, la suscription tracée à la diable...

La feuille suivante devait être la dernière. « On va me remonter à Lille, disait-elle. Je filerai en route ou pas du tout. Avez-vous une petite cuiller pour me ramasser ? *N.* »

L'ironie de la question ressemblait bien à Natalène mais ne lui enlevait rien de sa sinistre signification et Tristan se demanda, en glissant la lettre dans sa poche, s'il en supporterait beaucoup plus encore. Oui, sans doute. Natou le lui avait dit un jour, à propos de tisane : « Au pied du mur vous en boiriez dix litres, comme tout le monde... »

Farfouille, qui passait dans la rue avec son âne, fit à son voisin un grand salut du bras, et cria :

– Bonnes nouvelles ?

– Oui, dit-il, bonnes. Où vas-tu ?

– Au champ du troll !

Elle ne s'était pas arrêtée et se trouvait déjà au bas du chemin. Tristan eut envie de la tuer, cette brave Farfouille : parce qu'elle avait un âne, ou parce qu'elle portait un tablier noir, ou parce qu'elle allait au champ du troll, au choix... Dix fois par jour il était saisi par des accès de rage aussi stupides que celui-ci, et la violence des Blajan, si bien maîtrisée chez lui, le submergeait. Il aurait dépecé Contorose lui-même, s'il l'avait pu.

Il pensait avoir déjà vécu des jours bien sombres. Mais ce n'était rien, rien du tout, et la dernière semaine de juin ne fut qu'une longue torture. Plus de lettres. Rien. Le silence retombé – sur quoi ?

Le 2 juillet il s'installa tout à fait à Saint-Lys. Natalène et lui avaient décidé en mai de passer l'été en Espagne et il avait beaucoup trop parlé de ce voyage à Blajan pour pouvoir le dire annulé ; il était censé retrouver le 3 des amis à Barcelone, et le 5 partir avec eux pour l'Andalousie.

Mais le 3, et le 5, il était à Saint-Lys, bien sûr, avec quelques petites bribes d'espoir traînant encore çà et là. Et le 10 il y était toujours, sans plus rien espérer.

« Je filerai en route ou pas du tout » : elle n'avait pas filé.

Le 12, la machine se remit en marche. On appela Tristan d'une cabine, le soir, très tard. « Juste avant Moulins », lui dit-on. On dit aussi : « Milos, tu sais ? » Il savait, mais il n'eut pas le temps de le dire, on avait coupé.

Quelques minutes après on rappela, et Tristan fut accueilli par une bordée de jurons – que putain ça marchait jamais ces bon Dieu de putasseries...

– Allô ? dit-il.

– Tu m'entends ?

– Oui. Milos ?

– Et toi t'es le pote au Portugais ?
– C'est ça.
– Dis donc ça fait cinq fois que j'arrive pas à t'avoir... Dis-lui que c'est fait, y a deux heures, hein, il peut la récupérer, elle y sera cette nuit.
– Où ?
– Chez la vieille Rosa. Il connaît forcément. Rosa, à Pau. La cité, tu sais ? Il doit connaître. Forcément.

La voix s'éloignait, recouverte par un grésillement strident. Puis elle redevint claire, et proche :
– ... que vu que c'était pas le Copte ils peuvent aller se faire enculer à ma santé je m'en fous. Dis-y que je les mène en bateau le plus que je peux. Là ils pioncent tous les deux, et comme j'ai jeté la clé du Papé ça lui retombera dessus, dis-y qu'aux Dentelles y z'ont rien vu...

Le grésillement reprit. Tristan cria une question sur la vieille Rosa. Mais il n'y avait plus personne au bout du fil.

Il aurait pu aller interroger Anizia à Fonvières : la jeune femme devait savoir, elle, qui était Rosa, puisque apparemment il était surprenant de l'ignorer. Mais il n'osa pas. Mieux valait ne courir ce risque qu'en dernier recours, s'il ne réussissait pas à démêler l'écheveau seul, à dénicher, à Pau, une cité, et dans la cité une vieille Rosa.

Il sortit dans le jardin pour y attendre l'aube. Devant lui les montagnes se distinguaient à peine dans la nuit. Un chien hurlait au bas du village. Il ne pensait à rien, comme si la tension des trois dernières semaines, en se relâchant brusquement, l'avait laissé sans forces. Puis une part de son esprit, celle qui ne s'intéressait pas à la masse sombre des montagnes, se mit à reconstruire de l'aventure un scénario acceptable. Gina n'avait pas dû pouvoir quitter Lille, et elle avait chargé quelqu'un de lui « remonter » Vanina là-bas. Milos, dont les camions servaient à tout, avait convoyé la petite troupe. Le voyage avait seulement eu lieu plus tard que prévu et peut-être, les derniers temps, surveillait-on Natou de trop près pour qu'elle ait pu écrire – oui, les choses avaient pu se passer ainsi...

Pour la suite, il avait trop peu d'éléments. Milos avait-il libéré Natalène à Moulins – et alors elle pourrait difficilement se trouver à Pau dès le lendemain – ou l'avait-il fait avant, bien avant ? Les autres dormaient, en tout cas, quand il avait téléphoné, y compris ce « Papé » privé de ses clés... Mais puisque « ça » avait été fait deux heures avant son appel, et qu'il avait bien dû attendre, pour faire « ça », que ses compagnons dorment, pourquoi n'avait-il pas appelé plus tôt ? Tout s'embrouillait, là, des camions fous se croisaient sur la petite route, devant Tristan, quelqu'un courait, on essayait d'ouvrir la porte fermée d'une cabine...

L'aube le réveilla. Malgré l'été, elle était fraîche. Et le désespoir qui l'avait accablé la veille surprit Tristan, parce que enfin Natalène avait filé, oui, et ce soir, ou l'autre soir, elle serait là...

Il nota, en prenant son café, ce que Milos lui avait dit, mot pour mot, y compris cette phrase tronquée sur le Copte et la gracieuseté qu'elle contenait. Puis il prit une douche, se changea, arrosa les gazanias, et se mit en campagne.

Son premier arrêt fut pour la maison de Gaston, en bas du village. Et Gaston, qui avait un cœur d'or, accepta bien volontiers de se mettre en faction devant le téléphone de son voisin. Oui, il décrocherait, il dirait qu'on l'avait chargé de prendre les messages – non, il ne bougerait pas avant que Tristan ne le libère...

Si Milos n'avait pas parlé d'aller « récupérer » Natou, Tristan se serait assis lui-même devant son appareil jusqu'à ce qu'elle l'appelle. Mais le Portugais semblait être attendu chez Rosa, et le Portugais, après tout, l'enfoiré de Portugais pédé, c'était lui. Aussi n'usa-t-il de Gaston que pour être sûr de ne rien négliger, et se mit-il en route avec la vague impression de partir en guerre.

À Pau, à dix heures, il commença par étudier soigneusement l'annuaire, dans un café. Cela ne donna rien. Les cités abondaient, mais « Rosa » n'était pas un nom de famille : il s'y attendait. Aucune voyante ou médium ne portait ce doux prénom, précédé du « madame » de rigueur. Il rêva un instant aux talents d'une « madame Corinne », qui se faisait fort de vous délivrer très vite de « toute persécution d'où qu'elle vienne » et de vous assurer « toute affection désirée »; puis il referma l'annuaire, paya sa consommation et sortit. Pourtant, dès qu'il fut sur le trottoir il se ravisa.

– Au fait, dit-il au patron que sa réapparition brusque avait fait sursauter, vous pourriez peut-être me renseigner... Rosa ? À la cité, vous savez ?

– Elle a fermé, dit l'homme.

Sidéré que tout soit allé si vite, Tristan le regardait, sans mot dire.

– Y a la rue des Douves, proposa obligeamment le patron. Ou alors la Petite Hollande, mais c'est pas le même genre.

– Non, non, Rosa... Vous avez l'adresse ?

– C'est au marché. La rue des Halles. Mais c'est fermé, ils l'ont fermé du mois dernier, y a l'avis sur la porte. Aux Douves c'est pas mal non plus...

« Mince, pensa Tristan, c'est pas vrai, un bordel... »

Il posa une pièce sur le comptoir et sortit, pour de bon cette fois. Il savait où était le marché parce qu'il l'avait traversé à l'aller. Il le retrouva vite, gara sa voiture à l'une des extrémités, et reconnut sans peine la rue des Halles ; son nom ne mentait pas, on devait pour l'atteindre passer sous une suite de voûtes lambrissées. Devant le numéro 13 il acheta des cerises, au dernier étal. Et devant le numéro 17 il s'arrêta, pour lire l'affichette qui décorait le volet baissé. L'établissement de Rosa Michaud, baptisé « café » pour la circonstance, était fermé pour infraction à la législation sur les débits de boissons. Fermé jusqu'à nouvel ordre.

Il continua son chemin jusqu'à ce qu'il tombe sur un autre café, un vrai cette fois, et plus respectueux des saintes lois républicaines. On l'y admit avec ses cerises et la serveuse lui offrit même le premier sourire de sa journée.

– Elles sont bonnes ?

– Oui, dit-il. Vous en voulez ? Contre l'annuaire, deux jetons et un petit noir ?

Elle rit, et accepta. Tristan se sentait si heureux qu'il aurait volontiers embrassé cette jolie fleur, et il rit avec elle, pour le plaisir.

Quand il fut dans la cabine, pourtant, la salle du café lui parut moins ensoleillée, et la serveuse moins ravissante qu'il ne l'avait cru tout d'abord. Était-ce seulement l'été ? Natalène n'avait peut-être pas pu arriver jusqu'ici, ou pas si vite, ou bien cette Rosa n'était pas la bonne – et que ferait-il alors ? Son cœur se serra, affreusement.

Dès qu'il eut retrouvé son calme il fit le numéro. Et ce fut bien une voix de femme qui lui répondit.

– Madame Michaud ? dit-il.

– Oui ?
– Est-ce que Vanina est arrivée ?
– De la part de qui ?
Il hésita, et crispa dans sa poche les doigts de sa main libre, nerveusement.
– Le Portugais, dit-il.
– Je vais voir.
Ses doigts se desserrèrent, lentement, et il s'adossa à la paroi vitrée. Après un silence interminable la voix de Natalène surgit du néant :
– Pedro ? C'est toi ?
– Oui, dit-il, enfin non – si.
Il l'entendit rire, dire à quelqu'un : « C'est bon », puis, plus haut : « Ferme ! »
– Où êtes-vous ? dit-elle ensuite.
– Ici. À deux pas de chez Rosa, dans un café.
– C'est vrai ?
– Vous pouvez sortir ?
– Oui, mais... cette nuit, pas avant. Et il faudrait...
Sa voix changea, brusquement :
– Onze heures. Tu demanderas Prune. Au 15, pas au 17, au 15. Salut, vieux.
Elle avait raccroché. Tristan le fit aussi, appela Saint-Lys pour libérer Gaston, et quitta sa cage vitrée. Il était presque midi.
Il acheta d'autres fruits au marché et pour Natalène, à tout hasard, une petite robe d'été en coton léger. Il déjeuna sous les arcades d'une adorable placette, visita deux églises, vit un western détestable, explora les vitrines d'un musée – enfin il tua le temps de son mieux. Mais ça résiste, le temps, et ça vend chèrement sa peau...
Vers le soir, il plut. Tristan, qui en avait assez des cafés de Pau, se réfugia sous un porche, devant la place du marché maintenant désertée, et regarda

l'averse pourchasser de pavé en pavé quelques papiers gras. Il se sentait curieusement loin de tout – de cette ville, de Natou même – comme si l'aventure avait cessé de le concerner.

À onze heures, pourtant, quand il frappa à la porte du numéro 15, ce fut presque avec l'impression de jouer sa propre peau. Une petite boulotte lui ouvrit, eut un geste rapide de la main pour l'attirer à l'intérieur, et dès qu'il fut entré referma précipitamment la porte.

– Prune ?

– Oui, dit-elle. Montez vite. C'est au troisième. Frappez au 12, elles vous conduiront.

Elle disparaissait déjà, derrière une porte rose, et Tristan l'entendit rire, et dire : « Tu parles, deux gamins, c'est pas le moment... »

Abandonné dans le vestibule sombre, il dut tâtonner pour atteindre l'escalier. À aucun des étages il n'y avait de lumière. Et pas le moindre bruit, nulle part. Il dut se servir de son briquet, au troisième, pour trouver la porte 12 – la dernière. Avec, de nouveau, une étrange sensation d'irréalité, il frappa. On lui cria d'entrer et il vit, dans une pièce minuscule, deux femmes vêtues de noir.

– Ah oui, dit l'une d'elles, c'est le copain de la petite, tu sais, la petite du 17...

À Tristan, elle fit un sourire distrait.

– Venez, on y va.

Il s'écarta pour la laisser sortir. Sous le maquillage violent qui le couvrait, son visage était très dur.

– On communique avec le 17 par le fond, dit-elle. Vous reviendrez par là : cette porte, vous voyez ?

Elle l'ouvrait, allumait, et Tristan vit qu'ils étaient dans un grenier. Quelques malles ouvertes vomissaient des chiffons.

– La porte d'en face, dit la femme. Et puis celle de droite. Surtout éteignez bien tout.

De nouveau il se trouva seul. Il traversa le grenier vide, en essayant d'étouffer le bruit de ses pas, gagna l'autre porte, et abaissa l'interrupteur avant de quitter la pièce. De l'autre côté – celui du 17, s'il avait bien compris – c'était encore un couloir. La porte de droite ne portait aucun chiffre. Il frappa, du bout des doigts, doucement.

– Oui ?

Cette fois c'était la voix de Natalène. Il entra, repoussa le battant derrière lui, s'y adossa et ferma les yeux. De toute façon la pièce était plongée dans l'obscurité la plus complète. Et puis vraiment son cœur battait trop fort, il lui faisait mal...

– C'est vous ? dit la voix.

– Oui, répondit-il. Bonjour.

Quand il rouvrit les yeux il distingua vaguement quelques masses – une armoire, une malle, et plus loin le rectangle pâle d'un lit.

– C'est un bordel ici aussi, Natou ?

– Non, pas ici. Seulement au 15.

– Vous n'avez pas de lumière ?

– Surtout pas. Mais ouvrez un peu les rideaux si vous voulez. Pas trop.

Il traversa la pièce à tâtons, jusqu'à la fenêtre que signalait une très faible lueur au-dessus des rideaux. C'étaient de gros, d'épais rideaux de drap et il eut du mal à les faire glisser sur leur tringle.

– Comment m'avez-vous trouvée ? demanda-t-elle.

– Mais Milos m'a dit où vous étiez, pour que je le dise à l'enfoiré...

– Quel enfoiré ?

– Le Portugais.

– Et d'où a-t-il téléphoné ?

– Un peu avant Moulins. Ils dormaient. Je ne sais pas qui, mais ils dormaient : les autres.

Il distinguait à peu près, maintenant, l'invraisemblable fouillis de la chambre, et, sur le lit, Natalène dont le visage faisait une tache claire.

– Ne restez pas devant la fenêtre, dit-elle. Ils sont fermés, au 15, ils ont eu du grabuge... Vous avez des cigarettes ?

Il se baissa, jusqu'à ce qu'il ait atteint le lit, et là s'assit, en fouillant la poche de son blouson. Mais des pas claquèrent, brusquement, dans le couloir, on ouvrit une porte très proche, quelqu'un rit – et aussitôt le mur parut s'embraser. Une simple cloison de planches mal jointes séparait leur chambre de la pièce voisine, et comme on venait d'allumer dans celle-ci la lumière se glissait chez eux par tous les interstices. Tristan vit Natalène mettre un doigt sur sa bouche. À côté, une fille riait. Il vit aussi dans quelle tanière il était assis : des cuvettes traînaient un peu partout entre des tas de linge sale, et près de la porte une pyramide de chaises cassées s'élevait presque jusqu'au plafond. Trois seaux hygiéniques s'alignaient sous un lavabo descellé, et manifestement ils étaient pleins.

Mais rien de tout cela ne valait le spectacle qu'offrait Natalène. Sur son jupon sale des lambeaux de jupe rouge pendaient comme ils pouvaient. Elle était pieds nus et n'avait d'autre chemisier que les traces de coups qui couvraient ses épaules. Autour de son poignet s'enroulait une bande grisâtre, très épaisse, tachée de sombre, et son visage surtout stupéfia Tristan : pâle, creusé, et terriblement las.

Ils étaient l'un et l'autre parfaitement immobiles. Natalène avait seulement ôté le doigt posé un instant sur sa bouche, et laissé retomber son bras. Un cri étouffé monta de la chambre illuminée, à côté, puis un rire encore, et un autre cri plus aigu. Tristan baissa les yeux et s'absorba dans la contemplation de ses mains, posées sur ses genoux. Dix minutes se passèrent ainsi, de coups en cris, jusqu'à ce que la fille se mette vraiment à pleurer. Ensuite les choses allèrent très vite. Sur un dernier grincement le lit fut déserté, on s'affaira un peu, il y eut des froissements de tissu, ce rire grasseyant encore, les chaussures furent remises et celles de la fille claquèrent dans le couloir, suivies par celles de l'homme, traînantes.

– Elle n'a pas éteint, dit Tristan.

– Elle va revenir. Elle en fait trois le soir, c'était le deuxième.

Agile sur ses pieds nus, elle alla à la fenêtre et referma les rideaux, en les joignant bien soigneusement. Puis elle s'assit en face de Tristan, sur le plancher.

– Vous l'avez, cette cigarette ?

Il sortit son paquet de sa poche, la laissa se servir et lui tendit son briquet.

– Je n'ai pas fumé depuis des siècles, dit-elle.

Elle vit le regard de Tristan s'attarder sur ses épaules, comme s'il y comptait les coups reçus, et elle baissa les yeux.

– Ce n'est pas grave, dit-elle. Je m'en fous. Putain, je m'en fous...

– Je n'ai rien compris à toute cette histoire, dit-il. Ça a un sens ?

– J'espère, répondit-elle durement. J'espère que ça a un sens. Et qu'on me l'expliquera et que je comprendrai.

Son visage, que de larges cernes sombres creusaient et vieillissaient, avait eu une curieuse expression, pleine de haine et de sauvagerie. Mais presque aussitôt elle sourit.

– Ça me fait tourner la tête, de fumer...

– Je vous emmène quand ?

– Après les clients – autrement Rosa nous verrait. Elle m'a cachée là parce que je l'ai payée, mais si quelqu'un d'autre la payait encore elle dirait tout ce qu'on voudrait, avec qui je suis partie par exemple... Prune nous fera passer par en bas, du côté des poubelles. Il faut seulement que la fille ait fini.

Elle avait désigné, du menton, la cloison en planches.

– C'est la maso de la troupe, dit-elle. Elle vient là parce que du 15 on ne peut pas l'entendre : y en a qui n'aiment pas.

Elle eut un petit rire malicieux.

– D'ici on l'entend sacrément bien. Ça passe le temps. Je joue aux devinettes, avec une seule question, que diable lui fait-il, et des tas de réponses diverses... Et autant vous dire qu'il y a de ces tordus ! Quand je pense que je m'inquiétais pour la petite cravache de Philippe, dans mon jeune temps...

– Elle vous a prêté un client ?

Il désignait, du doigt, l'épaule de Natalène, et elle rit.

– Non, dit-elle. Là ce sont mes dromadaires. Ils avaient la colique...

Elle éteignit sa cigarette, vite : les pas revenaient.

Cet homme-là ne riait pas. Il se servait d'une cravache lui aussi, ou de quelque chose qui y ressemblait fort. Un coup, un cri qu'étouffait sans doute un bâillon, un coup, un cri... Cela s'arrêta plus tard, parce qu'on s'était affalé sur le lit, puis reprit. Tristan avait croisé ses mains autour de ses genoux et les serrait l'une contre l'autre, nerveusement. Il regardait celles de Natalène, sagement jointes sur les plis du jupon sale. L'homme se mit à parler, ensuite, d'une voix rageuse et méprisante. Il commentait les coups qu'il allait donner, avec une précision salace et beaucoup de jubilation. Après quoi il les donnait. Tristan ferma les yeux et tâcha de penser à la sonate qu'il étudiait en ce moment. Son chant grave, et très lent, l'habita. Puis il disparut.

Il sentit la main de Natalène se poser sur la sienne, rouvrit les yeux et sourit à la jeune fille. Elle avait un visage si las que cela lui serra le cœur. Ses lèvres étaient pâles, et ses prunelles mêmes semblaient éteintes. Autour de ses traits tirés ses boucles pendaient, sales, et il y avait sur son front une large meurtrissure. La voix de l'homme se fit plus basse, haletante, puis se tut. Un très long silence suivit. Tristan ne put s'empêcher de sursauter quand les cris étouffés reprirent, et Natalène serra ses doigts entre les siens. La fille sanglotait maintenant. Des corps s'abattirent sur le lit, si proche, et on n'entendit plus que les grincements du sommier et les halètements de l'homme. Une honte brûlante habitait Tristan. Il n'était pas plus prude que Natalène et ce qu'il entendait ne le gênait pas à proprement parler ; il pouvait même, d'une certaine façon, l'écouter avec curiosité. Mais il haïssait ce qui ressemblait, en lui et chez ses proches, à l'inconnu. Il revoyait le Copte poser sur Natalène sa large main, Philippe ricaner dans le vestibule, Boris regarder Valérie et lui-même, au grenier des hiboux, renverser Natou sur le tapis ; et son cœur était lourd.

Quand les pas s'éloignèrent de nouveau il se détendit, et prit à son tour une cigarette.

– Ça va ? demanda Natalène.

Elle souriait, avec un peu d'ironie.

– Ça va, dit-il sans conviction.

– Ah, c'est comme Balzac : il faut s'y mettre jeune si on veut vraiment s'y faire...

Cette maxime de Contorose, servie à cette nouvelle sauce, fit sourire Tristan, et brusquement il se sentit mieux.

– Elle ne revient plus ?

– En principe non. Trois seulement le soir. Mais ils cafouillent complètement depuis que c'est fermé.

– Ça n'a pas l'air fermé à double tour.

– Si, pourtant. Ils ne prennent plus personne, que le fonds d'habitués. On a toujours le droit de recevoir des amis chez soi, non, et de passer la soirée comme on veut ?

– ... agréablement...

Elle sourit, et regarda l'heure à la montre de son cousin.

– Moins dix, dit-elle. Prune ne devrait pas tarder. Où est votre voiture ?

Il ne répondit pas, parce qu'elle s'était penchée vers lui et posait le front sur son épaule.

– Je suis fatiguée, dit-elle, tellement...

De nouveau un accès de rage saisit Tristan, violent, brutal, et lui coupa presque le souffle. Écorcher quelqu'un, là, tout de suite, Prune, l'homme à la cravache, la vieille Rosa, n'importe qui... Natou dut le sentir, parce qu'elle s'écarta, et fronça les sourcils.

– Vous n'avez pas votre voiture ?

– Elle est sur la place, dit-il. Je vous ai même acheté une robe au marché. Vous n'avez pas de pull ?

– Si, là... mais il colle.

Elle se pencha pour attirer à elle un pull posé sur le chevet du lit, et elle prit aussi, près d'une caisse remplie de bouteilles vides, des sandalettes.

– Les gazanias ont repris ?

– Oui, dit-il gentiment. J'ai même failli les noyer. Mais comment seriez-vous partie, dites, si je n'étais pas venu ?

– Je vous aurais appelé. Milos n'était pas sûr de pouvoir. Et quand vous l'avez fait, ce matin, j'étais en train de négocier des fringues pour sortir et trouver une cabine. Vous avez un côté Zorro, ou quoi, pour tomber du ciel comme ça ? Rosa, vous connaissiez ?

– Non, j'ai demandé dans un café.

Ils se turent, parce que des pas suivaient le couloir. Furtifs.

– Prune, chuchota Natou.

La porte grinça, sans qu'on ait entendu tourner la poignée, et la petite boulotte apparut.

– Elle téléphone, dit-elle. Grouille. Prends un seau.

Natalène se saisit de l'un des trois seaux pleins, décrocha du bouton de l'armoire un petit sac de toile, et tendit à Tristan son pull et ses sandalettes. Prune referma la porte derrière eux, très doucement. Quand ils traversèrent le grenier vide un chat, qui s'enfuyait par la lucarne ouverte, les fit sursauter, et s'immobiliser.

– Passe devant avec le seau, dit Prune à Natalène, et si tu vois la rousse tu diras que ça puait trop...

Elle retint Tristan, d'une main aux ongles très rouges posée sur son bras, et ils attendirent que Natalène ait disparu au bout du couloir pour se remettre à la suivre. D'étage en étage cette prudente manœuvre se répéta. En bas tout alla très vite, Prune ouvrit la porte condamnée, prit le seau, marmonna un vague salut – ils étaient dans la rue, seuls. Natalène fit quelques pas vers la droite et se blottit contre un pilier des halles, d'instinct, en croisant les bras sur sa poitrine nue.

– Allez chercher la voiture, dit-elle.

Tristan faillit le faire, mais il lui parut impossible de quitter Natou – vraiment, il ne pouvait pas – et il prit sa main.

– Non, dit-il. Venez.

La rue était déserte, et minuit sonnait à un clocher proche. Sur la petite place, par contre, il y avait un groupe de passants attardés. Tristan regarda Natalène avec les yeux que ces inconnus poseraient sur elle s'ils en avaient l'occasion, et s'arrêta.

– Restez là, dit-il.

Il traversa la place, seul, reprit sa voiture sous le grand châtaignier, y jeta le pull et les sandalettes qu'il tenait encore et démarra, lentement. Près de l'entrée de la rue des Halles il éteignit ses phares, ouvrit la portière : Natou fut tout de suite à côté de lui, et il repartit très vite.

– Il faut aller à Fonvières, dit-elle.

– Maintenant ?

– Oui, s'il vous plaît...

Cette nuit-là Tristan pénétra donc dans le camp de Fonvières, pour la première fois. Ils ne passèrent pas par le grand portail, mais par un hangar vide qui se trouvait derrière la vieille maison. Natou calma le roquet de Bénik, dès qu'il se montra, de quelques mots chuchotés, et prit Tristan par la main pour contourner par la gauche l'amas de caravanes. Ils trébuchèrent une fois, contre une souche. Mais Natalène évita tous les autres obstacles avec l'habileté que donne l'habitude. Devant une caravane toute neuve, et rutilante, elle s'arrêta, pour tapoter du bout des doigts sur l'une des vitres bombées. Un rideau s'écarta, sans qu'on pût rien distinguer à l'intérieur. Mais quelqu'un alluma et presque aussitôt la porte s'ouvrit, sur l'arrière. Natalène reprit la main de Tristan pour l'aider à contourner le véhicule. Devant la porte ouverte la silhouette d'Anizia apparut, en déshabillé blanc. Natou et elle échangèrent quelques phrases, trop rapides pour que Tristan puisse les comprendre.

– Jujube n'est pas là, murmura Natalène. Venez.

Il monta derrière elle les quelques marches et la porte se referma sur eux. Avec curiosité il regarda autour de lui. Rien ne différenciait le salon d'Anizia d'un salon de gadjé, sinon ses parois incurvées vers le haut, et sa petitesse. Il ne manquait même pas le bouquet de fleurs artificielles et le buffet en formica. Par l'entrebâillement d'une porte pliante on apercevait un bout de chambre, dans l'autre partie de la caravane, et des enfants endormis dans un lit défait.

Natalène avait dit, en route, venir ici pour qu'Anizia la soigne et lui donne un mystérieux onguent dont elle ne connaissait pas le nom français, s'il existait. De ce « parouk » Anizia avait deux petits pots, qu'elle sortit de son buffet, ouvrit, et renifla, avant d'en choisir un et de le tendre à Natalène. Elle parlait, très vite, beaucoup, mais Tristan ne la comprenait pas. Il put seulement reconnaître quelques mots au passage : il s'agissait d'enfants, et d'eau.

L'état de Natalène ne semblait pas l'étonner. Sans doute en avait-elle vu d'autres. Elle s'adressa à Tristan une fois, dans sa langue, puis rit de sa sottise et reprit :

– Tu veux du café ?

De ce café-là, pris en pleine nuit dans une caravane de romanichels, entre une femme vêtue de nylon transparent et une Natalène épuisée, Tristan devait se souvenir longtemps. De nouveau tout lui semblait irréel : le rire d'Anizia, le sucre dans le bol, et ses propres doigts autour du gobelet de métal. Malgré sa fatigue de plus en plus manifeste, Natalène riait beaucoup, et répondait avec vivacité à son amie. Tristan crut comprendre qu'il s'agissait, cette fois, d'une bataille. Ou peut-être d'une voiture : les deux mots se ressemblaient.

Quand les gobelets furent vides Anizia parut se rappeler quelque chose, et se leva. Du haut de son buffet elle descendit plusieurs bocaux, puis mit de l'eau à bouillir et sortit d'un tiroir quelques bouts de torchon bien propres. Tristan la regardait s'affairer, amusé par la rapidité avec laquelle elle confectionnait devant lui son étrange pharmacopée. Dans une soucoupe, des herbes pilées. Au creux d'un papier plié, un peu de poudre grise. Une pâte verte, qui devait être de l'argile. Un citron et une aiguille à tricoter. Des ciseaux. Et d'autres herbes qu'elle jeta, pour finir, dans l'eau de la casserole.

– Tu as l'air de t'y connaître, dit-il.

Elle l'admit d'un sourire satisfait et Natalène précisa, avec affection :

– Kriss est venu de Lille exprès, une fois, pour se faire soigner ici.

– Tiens ! dit Anizia. Ça valait le voyage, non ? Il était drôlement amoché... Tu veux de la gnôle ?

Tristan trouva cette question, quand il en eut compris le sens, de très mauvais augure. Mais Natalène n'en fut pas impressionnée, et secoua la tête.

– Non, dit-elle, ça devrait aller. Tu parles, c'est rien...

Anizia s'était approchée d'elle et regardait son dos, et ses épaules, avec beaucoup de sérieux, pendant que Natalène déroulait le chiffon sale qui entourait son poignet. La vilaine blessure qui apparut ne donna à Tristan qu'une envie claire : celle de filer à l'hôpital faire recoudre ça par un vrai docteur.

Anizia n'avait pas ce genre de souci et se penchait sur le poignet blessé, si près qu'elle paraissait vouloir y poser la langue. Mais elle le sentait, rien de plus, les yeux fermés, longuement.

– C'était propre ?

– Oui, répondit Natou, la tôle du camion, quand j'ai sauté. Et j'ai désinfecté chez Rosa.

– Ça sent clair en tout cas.

Elle se plaça ensuite derrière Natalène et se mit à promener ses doigts autour du corps de la jeune fille, sans la toucher, comme si elle tissait autour d'elle un filet invisible. Ses mains allaient et venaient, lentes, très lentes : elles semblaient prendre possession du corps de Natou, et en acquérir une connaissance intime et mystérieuse. Natalène fermait les yeux, parfaitement immobile ; peut-être participait-elle ainsi aux liens qui se créaient entre elle et les doigts d'Anizia.

Fasciné, Tristan les regardait, sans bouger. Dehors le roquet poussa une longue plainte. Anizia frôlait maintenant les plaies du dos, peu profondes, et la blessure du poignet : le visage de Natou ne changeait pas, il était paisible, et toute lassitude l'avait quitté. Ses mains reposaient sur la table, parfaitement détendues. Quand le pouce de la sorcière se posa vraiment sur la chair du poignet, pourtant, Natalène eut un petit sursaut. Anizia prononça quelques mots très doux. Pendant quelques secondes elles ne bougèrent plus ni l'une ni l'autre et la respiration de Natalène, déjà très calme, se ralentit encore. Puis les mains d'Anizia reprirent leur étrange ballet, descendirent, remontèrent, repassèrent sur la plaie, insistèrent : Natalène demeura immobile et ses lèvres n'eurent pas une crispation.

Anizia recula alors, prit le citron sur la table et y enfonça l'aiguille à tricoter. Tristan comprit qu'elle allait s'en servir pour désinfecter les chairs à vif. Il serra les dents. Mais Natalène ne sursauta même pas sous la brûlure. Ses yeux s'élargirent un peu – à peine. Anizia parlait de nouveau. Sa voix si rapide d'ordinaire traînait sur les mots, basse et rêveuse, comme distraite, et le réseau dans lequel elle avait enfermé Natalène avait presque une réalité, une forme et une odeur, tant il était présent.

Quand chaque plaie fut bien imbibée de jus de citron, puis de la décoction d'herbes, elle y mit un peu de poudre grise. Et de l'argile, humide, en couche épaisse. L'étrange pouvoir qu'elle venait d'exercer se défaisait peu à peu. Et elle rit, plus tard, parce que son coude avait heurté le bord du buffet. Natalène d'ailleurs prenait le bol d'argile et le lui tendait, pour l'aider. Elle avait secoué la tête, comme pour se réveiller.

– Mince, dit Tristan, c'est dingue... vous n'avez rien senti ?

– Pas grand-chose, répondit Natou. Ça brûle un peu, très loin. C'est un as, hein ?

Il en convint, impressionné.

– Les enfants ne sentent RIEN, dit Natou. Vraiment rien. Mais nous, bien sûr, on n'arrive jamais à se détendre tout à fait.

Elle se transformait lentement en momie parce que Anizia enroulait autour de son buste une très longue bande, et à ce corselet en attachait une autre, par-dessus l'épaule, pour le maintenir en place. Dans sa langue d'abord, puis en français pour Tristan, elle déclara, en posant la dernière épingle :

– Dans une semaine, y aura plus rien.

Là-dessus elle s'assit, et pour laver ses doigts tachés de sang les agita sans façon dans sa décoction d'herbes, puis les suça. Tristan offrit à la ronde ces longues cigarettes mentholées que les roms, il l'avait remarqué, appréciaient beaucoup.

– Putain, dit Anizia, c'est vrai que t'as de ça, toi...

Elle refit du café, pour accompagner dignement d'aussi royales cigarettes, et pendant quelques instants ils parlèrent tous les trois, très sérieusement, du voyage à Bordeaux. Natalène comptait y être dès le lendemain midi – d'ailleurs le Portugais y comptait ferme, lui aussi.

– On ira chez lui, dit-elle. Chez son père.

– Au Portugal ?

– Tiens, oui... Parce qu'ici y en a marre, autant te dire. Et de toute façon si on veut se marier c'est forcément là-bas.

L'argument était de taille et Anizia en convint volontiers. Pourtant elle semblait perplexe, en sirotant son café. « Copta inek ? » dit-elle. Cette question, Tristan la traduisit incontinent : « Et le Copte ? » ainsi que la réponse de Natalène, grossière et sans appel : « Le Copte, je l'emmerde. » Quelques autres phrases suivirent, qu'il ne comprit pas, mais dans celles d'Anizia, qui fermèrent la discussion, il reconnut deux mots au passage : « prison », et « argent ».

Natalène devait se demander s'il avait pu suivre la conversation ; elle lui lança un regard rapide, un peu malicieux. De nouveau elle semblait à bout de forces, et ses yeux brillaient de fièvre.

Les gobelets étaient vides, d'ailleurs, et l'aube approchait. Ils se séparèrent sur quelques saluts légers, avec cette simplicité que Tristan commençait à connaître : Anizia pouvait très bien ne jamais revoir Natalène et pourtant elle la quittait là sans s'émouvoir, agitait une main, souriait, refermait la porte de la caravane, et vraisemblablement retournait se mettre au lit sans plus penser à son amie.

Il était près de trois heures et le ciel s'éclairait déjà à l'est. Le roquet de Bénik suivit les visiteurs jusqu'au hangar, en frétillant de la queue. Deux caravanes étaient éclairées maintenant, près du portail ; et de la vieille baraque sortaient, faiblement, les cris d'un nouveau-né. Avant de s'insinuer dans la brèche du mur Natalène se retourna, comme pour prendre congé du camp endormi. Puis elle sauta, après Tristan, dans le petit sentier en contrebas.

IX

Ils arrivèrent à Saint-Lys un peu avant cinq heures. Natalène s'était endormie tout de suite après Fonvières, en serrant contre elle le pot de parouk d'Anizia ; et Tristan aurait donné beaucoup pour pouvoir en faire autant. Il était si fatigué que les événements de la veille et de la nuit s'embrouillaient un peu dans sa tête. Tout avait été si vite et tout s'était enchaîné si curieusement qu'il en venait presque à douter de ce qu'il avait vécu. Mais Natalène était là, blottie contre la portière, sous le plaid dont il l'avait couverte. Il parlerait à Contorose – oui, il le ferait. Il garderait cette colère froide, en lui, parce qu'un jour ou l'autre il en aurait besoin : et ce jour-là, malheur au Copte...

Quand il réveilla Natalène devant le portail de Saint-Lys, en caressant sa joue du bout des doigts, elle eut un geste instinctif du bras, comme pour parer un coup.

– Entrez, dit-il. Je vous battrai plutôt à l'intérieur, parce qu'ici Gaston va bientôt sortir ses vaches, et ça ne va pas être pratique...

Elle n'eut même pas le courage de grimper jusqu'à sa chambre ; elle s'étendit dans la salle, en bas, sur le divan, et se rendormit aussitôt.

Elle dormit, en fait, presque trois jours entiers : elle ne se réveillait que de temps en temps pour manger quelques fruits, boire de grands verres d'eau, aller aux toilettes, faire quelques pas dans le jardin et remonter aussitôt se coucher. Le soir du troisième jour seulement elle daigna descendre vraiment et honorer son hôte de sa présence.

– Je suis sale, dit-elle en s'asseyant à table.

Tristan ne le nia pas, honnêtement, et même, pour la faire rire, se pinça le nez entre le pouce et l'index, avec dégoût.

– Vous pourriez m'aider à me laver les cheveux ?

– Ça mouillera vos bandes.

– Pas si c'est dans l'évier, à l'envers...

Ils se livrèrent à cette acrobatie après le dîner, et mise en appétit de propreté Natalène prit même une demi-douche, avant de livrer ses boucles à Tristan. Avec son jean, son corselet de momie et ses cheveux ruisselants, elle était très jolie, assise sur le banc du jardin de derrière. Mais elle semblait toujours aussi lasse.

– Ça ne vous fait pas mal ? demanda-t-il.

– Ça cuit un peu quelquefois. De moins en moins.

Ses cheveux, sous le peigne, s'allongeaient comme par magie, et ils atteignaient presque le milieu de son dos. Mais dès qu'ils étaient libres leurs boucles se refaisaient et ils remontaient frôler ses épaules. Tristan joua longtemps à ce petit jeu, puis jeta le peigne sur la marche du seuil, et s'assit dans l'herbe à côté du banc.

– Je parlerai à Contorose, dit-il.

– De quoi ?

– De nous et de son entourloupette.

– Certainement pas...

– Si, dit-il. Pas sans votre accord : mais je l'aurai bientôt.

Elle rit de tant d'impudence, et pour quelques instants consentit à examiner sérieusement la chose. Mais elle hocha la tête, ensuite.

– Non, conclut-elle. Il nous foutrait à la porte.

– C'est votre seule raison ?

– Elle est suffisante, non ?

– Mais est-ce la seule ?

– Oui, dit-elle. C'est la seule.

– Que les tantes sachent – les Kerbauson – Marion, Philippe, Sophie – tout le monde – ça vous est égal ?

– Naturellement que ça m'est égal. Ce serait même plutôt drôle, non ?

– C'est-à-dire – attendez, réfléchissez bien –, c'est-à-dire que si grand-père était mort vous viendriez à Blajan avec moi, ce soir, pour leur dire en face qu'il nous plaît de vivre ensemble ? De nous marier et d'avoir quinze enfants ?

– On est mariés, je vous le rappelle.

– De rester mariés, alors, et d'avoir quinze enfants ? Le feriez-vous ?

– Pas ce soir.

– Pourquoi ?

Elle rit, narquoise :

– À cause de mes bandes !

– Alors la semaine prochaine ?

Elle réfléchit, honnêtement, puis déclara :

– Oui. Oui, je le ferais. Seulement grand-père n'est pas mort et je ne veux pas voir ça dans ses yeux quand il me regarde.

– Ça quoi ?

– Cette colère-là.

– OK, dit Tristan. Je lui parlerai. Dès que vous le voudrez bien je lui parlerai.

– Mon vieux, c'est pas demain la veille...

Ils se sourirent, chacun aussi sûr que l'autre de l'emporter, et cette situation impossible leur donna même un début de fou rire.

– Et puis d'abord, dit Natalène – et puis eux ? Eux, là-bas ? Ils ne savent pas que je suis ici parce qu'ils ne savent pas que ça existe, « ici »... Mais Blajan, ils connaissent.

– Est-ce que quelqu'un d'autre que le Copte a des droits sur vous, là-bas ?

– Non.

– Et s'il en prend pour dix ans, ou vingt ans, il ne pourra plus tellement les exercer, ses droits...

– Alors on dit ça, sourit Natou. S'il a dix ans, ou vingt ans, on reparlera de vos idées de fou. Notez bien que ça ne servira à rien, mais on en reparlera quand même. J'essaie toujours de respecter les petites manies des gens.

Elle se retourna vers lui, brusquement, et cessa de plaisanter :

– J'ai peur, dit-elle. Je ne suis pas trouillarde, mais là j'ai peur, parce que je ne comprends pas. Ce n'était pas le Copte, c'était Gina. Pourquoi ? Elle n'a jamais pu me voir en peinture, elle me supportait à cause du Copte, à cause de Vanik, et puis parce qu'il y a des épines partout... Qu'est-ce qu'elle me voulait ? Vous le savez, vous ? Vanik se fout de moi comme de l'an 40 maintenant et le Copte ne pipera pas un mot avant de savoir ce qui lui pend au nez, je le connais... C'était elle, elle toute seule, pourquoi ? Ça n'a ni queue ni tête... Et cette ordure de coutelier qui devait me remonter, il me rendait par les yeux, pourquoi, on ne s'était jamais vus ? Je ne comprends pas...

Elle allait se lever, il la retint. D'une main à peine posée sur son bras, et aussitôt enlevée : elle avait retrouvé depuis son aventure son ancienne nervosité et il détestait plus que tout l'effrayer.

– Natou, dit-il doucement. S'il vous plaît.

– Oui ?

– J'aimerais bien comprendre moi aussi. Est-ce que ce n'était vraiment pas le Copte ?

– Mais non !

– Vous le pensez ou vous le savez ?

– Je le sais. Milos ne m'aurait pas lâchée sans ça : on est potes, mais il n'aurait pas osé. Et l'ordure le disait, que c'était Gina.

– Quelle ordure ? Le coutelier ?

– Oui, celui qui m'est tombé dessus à la grille du camp, il arrivait de Lille...

– Il vous cherchait ?

– Même pas ! C'est une histoire de fous du début à la fin.

– Racontez-la-moi.

– C'est tellement bête... J'étais là-bas, je repartais, il débarque d'une Opel blanche, on se croise – j'avais déjà dit au revoir à Milos, c'était bon – il me trouve jolie je suppose, ou bien roulée, il se retourne, moi aussi Dieu sait pourquoi, bref on se regarde trois dixièmes de seconde, et vous me l'avez assez dit que j'avais les yeux du Copte... Il s'est jeté sur moi comme la misère sur le pauvre monde. Pas le temps de réciter un Pater que j'étais bouclée, et lui pendu au téléphone pour appeler Gina. « Moi tout seul que je l'ai trouvée, oui madame... » Là, on a su qu'elle me cherchait partout depuis quinze jours. Quinze jours, oui. Voilà. Et Milos était aussi ahuri que moi.

– C'est tout ?

– C'est tout ce que j'ai su. Autrement c'était le cirque habituel, la caravane fermée, les cris, les assiettes froides et pas le droit d'aller pisser dehors. Milos a pu passer quelques lettres les premiers jours. Deux fois j'ai cru que je pourrais filer, j'ai failli, cette ordure me bourrait de coups de ceinture – je le saignerai un jour si je peux c'était VRAIMENT une ordure – et puis le camion est parti, on était trois, et puis bon, ça a été facile finalement parce que Milos est futé...

Il sourit, à cette façon qu'elle avait de raccourcir les histoires. Mais elle avait raison, après tout : le « comment » avait peu d'importance tant qu'on n'avait pas le « pourquoi ».

– Elle vous cherchait depuis quinze jours exactement ?

– Il a dit quinze, sans préciser.

– Est-ce qu'il savait, lui, pourquoi elle vous cherchait ?

– Je ne crois pas. Il l'aurait sans doute dit à Milos. Sans doute.

Elle se tut, longtemps, puis reprit :

– Je ne comprends pas. Et dans ce foutu monde, si on n'a pas de gros bras on a sacrément intérêt à comprendre.

– Milos apprendra peut-être quelque chose là-bas ?

– J'espère. Parce qu'il était en retard d'un chapitre, en somme.

– Vous lui avez parlé de ce train où nous vous attendions ?

– Putain, non ! Je n'aurais pu tenir ça que d'un Blajan, et Blajan c'est fini pour moi – y a plus de Blajan. Y a un Portugais de Bordeaux, c'est tout, et je suis partie au Portugal avec lui. Ça va circuler très vite.

Elle rit, soudain.

– Et dire que ça pourrait presque être vrai ! Parce que nous serions tous les deux en Andalousie à l'heure qu'il est, si cette ordure de coutelier n'avait pas vu mes vilains yeux jaunes...

– Dorés, dit Tristan.

Cette vieille plaisanterie les fit sourire, ensemble. Tristan eut envie de tendre dc nouveau une main vers elle et de caresser ses cheveux tout propres, et brillants. Mais il s'en garda bien. Sur les montagnes le soir d'été s'alanguissait, nonchalant et lourd.

– Putain, dit Natou, j'ai sommeil...

Quand Tristan enleva les bandes, à la fin de la semaine, son admiration pour la sorcière de Fonvières n'eut plus de bornes. On ne voyait plus sur le dos de Natou que de légères traces pâles, et sur son poignet une plaque un peu rosée de belle peau toute neuve.

– C'est l'argile, dit-elle, et l'arpik.

– L'arpik ?

– Cette poudre grise, dans le petit papier...

Elle s'étirait, libérée, et fit dans la salle, pour fêter ça, quelques pas de danse.

– Et ce pot de parouk qu'elle vous a donné, demanda Tristan, c'était pour quoi faire ?

– Oh, un onguent, en cas...

Elle défaisait son jean, déjà, pour prendre le vrai bain dont elle rêvait depuis longtemps, et disparaissait derrière la porte vitrée de la petite salle d'eau. En mettant les bandes sales dans la panière Tristan vit, à côté du bougeoir, le pot de parouk. Il attendait là depuis leur retour – quoi ? Tristan en avait bien une vague idée, assez sinistre, mais pour le moment il la gardait pour lui, et tâchait même de ne pas trop y penser. Pour la dixième fois peut-être il ouvrit le pot, comme pour s'assurer que l'affreuse odeur de la mixture était bien réelle. Puis il le referma, le remit à sa place, et haussa les épaules. Flûte, on verrait bien – Natou elle-même, s'il avait vu juste, n'en savait pas plus long que lui – il s'en fallait encore de quelques jours.

– Une visite ? cria-t-elle.

Il la lui fit bien volontiers, et s'assit au bord de la baignoire où elle jouait les stars sous un amas de mousse. Son visage avait repris un peu de couleurs depuis quelques jours. Mais ses yeux gardaient leur inquiétude, derrière la gaieté et le courage.

– Il n'y avait pas de baignoire dans cette caravane ? plaisanta-t-il.

– Non, dit-elle. Sur ce plan-là c'était une vraie désolation.

– Mais vous aviez des compensations ?

– Assidues.

Cet adjectif si curieusement choisi, il en comprit très bien le sens, et baissa les yeux. Irait-elle plus loin maintenant ?

Non. Elle réclamait un gant de toilette, parlait de Farfouille qu'il fallait absolument inviter à dîner, et pour finir déclarait la visite terminée, « parce que, mon cher, je veux me laver les fesses tranquillement... ».

Ce soir-là, pour la première fois depuis son retour elle arrêta Tristan au passage, dans la salle, et l'embrassa. Il se laissa faire, sans rien tenter de plus : il sentait trop bien, sur les lèvres de la jeune fille, dans chacun de ses gestes, cette étrange peur qui l'habitait de nouveau, et il n'osait même pas mettre ses bras autour d'elle. Il pensait à Vanik. Au coutelier dans la caravane. Au Copte coinçant sa fille dans un recoin du camp. Et son cœur était lourd de honte et de pitié.

Elle s'écarta de lui, et sourit.

– Vous êtes devenu sage ?

– Non, dit-il. Mais je suis pédé, je vous le rappelle : portugais, enfoiré et pédé. Il faut que je me mette dans la peau du personnage.

Elle rit. Et une fois de plus il se demanda comment elle avait pu conserver, malgré tout, tant de force et de joie en elle.

Le lendemain le petit pot de parouk quitta mystérieusement sa place. Tristan le retrouva assez vite. Il était au fond du placard de la cuisine, entre deux boîtes de conserve. Et il y resta quatre jours. Il s'en fut ensuite tenir compagnie aux pelotes de laine, dans le coffre d'osier. Après quoi il disparut à nouveau.

Tristan connaissait bien Natalène, et le jeudi qui suivit, parce qu'elle était particulièrement gaie, il sut qu'elle avait pris sa décision. Elle avait mis sa robe rouge, réclamé du champagne, et tendu sur la table une nappe brodée.

– Je vous invite, dit-elle. Jouez, je ferai le reste.

Quand il fut autorisé à quitter son clavier et à se retourner, il vit qu'elle avait dressé une vraie table de fête. Autour du bougeoir, une couronne de roses tachait la nappe de rouge.

– C'est mon anniversaire ? plaisanta-t-il.

– Non, dit-elle. C'est seulement jeudi.

Elle lui accorda cinq minutes pour aller mettre sa plus belle chemise, ou plutôt la plus belle des chemises de son père. Tout était éteint quand il redescendit et la petite salle, à la lueur des bougies, semblait très différente.

– Vous avez l'air d'un mousquetaire du roi, dit Natalène. C'est incroyable, ces chemises d'autrefois... et ils pouvaient se battre en duel, avec des manches pareilles ?

– Ça m'étonnerait que mon père se soit jamais battu en duel.

– Mais les mousquetaires ?

– Je suppose qu'ils se les retroussaient jusqu'au cou – j'espère pour eux. Par contre, pour embrasser les bohémiennes c'est très pratique, parce que c'est très photogénique...

Il le prouva sur l'heure, malgré l'absence de caméra, mais très vite dénoua ses bras, et s'assit.

– Champagne, dit-il, pressons...

Natalène lui tendit sa coupe, en riant.

– Profitez-en bien, dit-elle, parce que le menu est tristounet. Pommes sautées, jambon, salade et fruits. Parole, c'est tout !

– Ça ira, dit-il avec philosophie.

Il regarda les bulles légères danser dans sa coupe, un instant, puis la leva :

– À vos projets, Natou.

Comme elle le regardait, saisie, il lui sourit :

– Où comptez-vous aller ? Au fond du jardin ?

Elle avait rougi, et visiblement hésitait.

– Oui, dit-elle enfin. Il fait très doux dehors. On devrait y dormir, une fois.

– Une autre fois, alors ?

Là, tout de même, elle rit, bonne joueuse.

– C'est ça, dit-elle. Une autre fois. Ce soir j'ai à faire.

Tristan prit sur la table une autre coupe, et la lui tendit.

– Je vous en parle, Natou, bien que ça ne me regarde pas, parce que je voudrais vous dire quelque chose de tout à fait ridicule, si ça ne doit pas trop vous déranger...

– Je me méfie, mais allez toujours.

– C'est que si vous... comment dire ça ?... si vous buvez cette saleté de parouk et que vous allez visiter le jardin, cette nuit, seulement parce que je ne suis pas le père de cet enfant, vous pouvez aussi bien rester ici, et dormir – on fera comme si c'était pareil – et d'ailleurs ça l'est un peu.

– Non, dit-elle. Ce ne serait pas du tout pareil, pas du tout, pas du tout, et je ne VEUX pas porter le fils d'un salaud.

Elle prit le grand plat de pommes sautées et le posa sur la table.

– Ce n'était pas du tout ridicule, sourit-elle. C'était très gentil au contraire.

– Merci.

Aussitôt, elle retrouva sa langue pointue :

– Je sens vos portraits d'aïeux très perplexes... Naturellement, c'est leur genre de sauver les jeunes filles en détresse. Montjoie-Saint-Denis, Fanfan la Tulipe et le panache blanc – d'un autre côté quel chicot dans leur arbre ça aurait fait !

– Je me fiche de mes portraits d'aïeux, dit gracieusement Tristan, vous ne pouvez pas imaginer à quel point.

– Si, j'en ai une petite idée...

Après le dîner, beaucoup plus gai que son menu, Tristan se fit une tisane de menthe. Et Natalène son infecte mixture. Dans de l'eau très chaude elle fit mariner dix minutes trois cuillerées de parouk, puis battit vigoureusement le tout, ajouta de l'eau, rajouta du parouk, et recommença plusieurs fois.

Quand la moitié du pot eut ainsi disparu elle filtra la préparation et finit par obtenir un grand verre de liquide marron. Tristan le prit, pour le renifler, et fit la grimace.

– Ça sent très mauvais, reconnut Natalène.

– C'est le moins qu'on puisse dire.

– Qu'est-ce que ça sent, à votre avis ?

– L'oiseau pourri, non ?

Elle rit, et ses yeux brillèrent.

– Demain, dit-elle, c'est vous qui m'invitez. Avec de la vraie tisane parfumée.

Sans la plus petite hésitation elle porta le verre à ses lèvres et but ce qu'il contenait, d'un seul coup. En le reposant elle eut une nausée et mit une main sur sa bouche. Mais cela passa. Tristan l'avait regardée faire. Il avait presque envie de vomir lui aussi. Mais déjà elle souriait, à peine un peu pâle.

– C'est mauvais, dit-elle. C'est vraiment très mauvais.

Elle se leva, sans doute pour aller devant le feu, mais se rassit vite, et de nouveau faillit vomir.

– Ne bougez pas, dit Tristan. Fixez quelque chose et ne bougez pas.

Elle le fit, pendant quelques instants. Tristan débarrassa la table, ôta la nappe, et remit les roses rouges sur le bois sombre. La nuit tombait, très chaude.

– Est-ce qu'il y aura un orage ? demanda-t-elle un peu plus tard.

Elle suçait un citron et regardait par la porte ouverte le jardin s'assombrir.

– C'est bien possible. Farfouille va encore râler, elle prétend que ça gâte le raisin.

– Mais c'est vrai que ça le gâte ! Pas l'orage : cette drôle de chaleur qui va avec.

Elle s'approcha de la porte et vit le chat de la ferme se glisser entre les fleurs. Il allait lentement, la queue dressée, comme s'il voulait poser pour un magazine.

– C'est beau, dit-elle.

– Le chat ?

– Tout ! L'été, le chat, la nuit...

Ils s'assirent sur le banc de pierre, dehors, et Tristan sortit son paquet de cigarettes.

– Je l'ai acheté avant-hier, dit-il. On est sur une mauvaise pente.

Elle se servit quand même, en haussant les épaules.

– Ce sera la troisième aujourd'hui, dit-elle.

– Moi, la cinquième. Une TRÈS mauvaise pente, ma vieille.

– En plus, paraît qu'elle est savonneuse...

– M'étonne pas. Y a toujours des sadiques qui s'amusent à savonner les pentes.

Elle rit, posa la tête sur l'épaule de Tristan, et il mit son bras autour d'elle.

– Est-ce que ça va être long ? demanda-t-il.

– Avant ? Non. Une petite heure.

– Et après ?

– Je ne sais pas. Ça dépend des gens.

– J'aurais très peur, à votre place, si je ne savais pas.

– Mais j'ai très peur, reconnut-elle. Seulement il fallait, alors bon, puisqu'il fallait...

C'était là une des grandes lois qui gouvernaient l'existence de Natalène, Tristan le savait.

– Je peux aller, moi, au fond du jardin et vous laisser la maison, dit-il. Ou bien rester avec vous, si vous voulez.

– Non. Je préfère être seule. Et puis les fonds de jardin c'est fait tout exprès pour ça.

– Et si Michette vous entend ? Sa maison est juste sous le sapin, là, derrière le mur...

– Je ne suis pas douillette.

– La fille de Gina l'était ?

– Vous savez trop de choses, sourit Natou. Est-ce que vous retenez TOUT ce que je dis d'eux ?

– Mais je crois, oui.

Il redit cette dernière phrase dans la langue du Copte et Natalène eut un petit rire.

– Ne vous en faites pas, dit-elle. C'est la première fois que ça m'arrive à moi, mais je connais. Personne n'en est jamais mort et en principe ce n'est pas terrible quand c'est fait à temps. Un peu de cran, maestro !

Quand elle le lui demanda il retourna dans la salle et en ferma soigneusement la porte. Le petit feu qu'ils faisaient tous les soirs, malgré la chaleur, se mourait dans l'âtre. Il s'assit devant lui, sur le tapis. Presque aussitôt onze heures sonnèrent au clocher de la vallée. Il pensa – cela lui arrivait souvent – qu'un jour il tuerait le Copte. Il ne savait ni où ni quand mais il savait qu'il le tuerait, et pendant quelques secondes une bouffée de haine le fit trembler.

Il essaya de jouer, plusieurs fois. Mais ses doigts lui obéissaient mal. Il fit la vaisselle, lut un peu, prit une douche, et entreprit d'écrire à sa mère. Puis il se contenta d'attendre, les mains dans les poches, debout devant la fenêtre qui donnait sur la rue. Attendre : de quoi sa vie était-elle faite, sinon de musique et d'attente ? On ne lui ferait jamais la grâce de le laisser se battre à la place de Natalène, et sa force inutile lui semblait lourde. Pour prendre sur lui le fardeau qu'elle portait ce soir-là, que n'aurait-il pas donné ? Seulement, on ne lui demandait rien...

Un peu après une heure, il sortit. Ce devait être fini.

Il ne la trouva pas tout de suite. Elle était assise contre le dernier cabanon, ramassée sur elle-même en petit tas sombre dans la nuit. Il s'accroupit près d'elle et se mit à jouer avec des graviers, dans l'herbe. Deux, trois, six, huit... Disposés en croix, les petits cailloux blancs brillaient sous la lune. « Je le tuerai, pensa-t-il, je le tuerai... »

– Il ne pleut pas, dit-elle.

– Non.

L'orage ne s'était toujours pas décidé, et la moiteur de l'air devenait insupportable.

– Est-ce que c'est fini ? demanda-t-il.

– Oui. Mais je n'arrive pas à rentrer. Ça crève, je ne tiens pas debout...

Il prit sa main pour l'aider à se relever, et la souleva ensuite de terre, sans trop de peine. Un coup de tonnerre roula du côté de Mont-Brun : ils avaient juste atteint le seuil que les premières gouttes, solennelles et lourdes, s'abattirent sur le jardin.

– Mince, dit Natou, juste à temps, c'est de la sorcellerie...

Il la déposa sur le divan et vit que les manches de sa chemise étaient tachées de sang. Sur la robe rouge de Natalène, des traces plus sombres brillaient, et du sang coulait aussi sur ses jambes nues.

– Je vais tout salir, dit-elle.

– On s'en fout, Natou... Vous voulez manger ? Boire ?

– Dormir, dit-elle. Ça crève, c'est fou...

Il ouvrit l'armoire pour y prendre une légère couverture : quand il revint près du divan, Natalène dormait déjà. Il la recouvrit, toucha son front – moite, mais pas brûlant – et s'étendit lui aussi, sur le tapis, avec une veste roulée en guise d'oreiller. L'averse noyait le village, brutale. Deux ou trois fois Natalène se plaignit, sans s'éveiller, d'une petite voix lasse. Et Tristan ne s'endormit pas avant l'aube.

Il se réveilla très tard. Les fenêtres étaient grandes ouvertes sur un monde lavé de frais et Natalène, assise devant la table, épluchait des oranges.

– Je fais une salade de fruits, dit-elle. On a du rhum ?

Il s'assit sur le tapis, pour reprendre lentement ses esprits. Du rhum, voyons...

– Dans la grange, je crois. Derrière les tonneaux. Quelle heure est-il ?

– Onze heures et quart.

Il se leva, s'étira, et en passant près de Natalène posa une main sur son cou, doucement. Elle lui sourit.

Dans la salle de bains la baignoire était occupée : des serviettes y trempaient, avec la robe que portait Natou la veille, quelques mouchoirs, et le dessus-de-lit du divan. L'eau était encore un peu rouge. Tristan y plongea sa chemise tachée, et prit une douche. Froide, comme toujours. Il était le seul des Blajan à avoir conservé cette habitude autrefois imposée par Contorose. Dès que ses cousins l'avaient osé ils avaient protesté contre cette coutume barbare. Même Natalène, pourtant habituée à se passer de confort. Mais il aimait, lui, la morsure de l'eau froide.

Quand il s'assit en face de Natou, un bol de café à la main, elle en était à verser le rhum sur les fruits épluchés. Son visage était pâle et creusé. Mais apaisé. Et son regard était clair.

– Je ferai la sieste, dit-elle, et on ira voir l'ermite, après ? Sa rate grise savait presque faire tourner la roue quand je suis partie...

Ils n'y allèrent pas ce jour-là. Natalène dormit, et Tristan joua, jusqu'au soir. Mais dès le jour suivant leur vie retrouva son rythme habituel, celui d'avant l'aventure de Lourdes. Ils travaillaient le matin, Tristan à son piano, Natalène à son mémoire ou dans le jardin. Ils couraient la montagne ensuite. Dans le village abandonné, au-dessus du col, ils revirent la petite fontaine tranquille. Ils ramassèrent des framboises sauvages au champ du troll, admirèrent la rate grise dans sa roue de bois, écoutèrent Farfouille parler du passé de Saint-Lys et firent, chez Gaston, du pâté avec le produit de leurs braconnes. Le temps s'écoulait, égal, uni.

Mais il s'écoulait. Le 16 août, Tristan dut bien téléphoner à Blajan. Oui, c'était beau, l'Espagne – oui, il était à Barcelone et s'y attardait un peu – oui, bien sûr, il savait qu'il devait jouer à Bordeaux le 21, il n'était pas fou...

Quand il raccrocha Natalène descendait de l'étage, un livre à la main.

– C'était Philippe, dit-il. Savez-vous ? Sophie attend un enfant.

– C'est tout neuf ?

– Sans doute : c'est pour mars.

– Elle est à Blajan ?

– Non, en Corse. Mais on les a vus la semaine dernière, en coup de vent.

– En Corse, dit-elle, en Corse...

Pour une raison connue d'elle seule elle rougit, brusquement. Tristan l'observa un instant avec curiosité, puis détourna les yeux.

– Je vais au col, dit-elle. Vous venez ?

Il secoua la tête. Le 21, c'était bientôt, et il ne quittait plus guère son piano. Quand Natalène passa près de lui il l'arrêta, pourtant. « Restez », dit-il. Elle se laissa embrasser, mais s'obstina : au col elle voulait aller et au col elle irait. « Quand je voudrai », plaisanta-t-il. Elle se débattit un peu, pour rire, puis s'abandonna, et comme toujours la confiance que cette petite guerrière avait en lui émut Tristan.

La peur qu'elle avait rapportée de Lourdes ne l'avait pas encore tout à fait quittée. Elle jouait, oui. Mais pas jusqu'au bout, jamais. Et il s'étonnait toujours qu'elle pût s'en remettre si facilement à lui – un homme après tout, plus fort qu'elle, et Dieu sait si la force comptait dans le monde d'où elle venait. Ses mains se firent plus légères encore, sur les épaules de Natou, puis s'écartèrent.

– Filez, dit-il. Vous m'embêtez.

Le 18, il retourna à Blajan. Pour lui l'année recommençait : le Mikado, les concerts, Élise et les allées et venues de Saint-Lys à Blajan. Pour peu de temps, il l'espérait. En novembre on connaîtrait le sort du Copte. Il parlerait à Contorose. Et de nouveau Natalène s'assiérait à la longue table de Blajan, elle rirait dans la bibliothèque, écouterait patiemment les tantes dire des sottises et se replongerait dans ses livres. Bientôt, oui...

X

Elle lui manqua énormément les deux premiers jours. C'était du moins une épreuve qui lui était épargnée, à elle, pensait-il avec gratitude : ce sentiment d'incomplétude et de tristesse qu'il éprouvait sans elle. Sur cette route-là elle était beaucoup plus loin que lui.

Dès le mardi, il allait mieux. Il s'était amusé à lui téléphoner chaque fois qu'il l'avait pu, et la treizième fois elle l'avait accueilli, gracieusement, par un tombereau d'injures : « Et bon Dieu quand il aurait fini de l'emmerder elle pourrait peut-être finir de planter les radis, putassier qu'il était et de la pire espèce... »

Le mercredi matin, au quatorzième appel, elle parla avant lui :

– J'ai eu Milos tout à l'heure ! Ça baigne !

– Qu'est-ce qui baigne ?

– Tout ! C'était bien Gina, Gina seule – personne ne sait pourquoi d'ailleurs – mais le Copte a pris ça très mal – elle s'est fait secouer les puces – et il a fait passer, je l'imagine très bien dans le rôle, que PERSONNE ne s'avise de s'occuper de moi avant qu'il sorte le faire lui-même, sinon ça se payerait cher... Et je suis au Portugal, ils y croient tous dur comme fer. Y a que Milos pour savoir que non. Même Anizia y croit... Ça baigne, je vous dis !

– Mais pourquoi a-t-elle fait ça ?

– Je n'en sais rien, et on s'en fout – elle pensait peut-être que ça ferait plaisir au Copte – aucune importance, même si ça la reprend personne ne la suivra maintenant, et Gina toute seule j'en fais mon affaire, elle doit peser à peine trente kilos de bêtise, vingt de méchanceté et trois de putasserie pour faire l'appoint...

Elle riait, et il l'imaginait très bien, vive et mince contre le mur ocre de la salle, le combiné à l'oreille.

– On fêtera ça jeudi, dit-il. Prenez du champagne chez Farfouille.

– J'aurai du mal. La boîte à billets est vide.

– C'est vrai ?

– Naturellement que c'est vrai. Comme administrateur de biens vous vous posez un peu là, je trouve... La tête dans les sonates et les pieds dans la semoule... Je mange comment, moi ?

– Vous avez fouillé les poches ?

– J'ai commencé par là. C'est instinctif, chez moi. Y avait vingt-deux francs dans votre blouson gris, treize francs dans mon vieux jean et deux francs dans le tiroir du buffet.

– Et Farfouille ?

Elle rit, de nouveau.

– C'est fait, sot. Elle m'a ouvert un crédit illimité... Racontez-moi un peu, où êtes-vous ?

– Dans un café. Avec deux pelés au bar et trois tondus aux tables.

– Pas de jupons en vue ?

– Non. Dommage : j'en aurais bien troussé quelques-uns.

Elle rit, prononça quelques mots dans sa langue, trop rapides pour qu'il les comprenne, puis raccrocha.

Agnès, Alban et Valère vinrent à Saint-Lys à la fin d'août pour une visite d'une semaine, comme prévu. Si des souvenirs connus d'eux seuls y attendaient les deux premiers, on n'en sut rien : l'oncle Alban se contenta d'admirer le paysage et Agnès se borna à dire que son fils avait bien fait de changer le bûcher de place.

Ils n'avaient pas de Lille des nouvelles plus fraîches que celles qu'ils avaient transmises à Natalène au début du mois. L'instruction était close et le procès fixé au 17 novembre. Mario Binarès recevait les visites de sa mère et celles de sa femme. Le Copte celles de Gina Mareski. Leurs avocats semblaient avoir été choisis avec soin. Et on n'avait pas réussi à prouver la participation du Copte au racket parisien de 1952.

– Dix ans, répétait l'oncle Alban. Je parie pour dix ans. Peut-être plus : mais pas moins.

Natalène n'avait jamais cru à ces dix ans, elle.

– Deux, disait-elle, deux, trois, et encore, s'il ne sort pas...

– Mais comment veux-tu qu'il sorte ? protestait Agnès. Il ne nie même pas !

Natalène se contentait de sourire, sans s'expliquer. Pour Tristan seul elle reprenait sa vieille formule : « Ah, c'est un homme étrange... »

Agnès et Alban laissèrent Valère à Saint-Lys en repartant, pour qu'il puisse faire vraiment la connaissance de son demi-frère. Ce fut facile, grâce à Natalène. Elle connaissait Valère depuis toujours et elle avait le don de rendre les choses légères et simples.

Il parla surtout de politique. De sociologie. D'élections. Contrairement aux Blajan restés au nid, ceux de Hambourg se passionnaient pour le monde extérieur, et Valère se déclarait scandalisé d'en savoir là-dessus plus long que ses hôtes.

– Sortez, disait-il, lisez les journaux, mais c'est pas vrai, je rêve ! Et Mai ? C'était chez vous, non, Mai ? Et ce n'est pas si vieux !

– J'ai vu une manif, une fois, s'enferra Natou. Et Milos m'en a souvent parlé. D'après lui c'était un vrai panier de crabes.

– Ce n'était pas une histoire de crabes, dit Valère avec un rien d'amertume. C'était MAGNIFIQUE. GRANDIOSE.

Les deux autres éclatèrent de rire, avec la même pensée : Valère ressemblait un peu à Contorose, à cet instant...

Tristan l'emmena voir Blajan, une nuit – sans Natalène qui n'avait pas voulu se joindre à l'équipée. Ils se garèrent dans le bois des Violettes, gravirent une petite colline, et se trouvèrent au-dessus de la vieille maison. Elle se carrait sous la lune, tranquille et sûre d'elle, au milieu de son grand parc. Pas une lumière. Mais l'étang brillait comme un miroir.

– J'en ai vu des photos, dit Valère. C'est sacrément grand, dis donc...

– Il y a eu jusqu'à cent cinquante internes, paraît-il. Mais on n'habite pas tout : le milieu, un peu de l'aile droite...

Valère regardait tout cela sans émotion particulière. Blajan, pour lui, c'était un mot creux – un vieux mot du passé de ses parents. Et ceux qui dormaient cette nuit-là sous son toit ne savaient même pas qu'il existait, lui...

– Un de ces jours, dit-il, je vais leur poser un sacré problème.

– Oui, sourit Tristan. Mais tant pis. Natou te dirait que ça leur fera les pieds et que ce jour-là on va s'amuser comme des petits fous.

Ils jetèrent un dernier regard sur Blajan, puis repartirent.

– Il a un peu de Marion et un peu de grand-père, dit Natalène quand l'adolescent les eut quittés à son tour. Drôle de mélange. Mais vraiment il est chouette. Pour un peu il pourrait me donner envie de... d'outrepasser mes droits. Il est tentant, non ?

– Je ne sais pas, sourit Tristan.

– Il EST tentant. Et puis vous pourriez transposer... Est-ce que de très jeunes filles, presque des enfants, ne peuvent pas vous donner envie de... d'outrepasser vos droits à vous ?

– Si.

– Ah !

Elle riait, et reposait sur le bord du puits l'arrosoir de fer.

– Seulement, dit Tristan, ça m'ennuierait de passer en cour d'assises. Et puis c'est à peine une envie. C'est très lointain, c'est très léger, c'est presque abstrait... On peut aussi désirer une jeune fille d'autrefois sur un tableau, non ?

Elle vint jusqu'à lui, avec l'intention manifeste de lui inspirer une envie qui ne soit pas abstraite, et il s'amusa de la malice qui brillait dans ses yeux.

– Je vois vos gros sabots... dit-il.

– Jouons, proposa-t-elle.

– À quoi ?

– Aux adverbes, tiens. On n'a pas joué aux adverbes depuis des siècles.

– Trois mois, dit-il. Et on a bien fait, parce que les livres sont pleins d'adverbes maléfiques. Que feriez-vous de « complètement », par exemple ?

Il rit, mauvais, en la voyant rougir, et caressa ses lèvres, du bout des doigts.

– Pas aux adverbes, dit-il.

Elle ne jouait plus, et s'assit à côté de Tristan.

– Je crois, dit-elle – il m'arrive de me le demander – quelquefois il me semble que ça pourrait peut-être s'appeler comme ça – peut-être que je vous aime, en fait, peut-être...

– Ma vieille, répondit-il, c'est absolument évident. Et moi aussi. Ça vous embête, hein ?

Elle rit, et secoua la tête.

– Si, dit-il. Ça vous embête. Et tant mieux : ça vous fera les pieds, à vous aussi.

Parce que Natalène allait y revenir Tristan put de nouveau, cet automne-là, sentir autour de lui la chaleureuse présence de Blajan. Depuis trois ans il ne faisait guère qu'y souffrir, ou bien, entre deux rencontres avec Natou, le traverser pour y croiser des ombres. Il y avait vu naître des enfants, Marion se fiancer, des amours se défaire ou se nouer, sans s'y intéresser. Et pendant ces trois années-là il aurait pu, certainement, voir le clan perdre la tête et quitter son vieux nid sans s'en émouvoir le moins du monde.

Mais Natalène passerait bientôt le grand portail et Blajan se remettait doucement à exister, comme s'il se préparait pour ce matin-là. Tristan demandait à Emmanuel Duplessis son carton à dessin et voyait vraiment ce qu'il contenait. Il s'arrêtait au pavillon et jouait avec les enfants de Chantal. Quand une lettre de Sophie arrivait d'Édimbourg il demandait à la lire, de lui-même. Et il allait jusqu'à prendre parti sur la vieille pomme de discorde qu'était Valérie Dubreuil entre Contorose et Philippe – le premier s'obstinant à ne plus recevoir la jeune fille, le second s'entêtant à obtenir cette concession et tous deux, quand le sujet revenait sur le tapis, parfaitement furieux.

– Contorose a raison, disait Chantal. Ce n'est quand même pas très convenable...

Ce mot, comme toujours, faisait sourire Tristan.

– Pourquoi ? disait-il. Ça ne le regarde pas...

– Vous trouvez ?

– Mais bien sûr. Ça le regarderait si Philippe choisissait le salon pour officier, mais tant qu'il s'en abstient, non.

– Et les enfants ?

– Quoi, les enfants ? Vous croyez Philou capable d'éviter le salon pour choisir la chambre de Fleur ?

Chantal biaisait, en fronçant les sourcils :

– N'empêche, Contorose a raison. Je le SAIS.

Elle vivait au pavillon ses derniers mois. Jean-Louis et elle venaient d'acheter au centre du village une vieille maison, en mauvais état, mais immense. Il leur fallait bien cela pour loger leur nichée. C'étaient la mère et la sœur d'Emmanuel qui prendraient leur suite dans la maisonnette de la grille, au printemps suivant.

– J'y ai été bien, disait Chantal. C'était chouette, ce bout de truc si près. Tous les Blajan qui se marient devraient y faire un stage avant de filer tout à fait. Pour couper en douceur.

– C'est coupé ? lui demanda un jour Tristan.

Elle acquiesça, en reprenant le plateau du thé pour l'emporter. C'était coupé, oui.

– Mais quelle famille ! dit-elle. Quelle famille, sapristi !

Cette famille tentaculaire, Tristan se préparait à l'affronter. Il ne savait pas comment il obtiendrait l'accord de Natalène. Ni ce qu'il dirait exactement à Contorose. Il savait seulement qu'il devait gagner ces deux batailles. Et qu'il le ferait.

Natalène avait dû prendre ses résolutions, elle aussi. Le procès était si proche maintenant !

– S'il sort, disait-elle, je n'ai pas le choix : j'y retournerai. Je dirai que ça a cafouillé avec le Portugais et j'y retournerai. Il n'y aura pas grand-chose à me reprocher : je me suis mise au vert après la catastrophe, c'est normal, j'ai rencontré un beau Portugais, ça arrive, je n'ai pas laissé Gina me mettre la main dessus, ça peut se plaider étant donné la façon dont elle s'y est prise... En fait je me retrouverai les deux pieds sur la case départ et je me remettrai à ronger mon frein. Non ?

Tristan ne discutait pas cela. Il savait que le Copte ne sortirait pas le soir du procès.

– S'il a deux ou trois ans, continuait-elle, à moi de voir... Ou bien j'y retourne, pour qu'il n'ait pas à gueuler en sortant, ou bien je fais ce que je veux en attendant l'engueulade de la sortie. C'est égal. Ça peut même se jouer aux dés.

– Et s'il a dix ans ? Quinze ans ?

– Je n'y crois pas.

– Mais s'il les a ?

– Alors je ferai ce que je voudrai. Parce que dans dix ou quinze ans je serai indiscutablement une grande personne, avec le droit absolu d'agir à ma guise – et lui un vieux monsieur sans plus tellement le droit de gueuler... Ces roues-là tournent, elles aussi.

– Ce que vous voulez... Mais que voulez-vous, Natou ?

Elle biaisait toujours, quand les choses en venaient là.

– Me reposer, disait-elle. Souffler un peu. Penser tranquillement à vous, maestro ! Vous cuire de bons petits plats, repasser vos chemises, laver vos chaussettes, classer vos articles, faire votre lit... Vous demander le matin si vous m'aimez et le soir si vous tenez vraiment à moi... Me faire les ongles en pensant à vous... Sétéra, sétéra, sétéra...

Elle était très gaie. Et tendre et apparemment sereine. L'un des derniers jours de septembre elle posa sur l'épaule de Tristan, au passage, une petite main douce. Elle la retira aussitôt : quand il était au piano elle n'en faisait jamais davantage. Mais ce matin-là il la retint.

– Vous allez au col ?

– Non, dit-elle. Je refais le bûcher.

– Toute seule ?

– Et pourquoi pas ? J'ai charrié plus de bûches dans ma petite vie que vous ne le ferez jamais !

Elle se pencha, derrière lui, et chuchota à son oreille :

– C'est chic que vous existiez.

Il avait souvent pensé cela d'elle et à peu près dans les mêmes termes.

– Merci, dit-il. J'espère ne pas exister pour votre châtiment...

Elle sourit.

– Seriez-vous yémache ?

– Et pourquoi serais-je yémache ?

– Parce que leur façon de se présenter ressemble à ce que vous venez de dire. « Je suis Tristan, diraient-ils, le fils de Marc et d'Agnès. Je souhaite t'apporter du bonheur. »

– C'est joli.

– Ils sont extraordinaires...

Elle s'arrêta là. Mais les Yémaches intriguaient Tristan depuis longtemps et il risqua une question :

– Vivent-ils dans un camp ?

– Seigneur, non ! Ils font la route encore.

– Vous les voyez souvent ?

– Je les ai vus très souvent quand j'étais petite. Leur route descendait jusqu'à Anstik en ce temps-là. Nous étions déjà en train de croupir de camp en camp, nous, avec nos caravanes, et quand ils passaient, je me souviens... nous les regardions dételer et faire leur feu. Il y avait un drôle de silence partout. Je l'ai senti souvent. Même moi, à cinq ans, à huit ans, je regardais leurs roulottes et leur misère avec envie, sans comprendre ce qui m'arrivait. Maintenant je le sais : c'était mon pays, là, que je ne connaissais pas, qu'on m'avait volé... Plus tard leur route est remontée. On ne les voit plus qu'au Bout du Nord, et encore pas tous les ans.

– Le Bout du Nord... Où est-ce exactement, ça ? En Belgique ?

– Aux Pays-Bas. Toute une série de dunes sur une minuscule presqu'île, en Zélande. Ivor y descend ses chevaux pour les vendre.

– C'est un Yémache ?

– Oui, le fils de la Voix – et la Voix, c'est leur violoniste, j'ai dû vous en parler, non ?

Elle rit, soudain :

– Je suis intarissable ce matin... Pardon. Jouez, vicomte, moi je suis bûcheron, faut pas mélanger les torchons sales et les serviettes brodées...

Il quittait en général Saint-Lys le dimanche matin, assez tôt pour être à Blajan à l'heure du déjeuner. Cela lui était toujours un peu douloureux, mais il tâchait de ne pas le montrer. « Filez, disait Natalène, vous serez en retard... Allez, allez, filez ! »

Le lendemain du jour où elle s'était déclarée si heureuse de le voir exister, elle fut plus détestable encore et lui désigna le cadran de l'horloge d'un doigt vengeur :

– Dix heures VINGT, dit-elle. En principe j'ai la paix à DIX. Vous m'avez volé dix minutes...

Elle s'était levée tard et se beurrait des tartines grillées. Devant elle, sur la table, la cafetière de grès fumait.

– Mince, dit Tristan, poussez pas, vous... Ça vit chez moi à mes crochets et c'est même pas poli...

Elle riait, et lui désignait la porte, du bout de sa tartine. Il déclara qu'il ne lui dirait MÊME PAS au revoir, puisqu'elle le prenait ainsi – et sortit. Il faisait un temps de rêve. Au-dessus de Mont-Brun de frais petits nuages roses jouaient à la ronde. « Zut, pensa-t-il, mes clés... »

Dans la salle, Natalène n'avait pas bougé. Mais ses yeux étaient pleins de larmes. Tristan la regarda, saisi, reprit ses clés sur le piano et s'assit en face d'elle. Il comprenait beaucoup de choses. Et il n'osait rien dire.

– Je me suis coupé le doigt, expliqua-t-elle.

Elle soufflait sur cet index innocent, le nez froncé. Et Tristan, malgré tout, sourit.

– Voulez-vous que je reste ? demanda-t-il.

Rien de plus maladroit que ces mots et il les regretta dès qu'il les eut prononcés. Mais c'était trop tard. Dans les yeux jaunes où brillaient encore des larmes il vit naître, et grandir, une sombre fureur.

– Non, dit-elle. Je préfère nettement que vous fichiez le camp. Tout ça n'est qu'une histoire de peau et j'ai assez baisé pour la semaine.

Il ne répondit pas, le cœur serré. Il regardait le trousseau de clés au creux de sa paume. Il connaissait beaucoup de blessures à Natalène : ce matin-là il en découvrait une autre, et qu'elle lui devait à lui. Parce qu'à lui tout était facile en effet – passer une frontière comme accepter l'amour.

Alerté soudain, il leva les yeux et fut surpris par le regard de la jeune fille. Furieux, oui, mais avec autre chose encore, et de très différent – une sorte de violence folle. Et pour s'en défendre, instinctivement, il se mit à plaisanter avec lui-même : « Mille dollars qu'elle me fonce dans les plumes... » Il surveillait sa main droite, assez proche en somme du couteau à pain, et posa prudemment les clés sur la table. « Elle va le faire... » pensa-t-il encore. Elle le fit, avec une rapidité surprenante, et il lui saisit le poignet au vol. Pendant quelques secondes ils restèrent immobiles. Puis la chose inconnue disparut des yeux de Natou. Elle lâcha l'arme et il desserra les doigts, incrédule encore.

– Je me suis coupée, répéta-t-elle.

– OK, dit-il. Et moi j'ai oublié mes clés. Disons que nous sommes deux imbéciles et n'en parlons plus. Mais vous avez le couteau facile, Natalène...

Elle rougit légèrement, prit une tartine beurrée sur l'assiette et la tendit à son cousin en cadeau de paix. Il la prit et s'en fut, sans mot dire.

Il s'était remis à lui parler de Blajan. Elle ne l'interrogeait pas mais semblait l'écouter avec intérêt. Caroline et Natacha s'entendaient comme chien et chat et l'écho de leurs querelles secouait régulièrement l'école Blanche, bon, c'était prévisible... Contorose avait voulu louer une salle en ville pour qu'Emmanuel Duplessis puisse y exposer ses dessins et le jeune homme avait refusé, ça c'était plus surprenant, mais peut-être changerait-il d'avis, non ?

– Je ne crois pas, dit Tristan ce soir-là. Il dit qu'il est trop jeune. C'est un curieux type, ce garçon.

Il hésita, et parce qu'il se trouvait devant le piano fit courir ses doigts sur le clavier, pour trois petites gammes machinales. Ce soir ? Pourquoi pas ? On était à la mi-octobre, s'il attendait encore le procès du Copte serait trop proche et Natalène reprise par ses vieux fantômes...

– Mais est-ce que les Duplessis vivront vraiment à Blajan après le mariage ? disait-elle. Sa mère et sa sœur dans le pavillon, Marion et lui à Blajan ?

– Ils en ont l'intention en tout cas.

– Mais pourquoi pas le contraire ? Et puis pourquoi ne restent-elles pas en ville, elles ?

– Il ne veut pas quitter sa sœur. Et sa mère serait perdue sans lui, il lui sert de béquille depuis qu'il a dix ans...

Natalène avait peut-être d'autres questions à poser, mais elle s'en abstint et remit une bûche dans le feu. Dehors une pluie d'automne, tenace et fine, tapait aux vitres. « Ce soir, pensa Tristan, oui, ce soir... »

– Nous sommes le 19, dit-il.

Natalène lui lança un regard surpris, et acquiesça.

– J'aimerais savoir, reprit-il, ce que vous comptez faire de vous cet hiver.

Elle rit, en reprenant son livre sur le manteau de la cheminée.

– Moi, dit-elle, je ne le sais pas encore. Mais je suppose que vous le savez, vous, et que vous allez me le dire.

– Je peux ?

– Ça m'intéresserait énormément.

– Il y a plusieurs possibilités, en fait. Vous pouvez rester ici et moi continuer à y venir du jeudi soir au dimanche matin. Vous pouvez aussi retourner à Blajan et par la même occasion, en ce qui nous concerne, au début de l'histoire. Nous sommes très forts pour jouer à cache-cache et ça peut encore durer cinquante ans. Je peux aussi parler à grand-père.

– Ça vous tient toujours ?

– Plus que jamais.

– Mais pourquoi ?

– Ça ne vous regarde pas, Natou.

Elle sourit, bonne joueuse.

– OK, dit-elle. Mais si vous parlez à grand-père et qu'il vous montre la porte du bout de sa canne, vous perdrez Blajan, vous aussi.

– Il ne me montrera rien du tout du bout de sa foutue canne.

– Comment pouvez-vous en être aussi sûr ?

– Mais ça ne vous regarde pas non plus...

– J'adore, dit Natalène, votre façon d'aborder les choses. Qu'est-ce qui me regarde, en somme, dans ce que je vais faire de ma carcasse ?

D'un petit accord discordant, Tristan se marqua un point. Natalène était presque en colère. Quand elle y serait tout à fait, ce qui ne pouvait pas tarder, il saurait peut-être ce qu'elle avait vraiment dans la tête. Doucement, doucement...

– Je pourrais aussi vous mettre le couteau sous la gorge, dit-il. Du genre : moi j'en ai marre de me cacher – ou bien je parle à grand-père ou bien je vous tire ma révérence.

– Tirez, mon vieux, tirez !

Deux points. Deux points et demi, même, parce qu'elle avait levé son petit menton volontaire et que c'était un signe de très bon augure.

– Je tirerai ce que je voudrai quand je voudrai, Natou.

– Même un coup ?

Ça, c'était méchant. Elle le regretta aussitôt, d'ailleurs, et rougit.

– Pardon, dit-elle. Mais aussi, qu'est-ce qui vous prend ?

– Vous ne pouvez pas rester ici.

– Et pourquoi, s'il vous plaît ?

– Parce que c'est une très bonne cachette, mais rien de plus. Vous ne pourrez pas y continuer vos études, ça manque de fac. Vous ne pourrez pas y trouver du travail pour gagner vous-même vos quignons de pain. Vous ne pourrez pas non plus y dénicher beaucoup de bons coups à tirer, j'en ai peur.

– Je n'ai JAMAIS eu l'intention de rester ici après le procès.

Elle ne vit pas le regard de Tristan devenir soudain attentif et continua, mauvaise :

– J'irai à Blajan. Il y a des tas de bons coups là-bas. Et Philippe et Boris et Olivier et Jean-Louis. Entre autres. Mais j'irai quand je voudrai et ce sera à Noël – avec votre permission bien sûr – naturellement – comment s'en passer ?

– Ce joli trou d'un mois, entre le procès et Noël, c'est pour faire quoi ?

– Ça vous regarde ?

– Pourquoi pas ? Je suppose qu'il faudra encore courir les bordels miteux pour vous récupérer ? Fouiller un asile ou une décharge publique ?

Elle ne répondit pas et il se tut lui aussi. Cette petite peste n'était pas un adversaire facile et il venait de se laisser entraîner où il ne voulait surtout pas aller.

– Bon, reprit-il. Je le ferai, s'il le faut. J'adore les décharges publiques quand vous êtes assise au milieu. Mais à Noël le problème se reposera de toute façon, non ?

– Il n'y avait aucun problème autrefois.

– Il y en avait des tas, Natou...

Elle ne s'obstina pas, et baissa le nez.

– Il ne voudra pas, dit-elle. Il ne peut pas vouloir.

– Et là, justement, ça va devenir compliqué, parce que ça va être une question de confiance, et que la confiance n'est pas dans vos cordes...

Elle le regardait, sans paraître l'avoir entendu, et brusquement rougit.

– Est-ce que vous avez fait exprès de m'exaspérer ? demanda-t-elle.

– Oui, répondit-il gentiment. Ce n'est pas très difficile. Il suffit de s'assurer qu'il n'y a pas de couteau à proximité, et de foncer.

– Putain, le salaud...

Elle rit, pourtant. Elle avait toujours su accepter la défaite.

– Mais c'est vous le salaud, dit Tristan. Vous comptiez filer un mois en me laissant un petit mot sur la table ?

– Non, je vous l'aurais dit – la veille – et puis ce n'est pas vraiment sûr encore, je me demandais, c'est tout – ça va dépendre...

C'était là un sombre sujet. Mais Tristan ne s'y attarda pas.

– Je parlerai à grand-père, dit-il. Et il ne chassera personne. Pouvez-vous faire l'effort de me croire là-dessus ?

– Mais que lui direz-vous ? Tout ? Depuis le début, tout ?

– Je peux sûrement m'en tirer sans ça.

– Ça daterait de quand, alors ?

– D'ici, cet hiver ou cet été.

– Il prendra sa canne.

– On parie ?

– Quoi ?

– Ça m'est sacrément égal, parce que c'est couru d'avance. Parions que j'épouse Farfouille s'il prend sa canne, ou que je fais un enfant à Fleur, ou que je vous amène moi-même à Gina, peu importe...

Elle hésitait, visiblement, et Tristan sentit la partie presque gagnée. Cette partie-là. L'autre suivrait...

– Il m'en voudra, dit Natalène. Même sans canne, il m'en voudra.

– Mais je suis un galant homme, madame, et j'irai voir grand-père avec tous les torts en poche – tous, il n'en manquera pas un seul !

– S'il voulait bien, oui, ce serait chic...

Elle semblait regarder, sur les plis de sa jupe, un avenir débarrassé de toutes ses épines et Tristan attendit encore, tendu.

– Je ne sais pas, dit-elle.

– Non, vous ne savez pas. Mais pouvez-vous me faire confiance une petite fois dans votre foutue vie ? Parce que moi, je sais...

Elle sourit, moqueuse.

– Là, c'est vous qui êtes en colère. Spectacle rare et délicieux... Puis-je avoir quelques minutes pour en profiter ?

– Non. Parce que dans trente secondes je vous étrangle.

– Si je ne dis pas oui ?

– Si vous ne dites ni oui ni non.

– Alors oui.

– Bon, dit Tristan, bon...

Elle se leva, vive, vint jusqu'à lui et posa les doigts sur son cou.

– Mais si ça rate, dit-elle, c'est MOI qui vous étranglerai... OK ?

Il prit les mains de l'assassin entre les siennes, doucement, et les abaissa.

– OK, dit-il. Je vous aiderai, même, si c'est trop dur.

– Quand lui parlerez-vous ?

– Le 18. Autant lui assener tout à la fois. Ça noiera le poisson. Et le 19 on déménage.

– Ou bien vous faites votre testament.

– Il est fait depuis longtemps.

– C'est vrai ?

– Oui, et vous y passerez vous aussi, parce que grand-père y tient beaucoup, on n'est pas majeur depuis trente secondes qu'il vous coince dans son bureau et vous colle un stylo dans les mains...

Elle s'assit à côté de Tristan sur le banc du piano et joua, d'un doigt, ce qui lui restait de ses études musicales : les trois premières mesures d'une valse enfantine. Encore trouva-t-elle le moyen de ne pas respecter la mesure.

– M'avez-vous légué quelque chose ? demanda-t-elle.

– Tout ! Mes rubis mes puits de pétrole mon harem mes lingots : tout. En témoignage de reconnaissance pour tant de coups tirés. Et une blanche, Natou, ça vaut DEUX noires, pas trente-six...

Le dernier jeudi – le dernier, il en était sûr – Tristan vit une petite lumière dans la salle, quand il se gara devant le portail. Natalène l'attendait sans doute. Avait-elle pensé, comme lui en ce moment, qu'une période de leur vie s'achevait ? Il regarda la petite maison basse avec une sorte de mélancolie. Natalène était restée cachée là près d'un an, ils avaient appris là à se connaître vraiment, jour après jour : retrouveraient-ils jamais la douceur de cette année enfuie ?

Elle l'attendait en effet, assise devant le feu, en chemise de nuit, et quand il entra lui sourit.

– Surprise ! dit-elle.

Elle tendait sa main fermée. Tristan posa son sac, sa veste, ses partitions, et s'accroupit devant elle.

– Des billets de cinq cents francs roulés en boule, dit-il.

– Non.

– Une petite pomme verte.

– Non plus.

– Une lettre.

– Non, non, non !

Il prit sa main et essaya d'ouvrir ses doigts. Mais elle résistait, en riant.

– Je vous les casse ? dit-il.

– Putain, non, j'en ai besoin pour jouer Chopin !

Il caressa le poing fermé, du bout de l'index.

– Sésame, dit-il, sois gentil, fais voir...

Elle écarta les doigts aussitôt. Au creux de sa paume le petit hibou de bronze étendait ses ailes.

– Il arrive tout droit de Lille, dit-elle. Je l'avais laissé dans ma caravane quand on était allés se faire cette foutue maison.

– Qui vous l'a rapporté ?

– Milos.

– Il est venu ici ?

– Non ! Il m'a téléphoné avant-hier qu'il avait le hibou et des nouvelles fraîches. Gaston m'a posée au bourg de la vallée, j'ai pris le car... On s'est vus dans un café, ne vous en faites pas. De toute façon il le sait, lui, que je ne suis pas au Portugal.

– Et les nouvelles fraîches ?

– Des tas et des tas qui ne vous diraient rien – Maria est morte. C'était une Yémache. Elle est morte à Tisted. D'une sale pneumonie, comme ma mère. La Perle désespère son mari, Kriss a eu des jumeaux, Jujube a trouvé un VRAI travail et il a tenu DEUX semaines – c'est un record – à Lille ils ont vidé les amis de Mathurin... Et puis, oui : ils pensent tous que le Copte sortira.

– Mais c'est complètement idiot...

– Ils en sont SÛRS.

– Pourtant ça doit bien leur arriver de temps à autre de faire de la prison, non ? Ils savent forcément que ça existe, ce truc, et que ça fonctionne, même pour eux : on les arrête, on les juge, ils ont tant de mois et ils les font... Qu'est-ce qui leur prend ? Pourquoi le Copte y échapperait-il, lui ?

– Ils disent qu'il peut très bien être condamné juste à ce qu'il a fait de détention provisoire, et donc sortir.

– Dix mois ? Dix mois, pour un casse avec violence, effraction, faux papiers, armes, et pour un forain récidiviste ? Ils délirent complètement...

Elle ne répondit pas. Il se releva, pour poser ses partitions sur le piano, et risqua une question qu'il avait jusque-là gardée pour lui :

– Je n'ai fait que le croiser... Comment est-il ?

– Seul, dit Natalène. Si on pouvait coller aux gens un adjectif comme un adverbe ce serait le sien : seul. Que les autres existent autour de lui et pensent des choses à eux c'est déjà un crime de lèse-Copte. Seul, brutal, patient. Mauvais. Teigneux. Dur comme un caillou. Les poches bourrées de noirs petits paquets compacts de rancune, chacun a le sien avec son étiquette et ça se paiera un jour... Libre, aussi. Avec tout ça il est libre du regard des autres à un point incroyable. Je ne sais même pas s'il tient compte du sien ni s'il sait qu'il en a un.

Elle s'arrêta, pour regarder danser les flammes.

– Nous sommes un peuple violent, dit-elle. Et aussi un peuple de désirs. Nous n'en avons pas plus que vous, non, mais nous au moins nous les nommons. « Je ne désire pas tuer mon frère, dites-vous, parce que c'est mal : ainsi, je ne le désire pas. » « Je désire la mort de mon frère, disons-nous, mais ça risque de me coûter cher : ainsi, je ne le tuerai pas. » C'est une grande différence entre vous et nous, mais il y en a aussi une très grande entre nous et le Copte : c'est que lui, son frère, il le tuera. À son heure, mais il le tuera.

Là-dessus elle se leva, et rit :

– Est-ce que cela ne vous terrorise pas que je sois sa fille ?

– Non, sourit-il. La seule terreur que j'ai, en ce qui vous concerne, c'est qu'il vous tombe encore une tuile de plus sur la tête. J'ai cru remarquer, arrêtez-moi si je me trompe, une affinité certaine entre votre tête de mule et les tuiles qui tombent des toits.

– Si j'ai raison, dit-elle, et s'il sort mardi prochain, je vais en recevoir toute une toiture.

– Sapristi, Natou, il ne sortira pas ! Mardi prochain il en prend pour au moins dix ans et mercredi vous êtes à Blajan : tablez là-dessus, c'est une bonne base de départ.

– Blajan, dit-elle. J'ai du mal à y croire. C'est trop vieux, c'est trop loin, ça n'a plus l'air vrai. Êtes-vous bien sûr que ça n'a pas été rasé, depuis le temps ?

– En tout cas, cet après-midi ça tenait encore sacrément bien. Contorose était dans la corroierie, en train de chercher ses bottes, et tante Marie avait un foulard sur la joue parce qu'elle s'était fait arracher deux dents...

Elle sourit, s'approcha de lui et posa une main sur la sienne.

– Je n'y crois pas, dit-elle. Notez ça, vous, le Taswïck à la manque : je n'y crois pas...

XI

Le jour du procès était un mardi et Tristan aurait dû le passer à Blajan, mais il ne s'en sentait pas le courage et prévint ses tantes, le lundi, qu'il s'absenterait. On ne lui posait plus jamais aucune question. Mais il connaissait son devoir et les prévenait toutes.

– Une répétition, dit-il. Je reviendrai mardi soir, ou mercredi matin si ça finit trop tard.

– Mon garçon, dit tante Lise, tu travailles trop. Je te l'ai dit bien souvent.

Philippe leva le nez de son livre, et sourit à Tristan. Il ne se lassait jamais de la naïveté des vieilles dames.

– C'est aussi mon avis, dit-il.

– Ah, triompha tante Lise, tu vois ! Tu passes trois jours par semaine dans ton nid d'aigle sans confort, là-haut, et le reste du temps tu ne peux même pas vivre tranquillement ici – te reposer, te coucher tôt et passer de bonnes nuits ?

Cette fois, c'en était trop, et Tristan lui-même faillit pouffer. Heureusement le téléphone sonnait, Philippe étendait le bras, décrochait, et reprenait son sérieux.

– Oui, dit-il. Il est là, madame. Je vous le passe.

Il tendit l'appareil à Tristan et se replongea dans son livre. De très loin, Tristan entendit la voix d'Agnès, calme et douce.

– Mais c'est demain... dit-il.

– Le procès, oui, mais ce n'est pas ça... Tu es seul ?

– Non.

– Papa ne s'est toujours pas décidé à mettre le téléphone dans le vestibule ?

– Toujours pas.

– Si tu veux mon avis, ça l'arrange. Il a un petit côté commère... et son poste à lui est dans son bureau ! Natou est à Saint-Lys ?

– Oui, bien sûr.

– Vanik sort d'ici.

– Qui ?

– Vanik.

– Je le croyais en Grèce...

– Il y était. Mais il est remonté la semaine dernière, pour le procès je suppose. Peut-être pensait-il qu'elle y serait aussi, et qu'elle descendrait chez nous... Il n'en a rien dit naturellement, puisque nous ne sommes pas censés savoir ce qui est arrivé au Copte, mais j'ai eu cette impression.

– Que voulait-il ?

– Je ne sais pas. La voir. Il semblait surpris de ne pas la trouver chez nous.

Tristan croisa le regard de Philippe, curieusement attentif. Tante Lise aussi avait les yeux fixés sur lui. Il essaya de sourire, et y réussit à peu près.

– Quelle histoire idiote... dit-il légèrement.

– C'est inquiétant plus qu'idiot.

– Oui, mais...

Il s'arrêta, embarrassé, et sa mère rit au bout du fil.

– Combien de fauves autour de toi ?

– Deux.

– Deux fois trop...

– Mais qu'a-t-il dit ?

– Pas grand-chose. Il a seulement demandé si elle était là. De toute façon il est comme le Copte, il parle, il parle, affreusement mal d'ailleurs, mais il ne DIT jamais rien. C'était son air, son regard... Ce n'était pas une visite de pure forme, tu vois, parce qu'il passait justement par Hambourg et qu'il avait dix minutes à perdre, non, il voulait vraiment la voir. Crois-tu que je doive appeler Natou ?

– Peut-être est-ce préférable.

– Bon. Je te laisse à tes fauves, alors.

– Mais... Pourriez-vous lui dire de me rappeler ici ensuite ? J'attends. Je préfère être fixé ce soir.

– Je le lui dirai. Et à demain : le Copte passe à l'audience de l'après-midi, le second. Nous appellerons à Saint-Lys aussitôt. Tu y seras, je pense ?

– Certainement.

– Je t'embrasse. Toi aussi, je sais, mais ne le dis pas !

Elle raccrocha et Tristan se mit à pianoter, machinalement, sur le bord de la table. Vanik. D'où sortait-il, celui-là ? Il n'était pas extraordinaire qu'il assiste au procès du Copte, mais pourquoi avait-il été voir Agnès ? Ces gens-là savaient bien, tous, que Natalène n'était pas à Hambourg, mais au Portugal...

– Des ennuis ? demanda tante Lise.

– Pas vraiment. Une bête histoire de troisième violon qui nous laisse tomber sans crier gare.

Impressionnée, tante Lise hocha la tête. Mais Philippe, lui, sourit à demi en tournant les pages de son livre. Quel poison il faisait, celui-là...

Natalène, quand elle appela, ne semblait pas inquiète le moins du monde et le sort de Tristan, que sa tante lui avait décrit entouré de fauves aux aguets, lui inspirait plus de compassion que le sien.

– Racontez-moi, dit-elle. Trouvez un moyen, c'est trop drôle. Les tantes sont là, bien sûr ?

– Pas toutes, non.

– Deux ?

– Moins.

– Une seule ? Et vous avez peur d'une seule petite tante, fort et malin comme vous l'êtes ?

– Le problème est plutôt ailleurs, à vrai dire.

– D'accord. Grand-père en personne ?

– Absolument pas.

– Je sais ! Philippe !

– Voilà.

– Aïe, aïe, aïe, je comprends votre peine... Attentif ou distrait ?

– La première interprétation conviendrait davantage.

Elle rit, et Tristan eut presque l'impression de la voir devant lui.

– Donc, dit-il, vous ne voyez rien d'ennuyeux dans cette stupide histoire ?

– Rien du tout ! Vanik se croit toujours plus malin que les autres. On a dû lui dire que j'étais au Portugal, parce que normalement ça a dû circuler, et lui s'est tapé le front de l'index, sont-ils bêtes, Portugal ou pas elle est montée à Lille pour le procès, avec ou sans le Portugais, et sa gentille petite tante de Hambourg a dû l'héberger... Voilà !

– Mais que voulait-il ?

– Est-ce que je sais ? Me montrer son gamin, si ça se trouve, rien de plus, ou parler du procès... me demander ce que je devenais... voir la gueule du Portugais... n'importe quoi, mais rien d'important, ça c'est sûr !

– Vous n'aurez donc pas besoin de moi ce soir, même pour le troisième mouvement ?

– C'est porno, dites donc, le téléphone, chez vous... Redites-moi ça, un peu ?

– Ni pour l'ouverture ?

– Pour rien, mon cher. Je ne suis pas du tout celle que vous croyez.

– En ce cas je n'insiste pas.

– Vous avez tort. Je me serais peut-être laissé tenter par l'adagio, après tout. Salut !

Il raccrocha, en souriant, et Philippe demanda négligemment :

– Ça y est ? Tu l'as rattrapé, ton violon ?

– Deux ou trois cordes... et si on ne le rattrape pas entier on le remplacera, mince, il nous embête...

– Tout le monde, déclara doctement tante Lise, DOIT respecter ses obligations. Sinon toute vie sociale disparaîtrait IMMÉDIATEMENT.

Ses neveux ne la contredirent pas et elle put, sûre de leur approbation pleine et entière, se remettre à sa nappe d'autel.

Tristan arriva si tôt à Saint-Lys, le lendemain, qu'il trouva la maison encore endormie.

Il se refit un second petit déjeuner, le plus silencieusement possible, et comme il passait devant le calendrier offert par Gaston, arracha le feuillet de la veille. Le chiffre 17 lui apparut, menaçant. Et aussi le visage du Copte tel qu'il l'avait vu à Blajan trois ans auparavant. Dur. Dur et sale. Comme ç'avait été étrange de rencontrer dans ce visage-là les yeux de Natalène, vêtus d'un autre regard, oui, mais ses yeux exactement...

Il se retourna, alerté par il ne savait trop quoi, et vit luire le canon d'une arme sur la rampe de l'escalier. Pendant quelques secondes le temps se figea. Puis l'arme descendit un peu et une marche grinça. Pour Tristan, qui avait reconnu le volant de la longue chemise, et la carabine de son père, le temps repartit. Avec un certain détachement il regarda le second pied de Natalène rejoindre le premier, très lentement. Il n'avait pas peur : elle n'était pas fille à tirer sans raison. Pourtant, quand elle cria un ordre, et sauta trois marches, il sursauta.

– Bonjour, dit-il. Avez-vous bien dormi ?

Elle abaissait l'arme, et lui sourit.

– Oui, dit-elle. Merci. Vous êtes bien matinal...

La carabine sous le bras, elle descendit l'escalier, en retenant de son autre main les plis de sa chemise de nuit. Lorsqu'elle passa devant le buffet elle y posa l'arme, et la déchargea.

– Vous avez fait du café ?

Il lui en remplit un bol, et s'assit en face d'elle avec le sien. Ses yeux brillaient, moqueurs. Mais il ne dit rien.

– Savez-vous ce que j'ai fait hier ? demanda-t-elle.

– Un carton sur Farfouille ?

– Non. Mes valises.

– Vous n'avez pas de valises.

– Bon, mes paquets, si vous préférez... N'est-ce pas plein de tact ?

Il l'admit, gentiment.

– J'ai plein de tact à faire moi aussi, dit-il. Le bûcher à fermer, le couvercle du puits à poser...

– Mais on reviendra, non ?

– J'espère bien. Ensemble ou pas : vous n'aimeriez pas inviter vos amants sous mes nobles édredons ?

– Mes amants ont pignon sur rue, pour qui me prenez-vous, pour une romanichelle ?

Elle ajouta, aussitôt :

– Vous n'avez pas eu peur ?

– Non, dit-il. Quand vous êtes hors de vous au point de vous jeter sur les couteaux qui traînent, ce n'est pas rassurant. Mais quand vous guettez calmement les passants avec une vieille pétoire, ça va, je tiens le coup. Qu'avez-vous crié, au fait ?

– Je traduis ?

– Par exemple.

– « Bouge pas, ordure. »

– Joli. Le chant de l'alouette au petit matin...

Elle lui tendit sa main, et il la prit dans la sienne.

– J'ai aimé cette drôle d'année, dit-elle. Vous avez été chic.

– Au temps pour moi, répondit-il. Notez ça, Natalène : au temps pour moi.

Tristan avait eu l'intention de se battre dès le matin avec le couvercle du puits, mais il succomba à la tentation, comme toujours, et se mit au piano. Quand Natalène ressortit de la salle de bains elle se glissa derrière lui, l'entoura de ses bras et arrêta ses mains sur les touches.

– Un jour, dit-elle, on vous attachera. Combien de jours pouvez-vous passer sans jouer avant d'en crever ? Deux ? Trois ? Trois et demi ?

– Je proteste, ma vieille. Il y a deux ans j'ai passé une semaine ici avec vous et il n'y avait pas encore de piano.

– C'est vrai. Je m'en souviens. Vous pianotiez partout, sur la table, au bord du puits, sur le tapis...

Il se libéra, très doucement, en faisant tourner ses poignets entre les doigts de Natalène, et elle éclata de rire.

– J'adore, dit-elle, le soin que vous prenez de mes nerfs. En fait je saurai que je suis guérie le jour où vous ne prendrez plus tant de précautions. Ce sera pratique.

– Vous êtes malade, ma pauvre enfant ? Un peu de rougeole, peut-être ?

Elle rit encore, caressa son épaule, et s'éloigna.

Ils déjeunèrent chez Farfouille, pour ce dernier jour. La vieille dame connaissait sur sa vallée des tas d'histoires passionnantes. Mais ce jour-là, un peu mélancolique de voir partir ses voisins – parce qu'ils avaient beau lui dire qu'ils reviendraient souvent, elle n'y croyait guère – elle leur parla surtout de sa solitude. Gaston était son seul enfant, et Gaston n'avait jamais pu se marier.

– L'hiver, dit-elle, on est cinq ici. Cinq en tout. T'as vu, Natalène ? Cinq. Et encore je te compte. C'est pas une pitié ? Que dans mon jeune temps on était plus de trente ? Cinq feux maintenant, et trois téléphones remarque, ça aide quand même...

Là, elle s'arrêta net.

– Et au fait, il a réussi à vous avoir, votre ami ?

– Quel ami ?

– Ce jeune homme, là, qui m'a téléphoné ce matin parce que chez vous ça ne décrochait pas... Ah ben, je lui ai dit, ils sont toujours partis sur la montagne, c'est jeune, ça court ! Il a rappelé ?

– Non, dit Tristan. A-t-il dit son nom ?

– Je crois pas. Je crois pas, non. Il a juste demandé si vous étiez partis, ou quoi, que ça décrochait pas. Vers les dix heures, par là.

– C'était peut-être Valère, dit Natalène. Mon cousin. Il doit nous appeler aujourd'hui.

Cette idée toute simple, qui n'était pas venue à Tristan, le rasséréna. Valère, oui...

– Seulement, dit Natou, on n'a pas quitté la maison ce matin et ça n'a pas sonné.

– Ah ben ça marche pas toujours comme on veut, ces machines-là. Des fois faut de la patience.

De la patience, Tristan en avait. Et Natalène, malgré sa nervosité, n'en était pas totalement dépourvue. Mais l'interminable après-midi de ce 17 novembre mit cette vertu à rude épreuve. Ils avaient quitté Farfouille un peu après deux heures, et longuement épilogué sur ce mystérieux appel du matin. Jusqu'à trois heures ils s'étaient colletés avec l'énorme couvercle de tôle dont Tristan voulait absolument recouvrir le puits. Il avait joué du piano, ensuite, et Natalène avait pris une douche. À trois heures et demie ils s'étaient offert un thé. À quatre heures Tristan s'était rassis devant son piano et Natalène avait déclaré que ça n'en finirait pas, non, jamais...

Elle allait et venait dans la salle, et donnait tout à fait à Tristan l'impression d'être un élastique tendu à craquer. Il ne pouvait pas grand-chose pour elle, malheureusement. Elle sortit ensuite sur la petite véranda qui protégeait la porte du jardin et resta là, immobile, enfin immobile, pour regarder tomber la pluie.

Il lui jetait un coup d'œil de temps à autre, en jouant, et se demandait ce que pouvait représenter ce verdict pour elle. Son sort immédiat en dépendait, bien sûr. Mais aussi celui du Copte, et le Copte était son père, même s'il n'était pas que cela. On pesait aussi à Lille, en ce moment même, dans une balance de gadjé, ce que valait une révolte de rom, et Natalène n'était-elle pas tissée de cette révolte-là ?

Quand le téléphone sonna enfin elle était dans le jardin, sous une pluie battante. En se levant pour décrocher Tristan la vit faire un pas vers la maison – puis s'arrêter.

– Tristan ? disait la voix grave d'Alban.

– Oui. Bonjour, mon oncle. Alors ?

– Cinq ans pour Mario Binarès, dont deux avec sursis. Douze pour le Copte.

– Douze ?

– Douze.

– C'est beaucoup, non ?

– Non. Et avec son casier ça aurait pu être pire. Le ministère public en demandait vingt, d'ailleurs. Cette histoire de racket a dû compter aussi, même si on n'a pas pu la prouver. Et d'après Valère, pour tout arranger il a fait une très mauvaise impression sur le jury.

– Mais s'il fait appel ?

– Je ne pense pas que son avocat le lui conseille. Il n'aura pas moins et il pourrait avoir plus.

– Quand peut-il sortir, sur douze ans ?

– De toute façon pas avant la moitié, quoi qu'il arrive. Ensuite cela dépendra de sa conduite en prison, de ses chances de réinsertion, des grâces présidentielles... Tu veux un ordre d'idée ? Entre huit et dix ans. Plutôt huit : à son âge on ne prend plus le mors aux dents et je suppose qu'il se tiendra tranquille. Huit ans, oui.

– Pas avant ?

– Non. Natalène est là ?

– Dans le jardin.

– Va le lui dire, alors. Ta mère et Valère sont en train de lui écrire. Bonsoir, mon garçon. Ah, dis... Tu n'oublies pas Vanik ?

– Non, mon oncle. D'après Natou ça n'a rien d'inquiétant. Mais j'y pense.

Il raccrocha, et sortit. Natalène était adossée au tronc du sapin, un peu abritée de la pluie.

– Douze ans, dit-il.

– Douze ans ?

– Oui.

Elle murmura, comme il l'avait fait lui-même : « C'est beaucoup... » Le chat de la ferme passa près d'elle comme une flèche, queue dressée, et elle sursauta.

– Et Mario ?

– Cinq ans, dont deux avec sursis.

Elle se détourna et s'en alla vers le fond du jardin. Tristan essuya son front, que des gouttes avaient atteint, avec sa manche. Puis il rentra. Pour appeler Blajan.

Il eut Marion d'abord, et quelques minutes après Contorose.

– J'ai très peu de temps, dit-il, il faudra que vous m'excusiez, grand-père. Voilà : pourriez-vous me réserver votre après-midi de demain ? À Blajan ?

– Tu as des ennuis, mon garçon ?

– Seulement à vous parler.

– C'est entendu. Nous verrons cela ensemble.

– Merci. À demain, grand-père.

Il vit en raccrochant que la carabine de son père n'était plus sur le buffet. Natalène l'avait-elle remise dans sa cachette, ou comptait-elle l'emporter à Blajan ? Et pour commencer avait-elle vraiment l'intention de passer la nuit dehors ?

Il ressortit, sous le petit auvent qui abritait la porte de la pluie. Natalène était assise sous l'arbre, les mains autour de ses jambes ramenées contre elle, et le menton sur les genoux. Trempée, bien sûr. À côté d'elle, tout à fait dérisoire sous l'averse battante, l'arrosoir semblait monter la garde. Tristan hésita un peu, puis se décida, sortit à son tour sous la pluie et s'accroupit devant elle.

– Qu'ont-ils dit d'autre ? demanda-t-elle.

Il le lui répéta, presque mot pour mot, et elle eut une petite grimace.

– « Mauvaise impression... » Qu'est-ce que c'est, faire une mauvaise impression sur un jury ? Ce ramassis de pourris visqueux ? Est-ce qu'il devait leur demander pardon pour faire bonne impression ? J'en voulais à vos sous pardon pardon pardon ? C'est beaucoup, douze ans c'est beaucoup... et j'espère qu'il les a traités de cons. J'espère qu'il leur a craché au nez j'espère qu'il l'a fait oui...

– Ça m'étonnerait. Ou alors il est fou, et je ne le crois pas.

– Je lui enverrai de l'argent. Je trouverai. Il paraît que c'est sinistre là-dedans... et lui il ne tient pas en place. Même dehors, il bouge, il écoute, il flaire le vent... C'est trop injuste. J'aurais préféré qu'il crève. Qu'il crève comme un chien qu'il est. Mais dehors. Sous une pluie comme ici ou dans la neige ou dans une forêt. Douze ans c'est beaucoup c'est beaucoup...

Elle parlait si vite que Tristan avait du mal à la suivre. Et ses mains, sur ses genoux, commençaient à trembler.

– J'aurais dû le tuer. Une fois il y a longtemps j'ai failli le faire j'aurais dû. Il dormait mais quand même j'aurais dû. Ou alors me faire pincer avec eux sur mon toit j'aurais eu douze ans moi aussi je m'en fous. J'irai. J'irai là-bas c'est ma faute.

– Pourquoi votre faute ?

– J'aurais dû siffler plus tôt. Mais quand ils sont passés au carrefour j'ai cru qu'ils filaient tout droit et je n'ai même pas reconnu leurs foutues camionnettes, sous la neige rien n'a l'air de rien. Après ils ont fait le tour. Il neigeait, ça ne faisait pas de bruit, c'est pour ça. Dans la neige il n'y a jamais...

Elle s'arrêta brusquement, et ses yeux s'élargirent.

– Il m'a vue. Quand on les a fait monter dans la camionnette il m'a vue. En tout cas il a deviné où j'étais. Je ne pouvais être que là-haut, sur le toit. Il a craché par terre, et c'était pour moi...

La pluie redoublait et Tristan, qu'elle aveuglait presque, mit son bras sur son front. Il n'osait pas toucher Natalène, pour ne pas l'effrayer. La gifler ? Ça pouvait la calmer, mais aussi l'épouvanter tout à fait...

– Et il était toujours là avec ses mains toujours... Après Vanik, quand il devait du fric aux Grecs il les faisait monter chez moi. Il riait dans l'escalier. Il disait, monte, monte, ça vaut les trois marches tu verras elle a un beau cul tu verras... Et quand Gina n'était pas là, ni ses filles, c'était lui qui montait, en défaisant sa ceinture. Il disait, petite, ça urge...

Tristan abaissa son bras, avec une seule envie claire, celle de crier pour qu'elle se taise. Mais il ne le fit pas.

– Ça faisait rire Vanik... Pour quelqu'un d'autre il aurait vu rouge mais le Copte, bon, et puis c'était mon père, alors il laissait urger...

Il prit les mains de Natalène, qui tremblaient si fort, et y cacha son visage. Aussitôt, elle se tut. Sur l'arrosoir les gouttes se mirent à résonner très fort. Quelques longues minutes passèrent ainsi. Puis Tristan releva la tête.

– Voulez-vous du vin chaud ? demanda-t-il doucement. Je crois qu'il reste du citron, et même de la cannelle.

– Vous avez froid ?

– Pas vous ?

Non, elle n'avait pas froid. Et d'ailleurs sa main, que Tristan garda dans la sienne, était brûlante.

– Venez quand même, dit-il. Moi j'ai froid.

Dans la salle, elle s'assit devant le feu et regarda distraitement son cousin changer de pull-over, puis préparer un plateau. Sa fébrilité avait entièrement disparu. Elle tremblait encore mais ne paraissait ni en être gênée, ni même s'en être aperçue. Plusieurs fois déjà Tristan l'avait vue dans cet état curieux, où elle était là sans y être, et où on la sentait prête à s'éloigner encore – dans l'étrange et froid pays qui suivait. Cela l'avait saisie quand elle avait parlé du Copte crachant dans la neige. Et cela l'habitait encore.

Il ne parlait pas, parce qu'il avait peur qu'elle ne se remette, elle, à parler, et qu'il ne pensait pas pouvoir le supporter : ce qu'il avait entendu le torturait déjà suffisamment.

Quand il posa le plateau sur la petite table elle se pencha sur son bol et rit, légèrement, comme une enfant.

– On dirait du sang, dit-elle.

– Seulement, c'est du vin.

Elle tremblait moins. Pourtant elle eut du mal à boire sans rien renverser. Et cela semblait beaucoup l'amuser.

– C'est ça, « sucrer les fraises », non ?

– Je crois.

Quand elle eut tout bu elle s'étira, et se remit à rire.

– Je suis COMPLÈTEMENT trempée !

– Voulez-vous vous coucher tout de suite ?

– Il est tard ?

– Six heures vingt.

Elle revenait. Il le sentait, sans pouvoir dire pourquoi. Des liens se retissaient entre elle et cette maison, elle et Tristan, elle et le petit chat lové sur le coussin. Fragiles encore. Mais présents, et comme animés d'une volonté qui leur était propre. Brusquement, elle frissonna.

– J'aurais dû mettre un imper, je vais attraper la crève...

– Vous devriez surtout vous changer.

L'idée dut lui paraître excellente, et elle monta, en chantonnant. Tristan ferma les yeux, épuisé par l'effort qu'il avait fait sur lui-même. La petite chanson, là-haut, allait et venait. Fausse, comme toujours. Des mots revenaient à Tristan, maléfiques. « Petite, ça urge... » : ceux-là surtout. Ceux-là ne désarmeraient jamais.

Parce que la chanson s'était tue, il rouvrit les yeux. Le chat s'étirait. Et Natalène redescendait, en jean et en gros pull de laine.

– Mince, dit-elle, je perds vraiment la boule ces temps-ci...

Elle semblait tout à fait remise, mais un peu perplexe et Tristan lui vint en aide aussitôt :

– Vous avez des crises de nerfs de pie, Natou. Quel débit !

– Qu'est-ce que j'ai dit ?

– Vous l'avez oublié ?

– Je sais que je voulais aller en prison. Et qu'il leur ait craché au nez. Et puis lui envoyer de l'argent. On était sous la pluie comme deux andouilles... Putain, c'est fou, c'est tout brouillé... Ça vous arrive, à vous ?

– Non. Mais sans vouloir être phallo, ma vieille, je crois que c'est plutôt féminin, les crises de nerfs.

– Qu'est-ce que j'ai dit d'autre ?

Il se rendit compte, avec surprise, qu'elle posait cette question sans inquiétude particulière. Comme si elle ne savait PLUS qu'il y avait peut-être autre chose à dire que cette histoire de toit et de neige. La porte un instant entrebâillée s'était bien refermée. À double tour.

– C'est à peu près tout. Vous parliez très vite. De la prison, de Vanik, des Grecs... Je n'ai pas tout compris.

– J'ai l'impression d'avoir bavassé trois heures.

– Non, là vous vous vantez un peu. Cinq minutes, dix minutes...

– Une fois, à Fonvières, j'avais fait ça. Il paraît que j'avais traité Vanik de taré et que je voulais lui arracher les yeux. Gina m'avait lancé un seau d'eau à la figure. Et après ils me regardaient tous d'un air parfaitement ahuri, tiens, Vanik ne s'était même pas fâché, et la vieille Mareski m'avait fait du café...

Là-dessus elle laissa tomber ce sujet sans importance, et s'assit.

– Douze ans, dit-elle. Et il en fera huit, alors ?

– Entre huit et dix, d'après l'oncle Alban.

– On va avoir une paix royale, parce que douze ans c'est long, et ça ne lui laisse plus beaucoup de crédit sur les siens...

– Vous croyez ?

– J'en suis sûre. Ces gens-là sont comme le vent, ils vous filent entre les doigts... Vanik finira chez les Grecs et je ne donne pas deux ans à Gina pour se remettre en ménage.

– Il avait d'autres amis, non ?

– Tous, tant qu'il était là avec son foutu couteau et ses foutus yeux jaunes – et peut-être qu'il les retrouvera dans douze ans s'il n'est pas trop décati – mais ce soir, non. Zéro. Du vent. On va avoir une paix royale.

– Je sens que je vais adorer ça... Et votre voyage ?

– Quel voyage ?

– Vous vouliez en faire un, jusqu'à Noël.

– S'il était sorti, oui, ou s'il avait eu très peu, mais là, vraiment ce serait con.

Il rit, soudain.

– Vous avez vingt-quatre heures pour réformer votre langage, Natalène. Grand-père cédera sur tout, mais pas sur ça, il ne faut pas y compter.

– Ce ne serait pas con, alors. Ce serait idiot. Ou fâcheux. Ou stupide... Quand partez-vous ? L'après-midi ?

– Oui, mais on part tous les deux.

– Pourquoi ? Vous deviez venir me rechercher le soir... s'il ne veut pas, on aura l'air malin, avec nos paquets sur le perron !

– Il voudra.

– Et j'attendrai sur le perron avec les paquets ? Le petit doigt en l'air ?

– Le bois des Violettes ne vous irait pas ?

– Si... mais j'aurais préféré attendre ici. Ça vous embête de faire deux fois le trajet ?

– Voilà, dit-il. Ça m'embête. Je suis pianiste, après tout, pas taximan. Et puis ça gagnera deux heures. Avec un peu de chance vous prendrez le thé là-bas.

– Putain, ce serait dingue...

Ils dînèrent ce soir-là des fruits qui restaient dans la coupe. Natalène alla se coucher très vite. Mais Tristan veilla longtemps, en bas, après avoir fermé toutes les portes à clé et soigneusement clos tous les volets. Il s'en voulait beaucoup de n'avoir pas interrogé son oncle sur l'appel reçu par Farfouille. Sur le coup, il avait oublié. On pouvait certainement se fier à ce que Natalène pensait de la conduite de Vanik – mais qui, alors, menaçait-elle de son arme, le matin même ?

Il finit par s'endormir. Mais dans la salle, sur le divan. Pourtant, s'il fit des cauchemars ce ne fut pas Vanik qui les hanta.

XII

Dans le bois des Violettes, il n'y avait pas que des fleurs. Natalène descendait à peine de voiture qu'elle vit, au bord du chemin, deux magnifiques lépiotes. Elle les déterra soigneusement et les montra à Tristan.

– C'est bon signe !

Il baissa sa vitre, pour lui tendre son paquet de cigarettes et son briquet.

– Je klaxonnerai, dit-il. Ici exactement.

Elle tapotait ses champignons pour en détacher un peu de terre, et souriait.

– Dites-en le moins possible...

Il acquiesça, et fit reculer sa voiture. L'idée de laisser sa cousine seule lui était très désagréable. Mais là, vraiment, elle ne risquait rien. Moins que partout ailleurs, et même qu'à Blajan.

Une bonne partie du clan était au salon quand Tristan y entra. Les tantes, bien sûr. Les Kerbauson, parce que c'était mercredi. Les Duplessis, pour la même raison : on les invitait plutôt quand la sœur d'Emmanuel n'avait pas classe. Philippe, parce que le manège n'ouvrait qu'à trois heures. Édith et Xavier, qui jouaient aux cartes avec Marion. Et la petite Fleur, très occupée à feuilleter un énorme atlas. Il ne manquait, en fait, que Contorose.

– Mais tu voulais le voir, non ? dit tante Marie. Parce qu'il t'attend dans son bureau...

Contorose classait des papiers. Il était d'une incroyable négligence, et ne permettait à Justine de ranger sa tanière – son dernier refuge dans une maison tenue par trois vieilles dames – que deux ou trois fois par an. Elle venait sans doute de le faire. Et Contorose, naturellement, ne retrouvait plus rien.

– Assieds-toi, mon garçon. J'en ai pour deux minutes.

Tristan le regarda fourrager dans ses dossiers, sans impatience. Il avait souvent pensé à cette entrevue, et chaque fois d'une façon différente. Une seule chose était certaine : il l'aurait, sa gifle. Contorose commençait toujours par là. Ensuite, on verrait...

– Tu voulais me parler ?

– Oui, grand-père.

– Eh bien vas-y. Je suis à toi.

– Seulement, ça risque d'être long.

Un peu d'amusement dans ses bons yeux clairs, Contorose assura qu'il avait tout son temps.

– Bon, dit Tristan. Hier après-midi, à Lille, le Copte a été condamné à douze ans de prison ferme, pour vol à main armée.

– Qui ?

– Le Copte.

– Non ? Hier ? Comment le sais-tu ? Mais tu es sûr ? Douze ans ! Tu dis douze ans ?

Il rit, lui-même, de sa précipitation.

– Redis-moi ça.

– Il a fait là-bas, à Noël dernier, un cambriolage qui a mal tourné. Son procès a eu lieu hier, à Lille. Et il a eu douze ans.

– Mais c'est bien lui ?

– C'est tout à fait lui.

– Et comment le sais-tu ?

– Par Natalène.

– Natalène... dit lentement Contorose. Oui, Natalène... Tu l'as vue ?

– Elle y était, ce soir-là. Le soir du cambriolage. Elle faisait le guet. Mais elle, elle a réussi à s'échapper. Depuis elle est à Saint-Lys.

– À Saint-Lys ?

– Oui.

– Depuis Noël dernier ?

– C'est ça.

– Et tu ne m'as rien dit ? Tu ne l'as pas amenée ici ?

– Ce n'était pas possible, grand-père... Elle ne pouvait aller ni à Hambourg ni à Blajan, les amis du Copte l'y auraient retrouvée facilement...

– Mais me le dire ? Tu ne pouvais pas me le dire ? Ça t'aurait écorché la langue ?

– Grand-père, c'était à elle de le faire. Elle était chez moi, elle me faisait confiance... Vous vous seriez tu, vous aussi.

On ne faisait jamais appel en vain aux sentiments chevaleresques de Contorose et il reconnut que Tristan, en effet, avait eu raison de tenir sa langue. Seulement cela n'expliquait pas le silence de Natalène elle-même, et la jeune fille en entendrait parler de belle façon dès que... et quand serait-elle là, d'ailleurs ?

– Ça va dépendre de vous.

– Où est-elle en ce moment ? À Saint-Lys ?

– Non, dans le bois des Violettes.

– Dans le bois des Violettes ! Tu te moques de moi, mon garçon ?

– J'ai encore beaucoup de choses à vous dire, grand-père. J'irai la chercher après. Voulez-vous m'écouter ?

– Comment va-t-elle ?

– Très bien. Elle cherche des lépiotes.

– Des lépiotes ! Je ne l'ai pas vue depuis trois ans et elle cherche des lépiotes ! C'est vraiment une histoire de fous...

Il riait, un peu dépassé. Mais heureux.

– À vrai dire, continua Tristan, je ne crois pas qu'elle vous dise pourquoi elle s'est installée à Saint-Lys sans vous prévenir. Elle avait certainement de bonnes raisons mais je ne crois pas qu'elle vous les donne. Ni aucune autre. Elle revient, c'est tout. Elle est partie avec le Copte il y a trois ans et maintenant elle revient. Si on pouvait tous en rester là...

– Attends, coupa Contorose. Veux-tu dire qu'elle attend dans les bois que je m'engage à ne pas lui poser de questions ? Parce qu'alors tu peux aller la chercher...

– Elle ne m'a pas chargé de vous demander ça. C'est seulement mon avis. Ça n'a pas été facile pour elle, ces trois années-là, pas facile du tout, et je suis sûr qu'elle n'a aucune envie d'en parler. C'est tout. Et maintenant...

Son cœur se serra, un instant. Le coupe-papier de Contorose, posé devant lui en travers du plumier, lui parut soudain plus important que toute autre chose au monde. C'était un très bel objet en ivoire et sa pointe désignait... quoi donc, exactement ? L'encrier ? Non, plutôt le coin de ce dossier bleu, un peu à gauche...

– Et maintenant ? Oui ?

– Et maintenant...

Il se reprit, vite, sous le regard étonné de Contorose.

– Vous nous avez mariés, il y a presque quatre ans.

– Ce n'est pas grave. Je vais m'occuper de ça puisqu'elle est là. Que cela ne vous tracasse surtout pas, ni l'un ni l'autre.

– Justement. Nous n'avons pas l'intention de divorcer.

– Ne dis pas de sottises. Il faut régler ça très vite au contraire. Ça n'a servi à rien – c'était d'ailleurs une idée de ta mère, soit dit en passant – et puis, s'il est en prison pour douze ans tu penses bien que... Douze ans ferme ? Tu es sûr ?

– Je suis sûr. Et sûr aussi que nous n'avons aucune intention de divorcer.

– Mais pourquoi ?

– Vous ne me facilitez vraiment pas les choses...

Même ainsi, Contorose ne comprit pas.

– Bien, dit Tristan. Elle est à Saint-Lys depuis Noël dernier. Cela fait presque un an. J'y vais toutes les semaines. J'y ai passé deux mois cet été. Il se trouve que votre faux mariage n'est plus un faux mariage.

– C'est-à-dire ?

Tristan, cette fois n'eut pas à répondre. Il vit le visage de Contorose, brusquement, rougir. Il reçut sa gifle, qu'il attendait. Puis, une main sur la joue, il eut un petit rire, pour lui-même.

– Sors d'ici, dit Contorose. Tout de suite.

– Non, grand-père.

Le vieux monsieur ne s'était pas rassis. Et il criait. L'entendait-on du salon ? Sans doute : Tristan se souvenait de la façon dont les Blajan se figeaient lorsque des éclats de voix furibonds les atteignaient ainsi, à travers le bois épais, et il revoyait les regards effarés qu'échangeaient les tantes, la terreur de Marion, l'amusement de Philippe – encore que Philippe ait souvent fait lui-même les frais du spectacle et se soit trouvé en général du mauvais côté de la porte...

Il n'écoutait pas ce que rugissait Contorose. Ça n'avait pas d'importance. C'était un rite, comme la gifle. ICI on ne tolérerait pas que des MORVEUX osent et d'ailleurs comment avait-il OSÉ c'était

INDIGNE ça n'allait pas se passer comme ça ET lui faire ça à LUI Louis de Blajan SOUS SON TOIT avec quelle IMPUDENCE indigne le lui dire en face OSER le lui dire il VOUS ÉTRIPERAIT tout ça jusqu'à la dernière miette ET...

Quand il s'arrêta, Tristan ôta sa main de sa joue. Et le regarda se rasseoir.

– Tu n'as plus rien à faire ici, Tristan. Tu as Saint-Lys ? Alors vas-y. Natalène peut vivre à Blajan si ce divorce se fait. Mais pas toi.

– Tiens, répondit Tristan, je n'avais pas pensé à ça...

– Comment as-tu pu ! Elle était chez toi, tu me l'as dit toi-même, elle était chez toi, elle te faisait confiance, et toi...

– Ça ne s'est pas passé comme ça. Je suppose que...

Le mot ne passait pas ses lèvres. Pourtant, comme son grand-père attendait il fit un effort.

– Je suppose que nous nous aimons. Ça arrive.

– Il y a vingt ans, dit Contorose avec amertume, ton oncle Alban était assis là, comme toi, à me débiter les mêmes insanités. Mais qu'est-ce que vous avez tous ? Il n'y a pas assez de jolies filles au monde pour que vous alliez forcément choisir vos cousines ? Et encore, toi c'est pire...

– Pourquoi ?

– Je te l'ai dit cent fois. Vous avez la même mère, génétiquement parlant. Bon Dieu, Agnès et Anne, c'étaient deux gouttes d'eau... C'est pire. Dix fois pire.

– Mon oncle était marié et il avait quatre enfants. Ça ne peut pas être pire.

– Je n'ai pas à justifier mes décisions, de toute façon, Tristan. Toi, tu t'en vas. Elle, c'est selon. J'ai dit.

– S'il s'agissait de Chantal, dit Tristan, ou de Marion, je me lèverais, là, et je partirais pour Saint-Lys. Avec ou sans elle, comme elle voudrait. Seulement tout est très différent...

Sa voix avait changé et Contorose le regarda avec surprise, sans doute conscient de la violence qui l'habitait.

– J'ai beaucoup simplifié les choses, continua Tristan. Par exemple je vous ai épargné les détails. Il y a quatre mois les amis du Copte ont réussi à la retrouver. Ils l'ont gardée trois semaines dans une caravane, et remontée à Lille en camion. Je l'ai récupérée à Pau, dans un bordel fermé, ou presque fermé parce que dans la chambre voisine la masochiste de la troupe officiait toujours... J'ai pensé à vous ce soir-là, grand-père. Vous étiez assis au salon, certainement. Et elle dans une chambre de passe, avec les cris de cette femme derrière la cloison. Elle avait essayé plusieurs fois de quitter sa caravane et chaque fois ils l'avaient battue. J'aurais aimé que vous puissiez la voir ce soir-là. Parce que si vous l'aviez mieux défendue autrefois elle aurait été assise avec vous à Blajan, et pas là-bas.

– Je ne te permets pas de...

– Vous ne deviez surtout pas vous permettre, à vous, de la regarder s'enliser pendant dix-huit ans sous vos yeux sans rien faire pour elle. Vous saviez tout cela ou du moins vous vous en doutiez, grand-père : j'avais à peine seize ans que je m'en doutais déjà, moi... Et maintenant vous parlez de génétique alors qu'elle a tellement besoin d'aide, et que cette aide vous la lui devez, vous savez bien que vous la lui devez...

– Mais je suis prêt à... Je suis tout prêt à...

– À quoi ? À quoi êtes-vous prêt ? À tout sauf à ça ? Mais c'est justement ÇA qu'il faut faire, ça tombe mal... Elle doit vivre à Blajan, d'abord parce que c'est sa maison, et ensuite parce qu'elle y est à peu près en sécurité. Ils la cherchent encore, je crois. Et sans le Copte ils risquent de trouver que Blajan est quand même un gros morceau.

– Mais elle peut très bien vivre ici...

– Pas sans moi. Qui la défendrait s'ils revenaient ? Vous ? Ça vous changerait...

– Tristan...

– Il se trouve aussi que pour le moment elle a besoin de moi. C'est comme ça. Je vous ai menti tout à l'heure : elle cueille des lépiotes, c'est vrai. Mais elle ne va pas bien du tout. Et je voudrais pouvoir vous dire où vous l'envoyiez exactement quand vous laissiez le Copte l'emmener. Je voudrais beaucoup. Parce que vous auriez honte et que vous n'oseriez pas l'abandonner une fois de plus. Encore une fois. Si lâchement.

– Écoute...

– Non, dit Tristan. C'est vous qui m'écoutez.

Il s'arrêta net, pourtant. Contorose esquissait un geste de défense, puis baissait la tête.

– Écoute... répétait-il.

– Oui ?

– Est-ce que vraiment... ? Est-ce cela qu'il faut faire ?

– Oui, dit Tristan. Ça, et quelques autres petites choses.

– Lesquelles ?

– Ne pas lui poser de questions. Ne pas lui en vouloir : c'est surtout ma faute. Et ne pas m'en vouloir devant elle...

– Mais tes tantes ? Tes tantes, et tes cousins ? Comment leur dire cela ? Comment ?

– Je peux le faire, si vous voulez.

– C'est ça, c'est ça...

Il semblait très las, brusquement.

– Mon garçon, tu m'as dit de ces choses... Je ne croyais pas que sous mon toit un de mes petits-enfants...

– Quand le Copte est venu, il y a trois ans, si quelqu'un avait pu vous les dire, ces choses, nous nous en serions tous mieux portés.

– Oui, mais...

Il relevait les yeux, sévère.

– J'attends tes excuses.

– Oui, dit précipitamment Tristan, pardon, j'ai été affreusement impoli, j'en ai peur – et si vous vouliez bien me pardonner...

De la main, Contorose fit signe que cela suffisait.

– Je suis vieux, dit-il. Je suis un vieux bonhomme, tu sais. Il y a cinquante ans que cette famille me ronge la moelle... j'ai fait pour le mieux.

– Je sais, grand-père.

– Tu dis qu'elle n'est pas bien... Qu'a-t-elle ?

– Elle est fatiguée, inquiète, nerveuse – bizarre. Je crois qu'elle a vécu des choses difficiles, et puis ça a été très long, toutes ces années – je ne sais pas tout – elle est bizarre. Vous verrez, c'est difficile à expliquer.

Contorose posa encore quelques questions sur Saint-Lys, sur le Copte, sur le cambriolage de Lille. Il reprenait pied, lentement. Ou plutôt il sentait reprendre pied chez lui le petit fantôme oublié. « Natou, disait-il. Je l'aimais beaucoup, tu sais. Elle avait le sourire d'Anne. » Il disait aussi, plus doucement encore : « J'ai eu de grands torts envers cette enfant. » Puis le vent tournait, et il s'étonnait :

– Mais cette lettre que nous avons reçue en juin ?

– Elle a dû être envoyée par Gina Mareski. Sans doute pour s'assurer que nous ne savions pas où était Natalène : c'est à peu près à cette époque-là qu'ils se sont remis à la chercher.

– Elle était à Saint-Lys et tu es venu avec nous l'attendre à Tarbes !

– Oui, sourit Tristan. Mais reconnaissez que je vous avais dit cent fois de ne pas trop y croire...

De là Contorose sautait aux études de sa petite-fille. Puis au procès du Copte. Et recommençait...

Tristan lui répondait de son mieux, avec une patience d'ange. Le désarroi de son grand-père le touchait. Il ne regrettait rien de ce qu'il avait dit : il s'était attendu, en fait, à devoir en dire beaucoup plus long et à le faire plus durement encore. Mais si Contorose était coupable – et sur ce point la rancune de Tristan était prompte à renaître – il était aussi très vieux. Extravagant, toujours. Mais vieux, oui...

– Mais comment est-ce arrivé ? disait-il. Pourquoi ? Vous vous entendiez bien, mais je t'avoue que jamais... Philippe et elle, oui, tes tantes avaient cru remarquer quelque chose, il y a des années... mais toi, vraiment !

– Je ne sais pas comment c'est arrivé, dit Tristan sans mentir. On n'a pas fait exprès, c'est sûr.

Dans les yeux de son grand-père il voyait se bâtir tout un petit roman, dont les tantes sans doute profiteraient bientôt. Saint-Lys, une fugitive, un grand cousin solitaire...

– Je comprends, disait d'ailleurs Contorose. Je comprends que les circonstances... Naturellement, les circonstances...

Parce qu'il avait toujours eu, même dans les pires situations, le sens de l'humour, il frappa le bureau du plat de la main, et s'esclaffa :

– Et c'est moi qui vous avais mariés ! Moi ! Trois ans plus tôt !

Il vit Tristan regarder sa montre, cessa de rire, et se leva :

– Je parle, je parle... Tu vas la chercher, maintenant ?

– Oui. Mais s'il vous plaît, grand-père... elle est vraiment très fatiguée. Ne l'interrogez pas. Et surtout ne dites rien aux tantes qui puisse leur donner envie de la questionner dans les coins.

– Ne t'en fais pas, mon garçon. Je connais mes sœurs.

Il avait apparemment renoncé à laisser Tristan haranguer les foules à sa place, et sortit de son bureau d'un pas allègre, pour aller se camper devant la cheminée. Tous les visages se tournèrent vers lui. Marion seule, compatissante comme toujours, eut un regard vers Tristan, sans doute pour s'assurer que l'ogre ne l'avait pas mis en pièces.

– Ce garçon, commença Contorose, vient de me causer la surprise de ma vie. D'abord, Natalène sera là dans cinq minutes. Natalène, oui. Attends, Lise ! Lise !

Lise, matée, se tut. Tristan regardait Philippe et vit un sourire naître sur ses lèvres, un très curieux sourire, indéfinissable.

– Ensuite... continua Contorose. Mais attends, Lise ! Le Copte a été condamné hier à douze ans de prison, pour vol, à Lille. Attends, Lise. Je n'ai pas fini. Ce vol a eu lieu à Noël dernier et depuis Noël Natalène vit à Saint-Lys. Elle ne pouvait pas revenir ici avant le procès parce que si le Copte avait été acquitté, bien sûr... Attends, Lise. Elle est...

Il s'arrêta là, pour reprendre haleine, et Tristan sourit à Marion dont le petit visage s'était illuminé.

– J'aimerais pouvoir finir, Lise. Elle est... fatiguée. Je tiens ESSENTIELLEMENT à ce que personne ne lui pose de questions. Elle revient, c'est tout, et pour de bon cette fois. Il n'y a aucun commentaire à faire.

Il s'en tirait à merveille et Tristan admira sa maîtrise. Mais le plus dur restait à dire...

– Autre chose, continuait Contorose. Vous n'avez pas oublié mon entourloupette ? Je sais, Lise, je sais... Ce n'est PLUS une entourloupette. Ils ont eu le temps d'y réfléchir à Saint-Lys et je suppose qu'à leur âge ils savent ce qu'ils font. Ils nous reviennent à deux. Voilà.

Il rit, parce qu'il s'était tourné vers tante Lise pour la laisser enfin parler et que la vieille dame se taisait, bouche ouverte, assommée.

– J'ai été très surpris aussi, dit-il doucement. Dieu sait que jamais...

– Mais tu ne veux pas dire, Louis... ? Tu ne veux pas dire que... ?

– Si. C'est exactement ce qu'il m'a dit et ce que je veux dire.

– Mais tu ne peux pas accepter cela !

– Sapristi, dit Contorose, qu'est-ce que j'y peux ? Ils sont mariés, non ? Qu'est-ce qui leur manque ? Des fiançailles ?

Jean-Louis Kerbauson, qui n'y tenait plus, se mit à rire : la formule était trop jolie, vraiment. Et le grave Emmanuel lui-même eut un petit sourire.

Philippe avait relevé le nez et regardait Tristan. Lui aussi riait. Mais pour des raisons certainement très différentes. Un flot de questions diverses déferla sur Contorose. Le Copte, oui. Un vol. Douze ans, exactement douze ans. Non, sans sursis. Je vous l'ai dit, Marie : à Lille...

Tristan reprit ses clés sur le guéridon et se dirigea vers la porte. Personne, à part Philippe, ne le vit sortir.

Natalène l'attendait à l'endroit où il l'avait laissée une heure auparavant, assise sur une souche, une bonne trentaine de lépiotes alignées devant elle. Il lui fit de loin le « V » de la victoire, en agitant deux doigts bien écartés. Et elle se leva.

Sadiquement, elle s'enquit d'abord de la gifle rituelle, et rit de savoir que Tristan n'y avait pas échappé.

– Ç'a été facile ? demanda-t-elle ensuite.

– Moyennement.

– Qu'avez-vous dit ?

Il le lui répéta fidèlement, ou à peu près. Il n'omit qu'une chose : ce qu'il avait dit de l'état de ses nerfs. Il atténua aussi la plupart des reproches qu'il avait faits à Contorose et glissa très vite sur ce qu'il avait rapporté de l'aventure de Lourdes. Par contre, sur le discours de Contorose au salon il s'étendit complaisamment. Et Natalène riait de bon cœur, en déposant un à un, soigneusement, ses champignons dans le carton qu'il avait sorti du coffre. Elle imaginait parfaitement la scène, le silence du clan, puis ses questions, l'ahurissement des tantes et la satisfaction qu'avait eue son grand-père à orchestrer tout cela...

– Mais comment est-ce possible ? dit-elle ensuite. Il y tenait si fort, à son histoire d'inceste et de jumelles !

– Vous vous prépariez vraiment à retourner illico à Saint-Lys ?

– Plus ou moins... d'un autre côté vous paraissiez si sûr de vous que... mais quand même, des jumelles monozygotes, c'est quelque chose !

– Le remords aussi c'est quelque chose... Et savez-vous, Natou ? Il vous donnerait sa chemise, grand-père, si vous la lui demandiez. Sa chemise, son honneur, tout ce qu'il sait de la génétique, et son foutu Blajan avec. Et il vous dirait merci, pardessus le marché.

– C'est terrible...

Saisie, elle regardait sa dernière lépiote, comme si l'innocent champignon avait été une monstrueuse tarentule.

– Ce n'était pas sa faute, dit-elle.

– Un peu quand même, non ?

– Mais que pouvait-il faire ?

Son regard s'assombrit, soudain.

– Que ferez-vous dans douze ans ? dit-elle. Mieux ?

– Moi ? répondit-il. Je le tuerai.

Elle éclata de rire, dégrisée.

– Évidemment, dit-elle, c'est radical. Vous êtes l'homme des grandes décisions, je vois ça avec plaisir... et réellement je pense que vous irez loin.

– Merci, dit Tristan. Mais Blajan me suffira pour le moment. On y va ?

XIII

Contorose accueillit seul la revenante à la porte de Blajan. Tristan, dont la discrétion était sans faille, mit très longtemps à sortir du coffre les deux sacs de Natalène et plus longtemps encore à écouter Justine lui narrer par le menu ce qu'elle avait l'intention de faire des lépiotes. Quand il revint de la cuisine Contorose et Natalène étaient toujours sur le perron. Il ouvrit la porte du salon, ce qui fit sursauter tout le monde, et posa une fois de plus ses clés sur le guéridon.

– Où est-elle ? dit tante Lise.

– Avec grand-père, répondit-il, dehors. Reste-t-il du thé ?

– Je pense bien, on vous a attendus.

– Philippe est au manège ?

Non. Philippe était là, dans un recoin de fenêtre, laissait retomber le rideau, et réapparaissait.

– Boris me remplacera, dit-il. Je ne veux pas rater ça. Elle a changé, dis donc...

– Tu trouves ?

– Vingt et un ans, dit tante Blanche. Bientôt vingt-deux. C'est incroyable !

On ne sut pas ce qui était si difficile à croire. La porte s'ouvrait sur les deux bavards, tante Lise poussait une exclamation ravie, Marion se levait...

Elle avait changé, oui. Tristan la vit en cet instant avec les yeux des siens et put la comparer avec ce qu'elle était trois ans auparavant lorsque le Copte était venu la chercher, par un après-midi pluvieux qui ressemblait à celui-ci. C'était elle, bien sûr, son visage et son corps. Mais elle n'avait plus rien d'une adolescente, et ce qu'elle avait vécu l'habillait tout entière de méfiance et de tristesse. Son sourire ne parlait plus de liberté, mais de fuite, et de peur. Ses yeux étaient durs. Très durs. Et il y avait encore autre chose en elle, une sorte de recul crispé, noué...

Pourtant elle embrassait les siens, à la ronde, déclarait que cette grande fille ne pouvait PAS être Fleur, non, serrait la main d'Emmanuel Duplessis, riait, se laissait coincer entre deux de ses tantes sur le canapé, secouait ses boucles et se beurrait un toast, légère, gaie, apparemment aussi détendue que si elle revenait d'une croisière d'un mois en Méditerranée – mais cela ne trompait personne. Et surtout pas Philippe, qui l'avait brièvement saluée et la considérait maintenant avec une perplexité évidente. Bizarre, oui, elle était bizarre, cette revenante, et terriblement vulnérable...

– Que vas-tu faire ? disait Chantal.

– M'inscrire à la fac. Demain, parce que ce soir c'est un peu juste.

Comme on riait, elle rit elle aussi. Mais une brusque fatigue creusa son visage et elle regarda Tristan, instinctivement.

– Venez, dit-il. On va s'occuper de vos sacs.

Ils le firent : cette chose invraisemblable, sortir du salon ensemble, prendre deux sacs dans le vestibule et monter ensemble l'escalier avec l'intention manifeste d'entrer dans une chambre et d'y rester deux heures si bon leur semblait, ils l'accomplirent sans déchaîner le moindre orage, ni faire trembler Blajan sur ses bases.

Rien n'avait changé dans la chambre de Natalène. Justine avait même pris soin de remettre sur la table de nuit le livre que la jeune fille lisait trois ans auparavant, la veille de son départ. Mais quelques petites roses tardives, fraîchement cueillies, se dressaient dans un vase.

– Ça, dit Tristan, c'est Marion. Elle a dû s'échapper tout à l'heure pour courir au jardin.

– Il a toujours l'air aussi chouette, son mec, non ?

– Son fiancé, Natou : son fiancé, par pitié ! Exercez-vous !

Elle sourit, et s'assit au bord du lit. De nouveau elle semblait très lasse.

– Ils sont beaucoup, dit-elle. J'ai perdu l'habitude, là-haut... Ça me met mal à l'aise, tant de gens.

– Vous êtes mal tombée, alors... Mais vous allez vous y refaire. C'est comme le vélo, ça ne s'oublie pas. En tout cas vous viendrez dormir dans ma chambre ce soir. Autant frapper fort tout de suite.

Mettre les pieds dans le plat et les points sur les i. Après on aura la paix.

– C'est dingue, ça...

– Dormir chez moi ?

– Par exemple. Et tout le reste. C'est dingue.

– Je vous laisse y réfléchir ?

– Laissez, laissez...

Dans sa propre chambre, un bouquet de roses exactement semblable à celui de Natalène attendait Tristan. Marion avait dû se demander où sa cousine s'installerait, et dans le doute penser que surabondance de biens ne pouvait nuire. Avec amusement Tristan pensa que Natalène et lui n'échapperaient pas, de toute façon, aux ragots du clan. Certainement leur bizarre façon d'être mariés scandaliserait les tantes autant que l'aurait fait autrefois, si elle avait été connue, leur bizarre façon d'être cousins. On n'y pouvait rien. Mieux valait s'y résigner, et en rire...

À plusieurs reprises il entendit le petit tintement que faisait dans le vestibule le téléphone du salon quand on le reposait. Ou il ne connaissait pas Contorose, ou celui-ci improvisait pour le soir même une de ces fêtes grandioses dont il avait le secret. Sans doute appelait-il l'école Blanche, les Duplessis, le pavillon, le glacier de la ville et l'épicier du village...

D'ailleurs on s'agitait au rez-de-chaussée. La porte du placard où l'on entreposait les guirlandes et les lampions grinçait, la petite voix aiguë de Fleur réclamait, pour tante Marie, « le grand bougeoir à branches, dis, tout de suite, le doré ! » et Justine, qui détestait par-dessus tout la précipitation, criait de l'office, d'une voix indignée, que ce bougeoir-là justement, madame, ça faisait longtemps qu'on pouvait plus lui mettre la main dessus...

Il écoutait ces bruits familiers, en se changeant. Ils ne pouvaient pas atteindre Natalène au second étage de son aile. Mais elle était futée et devait bien se douter qu'on lui préparait quelque chose de tout à fait extraordinaire : elle ne descendrait certainement pas avant qu'on vienne l'en prier. Il avait tout son temps.

Philippe était dans la bibliothèque. Seul, par chance. Il accrochait à une poutre la longue ficelle des lampions.

– Est-ce toi, dit Tristan, qui as téléphoné hier matin à ma voisine de Saint-Lys ?

– Oui, répondit Philippe. Tu me passes les ciseaux, s'il te plaît ?

Tristan les lui présenta, sur le plat de sa main levée.

– Te casse pas la figure... Tu voulais me parler, hier ?

– Non. Seulement savoir si vous étiez allés assister au procès ou non. Quand tu avais dis que tu t'absenterais un jour ou deux, la veille, je m'étais demandé si vous tenteriez le coup. Mais ça aurait été un peu risqué, bien sûr...

– Bon, dit Tristan, bon...

Parce qu'il se dominait toujours parfaitement, son visage n'avait rien perdu de son calme habituel. Philippe crut-il ne pas l'avoir suffisamment impressionné en étalant de si surprenantes connaissances ? Il leva un menton batailleur, et ricana.

– Ça t'épate, hein ?

– Oui et non, dit Tristan. J'ai toujours eu l'impression que tu savais beaucoup de choses.

Philippe descendait de sa chaise et tendait la ficelle à travers la pièce, à bout de bras. Il chantonnait, railleusement, l'une des rengaines de Chantal : « Deux ou trois choses que je sais d'elle... »

– Il m'a toujours semblé aussi, continua Tristan, que tu détesterais laisser à un autre que toi le plaisir de la découper en lanières.

Philippe eut un petit rire, et acquiesça du menton.

– Juste, dit-il. Très juste.

– Alors autant te prévenir que tu n'es pas le seul à rêver de lanières ces temps-ci.

– Ils n'oseront pas venir ici sans le Copte.

– Je l'espère. Mais je n'en suis pas sûr.

– Bon, dit Philippe. La situation est curieuse, mais bon. Je ferai de mon mieux pour veiller au grain, tu peux compter sur moi...

Contorose avait le génie des fêtes. Et peut-être donnait-il justement toute sa mesure quand il était pressé par le temps, contrairement à Justine, parce qu'il devait bien alors s'en remettre à sa fantaisie et négliger les usages. Natalène fit son entrée dans une somptueuse caverne d'Ali Baba : le respectable salon des Blajan avait changé de planète. Des tentures descendaient du plafond pour masquer les murs. La table elle-même s'était drapée de chatoyants velours. Partout, la flamme dansante des bougies, la lueur sourde des lampions. Et pour dernière extravagance les dames avaient été priées de jeter leurs bijoux, tous leurs bijoux, en vrac, sur un grand coussin posé devant le feu : les colliers de fantaisie achetés au marché par Fleur y voisinaient avec les diamants de tante Lise, et tout cela brillait autant qu'on pouvait le désirer.

Prévoyante, Natalène avait revêtu sa plus belle robe, relevé ses cheveux et mis son collier d'or.

Elle ne s'attendait tout de même pas à une réception de ce style et resta un instant sur le seuil, incrédule. Tristan devina sur ses lèvres son exclamation favorite, qu'elle transforma in extremis en quelque chose d'autre.

– Pu... Par exemple ! dit-elle.

Il rit, pivota sur son tabouret et attaqua le morceau que Contorose lui avait tout spécialement commandé pour l'entrée de l'invitée d'honneur. Un beau morceau, putain, et joué de grand cœur !

Le maître de céans s'était avancé, tendait l'arrondi de son bras, et Natalène se laissa guider jusqu'à la table, sans rire. Les tantes étaient déjà assises. Le décor insolite convenait bien mal à leurs robes sages et à leurs délicates petites façons. Par contre il seyait à merveille aux représentants de la jeune génération, qui firent pour prendre place à table un très joli tapage.

Le clan était là tout entier. Il n'y manquait que Sophie et Ludovic. Et les trois maudits de Hambourg, bien sûr. Cela faisait, autour de la table où l'on avait jeté tous les velours des placards, plus de vingt personnes, immobiles et souriantes. Natalène s'assit à sa place, que signalait une pièce de tissu particulièrement somptueuse, sans doute réservée par les tantes à un usage tout spécial. On lui tendit une coupe de champagne et chacun se leva, avec un si bel enscmble qu'elle en sursauta.

Contorose avait regagné son haut bout de table et prenait son verre, lui aussi.

– Natalène... dit-il. Je bois à ton retour, ma chérie.

Sur le piano, là-bas, Tristan ponctua cette déclaration d'une suite d'accords plaqués, et son intention était si manifestement ironique que tout le monde éclata de rire.

Après ce départ en fanfare le dîner se mit à ressembler à tous les dîners de Blajan. On pria Fleur de cesser IMMÉDIATEMENT de se tortiller sur sa chaise. Marion fit tomber sa fourchette et rougit jusqu'aux oreilles. Plusieurs conversations s'entrecroisaient : les tantes parlaient de faire remonter certains des bijoux démodés qui se trouvaient sur le coussin, Olivier et Natacha détaillaient pour Emmanuel le programme du gala de Noël, Contorose entretenait Mme Duplessis des travaux prévus au pavillon, et la petite Lucile interrogeait timidement Caroline sur son dernier séjour à Sydney.

– Moi, disait Xavier à Jean-Louis Kerbauson, je ne crois pas à une amélioration tant qu'un changement radical n'interviendra pas au niveau de l'équipe... il semble pourtant que le fondé de pouvoir ne partage pas cette opinion... oui, spécialement descendu de Paris pour tirer au clair cet imbroglio... vous avez raison... intolérable, oui...

Tristan s'était assis le dernier. Lui se taisait. Il n'avait jamais été très bavard. Et puis la nervosité de Natalène augmentait visiblement et commençait à l'inquiéter. Cette fille était aussi fière, disait autrefois Philippe, que trois cents poux réunis. Elle détestait plus que tout se donner en spectacle. Mais elle allait certainement y être contrainte, si elle ne se calmait pas très vite...

Il était assis juste en face d'elle et la sentait de plus en plus mal à l'aise. Elle baissait la tête et faisait tourner son verre entre ses doigts, nerveusement. Cette curieuse fébrilité la saisissait parfois à Saint-Lys : Tristan feignait toujours de ne pas s'en apercevoir et se trouvait aussitôt quelque chose d'urgent à faire ailleurs. Mais personne à Blajan ne lui ferait cette grâce, et justement Chantal se penchait vers elle, pour lui parler du four à pain de sa nouvelle maison...

– Oui, dit Natalène, non, je ne sais pas... non.

Elle regardait, dans son assiette, les petites asperges joliment disposées en gerbe. Avec une horreur qui soudain la figea tout entière. Que voyait-elle sur la porcelaine blanche ? Et que percevait-elle du léger brouhaha qui l'entourait ? En tout cas son désarroi était si visible maintenant que Marion, qui tendait à cette absente la corbeille à pain, s'immobilisa elle aussi, saisie, et qu'un à un les convives, très vite, se turent. Un silence de mort s'abattit sur la table de fête.

Natalène contemplait toujours son assiette. Dans son visage très pâle ses lèvres tremblaient. L'arrêt de toute conversation autour d'elle sembla la frapper, et elle leva les yeux. Avec une sorte d'étonnement vague elle regarda toutes ces statues muettes qui l'entouraient et sur la petite Fleur, dont la fourchette était restée dressée, ses yeux s'élargirent.

– Qu'est-ce que tu as ? dit-elle. Tu ne l'as pas défaite ?

Sa voix était très basse, et curieusement lente. Fleur, ahurie, reposa sa main sur la table. Natalène l'observa quelques instants encore, avec une perplexité évidente, puis regarda Caroline, assise à côté de l'enfant. Le grand bougeoir doré. Philippe, son verre à la main. Ensuite elle vit Tristan, en face d'elle.

– Cc n'est pas ma faute, dit-elle. Je ne les ai pas entendus, à cause de la neige.

Tristan serra les dents. Il avait peur, lui aussi.

– On n'entend jamais rien sur la neige, dit-il doucement.

– Oui...

Elle baissa de nouveau la tête et poussa du doigt quelques asperges vers le bord de son assiette. « Kraté métilm », dit-elle. Et aussi : « Listané ? »

– Ce sont des asperges en conserve, dit Tristan. Justine en fait toujours une dizaine de pots. Vous ne l'avez jamais vue faire ça ? C'est pire que les confitures...

Il parla des confitures, pendant quelques longues minutes. Sa voix était très douce, et presque gaie. Il semblait parfaitement détendu et pourtant les siens étaient conscients de l'effort qu'il faisait pour atteindre Natalène, là-bas, sur l'étrange frontière où elle se tenait. Aucun d'eux, pas même Fleur, ne devait jamais oublier cette scène. Quelque chose de sinistre était là, parmi eux. C'était sombre, glaçant – et dangereux. Fleur recula sa chaise, d'instinct, prête à s'enfuir. D'une main ferme posée sur sa petite épaule, Philippe la retint.

Tristan ne parlait plus de fruits, mais de la haie qui entourait le verger. Puis des fleurs de la pelouse. Et au moment où la tension allait devenir insupportable, elle céda brusquement. Natalène avait ri.

– J'essaierai, dit-elle. Je suis sûre que ça prendrait, si c'est à l'ombre. Des hortensias, tiens, le long du pignon.

– Il n'y a presque pas de terre.

– J'en apporterai. Putain, c'est pas un problème, la terre.

Le mot ne fit sursauter personne. Tante Lise elle-même ne le remarqua sans doute pas. Fleur rapprocha sa chaise de la table. Et Marion, qui ressentait tout plus fortement que quiconque, et qui serrait contre elle sa corbeille à pain comme si elle essayait de s'y raccrocher, la reposa doucement sur la table.

– J'en mettrai toute une rangée, dit Natalène.

– Et si grand-père n'aime pas les hortensias ?

Elle se pencha, pour chercher le regard de Contorose, et parut surprise de le trouver fixé sur elle, et si sombre.

– Je pourrai ?
– Quoi ?
Il avait presque aboyé ce mot. Et il toussa, pour s'éclaircir la voix.
– Mettre des hortensias ?
– Oui ? Sur le pignon ?
– Mets tout ce que tu voudras, dit-il. Je t'en prie. Tout. Je t'en prie.
Le comble, c'était que Natalène était seule maintenant à se conduire de façon à peu près sensée. La réponse grandiloquente de Contorose à une question somme toute anodine l'étonna. Et elle jeta aussi un bref regard de surprise à la ronde, parce que tous les visages étaient tournés vers elle.
– Alors on fera ça, dit Tristan.
Emmanuel Duplessis, le premier, vint à son aide et sourit à Natalène.
– Vous aimez jardiner ?
– Oui, dit-elle. C'est amusant, non ? On met un petit rien du tout en terre et ça vous pond un miracle en trois semaines...
Il l'accusa de lyrisme et elle consentit à en rabattre un peu. Très peu. Marion intervint bravement, pour parler des problèmes que lui posait son petit rosier en pot. On dut gronder Fleur qui se balançait encore. Et lentement les conversations reprirent. Décousues d'abord : on parlait parce qu'il fallait parler. Plus animées ensuite.
Tristan regardait Natalène rêver d'hortensias, et soutenir à Marion qu'il ne fallait pas tailler les rosiers avant mars. Son collier brillait à son cou, comme brillaient ses prunelles jaunes dans son petit visage mat. Elle paraissait très gaie, et sans souci aucun. Cela rassura la plus grande partie de l'assistance, et la bonne humeur revint. Natalène était fatiguée, oui. Ça n'avait rien d'étonnant. Et Blajan la guérirait vite.

Pour penser autrement, et rester assombris, il n'y avait guère qu'Emmanuel, Marion, Contorose et Philippe. Tristan sentait que leur attention ne se relâchait pas. Et il admirait la maîtrise avec laquelle Emmanuel, malgré cela, plaisantait Natalène sur ses curieuses envies de greffage. Marion s'en tirait moins bien et Philippe, obstinément, se taisait. Quant à Contorose, trônant à son haut bout de table, il semblait avoir entendu frapper à sa porte la statue du commandeur.

Naturellement, on dansa, quand les invités raisonnables eurent pris congé et que les enfants furent couchés. En enrôlant Lucile Duplessis, dont les quatorze ans tout neufs méritaient bien cet honneur, on se trouva six couples – plus Natacha, qui se déclara prête à jouer la « dame seule » de la soirée. Édith et Xavier se retirèrent vite ; et comme ils emportèrent avec eux le peu de sérieux et de dignité qui restait au salon, on put commencer à s'amuser vraiment. Natacha fit valser ses chaussures et improvisa avec son frère une danse de sauvages très réussie. Voir des danseurs classiques, pire ! des professeurs de danse classique se trémousser ainsi était un spectacle de choix. Là-dessus Caroline s'empara des perles de tante Blanche et d'un grand collier de coquillages. Ce fut le signal du pillage : en quelques minutes le coussin fut dépouillé de tous ses trésors, et les danseuses parées comme des châsses. Il ne resta qu'une chevalière, celle de Contorose, parce qu'elle n'allait à aucun doigt. À genoux sur le tapis Philippe versait dans les coupes les fonds de bouteille de champagne que lui passait Olivier. On s'assit, pour les vider.

– Payons notre écot ! dit Chantal. Chiche !

La formule, et la chose, dataient de l'enfance des petits Blajan et de l'obligation à laquelle les soumettait Contorose à la fin des repas de famille : chacun d'eux devait réjouir l'assistance d'une chanson ou d'une poésie. Sinistre obligation. C'était beaucoup plus drôle maintenant et Chantal déclama, en souvenir des mauvais jours, une fable de La Fontaine qui fut très applaudie.

– À douze ans, dit Natalène, tu te balançais en récitant ça, et grand-père te faisait les gros yeux de loin...

– Ah, sourit Chantal, tais-toi... J'en ai encore le frisson !

Lucile Duplessis était assez proche de son enfance pour rougir un peu en récitant une autre fable. Mais on fit semblant de ne pas le remarquer. Les autres chantèrent. Natalène allait le faire, bonne dernière, quand ses cousins protestèrent ensemble, horrifiés.

– Et pourquoi non ? demanda Emmanuel.

– Mince, répondit Marion en riant, vous ne l'avez jamais entendue chanter, ça se voit !

Modeste, Natalène renseigna le jeune homme :

– PERSONNE au monde, mon cher ami, ne peut chanter plus faux que moi. C'est un talent dont j'ai l'exclusivité ABSOLUE.

– Allez-y ?

Elle n'attendait que cela et s'exécuta. Un seul couplet du « Gentil Coquelicot » suffit à convaincre Emmanuel, et elle s'arrêta. D'ailleurs elle riait trop. Et puis le public se tenait vraiment très mal.

L'écot payé, on trouva d'autres fonds de bouteille. On dansa encore. On rit, beaucoup. Trois heures sonnèrent, puis quatre : on dansait toujours dans la caverne.

Dès qu'elle fut chez Tristan Natalène s'écroula sur le lit, tout habillée, couverte de tous ses bijoux, et s'endormit comme une masse. Tristan la regarda, longtemps. Puis il lui enleva les boucles d'oreilles dont elle s'était plainte en dansant, et les posa sur la table de nuit. Les fermoirs des colliers lui donnèrent plus de mal. Quel étrange exercice c'était que de dépouiller ainsi une demi-morte, lentement, et comme les doigts bruns semblaient menus quand on en faisait glisser les lourdes bagues des tantes ! Le visage, sur l'oreiller, était las. Des cernes sombres soulignaient les yeux clos et la bouche avait un petit pli triste. Qu'y avait-il sous ce masque ? L'éclat des prunelles, oui. La joie de la fête, sans doute, et celle du retour. Mais aussi un homme crachant sur la neige, là-bas, dans un monde très différent.

Le pianiste et la bohémienne

(Pocket n° 12525)

Dans la propriété de Blajan au charme méridional, Tristan, jeune pianiste virtuose, aime Natalène depuis l'enfance. Les années ont passé. Devenu un musicien célèbre, Tristan est désormais prêt à s'engager, mais Natalène, la brune sauvageonne aux origines gitanes, ne semble pas décidée à renoncer aux mystérieux voyages qu'elle fait tous les ans avec son père. Celui-ci l'emmène dans les tribus Yémaches du Nord, poètes mystiques, qui mènent une vie misérable et dédiée à l'absolu…

À l'abordage !

(Pocket n° 12862)

Londres, 1696. Élevée comme un garçon au nez et à la barbe de Lady Read, grand-mère riche et influente, Mary Jane, 17 ans, manie aussi bien le fleuret que l'alexandrin et n'a qu'une idée en tête : offrir une vie meilleure à sa mère. Mais à la mort de Lady Read, les espoirs s'effondrent : la jeune fille est chassée par son oncle Tobias, auquel elle vient de dérober un pendentif conduisant à un fabuleux trésor aztèque. Une seule solution : la fuite en tant que moussaillon à bord de La Perle. Mais des docks de Londres aux Caraïbes, la jeune fille ignore ce qui l'attend…

Imprimé en juin 2006 en Espagne par LIBERDÚPLEX
St.Llorenç d'Hortons (Barcelone)
Dépôt légal : juillet 2006

POCKET 12, avenue d'Italie - 75627 PARIS Cedex 13